Steena Holmes

EMMAS RÜCKKEHR

amazon crossing

Das Buch

Zwei Jahre lang wünschen sich Megan, Peter und ihre Töchter Alexis und Hannah nichts sehnlicher, als ihr jüngstes Familienmitglied Emma zurückzubekommen, die kurz vor ihrem dritten Geburtstag entführt wurde. Als Emma wie durch ein Wunder nur wenige Kilometer vom Haus der Familie bei einem älteren Paar lebend gefunden wird, sind alle voller Hoffnung, dass ihre Rückkehr alle Wunden heilen wird, die ihr Verschwinden verursacht hatte.

Aber Emma ist nicht mehr das fröhliche Kleinkind, das alle in Erinnerung haben. Sie erinnert sich kaum noch an ihre Eltern oder ihre älteren Schwestern. Sie ist still, sehr zurückgezogen und – was am schlimmsten ist – sie sehnt sich nach den Leuten, die sie entführt hatten.

Megan ist voller Bitterkeit, während Peter immer länger in der Arbeit bleibt, in Gesellschaft seiner attraktiven Geschäftspartnerin. Und inmitten all dessen ist Megans beste Freundin plötzlich auch noch abweisend und verschlossen.

Dann führt eine zufällige Begegnung in der Stadt zu einem Geheimnis, das erneut alles für Emma verändert. Und Peter muss sich zwischen dem Glück seiner jüngsten Tochter und dem Vertrauen seiner Familie entscheiden.

Die Autorin

Steena Holmes ist die Autorin der Romane *Nichts ohne Schokolade*, *Wo ist Emma?* und *Emmas Rückkehr*. Sie schreibt gern Geschichten, in denen sich Mütter von kleinen Kindern wiederfinden können. Holmes lebt mit ihrem Mann und ihren drei Töchtern in Calgary.

STEENA HOLMES

EMMAS RÜCKKEHR

Roman

Aus dem Amerikanischen von Claudia Hahn

amazon crossing

Die Originalausgabe erschien 2013 unter dem Titel »Emma's Secret« bei Lake Union Publishing, Las Vegas.

Deutsche Erstveröffentlichung bei
AmazonCrossing, Amazon Media E.U. Sàrl
5 Rue Plaetis, L-2338 Luxembourg
September 2015

Umschlaggestaltung: bürosüd⁰ München, www.buerosued.de
Lektorat: Cathérine Fischer
Satz: Dr. Rainer Schöttle Verlagsservice, www.schoettle-lektorat.de
Printed in Germany
By Amazon Distribution GmbH
Amazonstraße 1
04347 Leipzig, Germany

ISBN: 978-1-503-94992-8

www.amazon.com/crossing

KAPITEL EINS

20. Juni

Ich habe sie gefunden.

Ich war unterwegs in einem Viertel, in dem ich vorher noch nie gewesen war. Eigentlich war ich auf dem Weg zu einem anderen Ort, aber ich kann mich nicht mehr richtig erinnern, wohin genau ich wollte. Ich bin mir nicht einmal sicher, wie ich in diesen Teil von Kinrich geraten bin – ich bin nur noch selten dort unterwegs, besuche höchstens meinen Lieblingsort am See. Jack glaubt, ich war wegen der Einkäufe dort, aber normalerweise fahre ich dafür lieber nach Hanton, obwohl das weiter weg ist.

Man könnte es Schicksal oder göttliche Intervention oder einfach nur ein unterbewusstes Gewahrwerden nennen. Wäre meine Mutter hier, würde sie sagen, Gottes Engel haben mich geleitet, aber Gott hat mir schon lange den Rücken zugekehrt. Oder vielleicht war es andersherum. Wie auch immer, es war vorherbestimmt, dass ich an diesem Ort und zu dieser Zeit da sein würde.

Mein armes kleines Mädchen lief ganz allein die Straße entlang. Ich weiß nicht, wieso sie so weit weg von zu Hause war oder warum sie ganz allein war, aber ich bin so froh, dass ich sie gesehen habe, als ich vorbeifuhr.

Meine liebe kleine Mary ist nach Hause gekommen!

Nein, nicht Mary. Ihre Tochter. Meine zweite Chance.

Solch ein tapferes kleines Mädchen. Wieder und wieder hat sie mir erzählt, dass sie nicht allein war, dass ihr kleiner Stofflöwe über sie wacht. Als ich sie hinten auf dem Sitz anschnallte, stellte sie mir ihr Plüschtier vor, das sie Pink genannt hat. Was für ein liebes kleines Mädchen.

Sie hat nicht viel gesprochen und nur ein bisschen geweint, bevor sie eingeschlafen ist. Das arme Ding war wohl sehr erschöpft.

Jack war verwirrt, als ich sie nach Hause brachte. Sie sieht Mary so ähnlich, könnte fast ihre Zwillingsschwester sein. Natürlich wussten wir nicht, dass Mary eine Tochter hat, warum hätte sie uns das auch erzählen sollen? Genauer gesagt, warum sollte sie es mir erzählen? Aber ich kann einfach nicht glauben, dass sie ihre kleine Tochter ganz allein auf der Straße herumlaufen lässt. Jack wollte Mary anrufen, herausfinden, warum sie uns nie von ihrer Tochter erzählt hat, aber ich habe ihn davon abgehalten.

Nein. Sie ist jetzt unser kleines Mädchen. Unsere zweite Chance. Gott wusste, dass sie Liebe braucht und wir dafür die Richtigen sind. Sie ist unser Geschenk.

Sie ist unsere kostbare kleine Emmie.

Megan sank tiefer unter die Bettdecke, die Arme eng an die Brust gedrückt. Sie wollte ihre Augen nicht öffnen. Noch nicht. Der Wunsch, noch etwas länger an ihrem Traum festzuhalten, war zu stark.

Statt eines weiteren Albtraums darüber, wie Emma verschwunden war, war es in ihrem Traum letzte Nacht so, als wäre ihr kleines Mädchen niemals entführt worden. Sie hatten zusammen als Familie ein Picknick abgehalten. Im Hintergrund stand eine Hütte, und sie saßen auf einer Blumenwiese, umgeben von flatternden Schmetterlingen. Emma rannte zwischen den Blumen umher, und ihr Lachen erfüllte die Luft, während sie und die Schmetterlinge fröhlich tanzten. Peter saß neben ihr auf der leuchtend roten Decke – seltsam, dass sie sich noch an die kräftige Farbe erinnerte. Fast konnte sie noch die weiche Wolle unter ihr und die sanfte Brise auf ihrer Wange spüren.

Megan lächelte. Sie war in ihrem Traum so glücklich gewesen. Peter war bei ihr, und Alexis und Hannah spielten in der Nähe. Aber der Teil, der sie veranlasste, ihre Augen geschlossen zu halten, war etwas Schweres in ihren Armen und das sanfte Glucksen eines Babys. Megan konnte das Gesicht des Babys nicht sehen und wusste nicht, ob es ein Junge oder Mädchen war, aber sie wusste, dass es ihr Kind war.

Vor langer Zeit einmal waren sie eine glückliche Familie gewesen, und wenn Emma nicht verschwunden wäre, hätten sich die Dinge vielleicht anders entwickelt.

Der Klang von Emmas Lachen hallte noch in ihren Ohren nach. Solch ein schöner Klang. Einer, den sie nicht mehr häufig vernahm.

Megan rollte zur Seite und befühlte das Laken, aber die Bettseite war leer. Wieder einmal. Peter war in letzter Zeit früher als sonst aufgebrochen und weckte sie nicht einmal für ihren morgendlichen Lauf auf. Sie strich mit den Fingern über das Laken und stellte fest, dass er wohl schon vor einer Weile aufgewacht sein musste; das Laken war kühl.

Mit einem Seufzer rollte sie zurück und rieb sich die Augen. Als sie sie wieder öffnete, starrte eine ernste Emma auf sie herab.

Für einen kurzen Augenblick wünschte sich Megan das fröhliche kleine Mädchen aus ihrem Traum anstelle des stillen Wesens vor ihr herbei. Aber schnell wischte sie diesen Gedanken wieder von sich.

»Emma, Schätzchen, warum bist du so früh wach?«

Emma zuckte mit den Schultern und hielt ihr das Buch hin, das sie sich an die Brust gedrückt hatte.

Megan rang sich ein Lächeln ab, während sie ihre Beine aus dem Bett schwang und sich aufsetzte. Sie erkannte das neue Kochbuch, das sie gestern Abend gekauft und auf dem Küchentisch liegen gelassen hatte. Sie zog es vor, ihre Einkäufe abends zu tätigen, um die Mädchen zu Hause zu lassen und so vor neugierigen Blicken bewahren zu können. Sie hasste das Gegaffe und die aufmunternden Worte von den Leuten, die es eigentlich nur gut meinten. Emma war immer sehr angespannt. Megan gefiel es nicht, ihre Tochter diesen Situationen auszusetzen.

Da die Kinder Sommerferien hatten, hielt sie es für eine gute Gelegenheit, mit ihnen etwas zu backen. Emma schien gern in der Küche zu helfen, als Megan also die Ausgabe von Backen mit Kindern während ihres Einkaufs erblickt hatte, zögerte sie nicht lange und kaufte es, auch wenn ihr Regal bereits voller Koch- und Backbücher war.

Megan blickte auf die Uhr und stöhnte. Sie hatte verschlafen und wahrscheinlich bereits Laurie für ihren Morgenlauf verpasst.

»Es ist noch ein bisschen früh, um zu backen, oder?«

Emma schüttelte den Kopf und ein paar Haarsträhnen lösten sich aus dem Zopf, den Megan am Abend zuvor geflochten hatte. Ihre Tochter runzelte die Stirn, und Megan sah, wie sie mit ihren Fingern das Buch umklammerte.

»Lass mich erst mal duschen und einen Kaffee trinken, ja?«

Ein Funkeln trat in Emmas Augen, und ganz kurz war das Mädchen aus Megans Traum zu sehen. Vielleicht war es noch nicht zu spät, dieses Mädchen zurückzubekommen.

Das Lächeln auf Emmas Gesicht genügte, dass Megan nachgab. Sie sah es selten genug. Die Psychologin sagte, es würde dauern, bis sich Emma an ihr neues Leben gewöhnt hatte, aber Megan hatte nicht geglaubt, dass es so lange dauern würde. Emma braucht Zeit, sagte die Psychologin immer wieder. Zeit zu trauern, Zeit, die Änderung in ihrem Leben zu akzeptieren, und Zeit, ihre neue Familie anzunehmen.

Dieser letzte Teil schmerzte besonders. Sie waren doch nicht ihre neue Familie. Sie waren ihre richtige Familie. Wenn Megan könnte, würde sie die letzten zwei Jahre löschen, in denen Emma mit diesem alten Pärchen, das sich kaum um sich selbst kümmern konnte, in diesem Farmhaus gelebt hatte. Aber wenn Emma Zeit brauchte, sollte sie sie auch bekommen.

»Warum suchst du nicht schon mal ein Rezept aus und wartest unten auf mich?«

Emma drehte sich um und sauste zur Tür. Sie stoppte kurz, drehte sich um und warf Megan einen fragenden Blick zu.

»Versprochen, Mami?«

Megan lächelte. Sie konnte gar nicht anders. Auch wenn es erst einen Monat her war, seit Emma wieder zurück war, genoss sie es doch jedes Mal, wenn ihre Kleine sie Mami nannte.

»Natürlich. Ich komme gleich runter.«

Sie hob das Handtuch auf, das Peter im Bad auf dem Boden liegen gelassen hatte. Vor einem Monat war es noch ihr Ziel gewesen, ihre Tochter zu finden und den Riss in ihrer Ehe zu kitten. Jetzt lautete es, ihrer Tochter bei der Heilung zu helfen und weiterhin einen Weg zu suchen, ihre Ehe vor dem Aus zu retten.

Jack stellte seine Teetasse auf dem Kaffeetisch ab, setzte sich in Dotties alten Sessel und griff nach den vielen Tüten, die sie immer daneben griffbereit hatte. Letzte Woche hatte er eine Kiste voll mit gestrickten Schals, Handschuhen und Mützen in der hintersten Ecke im Schrank vom Gästezimmer gefunden. Er hatte sie in die Stadt gebracht und bei der katholischen Kirche abgegeben. Der Pfarrer hatte versprochen, dass sie im Winter nützlich sein würden. Es war schwer, Dotties Sachen wegzugeben, aber er hatte das Gefühl, nicht mehr viel Zeit zu haben, und wollte auf keinen Fall, dass jemand anderes ihre Sachen durchging, wenn er nicht mehr da war.

In der ersten Tüte fand er Garnknäuel. Rosa, weiß und gelb. Jack vergrub seine Finger im Garn, und sofort war ihm klar, dass es für Emmie gedacht gewesen war. Dottie hatte dem Mädchen fortwährend Kleider und Puppenkleidung gestrickt. Er überlegte, alles in die Spendenbox zu werfen, aber etwas hielt ihn davon ab. Er fragte sich, ob Emmies Mutter strickte? Vielleicht würde ihr das Garn gefallen. Er könnte es ihr schicken und erklären ... ja, was? Dass Dottie es gekauft hatte, um Sachen für Emmie zu stricken? Das würde nicht gut ankommen.

Er stellte die Tüte beiseite. Die nächste Tüte war schwerer. Jack hob sie über die Lehne und ließ sie auf seinen Schoß sinken. Er zog einen langen braun-blauen Schal heraus, und die weiche Wolle streichelte seine schwieligen Hände. Er erinnerte sich noch an den Tag, an dem Dottie dieses Garn gekauft hatte. Sie war ganz aufgeregt nach Hause gekommen, weil sie die perfekte Farbe für ihn gefunden hatte. Er hatte den Kopf über ihre Aufregung geschüttelt, als sie ihm das Wollknäuel vors Gesicht hielt. Es betone seine Augen, sagte sie. Er war nicht sicher, ob er einen Schal brauchte, der zu seinen Augen passte. Aber hier war er, bereit, von ihm getragen zu werden. Jack schlang ihn um den Hals und ignorierte die warme Sommerluft. Dottie hatte Stunden damit zugebracht, den Schal für ihn zu stricken, also würde er ihn tragen.

Jack zog den zweiten Gegenstand heraus. Es war ein Buch mit einem knittrigen schwarzen Ledereinband ohne Beschriftung. Auch ohne es zu öffnen wusste er, dass es sich um Dotties Tagebuch handelte. Es war lange her, dass er dieses hier gesehen hatte.

Sie hatte dieses Tagebuch eine Aufzeichnung ihrer »schwärzesten Zeit« genannt. Als sie es das erste Mal gesagt hatte, hatte Jack sie nicht verstanden. Es war ungefähr zur selben Zeit gewesen, als Emmie kam, um bei ihnen zu leben, eine Zeit, die Jack als eine der besten seiner kürzeren Vergangenheit ansah. Aber jetzt wusste er, was sie meinte. Jetzt verstand er, warum es ihre schwärzeste Zeit gewesen war.

In ihrem Schlafzimmer stand ein Regal, in dem Dotties Tagebücher aufgereiht waren. Jeder Umschlag hatte eine andere Farbe, der Farbton jeweils ein Spiegelbild ihrer Gefühle. Die Jahre, in denen er im Krieg gewesen war, waren allesamt schwarz. Alle, bis auf das erste und das letzte. Jack hatte das erste Tagebuch für sie gekauft, bevor er ging. Er hatte eins mit einem sanften gelben Umschlag gewählt, weil er dachte, es würde sie zum Lächeln bringen. Er hatte sie gebeten, ihm in diesem Tagebuch Briefe zu schreiben. Er hatte nicht gedacht, dass er so lange fort sein würde. Das letzte Tagebuch – in das Dottie geschrieben hatte, nachdem Jack als vermisst gemeldet worden war – war eins, das er nie hatte lesen wollen. Die weißen Gänseblümchen auf dem rosa Umschlag symbolisierten neue Hoffnung. Aber die Hoffnung, die sie damals in ihrem Herzen trug, betraf nicht seine Rückkehr. Sie hatte geglaubt, er wäre tot. Ihre Hoffnung bezog sich auf eine neue Liebe. Dottie gestand ihm später, dass Doug ihr dieses Tagebuch zum Geburtstag geschenkt hatte.

Selbst jetzt noch hasste Jack diesen Umschlag.

An dem Tag, an dem er aus dem Krieg zurückgekehrt war, hatte Jack seiner Dottie ein Geschenk aus dem Laden an der Ecke gekauft. Es war ein weiteres Tagebuch für die Liebe seines Lebens. Seine Rückkehr war der Beginn ihres neuen Lebens. Er hatte sogar Mary eins gekauft, sicher, dass Dottie ihre Leidenschaft fürs Schreiben von Tagebüchern an ihre Tochter weitergegeben hatte. Das Tagebuch, das er für Dottie gekauft hatte, hatte einen hübschen babyblauen Umschlag mit gelben Blümchen. Er erinnerte sich noch immer an seinen ersten Abend zu Hause. Sie saßen auf dem Bett, beide etwas zu schüchtern, um die Intimität, die sie einst miteinander geteilt hatten, sofort wieder aufleben zu lassen.

»Was tust du da, meine Dottie?«, hatte Jack gefragt, als sie sich ein rosafarbenes Tagebuch auf den Schoß legte. Dotties Augen hatten sich mit Tränen gefüllt, während ihre Finger über die weißen Gänseblümchen fuhren.

»Den schwarzen Tagen ein Ende bereiten«, hatte sie geflüstert.

Jack schaute ihr dabei zu, wie sie langsam das babyblaue Tagebuch öffnete, das er ihr gekauft hatte. Sie schrieb das Datum in die rechte obere Ecke und blickte dann zu ihm.

»Was wirst du schreiben?«, hatte er gefragt.

Dottie schrieb drei Worte auf die Seite, in der fließenden Schrift, die er so zu lieben gelernt hatte.

Jack ist zu Hause.

Mit einem tränenerfüllten Lächeln schloss sie das Buch. Jack nahm das Tagebuch, warf es auf den Boden und nahm die Frau, die er mehr liebte als sein Leben, in seine Arme.

Nach all ihren Jahren zusammen, all den Nächten, in denen sie ein Bett geteilt hatten, war diese Nacht die erinnerungswürdigste. In jener Nacht hatten sie noch ein Baby gezeugt, ihren Sohn allerdings schon einen Monat nach seiner Geburt wieder verloren. Basil Jack Henry. Sie hatten ihn nach Jacks Vater benannt.

Jack blickte auf das schwarze Tagebuch in seiner Hand und wusste, dass er es nicht lesen konnte. Noch nicht. Doch als er sich in Richtung Bett aufmachte, den Tee auf dem Kaffeetisch vergessen, ließ er das Tagebuch nicht los.

KAPITEL ZWEI

Der Duft nach frisch gebackenen Schokokeksen lag in der Luft, als die Ofenuhr klingelte. Megan legte das Bild beiseite, das sie in der Hand gehalten hatte, und griff nach ihren abgetragenen roten Ofenhandschuhen. Sie musste vorsichtig sein, damit sie sich nicht durch eins der vielen Löcher verbrannte. Längst hatte sie schon neue kaufen wollen, es aber immer wieder vergessen.

»Bin ich jetzt dran?«

Megan drehte sich um und sah Emma im Kücheneingang stehen. Ihr hoffnungsvoller Tonfall brachte Megan zum Lächeln. Es war noch nicht das Lachen aus ihrem Traum, aber schon nahe dran. Sie konnte die beiden anderen Mädchen im Wohnzimmer über einen Trickfilm lachen hören. Sie hatten ihre Kekse bereits fertig gebacken.

Nach zwei Jahren der Suche hatte Megan Emma nur noch wieder daheim haben wollen. Selbst als ihr alle sagten, sie solle nach vorn schauen, hatte sie niemals aufgegeben, niemals vergessen, dass ihr kleines Mädchen irgendwo da draußen war. Herauszufinden, dass Emma nur zwanzig Minuten entfernt auf einer Farm gelebt hatte, mit einem älteren Paar, das sie entführt hatte ... Megan wusste nicht, ob sie sich jemals verzeihen konnte, nicht gut genug gesucht zu haben.

Megan beugte sich nach unten, um die Ofentür zu öffnen, und drehte ihren Kopf zur Seite, als eine Hitzewelle ihr Gesicht erfasste. Irgendwann würde sie es noch lernen, dem ersten heißen Dampfstoß zu entgehen. Als Emmas offenes gold gelocktes Haar für einen Augenblick aus ihrem Sichtfeld entschwand, stockte Megan kurz der Atem, bis sich die pausbäckige Wange ihrer Tochter gegen ihren Arm drückte.

»Vorsicht, Schätzchen, das ist heiß«, warnte Megan, während sie ein Blech mit Keksen herauszog und zum Abkühlen abstellte.

»Kann ich jetzt meine Kekse machen?« Emma zog einen Hocker zur Kochinsel und kletterte darauf. Dort stand eine Schüssel mit einer Portion Teig und daneben eine Tüte mit verschiedenen Süßigkeiten.

Als Megan nach dem Duschen nach unten gekommen war, hatten die drei Mädchen am Küchentisch gesessen und diskutiert, welche Kekssorte sie backen sollten. Emma hielt das Kochbuch fest umklammert und wollte es nicht loslassen. Hannah wollte Kekse mit Haferflocken und Rosinen, Alexis mit Schokolade, und Emma wünschte sich kunterbunte Kekse. Glücklicherweise hatte Megan genug für alle drei Sorten da.

Megan öffnete eine Schublade und suchte nach einer Schürze für Emmas kleine Statur. Sie zog eine mit rosa Blumen heraus, die ihre Mutter für Hannah genäht hatte, als diese noch kleiner war, und zeigte sie Emma.

»Hier, meine Kleine, zieh die an, damit dein hübsches Kleidchen sauber bleibt.« Emma liebte Kleider. Sie trug nur selten die Jeans oder Shorts, die Megan ihr gekauft hatte, nachdem sie nach Hause gekommen war. Tatsächlich trug Emma nur selten etwas, das Megan für sie gekauft hatte. Wenn es nach Emma ging, würde sie immer nur die Kleidung tragen, die in ihrem Koffer war. Die Kleidung, die sie von den anderen hatte.

Emma drehte sich auf dem Hocker und hob die Arme, damit Megan die Schürzenbänder um ihre Hüfte binden konnte. Sie musste sie zweimal herumwickeln, bevor sie sie mit einem Knoten befestigen konnte.

»Oma hat das auch immer gemacht«, flüsterte Emma.

Bei diesen Worten erstarrte Megan. Sie zwang sich, tief durchzuatmen, und kämpfte gegen die Enge in ihrer Brust an. Sie biss die Zähne aufeinander und versuchte, langsam bis fünf zu zählen.

»Hat sie das, ja?«

Megan hob ihren Blick von der Schleife, die sie gerade gebunden hatte, und sah Emma nicken. Ihre Tochter sprach in letzter Zeit nur noch selten über die Frau, die sie aus ihrem Vorgarten entführt hatte.

An einem Abend hatte Emma zufällig mitgehört, als Kommissar Riley Thompson, der Mann, der Emma gefunden hatte, nachdem Megan das Bild auf dem Jahrmarkt geschossen hatte, vorbeikam, um ihnen von Dorothys Tod zu berichten. Emma hätte im Bett sein sollen, aber sie hatte oben auf der Treppe gesessen und auf einen Gutenachtkuss von Peter gewartet. Megan hatte ihren leisen Aufschrei gehört. Aber es war zu spät. Megan wusste, dass Emma gehört hatte, wie ihr ein »Gott sei Dank« entfahren war, als sie von Dorothys Tod erfuhr.

Seit diesem Abend lächelte Emma nur noch selten, es sei denn, sie spielte mit Daisy.

Megan versicherte sich, dass jetzt ein Lächeln auf dem Gesicht ihrer Tochter lag. Das Zögern in Emmas Augen verschwand langsam, als sie ihre Arme senkte und die Ellbogen auf der Kochinsel ablegte. Anfangs hatte Emma ständig von Jack und Dorothy gesprochen, Fragen gestellt und Geschichten erzählt. Schließlich hörte sie damit auf. Peter gab Megan die Schuld daran. Ihm machten die Geschichten nichts aus, er fand, dass es ihnen dabei half, sie wieder kennenzulernen. Aber um ihre Tochter zu kennen, musste

Megan keine Geschichten über ein Leben ohne sie, ihre Mutter, hören.

»Hast du viel mit ihr gebacken?« Sie weigerte sich, die Frau Oma zu nennen. Egal, was ihr Kathy Graham, die Familienberaterin, sagte, Megan würde die Beziehung zwischen der Entführerin und ihrer Tochter niemals akzeptieren.

Emma lächelte einen Augenblick, und Megan zuckte zusammen. Es störte sie, dass Emma so freigiebig mit ihrem Lächeln für diese Frau war. Sie richtete sich gerade auf und versuchte, sich zusammenzureißen. Emma war ihre Tochter. Wenn jemand Emmas Lächeln verdiente, dann diejenige, die sie am meisten liebte – Megan.

Emma sprang vom Hocker, wusch sich die Hände im Spülbecken und hielt sie nach oben, damit Megan sie begutachten konnte.

»Gut gemacht.« Megan nickte. »Man muss immer saubere Hände haben, wenn man backt.« Sie stellte sich neben Emma und tat es ihr nach. Emma trocknete sich die Hände am roten Küchentuch ab, das über dem Griff der Ofentür hing.

»Hey, erinnerst du dich noch daran, wie wir damals diese Riesenkekse gebacken und ihnen mit den Bonbons Gesichter gemacht haben?« Beiläufig erwähnte Megan eine Begebenheit, von der sie sicher war, dass Emma sich daran erinnern würde. Emma ignorierte sie, wie sie es immer tat. Und das belastete Megan mehr, als sie zugeben wollte. Ja, Emma war klein gewesen, aber sie musste sich doch noch an etwas vor ihrer Entführung erinnern. Selbst Alexis konnte sich an Dinge erinnern, die sie gemacht hatten, als sie noch keine drei Jahre alt war.

Jeden Tag fragte Megan ihre Tochter zu Dingen von früher – bevor sie entführt und von einer anderen Familie aufgezogen worden war. Sie wusste, dass sie das nicht tun sollte, dass Emma zu klein gewesen war und sie vielleicht zu viel Druck auf sie ausübte, aber sie konnte nicht anders.

Als Emma zum Stuhl zurückkam, reichte Megan ihr die Tüte mit den Bonbons. »Okay, Kleine.« Sie seufzte. »Das hier sind deine Kekse, also tu so viele hinein, wie du willst.« Emmas Augen wurden groß vor Freude, als sie nach der Tüte griff und hineinschielte.

»Alle?«

Megan tat so, als würde sie darüber nachdenken. Sie schürzte die Lippen und kniff die Augen zusammen, während sie die Tüte anstarrte. Emma ließ die Tüte langsam sinken, und das Lächeln verschwand von ihrem Gesicht. Aber als Megan schließlich nickte, quietschte sie vor Freude.

Ihre Tochter quietschte tatsächlich. Megan konnte das Lachen nicht zurückhalten, das in ihr aufstieg. Zum ersten Mal seit Wochen war das schwere Gewicht des Kummers wenigstens kurz von den kleinen Schultern ihrer Tochter genommen worden.

Megan wünschte, Peter wäre zu Hause, um das zu sehen. Er hatte sich solche Sorgen um Emma gemacht und sich gefragt, ob es richtig gewesen war, sämtliche Verbindungen zu dem älteren Paar abzubrechen. Aber wenn er sie jetzt sehen könnte, würde auch ihm klar werden, dass sie nur Zeit brauchte. Zeit zu erkennen, dass diese Familie – ihre Familie – sie noch mehr liebte.

Megan lächelte. Ein warmes Gefühl der Zufriedenheit durchströmte sie, und es fühlte sich gut an. Es war so lange her. Zuletzt hatte sie sich vor einem Monat beim Farmhaus so gefühlt, als sie Emma endlich, nach zwei langen Jahren des Suchens, wieder in ihren Armen hielt. Seit dieser Zeit schien die emotionale Achterbahnfahrt kein Ende zu nehmen. Sie gab ihrer Tochter einen Holzlöffel, um die Bonbons in den Keksteig zu rühren.

Auf der Veranda erblickte sie Daisy. Der niedliche kleine senffarbene Retriever, der mit Emma heimgekommen war, war zu einer tollpatschigen Hündin herangewachsen. Dennoch war es dem Tier gelungen, sich in ihr Herz zu schleichen, trotz ihres Bestehens darauf, dass sie Hunde hasste. Mit Ausnahme des Koffers voller Kleidung, ein paar Büchern und einigen Puppen war Daisy die einzige andere Verbindung, die Emma zu ihren Entführern hatte.

»Möchtest du die Kekse aufs Blech löffeln oder lieber rausgehen und mit Daisy spielen?« Megan tauchte die Kekskelle in eine Tasse mit heißem Wasser, während Emma hinter sich blickte, wo Daisy neben der Schiebetür saß.

»Oma hat immer gesagt, man muss zu Ende bringen, was man angefangen hat.« Sie biss sich auf die Lippe, und ihr Blick glitt zurück von der Schiebetür zur Keksschüssel.

Megan stellte sich neben Emma und griff nach der Schürzenschleife, die sie vorhin gebunden hatte. »Ich sag dir was: Ich mach die Kekse fertig, und du holst Daisy ein Leckerli aus dem Schrank. Sie hat schließlich brav auf dich gewartet.« Es wärmte ihr Herz, zu sehen, wie Emma ohne zu zögern vom Hocker sprang und ein Hundeleckerli aus dem Schrank holte. Nach und nach würde sie diese Frau aus Emmas Gedächtnis löschen.

Sie löffelte den Keksteig aufs Blech, während Emma in der Tür stand und sie beobachtete. Daisy sprang gegen das Glas und wollte hineingelassen werden, und Megan tat ihr Bestes, um das zu ignorieren.

»Mami?«

Sie hob ihren Blick von den Keksen und bemerkte, dass Emma jetzt neben ihr an der Anrichte stand. In ihren Händen hielt sie ein Bild, das sie gestern Abend vor dem Schlafengehen gemalt hatte. Megan hatte es heute Morgen auf dem Küchentisch gefunden. Es war ein Bild von Emma, Hand in Hand mit ihr und Peter.

»Können wir das heute schicken? An Opa?«

Megan versuchte, ein Seufzen zu unterdrücken. »Du hast das nicht für mich oder Daddy gemacht?«

Emma schüttelte den Kopf. »Das ist für Opa. Können wir es ihm heute schicken?«

Es war unmöglich, Nein zu sagen, während sie in das strahlende Gesicht ihrer Tochter blickte. Emma dachte ehrlich, dass sie das Bild schicken würde. Noch immer funkelten ihre Augen. Megan wollte ihr das nicht nehmen, nicht, wenn es bedeutete, dass sie ihr Lächeln behalten würde, aber sie würde auch nicht lügen.

Stattdessen schwieg sie.

Leises Gekicher drang durch das offene Fenster, legte sich um Megans Herz und drückte es, bis sie sicher war, dass es brechen würde.

Sie legte den Deckel auf die letzte Tupperdose mit frisch gebackenen Keksen und ließ sie auf dem Küchentisch stehen. Sie hatte die Kekse gemischt, sodass in jeder Dose etwas von allen Sorten war. Ein paar Dosen waren im Gefrierschrank, eine im Kühlschrank. Zweifellos würde diese hier bald leer sein.

Sie blickte sich in der Küche um und stellte fest, dass sie nichts zu tun hatte. Nach dem Kekschaos heute Morgen hatte sie bereits aufgeräumt und saubergemacht, das Geschirr vom Mittagessen war im Geschirrspüler, und die Mädchen spielten draußen. Ihr Haus war makellos – wie konnte es auch anders sein, wenn sie den ganzen Tag zu Hause war und nichts weiter zu tun hatte, als sauberzumachen? Vielleicht könnte sie Kaffee kochen und in den immer noch ungelesenen Zeitschriften blättern, die im Flur lagen. Aber der Gedanke war nur wenig verlockend.

Wann war ihr Leben zum Stillstand gekommen? Normalerweise wäre sie jetzt beschäftigt mit Schulversammlungen und Besorgungen. Aber so würde es erst während des Schuljahrs wieder sein, wenn das Sichere-Wege-Programm wieder im Gange sein würde.

Während sie ihren Töchtern durch das Küchenfenster beim Spielen zusah, massierte Megan sich das Genick. Die Szene fühlte sich surreal an. Sie kniff sich, um sicherzugehen, dass sie nicht nur träumte.

»Woran denkst du gerade?«

Überrascht wirbelte Megan herum und sah Laurie mit zwei Eiskaffees in der Küchentür stehen.

»Du hast mich erschreckt.« Megan fasste sich wieder und griff nach einem Becher.

»Wirklich? Hab ich gar nicht gemerkt.« Laurie grinste und stützte sich auf die Kochinsel, wobei sie ein paar Zeitungen aus dem Weg schob. Megan drehte sich zurück zum Fenster, um ihre Töchter zu beobachten. Die Mädchen saßen in einem Kreis im Gras und pflückten gelben Löwenzahn. Daisys Kopf lag in Emmas Schoß, und ihr Schwanz klopfte aufs Gras.

»Arme Kleine. Das muss alles sehr schwer für sie sein. Kommt sie zurecht?«

Megan schüttelte den Kopf. Sie begann sich zu fragen, ob ihre Tochter jemals damit zurechtkommen würde. Wünschte sich Emma, wieder auf der Farm zu sein, mit diesen anderen Menschen zu leben? Megan war nicht sicher, ob sie die Antwort wissen wollte.

»Ich weiß, du willst das nicht hören, aber wirst du ihm irgendwann erlauben, sie zu sehen?«

Megan ballte ihre Hände zur Faust, als sie Laurie Emmas neuestes Bild halten sah.

Sie riss ihrer Freundin die Zeichnung aus den Händen. »Nein.« Natürlich würde sie das nicht. Warum ging jeder davon aus, dass sie es würde? Er mochte ihrer Tochter ja keinen physischen Schaden zugefügt haben, aber er hatte sie widerrechtlich bei sich behalten. Zwei Jahre lang. Er verdiente es nicht, Emma zu sehen.

Laurie sah sie mit einem Blick an, der Megan nicht gefiel. Ein Blick, den sie schon zu oft gesehen hatte.

»Er hatte sie zwei Jahre lang. Ich habe sie gerade erst zurückbekommen.« Megan wartete darauf, dass Laurie ihr widersprechen würde, und war überrascht, als sie nur mit den Schultern zuckte.

»Das ist wahr.« Laurie trank einen Schluck. »Du solltest ihn mindestens zwei Jahre warten lassen. Auge um Auge.«

Megan nickte. So empfand sie das auch.

»Natürlich könntest du Em ebenso gut erzählen, dass er tot ist, denn bis dahin wird er es wahrscheinlich sein.« Die Schärfe in Lauries Stimme war nicht zu überhören. Das Lächeln schwand aus Megans Gesicht.

»Das war brutal.«

Laurie nahm ihren Kaffee und stellte sich in die Tür zum Garten. »Ich weiß.« Ein trauriges Lächeln überzog ihr Gesicht. »Wir haben uns damals versprochen, uns immer die Wahrheit zu sagen, selbst wenn sie wehtut. Erinnerst du dich? Ich glaube, du musst ein klein wenig loslassen. Es frisst dich innerlich auf.«

Megan schüttelte den Kopf. Sie war noch nicht bereit, ihre Angst und ihren Hass loszulassen. Kathy hatte ihr gesagt, dass sie es nicht übereilen musste, dass es von selbst kommen würde. Ebenso wie der Tag, an dem Emma aus ihrem Blickfeld verschwinden und es nicht mehr so sehr wehtun würde. Sie hatte es also nicht eilig; dafür gab es keinen Grund. Emma war zu Hause, wo sie hingehörte: Bei ihrer Familie. Ihrer wahren Familie. Und das war alles, was zählte.

»Wirst du das hier schicken?« Laurie nickte mit dem Kopf in Richtung der Zeichnung, die Emma für Jack angefertigt hatte. Darauf war ein Weg, gesäumt von Blumen, ähnlich denen, bei deren Anpflanzen am Farmhaus Emma Jack geholfen hatte.

»Du drängst mich zu sehr.« Sie dachte an die Briefe, die sie in dieser ersten Woche geschickt hatte; Emma hatte Jack mindestens einmal pro Tag geschrieben. Nach dem zehnten hatte Megan vorgeschlagen, das Schicken zeitlich etwas auszudehnen, besonders, nachdem der erste Brief von Jack für Emma ankam. Megan war in Panik ausgebrochen und hatte ihn versteckt, aber Peter hatte ihn gefunden und Emma gegeben, die wie ein Weihnachtsbaum gestrahlt hatte. Sie hatte diesen Brief tagelang behalten, selbst mit ins Bett genommen.

Laurie schüttelte den Kopf. »Jemand muss das auch. Ernsthaft, Megan, ich beginne mir langsam Sorgen um dich zu machen. Du verlässt kaum noch das Haus, und wenn du es tust, dann nur mit Emma.«

Megan verschränkte die Arme. Emma war erst fünf; sie konnte sie ja schlecht allein zu Hause lassen. Außerdem war Megan gestern Abend allein einkaufen gegangen, während Peter zu Hause auf die Kinder aufgepasst hatte.

»Und außerdem hast du jeden Mädelsabend abgesagt, den wir im letzten Monat verabredet hatten.«

Megan runzelte die Stirn. Sie hatte nicht jedes Mal abgesagt. Nur die letzten zwei, vielleicht drei Male, die Laurie zu planen versucht hatte. Okay, sie hatte immer abgesagt. Aber das war nicht nur ihre Schuld.

»Tut mir leid. Ich muss Peters Zeitplan berücksichtigen. Wenn Hannah ein Jahr älter wäre, würde ich mich wohler fühlen, sie auch mal babysitten zu lassen.« Megan zuckte mit den Schultern und hoffte, Laurie würde ihre lahme Ausrede gelten lassen und die Entschuldigung annehmen.

Lauries Stirnrunzeln zeigte, dass dem wohl nicht so war.

»Sie ist elf, Megan. Sie ist alt genug, um eine Stunde mit ihren Schwestern allein zu Hause zu bleiben. Und wir sind sowieso nur einen Block entfernt im Kaffeeladen. Ist ja nicht so, als wären wir am anderen Ende der Stadt.«

Megan schüttelte den Kopf. Auf keinen Fall. »Sie ist aber noch keine zwölf. Ich lasse sie keine der Nachbarskinder babysitten, bis sie zwölf ist, warum würde ich sie also auf unsere aufpassen lassen? Ich traue ihr einfach nicht mit ...« Sie schlug sich die Hand vor den Mund, und ihre Augen weiteten sich. Sie hatte das doch nicht wirklich beinahe gesagt.

»Nicht mit Emma«, schloss Laurie für sie. »Das wolltest du doch sagen, oder?«

Megan sackte gegen die Küchenanrichte, ihr Körper schwer von Schuldgefühlen. Das Leben verlief langsam wieder in normalen Bahnen, warum konnte sie nicht auch wieder normal sein? Tränen rannen ihr Gesicht herab, und als Laurie vor sie trat, versuchte sie zu lächeln, aber als ihre Freundin sie umarmte, lehnte sie sich gegen sie.

»Was stimmt nur nicht mit mir?« Ihre Kehle schmerzte bei dem Versuch, die Emotionen zurückzuhalten. Das Letzte, was sie wollte, war, dass die Mädchen hereinkamen und sie wieder so sahen.

Laurie rieb Megan in einer beruhigenden kreisförmigen Bewegung über den Rücken, die Megan daran erinnerte, wie sie ihre eigenen Mädchen beruhigte, wenn sie aufgewühlt waren. Megan zog sich aus der Umarmung und wischte sich mit der Hand über die Wangen, bevor sie ihre Arme um sich schlang.

»In letzter Zeit scheint Weinen das Einzige zu sein, was ich tue. Wahrscheinlich ist Peter deswegen kaum noch zu Hause. Er geht früh und kommt spät wieder. Er arbeitet länger, mit der Entschuldigung, dass Samantha mit den neuen Abschlüssen überfordert ist. Aber wahrscheinlich will er nicht zu einer emotional gestörten Ehefrau nach Hause kommen.«

Laurie schnaubte verächtlich, griff in eine Schublade und zog eine Schachtel heraus, von der sie beide wussten, dass sie Megans Notfallvorrat Schokolade enthielt. »Emotional, ja. Wer wäre das nicht? Aber gestört? Weit gefehlt. Gib dir und Peter eine Verschnaufpause, ja? Seit Emma verschwunden ist, ist dein Leben eine regelrechte Achterbahnfahrt.«

Megan nahm die Schokolade entgegen, die Laurie ihr reichte, und legte sie auf der Anrichte ab. So sehr sie auch wollte, sie würde den Leckerbissen nicht verschwenden. Die Schokolade würde in ihrem Mund nur wie Sägemehl schmecken.

Sie zuckte mit den Schultern. »Vielleicht hast du recht.«

Laurie sah auf die Uhr und umarmte Megan. »Heute ist Kinotag. Ich will den neuen Frauenfilm sehen, der gerade läuft. Komm doch mit.«

Megan schüttelte den Kopf. »Peter arbeitet wieder länger. Irgendein Geschäft, das er abschließen will oder so.«

Laurie biss sich auf die Lippe. »Ich verstehe das nicht. Warum hilft Sam nicht mehr? Sie ist die, die lange arbeiten sollte, nicht der Ehemann mit drei Kindern und einer Frau, die ihn kaum zu Gesicht bekommt.« Sie verschränkte die Arme und runzelte die Stirn.

Megan stimmte ihr zu. Das wäre sinnvoll. Es sei denn, Sam war der Grund, aus dem Peter so lange blieb. »Ich kann da nicht viel machen«, sagte sie.

Laurie zuckte mit den Schultern. »Wie wär's dann mit morgen Abend? Sag ihm, du brauchst ihn zu Hause, und lass ihm keine Wahl. Wir könnten auch in die Spätvorstellung gehen, wenn das hilft.« Sie hängte ihre Tasche über die

Schulter. »Ich akzeptiere kein Nein, also versuch's erst gar nicht.« Sie winkte und verließ die Küche.

Megan schüttelte den Kopf, als Laurie gegangen war. Die Tür schloss sich, aber der Alarm ging nicht los. Das störte sie. Es bedeutete, dass Peter ihn nicht aktiviert hatte, als er ging, oder die Tür nicht abgeschlossen hatte. Das würde auch erklären, warum sie Laurie nicht hatte hereinkommen hören. Sie blickte kurz in den Hof, um sicherzustellen, dass die Mädchen da waren, dann ging sie zur Tür, verschloss sie und gab den Code in das Bedienfeld ein. Wie konnte Peter nur vergessen, den Alarm zu aktivieren? Er wusste, wie wichtig ihr das war. Besonders jetzt, da Emma wieder zu Hause war.

Ein Stapel Briefe neben der Tür erregte ihre Aufmerksamkeit. Laurie musste die Post aus dem Briefkasten geholt und dort abgelegt haben. Sie blätterte durch die Rechnungen, stoppte aber, als sie auf einen Umschlag stieß, der von Jack Henry an Emma adressiert war.

Unter keinen Umständen würde sie Emma diesen Brief geben. Wie konnte er es wagen, Emma wieder zu schreiben? Verstand er nicht, was seine Briefe bei ihrer Tochter bewirkten? Nach dem ersten hatte Emma jedes Mal auf den Postboten gewartet, und wenn kein Brief für sie dabei war, war sie hoch in ihr Zimmer gerannt. Einmal fand Megan sie im Wandschrank, das Gesicht zwischen den Knien, während ihre Schultern vom unterdrückten Schluchzen bebten. Danach war es einfacher, ihr die Briefe vorzuenthalten. Es war besser für Emma, beruhigte sich Megan selbst.

Sie umklammerte den Umschlag in ihrer Hand und ging nach oben in ihr Schlafzimmer. Was, wenn Emma den Brief zuerst gefunden hätte? Sie legte die Zeitschriften und Rechnungen auf dem Bett ab, behielt aber das unverschämte Schriftstück. Ihre Fingerspitzen waren weiß, so fest hielt sie es in ihrer Hand. Megan öffnete die Tür zu ihrem begehbaren

Kleiderschrank und griff nach einer Schachtel oben im Regal. Sie nahm den Deckel ab und ließ den Brief auf die anderen darin fallen.

Wann würde er aufhören? Was musste geschehen? Letzte Woche war sie während einer ihrer spätabendlichen Einkaufstouren zu seinem Farmhaus gefahren und hatte eine Nachricht in seinen Briefkasten geworfen. Megan hatte in ihrem geparkten Auto gesessen und das dunkle Haus angestarrt. An dem Tag, an dem Kommissar Riley sie und Peter gebeten hatte, ihn dort zu treffen, hatte sie sich den Ort und die Umgebung gar nicht richtig angeschaut. Aber am Abend, als die Sonne unterging, schmerzte Megans Herz. Hier war ihre Tochter zwei Jahre lang aufgewachsen, auf dem Land, umgeben von Blumengärten, Bäumen und weiten Feldern. Sie stellte sich ihr kleines Mädchen spielend im Hof vor, wo sie Schmetterlinge jagte oder Löwenzahn pflückte. Jetzt konnte sich Megan die Szenen bildlich vorstellen, wenn Emma ihr Geschichten darüber erzählte, wie sie Jack beim Unkrautzupfen geholfen und seinen Rosenbüschen Lieder vorgesungen hatte.

Sie wusste, dass Emma in dem heruntergekommenen Farmhaus glücklich gewesen war – glücklicher, als sie es jetzt zu Hause war. Sie wollte, dass Emma sich zu Hause wieder wohlfühlte, sich arrangierte, lächelte und neue Erinnerungen schuf. Sie wollte, dass Jack ihre Wünsche als Emmas Mutter respektierte. Anscheinend tat er das aber nicht.

Er konnte so viele Briefe an ihre Tochter schreiben, wie er wollte, aber sie würde dafür sorgen, dass Emma sie niemals zu Gesicht bekam.

Er hatte ihr Emma zwei lange Jahre vorenthalten. Es spielte keine Rolle, dass ihr Kind glücklich gewesen war und man sich gut um sie gekümmert hatte. Es spielte keine Rolle, dass sie von Fremden geliebt worden war. Fakt war, dass er ihre Tochter von ihr ferngehalten hatte. Sie hatte ihm nicht geglaubt, als er sagte, dass er keine Ahnung gehabt hatte; dass er geglaubt hätte, Emma wäre seine Enkelin. Megan hatte zugehört, als er zu erklären versuchte, wie Emma zu ihnen gekommen war und wie es ihm nie in den Sinn gekommen war, seiner Frau zu misstrauen. Wie konnte er das nicht tun? Hätte Peter nach der Untersuchung kein Machtwort gesprochen, hätte Megan Anzeige erstattet.

Nein. Jack Henry würde niemals ein Teil ihres Lebens werden, und Megan würde alles tun, was in ihrer Macht stand, um das sicherzustellen.

KAPITEL DREI

Emmies erstes Jahr

25. Juli

Heute ist mein Geburtstag. Jack hat mich mit frischen Brötchen und Tee überrascht. Er hat Emmie mit in die Stadt zur Bäckerei genommen, obwohl er mir versprochen hatte, sie nicht mit unter Leute zu nehmen. Es ist nicht sicher. Er weiß, wie ich mich fühle, wenn Emmie das Haus verlässt. Er stellt sich nicht oft auf diese Weise gegen mich. Wir sind dafür verantwortlich, sie so gut es geht zu beschützen. Ihr Lachen, die Art, wie ihre Augen aufleuchten, wenn sie lächelt – ich will das niemals verlieren. Nicht wie bei Mary. Jack versteht das. Ich weiß es.

Sie haben mir gesagt, dass ich heute etwas Zeit außerhalb des Hauses verbringen soll, und dass es eine besondere Überraschung für mich gibt und ich deshalb nicht zu Hause sein darf, während sie sie vorbereiten. Ich hoffe, Jack backt mir einen Kuchen. Bei unserer ersten Verabredung haben wir am Fluss auf dem Land seines Vaters gepicknickt, und er hatte den köstlichsten Vanillekuchen für mich gebacken, den ich je gegessen habe. Selbst nach all diesen Jahren behält er das Rezept seiner Mutter für sich. Ich habe versucht, ihn dazu zu bringen, es für mich aufzuschreiben, aber er weigert sich. Behauptet, es benötige eine magische Zutat. Ich lasse auf jeden Fall die Kokosnuss auf der Küchenanrichte liegen. Ich habe heute Lust auf Kokoskuchen.

Emmie wollte wissen, was ich tun werde, da ich nicht zu Hause bleiben kann. Ich habe wirklich keine Ahnung. Es ist lange her, dass ich den Tag nur für mich hatte, ohne etwas tun zu müssen. Jack und Emmie sind unten und schreiben mir eine Liste. Ich weiß schon, was Emmie vorschlagen wird – ein Besuch im Buchladen. Jack hat mir etwas Geld gegeben, um mir ein oder zwei Kleider zu kaufen. Aber Emmie braucht Kleider dringender als ich. Das Kind wächst wie Unkraut, genau wie Mary damals.

Ich glaube, als Erstes werde ich runter zum See fahren. Es gibt dort einen Ort, den ich mag; er ist irgendwie etwas Besonderes ... Ich wünschte, ich könnte mich erinnern, warum. Die Erinnerung ist noch vorhanden, ich kann sie fühlen, aber wie sehr ich es auch versuche, sie entgleitet mir.

Es gibt dort einen kleinen Baum, der in der waldigen Gegend, kurz bevor man auf den Sand kommt, neu gepflanzt wurde. Er ist mir beim letzten Mal aufgefallen. Meine Mutter hat mir oft erzählt, wie wichtig es sei, einen Baum zu pflanzen, wenn ein geliebter Mensch von einem gegangen ist. Ich glaube, ich habe ihn gepflanzt, aber ich weiß nicht mehr, warum. Vielleicht habe ich an jenem Tag an meine Mutter gedacht, daran, wie sehr sie das Wasser geliebt hatte. Aber ich habe schon zwei Bäume in unserem Garten – einen für sie und einen für Daddy.

Vielleicht weiß Jack es.

Das Knarren des alten Schaukelstuhls durchbrach die Stille. Jack wusste, er sollte das Radio anschalten, um etwas Gesellschaft zu haben, aber irgendetwas lag heute Abend in der Luft; eine Ruhelosigkeit, die er nicht ganz verstand.

Es war ein Abend für Erinnerungen.

Er ließ den Kopf gegen den abgenutzten Stuhl sinken und schloss die Augen. Feen tanzten vor ihm, ihre Lichter flackerten, während sie durch die Luft wirbelten, das hatte Emmie zumindest immer behauptet. Die Feenlichter waren nur eine Lichterkette, die Dottie irgendwo ausgegraben hatte – eine Lichterkette, die er in stundenlanger Arbeit an der Wand befestigt hatte – aber es hatte ihre Kleine so glücklich gemacht, diese Lichter in ihrem Zimmer zu haben. Er konnte fast schon das Gewicht ihres Körpers in seinen Schoß geschmiegt spüren, bereit für eine Gutenachtgeschichte. Sie würde sich ganz eng zusammenrollen, ihre Beine entweder fest unter ihr oder baumelnd über seinen Knien, während sie sich in seine Armbeuge kuschelte. Sie würde ihm dabei helfen, die Seiten des Buchs umzublättern, aber erst mussten sie die Augen schließen und darauf warten, dass die Feen zu tanzen begannen – ein törichtes Spiel, aber er gab ihr gerne nach.

Jack ging noch immer jeden Abend nach oben, um Emmie eine Gutenachtgeschichte vorzulesen. Er wagte es nicht, Doug oder Kenny davon zu erzählen, Männer, die wie Brüder für ihn waren. Natürlich wusste er, dass sie nicht mehr da war, aber in einem Augenblick war er noch unten in der Küche und im nächsten öffnete er schon ihre Schlafzimmertür, um nach ihr zu sehen. Wenn er dann das leere Bett mit all den Stofftieren sah, die sie zurückgelassen hatte, brach es ihm jedes Mal fast das Herz.

Er drückte den Hasen mit Schlappohren an sich, den Emmie ihm an dem Tag, als sie ihren Koffer gepackt hatten, gegeben hatte, und seufzte. Er vermisste seine drei Mädchen so sehr, dass es manchmal physisch schmerzte. Niemals hätte er gedacht, dass er so viel in so wenig Zeit verlieren könnte. Er hatte gerade erst begonnen, um seine Mary zu trauern, als Dottie zusammengebrochen war und ins Krankenhaus musste. Dann hatte er Emmie aufgeben müssen, und in jener Zeit schied Dottie im Schlaf dahin, blind gegenüber seinem Schmerz und dem Aufruhr, den ihre Taten verursacht hatten.

Oder vielleicht hatte sie es auch gewusst. Tief in seinem Inneren vermutete Jack, dass Dottie nicht mehr mit der Schuld leben konnte. Deshalb war sie nicht mehr aus ihrem Koma erwacht. Deshalb hatte sie kurz vor ihrem letzten Atemzug seine Hand dreimal hintereinander gedrückt. Die Ärzte sagten, es wäre unbewusst gewesen – ein Reflex. Aber Jack wusste, es war ihr persönlicher Abschied, ihr letztes »Ich liebe dich«.

Er wünschte nur, er hätte die Gelegenheit gehabt, sich ebenfalls zu verabschieden. Ihr zu sagen, dass er sie liebte und dass er verstand, warum sie das getan hatte. Nicht, dass es richtig war, aber dass er sie verstand.

Stöhnend erhob sich Jack aus dem Stuhl, und seine alten Knochen knackten von der Anstrengung. Er legte den Hasen auf das Kissen auf Emmies Bett und strich ihm übers Fell. Er wusste, dass es dumm war, aber er hatte seinem kleinen Mädchen versprochen, dass er sich um ihr Häschen kümmern würde. Noch nie hatte er ein Versprechen gegenüber Emmie gebrochen und er würde jetzt nicht damit anfangen.

Er dachte an den halb geschriebenen Brief auf dem Küchentisch. Wusste sie, dass er nur für sie einen Rosenstrauch in seinem Vorgarten gepflanzt hatte und dass er gestern die erste Blume abgeschnitten hatte? Bekam sie seine Briefe überhaupt?

Wahrscheinlich nicht. Er wusste, wäre er in der Situation ihrer Eltern, würde er seiner Tochter keinesfalls erlauben, Kontakt zu den Menschen aufrechtzuerhalten, die sie entführt hatten. Die Medien bezeichneten ihn und Dottie als Kidnapper. Wenn sie doch nur wüssten. Jacks Hand zitterte bei dem Gedanken daran. Es brachte ihn fast um, zuzugeben, dass Kidnapping genau die Bezeichnung für das war, was Dottie getan hatte, trotz all ihrer guten Absichten und ihres instabilen Gemütszustands. Er und Dottie waren in den Medien verunglimpft worden, und man hatte ihr Leben genau unter die Lupe genommen, aber niemand verstand es wirklich. Wie sollten sie auch?

Er dachte zurück an den Tag im Krankenhaus, kurz nach Dotties Tod, als er Emmie gesehen hatte. Er war dort gewesen, um einer der Krankenschwestern Blumen als Dank vorbeizubringen. In einem Augenblick war sein Herz noch schwer gewesen, und im nächsten hatten sich zwei winzige Ärmchen um seine Hüfte geschlungen. Da wusste er, dass es sein kleines Mädchen war. Er wusste nicht wie, aber er dankte Gott dennoch. Er wünschte, sie hätte ihn noch ein bisschen fester gedrückt, noch ein wenig länger, nur damit er die Erinnerung noch etwas mehr auskosten konnte. Er wünschte, er könnte es zurücknehmen, ihr gesagt zu haben, dass ihre Oma fort war. Es war nicht fair von ihm gewesen, seine Trauer mit seinem kleinen Mädchen zu teilen. Nicht auf diese Art.

Jack ging nach unten, um sich vor dem Schlafengehen eine Tasse Tee zu machen. Er trug schwer an der Bürde, zu wissen, dass er entscheidend dazu beigetragen hatte, dass eine Familie auseinandergerissen worden war. Das würde er sich niemals vergeben können. Als Emmie damals mit Dottie nach Hause kam, hätte er wissen müssen, dass etwas nicht stimmte.

»Oh, meine Dottie, du hast wirklich ein Chaos angerichtet.«

Jack war nicht gern allein. Und in letzter Zeit machte ihm die Stille zu schaffen. Er hatte seinem Arzt gestanden, dass er mit Dottie sprach, als wäre sie noch bei ihm, und war darauf vorbereitet gewesen, dass der Arzt ihn reif für das Pflegeheim hielt. Aber der Arzt hatte nur genickt und gesagt, dass es normal sei – als ob er es häufig hören würde, dass Menschen mit den Toten reden. Bei diesem Gedanken schüttelte Jack den Kopf. Hätte sein Vater damals begonnen, mit seiner Mutter zu reden, nachdem sie verschieden war, hätte jeder gesagt, dass er nicht mehr alle beisammen hätte. Aber heutzutage war es »normal«.

Er schob das Geschirr im Waschbecken zur Seite, um den Kessel mit Wasser zu füllen. Wäre Dottie hier, hätte sie ihm eins auf die Finger dafür gegeben, dass er dreckiges Geschirr herumstehen ließ. Aber wäre Dottie hier, gäbe es auch kein schmutziges Geschirr.

Während er darauf wartete, dass das Wasser im Kessel kochte, nahm Jack das Geschirr in Angriff. Danach achtete er darauf, den Lappen auszuwringen, wie es ihm Dottie beigebracht hatte, nachdem sie zu viele stinkende Lappen in ihrer Spüle vorgefunden hatte. Er schnitt ein Stück eines im Laden gekauften Apfelkuchens ab, legte ein Eck Käse dazu und wusste schon, bevor er einen Bissen nahm, dass es nicht ansatzweise so schmecken würde wie das, was Dottie immer zubereitet hatte.

Er vermisste sie stärker, als er es für möglich gehalten hätte. Dieses Haus war nicht dafür gedacht, so leer zu sein, so völlig ohne Lachen, ohne kindliches Gekicher oder ohne kameradschaftliches Schweigen. Er hatte oft gedacht, dass er zusammen mit Dottie sterben würde, gemeinsam in ihrem Bett, wenn sie beide noch viel älter waren. Aber nicht jetzt schon. Nicht so. Er hatte sich niemals vorgestellt, wie sein Leben allein aussehen würde.

Gott spielte ihm wirklich üble Streiche. Er hatte Dottie am Tag seiner Rückkehr versprochen, dass er sie niemals wieder allein lassen würde.

Wie es schien, hatte er sein Versprechen gehalten.

KAPITEL VIER

Megan schaltete den Staubsauger aus. Sie hob den Kopf und sah sich suchend im Wohnzimmer um. Als sie mit dem Saubermachen angefangen hatte, saß Emma in dem großen Ecksessel und spielte mit ihren Puppen. Jetzt befand sich nur Megan im Zimmer. Sie lauschte, ob sie Daisys Bellen oder die anderen Mädchen beim Spielen hören würde, hörte aber nichts.

»Kinder?« Ihre Stimme war etwas zu hoch. Als keine Antwort kam, ließ sie den Staubsaugergriff los.

Sie prüfte nach, ob die Vordertür noch verschlossen und der Alarm aktiviert war; dann rannte sie in die Küche und schaute in den Garten hinaus. Hannah und Alexis saßen mit ausgestreckten Beinen auf der Veranda und genossen die Sonne.

Suchend blickte sich Megan im Garten um. Wo war Emma? Warum konnte sie sie nicht sehen? Megan öffnete die Schiebetür.

»Was ist los?« Alexis richtete sich auf und hob ihre Sonnenbrille nach oben.

»Wo ist deine Schwester?«

»Gleich hier.« Alexis stupste gegen Hannahs Schulter.

Hannah runzelte die Stirn. »Nicht ich, du Blödi. Emma natürlich.« Sie wandte sich wieder Megan zu. »Ich dachte, sie wäre bei dir?« Hannah drückte sich vom Boden ab, ein panischer Blick in den Augen.

»Das war sie, bis ich mit dem Staubsaugen angefangen habe.« Megans Herz raste, aber sie versuchte, ihre Stimme unter Kontrolle zu halten.

»Vielleicht ist sie mit dem Hund oben in ihrem Zimmer«, schlug Alexis vor und lehnte sich wieder zurück. »Und nenn mich nicht Blödi.«

Hannah stand auf und warf ihrer Schwester einen entrüsteten Blick zu. »Ich schaue nach.«

Megan schüttelte den Kopf. »Nein, schon gut. Ich mach das. Setz dich wieder hin und streitet euch nicht. Ich mache euch gleich Limonade.« Sie schloss die Schiebetür und drehte sich auf den Fersen um.

»Emma?«, rief sie und konnte nicht verhindern, dass ihre Stimme hektisch klang. Wo war sie nur?

Megan rannte zur Treppe und raste ein paar Stufen hoch, als sie plötzlich ein rhythmisches Klopfen auf dem Teppich stoppte.

Emma musste mit Daisy in ihrem Zimmer sein.

Sie stieg die restlichen Stufen leise hoch und hörte ihre Tochter eine bekannte Melodie summen. Es bereitete ihr Sorgen, dass Emma immer zuallererst in ihr Zimmer lief, allein und weg von ihren Schwestern. Sie sollte jetzt, da sie wieder bei ihrer Familie war, aufblühen wie die Rosen im Garten, anstatt zu welken.

Megan ballte ihre Hände zu Fäusten, als sie über den Schaden nachdachte, den die ihrer Tochter zugefügt hatten. Sie sollte ein lautes, lebhaftes Kind voller Energie und Keckheit sein, nicht dieses stille Kind, das nur selten sprach und Trost bei ihrem Hund anstelle ihrer Familie fand.

Emmas Tür stand leicht offen, und sie saß auf dem Boden, mit dem Rücken am Bett und den Füßen gegen die Wand. Daisys Schwanz war zu sehen, der wild auf den Boden klopfte. Sie konnte nicht genau sehen, was die beiden taten, aber Megan vermutete, dass Daisys Kopf in Emmas Schoß lag, während diese ihren Hund streichelte.

Alles in Emmas Zimmer war an seinem Platz. Ihr Bett war gemacht, ihre Teddybären nebeneinander auf ihren Kissen aufgereiht, auf dem Boden lag kein Spielzeug und der Deckel ihres Wäschekorbs war zugeklappt. Peter hatte ein kleines Buchregal aufgebaut, in dem sie ihr Spielzeug, die Körbe und Bücher aufbewahrte. Selbst das alles war geordnet.

Emma war der einzige Ordnungsfreak im Haus – eine Eigenschaft, die sie beim Leben mit diesen anderen Leuten aufgeschnappt haben musste. Die Zimmer ihrer Schwestern waren ein Chaos, und Megan konnte sie gerade einmal dazu bringen, den Boden aufzuräumen. Es war nicht normal für eine Fünfjährige, so ordentlich zu sein.

»Ich vermisse Opa, Daisy. Du nicht auch? Ich wette, du vermisst es vor allem, im Garten herumzurennen.«

Megan klammerte sich an den Türrahmen. Emmas leise Stimme zerriss ihr das Herz in winzige Stücke.

»Ich vermisse auch die Feenlichter. Sie waren so hübsch.«

Feenlichter? Das war das erste Mal, dass Emma so etwas erwähnte.

»Hey, Emma?«, flüsterte Megan ins Zimmer.

»Ich vermisse Omas Muffins und ihr Brot und die Art, wie sie gerochen hat. Ich glaube, das kommt daher, dass sie so viel gebacken hat. Ich hoffe, sie ist jetzt glücklich im Himmel und kann den ganzen Tag Brot backen. Vielleicht wird Opa bald zu ihr gehen. Dann werde ich traurig sein, denn dann bin ich ganz allein.« Emmas Kopf verschwand aus Megans Blickfeld.

Ihr Herz tat weh. Wie konnte Emma nur glauben, dass sie allein war?

»Emma?«, flüsterte Megan erneut. Sie versuchte, ihre Stimme lauter klingen zu lassen, doch es gelang ihr nicht.

Ihre Tochter hörte sie sowieso nicht. Sie schien verloren in ihrer eigenen kleinen Welt.

Megan trat einen Schritt ins Zimmer. Sie hätte ebenso gut ein Geist sein können, still und ungesehen. Daisy bemerkte ihre Anwesenheit nicht einmal. Auf Emmas Bett lag ein Heft, eins von vielen, die Megan ihr gekauft hatte, damit sie darin Bilder malen konnte. Es war offen, und sie konnte ein Bild eines kleinen gelben Hundes und eines Mädchens sehen, die draußen saßen, mit roten schwebenden Kreisen um sie herum.

So sehr sie es auch versuchte, Megan konnte Emma nicht dazu bringen, zu erzählen, was sie noch von dem Tag ihrer Entführung wusste. Aber irgendwo tief in ihr musste die Erinnerung verborgen sein. Das wusste sie einfach. Sonst würde sie sich nicht an die roten Ballons erinnern, die sie an jenem Tag im Himmel schweben gesehen hatten. Sie hatten geplant, die Mädchen zum Jahrmarkt in die Stadt zu bringen, um Emmas Geburtstag zu feiern, und stattdessen den Tag mit der Suche nach ihrer Tochter verbracht.

Megan atmete tief ein. Sie würde jetzt etwas tun, worüber sie schon eine Weile nachgedacht hatte. Sie war nur nicht sicher, ob sie auch auf die Reaktion vorbereitet war.

»Hey, Emmie?« Megan hielt ihre Stimme auf derselben Lautstärke wie die vorherigen Male, die sie nach ihrer Tochter gerufen hatte. Diesmal hob Emma den Kopf.

So sehr es sie auch schmerzte, Megan setzte ein Lächeln auf, als ihre Tochter sie anlächelte.

»Es ist so schön draußen. Willst du mir helfen, Limonade zu machen?«

Megan trat ins Zimmer, und Daisy hob ihren Kopf aus Emmas Schoß. Als Emma ihr Kleid glatt strich und ihre Tränen wegwischte, wusste Megan, dass sie nicht so tun könnte, als hätte Emma nicht auf ihren anderen Namen reagiert.

Obwohl sie es am liebsten tun würde. Also setzte sie sich auf Emmas Bett, schob das Heft beiseite und streckte ihre Arme aus. Als Emma auf ihren Schoß krabbelte, drückte Megan ihre Wange gegen die Stirn ihrer Tochter und kämpfte darum, die passenden Worte zu finden.

»Was sind Feenlichter?«

Emma versteifte sich kurz, und entspannte sich dann wieder. »Opa hat hübsche Lichter in meinem Zimmer befestigt. Sie gingen von einer Ecke bis zur anderen« – Emma zeigte nach oben – »damit ich mich nicht einsam fühlen musste.«

Megan wickelte eine Strähne von Emmas Haar um ihre Finger. Sie sprach von einer Lichterkette. »Das war nett von ihm.«

Emma nickte und schniefte. Daisy legte sich über Megans Zehen und winselte um Aufmerksamkeit.

»Du vermisst ihn, nicht wahr?«

Wieder nickte Emma.

Megan hob das Gesicht ihrer Tochter nach oben, sodass sie ihr in die Augen sehen konnte. Tränen hingen von ihren langen Wimpern.

»Möchtest du auch Feenlichter in deinem Zimmer? Ich glaube, wir haben noch welche im Keller. Vielleicht könntest du mir helfen, sie aufzuhängen?«

Emmas Augen weiteten sich, und ein Lächeln überzog ihr Gesicht. Megan genoss das Gefühl, als Emma ihre Arme um sie schlang. Keine Geste, kein Lächeln, keine Umarmung würde sie je wieder als selbstverständlich hinnehmen. Niemals.

»Es muss schwer sein, zwei Namen zu haben, oder?« Megan behielt ihren lockeren Tonfall bei.

Emma presste kurz ihre Lippen aufeinander und runzelte die Augenbrauen, dann schüttelte sie den Kopf.

»Nein? Bist du sicher?«

Ihr kleines Mädchen schaute panisch drein. Ihre Augen waren weit aufgerissen, die Nasenflügel blähten sich, und ein leichtes Zittern lief durch ihren Körper. »Mein Name ist Emma.«

Daisy erhob sich und bellte. Emmas Panik war greifbar, und Megan hasste sich selbst dafür, ihrem Mädchen das anzutun.

»Schon gut, Schätzchen. Dein Name ist Emma. Aber manchmal kann er auch Emmie sein.« Sie schwieg ein paar Sekunden. »Richtig?«

Emmas Arme lösten sich von Megans Körper. Ihre Schultern spannten sich unter Megans Berührung an.

»Nur für Opa«, flüsterte Emma.

Megan schluckte. Opa. Natürlich. Er besaß einen Teil von Emmas Herz, und dagegen konnte Megan nichts tun. Wie sehr sie es auch versuchte.

»Wusstest du schon, dass ich dich Emmie genannt habe, als du noch ein kleines Baby warst?«

»Wirklich?«

Megan nickte. »Spätabends, wenn ich dich an mich gedrückt und in den Schlaf gewiegt habe, habe ich dich Emmie genannt und deine Stirn geküsst.« Sie hielt den Atem an, als sich ihre Tochter wieder an sie kuschelte. »Ein besonderes Mädchen kann so viele besondere Namen haben, wie sie möchte, solange sie sich nur eine Sache merkt.«

»Was?«, flüsterte Emma.

»Dass du immer mein Kind bist.« Sie küsste Emmas Stirn und wünschte, die Zeit könnte stillstehen.

»Immer«, sagte Emma.

Megan verstärkte ihren Griff. »Immer.«

Megan hielt den letzten Teller vom Abendessen kurz unter den Wasserstrahl und stellte ihn in den Geschirrspüler. Peter saß am Küchentisch und blätterte durch die neuesten Supermarktprospekte, anscheinend ohne sie wahrzunehmen.

Die Nerven in Megans Körper waren zum Zerreißen gespannt. Ihre Brust fühlte sich eng an, und es schmerzte, tief einzuatmen. Seit ihrem Gespräch mit Emma kämpfte sie gegen die Zweifel an, die in ihr Herz gekrochen kamen.

»Also los, spuck's aus.« Peter schob seinen Stuhl zurück und kratzte damit über den Fußboden. Megan zuckte zusammen. Sie hatte vorgehabt, die kleinen Stoffunterleger unter den Stuhlbeinen auszutauschen, nachdem sie sie gewaschen hatte. Wahrscheinlich lagen sie noch immer von gestern im Trockner.

»Was meinst du?« Sie wischte sich die Hände am Handtuch ab, das am Ofengriff hing.

Peters Gesichtsausdruck machte deutlich, dass er wusste, dass etwas nicht stimmte.

»Du hast die Tür zum Geschirrspüler zugeknallt, vorhin beinahe ein Glas in der Spüle zerbrochen und kaum ein Wort gesprochen, seit die Kinder nach dem Essen zum Spielen raus sind.«

Megan drehte sich um, goss Kaffee in zwei Tassen und ging zum Tisch. Sie gab Peter eine, griff nach einem der Prospekte und hoffte inständig, dass Peter nicht bemerken würde, wie ihre Hand zitterte.

»Du bist so nervös wie ein Rennpferd. Was ist los?«

»Ich dachte nicht, dass du heute Abend so früh nach Hause kommen würdest. Laurie hat vorgeschlagen, dass wir in die Spätvorstellung gehen, aber ich hab ihr gesagt, dass du nicht zu Hause sein wirst.« Sie schloss ihre Finger um die Tasse.

»Nun, ich bin aber zu Hause.«

Sie bemerkte sein leichtes Achselzucken und wusste, dass es für ihn keine Rolle spielte, ob sie ausging oder nicht.

»Ich hab ihr gesagt, dass wir stattdessen morgen Abend ausgehen. Wirst du zu Hause sein?«

Peter warf einen Prospekt zur Seite und schlug einen anderen auf.

»Peter?« Sie warf einen Blick auf das, was er sich da anschaute. Golfschläger. Wie passend.

»Wenn du willst, dass ich früh zu Hause bin, musst du nur fragen. Das weißt du doch.« Er legte den Prospekt beiseite und nahm einen Schluck Kaffee. »Warum sagst du mir nicht den wahren Grund für deine Nervosität?«

Megan seufzte. Sie biss sich auf die Lippen, stand auf und sah durch die Schiebetür. Sie genoss den Anblick ihrer drei Kinder zusammen. Sie wusste, dass sie überreagierte, dass sie, wenn sie sich die Zeit nehmen würde, um alles richtig aufzuarbeiten, feststellen würde, dass sie aus einer Mücke einen Elefanten machte.

»Ist dir schon mal aufgefallen, dass Emma nicht reagiert, wenn du sie beim Namen nennst?« Sie schloss die Augen, sie wollte sein Spiegelbild im Glas nicht sehen, fürchtete sich vor dem, was sie sehen würde.

»Nein.«

Vielleicht war es sein Tonfall oder die Art, wie er sich räusperte, aber als Megan ihre Augen öffnete und über ihre Schulter blickte, wünschte sie fast, sie hätte es nicht getan. Seine Stirn war gerunzelt, und er warf ihr einen Blick zu, den sie schon viel zu oft gesehen hatte.

»Mir schon«, flüsterte sie. Als Peter seufzte, löste sich etwas in Megan. Sie wollte, dass er ihr zuhörte, sie verstand. »Das passiert mir oft, Peter.« Sie drehte sich zurück zum Glas und lehnte sich dagegen.

Peter zuckte mit den Achseln. »Warum?«

Warum? Das musste er fragen? Es war wohl kaum ein Psychiater nötig, um zu erkennen, dass es ein Problem geben könnte, wenn ein Kind nicht auf seinen eigenen Namen reagierte. Es musste einen Grund geben, warum sie nicht antwortete. Es sei denn ... das war Emmas Art, an einem Leben festzuhalten, von dem sie nicht länger ein Teil war? Würde sie das mit Absicht tun? Im Alter von fünf Jahren? Megan wusste es nicht genau.

»Glaubst du, dass etwas mit ihrem Hörvermögen nicht stimmt?«

Megan knirschte mit den Zähnen und schüttelte den Kopf. »Nein, Peter. Ich glaube, sie kann gut hören. Ich glaube, dass sie nicht Emma sein will. Ich glaube, dass ...«

»Sie hat dich wahrscheinlich nicht gehört«, unterbrach Peter sie. Seine Augen waren wieder auf die Prospekte gerichtet.

Megan kochte innerlich. Wie konnte er das, was sie gesagt hatte, nur so schnell abtun?

»Sie hat mich gehört, als ich sie Emmie genannt habe.«

Peters Gesicht sprach für sich: Unglauben, Zorn, Verwirrung. Sein Blick schoss von einer Ecke des Zimmers zur anderen und dann wieder zurück zu ihr. Sie bemerkte, wie seine Finger, mit denen er die Kaffeetasse umklammert hielt, weiß wurden. Gut. Vielleicht verstand er es jetzt. Vielleicht würde er ihr jetzt zuhören.

»Du hast was?« Er hatte seine Stimme gesenkt, und der Zorn, den sie in seinem Gesicht las, war auch in seiner Stimme hörbar. Nein, er verstand es nicht.

»Ich wollte es wissen. Ich habe mehrmals ihren Namen genannt und sie hat nicht darauf reagiert. Also hab ich sie Emmie genannt.« Megan spielte mit ihrer Tasse und drehte sie im Kreis. »Mehr war nicht nötig, sie musste nur ihren alten Namen hören. Es hat mir Angst gemacht.«

Peter zog die Augenbrauen hoch. »Es hat dir Angst gemacht? Was, glaubst du, hat es bei ihr bewirkt? Was denkst du, wie sie sich gefühlt hat, als sie bemerkt hat, dass du sie bei diesem anderen Namen nennst?« Peter stand auf, und sein Stuhl kratzte erneut über den Boden, als er ihn nach hinten schob.

»Was stimmt nicht mit dir? Was brauchst du denn noch, um glücklich zu sein?«

KAPITEL FÜNF

5. August

Ich habe heute schon wieder das Brot anbrennen lassen. Das passiert mir sonst nie. Das ist jetzt schon das zweite Mal diese Woche. Was für eine Verschwendung.

Ich habe Emmie für ihren Mittagsschlaf hingelegt und bin wieder neben ihr eingeschlafen. Sie schläft nicht allzu gern; manchmal muss ich mehr Geschichten vorlesen, als ich eigentlich möchte, bevor sie ruhig wird. Heute musste ich ihr drohen, die Feenlichter auszuschalten, wenn sie nicht einschläft.

Jack hat ihr heute ein paar Ballons mitgebracht. Ich habe ihn die Reifenpumpe benutzen lassen, mit der wir damals Marys Fahrrad aufgepumpt haben. Ich schwöre, dieser Mann ist manchmal so stur. Was spielt es für eine Rolle, ob er die Ballons mit seinen Lippen oder einer Pumpe aufbläst? Sie hat diese Faszination für rote Ballons – sagt, sie sähen im Himmel besser aus. Da sie sonst eigentlich Rosa, Gelb und Weiß vorzieht, hätte ich nie gedacht, dass sie nur rote Ballons will. Gut, dass es in der Tüte viele rote gab; sonst wäre er garantiert zurück in die Stadt gefahren, um noch mehr zu kaufen.

Jack behauptet, dass ich in letzter Zeit müder als sonst bin, also hat er einen Termin bei Dr. Stewart vereinbart. Dieser aufdringliche alte Narr will einfach nicht auf mich hören. Ich war schon immer gesünder als für mein Alter üblich. Vielleicht ist es die Anstrengung, ein Kind großzuziehen, die mich langsam einholt.

Manchmal verstehe ich nicht, wie Mary mir das antun konnte – ein Kind zu bekommen und mir, ihrer Mutter, nichts davon zu erzählen. Emmie ist ein liebes Mädchen, also weiß ich, dass Mary trotz ihrer Abhängigkeit etwas richtig gemacht hat, aber meine Tochter hat nie an die Konsequenzen gedacht. Niemals. Das war ihr einer großer Fehler.

Ich gebe mir selbst die Schuld. Mary hat sie mir auch immer gegeben.

Peter lehnte sich gegen den Türrahmen zum Wohnzimmer. Er konnte nie genug von diesem Anblick vor ihm bekommen: Seine Familie, nach so langer Zeit wieder vollständig. Er schluckte und räusperte sich; er wollte die Szene auf keinen Fall stören.

Ein Film lief, und Hannah saß auf einem Sitzsack, mit dem Rücken an der Couch und ihren langen Beinen ausgestreckt vor ihr. Sie würde mal groß werden; das konnte er jetzt schon sehen. Alexis hatte es sich auf der Couch gemütlich gemacht, mit dem Rücken an der Couchecke, verschränkten Beinen und einer großen Schüssel Popcorn auf dem Schoß. Emma saß in Peters Lieblingssessel, den Zeichenblock, den er ihr letzte Woche gekauft hatte, gegen ihre angewinkelten Knie gelehnt. Sie hatte ihre Zunge ausgestreckt, ein sicheres Zeichen dafür, wie konzentriert sie war. Ab und zu nahm sie sich mit ihrer freien Hand etwas Popcorn aus der Schüssel neben ihr. Nicht ein einziges Mal sah er sie zum Film aufschauen.

Das überraschte ihn allerdings auch nicht. Soweit er wusste, hatten sie auf der Farm nicht viel Fernsehen geschaut. Sie war dort sehr behütet aufgewachsen und ein Teil von ihm war dafür dankbar. Sie war ein liebes kleines Mädchen geblieben, voller Unschuld und Herzensgüte.

Anscheinend hatte sie bemerkt, dass er sie beobachtete. Sie hob ihren Blick, und ihre seelenvollen Augen schätzten ihn ab – etwas, das sie in letzter Zeit öfter tat, wie er bemerkt hatte. Es war nervenaufreibend. Was sah dieses fünfjährige Mädchen in ihm? Entsprach er ihren Erwartungen? Irgendwie glaubte er das nicht.

»Setz dich neben mich, Dad.« Alexis zog ihre Beine ein, um Platz zu machen. Peter lächelte Emma an, die zusah, wie er das Zimmer durchquerte. Hannah hob ihre Hand für einen High five. Er wollte abklatschen, aber sie ließ die Hand schnell wieder sinken und kicherte.

»Hey, das ist unfair«, neckte er sie, bevor er so tat, als würde er sich auf Alex setzen. Sie fochten einen klitzekleinen Kitzelkampf aus – aber ohne das Popcorn zu verschütten – dann legte Peter ihre Beine über seine. Er stupste Hannah mit seinem Fuß an, bis er ein leichtes Lächeln bei ihr ausgelöst hatte.

»Also, was schauen wir da?«

Alexis seufzte und zeigte auf den Bildschirm. »Einen Film über einen Drachen, was soll das sonst sein.« Der Sarkasmus in ihrer Stimme war nicht zu überhören. Typisch Alexis.

»Haben wir den nicht schon gesehen?«

»Erst tausendmal. Aber es läuft nichts anderes«, murmelte Alexis.

Peter griff in die Popcornschüssel und warf ein Stück gegen Hannahs Kopf. Sie duckte sich, aber es war Emmas leises Lachen, das seine Aufmerksamkeit erregte. Er schnipste ein Stück gegen sie, aber bevor sie sich ducken konnte, war Daisy aufgesprungen und hatte es in ihrem Maul aufgeschnappt.

»Unglaublich.« Peter lachte. »Wer hat Daisy solche Tricks beigebracht?«

Emmas Augen funkelten. Sie beugte sich über die Sessellehne und streichelte Daisys Kopf. »Hannah ist eine gute Lehrerin«, sagte sie.

Peter stupste Hannah wieder mit seinem Fuß an. »Hannah ist eine tolle große Schwester.« Ein Gefühl der Zufriedenheit, das er lange nicht verspürt hatte, kam in ihm auf, als Hannah vor Freude errötete.

Wenn er die Zeit einfrieren könnte, würde er es exakt in diesem Augenblick tun, in dem seine Kinder glücklich waren und er zufrieden. Nur Megan fehlte.

»Wann kommt Mami nach Hause?«, fragte Emma, fast als wüsste sie, was er dachte, und vermisste sie auch.

»Gar nicht mehr. Sie ist fortgerannt«, schmollte Alexis. Emmas Augen weiteten sich vor Angst, und Peter warf Alexis einen strengen Blick zu.

»Sie ist nicht fortgerannt«, beruhigte er Emma. »Sie ist ausgegangen.« Er konzentrierte sich auf Alexis und wartete, bis sie aufsah. »Warum sagst du so etwas?«

Alexis schüttelte den Kopf. »Weil sie immer abends ohne uns weggeht.«

Peter seufzte. »Das stimmt doch nicht. Eure Mutter geht kaum noch aus, und wenn sie es tut, dann meist nur, um einzukaufen. Das weißt du.«

Alexis grunzte. »Sie will einfach keine Zeit mit uns verbringen.«

»Wie bitte?« Hatte er da etwas verpasst? Megan liebte es, mit den Kindern zu Hause zu sein. Es waren Ferien, ihr Sichere-Wege-Programm hatte Pause, die Kinder interessierten sich nicht für Sport, und sie freute sich, den ganzen Sommer zu haben, um Emma näherzukommen. Warum störte es die Mädchen also so sehr, dass sie jetzt einmal fort war?

»Wir verbringen überhaupt keine Zeit mehr als Familie zusammen.« Alexis hob ihr Gesicht und starrte ihn trotzig an.

Peter schüttelte den Kopf. Das ergab keinen Sinn. »Das tun wir doch gerade.«

»Nein, tun wir nicht. Mami ist nicht hier.«

Peter neigte den Kopf und schaute seine Töchter an. Das hatte sie wirklich mitgenommen. Emma vergrub ihr Gesicht wieder in ihrer Zeichnung und blickte nicht auf. Alexis hatte ihre Schultern nach hinten gezogen und ihr Kinn angehoben. Das war seine kleine Kämpferin. Aber hier gab es nichts herauszufordern, nichts zu kämpfen. Der Blick in Hannahs Augen war traurig, nach unten gerichtet und ergeben.

Glaubten sie ernsthaft, dass Megan keine Zeit mit ihnen verbringen wollte? Dass sie es kaum erwarten konnte, abends auszugehen? Er konnte die Gelegenheiten, an denen Megan seit Emmas Rückkehr allein ausgegangen war, an einer Hand abzählen. Woher kam das nur?

Er legte seine Hand auf Hannahs Schulter und schlang einen Arm um Alexis.

»Hört mir zu. Alles, was eure Mutter jemals wollte, ist genau hier in diesem Zimmer zu sein. Bei ihrer Familie. Und das sind du« – er nickte zu Alexis – »und du« – dann zu Hannah – »und du, kleines Äffchen in meinem Lieblingssessel.« Emma blickte mit großen Augen auf. »Für eure Mom zählt nur ihre Familie. Nichts anderes.«

»Bist du dir da sicher? Ich habe sie zu dir sagen gehört, dass sie heute Abend Zeit für sich allein braucht«, stichelte Alexis.

Er musste zugeben, dass Megan das gesagt hatte, bevor sie gegangen war. Er hatte ihr sogar zugestimmt. Er wusste nicht, was mit ihr nicht stimmte oder wo ihr der Kopf stand, aber vielleicht würde etwas Zeit für sich ihr die Gelegenheit geben, darüber nachzudenken, wie lächerlich ihre Behauptungen von heute gewesen waren. Er nickte.

»Das hat sie. Und das ist auch erlaubt. Das ist genauso, wie wenn du in dein Zimmer gehst, um deine Ruhe zu haben und Musik zu hören. So ist das auch für Mom.« Langsam nahm Peter seine Hand von Hannahs Schulter und legte sie auf seinem Bein ab, nur Zentimeter von Alexis' nacktem Fuß entfernt. »Richtig, Kleine?« Er begann, ihren Fuß zu kitzeln und wartete auf ihr ansteckendes Lachen.

Alexis versuchte, ihren Fuß aus seinem Griff zu befreien, aber es war zwecklos. Er fuhr fort, sie zu kitzeln, und als sie zu lachen begann, löste sich die Anspannung im Zimmer. Daisy sprang auf und fing an zu bellen, und Emma lachte sogar ein wenig. Peter genoss den willkommenen Klang, während Hannah sich aufrichtete und nach Alexis' anderem Fuß griff.

Ja, seine drei Mädchen wieder zusammen lachen zu hören, war der Himmel auf Erden.

Sobald sie konnte, war Megan aus dem Haus geflüchtet, fort von ihrem Mann und ihren Ängsten, und zum Pier gefahren. Sie gab ihm keine Schuld; sie war nicht mal sicher, ob sie es selbst verstand. Warum störte es sie so sehr, dass Emma nicht auf dieselbe Art auf ihren Namen reagierte wie auf diesen anderen Namen? Warum war sie so empfindlich?

Hatte Peter recht? Suchte sie nur nach einem Grund, um nicht glücklich zu sein? Warum konnte sie das Leben nicht so akzeptieren, wie es war, und aufhören, es kontrollieren zu wollen?

Megan parkte am alten Pier und lief den schmalen Weg entlang. Als sie das Ende erreicht hatte, ließ sie ihre Beine über den Steg baumeln und die Stille auf sich wirken. Sie blickte auf den See, gebannt von den sanften Wellen und der Art, wie die Möwen in das Wasser eintauchten. Sie atmete tief ein und versuchte, die Ruhe der Szenerie in sich aufzunehmen, aber es gelang ihr nicht.

Sie wünschte, sie wäre so frei wie die Vögel über ihr, ohne den Stress, den sie sich selbst auflud. Emma war zu Hause. Ihre Familie heilte langsam. Warum konnte sie nicht glücklich sein? Weil sie mehr wollte. Die Hoffnung aus ihrem Traum von heute Morgen war noch da. Es musste noch mehr für sie alle geben.

Vorhin hatte sie Peter gestanden, dass der Vorfall mit Emma ihr Angst eingejagt hatte. Ohne zu fragen warum, hatte er sich umgedreht und sie beschuldigt, ihrer Tochter dasselbe anzutun. Aber er hatte sie nicht gefragt, warum sie Angst hatte, und um ehrlich zu sein, war sie nicht sicher, ob sie sich die Antwort eingestehen wollte.

Sie brauchte eine andere Perspektive. Jemanden, der ihr dabei half, ihre Zweifel und Sorgen zu verstehen. Und sie wusste genau, an wen sie sich wenden musste.

Megan stand auf und ging zurück zum Auto. Irgendetwas stimmte nicht, aber sie wusste nicht, ob das Problem bei ihr lag oder bei ihrer Tochter.

Megan schob die Tür zu Dr. Kathy Grahams Büro auf und sah sich im Wartezimmer um. Die acht Stühle waren leer, der Mantelständer ebenso. Ein kleines Schild mit der Aufschrift »Bitte Platz nehmen« stand auf dem Schreibtisch.

Sie stellte einen Kaffee aus dem Drive-in auf den Schreibtisch und setzte sich in einen der Stühle, die Geldbörse fest in den Händen. Sie betete, dass ihr Kommen die richtige Entscheidung gewesen war.

»Ich bin gleich bei Ihnen«, rief Kathy, ihre Familientherapeutin.

Hierherzukommen war eine spontane Entscheidung, die sie am Pier getroffen hatte. Peter würde niemals davon erfahren.

»Kommen Sie rein, Megan.« Kathy stand im Türrahmen. Sie trug ein hellblaues Sommerkleid und hatte ihr Haar zu einem Pferdeschwanz gebunden.

»Danke, dass Sie so kurzfristig Zeit für mich haben.« Megan nahm den Kaffee, den sie auf dem Schreibtisch abgestellt hatte, und bot ihn Kathy an.

Kathy einen Kaffee zu kaufen, war das Mindeste, was sie tun konnte, nachdem diese eingewilligt hatte, sie außerhalb der Sprechzeit zu empfangen. Ein winziger Funken Zweifel keimte in Megan auf. Sie hätte sich Zeit nehmen sollen, um sich zu beruhigen, anstatt wegen etwas so Törichtem wie Emmas fehlender Reaktion auf ihren Namen Panik zu schieben. Es ging nicht um Leben und Tod. Es waren nur grundlose Ängste.

Megan folgte Kathy in ihr Büro, und sie setzten sich in die Ledersessel. Irgendetwas an diesem Büro und der Art, wie es dekoriert war, ließ es sich anfühlen, als wäre es das Zimmer im Haus einer Freundin anstatt das Büro einer Ärztin. Die Spannung in Megans Schultern löste sich etwas. An der Seite, neben den großen Erkerfenstern, hingen eingerahmte Zeichnungen, die Kinder für Kathy angefertigt hatten. Megan identifizierte sofort das Bild, das Emma in ihren ersten Wochen zu Hause gemalt hatte. Es war ein Bild von einem kleinen Mädchen und einem Hund, in einem Feld voller Bäume um sie herum. Sie hatte große blaue Wirbel als stürmischen Wind gemalt, der sich um das kleine Mädchen wickelte. Megan hasste das Bild, obwohl Emma so stolz darauf gewesen war und Kathy gebeten hatte, es an ihre Wand zu hängen. Sie hasste es, dass Emma sich so offensichtlich allein und verunsichert fühlte.

Kathy schlug die Beine übereinander und nippte an ihrem Kaffee, während Megan kerzengerade in ihrem Sessel saß.

»Was ist los?«, fragte Kathy.

Megan biss sich auf die Lippen, während sie nach den richtigen Worten suchte. Worte, die sie nicht verrückt oder undankbar klingen lassen würden. Worte, die Kathy überzeugen würden, dass sie keine schlechte Mutter war, nur weil sie Zweifel an ihrem Kind hatte.

»Ich glaube nicht, dass Emma wirklich meine Tochter ist«, stieß Megan stattdessen aus.

Sie wartete auf Kathys Reaktion, auf die Verwirrung, die Sorge und dann den Zweifel, den sie fraglos verdiente. Sie stählte sich, wohlwissend, dass es töricht von ihr gewesen war, herzukommen und ihre Ängste zuzugeben. Ihr Griff um den Taschengurt wurde stärker.

»Warum glauben Sie das?«

Megan war überrascht, die Ernsthaftigkeit in Kathys Stimme zu hören. Sie blickte auf und sah die Besorgnis in Kathys Blick. Sie entspannte sich ein wenig und stellte ihre Tasche auf den Boden.

»Ich weiß, es klingt seltsam und ergibt vielleicht keinen Sinn. Aber es sind die Dinge, die sie sagt, oder an die sie sich erinnert.«

»Was für Dinge? Es ist möglich, dass sie frühere Erinnerungen mit denen aus dem Leben mit Jack und Dorothy vermischt.«

Megan schüttelte den Kopf. »Warum reagiert sie, wenn sie Emmie genannt wird, und nicht bei ihrem richtigen Namen? Es ist ja nicht so, als wären die beiden Namen völlig anders. Außerdem hatte ich gehofft, sie wäre mittlerweile glücklicher und hätte sich besser eingelebt.« Megan seufzte. War das alles ihre Schuld? Ließ sie ihre Tochter irgendwie im Stich?

Kathy stützte sich auf die Armlehne. »Sie braucht noch Zeit, Megan. Das könnte Emmas Art sein, um die Erinnerung an dieses Leben lebendig zu halten.« Kathy lächelte ein wenig. »Reden wir darüber, wie sie zurechtkommt. Spricht sie schon mehr?«

»Ein bisschen. Sie trägt jetzt mehr zu einer Unterhaltung bei, wenn sie irgendwie involviert ist. Aber …« Megan zögerte.

»Spricht sie über Dinge aus dem Farmhaus?«

Vielleicht lag es daran, wie Kathy die Frage stellte, oder an ihrem Tonfall, aber Tränen stiegen in Megans Augen auf. Sie konnte nur nicken.

»Denken Sie daran, dass wir darüber gesprochen haben. Das ist völlig normal – sogar gesund. Sie versucht, Wege zu finden, um mit Ihnen in Kontakt zu treten. Für sie besteht eine Methode darin, Erinnerungen zu teilen, die noch frisch sind. Das ist gut, Megan.« Kathy lehnte sich nach vorn. »Wirklich, das ist ein gutes Zeichen. Sie bringt sich mehr ein.«

Megan hob die Augenbrauen. »Also bin ich überempfindlich? Mache ich aus der ganzen Namenssache mehr, als es ist?«

Die Art, wie Kathy ihre Beine andersherum übereinanderschlug und einen weiteren Schluck von dem Kaffee nahm, verärgerte Megan. Sie war nicht sicher, woran es lag – vielleicht, weil sie so entspannt schien, oder ihr Blick, als würde sie Megan nur beschwichtigen wollen.

»Warum reagiert sie auf Emmie, aber nicht auf Emma?«, platzte sie heraus. Das war die wahre Frage, die Frage, die sie am stärksten beschäftigte.

Kathy neigte ihren Kopf und griff nach dem Notizblock auf dem Beistelltisch neben ihr. »Vielleicht hat sie auf die ersten Buchstaben ihres Namens reagiert, den Em-Teil. Es ist möglich, dass sie nur das gehört hat.«

Megan schüttelte den Kopf. Sie lehnte sich nach vorn und stützte die Ellbogen auf die Knie. Sie verschränkte die Finger ineinander. »Nein. Ich habe sie mehrfach bei ihrem

Namen gerufen, aber sie hat mich nicht gehört. Erst in dem Augenblick, als ich sie bei dem anderen Namen nannte, reagierte sie.«

Kathy kritzelte ein paar Notizen auf ihr Blatt, und Megan fragte sich, ob sie wieder vorschlagen würde, dass Megan irgendwelche Medikamente nehmen sollte. Wie vorher. Sie war nicht verrückt. Sie wusste, dass irgendetwas nicht stimmte.

»Was hat sie getan, bevor all das geschehen ist?«

»Wie bitte?«

Kathy legte den Notizblock zurück auf den Tisch und verschränkte ihre Hände ineinander. »War Emma mit etwas beschäftigt, als Sie Ihren Namen gesagt haben?«

Megan rief sich die leise Unterhaltung ins Gedächtnis, die sie zwischen Emma und Daisy gehört hatte.

»Sie redete darüber, wie sehr sie sie vermisste. Die anderen.«

Sie erzählte Kathy nichts von den Feenlichtern. Das musste sie nicht. Das Leuchten in Emmas Augen, als Megan ihr gesagt hatte, sie könnte welche in ihrem Zimmer haben, bestätigte sie darin, das Richtige gesagt zu haben.

»Kathy, sie ist jetzt lange genug bei uns, dass sie sich daran erinnern sollte, wie es war, Teil unserer Familie zu sein. Wie sehr wir sie geliebt haben. Ich habe alles getan, was Sie mir vorgeschlagen haben, und ich weiß sehr genau, wann Emma genug hat. Ich zwinge sie nicht dazu, mit uns zu interagieren; ich gebe ihr so viel Zeit, wie sie braucht, und akzeptiere ihre Gefühle. Aber ...« Sie zögerte, nicht willens, das zu sagen, wovor sie sich die ganze Zeit gefürchtet hatte.

Kathy wartete.

»Es war, als hätte sie die ganze Zeit darauf gewartet, wieder Emmie genannt zu werden.«

KAPITEL SECHS

Peter stand an der Hintertür und pfiff. Wo war bloß dieser Hund? Er war bereit für etwas Entspannung, vielleicht ein neues Buch oder einen ausnahmsweise mal nicht animierten Film, aber das konnte er erst tun, wenn alle in ihrem Bett waren, und dazu gehörte auch Daisy. Er hatte keine Ahnung, was Megan gerade tat. Wie lange brauchte sie? Er war nicht verärgert – aber eine SMS oder ein Anruf wären schon nett.

Hannah und Alexis hatte er bereits gute Nacht gesagt, aber Emma weigerte sich, ohne Daisy zu schlafen, und das war ein Kampf, den Peter nicht auszufechten bereit war. Megan war diejenige, die die Kinder sonst ins Bett brachte, daher war er nicht sicher, wie Megan sonst mit Emma verfuhr. Aber wenn der Hund an ihrer Seite ihm weniger Ärger einbrachte, bedeutete das für ihn eine Win-win-Situation.

Sein Handy vibrierte in der Hosentasche, als Daisy auf die Veranda gejagt kam und darauf wartete, dass Peter sie hereinließ. Er zog das Handy aus der Tasche und öffnete geistesabwesend die Tür für den Hund.

Er hatte eine SMS von Megan erwartet, in der sie Bescheid gab, dass sie auf dem Weg nach Hause war, daher war er ein wenig überrascht, als er sah, dass sie von Sam kam.

Noch wach?

Seine Finger tanzten über die Tastatur auf seinem Handy, während er Daisy durchs Haus und die Treppe hinauf folgte.

Bring nur gerade die Kinder ins Bett. Was ist los?

Er stand oben auf der Treppe und wartete auf Sams Antwort. Irgendetwas stimmte nicht, wenn sie ihm so spät noch eine SMS schickte.

Emmas Tür war genau links von ihm. Peter blickte ins Zimmer hinein und sah sie neben ihrem Bett auf dem Boden liegen und malen. Auf der anderen Seite des Flurs befand sich Alex' Zimmer. Sie saß mit Kopfhörern auf ihrem Bett und wiegte sich zu einem Song. Sie blickte auf und winkte ihm zu. Er hielt seine ausgestreckten Finger hoch. Fünf Minuten, formte er mit den Lippen. Sie nickte und warf ihm eine Kusshand zu. Er griff nach vorn und tat so, als würde er den Kuss mit seiner Hand einfangen und an sein Herz halten.

»Hey, Dad?« Alexis zog ihre Kopfhörer aus dem Ohr. »Wann gehen wir golfen?«

»Ganz bald, mein Schatz. Ich versprech's.«

»Das hast du auch letztes Mal schon gesagt.« Sie zog einen Schmollmund. »Du wirst mich niemals mitnehmen, nicht wahr?«

Peter schüttelte den Kopf.

»Was? Natürlich werde ich das.«

»Wann?«

Er war nicht sicher, ob ihm ihr Tonfall oder der trotzige Blick gefielen.

»Du hast versprochen, wir gehen, wenn die Schule vorbei ist. Du hast sogar gesagt, dass du ein paar Nachmittage freinimmst und wir zusammen etwas unternehmen könnten, nur du und ich.«

Sie hatte recht. Das hatte er versprochen.

»Sehen wir mal, was ich machen kann, um ein paar Meetings umzuplanen, okay?«

Anscheinend versuchte sie, die Ehrlichkeit in seinen Augen zu lesen, denn einen Augenblick lang sagte sie gar nichts. Dann nickte sie, steckte sich die Kopfhörer wieder in die Ohren und gab ihm ein Daumen-hoch.

Nun dann. Er erwiderte die Geste und warf ihr noch einen Gutenachtkuss zu, bevor er zu Hannahs Tür ging. Er klopfte leise, und als sie antwortete, blickte er hinein.

»Hey, ich hab dich lieb«, sagte er, während er ihr zusah, wie sie ihre Kissen hinter sich aufschüttelte. Ihr strahlendes Lächeln erwärmte sein Herz.

»Ich hab dich auch lieb, Dad. Es war schön, dich heute Abend zu Hause zu haben.«

Die Aufrichtigkeit in ihrem Blick traf ihn hart. Er trat ins Zimmer und setzte sich auf den Bettrand. Dann griff er nach ihrer Hand und hielt sie für einen Kuss an seine Lippen. Sie kicherte, und das erinnerte ihn an die Zeit, als sie noch ein kleines Mädchen von vielleicht drei Jahren war, das immer gern Prinzessin gespielt hatte.

»Du wirst immer meine kleine Prinzessin sein, das weißt du.« Sie wurde so schnell erwachsen.

Sie neigte ihren Kopf zur Seite und blickte ihn an.

»Woran denkst du?« Sanft drückte er ihre Hand.

Sie spielte mit ihrer Decke. »Ich frage mich nur, ob du glücklich bist.« Sie senkte den Blick.

Peter rieb sich das Kinn, während er über ihre Bemerkung nachdachte.

War er glücklich?

»Hier und jetzt bin ich mehr als glücklich, mein Schatz. Weißt du auch, warum?«

Hannah schüttelte den Kopf.

Peter lehnte sich nach vorn. »Weil ich bei dir bin.«

Er war nicht auf ihren Satz nach vorn vorbereitet, als sie sich ihm in Arme warf und ihn festhielt.

»Ich hab dich lieb, Daddy«, flüsterte Hannah ihm ins Ohr. Peter strich ihr über das Haar und versuchte, durch den

Kloß in seinem Hals zu sprechen. Sein Handy vibrierte in seiner Tasche, aber er ignorierte es.

»Ich dich noch mehr, meine Prinzessin. Ich hab dich noch mehr lieb.«

Nachdem er Hannahs Tür hinter sich geschlossen hatte, las Peter die SMS.

Ich habe viel darüber nachgedacht, was passiert ist. Wir müssen reden.

Peter zögerte einen Augenblick.

Jetzt ist nicht der richtige Zeitpunkt. Kann das nicht warten?

Er wartete auf ihre Antwort. Aber es war der Klang von Emmas leiser Stimme, der ihn dazu zwang, sein Handy wieder in die Tasche zu stecken und zu ihrer Tür zu gehen.

Er wusste, worüber Samantha reden wollte, aber das war nicht das richtige Thema für heute Abend.

In dem Augenblick, in dem er vor Emmas Tür stand, schob Peter alle Gedanken an Sam beiseite. Er konnte noch immer nicht glauben, dass sie zu Hause war. So viele schlaflose Nächte hatte er in Emmas Zimmer verbracht und versucht, sich an ihr Lachen zu erinnern. Er hatte es fast vergessen. Er schüttelte den Kopf. Wem wollte er etwas vormachen? Er hatte es vergessen. Und aus irgendeinem Grund hatte er das Gefühl, dass Emma das auch wusste.

»Was malst du da?« Er setzte sich auf ihr Bett, während sie weiterhin auf dem Boden lag.

Wenn es eins gab, das er über seine jüngste Tochter gelernt hatte, dann, dass sie das Zeichnen liebte. Megan hatte letzte Woche einen Ordner gekauft für alle Bilder, die Emma gemalt hatte, und jeden Abend, wenn er spät von der Arbeit nach Hause kam, fand er etwas Besonderes von ihr auf seinem Schreibtisch. Er sah sie gern als ihre Briefe an ihn an. Fast wie das Tagebuch, das er für sie geschrieben hatte, während sie vermisst wurde.

»Ein Bild für Mami.«

Er lehnte sich nach unten, um das Bild anzusehen, und lächelte. Megan, eine Frau, die es hasste, Kleider zu tragen, trug dort ein leuchtend rotes Kleid mit einer gelben Schürze. Emma stand neben ihr und hielt einen sehr großen Kreis in den Händen.

»Was ist das für ein Kreis?«

Emma sah ihn über ihre Schulter hinweg an. »Ein Keks.«

Er hob die Augenbrauen. »Das ist aber ein großer Keks. Hoffentlich hast du mir etwas davon aufgehoben.«

Sie griff nach einem anderen Stift und begann, in der Ecke zu schreiben: Es tut mir ... Dann hielt sie inne und sah ihn wieder an. »Wie schreibt man ›leid‹?«

Peter buchstabierte es für sie und sah zu, wie sie sorgfältig die Buchstaben auf das Blatt malte.

»Was tut dir leid, Emma?« Er konnte sich keinen Grund vorstellen, aus dem sie sich bei Megan entschuldigen müsste.

Emma antwortete nicht. Stattdessen hob sie alle Stifte um sich herum auf und legte sie zurück in den Behälter.

»Ich habe Mamis Gefühle verletzt«, flüsterte sie schließlich.

Bei ihren Worten sackte Peter in sich zusammen. Er wartete, bis sie mit dem Aufräumen fertig war, aber sobald sie aufstand, nahm er sie in die Arme und hob sie auf seinen Schoß. Daisy sprang neben ihnen aufs Bett.

»Möchtest du mir erzählen, was passiert ist?« Er zog sie nahe an sich, bis ihr Rücken an seiner Brust lehnte und er seine Arme eng um sie geschlungen hatte. Ihre Haarsträhnen kitzelten sein Kinn, als sie den Kopf schüttelte.

Peter legte sein Kinn auf ihren Kopf. »Hast du alle Schokodrops aufgegessen, die heute in die Kekse kommen sollten?«

Emma schüttelte wieder den Kopf.

»Hast du alle Kekse aufgegessen und ihr keinen abgegeben?« Er achtete darauf, dass sein Tonfall fröhlich war.

Erneut schüttelte sie den Kopf, aber diesmal sah sie ihn an.

Peter hob seine Schultern und ließ sie dann wieder fallen. »Dann weiß ich nicht, was du gemacht haben könntest, das sie traurig gemacht hat.«

Emma schürzte ihre Lippen, senkte den Blick und schmiegte sich wieder an seine Brust. Peter drückte sie fest an sich.

»Ich vermisse Oma.«

Bei diesen Worten zog Peter das Herz zusammen. Es waren nicht die Worte, die schmerzten, sondern die Art, wie sie es sagte. Als würde er deswegen böse auf sie sein.

»Das verstehe ich, Schätzchen. Sie war dir sehr wichtig, nicht wahr?«

Emma antwortete nicht. Peter verstand nun, was heute passiert sein könnte.

»Hast du sonst immer mit ihr Kekse gebacken?«

Emma nickte. »Und Muffins, Brot und Kuchen. Sie hat mich auch die Eier aufschlagen lassen.« Sie wand sich in seinen Armen, bis er seinen Griff lockerte.

»Eier aufschlagen kann ziemlich schwierig sein. Du musst darin sehr gut sein.«

Emmas Kopf wippte auf und ab. »Aber Mami hat mich heute nicht die Eier machen lassen.«

Peter neigte den Kopf. »Weiß Mami, wie gut du darin bist, die Eier aufzuschlagen?«

Emma schüttelte den Kopf.

»Dann sollten wir ihr das mal erzählen, oder? Zufällig weiß ich, dass sie das beim Backen gar nicht gern macht. Wusstest du das?«

Emmas Augen weiteten sich.

»Ja.« Peter nickte. »Bei ihr kommen immer Schalenstückchen in den Teig, und die muss ich dann immer mitessen. Hast du schon mal Eierschale gegessen?« Emma schüttelte den Kopf. »Glaub mir, das schmeckt nicht gut.«

»Ich kann das, Daddy.« Emma lehnte sich zurück und straffte die Schultern.

»Das weiß ich, Schätzchen. Daran hab ich keinen Zweifel. So, wie wäre es dann jetzt, wenn wir dich und Daisy ins Bett stecken, bevor Mami nach Hause kommt?« Er hob sie von seinem Schoß und stand auf. Emma schlüpfte unter die Bettdecke und zog die kleine Decke gerade, auf der Daisy schlief. Das war die einzige Bedingung dafür, dass der Hund bei Emma schlafen durfte: niemals unter Emmas Bettdecke und immer auf der Decke.

Peter nahm den Plüschlöwen und strich ihm über die flauschige Mähne. Emma streckte ihm die Hände hin. »Kann ich Pink bitte haben, Daddy?« Es gefiel ihm, dass das noch immer ihr Lieblingsplüschtier war. Er hatte es am Tag ihrer Geburt für sie gekauft. Als sie verschwunden war, hatte Peter ein wenig Trost in dem Wissen gefunden, dass der Löwe bei ihr war. Emma steckte ihren Löwen neben sich unter die Bettdecke.

Peter hob Emmas Sachen vom Boden auf und steckte sie in den Wäschekorb. Die Schranktür stand offen und er bemerkte den Stapel Kleidung auf dem Boden. Gestern hatte Megan erwähnt, dass Emmas Zimmer immer so aufgeräumt war. Sie hatte wohl ihren Schrank nicht gesehen.

»Emma, warum liegen all diese Kleidungsstücke auf dem Boden?« Er blickte über seine Schulter und sah Zorn im Gesicht seiner Tochter aufblitzen. Zorn?

»Ich mag sie nicht.« Sie verschränkte ihre Arme über der Brust und schmollte.

Peter kniete sich hin und nahm ein Shirt aus dem Stapel. »Aber das ist ein schönes Oberteil, das dir deine Mami gekauft hat. Was stimmt denn damit nicht?«

Sie warf ihm einen Blick zu, den er eher von Alexis erwartet hätte. »Ich mag Kleider. Darin fühle ich mich hübsch.«

Peter ließ das Shirt fallen und hob einen Rock auf. »Würdest du dann einen Rock tragen?«

Emma schüttelte den Kopf.

»Warum nicht?« Peter griff nach einem anderen Oberteil im Stapel und stand auf. Er stellte die zwei zusammen und hielt sie für Emma hoch. »Das ist doch nur ein Kleid, das in zwei Teile geschnitten ist.«

Emma runzelte die Stirn, als sie von den Sachen in seinen Händen zu den Kleidern in ihrem Schrank blickte.

Peter griff nach einem Bügel mit zwei Clips unten. Er kämpfte damit, den Rock daran zu befestigen, hängte das Shirt darüber, schob ein paar Kleider beiseite und hängte den Bügel in die Mitte.

»Ich weiß noch, wie Mami mit vielen Taschen voller Anziehsachen für dich nach Hause gekommen ist. Du nicht? Sie war so aufgeregt, dir neue Sachen zu kaufen und konnte es gar nicht erwarten, sie an dir zu sehen. Wie wär's, wenn du versuchst, ein neues Outfit für Mami zu tragen?«

Emmas Augen weiteten sich. Er wusste, dass sie kurz vor einer Panik stand. Sie hielt die Decke fest umklammert und ihre Nasenflügel blähten sich, während sie zu atmen versuchte.

»Nicht jeden Tag, Emma. Wie wär's mit ...« Peter versuchte, einen Tag herauszusuchen, an dem nichts anstand. »Sonntag? Wie wär's, wenn du immer am Sonntag versuchst, etwas zu tragen, das Mami dir gekauft hat? Und die restliche Zeit kannst du deine Kleider tragen.« Es gefiel ihm nicht, Emma so zu sehen. Selbst jetzt, zwei Monate später, hatte diese Frau noch Macht über Emma. Er fühlte sich hilflos.

Erst, als Emma ihren Griff um die Decke lockerte, entspannte sich Peter. Und als sie zustimmend nickte, kämpfte er darum, nicht zu lächeln. Das war zumindest ein Schritt in die richtige Richtung. Er setzte sich wieder aufs Bett und legte seine Arme auf beiden Seiten von Emmas Beinen ab. Er wartete, bis sie sich zurück aufs Kopfkissen gelegt hatte, und lehnte sich dann nach vorn, um sie auf die Stirn zu küssen.

»Ich hab dich lieb, Emma.« Er hätte gern noch so viel mehr gesagt. Zum Beispiel, dass sie ihn wieder zu einem ganzen Menschen gemacht hatte, und dass immer, wenn sie ihn anlächelte, sein Herz schmolz. Dass er nur wollte, dass sie glücklich war und geliebt wurde, und dass er alles, einfach alles tun würde, um sicherzugehen, dass sie immer glücklich war. Aber er konnte es nicht sagen. Er wusste nicht wie.

Aber als sie ihre Hand ausstreckte und seine Wange berührte, wusste er, dass sie die Worte bereits kannte, die er nicht sagen konnte. Er streichelte noch einmal den Hund und verließ dann das Zimmer. Er schaltete das Licht aus und wollte gerade die Tür schließen, als sie nach ihm rief.

»Daddy?«

Er schaltete das Licht wieder an.

»Ich habe heute ein Bild für Opa gemalt. Ich glaube, er vermisst mich.«

Peter lehnte sich gegen den Türrahmen.

»Könntest du es ihm geben?«

Er wollte Nein sagen. Aber als er den Blick in Emmas Augen sah, wurde ihm klar, dass er das seiner Tochter nicht antun konnte.

»Ich sag dir was. Wie wär's, wenn du und ich morgen zum Frühstück ausgehen und auf dem Weg nach Hause kannst du es in den Briefkasten stecken.«

Als ihre Augen aufleuchteten, wusste er, dass er genau das Richtige gesagt hatte.

»Wirklich, Daddy? Nur du und ich?«

Peter zwinkerte ihr zu. »Nur du und ich, meine Kleine.« Das hätte er schon vor langer Zeit tun sollen.

»Daddy? Danke.«

»Wofür?«

»Dass du Opa glücklich machst. Ich weiß, dass er mich vermisst, und mein Brief wird ihn aufmuntern.«

Peter konnte nur nicken. Er wollte nicht wirklich über Jack nachdenken. Ehrlich gesagt war es ihm egal, was den alten Mann glücklich machte. Aber das Leuchten in den Augen seiner Tochter zeigte ihm, dass es sie glücklich machte. Und nur das war wichtig.

Selbst, wenn es bedeutete, seine Frau wütend zu machen.

Das Handy in seiner Tasche vibrierte erneut.

KAPITEL SIEBEN

Megan dachte, sie sei rechtzeitig losgefahren, um auf dem Weg noch ein paar Stopps einlegen zu können und trotzdem vor Laurie anzukommen. Sie war früher immer für ihren Morgenkaffee zu Brewster's Bakery gegangen, wenn sie die Mädchen in der Schule abgesetzt hatte, bis das Sichere-Wege-Programm mehr von ihrer Zeit beanspruchte. Als das Schuljahr zu Ende war und nachdem man Emma gefunden hatte, hatte sie es vorgezogen, zu Hause oder in der Nähe zu bleiben.

Sie öffnete die Tür, und die Glocke am Türrahmen läutete. Sofort sah sie nach unten, um zu sehen, ob Shelly Belle da war. Und ja, die alte Dachshündin hob ihren Kopf und schnaufte. Megan beugte sich nach unten, kraulte die großen Ohren der Hündin und blickte dann nach oben zu den eingerahmten Fotos von Jans drei Dachshunden, als sie noch alle jung gewesen waren – ihre Babys. Zwei waren in den letzten Jahren gestorben, und Megan machte sich Sorgen, wie Jan zurechtkommen würde, wenn Shelly auch starb.

Megan lächelte bei dem Gedanken an Jan Brewster, die Besitzerin des Ladens, die dabei geholfen hatte, Geld zu sammeln, als Emma verschwunden war.

In diesen ersten Wochen hatte Megan in einem Dauernebel gelebt. Jan war ihre Rettung gewesen. Zuerst hatte sie ihr kleine Geschenke wie Schokocroissants oder Mandelkekse gebracht und Megan zurück ins Land der Lebenden gelockt. Dann hatte sie Flugblätter über Organisationen für vermisste Kinder in Megans Briefkasten gesteckt. Über Keksen und Kaffee hatten sie ein Brainstorming abgehalten und einen Plan entwickelt, um sicherzustellen, dass Emmas Foto überall aufgehängt wurde. Jan war die treibende Kraft und hatte sogar das Barbecue im Stadtzentrum veranstaltet, um die Gelder aufzutreiben. Megan stand für immer in Jans Schuld.

Sie legte ihre Tasche am Ecktisch ab und ging zur Theke. Als sie das leise Schlurfen hinter sich hörte, lächelte sie. In einer Ecke der Theke hatte Jan ein Körbchen mit selbst gemachten Hundeleckerli für Shelly Belle. Sie stellte nur ein paar für jeden Tag raus, aber es wurde schnell sehr beliebt bei den Kunden. Megan nahm ein Leckerli in Form einer Blume heraus, drehte sich um und wartete, bis Shelly Sitz machte, bevor sie ihr das Leckerli gab.

»Ja, guten Morgen, meine Liebe.« Jan schob die Schwingtür zur Küche auf, in den Händen ein Tablett mit frischen Muffins. Megan lehnte sich über die Theke, um zu sehen, welche Jan gebacken hatte. Heute war ihr Glückstag – Banane-Nuss, ihre Lieblingssorte.

»Die sehen köstlich aus.« Sie atmete den süßen Duft ein.

Jan stellte das Tablett ab und lächelte. »Sie schmecken auch gut.« Sie goss Kaffee in zwei Tassen und stellte einen kleinen Teller auf die Theke.

Megan nahm sich einen Muffin und ging zum Tisch.

»Es ist lange her, dass du mich morgens auf einen Kaffee besucht hast. Ich habe dich vermisst.« Jan sank in einen Stuhl und seufzte.

Megan sah sich in der Bäckerei um. Es war ein gemütlicher Ort. Die Wände waren gesäumt von Regalen mit hölzernen Vogelhäuschen sowie Bildern von Menschen und Ereignissen, die Jan wichtig waren. Eins von Megans Lieblingsfotos war das Bild eines bewölkten Himmels über dem See. Die Art, wie der Wind die Wolken geformt hatte und wie das Licht durch sie hindurchschien, ließ es wie Engelsflügel im Himmel aussehen. Das Bild beruhigte sie immer.

»Ich habe dich auch vermisst.« Megan lächelte und berührte kurz Jans Hand.

Seit dem Augenblick, in dem Megan Jan kennengelernt hatte, gab es zwischen ihnen eine Verbindung. Es war vor mehr als fünf Jahren in einer kalten Winternacht im Stadtpark gewesen. Die Einheimischen hatten ein Krippenspiel veranstaltet, und Jan hatte Becher mit heißer Schokolade verteilt. Da Megan gesehen hatte, dass sie viel zu tun hatte, hatte sie angeboten zu helfen. Am Tag nach dem Krippenspiel war Jan vor Megans Tür mit einem Korb voll frisch gebackener Muffins als Dankeschön aufgetaucht. Seit diesem Tag waren sie Freundinnen.

»Wo sind die Mädchen?«

Megan lehnte sich in ihrem Stuhl zurück. »Ich habe heute Morgen frei. Hannah und Alexis sind bei Freunden, und Peter hat Emma mitgenommen.«

Jan hob ihre Augenbrauen. »An einem Arbeitstag?«

Megan nickte. »Zum Frühstück, bevor er zur Arbeit geht. Er hat sie mit zum Donutladen genommen. Es wird ihnen gut tun. Peter hatte es schwer, herauszufinden, wie er mit Emma umgehen soll. Sie ist nicht mehr das kleine Mädchen, das wir kannten, bevor alles passiert ist.«

Jan lehnte sich nach vorn und stützte ihre Ellbogen auf den Tisch. »Natürlich ist sie das nicht. Sie ist ohne deinen Einfluss aufgewachsen.«

Megan zuckte mit den Schultern. »Du hast recht. Jemand anderes hat sie aufgezogen, ihr abends Geschichten vorgelesen, und ihr beigebracht, wie man backt.« Sie schloss für einen Moment die Augen und schüttelte den Kopf. Es hatte keinen Sinn, länger darüber nachzudenken. Sie konnte die Dinge nicht mehr ändern.

Jan lehnte sich zurück und blickte sie voller Mitgefühl an. »Du musst lernen, ihnen zu vergeben, meine Liebe.«

Megan schüttelte den Kopf. »Nein, das muss ich nicht. Ich muss lernen, loszulassen und weiterzumachen. Ich weiß das. Es ist nur manchmal einfach schwer.«

Jan schnippte mit den Fingern und wartete, während Shelly Belle herbeigetrottet kam und sich zu ihren Füßen setzte. »Weißt du, als meine anderen Babys gestorben sind, da war ich wütend. Wütend auf Gott, weil er mir meine Babys genommen hat, obwohl ich wusste, dass sie alt waren und bereit für ihre letzte Ruhe. Aber das spielte keine Rolle. Was ich in meinem Kopf wusste und was ich in meinem Herzen fühlte, waren zwei sehr unterschiedliche Dinge. Ich überzeugte mich selbst, dass meine Gefühle nur Einfluss auf mich selbst hatten. Aber das stimmte nicht.« Ein leises Stöhnen kam vom Boden. »Die arme Shelly Belle war auch dadurch beeinträchtigt. Sie hatte gerade ihre Familie verloren und anstatt für sie da zu sein, um ihr bei dem Verlust zu helfen, ließ ich meinen Ärger an ihr aus.« Jan schüttelte den Kopf, als ihr die Tränen kamen. »Oh, ich war nicht gemein oder so, aber ich gab ihr nicht die Liebe, die ich hätte geben können.«

Megan brach Stückchen von ihrem Muffin ab und hielt ihren Blick gesenkt, während sie über Jans Worte nachdachte. »Ich liebe meine Kinder.« Ihrer Stimme fehlte es an Überzeugung, denn sie verstand genau, was Jan sagte.

»Niemand zweifelt daran, wie sehr du deine Mädchen liebst. Aber, meine Liebe, du musst auch lernen, dich selbst zu lieben.«

Megan seufzte tief. »Und wie stellt man das an? Meine Mädchen bedeuten mir die Welt. Sie sind mein Ein und Alles. Wie kann ich zuerst an mich denken, ohne das zu verlieren?«

Die Türglocke läutete. Ohne hinter sich zu blicken, stand Jan auf und legte eine Hand auf Megans Schulter. »Meine Liebe, die einzigen Babys, die ich je großgezogen habe, waren meine Welpen, also kann ich dir nicht sagen, wie man sich als Mutter verhält. Aber ich kann dir sagen, der erste Schritt, dich selbst zu lieben, besteht darin zu lernen, wie du dir selbst vergibst.«

Jack und die Jungs waren die Einzigen im Donutladen, sonst war es drinnen fast still. Jack räusperte sich, wusste aber nicht genau, was er sagen sollte.

Sie waren alle müde. Sie waren lange beim Pferderennen gewesen und hatten ein Vermögen an den Spielautomaten ausgegeben. Doug hatte magere hundert Dollar beim Setzen auf ein Pferd gewonnen, von dem niemand erwartet hatte, dass es gewinnen würde, und war überzeugt, dass sich sein Blatt nun gewendet hatte. Und das hatte es auch. Er hatte weitere hundert am Spielautomaten gewonnen. Jack schüttelte nur den Kopf, schlug seinem Freund auf den Rücken und sagte ihm, dass es Zeit wäre, nach Hause zu gehen.

Er hatte es heute Morgen beinahe nicht geschafft. Er hatte überlegt, zu Hause zu bleiben, auszuschlafen und in seinem Garten herumzuwerkeln, aber er war trotzdem gekommen, denn er wusste, dass die Jungs sonst auf die Suche nach ihm gegangen wären.

Mindestens zwanzig Minuten saßen sie schweigend da und beobachteten die Autoschlangen und die Fahrer, die ihren Kaffee am Drive-in-Fenster bestellten.

Jack dachte darüber nach, was er tun würde, wenn er nach Hause ging. Dotties Gemüsegarten musste gepflegt werden. Auch wenn er nicht wusste, was er mit all dem Gemüse anstellen sollte. Vielleicht könnte seine Nachbarin Sherri etwas davon gebrauchen. Seit dem Tag, an dem er Dottie auf dem Boden liegend gefunden hatte, war Sherri für ihn da gewesen. Sie wurde zu seiner Sprecherin, als die lästigen Reporter an der Straße parkten und darauf warteten, dass er herauskam; sie kochte ihm Aufläufe und Kekse und lud ihn häufiger zum Kaffee ein, als er zählen konnte. Er wusste, dass sie sich schuldig fühlte für ihren Anteil an Emmies ... Emmies Rückkehr zu ihren Eltern. Das sollte sie nicht. Wenn überhaupt, war er der Schuldige.

Vielleicht sollte er ihr einfach sagen, dass sie den Garten als den ihren ansehen könnte. Gott wusste, er hatte keine Ahnung vom Einlegen und Einmachen wie Dottie. Außerdem musste er einen Hausputz machen. Es war schon eine Weile her, dass er die Böden oder das Bad saubergemacht hatte. Wie Dottie das Haus so rein gehalten hatte, war ihm ein Rätsel. Manchmal fragte er sich, ob das Haus zu groß für nur eine Person war.

Jack schob sich vom Stuhl hoch und stöhnte. Sein Körper fühlte sich heute sehr steif an. Noch mehr als gestern.

»Gehst du schon?«, fragte Kenny.

Jack schüttelte den Kopf. »Will nur kurz um die Ecke.«

Doug stand ebenfalls auf. »Ich könnte auch noch einen Kaffee und einen Donut vertragen. Schmeckt heute wirklich gut.«

Kenny schnaubte. »Wann tut es das nicht?«

Auf halbem Weg zur Toilette rief Jack über seine Schulter: »Kannst mir auch einen mitbringen. Und die Tasse auffüllen.« Er ignorierte Dougs Murren. Nach all seinen Gewinnen gestern Abend konnte sich der alte Mann das ja wohl leisten. Er würde seinen Donut essen, noch eine Tasse Kaffee trinken und dann zur Farm zurückkehren. Es fiel ihm in letzter Zeit schwer, den Ort sein Zuhause zu nennen. Zu

Hause war angeblich dort, wo das Herz war, aber jetzt, wo Dottie fort und Emmie nicht mehr Teil seines Lebens war, gab es in diesem Haus kein Herz mehr.

Jetzt war es nur noch ein altes, leeres Farmhaus, gefüllt mit den Erinnerungen an Lachen und Liebe.

KAPITEL ACHT

3. September

Ich sitze am Küchentisch, allein. Neben mir flackert eine einzelne Kerze. Jack würde wahrscheinlich aufwachen, wenn er das angeschaltete Küchenlicht bemerken würde.

Vor mir steht eine Tasse Tee, aber ich erinnere mich nicht daran, sie eingegossen zu haben. Genauso, wie ich mich nicht daran erinnere, Mary ins Bett gebracht oder den Apfelkuchen gebacken zu haben, der auf der Küchenanrichte steht. Ich weiß, dass Jack ihn nicht gebacken hat. Er bekommt das Rezept nicht so hin.

Ich erinnere mich auch nicht daran, was wir heute gemacht haben. Ich erinnere mich an gar nichts mehr. Ich glaube, ich weiß noch, dass ich im Garten war, aber das hätte auch gestern oder letztes Jahr gewesen sein können.

Ich kann mich nicht mehr auf mein Gedächtnis verlassen. Ich erinnere mich an kleine Dinge, die geschehen, aber wenn ich Jack frage, schaut er mich nur seltsam an, tätschelt meine Hand und sagt mir, dass ich mir nicht zu viele Sorgen machen soll. Natürlich mache ich mir Sorgen. Ich hatte mal ein sehr gutes Gedächtnis. Ich muss wissen, was mit mir passiert. Ich muss mich erinnern.

Was ist, wenn ich etwas tue, das jemand verletzen könnte? Was, wenn ich die falschen Medikamente nehme, oder vergesse, sie überhaupt zu nehmen? Was, wenn ich Mary irgendwohin bringe, sie dann dort lasse und vergesse, dass ich sie dorthin gebracht habe?

Nein, nicht Mary. Emmie. Emmie. Warum verwechsle ich die zwei dauernd?

Meinem Vater ist es so ergangen. Alzheimer ist ein Albtraum. Es ist die Hölle auf Erden – nur, dass diejenigen, die sie erleben, die Familienmitglieder sind. Es war furchtbar, dabei zuzusehen, wie er das Leben verlor, das er für uns, seine Familie, aufgebaut hatte. Es war hart, ihn vergessen zu sehen, wer wir waren.

Bitte, Gott, ich will nicht, dass mir das auch passiert. Ich will Mary nicht vergessen. Ich will Jack nicht verlieren. Nicht schon wieder. Als ich ihn das erste Mal verloren habe, hat mich das fast umgebracht. Wenn Doug und Mary nicht gewesen wären … Ich darf nicht noch jemanden verlieren.

Peter blickte in den Rückspiegel und musste einfach lächeln. Emma hüpfte im Rücksitz auf und ab, als er in die Einfahrt des Donutladens einbog.

Als er Emma gefragt hatte, wohin sie zu ihrem Frühstück gehen wollte, war ihre erste Wahl seine letzte. Er hätte gedacht, sie würde zum Fast-Food-Laden oder vielleicht sogar zu Brewster's Bakery gehen wollen, um Shelly Belle und Jan zu sehen. Aber stattdessen wollte sie zum Donutladen, wo Megan oft am Drive-in ihren Kaffee holte.

»Ich war noch nie drin, Daddy. Opa und ich sind oft da durch« – sie zeigte auf den Eingang zum Drive-in – »und haben winzige Donuts gekauft.«

Peter parkte und schaltete den Motor ab. Er drehte sich in seinem Sitz, um sie anzusehen. »Du bist hier manchmal hergekommen?« Sie war so nahe gewesen, nur ein paar Straßen entfernt, und sie hatten es nicht gewusst.

Emmas Aufmerksamkeit war auf den Laden vor ihnen gerichtet. Sie nickte. »Ja. Ich habe sogar Mami ein paarmal gesehen.« Sie runzelte die Stirn. »Aber Opa hat mir immer gesagt, dass mir meine Augen einen Streich spielen. Ich habe ihr aus Opas Wagenfenster zugewinkt, aber sie hat nur den Kopf geschüttelt. Das hat mich traurig gemacht.« Emmas Lippen verzogen sich zu einem Schmollmund, dann drehte sie sich um und starrte aus dem Seitenfenster.

Peter erstarrte. Für eine kurze Sekunde, die sich wie eine Ewigkeit anfühlte, blieb seine gesamte Welt stehen. »Was meinst du, Prinzessin? Wann hast du Mami gesehen?« Es war nicht möglich. Nach all den falschen Sichtungen, bei denen Megan geglaubt hatte, Emma zu sehen, konnte es doch nicht wahr sein, dass es einmal der Wahrheit entsprochen hatte. Sie hatte recht gehabt, und er hatte ihr nicht geglaubt. Was, wenn er es getan hätte? Wenn er ihr nur einmal geglaubt hätte, als sie behauptete, sie hätte ihre Tochter gesehen? Hätten sie sie früher gefunden? War das alles seine Schuld?

Der winzige Druck von Emmas Hand auf seiner Schulter brachte ihn zurück in die Realität. »Ich durfte nicht oft kommen. Oma ist nicht gern rausgegangen und sie hat mich gebraucht, um ihr zu helfen. Aber Opa hat mich mitgenommen, wenn Oma geschlafen hat.« Emma biss sich auf die Lippe. »Opa hat immer Ärger bekommen, wenn Oma aufgewacht ist. Sie mochte es nicht, wenn ich ohne sie irgendwohin ging. Sie hat gesagt, dass es so leicht passieren könnte, dass Opa ein neues Spielzeug sieht, das er kaufen will, und sobald er meine Hand loslässt, würde mich jemand mitnehmen.«

Peter zwinkerte ein paarmal und versuchte, alles zu erfassen, was er da hörte. »Wer würde dich denn mitnehmen?«

Emma war darauf konzentriert, ihren Gurt zu lösen, und blickte nicht auf. »Irgendjemand. Es wäre ganz einfach. Oma hat Opa gesagt, dass es für die Leute zu schwer sein würde, solch einem süßen kleinen Mädchen zu widerstehen. Opa hat ihr gesagt, dass sie sich zu viele Sorgen macht, aber Oma hat immer gesagt« – Emmas Gesicht wurde ernst – »man kann Fremden nicht vertrauen.«

Eine schwere Last legte sich auf Peters Schultern. In all ihren psychologischen Sitzungen hatte Emma nie darüber geredet, was passiert war, nachdem man sie entführt hatte. Sie hatte sich in sich selbst zurückgezogen und gemalt, anstatt über die Vergangenheit zu reden. Megan dachte sich nichts dabei; sie sagte ihm, es wäre normal, dass sie zu jung war, um sich zu erinnern. Selbst ihre Psychologin Kathy Graham hatte zugestimmt. Aber sie hatten falsch gelegen. Alle.

Er ignorierte den Krampf in seiner Seite, den er vom zu lange nach hinten verdrehten Sitzen bekommen hatte, und legte eine Hand auf Emmas Knie. »Schätzchen, warum hast du mir oder Mami nie davon erzählt? Warum hast du uns nicht gesagt, dass du Mami schon vorher gesehen hast?«

Emma zuckte mit den Schultern. »Ich wollte sie nicht traurig machen.«

»Wie hättest du sie damit traurig gemacht?« Das ergab keinen Sinn.

»Oma hat gesagt, Mami wäre zu krank, um sich um mich zu kümmern; deshalb bin ich zu ihr gekommen. Sie wäre traurig, wenn ich ihr die Wahrheit sagen würde, und dann würde sie sterben. Deshalb ist Oma gestorben, sagt Opa, weil sie so traurig war.« Tränen stiegen in Emmas Augen. »Ich will nicht, dass Mami stirbt.«

Peter war verwirrt. Das alles ergab für ihn keinen Sinn. »Wann hat dir Opa erzählt, dass ... seine Frau gestorben ist?« Er erinnerte sich noch genau an den Tag, als Kommissar Riley vorbeigekommen war, um ihnen von Dorothy zu erzählen. Nie würde er Emmas Gesichtsausdruck vergessen, als Megan ein »Gott sei Dank« über die Nachricht entfahren war. Wie hätte sie von Jack davon erfahren können?

»Im Krankenhaus, erinnerst du dich nicht?«

Emma schaute nun ihn verwirrt an. Er erinnerte sich allerdings nicht daran. Wann im Krankenhaus? Das einzige Mal, das sie anfangs dort gewesen war, war für die Untersuchung gewesen. Kurz nachdem ... tatsächlich war es direkt nach Kommissar Rileys Besuch gewesen. Diese ersten Wochen waren nur eine verschwommene Erinnerung, so viele Termine und Treffen und Interviews wegen der Entführung. Er hatte all das gehasst, und ebenso das, was alle angedeutet hatten, dass ihre Tochter missbraucht worden wäre. Gott sei Dank war Emma okay gewesen, man hatte sie wie eine Enkelin behandelt anstelle von ... Peter ballte seine Hand zur Faust beim Gedanken daran, wie seine Tochter auch hätte behandelt werden können.

Er würde sich doch daran erinnern, Jack gesehen zu haben. Er würde sich daran erinnern, wenn seine Tochter den Mann gesehen hatte, der sie ihm weggenommen hatte. Das wusste er.

Peter schüttelte den Kopf. »Nein, Schätzchen, tu ich nicht. Wann hast du ihn gesehen?«

Emma lehnte sich nach vorn und stützte ihr Kinn auf die Hände. »Doch, Daddy, du musst dich erinnern. Opa hat geweint, und ich hab ihn umarmt.«

Peter schloss die Augen. Er erinnerte sich vage an das letzte Mal, als sie im Krankenhaus gewesen waren. Im Sitzbereich gab es eine Kinderecke. Alexis saß an einem Tisch und malte auf einem Stück Papier, während Emma zusammengerollt auf einer Couch lag, mit Hannah an ihrer Seite, und einen Zeichentrickfilm an einem an der Wand befestigten Fernseher sah. Er hatte mit Megan im Arztzimmer auf dem Flur gegenüber gesessen. Der Sitzbereich war leer gewesen, und Megan hatte ihren Stuhl so positioniert, dass sie die Mädchen im Auge behalten konnte. Von Anfang an hatte Megan sich geweigert, ihre Augen von Emma zu nehmen.

»Erinnerst du dich, Daddy? Mami war im Bad, und wir standen im Flur?«

Bei ihren Worten spielte sich die Szene in seinem Kopf ab. Megan ging mit Hannah ins Bad, während er mit Emma und Alexis draußen wartete. Sie hatten den Sitzbereich verlassen und standen im Foyer des Krankenhauses, als plötzlich sein Telefon klingelte. Samantha musste dringend ein paar Vertragspunkte mit ihm klären, und er hatte kurz seine Augen von den Mädchen genommen. In einem Augenblick war Emma noch da gewesen, und im nächsten stand sie an der Haupttür neben einem älteren Mann mit krummem Rücken und schleppendem Gang. Peter erinnerte sich an den Gang. Er erinnerte sich auch noch an die sofortige Panik, Emma zu verlieren, und dass er für sich beschlossen hatte, Megan nicht davon zu erzählen, dass er ihre Tochter für ein oder zwei Minuten aus den Augen gelassen hatte. Aber dieser ältere Mann konnte nicht Jack gewesen sein. Peter hätte es sofort gewusst, wenn er das gewesen wäre.

»Bist du sicher, dass das dein Opa war?«

Emma nickte. »Hm-hm. Opa hat geweint. Oma ist gerade gestorben, hat er gesagt. Weil sie traurig war. Ich habe Opa gesagt, er soll nicht traurig sein, weil ich nicht wollte, dass er auch stirbt.« Sie biss sich auf die Lippe und blinzelte.

»Und was hat er gesagt?«

Etwas wie ein Lächeln huschte über Emmas Lippen, als sie über die Worte nachdachte. An der Art, wie ihre Augen funkelten, sie ihre Finger entspannte und mit den Füßen trat, konnte er sehen, dass sie wieder fröhlich wurde.

»Dass er mich mehr liebt als Omas Apfelkuchen. Und das ist ziemlich schwer zu schlagen.« Seine Tochter war zufrieden und sprang aus dem Autositz. »Na los, Daddy. Lass uns gehen.« Sie zog am Türgriff.

In dem Augenblick, in dem sie in den Laden traten, hielt Emma inne. »Sind die alle für mich?« Ihre Augen weiteten sich, und ihr Mund stand offen, als sie die ganzen Regale voller Donuts hinter der Theke sowie die Auslage mit den Keksen und Backwaren dahinter anstarrte.

Peter beugte sich nach unten und nahm Emma auf seine Arme. Er hatte vergessen, dass sie vorher noch nie direkt im Laden gewesen war. »Nein, du Dummerchen. Aber du kannst dir einen Donut aussuchen, den du jetzt essen willst, und sechs andere, die wir mit nach Hause nehmen und mit deinen Schwestern teilen können.«

Emma schlang ihre Hände um seinen Hals und drückte fest zu. »Ich hab dich lieb, Daddy«, flüsterte sie ihm ins Ohr.

Peter verstärkte seinen Griff. Zwei Jahre lang hatte er sich danach gesehnt, diese Worte zu hören, Worte, die er nie wieder von seiner jüngsten Tochter zu hören erwartet hatte. Es brachte ihn fast um, zu wissen, dass Megan ihre kleine Tochter gesehen haben könnte und sich geweigert hatte, es zu glauben. »Ich hab dich noch mehr lieb«, flüsterte er zurück.

Sie warteten darauf, dass ein älterer Mann am Tresen sein Tablett nahm und langsam zur Seite schlurfte, wo er auf seinen Kaffee wartete. Er blickte hinter sich und nickte grüßend in Richtung Emma. Emma lächelte nur und vergrub ihren Kopf in Peters Halsbeuge.

»Guten Morgen«, begrüßte ihn die Frau an der Theke, als sie an der Reihe waren.

Peter bestellte seinen schwarzen Kaffee und bat Emma, einen Muffin für ihn auszusuchen. Normalerweise bevorzugte er morgens Eier und hatte gedacht, sie würden in ein Restaurant gehen, wo er ein richtiges Frühstück bestellen konnte, aber da das hier Emmas Morgen war, hatte er zugestimmt. Emma blickte auf die Reihen voller Muffins und Donuts hinter dem Tresen, und Peter konnte an der Art, wie sich ihr

Körper versteifte, erkennen, dass sie nervös wurde. Die Frau an der Theke musste es auch bemerkt haben, denn sie begann, Emma die verschiedenen Sorten zu erklären, bis diese sich sichtlich entspannte. Er hätte ihr ein paar Auswahlmöglichkeiten geben sollen, anstatt anzunehmen, sie wüsste, was er wollte.

»Magst du Apfel-Zimt, Daddy? Oder hättest du lieber Blaubeer-Weizenkleie?« Emma blickte ihn mit zusammengezogenen Augenbrauen an, als wäre das die wichtigste Entscheidung auf der ganzen Welt.

Peter lächelte sie an. »Ich glaube, heute ist mir nach ...«

»Apfel!«, beendete Emma seinen Satz nickend. »Apfel-Zimt, bitte«, sagte sie zu der Frau hinter der Theke, die grinste, während sie den größten Muffin aussuchte und auf einen Teller legte.

»So, und was ist jetzt mit dir? Möchtest du einen Donut oder einen Muffin?« Wenn Emma so wie ihre Schwestern war, würde sie den Donut nehmen. Taten das nicht die meisten Kinder?«

Emma runzelte die Stirn und schüttelte den Kopf. »Muffins sind gesund, oder?«

Peter zuckte mit den Achseln. Eigentlich gab es kaum einen Unterschied zwischen Muffins und Donuts. Beide waren voller Zucker. »Heute ist ein besonderer Tag, also kannst du nehmen, was immer du magst.«

Emma tippte sich mit dem Finger gegen die Lippen, während sie über ihre Wahl nachdachte.

»Ich hab auch ein paar Becher Fruchtjoghurt, wenn du vielleicht davon noch einen probieren möchtest?« Die Frau an der Theke zeigte auf die Vitrine direkt vor ihnen. Dort stand eine Reihe mit Bechern halb voll mit Joghurt und garniert mit frischen Früchten. Emmas Augen leuchteten auf. Peter erinnerte sich, wie Megan sich über die riesigen

Joghurtmengen beschwerte, die dank Emma während der Woche verbraucht wurden. Peter nickte und hielt zwei Finger hoch, um anzuzeigen, dass er auch einen wollte.

»Möchtest du einen schokoladeüberzogenen Donut oder einen, der mit Erdbeermarmelade gefüllt ist?«, flüsterte Peter Emma ins Ohr.

Emma sah sich die zwei Möglichkeiten an und flüsterte dann zurück: »Such du aus.«

Peter lächelte. »Schließ die Augen. Es wird eine Überraschung.«

Er wartete, bis sie die Augen geschlossen und auch noch mit den Händen bedeckt hatte. Dann zeigte er auf einen schokoladeüberzogenen Donut mit rosa Streusel. Die Frau legte den Donut auf einen Teller und stellte ein Päckchen Schokomilch daneben auf das Tablett. Peter tippte Emma auf die Schulter.

»Du kannst jetzt gucken.«

Ihr kleiner Entzückensschrei war Beweis genug, dass er die richtige Entscheidung getroffen hatte.

Er setzte Emma ab und griff in seine Gesäßtasche, um sein Portemonnaie herauszuholen. Emma griff nach dem Teller mit ihrem Donut. »Du kannst ja schon mal einen Tisch für uns suchen«, schlug er vor. Schnell sah er sich in dem fast leeren Laden um. In der hintersten Ecke saßen zwei ältere Männer.

Er erwartete, dass Emma den Tisch am weitesten von den Männern entfernt wählen würde, und war überrascht, als sie den Tisch direkt neben ihnen nahm. Er stellte das Tablett stattdessen auf einem Tisch ein paar Meter entfernt ab, um den Männern und auch ihnen etwas Privatsphäre zu geben, und rief Emma herbei.

Sie allerdings stand mitten im Laden und hörte ihn nicht. Ihr Rücken war ihm zugewandt und sie blickte einen

Mann an, der gerade aus dem Bad getreten war. Einen älteren Mann, der seltsam vertraut wirkte.

Emma schrie auf, und der Teller, den sie in den Händen gehalten hatte, fiel zu Boden.

KAPITEL NEUN

1. Oktober

Manchmal ist es schwer zu verstehen, warum Dinge so geschehen, wie sie geschehen.

Warum musste Jack verschwinden und es mir überlassen, Mary großzuziehen? Warum hat Doug sein Versprechen ins Extreme getrieben und mich dazu gebracht … Warum musste Doug Doug sein? Warum musste Mary erwachsen werden und zu dem Entschluss kommen, dass ich die Reinkarnation des Teufels höchstpersönlich bin, wenn ich doch nur versucht habe, sie so zu lieben, wie es mir möglich war?

In meinem Kopf tauchen Bilder auf, die ich nicht verstehe. Eine Straße, gesäumt von Bäumen, das Gelächter von Kindern, Ballons, die über einen klaren blauen Himmel schweben, und ein weinendes Kind. Ich erkenne die Straße nicht, und wann habe ich je solche Ballons am Himmel gesehen?

Ich weiß, dass die Demenz schlimmer wird und dass es bald mehr Tage geben wird, an denen ich mich nicht erinnere, als Tage, an denen ich es tue. Für den Augenblick ist das ein Segen. Für Emmie. Für Jack. Für mich selbst.

Es gibt nichts, was ich tun kann, um meinen Verstand davon abzuhalten, gegen sich selbst zu arbeiten. Das weiß ich. Was ich auch für Medikamente nehme oder Spezialisten aufsuche, letztendlich werde ich vergessen, wer ich bin und wen ich liebe.

Ich hoffe, ich sterbe, bevor das geschieht. Gott möge mir vergeben, aber das tue ich. Es tut mir leid, Jack. Ich weiß, wir haben uns ein Versprechen gegeben, aber der Gedanke, ein Leben verloren in mir selbst zu leben, macht mir Angst.

Ich hoffe, Jack wird diese Tagebücher irgendwann lesen, wenn ich völlig verloren für ihn bin, und wird es verstehen, selbst wenn ich es nicht tue.

❧

Jack schob die Tür der Gästetoilette mit dem Ellbogen auf und wischte sich die Hände an der Hose ab. Angewidert verzog er das Gesicht über die feuchten Spuren auf seinen Beinen.

»Opa!«

Jacks Kopf schoss nach oben. Emmies Stimme füllte den Laden, als sie seinen Namen erneut rief.

»Opa!«

Er musste wohl halluzinieren. Es war unmöglich, dass Emmie hier war. Vielleicht hatte er gerade einen Herzinfarkt, und dies war seine Bestrafung im Fegefeuer – sein Mädchen nach ihm rufen zu hören.

Aber warum würde er dann ihre Ärmchen um sein Bein geschlungen fühlen, die fester zudrückten als die Faust um sein Herz?

Als er nach unten blickte, sah er ein Stück vom Himmel in ihren kristallklaren blauen Augen. Ihre Haare waren länger und nur unten lockig, und sie schien etwas erwachsener als das letzte Mal, als er sie gesehen hatte. Ein wenig weiser um die Augen herum. Aber sie war noch immer sein kleines Mädchen. Seine Emmie.

Er streckte seine Arme nach unten und zog seinen Engel an sich. Er rieb seine Wange an ihrem Haar und atmete einen weichen Vanilleduft ein. Müsste er jetzt sterben, würde er als glücklicher Mann sterben, bereit, seine Dottie zu sehen und ihr zu erzählen, dass es ihrem Mädchen gut ging.

»Opa! Ich hab dich ja so vermisst!« Emmie hob ihr Gesicht zu ihm, und ihr Lächeln, das von Wange zu Wange strahlte, wärmte sein kaltes Herz. Allein ihr Lächeln schien ihn innerlich aufzuwecken und mit Hoffnung zu erfüllen. Mit Liebe.

Jack kniete sich hin, ließ sein kleines Mädchen dabei aber nicht los. Stattdessen zog er sie näher an sich und hob sie hoch, wobei ihm die Anstrengung für seinen Rücken völlig egal war. Sie fühlte sich in seinen Armen leichter an als früher, was ihm Sorgen machte.

»Meine Emmie, was machst du denn hier? Wo sind deine Eltern?« Suchend blickte er durch den Raum. Ihre Eltern waren hier sicher irgendwo und garantiert nicht begeistert, sie in seinen Armen zu sehen. Er wusste, dass er es auch nicht wäre, wenn die Situation andersherum wäre.

Emmie drehte sich in seinen Armen und zeigte auf den Mann, der allein und mit einem schockierten Blick im Raum stand. »Ich bin hier mit meinem Daddy. Er hat mir einen Schokodonut mit Streuseln gekauft. Sieh ihn dir an, Opa.« Plötzlich weiteten sich ihre Augen, und sie zeigte auf den Boden. »Oh nein, ich hab meinen Donut fallen lassen«, flüsterte sie.

Jack nickte der Frau an der Theke zu. »Schon okay, mein Schätzchen. Wir kaufen dir einen neuen. Mach dir keine Sorgen.« Er streichelte ihr in winzigen Kreisen den Rücken und versuchte, sich diesen Moment mit ihr in den Armen genau einzuprägen. Er hatte das Gefühl, wenn er sie jetzt losließe, würde er sie von Neuem verlieren.

Da Jack wusste, dass es das Richtige war, ging er in Richtung Emmies Vater. Das Zögern in seinen Schritten war wohl offensichtlich, aber das konnte er nicht ändern. Sie beim letzten Mal fortgehen zu sehen, war das Härteste gewesen, das er je ertragen musste, und er bezweifelte, dass es diesmal leichter werden würde.

»Daddy« – Emmie drehte sich in seinen Armen – »jetzt kann Opa bei unserem Frühstück mitmachen!« Ihre Stimme sang vor Glück.

Jack sah den Blick in den Augen ihres Vaters und wusste, dass dieser das Gefühl nicht teilte. Das konnte er ihm kaum vorwerfen. Jack räusperte sich, aber die Worte kamen nicht.

Jemand anderes räusperte sich ebenfalls.

»Jack?«

Er drehte sich und sah Doug neben ihm stehen.

»Ist das …?«

Jack nickte. »Das ist meine Emmie«, brachte er flüsternd durch den Kloß in seiner Kehle heraus. Er würde nicht weinen. Nicht hier. Nicht jetzt. Nicht mit seinem Mädchen im Arm und ihrem Vater als Publikum.

Doug nickte und lächelte. »Na, meine Kleine, ich freue mich, dich endlich kennenzulernen. Dein Opa hat dich sehr vermisst.«

»Entschuldigung?«

Jack drehte sich zu Emmies Vater und seufzte. Er hasste es, sie gehenzulassen, aber er wusste, dass er es tun musste. Er war sich aber noch nicht sicher, wie ihm das gelingen sollte. Seine Arme weigerten sich, den Griff um ihren schmalen Körper zu lockern.

»Komm und setz dich hin, Opa.« Emmie kuschelte sich an ihn. Sie hielt seine Hand fest und ließ nicht los, während sie ihn zum Tisch zog, an dem ihr Vater stand.

»Das ist das beste Frühstück aller Zeiten, Daddy! Ich kann nicht glauben, dass Opa hier ist, in unserem Donutladen! Ich bin ja so aufgeregt!« Sie plapperte vergnügt weiter, während die beiden Männer still dastanden, sich gegenseitig beäugten und dann gleichzeitig hinsetzten.

Beide Männer blieben still, während Emmie schnatterte und an den Streuseln auf dem neuen Donut zupfte, den die Kellnerin ihr gebracht hatte. Sie schien ihr Schweigen nicht zu bemerken. Jack hörte seinem Mädchen beim Reden zu und genoss den Klang ihrer Stimme, während sie beschrieb, wie sehr Daisy gewachsen war. Ihm war klar, dass der Welpe, den er Emmie geholt hatte, jetzt fast ausgewachsen sein musste, da er aber der Kümmerling des Wurfs gewesen war, vermutete er, dass der Hund nicht allzu groß gewachsen sein dürfte.

Jack übersah nicht, wie ihr Vater plötzlich seine Hand über den Tisch hielt und darauf wartete, dass er sie schüttelte, er übersah auch nicht, wie Emmies Blick zwischen den beiden Männern hin und her huschte, als warte sie darauf, was passieren würde.

»Wir wurden einander noch nicht vorgestellt. Ich bin Peter.« Über seine Augen huschte ein Blick, den Jack nur allzu gut verstand. »Emmas Vater.«

Jack ergriff die Hand des Mannes und konnte sich von der Stärke seines Griffs überzeugen.

»Jack.«

Emmie schüttelte den Kopf. »Nein, das ist Opa.«

Jack lächelte ihr zu, und sein Gesichtsausdruck wurde weicher, als das helle Funkeln ihrer Augen ihn verzauberte. »Für dich bin ich Opa. Aber für alle anderen bin ich Jack.«

Emmie neigte den Kopf. »So, wie ich Emmie für dich bin, aber alle anderen mich Emma nennen?«

»Das liegt daran, dass dein Name Emma ist«, bestätigte Peter.

Jack nickte, als die Wahrheit darüber, was Dottie und er getan hatten, ihn wieder einmal mit voller Wucht traf.

»Erinnerst du dich noch daran, als ich dir das erste Mal begegnet bin?« Er war nicht sicher, ob sie sich so weit zurückerinnern würde, oder ob ihr Verstand diese ersten Monate blockiert hatte. Man hatte ihm gesagt, dass das passieren könnte.

Emmie verzog das Gesicht. Sie schloss die Augen, und ihre Lippen bewegten sich, als würde sie mit sich selbst sprechen. »Ich erinnere mich daran, dass du mir einen Ballon gegeben hast.«

Bei der Erinnerung daran wurden Jacks Augen feucht. Er hatte eine Tüte mit Ballons in einer der Schubladen gefunden, während Dottie an jenem Tag unterwegs gewesen war. Emmie hatte so verängstigt und verloren ausgesehen, und er konnte sich daran erinnern, wie sehr Mary als kleines Mädchen Ballons gemocht hatte.

Aus dem Augenwinkel heraus sah Jack, wie sich Peter aufrichtete und den Griff um seine Kaffeetasse verstärkte. Jack nickte, wie um ihm zu versichern, dass er nichts tun würde, um ihrem kleinen Mädchen wehzutun. Er konnte nur beten, dass Peter ihm glaubte.

Jack senkte die Stimme. »Erinnerst du dich an das, was passiert ist, bevor ich dir den Ballon gegeben habe?«

Emmie schüttelte den Kopf.

Jack achtete darauf, dass seine Stimme fröhlich klang. Das war genau wie damals, als er ihr abends eine Geschichte vorgelesen hatte. Manchmal erzählte er ihr Geschichten von seiner Tochter Mary und manchmal erzählte er ihr Geschichten von der Zeit, als sie zu ihnen gekommen war. »Also, du hast dich ganz fest an Omas Hand geklammert. Du warst aber ein wirklich tapferes kleines Mädchen.« Er blickte kurz zu Peter, um dessen Reaktion abzuschätzen. Peters Lippen wurden bei der Erwähnung des Wortes »Oma« schmaler, aber als er Jacks durchdringenden Blick bemerkte, nickte er kurz mit dem Kopf. Jack nahm das als Akzeptanz und fuhr fort.

»Du warst so still und hast dein Stofftier ganz festgehalten. Ich habe dich gefragt, wie du heißt, und du hast es so leise geflüstert, dass ich es kaum verstehen konnte. Aber ich glaube, Pink wusste, dass ich es nicht hören konnte, denn du hast deinen Namen noch einmal in sein Ohr geflüstert und das Tier dann hochgehalten, damit es ihn mir ins Ohr flüstert. Erinnerst du dich daran?« Jack wartete, während sich Emma auf die Lippe biss.

»Ich glaube schon«, sagte sie.

»Also«, fuhr er fort, »hat mir Pink deinen Namen zugeflüstert, und ich hab nur »mie« gehört.«

Emmie schüttelte den Kopf. »Das hat Pink nicht gesagt.« Sie kicherte, während sie aus dem Päckchen Schokomilch vor sich trank.

Jack zog die Augenbrauen hoch. »Nicht?«

»Daddy, ich würde doch nicht »mie« sagen, oder?« Emmie legte ihren Ellbogen auf dem Tisch ab und stützte sich mit dem Kinn auf ihre Handfläche.

Jack bemerkte, wie Peter sich räusperte. »Nun ja, da bin ich mir nicht sicher. Vielleicht hat Pink dich falsch verstanden?«

Emmie blickte zurück zu Jack. »Hat Pink das wirklich gesagt?«

Jack unterdrückte ein Lächeln und nickte. »Indianerehrenwort.« Er hielt drei Finger hoch. »Daher haben wir den Namen Emmie. Das ist doch aber nahe an Emma, oder? Wahrscheinlich lag es an meinem schlechten Gehör.« Jack zwinkerte.

»Das ist okay. Stimmt's, Daddy?«

Ein leichtes Zögern lag in ihrer Stimme, und Jack zuckte innerlich zusammen. Sie war zu jung, um sich über so etwas

Sorgen zu machen. Und es war nicht fair von ihm, sie in diese Situation zu bringen. Ihr richtiger Name war Emma. Nicht Emmie. Er fing den Blick in Peters Gesicht auf, als versuchte der herauszufinden, wie er antworten konnte, ohne ihre Gefühle zu verletzen. Es war auch nicht richtig, Peter in diese Lage zu bringen.

»Emma ist ein wunderschöner Name. Ich finde, es ist der perfekte Name für eine Prinzessin.« Jack hob Emmas Hand an seine Lippen. Sanft hauchte er einen Kuss auf ihre Hand, und sie kicherte.

Was auch geschah, sie würde immer seine Prinzessin bleiben.

Die Zeit stand still, und Peter hatte keine Ahnung, was er sagen oder wie er reagieren sollte. Etwas Neues für ihn. In seinem Geist blitzte ein Bild von dem Tag auf, an dem er Jack das erste Mal gesehen hatte.

Peter hatte neben Megan gestanden, die Arme um ihre Hüfte geschlungen in dem Versuch, sie an seiner Seite zu halten. Die Tür öffnete sich langsam und Jack trat hindurch. Er sah alt und erschöpft aus. Tränen strömten über sein Gesicht, und Peter konnte den Schmerz in seinen Augen sehen. Er starrte sie an, als versuche er, ihnen etwas zu sagen, aber was immer Jack zu sagen hatte, verschwand in dem Moment, in dem Emma aus dem Haus trat.

Sobald Peter sie sah, wusste er, dass er sie überall wiedererkennen würde. Ihr blondes Haar, eingefasst zu Zöpfen, umrahmte ein Gesicht, das so sehr wie Megans aussah. Sein Herz machte einen Satz. Das hatte er nicht erwartet. Er hatte sich davon überzeugt, dass dies der Tag sein würde, an dem er endgültig akzeptieren müsste, dass Emma fort war. So, wie

Kommissar Riley am Telefon mit ihm gesprochen hatte, war er überzeugt gewesen, dass dies das Ende des kleinen Traums war, den er in seinem Herzen am Leben gehalten hatte.

Als Kommissar Riley sie davon abhielt, zu Emma zu rennen, musste Peter all seine Willenskraft aufbringen, um still stehen zu bleiben, während der alte Mann sich verabschiedete. Peter würde niemals seine Stimme vergessen, die Bitterkeit und den Verlust, den der Mann zu überspielen versuchte. Es tat ihm von Herzen weh, die Arme des anderen Manns um seine Tochter gelegt zu sehen, zu sehen, wie er sie auf die Stirn küsste. Er wollte ihn schlagen, seine Tochter so schützen, wie er es vor zwei Jahren hätte tun sollen. Aber der Blick in Emmas Augen stoppte ihn. Sie liebte den älteren Mann.

Peters Blick wanderte zu Emma und Jack. Er wusste, wäre Megan hier, hätte sie Emma innerhalb einer Sekunde hochgehoben und nach Hause gebracht. Und das war auch seine erste Reaktion gewesen, als Emma aufschrie.

Aber die Art, wie sie sich an den älteren Mann klammerte, und das Lächeln auf ihrem Gesicht hatten ihn von seiner Reaktion abgehalten. Stattdessen beobachtete er sie. Sie hatte tatsächlich gelacht. Das war ein Geräusch, das er nicht vergessen würde. Zum ersten Mal, seit sie sie nach Hause gebracht hatten, war seine Tochter glücklich, zufrieden. Mit sich im Reinen.

Vielleicht war Jack nicht das Monster, für das sie ihn gehalten hatten. Emma dachte jedenfalls nicht so, und er traute ihrem Urteil, auch wenn sie erst fünf Jahre alt war. Er wusste alles über das Stockholm-Syndrom, hatte nachts, wenn die Kinder im Bett waren, Bücher darüber gelesen, aber er glaubte nicht, dass es bei Emma zutraf. Sie hatten ihr nie wehgetan oder sie gefoltert. Und soweit er wusste, hatte Jack tatsächlich geglaubt, sie wäre seine Enkelin. Das Monster war Dorothy, seine Frau – aber letztendlich war auch sie ein Opfer.

Es war schwer, dauerhaft auf jemanden wütend zu sein, der das eigene Kind fast ebenso sehr liebte wie man selbst. Der Magen drehte sich ihm um. Er hatte bisher nie so über Jack und Dorothy gedacht. Es war einfacher, sie sich als Bösewichte vorzustellen, die sein Kind gestohlen hatten. Er wollte sie sich nicht als echte Menschen vorstellen, die seiner Tochter wichtig waren.

Aber die Art, wie Emma strahlte, sagte Peter, dass er damit anfangen musste.

»Wie wär's, wenn du einen ganz besonderen Spitznamen hättest?«

Peter war nicht sicher, woher dieser Gedanke kam oder warum er es überhaupt vorschlug, aber es schien ein guter Kompromiss zu sein. Emma neigte den Kopf und lächelte. Einen Moment lang tippte sie mit den Fingern gegen ihre Lippen. Er konnte sehen, wie es in ihrem Kopf ratterte. Sie wollte es ihnen beiden recht machen, wusste aber trotz ihres jungen Alters, dass das eine prekäre Situation war.

Sie lehnte sich über den Tisch, legte die Hände um ihren Mund und flüsterte ihm ins Ohr: »Kann das Em sein?«

Peter starrte in Emmas Augen und dachte darüber nach. Em wäre akzeptabel und leicht zu merken. Em war sogar der Name, den Kathy, Emmas Psychologin, vorgeschlagen hatte, als es darum ging, wie Emma ihre beiden Leben zu einem vereinen könnte. Em wäre ein Zeichen dafür, dass sie letztendlich nicht wählen musste.

Peter zwinkerte ihr zu und hob seinen Daumen. Sie kicherte, dann lehnte sie sich zu Jack herüber und flüsterte ihm ins Ohr.

»Nun denn« – Jack räusperte sich – »Ich denke, das ist ein guter Spitzname. Und schön leicht für mein altes Gehirn zu merken.« Er tätschelte ihre Hand, während er sichtlich zu schlucken hatte.

Das alles war nicht leicht für ihn. Peter versuchte, sich in Jack hineinzuversetzen, den Mann etwas besser zu verstehen. Er hatte gleichzeitig seine Frau verloren und das Kind, von dem er angenommen hatte, dass es seine Enkelin war. Und zusätzlich musste er noch mit den Konsequenzen der Tat seiner Frau umgehen. Die öffentliche Aufmerksamkeit zu Emmas Rückkehr und Dorothys Tod mussten dem Mann Einiges abverlangt haben.

Peter blickte zu dem Tisch, an dem die anderen Männer über ihren Kaffee gebeugt saßen und kein Wort sprachen. Der Mann, der vorhin etwas zu Emma gesagt hatte, beobachtete sie.

»Diese Männer ...« Peter nickte in Richtung des Tisches.

Jack grunzte. »Beachten Sie sie nicht. Die sind harmlos. Doug ist derjenige, der uns beobachtet, und dann ist da noch Kenny.«

»Sind das deine Jungs?«, meldete sich Emma zu Wort. Sie winkte den Männern zu und nahm einen weiteren Bissen vom Donut. »Oma sagt, dass Opa nur mit seinen Jungs in die Stadt geht, und wenn er mit ihnen zusammen ist, denkt er nur an ...«

»Still jetzt, Kind«, unterbrach Jack sie schnell. »Die Worte deiner Oma musst du hier nicht wiederholen.«

Peter musste lächeln, als Jack die Lippen verzog, und zuckte mit den Schultern. Er nahm einen weiteren Schluck von seinem Kaffee und bemerkte, dass er schon ausgetrunken hatte. Er wusste, dass das, was er jetzt tun wollte, schwierig würde, aber er musste zur Arbeit, und Megan würde mittlerweile schon auf sie warten. Sie waren länger geblieben, als er geplant hatte.

Er legte seine Hand auf Emmas Schulter. »Ah, Schätzchen, es wird Zeit zu gehen.«

Ihr ganzer Körper versteifte sich, und sie blickte ihn aus tränengefüllten Augen an. »Müssen wir wirklich?«, flüsterte sie.

Diese drei Wörter schmerzten ihn mehr, als ein Stoß in sein Herz es vermocht hätte. Ihm entging nicht, wie sich Jack im Stuhl ihm gegenüber aufrichtete; auch entging ihm nicht die Art, wie sich Emma gegen Jack lehnte, bis sie seinen Arm berührte.

»Tut mir leid, Schätzchen.« Peter versuchte zu lächeln, aber er bezweifelte, dass es ihm gelang. »Mami wartet zu Hause wahrscheinlich schon auf uns, und ich muss ins Büro.«

Sie ließ den Kopf sinken und spielte mit ihren Händen, die in ihrem Schoß lagen. Peter blickte zu Jacks Freunden hinüber und dann zurück zu dem älteren Mann. Er hatte eine Idee, aber er war nicht sicher, ob er das Richtige tat.

Dass Emma zu ihnen zurückgekehrt war, war wie ein wahrgewordener Traum, eine Antwort auf ein Gebet – mit der Ausnahme, dass das kleine Mädchen, das zurückgekehrt war, eher Emmie als Emma war, und das war etwas, was weder er noch Megan akzeptieren wollten. Anfangs hatte er Megan zugestimmt, dass es das Beste war, Emma direkt in ihre Familie einzubinden und Jack aus ihrem Leben fernzuhalten.

Aber was, wenn die Zeit das geändert hatte? Was, wenn es wirklich in Emmas bestem Interesse lag, Jack wieder in ihrem Leben zu haben? Wer gab ihnen das Recht, das Herz ihrer Tochter so entzweizureißen? Er wusste, Megan wäre nicht einverstanden. Aber vielleicht war es an der Zeit, dem Glück ihrer Tochter Vorrang zu geben.

Emma saß still neben Jack. Peter wusste, dass es ihr das Herz brach, Jack wieder zu verlassen, genauso wie er wusste, dass es Jack zerriss, das erneut zuzulassen.

»Kommen Sie oft auf einen Kaffee hierher?« Peter bemühte sich um einen neutralen Tonfall.

Als es Jack gelang, seinen Blick von Emma zu nehmen, stockte Peter der Atem bei dem getrübten Blick in den Augen des älteren Mannes.

»Jeden Tag. Nur so kann ich die Jungs im Auge behalten, ohne dass sie mein Haus ausplündern.« Seine Stimme wurde stärker, als er Peter ansah. »Jeden Morgen um diese Zeit.«

Emma hob den Kopf, hielt ihren Blick aber weiter gesenkt. Sie griff nach ihrem Trinkpäckchen.

Peter räusperte sich. »Ich komme normalerweise ein paarmal die Woche auf eine Tasse vorbei.«

Jacks Augen hellten sich auf. »Vielleicht sehe ich Sie dann«, sagte er.

Peter nickte leicht. Das war das Beste, was er für den Moment tun konnte. Er musste eine Möglichkeit finden, ab und zu Emma mitzunehmen, ohne dass Megan Verdacht schöpfte oder Hannah oder Alexis eifersüchtig wurden. Er würde auch Kommissar Riley anrufen müssen, um zu erfahren, ob es rechtlich überhaupt erlaubt war, dass Emma Jack sah, angesichts der Restriktionen, die dem älteren Mann auferlegt worden waren, nachdem man Emma gefunden hatte.

»Opa?« Emmas Stimme klang zaghaft.

Jack lehnte sich hinüber und legte seine Arme um sie. »Ja, Prinzessin?«

»Ich habe Bilder für dich. Ganz viele. Daddy hat eins davon in seiner Aktentasche, das wir dir schicken wollten.«

Peter hatte das Bild völlig vergessen. Er holte den Umschlag aus seiner Tasche und reichte ihn seiner Tochter.

»Ich wollte nicht, dass du denkst, ich hab dich vergessen, Opa. So wie … so wie deine eigene kleine Tochter. Ich werde immer Bilder für dich malen und dir Briefe schreiben, versprochen.« Emma reckte ihre Ärmchen nach oben und schlang sie um Jacks Hals.

Peter sah kurz weg. Das Gefühl, Zeuge von etwas zu sein, wovon er kein Teil war, traf ihn hart. Trotz allem, was seine jüngste Tochter in den zwei Jahren, in denen sie von ihnen getrennt war, durchgemacht hatte, war sie viel erwachsener geworden. Sie akzeptierte das alles hier besser, als er es konnte.

»Oh, Schätzchen, ich weiß doch, dass du uns nicht vergessen wirst. Meine Mary hat das auch nicht. Manchmal macht das Leben es uns schwer, unsere Versprechen zu halten. Aber ich werde dich immer lieb haben. Immer. Das ist ein Versprechen, das ich niemals brechen werde.« Jack küsste Emma auf die Stirn, löste sich dann aus ihren Armen und trat einen Schritt zurück. »Und jetzt lauf. Deine Mama wartet auf dich, und ich muss zurück zur Farm. Ein paar Rosenbüsche wollen gestutzt werden.« Jack hielt den Umschlag hoch. »Den hier öffne ich heute Abend vor dem Schlafengehen, okay?«

Emma hob eine Hand. »Indianerehrenwort, Opa?«

Peters Lippen verzogen sich zu einem Lächeln, während Jack mit sich kämpfte, nicht zu grinsen. Emma fiel es leicht, andere um den kleinen Finger zu wickeln.

»Großes Indianerehrenwort.«

Peter stand auf und wartete, dass Jack und Emma es ihm gleichtaten. Bevor er die Gelegenheit hatte, nach Emmas Hand zu greifen, hatte sie sich schon wieder auf Jack gestürzt und flüsterte ihm etwas ins Ohr. Ein kleiner Funken Eifersucht ergriff Peter, als er sah, wie unbeschwert Emma mit Jack umging. Diese Art der Beziehung mit ihr wollte er auch. Und eines Tages würde er das haben. Er streckte die Hand aus. Als der ältere Mann sie ergriff, drückte Peter sie fest.

»Danke.« Er senkte seine Stimme. »Ich habe es damals nicht gesagt. Danke, dass Sie Em geliebt und auf sie aufgepasst haben.« Peter schluckte an dem Kloß in seiner Kehle.

Er schniefte und blinzelte mit den Augen. »Und Ihr Verlust tut mir leid.«

Keine weiteren Worte wurden gesprochen, Jack nickte nur kurz, als er Emma zurück an Peter reichte.

Peter hielt seine Tochter fest im Arm, als sie aus dem Donutladen gingen. Emma winkte die ganze Zeit, während sie fortgingen. Sie lächelte. Sobald sie im Auto saßen und Peter aus der Parklücke fuhr, stellte Emma die Frage, von der Peter nicht sicher war, ob er sie beantworten wollte.

»Können wir morgen wiederkommen?«

KAPITEL ZEHN

Jack stand oben auf der Veranda und blickte über den Garten. Unkraut bahnte sich seinen Weg durch die Ritzen im Steinweg, Blumen verwelkten in der heißen Nachmittagssonne, und das Gras musste dringend gemäht werden.

Er hatte die Dinge schleifen lassen. Wenn Dottie hier wäre, hätte sie ihm ein paar Takte gesagt.

Jack zog das Taschentuch aus seiner Gesäßtasche und wischte sich den Schweiß von der Stirn und dem Hals. Der wolkenlose Himmel zeigte kein Erbarmen in Form von Regen oder Schutz vor den Sonnenstrahlen. Im letzten Jahr hatte er an solchen Tagen hinter den Bäumen mit seiner süßen Emmie gespielt.

Er vermisste diese Tage. Die Schuld nagte an ihm und zerriss ihn von innen. Er wünschte, er könnte die Zeit zurückdrehen, wenn auch nur für einen Augenblick. Er wollte zurückgehen zu dem Tag, an dem er mit seinen Mädchen zusammengesessen, eiskalte Limonade getrunken und mit Emmie lustige Bilder gemalt hatte, während er dem Klackern von Dotties Stricknadeln lauschte, die eine weitere Mütze oder Babystiefelchen für die Kirche fertigte. Er wollte seine Ignoranz zurück und glauben, dass Emmie wirklich zu seiner Familie gehörte.

Er hatte gewusst, dass es Dottie schlecht ging, aber ihm war nicht klar gewesen, wie schlecht. Wann hatte sie zum ersten Mal ihr Gedächtnis verloren? Wie konnte sie ehrlich geglaubt haben, dass Emmie ihre Enkelin war? Warum hatte er es nicht früher bemerkt? Er würde sich niemals dafür vergeben, nicht gesehen zu haben, was direkt vor seinen Augen war.

Jack ergriff das Verandageländer, trat die Stufen hinunter und ging über den Rasen. Mitten im Garten hatte er eine Bank aufgestellt und einen kleinen Baum gepflanzt. Das war die erste Pflanze, die er jeden Morgen goss.

Als Dottie starb, musste Jack eine Entscheidung treffen. Er konnte sie entweder in Hanton begraben, wo so viele ihrer Freunde beerdigt waren, oder in Kinrich, näher an Emmie. Aber bei dem riesigen Medienaufschrei, nachdem man Emmie gefunden hatte, wusste Jack, dass Dottie nicht dort begraben sein wollte, wo jeder sie finden konnte. Sie blieb gern für sich. Das war schon immer so gewesen. Und würde immer so bleiben.

In ihrem Garten standen Bäume, die dem Gedenken an Dotties Familie dienten. Ihre Asche war unter den Baumwurzeln vergraben worden, verstaut in Zedernkisten, die Jack über die Jahre angefertigt hatte. Einen Baum zu pflanzen war eine von Dotties Familientraditionen, und er wusste, sie würde nichts Geringeres für ihre eigenen Überreste erwarten.

Er hatte den Baum im Vorgarten gepflanzt, damit er ihn immer sehen konnte. Er liebte es, auf der vorderen Veranda zu sitzen; es war sein Ruheort, wo er die Blumen überblicken und etwas Stolz empfinden konnte. Der Hinterhof erinnerte ihn zu sehr an Dottie, mit dem jetzt überwucherten Blumengarten, den Stühlen hinter den Baumzweigen und der Reifenschaukel, die er für Emmie aufgehängt hatte.

Er war noch nicht bereit, sich zwischen diese Erinnerungen zu setzen.

Außerdem brauchte Dottie einen Ehrenplatz. Den verdiente sie.

Er setzte sich auf die Holzbank neben dem Baum und zupfte ein paar Blätter heraus, die in die hölzernen Übertöpfe daneben gefallen waren. Die Blumen blühten ansonsten gesund und kräftig. Aber er goss sie ja auch immer dann, wenn er Dotties Baum wässerte.

»Also, meine Dottie. Ich habe sie gesehen. Ich habe unsere Kleine gesehen.« Seine Stimme erstickte fast an den Worten. »Sie sieht gut aus. Wächst wie Unkraut. Und sie ist glücklich. Unser Mädchen ist glücklich.« Jack wischte sich über die tränenfeuchten Wangen.

»Ich wünschte, du hättest sie noch ein letztes Mal sehen können, bevor du uns verlassen hast. Sie vermisst dich. Sie hat mir erzählt, wie gern sie mit ihrer Mama backt und wie gut sie helfen kann, weil du sie immer hast helfen lassen. Sie wird dich niemals vergessen, Dottie. Du wirst immer ihre Oma sein.«

Jack lehnte sich auf der Bank zurück und schlug die Beine übereinander. Er hätte seinen Hut tragen sollen. Schweiß tropfte ihm ins Genick, und er fühlte sich benommen von der Hitze.

Das sanfte Summen einer Biene erfüllte die Luft, und von einem Nest am Haus ertönte Gezwitscher. Er schloss die Augen und ließ sich vom Frieden übermannen. Er wurde nicht gern gefühlsduselig, aber vor Dottie konnte er es nicht verbergen. Das hatte er nie gekonnt. Sie hatte ihn immer durchschaut.

»Wenn du mich gestern gefragt hättest, hätte ich dir gesagt, dass ich sehr bald zu dir komme. Ich war bereit, mein Schatz. Bereit, dein Gesicht wiederzusehen, dich in meinen Armen zu halten, dir zuzuhören, wie du mich ausschimpfst, weil ich die Blumen vernachlässigt habe ... Ich vermisse dich, meine Dottie. Aber jetzt kann ich es nicht. Nicht, nachdem ich unser Mädchen gesehen habe. Ich kann sie nicht verlassen.« Jack lehnte sich nach vorn, stützte sich mit den Ellbogen auf die Knie und starrte in den Baum. »Ich will ihr diesen Baum zeigen, ihr erklären, was er bedeutet. Ich weiß nicht, ob das jemals passieren wird, aber ich will die Chance haben, falls es so weit kommt.«

Er griff in seine Tasche und zog ein gefaltetes Stück Papier heraus.

»Ihr Vater ist ein guter Mensch. Ich wusste, es war schwer für ihn, als Em mich gesehen hat. Wäre ich an seiner Stelle gewesen, hätte ich sie aus dem Laden gebracht und die Polizei gerufen.« Jack hob den Blick zum Himmel und schüttelte den Kopf. »Er ist stärker, als ich es jemals war, Dottie. Er wird sie wieder in den Donutladen bringen. Kannst du das glauben? Nicht jeden Tag, aber vielleicht, wenn ich Glück habe, sehe ich sie alle paar Wochen. Ich kann sie nicht im Stich lassen. Was, wenn sie kommt, und ich bin nicht da?« Er versuchte, sich zu räuspern, aber sein Hals war trocken und schmerzte. »Ich weiß, ich bin nur ein törichter alter Mann, aber ich kann die Hoffnung nicht aufgeben.«

Jack entfaltete das Bild in seiner Hand. »Sie hat uns etwas gemalt. Unsere Emmie. Sie ist eine kleine Künstlerin. Ich dachte, sie hätte uns mittlerweile vergessen, aber das hat sie nicht.« Jack fuhr die Bilder auf dem Papier mit dem Finger nach. »Wir halten einander an den Händen, Dottie. Unsere Kleine ...« Das Bild verschwamm vor seinen Augen. Jack schalt sich selbst, dass er sich von seinen Emotionen so übermannen ließ. Er wollte dieses Bild nicht verlieren.

»Sie hat uns gemalt. Dich, mich und sie. Wie wir uns an den Händen halten, mit Daisy. Ich werde es einrahmen und im Wohnzimmer neben den anderen aufhängen, die sie für uns gemalt hat.«

Jack räusperte sich. »Ich hoffe, du bist glücklich, Dottie. Glücklich und zufrieden. Alles ist gut, und wir werden uns bald sehen.«

KAPITEL ELF

9. Dezember

Mein Herz ist so schwer, und ich bin in letzter Zeit so wütend.

Ich weiß, dass Jack sich Sorgen macht. Wenn ich ihn anfahre, hat er diesen angespannten Blick, aber der alte Mann sagt kein Wort.

Ich habe Angst, alle zu verlieren, die ich liebe, und ich habe Angst davor, was das bedeutet – allein zu sein. Ich fürchte mich so.

Fast jede Nacht habe ich Albträume. Selbst meine Träume sind voll von leeren Särgen.

Der Tag gestern ging so schnell vorüber. In manchen Momenten kann ich mich gar nicht daran erinnern, was los war.

Gestern Abend bin ich während des Tees mit Jack beinahe zusammengebrochen. Aber dann hörte ich Emmies Weinen durchs Haus schallen und ging, um sie zu trösten. Sie weint noch immer im Schlaf und will ihre Mami. Als ich zurück in die Küche kam, sah ich Jack seine Pillendose halten. Nur ein paar Schmerzen in der Brust, hat er gesagt. Aber ich kenne diesen Mann besser, als er glaubt. Er würde diese Pillen nur nehmen, wenn er starke Schmerzen hat. Das Radio war auf leise gestellt und die Geschichte einer Frau, die ihre Tochter sucht, wurde ausgestrahlt. Das Flehen dieser Frau verfolgt mich. Ich weiß, was sie durchmacht. Ich verstehe ihre Ängste. Ich wünschte, ich könnte ihr einen Brief schreiben und ihr Mut zusprechen, dass sie niemals aufgeben soll, nicht so wie ich. Aber das werde ich nicht tun. Manchmal sind die Lektionen, die das Leben uns gibt, nicht dazu gedacht, sie mit anderen zu teilen.

Ich frage mich oft, ob Jack jemals über die Zeit nachdenkt, in der Mary vor all diesen Jahren verschwunden ist. Wie besorgt wir waren. Wie wir überall gesucht haben, nur um zu erfahren, dass unser Kind nicht vermisst wurde – sie war vor denen davongerannt, die sie am meisten liebten.

Eine Frau kann nur eine gewisse Last auf ihren Schultern tragen, bevor ihre Knie nachgeben und sie nicht wieder hochkommt. Ich bin mir nicht sicher, wie viel mehr ich noch ertragen kann.

Emmie ist ein wunderschönes Mädchen. Ich sehe so viel von Mary in ihr. Sie hat Jacks Augen, ein blasses Blau, das sich verdunkelt, wenn sie weint oder traurig ist. Das arme Kind ist so ängstlich und traurig. Ich will einfach nur meine Arme um sie schlingen und sie niemals mehr loslassen. Ich habe so viele Fehler mit Mary gemacht, aber ich muss einfach glauben, dass dies Gottes Art ist, mir eine zweite Chance zu geben. Die seltenen Augenblicke, wenn sie lächelt, sind einfach unbezahlbar. Warum habe ich Marys Lächeln nicht so zu schätzen gewusst, als sie in dem Alter war? Ich kann nicht aufhören, Gott dafür zu danken, dass ich Emmie gefunden habe. Sonst hätte ich meine Enkelin wohl niemals kennenlernen dürfen.

Bitte, Mary, wenn du nach unten schaust, sollst du wissen, dass ich nie aufgehört habe, dich zu lieben. Ich verspreche, für dein Kind eine bessere Oma zu sein, als ich eine Mutter für dich war. Ich verspreche es.

Megan schaukelte auf der Verandaschaukel und genoss die sanfte Sommerbrise auf ihren Schultern und Armen, während sie die Stille in sich aufnahm.

Sie mochte diese Tageszeit am liebsten, wenn das liebliche Vogelgezwitscher die Sommerluft erfüllte und die Sonne langsam am Horizont versank. Manchmal saß Peter hier draußen mit ihr auf der Schaukel, mit dem Kaffee in der Hand, während sie versuchten, einander wieder näherzukommen. Das war Kathys Vorschlag gewesen, als Mittel, die Bindung ihrer Ehe wieder zu festigen. Bisher funktionierte es nicht. Meistens war sie hier draußen allein, während Peter noch im Büro festsaß.

Auch wenn sie nicht sicher war, ob »festsitzen« das richtige Wort dafür war. Es war schließlich seine Entscheidung, so spät zu arbeiten. Sie wusste nicht genau, warum er das tun musste – schließlich sollte Samantha ihm Arbeit abnehmen. Es sei denn ...

Anfangs war es fast so gewesen, als hätte er versucht, Emma aus dem Weg zu gehen, was keinen Sinn ergab. Aber in letzter Zeit schienen die beiden ständig Zeit miteinander zu verbringen. Ihre Bindung schien enger zu werden und auch, wenn Megan es schön fand, das mitanzusehen, fühlte sie sich trotzdem auch ausgeschlossen. Der Gedanke ließ sie tief aufseufzen.

Emma war schlau für ihr Alter. Sie würde im Herbst keine Probleme im Kindergarten haben. Abends, wenn Megan die Mädchen ins Bett brachte, wartete Emma immer mit einem Buch, das sie ausgesucht hatte. Sie kuschelte sich dann dicht an Megan und zeigte ihr die kleinsten Details auf den Bildern.

Megan nahm das Telefon in die Hand und starrte auf die SMS, die sie vorhin erhalten hatte. Sie hatte Peter gefragt, ob er zum Abendessen zu Hause sein würde. Als Antwort kam nur, dass er länger arbeiten musste. Schon wieder. Es schien, als wäre das alles, was er tat – sogar am Wochenende. Sie hatte schon öfter, als sie zählen konnte, den Kinobesuch mit Laurie verschieben müssen. Als Entschädigung hatte sie die heißen Tage in Lauries Pool verbracht. Die Kinder liebten das, und um ehrlich zu sein, tat sie das auch. Aber sie war mittlerweile auch bereit für einen Mädelsabend ohne Kinder. Sie brauchte es sogar, und sie hatte Peter gebeten, heute Abend spätestens um halb acht zu Hause zu sein. Er hatte noch immer nicht geantwortet. Sie war verzweifelt genug, dass sie die Kinder ins Auto einladen und zu ihrer Mutter bringen würde, wenn er nicht bald anrief – etwas, was sie höchst selten tat.

Sie starrte hinaus in den Garten und bemerkte das Spielzeug, das überall im Gras verstreut lag. Peter hatte Daisy einen kleinen Durchlauf am Haus gebaut; Gott sei Dank lernte die Hündin, dort ihr Geschäft zu verrichten.

Leises Gemurmel drang durch die offenen Schiebetüren. Die Mädchen schauten eine Kindersendung im Fernsehen. Megan hatte etwas Popcorn gemacht und ließ sie eine Pyjamaparty im Wohnzimmer veranstalten.

Das Handy in ihrer Hand vibrierte. »Bin bald zu Hause.« Überrascht zog sie die Augenbrauen hoch. Das war in letzter Minute; Laurie würde in einer halben Stunde hier sein.

»Mom! Emma teilt das Popcorn nicht.« Alexis stand in der Schiebetür, die Hände auf die Hüften gestützt.

Megan stellte die Füße auf den Boden, um das Schaukeln zu stoppen und stand auf. »Wirklich, Alexis? Es ist nur eine Schüssel Popcorn. Nichts, worüber man streiten müsste. Wir können mehr machen, wenn ihr mehr wollt.«

Das Stirnrunzeln ihrer zweitältesten Tochter war einfach unbezahlbar. Megan unterdrückte ein Lachen. Es war nur Popcorn. Hatte sie wirklich erwartet, Emma damit in Schwierigkeiten zu bringen?

»Das ist nicht fair. Du hast gesagt, wir müssen alle teilen.« Sie trat ein paar Schritte zurück, sodass Megan in die

Küche gehen konnte, hatte aber jetzt die Arme vor der Brust verschränkt.

»Und hast du welche abbekommen?«

Das Stirnrunzeln vertiefte sich. »Darum geht es doch gar nicht.«

Megan zuckte mit den Schultern. Ein drittes Kind änderte die Familiendynamik. Hannah und Alexis waren noch damit beschäftigt, ihre Schwester im Haus zu akzeptieren, auch wenn natürlich die Tatsache, dass Emma entführt worden war, niemandes Schuld war.

»Dann machen wir jetzt mehr. Bring du doch die Schüssel her, dann kannst du mir helfen.«

»Können wir nicht einfach eine neue Schüssel nehmen? Emma hat die andere in Beschlag genommen.«

Megan rollte mit den Augen und zeigte auf den Schrank, wo sie die Tupperschüsseln aufbewahrten. »Nur zu.« Sie hatte schon lange gelernt, wann es sich bei Alexis lohnte zu streiten. Das war nicht der richtige Zeitpunkt.

Megan öffnete eine Dose Mais. Sie ließ Alexis zwei Löffel Maiskörner in die Popcornmaschine kippen und schaltete sie an. Alexis stand da, beobachtete die wirbelnden Maiskörner und zuckte beim ersten Ploppen zusammen. Megan musste grinsen. Sie zuckte auch immer zusammen. Sie warteten, bis sich die Schüssel mit dem fluffigen weißen Popcorn gefüllt hatte und schalteten die Maschine wieder aus.

»Pass auf, fass das noch nicht an, ja? Es ist ziemlich heiß. Und bitte teile mit deinen Schwestern. Diese Schüssel ist nicht nur für dich.« Dem Gesichtsausdruck ihrer Tochter nach war die Aufforderung zu teilen nicht das, was sie hatte hören wollen.

Megan drehte sich zur Uhr um und runzelte die Stirn. Laurie saß am Küchentisch.

»Wie bist du reingekommen?« Die Tür sollte eigentlich alarmgesichert verschlossen sein.

»Mit meinem Schlüssel.« Laurie hielt ihren Schlüsselring hoch.

»War der Alarm eingeschaltet?« Megans Herz klopfte etwas schneller bei dem Gedanken, dass Emma hätte gehen können und niemand es bemerkt hätte.

»Er hat gepiept. Ich schätze, das hast du wegen der Popcornmaschine nicht gehört. Keine Sorge, ich hab ihn zurückgesetzt und die Tür verschlossen.«

Megan entspannte sich und atmete tief ein.

»Hey, Lexi, wie geht's dir, Mädel?« Laurie schnappte sich eine Handvoll Popcorn, während Alexis an ihr vorbeiging.

Megan war eifersüchtig auf die besondere Beziehung zwischen den beiden. Laurie war die Einzige, die ihre Tochter Lexi nennen durfte. Als Megan es das letzte Mal versucht hatte, hatte Alexis ihr fast den Kopf abgerissen. Peter durfte sie noch Lex nennen, aber alle anderen mussten Alex oder Alexis sagen. »Mom sagt, ich muss teilen. Aber Emma hat die andere Schüssel leer gegessen. Das ist nicht fair.« Alexis schmollte. Megan runzelte die Stirn und schüttelte den Kopf in Richtung Laurie. Alex hatte sich die ganze Woche über Emma beschwert. Es wurde langsam ermüdend.

Laurie lehnte sich auf ihrem Stuhl nach vorn. »Ich wette, Emma ist so vollgefuttert von dem ganzen Popcorn, dass sie jetzt gar keins mehr will.«

Alexis stöhnte. »Doch, will sie. Ich weiß es.«

»Dann gib ihr ein paar Handvoll. Ich wette, mehr will sie nicht.« Laurie zuckte mit den Schultern und lehnte sich wieder zurück.

Alexis blickte über ihre Schulter und starrte Megan an, bevor sie wieder auf die Schüssel in ihren Händen sah. »Ja, wahrscheinlich. Viel Spaß heute Abend.«

Megan durchquerte die Küche, setzte sich Laurie gegenüber und seufzte, während sie beide Alexis beim Weggehen zusahen.

»Schon irgendwelche Pläne für ihren Geburtstag?« Laurie tippte mit ihren Fingernägeln auf den Tisch.

Megans Augen wurden groß. Sie sah auf den Kalender an der Wand und erschrak. Alexis hatte in fünf Tagen Geburtstag. In fünf Tagen. Wie hatte sie das nur vergessen können?

Megan runzelte die Stirn. Sie versuchte, sich zu besinnen, wann Alexis ihren Geburtstag erwähnt hatte, konnte sich aber an kein einziges Mal erinnern. Normalerweise war Alexis aufgeregt und voller Pläne. Da sie im August Geburtstag hatte, wollte sie normalerweise etwas draußen machen, eine Poolparty oder ein Picknick. Letztes Jahr hatten sie im Garten eine Olympiade abgehalten, das volle Programm mit Eierlaufen, Wasserrutschen und Hufeisenwerfen.

»Sie hat bestimmt mit Peter darüber geredet, und er hat ihr gesagt, dass er mit mir redet.« Zumindest hoffte sie, dass das stimmte.

Laurie hob leicht die Augenbraue. »Bestimmt. Und wo ist dein Mann überhaupt? Wenn du mir jetzt wieder absagst, schreie ich.«

Bevor Megan antworten konnte, erregte das Geräusch der sich öffnenden und wieder schließenden Vordertür ihre Aufmerksamkeit. Sie neigte den Kopf und sah über Lauries Schulter, um auf Peter zu warten.

Es gab ein kleines dumpfes Geräusch, von dem sie vermutete, dass es Peters Tasche war, die er zu Boden fallen lassen hatte, und dann hörten sie die Schlüssel klingeln, als sie in der Schüssel auf dem Flurtisch landeten. Wenig später kam ihr Mann den Flur hinunter und stand im Eingang zur Küche.

Sein Gesicht war von tiefen Furchen durchzogen, und sein Lächeln wirkte angestrengt, als er Laurie zunickte und sich dann nach unten lehnte, um Megan einen flüchtigen Kuss auf die Wange zu geben. Sie lächelte zu ihm auf und griff nach seiner Hand. Sie wollte ihn berühren, eine Verbindung zwischen ihnen spüren, aber er strich nur kurz über ihre Finger und wandte sich dann ab. Sie konnte Lauries Blick aus dem Augenwinkel sehen, sah sie aber nicht an. Megan war nicht in Stimmung für Mitleid.

»Ihr macht also einen Mädelsabend? Welchen Film schaut ihr euch an?« Peter öffnete den Kühlschrank und nahm den Wasserkrug heraus.

»Irgendeinen Frauenfilm, den Laurie sehen wollte.« Megan lächelte, doch dann wurde ihr Blick schmal. »Hat Alex dir gegenüber in irgendeiner Form ihren Geburtstag erwähnt?« Sie hielt die Stimme gesenkt, nur für den Fall, dass ihre Tochter lauschte.

Peter schüttelte den Kopf, während er in einem Zug ein Glas Wasser austrank. »Nein. Ich dachte, du hast alles im Griff.« Erneut öffnete er den Kühlschrank und spähte hinein. »Hast du mir etwas fürs Abendessen übrig gelassen?« Er zog die Ofentür auf und griff dann nach der Mikrowelle, wo er den Teller mit Essen fand, der für ihn gedacht war.

Megans Herz sank. Sie hatte noch fünf Tage.

»Du hast es vergessen, oder?«

Sein Blick verriet ihr alles. Megan seufzte.

Peter zuckte mit den Achseln. »Ich rede heute Abend mit ihr darüber. Erkläre ihr, dass wir leider die Zeit aus den Augen verloren haben.« Sie bemerkte die schmale Falte um seinen Mund.

»Oder«, unterbrach Laurie, »wir planen eine Überraschungsparty. Kurz vor der Stadt hat doch gerade diese neue Kartbahn eröffnet. Die haben da auch Minigolf. Du könntest anrufen und fragen, ob sie noch Kapazitäten haben. Ein paar Freunde einladen …«

Megan lächelte. »Die Idee gefällt mir.« Sie könnte ihre Eltern und ein paar von Alexis' Freunden bitten, sich ihnen anzuschließen. Eine Überraschungsparty war perfekt. Dann würde Alexis niemals erfahren, dass Megan ihren Geburtstag komplett vergessen hatte.

»Das könnte funktionieren.« Peter nickte. Der Blick, den er ihr zuwarf, verriet Megan, dass er dachte, sie anstatt Laurie hätte auf diese Idee kommen sollen. Wellen der Enttäuschung und Ablehnung überspülten sie, als er sie finster anblickte. Jetzt, da Emma zu Hause war, fand er, dass sie zu hundert Prozent für Hannah und Alexis da sein sollte. Und er hatte recht. Das sollte sie.

»Hast du wenigstens daran gedacht, das Geschenk zu bestellen, das ich für sie wollte?« Er zog die Augenbrauen hoch, als würde er kein Ja erwarten.

Megan starrte ihn mit leerem Blick an und versuchte, sich zu erinnern, welches Geschenk er bestellt haben wollte. Vage erinnerte sie sich.

»Die Golftasche, Megan. Ich wollte ihr eine neue Golftasche mit ihrem Namen drauf schenken, passend zu den Golfschlägern, die ich bestellt habe. Erinnerst du dich? Du hast mir gesagt, dass du dich darum kümmerst.«

Peter seufzte und stellte seinen Teller auf der Küchenanrichte ab.

Richtig. Sie biss sich auf die Lippe, während sie sich an den Telefonanruf erinnerte, den sie getätigt hatte. »Sie hatten die Tasche aus dem purpurfarbenen Stoff nicht mehr, die du wolltest, deshalb wollten sie in einem anderen Laden nachfragen, ob es noch welche gibt.« Sie sah seinen skeptischen Blick. »Ich rufe sie morgen an.« Sie machte sich eine mentale Notiz, das nicht zu vergessen.

Peter glaubte, ihr fehlendes Gedächtnis wäre auf Faulheit zurückzuführen. Ihre Psychologin meinte, es lag daran, dass sie die kleinen Probleme als nicht wichtig genug erachtete, um sich daran zu erinnern. Aber Megan befürchtete etwas anderes. Zwei Jahre lang hatte sie sich so sehr darauf konzentriert, Emma zu finden, dass sie sich daran gewöhnt hatte, alles andere bis zur letzten Minute aufzuschieben. Sie war nicht faul oder vergesslich. Sie hatte einfach nur vergessen, wie man Prioritäten setzt.

Das Problem war, dass sie jetzt ihre gesamte Familie zur Priorität machen musste. Nicht nur Emma.

Das Schuldgefühl, das sie schon vorher empfunden hatte, verstärkte sich. Sie konnte Alexis Ewigkeiten weismachen, dass ihr Geburtstag ihr wichtiger war als alles andere, aber sie wüssten beide, dass Megan log.

Nichts liebte Jack mehr, als in seinem Schuppen zu werkeln. Ja, von den Sägespänen tränten seine Augen, und er musste dann die nächsten Tage niesen, aber irgendetwas hatte der Geruch an sich. Dottie hatte immer gesagt, dass er vom Versprechen des Neuen kündete; er persönlich glaubte, es handle sich eher um das Versprechen des Unbekannten.

Hier draußen zu sein, hielt ihn beschäftigt und seine Gedanken von dem fern, was er vorher am Tag gefunden hatte.

Jack legte das Stück Sperrholz, das er gerade geschnitten hatte, auf den Nebentisch, und nahm sich ein anderes Stück vor. Nur noch drei waren zu schneiden. Er wusste, dass es früh war, aber bevor Emmie zu ihren Eltern zurückgekehrt war, hatte er vorgehabt, ihr ein viktorianisches Puppenhaus zu Weihnachten zu bauen. Jetzt, da sein Mädchen wieder in sein Leben getreten war, wollte er, dass sie es auch bekam.

Er schaute sich kurz die Zeichnungen an, die er angefertigt hatte, um sicherzustellen, dass die Markierungen auf dem Holz richtig waren, dann schaltete er seine Tischsäge an und schob das Holz sanft vorwärts, bis es in zwei Hälften geteilt war.

Er hatte lange an dieser Zeichnung gearbeitet. Es gab ein paar Skizzen in einem seiner Bücher, die Dottie ihm vor ein paar Jahren gekauft hatte, die er mochte, aber anstatt nur eine auszuwählen, hatte er das, was ihm aus mehreren gefiel, zu einem kombiniert. Das einzige Problem war, dass das Haus jetzt zusammengewürfelt aussah.

Er nahm die Zeichnung von der Pinnwand ihm gegenüber und studierte sie. Vielleicht könnte er ein Spalier um das Dach anbringen, noch eine Veranda um das Haus und zusätzliche Türen ... er griff nach dem Stift hinter seinem Ohr und zeichnete einen Entwurf der Veranda, als ihn der Klang einer Autohupe unterbrach.

Jack trat aus seinem Schuppen und zögerte, bevor er Doug zuwinkte. Er war nicht sicher, ob er die Überraschung in seinem Gesicht hatte verbergen können. Er ging zurück in den Schuppen und öffnete den alten Kühlschrank in der Ecke. Bis Doug hereinkam, hatte Jack bereits zwei Dosen Rootbier geöffnet und die Hälfte seiner Dose hinuntergekippt. Es fühlte sich gut an, etwas anderes als Sägemehl im Mund zu schmecken.

»Danke.« Doug nahm die angebotene Dose und nahm einen Schluck. Seine Augen leuchteten, als er sich umsah.

Jack reckte die Brust und nahm einen weiteren langen Schluck. Er war stolz auf seinen Schuppen. Er hatte letztes Jahr angebaut, ihn vergrößert, sodass er mehr Platz hatte, um seine Projekte aufzubewahren, und damit sie Dottie nicht im

Weg waren. An der Seite stand ein Tisch, den er für Emmie abgesenkt hatte. An den Tagen, an denen er kein Holz sägte, hatte sie manchmal hier mit ihm gesessen und gemalt, während er werkelte. Er vermisste diese Tage.

»Es ist lange her«, murmelte Jack. Seit Dottie Doug aus ihrem Leben verbannt hatte, war er nie mehr vorbeigekommen. Bis heute.

»Brauchst du Hilfe?« Dougs Blick wanderte zu der Ecke, in der Jacks halb fertige Projekte Staub sammelten. Die meisten mussten gebeizt oder angemalt werden.

»Ich komme schon irgendwann dazu.« Jack zuckte mit den Achseln, leerte seine Dose und warf sie in den Mülleimer unter dem Tisch. Ein metallischer Klang durchdrang die Stille.

Dougs Lippen wurden schmal, aber Jack war froh, dass er nichts sagte. Doug hier zu haben war unangenehm, und er war sich nicht sicher, wie er damit umgehen sollte. Der Kaffeeladen, die Pferderennbahn – das war neutraler Boden. Aber hier, wo Doug seit Jacks Rückkehr aus dem Krieg nicht mehr erwünscht gewesen war ... nun, Dottie funkelte sie wahrscheinlich gerade böse an, wütend darüber, dass Doug es wagte, hinter ihrem Rücken herzukommen.

»Glaubst du, Dottie dreht sich im Grabe um?« Dougs Stimme klang rau.

»Warum findest du es nicht selbst heraus. Sie ist vorn, unter dem neuen Sprössling.« Jack nickte in Richtung Tür und wartete, ob Doug gehen würde.

»Ich hätte gewettet, du begräbst sie hinten bei ihrem Bruder.« Die Überraschung in Dougs Stimme traf Jack unvorbereitet. Ein Beben lief durch seinen Körper, aber Jack ballte die Hände zu Fäusten und ignorierte es.

»Manchmal wusste Dottie nicht, was gut für sie ist. Sie war zu sehr auf die Vergangenheit konzentriert. Ich kann nicht mehr dorthin zurückgehen«, murmelte er.

»Dann tu's auch nicht.« Jack zuckte bei Dougs kurzer Berührung seiner Schulter zusammen.

Jack räusperte sich. »Warum bist du überhaupt gekommen?«

Doug ließ die Schultern sinken, seufzte und zog einen Stuhl unter dem Tisch hervor.

»Ich bin müde, alt und einsam. Und ich weiß, du bist es auch. Du hast Kenny gehört; er weiß, dass er stirbt. Wir wissen, dass er stirbt. Und du ...« Doug warf ihm einen betonten Blick zu. »Irgendetwas stimmt mit dir nicht, aber du bist zu stur, um um Hilfe zu bitten.«

Jack vergrub die Hände in den Taschen seines Overalls. Er hatte nicht übel Lust, seinen alten Kameraden davon abzuhalten, weiterzureden, aber er tat es nicht.

»Du hast dieses große alte Haus, das um dich herum zusammenfällt, und du bist zu stur, um es zu verkaufen, aber du kannst es auch nicht reparieren. Lass uns zu dir ziehen. Kenny hat eine Tagesschwester; sie wird uns sogar Essen kochen, wenn wir sie nett bitten. Wir drei sind durch die Hölle und zurück gegangen. Warum sollen wir nicht zusammen sterben?«

Jack schüttelte den Kopf.

»Wer redet denn vom Sterben?«

Er hatte dieses Gespräch bereits mit Dottie geführt. Er würde nirgendwohin gehen. Er musste sich um sein kleines Mädchen kümmern.

»Dann lass uns dir helfen, damit du lang genug für sie lebst.«

Jack war nicht klar gewesen, dass er laut gesprochen hatte.

»Denk einfach darüber nach.«

Jack grunzte. Er hatte seine Entscheidung bereits getroffen.

Er zeigte auf ein kleines Schaukelpferd auf dem Boden.

»Beize steht auf dem obersten Regal. Nimm das dunkle Zeug. Wenn du schon hier bleibst, kannst du dich auch nützlich machen.«

KAPITEL ZWÖLF

Heiligabend

Wir sind eingeschneit. Der Traktor ist kaputt und Jack ist es heute bei dem heftigen Schneefall nicht gelungen, den Weg freizuhalten. Gott sei Dank fahren wir zu Weihnachten sowieso nirgendwo mehr hin.

Unser Vorgarten ist dekoriert mit pummeligen Schneemännern und winzigen Schneeengeln. Jack hat mich überredet, mein Strickzeug beiseitezulegen – ich hatte gerade ein Kleid für Emmie beendet – und hat mich nach draußen geschleppt. Wir haben Emmie beigebracht, wie man Schneeengel macht, und dann hat Jack darauf bestanden, Schneekugeln zusammenzurollen und eine Schneemannfamilie zu bauen. Und jetzt werden meine Knochen trotz des heißen Feuers vor mir nicht mehr warm.

In den Monaten, seit Emmie bei uns ist, habe ich eine Veränderung beobachtet, die mir das Herz erwärmt. Sie hat uns völlig als ihre neue Familie akzeptiert und ruft nachts nur noch selten nach ihrer Mami. Ich erkenne noch immer die Augenblicke, wenn sie an das Leben denkt, das sie vorher hatte, und ich frage mich, was ich hätte anders machen können, aber es gibt kein Zurück mehr. Die Vergangenheit lässt sich nicht ändern. Was geschehen ist, ist geschehen, und ich darf mich davon nicht aufzehren lassen.

Sie ist Marys Tochter. Ich weiß, dass sie es ist. Manchmal habe ich Augenblicke des Zweifels – ich denke, das ist normal. Ich kannte Emmie ja bis zu dem Tag, an dem ich sie sah, gar nicht.

So viel von diesem Tag ist verschwommen. Es gibt so viele Dinge, die ich hinterfrage, und ich wünschte, ich könnte mich erinnern, aber was ich sicher weiß, ist, dass ich dieses kleine Mädchen mehr liebe als alles andere.

Das ist ihr erstes Weihnachten bei uns, und ich glaube, es wird wundervoll.

Jack liebt all die weihnachtlichen Leckereien aus der Küche. Emmie ist ein Naturtalent beim Backen und eine gute Hilfe. Ich denke, ihr werden die zusammenpassenden Schürzen gefallen, die ich für sie und mich gemacht habe, damit wir sie beim Backen tragen können. Unser Gefrierschrank ist voll mit Backwaren, die Jack an die Kirchen in der Gegend spenden soll. Er hätte das heute erledigen sollen, aber bei der Schneewarnung bin ich froh, dass er es nicht getan hat. Die Plätzchen können warten.

Das ist das erste Weihnachten seit Langem, an dem ich mich tatsächlich auf den Tag freue. Unser Baum steht und ist geschmückt, die Lichter hängen, und das Kichern eines Kindes erinnert mich an die Zeit, als Mary ein kleines Mädchen war.

Das Einzige, was das alles noch perfekter machen könnte, wäre Marys Anwesenheit. Aber draußen steht ein Schneemann mit ihrem Namen drauf, und das wird reichen müssen, wie Jack sagt.

Brewster's Bakery war gerammelt voll. Alle Tische und Stühle waren voll von Leuten, die an ihren Cappuccinos nippten und das berühmte selbst gemachte Gebäck des Ladens aßen. Laurie erspähte zwei freie Plätze weit hinten und quetschte sich durch den vollen Raum. Megan folgte ihr, aber erst, nachdem sie einen Blick auf die Desserts in der Kühlvitrine geworfen hatte. Von Jans selbst gebackenem Kokoskuchen waren noch zwei Stücke übrig.

Glücklicherweise stand Jan hinter der Theke und bemerkte, wie sie die Kuchen ansah. Sie zog den Kuchenteller aus der Vitrine und hielt ihn hoch. Jans zierliche Figur ließ vermuten, dass sie selbst niemals ihre eigenen Desserts anrührte, aber Megan wusste, dass dem nicht so war, und wünschte sich oft ihren Stoffwechsel. Auf jeden Fall war es Jans Vorliebe für Süßes, die den Laden zu dem machte, was er war.

»Zwei Stück, bitte. Ich würde mächtig Ärger bekommen, wenn Peter wüsste, dass ich ein Stück von deinem Kuchen hatte und ihm nichts mitgebracht habe.« Sie lächelte, denn Peter scherzte oft, dass er Jan hätte heiraten sollen, als er die Chance gehabt hatte, damals in der dritten Klasse, als sie ihn wegen einer Wette geküsst hatte. Jans Mann Charlie errötete dann immer und stotterte in gespieltem Protest, während Jan lachte, Peter in den Arm knuffte und ihm erklärte, dass er gegen Charlie niemals eine Chance hatte.

Jan schüttelte den Kopf. »Tut mir leid, Schätzchen, aber die hat schon jemand bestellt.« Sie stellte den Kuchenteller auf die Theke und hob die Stücke auf einzelne Teller. Dann griff sie nach unten und zog einen Shaker heraus, mit dem sie Schokoladenpulver auf beide Kuchenstücke streute.

Megan stöhnte. Sie hatte sich schon den ganzen Abend auf ein Stück Kuchen gefreut. Sie sah sich die anderen Desserts in der Vitrine an, aber nichts sonst reizte sie.

»Allerdings hat mich dein gut aussehender Ehemann vorhin angerufen und gewarnt, dass du kommen würdest, also habe ich dir einen ganzen Kuchen beiseitegestellt, den du mit nach Hause nehmen kannst. Er wollte, dass ich dich daran erinnere, zu teilen.« Sie zwinkerte Megan zu und reichte die zwei Teller dann dem Kunden, der geduldig wartete.

Megan lächelte. Sie hätte sich denken können, dass Peter erraten würde, dass sie nach dem Film hierherkommen würden.

Sie sah sich im überfüllten Laden um und winkte mehreren Leuten zu, die sie erkannte. Als Megan an der Reihe war, ihren Cappuccino zu bestellen, versuchte sie, Lauries Aufmerksamkeit zu erregen, um zu erfahren, was sie wollte, aber die schien zu sehr in das vertieft zu sein, was sie sich gerade auf dem Handy ansah.

»Zwei Moccacino, bitte. Einen mit Sojamilch und ohne Sahne. Jan hat einen Kuchen für mich beiseitegestellt, aber« – sie lehnte sich nach vorn, um die Köstlichkeiten noch einmal zu studieren – »zwei Mandel-Biscotti, bitte«, erklärte sie dem Teenager an der Kasse.

Nachdem sie bezahlt hatte, bahnte sich Megan ihren Weg zu Laurie. Anscheinend hatte sie sie überrascht, denn es dauerte etwas, bis Laurie bemerkte, dass sie sich hingesetzt hatte, und dann schaltete diese eilig ihr Handy aus und steckte es in ihre Tasche.

»Willst du mir irgendetwas sagen?«, scherzte sie über die Heimlichtuerei ihrer Freundin.

Eine Röte überzog Lauries Gesicht, und sie blickte zur Seite. Megan keuchte überrascht auf.

»Das gibt's doch nicht. Du wirst mich jetzt hier nicht hinhalten. Was hast du geglaubt, wie lang du es geheim halten könntest?« Lauries Augen wurden groß, und Megan wusste, dass sie den Nagel auf den Kopf getroffen hatte. Laurie hatte sich endlich auf jemanden eingelassen.

»Wie heißt er?« Megan drehte ihren Stuhl leicht, damit sie ihre beste Freundin direkt ansehen konnte.

Laurie zuckte mit den Schultern und versuchte, ihre Scham zu verbergen. »Es ist wahrscheinlich nichts, deshalb habe ich dir auch noch nichts erzählt.«

Megan kniff die Augen zusammen. »Ich glaube dir nicht.« Sanft berührte sie Lauries Hand. Es schockierte sie zu spüren, dass Laurie zitterte. »Laurie, geht's dir gut?«

Sie sah in Lauries Gesicht, wie diese mit sich kämpfte, und erkannte, dass ihr das alles schwerer fiel, als sie gedacht hatte.

»Es ist mehr als vier Jahre her. Das ist in Ordnung, das weißt du doch. Er würde wollen, dass du weiterlebst und glücklich bist«, flüsterte sie.

Laurie schüttelte den Kopf. »Ich weiß. Das sage ich mir auch die ganze Zeit. Aber es ist schwer. Kris war die Liebe meines Lebens. Aber ...«

Megan lehnte sich zurück, als Jan ihren Kaffee auf die Theke stellte. Megan lächelte sie dankbar an. Sie wünschte, Jan würde wieder gehen, wusste aber nicht, wie sie das sagen sollte, ohne ihre Gefühle zu verletzen.

»Es ist schön, dich endlich wieder im Land der Lebenden zu sehen, Schätzchen.« Jan lehnte sich mit der Hüfte gegen die Theke. »Du hast ja keine Ahnung, wie sehr dich die Leute vermisst haben.«

Megan schnaubte. »Ich habe die ganze Zeit gelebt. Ich bevorzuge jetzt nur, es in Stille zu tun. Das Letzte, was Emma braucht, ist es, im Rampenlicht zu stehen. Sie kam nicht gut damit zurecht, als sie nach Hause gekommen ist.«

»Die Leute in dieser Stadt müssen nur lernen, sich um ihre eigenen Angelegenheiten zu kümmern«, grummelte Jan.

»Das ist, als würde ein Esel den anderen Langohr schimpfen, oder?«, murmelte Laurie und hielt ihren Blick auf die Kaffeetasse gesenkt.

»Wirklich? Damit willst du jetzt anfangen?« Jan hob die Augenbrauen.

Als Lauries Gesicht brannte, verschränkte Megan die Arme und lehnte sich in ihrem Stuhl zurück. »Will mir mal jemand verraten, was hier los ist?«

»Nichts«, murmelte Laurie.

Jan kicherte. »Ich kann nicht glauben, dass du es ihr noch nicht erzählt hast.« Sie verschränkte die Arme vor der Brust.

Megan blieb still. Irgendetwas war los, und sie hatte das Gefühl, dass es etwas damit zu tun hatte, was Laurie vorhin am Handy zu schaffen hatte. Die Frage war, warum sie es als Letzte erfuhr? Während Lauries Blick Löcher in die Theke brannte, nahm sich Megan ihren Moccacino, nahm einen Schluck und wartete darauf, dass die köstliche Wärme sie durchströmte. Jan machte den besten Moccacino in der Gegend.

»Hey.« Laurie blickte sich im Laden um. »Wo ist Shelly Belle?«

»Es ist hier drin zu voll, daher schläft sie hinten im Büro. Und jetzt hör auf, das Thema zu wechseln.«

Das Geräusch der Stimmen umgab sie, während sie auf Lauries Antwort warteten. Laurie senkte den Kopf und hob dann endlich ihre tränengefüllten Augen. Der Blick auf ihrem Gesicht, die Unsicherheit und der Zweifel, brachten Megan dazu, ihre beste Freundin erst einmal in den Arm zu nehmen.

»Oh, um Himmels willen«, sagte Jan. Megan zog sich zurück. »Es ist nicht das Ende der Welt, und niemand stirbt. Unser Mädchen hier« – Jan neigte ihren Kopf Richtung Laurie und senkte die Stimme – »wurde gestern Abend in einer hitzigen Umarmung erwischt mit ...«

»... einem Mann«, unterbrach Laurie.

Jan hob die Augenbrauen.

»Was für ein Mann?«, fragte Megan. Irgendetwas war doch los. »Wer ist es? Wo hast du ihn kennengelernt? Warum willst du nicht, dass ich etwas darüber erfahre? Warum hast du nichts gesagt, als du heute Morgen aufgekreuzt bist?«

Laurie schüttelte den Kopf. »Ich wollte es dir sagen, aber dann war da das Bild und dann die ...« Ihre Stimme wurde leiser.

»Oh nein. Hier geht's nicht um mich.« Megan wandte sich an Jan, die den Kopf schüttelte und ihre Lippen aufeinanderpresste. »Wer ist es? Ich werde nicht wütend sein. Solange es nicht Peter ist«, scherzte Megan.

Laurie richtete sich auf und griff nach ihrer Tasse. Langsam führte sie sie an die Lippen und nahm sich Zeit, einen Schluck zu nehmen, bevor sie sie wieder abstellte.

»Es ist niemand, Meg. Ich habe ihn beim neuen Schießstand kennengelernt, der kürzlich drüben an der Country Road 14 aufgemacht hat. Wir haben ein bisschen geredet und sind danach noch etwas trinken gegangen.« Laurie zuckte mit den Schultern, sah Megan aber nicht an.

»Ihr habt also geschossen, habt etwas getrunken und dann« – Megan blickte zu Jan – »wurdet ihr in einer hitzigen Umarmung erwischt, aber es ist nichts?« Warum wich Laurie ihr so sehr aus?

Die Wangen ihrer Freundin leuchteten scharlachrot. »Ich hatte einfach zu viele Drinks.«

»Diese Ausrede willst du benutzen?« Die Herausforderung in Jans Stimme war klar.

Ein trauriges Lächeln überzog Lauries Gesicht. »Das ist keine Ausrede; so ist es einfach. Ich werde ihn nicht wiedersehen, also spielt es wirklich keine Rolle.«

Megan stöhnte. »Ich kann immer noch nicht glauben, dass ich erst jetzt davon erfahre. Ich bin wohl die schlimmste Freundin der ...« Sowohl Lauries als auch Jans Gesicht nahm einen leeren Gesichtsausdruck an, der kurz danach durch ein angespanntes Lächeln und schmale Augen ersetzt wurde. Beide blickten über Megans Schulter. Sie wirbelte im Stuhl herum.

»Martha, Evelyn, wie schön, euch zu sehen«, gurrte Megan, obwohl sie wusste, dass ihr gekünstelter Tonfall herauszuhören war. Warum musste sie ausgerechnet heute

Abend auf die zwei Menschen treffen, die sie am meisten verabscheute?

Martha Greer und Evelyn McNish hätten Zwillinge sein können, so wie sie gingen, redeten und sich kleideten. Sie waren seit Jahren die besten Freundinnen, unzertrennlich, und schienen sich immer in alles einzumischen, was in der Stadt vor sich ging. Keine der beiden Frauen würde man jemals in Sneakers in Jans Bäckerei antreffen; es mussten Anzughosen und High Heels sein. Martha trug immer eine Perlenkette um ihren schlanken Hals, Evelyn die opulente Diamantkette, die ihr Mann ihr zum zwanzigsten Jahrestag geschenkt hatte. Beide waren etwas älter als Megan, etwas schlanker und etwas hübscher. Sie waren außerdem fürchterliche Tratschweiber und hatten Megan im ersten Jahr von Emmas Verschwinden das Leben zur Hölle gemacht mit all ihrem Geflüster hinter vorgehaltener Hand, darüber, wie sie angeblich ihren Verstand verlor.

»Megan«, schnurrte Evelyn, »es ist ja schon ewig her, dass wir dich gesehen haben. Wie geht's dir?« Auf ihrem Gesicht lag der Anflug eines Lächelns.

Megan zog ihre Schultern zurück und nahm die Tasse, die sie auf der Theke abgestellt hatte. Sie brauchte etwas in der Hand, um sich damit zu beschäftigen. »Mir geht's gut, danke.«

Martha legte eine Hand aufs Herz und seufzte. »Wir sind so froh, das zu hören. Wir beten jeden Tag für dich; wir wollen, dass du das weißt. Du musst ja so erleichtert sein, endlich deine Tochter wieder zu Hause zu haben, wo sie hingehört, trotz des furchtbaren Albtraums, den sie erdulden musste. Ich hoffe, du hast sie zu Dr. Brown gebracht. Man weiß nie, was solch ein Trauma bei einem kleinen Kind bewirkt.« Sie seufzte dramatisch und schüttelte den Kopf.

Megan übersah nicht, wie Evelyns Lippen während Marthas Rede zuckten.

Jan sah die beiden Damen stirnrunzelnd an. »Oh, um Himmels willen, Martha. Liest du keine Zeitung? Unserem Engelchen geht's gut, es gibt keinen Grund, so dramatisch zu werden.«

Megan drehte sich zu Jan und lächelte ihr zu, bevor sie sich wieder den zwei Frauen zuwandte. »Sie hat recht. Emma geht es gut, und sie arrangiert sich mit der Situation. Ich danke euch für eure Sorge.«

Evelyn legte ihre Hand auf Megans Schulter. »Aber natürlich geht es ihr nicht gut. Uns musst du nichts vormachen. Aus den Armen der Mutter gerissen zu werden und ganz abgeschieden zu leben ...«

»Sie wurde nicht aus meinen Armen gerissen.«

»Und wer weiß, was ihr in den letzten zwei Jahren zugestoßen ist.«

»Ihr ist nichts zugestoßen.«

»Ihr geht es natürlich nicht gut. Aber mach dir keine Sorgen. Wir sind alle hier, um dich zu unterstützen.« Evelyn drückte Megans Schulter mit ihren dünnen Händen, und ihr Griff war stärker als erwartet.

»Ich vermute, das Programm, zu dessen Teilnahme du die Eltern gezwungen hast, wird jetzt beendet?«, fragte Martha leicht verächtlich.

»Wie bitte?« Megan konnte nicht glauben, dass sie die Frau richtig verstanden hatte.

»Nun, wir dachten alle, du hättest das Programm nur aus Schuldgefühl ins Leben gerufen.«

»Megan hat keinen Grund, sich schuldig zu fühlen.« Laurie stellte sich neben Megan und legte einen Arm um sie. »Du solltest dich schämen, so was überhaupt nur anzusprechen. Und nein, das Programm wird fortgesetzt. Die Eltern werden nicht dazu gezwungen, etwas zu tun, Martha Greer. Hätten du und Evelyn sich angeboten zu helfen, wo ihr doch auf der Strecke wohnt, wüsstet ihr das auch.«

Marthas sorgfältig getrimmte Brauen schossen in die Höhe. »Warum sollten wir das tun? Wir haben damals für die Sicherheit unserer Kinder gesorgt und uns nicht auf andere verlassen wie die Mütter heutzutage.« Sie räusperte sich missbilligend.

Das reichte. Megan hatte genug. Sie stand auf, was die beiden Frauen veranlasste, einen Schritt nach hinten zu treten.

»Da ihr beiden solche Vorbilder dafür seid, wie man Kinder großzieht, fände ich es fantastisch, wenn ihr bei meinem Programm helfen würdet. Ich brauche freiwillige Begleitpersonen, und da ich weiß, wie sehr ihr eure täglichen Spaziergänge in der Nachbarschaft genießt, wäre das doch perfekt für euch. Ich werde euch auf meine Liste setzen.« Sie festigte ihren Griff um ihre Handtasche, nahm die Kuchenschachtel aus Jans Händen entgegen und blickte über die Schulter zu Laurie.

Ohne weitere Worte schob sich Megan an den zwei Frauen vorbei und ignorierte deren Ausrufe der Überraschung und Wut, warf Jan eine Kusshand zu und wartete dann darauf, dass Laurie am Eingang zu ihr aufschloss. Innerlich kochte sie und ihr gesamter Körper war angespannt, während sie versuchte, ruhig zu bleiben. Sie konnte einfach nicht fassen, was sich diese beiden Frauen herausnahmen.

»Sind die Klauen wieder eingefahren?« Laurie hakte sich bei Megan unter, als sie zum Auto gingen.

Megan schnaubte. »Noch nicht.« Sie musste sich beruhigen, tief einatmen und diese zwei Wichtigtuerinnen da drinnen einfach vergessen.

»Du weißt, dass dir egal sein kann, was die sagen, oder?«

Sie waren neben Lauries Auto stehen geblieben. Megan lächelte sie beruhigt an und öffnete dann die Tür. »Ich weiß.«

Die Fahrt zurück zu Megans Haus fand schweigend statt. Die Worte der Frauen hallten in Megans Kopf wider, bis sie Kopfschmerzen bekam. Ein winziger Samen der Schuld hatte schon lange in ihr Wurzeln gefasst. Und würde immer bleiben.

Nachdem Megan die Vordertür geöffnet hatte, winkte sie Laurie zu, die rückwärts aus der Einfahrt fuhr. Sie dachte an die angespannte Atmosphäre im Auto und schüttelte den Kopf. Sie hatte versucht, die Stimmung zu heben, indem sie Laurie über ihren mysteriösen Mann befragt hatte, aber Laurie hatte dichtgemacht und sich geweigert, noch irgendetwas über dieses Thema zu sagen. Außerdem hatte sie ihren gemeinsamen Morgenlauf für den nächsten Tag abgesagt, mit der Behauptung, dass ihre Eltern kommen würden und sie aufräumen musste.

Megan hatte die Lüge in Lauries Stimme gehört, aber nichts gesagt. Lauries Haus war makellos sauber.

Laurie ging nur selten auf Dates, aber wenn sie es tat, war sie wie ein Kind im Süßwarenladen, es war also seltsam, dass sie so dichtmachte und Megan nicht erzählte, wer der Mann vom Schießstand war.

Außer sie dachte, Megan würde es nicht gutheißen?

Nachdem sie den Sicherheitscode in das Alarmsystem eingegeben hatte, legte Megan ihre Schüssel in die Schale auf dem Flurtisch. Das Licht in Peters Bürozimmer war an, also brachte sie den Kuchen in die Küche, um zwei Stück abzuschneiden. Sie ignorierte die unordentliche Arbeitsplatte mit der halb gefüllten Popcornschüssel und dreckigen

Wassergläsern. Ihre Aufmerksamkeit wurde vom beleuchteten Bildschirm von Peters Handy auf der Anrichte angezogen. Sie konnte nicht viel sehen, bevor er wieder dunkel wurde, aber sie sah den Namen. Sie war es. Samantha Grayson.

Sie sollte es ignorieren oder das Handy sogar abschalten, aber sie konnte es nicht. Es war spät – wirklich spät – und es gab keinen Grund für Samantha, ihrem Mann so spät am Abend zu schreiben, es sei denn, es war ein Notfall, oder ... sie wollte diesen Gedanken nicht einmal zu Ende bringen. Sie wandte ihren Blick vom Bildschirm ab und konzentrierte sich darauf, die Schachtel mit dem köstlichen Kuchen zu öffnen. Ein Teil von ihr wünschte, Peter würde in die Küche kommen und sein Handy auf der Anrichte sehen; ein anderer Teil von ihr wollte, dass der Bildschirm wieder aufleuchtete, damit sie lesen konnte, was in der SMS stand. Peter und sie kämpften darum, ihr Vertrauen ineinander wiederherzustellen, und seine SMS zu durchstöbern war definitiv kein Zeichen von Vertrauen. Egal, wie sehr sie auch in Versuchung war.

Nachdem sie die Stücke Kokoskuchen auf die Teller gelegt hatte, stand Megan da und lauschte auf die Ruhe im Haus. Aus Peters Arbeitszimmer kam das entfernte Geräusch raschelnden Papiers, aber ansonsten herrschte gesegnete Stille. Sie liebte es. Sie liebte es, zu wissen, dass ihre gesamte Familie unter einem Dach war. Sie fühlte sich ganz, vollständig. Sie genoss das Gefühl für die wenigen Sekunden, in denen es anhielt – bis der Bildschirm auf Peters Handy wieder aufleuchtete.

Diesmal hielt sie sich nicht selbst auf. Sie nahm das Handy und las die Nachricht.

Sie muss es erfahren.

Das Handy fiel ihr aus der Hand, schlug gegen die Ecke der Anrichte und fiel zu Boden. Eine Flut an Emotionen wirbelte in ihr hoch, als sie die Worte gedanklich wieder und wieder nachsprach. Ihre Brust schmerzte, und ihr Pulsschlag beschleunigte sich, bis sie das Gefühl hatte, einen Marathon zu laufen. Sie hätte nicht nachsehen sollen. Spionieren zahlte sich niemals aus. Sie wusste das. Oh Gott, warum hatte sie nachgeschaut?

Das plötzliche Knarren der Bodendielen im Flur hallte wie ein Gewehrschuss durch das Haus. Megan zuckte zusammen und bückte sich schnell, um das Handy aufzuheben. Auf halbem Weg nach unten bemerkte sie, wie ihre Hände zitterten. Sie schnappte das Handy, legte es zurück auf die Anrichte, wo auch die halb gefüllte Popcornschüssel stand und wirbelte herum, um Peter mit einem Lächeln zu begrüßen.

»Ich wollte dir gerade ein Stück von Jans Kuchen bringen.« Sie pflasterte ein Lächeln auf ihr Gesicht und versteckte ihre zitternden Hände hinter dem Rücken, während sie zusah, wie Peter näher kam.

»Darauf warte ich schon den ganzen Abend. Was hat so lange gedauert?« Er beugte sich nach unten und atmete das Kokosaroma ein, tauchte dann seinen Finger in die Sahne auf seinem Stück und spießte eine große Portion auf. »Möchtest du probieren?«, fragte er, seine Stimme emotionsgeladen, was Megan nicht verstand, besonders nicht nach der SMS, die sie gerade gelesen hatte.

Statt zu antworten, griff sie nach seinem Handy und reichte es ihm. »Du hast eine SMS.« Sie beschäftigte sich damit, die schmutzigen Wassergläser in den Geschirrspüler zu räumen. Dann wartete sie, um zu sehen, ob Peter etwas sagen würde, aber er hatte das Handy zurück auf die Anrichte gelegt und aß stattdessen seinen Kuchen.

»Wer hat dir geschrieben?« Die Frage sprudelte aus ihr heraus, bevor sie es schaffte, sich auf die Lippen zu beißen.

Sie nahm ihren Kuchen und steckte die Gabel in die cremige Mitte.

Er runzelte die Stirn, als er von seinem Kuchen aufblickte. »Nur Sam. Warum?«

Megan zuckte mit den Achseln. »Ich wundere mich nur, warum sie dir so spät am Abend noch schreibt.«

Sie täuschte Gleichgültigkeit vor. Oder versuchte es zumindest. Peter musste etwas aus ihrer Stimme herausgehört haben.

»Hast du die Nachricht gelesen?«

Megan hob die Gabel zum Mund. »Sollte ich?« Sie hätte Ja sagen sollen. Warum tat sie es nicht? Warum gab sie nicht einfach zu, dass sie sie gelesen hatte und ließ ihn sie beruhigen?

Vielleicht, weil sie wollte, dass er ihr die Wahrheit sagte, ohne dass er dazu gezwungen wurde.

Peter schüttelte den Kopf. »Es geht nur um einen Auftrag, an dem wir arbeiten. Ich bin die Zahlen durchgegangen, nachdem die Mädchen im Bett waren, und hatte ein paar Fragen an sie.«

Das leichte Zögern in seiner Stimme war zwar kaum zu erkennen, aber sie hörte es heraus. Es gab da etwas, das er ihr nicht sagte. Etwas, von dem er nicht wollte, dass sie es wusste. Ein kurzer Anflug der Unsicherheit überzog sein Gesicht, also schluckte sie ihre Worte hinunter und nahm einen weiteren Bissen vom Kuchen, der wie Staub in ihrem Mund zerfiel.

Sie stellte den Kuchen ab. Sie würde ihn für den nächsten Morgen übrig lassen. »Wie war dein Abend mit den Mädchen? Gab es Probleme, Emma ins Bett zu bringen?« Peter schien den geänderten Tonfall ihrer Stimme nicht zu bemerken, auch nicht, dass sie den Kuchen abgestellt hatte, was sie sonst selten tat.

Peter aß seinen Kuchen auf und lehnte sich dann gegen die Kochinsel. »Alles lief gut. Sie waren lange auf, also schlafen sie hoffentlich auch länger.«

Megan kicherte. »Du machst Witze, oder? Emma ist immer in aller Herrgottsfrühe auf.« Bei dem Gedanken gähnte sie. Ausschlafen wäre schon schön.

Peter trat zu ihr und legte seine Hände um ihre Taille. »Ist Dornröschen müde?«

Megan stieß den Atem aus, von dem sie nicht mal bemerkt hatte, dass sie ihn anhielt, als seine Hände sie berührten. Sie zwang sich dazu, sich zu entspannen. Sie zuckte mit den Schultern und gähnte erneut. »Es ist schon etwas später als meine übliche Schlafenszeit«, gab sie zu.

Er lehnte sich vor und hauchte einen leichten Kuss auf ihre Lippen. »Warum gehst du nicht schon ins Bett und ich räume den Kuchen weg?«

Megan blickte hinunter zum Kuchen und dann zurück in Peters Augen. Hatte er Hintergedanken für sein Angebot? Würde er Sams SMS beantworten?

»Brauchst du lange?«

Er musste bemerkt haben, wie sie auf sein Handy hinunterblickte. Er nahm es in die Hand und hielt es so, dass sie sehen konnte, wie er den Knopf hielt, bis es ausgeschaltet war. Dann stellte er den Kuchen zurück in die Schachtel und fand irgendwo im überfüllten Kühlschrank Platz dafür. Megan blieb weiter stehen und sah ihrem Mann einfach nur zu. Es war nicht so, dass sie ihm nicht vertraute, aber zu wissen, dass er etwas vor ihr geheim hielt, störte sie. Mehr, als es sollte. Was, wenn er ihr die Wahrheit sagte? Was, wenn sie mehr in die Sache hineininterpretierte, als überhaupt dran war?

Peter griff nach ihrer Hand und lächelte. Sanft zog er sie in seine Arme und begann, rückwärts zu gehen, hinaus aus der Küche und die Treppe hinauf. Megan bemerkte, dass er das Handy auf der Anrichte liegen lassen hatte. Diesmal war das Lächeln, das über ihr Gesicht strahlte, echt.

Peter streichelte mit seinen Fingern über Megans Arm, während sie aneinander gekuschelt dalagen.

»Wusstest du, dass Emma denkt, sie hätte dich gesehen?« Er hielt kurz in seinen Bewegungen inne, bevor er fortfuhr, aber das sanfte Streicheln, das sie bis eben noch genossen hatte, kitzelte und störte sie plötzlich. Sie hob ihren Arm, um seine Hand wegzudrücken.

»Ich verstehe nicht.« Sie drehte sich zu ihm um und sah das Zögern in seinen Augen.

»Als ich sie zum Frühstück mitgenommen habe, hat sie mir erzählt, dass sie dachte, sie hätte dich im Drive-in gesehen.« Peter kniff die Lippen zusammen.

Megan schüttelte den Kopf.

»Wann hat sie mich gesehen?«

Peter drehte sich so, dass er auf dem Rücken lag, und verschränkte die Arme hinter dem Kopf. Megan musste seinem Ellbogen ausweichen, damit er sie nicht am Kopf traf. Sein Adamsapfel wippte, bevor er sie aus dem Augenwinkel ansah.

»Anscheinend hat Jack sie in die Stadt mitgenommen und sie sind durch den Drive-in gefahren, um Donuts zu kaufen.«

Megan stockte der Atem. »Sie war hier? Nur ein kleines Stück entfernt?« Sie schüttelte den Kopf. Nein, das war nicht möglich. Das konnte nicht sein. Zwei Jahre lang hatte Megan nach ihrer Tochter gesucht. Auf keinen Fall konnte sie so nah gewesen sein.

Peter schob sein Kinn vor. »Sie sagte, du warst hinter ihr. Sie hat gewinkt, aber meint, du hättest sie nicht gesehen.«

Megan versuchte sich zu erinnern, ob sie jemals Emma beim Drive-in gesehen hatte.

Sie konnte es nicht. Sie erinnerte sich an das eine Mal beim Spielplatz, wo sie gedacht hatte, dass Emma den Gehweg entlanglief, oder als sie am Pool waren und Megan sich sicher gewesen war, Emma hinter einem Vorhang in der Umkleide verschwinden zu sehen. Dann gab es den Moment, als die Kinder bei der Eisdiele angestanden und Megan gedacht hatte, dass Emma mit einer anderen Familie draußen stand. Und dann das kleine Mädchen im Donutladen. Aber dieses Mädchen war im Laden gewesen, und Megan war sicher, dass das nicht ihre Tochter gewesen war.

»Wie konnte ich sie nicht sehen? Wie konnte ich nicht wissen, dass sie es war?« Ihre Brust schnürte sich zu. »Ich war damals nicht verrückt. All diese Male, wo du ... es war echt, nicht nur meine Einbildung.« Resignation überkam sie. Sie seufzte tief auf, schlug die Bettdecke zurück und griff nach ihrem Bademantel. »Wir hätten sie früher finden können, Peter.« Ihre Stimme wurde lauter, während sie den Mantel zuknotete. »Verdammt, ich hätte sie früher finden können!«

Peter richtete sich im Bett auf. »Glaubst du, ich weiß das nicht?« Er rieb sich mit den Händen übers Gesicht.

»Du hättest mir glauben können.« Megans Hände zitterten, als sie die Schublade am Beistelltisch aufzog und ein grünes ledergebundenes Buch mit einer Kordel darum herauszog. »Lies mein Tagebuch, Peter. Ich habe jedes Mal aufgeschrieben, wenn ich dachte, sie gesehen zu haben. Jedes Mal.« Ihre Stimme zitterte. »Wie oft, glaubst du, habe ich sie wohl wirklich gesehen?« Sie warf das Tagebuch aufs Bett und bedauerte es sofort. Sie hatte ihr Herz in dieses Tagebuch gesteckt und war nicht sicher, ob sie wollte, dass er sie so sah.

Er nahm das Buch und hielt es in der Hand, dann reichte er es ihr wieder. »Wie oft glaubst du denn, sie gesehen zu haben?«

Megan atmete langsam durch die Nase und ließ bewusst den Zorn los, der in ihr hochgekocht war. Dann nahm sie das Tagebuch und legte es zurück in die Schublade. »Zu oft. Ich hab dir nicht mal von der Hälfte erzählt.«

Sie setzte sich zurück aufs Bett und senkte ihren Kopf auf die Brust.

Im Zimmer war es still. Das sanfte Klingen des Windspiels in ihrem Garten ertönte in der warmen Nachtluft.

»Oh mein Gott, Peter. Warum habe ich nicht meinen Instinkten getraut?« Tränen stiegen in ihr auf, als sie die Erkenntnis traf, dass sie ihre Tochter tatsächlich gesehen hatte.

»Weil ich dir nicht vertraut habe.« Peters Stimme klang leise, als er endlich das zugab, was Megan lange hatten hören wollen.

Sie fuhr sich mit den Fingern durchs Haar und schüttelte den Kopf. »Das hättest du aber sollen.« Ihre Kehle schmerzte, und sie schluckte den Drang zu weinen hinunter. All das hier hätte vermieden werden können. Sie hätten ihre Tochter früher zurückhaben können, wenn doch nur ...

Peter biss sich auf die Lippe. »Das hätte ich.«

Megan drückte gegen ihren Nasenrücken. »Sie hat mir zugewinkt?« Ihre Stimme brach. Sie hatte ihr zugewinkt. Emma war direkt vor ihr gewesen, und sie hatte sie verpasst. »Wie konnte ich sie nicht sehen? Wie? Ich habe immer nach ihr gesucht.« Sie rieb sich die Augen. »Wie konnte ich sie nicht sehen?« Ihre Stimme klang gequält, als sie Peter fragend ansah.

Er griff nach ihrer Hand und zog sie nach unten. »Vielleicht hat sie dich nicht gesehen, Meg. Vielleicht hat sie jemand anderen gesehen.« Er küsste ihre Stirn und legte seine Arme um sie.

Megan versuchte, ihren Tränen Einhalt zu gebieten. Sie schlang die Arme um ihren Körper und versuchte, sich von seinen Worten überzeugen zu lassen. Vielleicht stimmte das. Emma hatte jemand anderen gesehen. Auf keinen Fall hätte Megan sie nicht gesehen. Auf keinen Fall. Selbst ihre Psychologin hatte angemerkt, dass Megan überwachsam war, wenn es darum ging, Emma irgendwo zu sehen. Sie traute niemandem zu, ihre Tochter so zu kennen, wie sie es tat.

»Es muss jemand anderes gewesen sein. Ich hätte gewusst, dass sie es ist.« Sie atmete den Geruch ihres Mannes ein und ließ sich von seinem sanften Streicheln über ihren Rücken beruhigen.

»Natürlich hättest du das.« Er verstärkte seinen Griff, und Megan schmiegte sich enger an ihn. »Du hast sie gefunden, als niemand sonst gesucht hat.«

KAPITEL DREIZEHN

7. Februar

Jack hat mir heute ein Päckchen gegeben und mich gebeten, es abzuschicken, wenn ich in der Stadt die Einkäufe erledige. Es war nur ein kleines Päckchen, nicht schwer, ich konnte es in einer Hand halten. Ich wusste schon, bevor ich fragte, was der Anlass wäre; warum habe ich nicht einfach den Mund gehalten? Jedes Jahr an den Feiertagen schickt Jack Päckchen wie dieses. Sein Gesicht hat sich verdüstert, als er flüsterte, dass es zum Valentinstag sei.

Was er nicht gesagt hat, war, dass es für Mary ist.

Ich habe mich in unserem Schlafzimmer versteckt. Glücklicherweise hat Jack das verstanden. Als Mary noch ein kleines Kind war, habe ich das häufiger getan. Ich brauchte Zeit für mich. Eine Ruhepause, in der ich mich in meinen eigenen Gedanken verlieren konnte und mir über nichts Sorgen machen musste. Ich bin zu alt, um ein Kind aufzuziehen. Wir sind zu alt.

Jack will mit Mary in Kontakt treten, sie davon überzeugen, nach Hause zu kommen und Emmie aufzuziehen. Ich denke, das ist eine schlechte Idee. Ich weiß nicht warum, aber etwas in mir sagt mir, dass es nicht funktionieren würde. Ich habe Jack gesagt, dass ich versuchen würde, sie zu kontaktieren. Aber das werde ich nicht. Ich kann es nicht.

Ihre letzten Worte an mich waren »Ich hasse dich«. Niemals werde ich ihren Tonfall vergessen. Kinder sagen so etwas manchmal zu ihren Eltern, aber tief in ihrem Inneren meinen sie es nicht so. Aber Mary hat es getan. Das habe ich in ihrer Stimme gehört. Ich weiß nicht, was ich getan habe, das so böse, so furchtbar war, um ihren Hass auf mich zu ziehen, aber er ist da.

Jeden Tag rufe ich mir selbst in Erinnerung, dass ich es jetzt anders machen kann. Dass ich Emmie zu einer liebevollen jungen Frau erziehen kann. Aber jeden Tag werde ich auch an mein Alter erinnert, und wie müde ich bin, und dann mache ich mir Sorgen. Was passiert, wenn ich zu früh sterbe? Was, wenn Jack zuerst stirbt? Was, wenn wir zusammen sterben, wie wir es besprochen hatten, in dem Wissen, dass es ohne den anderen keinen Grund zu leben gibt? Was würde dann mit Emmie geschehen?

Megans Laufshirt war schweißnass. Trotz der frühen Stunde, zu der sie das Haus für ihren Morgenlauf verlassen hatte, erschwerte ihr die Feuchtigkeit draußen das Atmen. Peter hatte sie gewarnt, sie solle heute lieber das Laufband nutzen, aber sie dachte, sie könnte dem Wetterfrosch mit seiner Vorhersage zuvorkommen. Sie hätte auf Peter hören sollen.

Hannah öffnete die Tür, als Megan den Gehweg entlanggestolpert kam.

»Danke, Liebes«, keuchte Megan. Während der letzten halben Stunde hatte sie nur daran denken können, in ihr klimatisiertes Zuhause zu kommen. Nicht einmal vom Pier in den See zu springen hatte sie abkühlen können.

»Dad hat mich gebeten, nach dir Ausschau zu halten.« Hannah lief ihr voraus in die Küche.

»Danke, Schatz«, rief Megan. Sie ließ sich auf die Stufen fallen und zog ihre Laufschuhe aus. Ihr gesamter Körper war ausgelaugt. Höchstwahrscheinlich war sie dehydriert. Ihr Kopf sank ihr auf die Brust, und sie lehnte sich gegen die Stufen, ohne zu beachten, wie unangenehm das für ihren Rücken war.

Sie hätte sich um keinen Preis der Welt jetzt noch bewegen können.

»Hier.« Sie öffnete die Augen und sah Peter mit einem Glas Wasser mit Strohhalm vor ihr hocken. Dankbar lächelte Megan ihn an. Ihre Hände hingen schwer an ihrer Seite und sie ließ Peter den Strohhalm an ihre Lippen führen und schluckte das Wasser.

»Muss ich dich nach oben in die Dusche tragen?«, fragte er mit einem Augenzwinkern. »Ich kann dir auch den Rücken waschen.«

Megan ließ ihren Kopf nach hinten sinken und antwortete nicht. Sie war nicht in der Stimmung, Ja zu sagen, aber auch zu müde für ein Nein. Stattdessen brummelte sie, als er sie hochhob und die Treppe nach oben trug. Sie spürte die Anspannung seiner Muskeln an ihrem Rücken, während er sie hielt.

Er setzte sie auf dem Bett ab, und sie ließ sich nach hinten sinken. Minuten später erfüllte das Geräusch der Dusche das Bad. Sie sollte sich bewegen, es so aussehen lassen, als versuchte sie sich auszuziehen, aber ihr Körper war zu ausgelaugt.

Peter griff nach ihren Shorts. »Ich wünschte, du hättest auf mich gehört, als ich dir heute Morgen geraten habe, nicht rauszugehen«, schalt Peter sie. Er zog ihr die Shorts aus.

»Ich hasse das Laufband.«

Das Bett neigte sich, als Peter neben ihr kniete. Er schlang seinen Arm unter sie und hob sie hoch. Sie hob die Arme, als er ihr das Shirt über den Kopf zog.

»Was hast du gemacht? Bist du in den See gesprungen?« Peter kicherte, als er ihren Sport-BH über ihre Brust zog und dann durch das Zimmer in den Wäschekorb warf.

»Ich dachte, das würde mich etwas abkühlen.« Sie öffnete die Augen und starrte auf die nackte und gestählte Brust ihres Manns. An seinem Körper war kein Gramm Fett zu viel, ganz im Gegensatz zu ihrer Bauchgegend.

»War das ›Sunset Café‹ nicht geöffnet, damit du wenigstens deine Wasserflasche füllen konntest?«

Megan schüttelte den Kopf. »Es war noch zu früh.«

Peter trat vom Bett weg und griff nach ihren Händen. Er zog sie hoch und in seine Arme. »Das Wetter wird die ganze Woche so bleiben. Benutz beim nächsten Mal das Laufband, ja?«

Megan legte ihren Kopf an seine Brust und nickte. Sie würde ihren Lauf an den nächsten paar Tagen wohl ausfallen lassen. Vielleicht würde sie mit den Kindern zum Strand fahren und einfach entspannen. Sie war diesen Sommer erst einmal am Strand gewesen, und das hatte sich als Fehler herausgestellt. Zwar hatten sie ein ruhiges Fleckchen im Sand gefunden, wo sie eine Sandburg bauen konnten, waren aber bald von freundlichen Leuten umringt gewesen, die Emma zu Hause willkommen heißen wollten, und was ein ruhiger Nachmittag hätte werden sollen, wurde zu einem überwältigenden Ereignis. Gestern hatte Alexis beim Keksebacken gefragt, ob sie wieder zum Strand könnten, und Megan hatte erwidert, dass sie darüber nachdenken würde.

Sie könnte Laurie bitten, mitzukommen und mit ein Auge auf die Mädchen zu haben. An einem Tag wie heute war der Strand garantiert voll. Die Seebrise war bei dieser Feuchtigkeit erfrischend.

»Glaubst du, Emma ist bereit, es noch mal am Strand zu versuchen?«, murmelte sie gegen Peters Brust.

Sanft schob er sie von sich und starrte auf sie herab. Sie versuchte, die Emotionen in seinem Blick herauszulesen, aber er schloss schnell die Augen, bevor er sich nach vorn lehnte und sie auf die Stirn küsste.

»Ich glaube, es schadet nichts, es zu versuchen. Und du weißt, Hannah und Alexis wären begeistert.«

Nach ihrer Dusche setzte sich Megan aufs Bett und rubbelte ihr Haar trocken. Peter sagte etwas zu ihr, aber sie verstand es nicht.

»Was hast du gesagt?« Sie legte das Handtuch auf ihren Schoß und schob sich die Haare aus dem Gesicht.

»Ich habe gesagt, Emma hat eine Überraschung für dich.«

Megan nickte. Wahrscheinlich noch ein Bild. Sie würde bald ein neues Album brauchen, so schnell, wie Emma ihre Bilder malte. Sie griff wieder nach dem Handtuch und drückte das Wasser aus ihren Haarspitzen.

»Wir hatten gestern Abend ein schönes Gespräch«, sagte er.

Sie stoppte und sah zu ihm. Peter hatte sein Handtuch um die Hüfte geschlungen, während er vor seinem Schrank stand und nach einem Shirt suchte.

»Und?«

Peter zuckte mit den Achseln. »Wir haben da ein erstaunliches Mädchen. Ich habe mich schon immer gefragt, zu was für einer Art Kind sie heranwachsen würde, aber ich beginne zu erkennen, dass unter der Niedlichkeit eine Portion Sturheit liegt.«

Megan lächelte. Das erkannte er erst jetzt?

»Ich konnte eine Vereinbarung mit ihr treffen, aber erst nach anstrengenden Verhandlungen.«

Sie nickte. »Du hast also deine Überzeugungskraft gegen deine eigene Tochter angewandt?« Sie wollte lachen, aber der Blick auf seinem Gesicht zeigte ihr, dass er es ernst meinte.

»Sie wird anfangen, die Kleidung zu tragen, die du ihr gekauft hast.«

Megans Griff um ihr Haar verstärkte sich. »Wirklich?« Falls sie tatsächlich anfing, andere Kleidung zu tragen, bedeutete das, sie begann, die Änderungen in ihrem Leben zu akzeptieren.

Peter nickte. »Aber nur an Sonntagen. Zumindest war das die Übereinkunft. Ich dachte, wenn wir mit einem Tag pro Woche starten, könnte das später zu mehr werden. Aber sie hat den Rock und das Oberteil angezogen, die du ihr letzte Woche gekauft hast.«

Megan hob die Augenbrauen. »Ich bin schockiert.« Sie hatte den rosa und gelb gepunkteten Rock und ein sonnengelbes Shirt im Kinderladen in der Stadt gesehen und konnte nicht widerstehen. Es schrie geradezu nach Emma.

Peter setzte sich neben ihr aufs Bett. »Das ist doch eine gute Sache, oder?« Er starrte hinunter auf die zu Fäusten geballten Hände in seinem Schoß.

Megan legte ihre Hand über seine.

»Ja, sogar sehr gut. Das ist vielleicht einer der Durchbrüche, von der die Psychologin gesprochen hat.« Sie atmete tief ein und langsam wieder aus. Es könnte einer sein. Kathy hatte sie gewarnt, dass es ein langwieriger Prozess werden würde und sie nicht über Nacht große Änderungen erwarten könnte.

Dass Emma die Nächte jetzt durchschlief, war der erste Schritt gewesen und hatte mehrere Wochen gedauert. Megan und Peter wechselten sich dabei ab, Emma in diesen langen Nächten zu beruhigen. Ihr Wunsch, außerhalb des Hauses zu spielen war der nächste. Dazu war es noch nicht gekommen, aber Megan glaubte, dass es an ihrer eigenen Zögerlichkeit lag, Emma mit in die Öffentlichkeit zu nehmen.

Emmas Bereitwilligkeit, andere Kleidung zu tragen als die, die sie mit nach Hause gebracht hatte, war ein riesiger Schritt nach vorn. Megan hatte befürchtet, dass Emma erst zu groß für die alte Kleidung werden musste, bis das passierte. Kathy hatte vorgeschlagen, dass Megan die Kleidung, aus der

Emma rausgewachsen war, zu einer Decke und Kleidung für die Puppen umarbeiten sollte. Megan gefiel dieser Vorschlag nicht. Sie konnte es kaum erwarten, ein großes Feuer im Garten zu entfachen und persönlich jedes einzelne Kleid in die Flammen zu werfen.

Als Megan die Treppen hinunterging, ermahnte sie sich, normal zu handeln, wenn sie Emmas Kleidung bemerkte. Sie wollte zeigen, wie glücklich sie darüber war, ohne dass es zu aufdringlich wirkte. An manchen Tagen war Emma so nervös wie ein neugeborenes Fohlen, und Megan musste höllisch aufpassen, nichts zu sagen oder zu tun, was Emma veranlasste, sich wieder in ihr Schneckenhaus zurückzuziehen.

Mit der Hand umgriff sie das Geländer, als sie auf der untersten Stufe stand. Heute war ein neuer Tag. Einer voller Neuanfänge. Neuer Abenteuer. Hatten Dorothy und Jack sie mit zum Strand genommen, während sie bei ihnen lebte?

»Mom, kann ich die letzte Waffel haben?« Hannah stand in der Küchentür. Sie trug rosa Shorts und ein schwarzes Shirt.

Megan legte ihren Arm um Hannahs Schulter und drückte sie leicht. »Guten Morgen, Sonnenschein.« Sie drückte einen leichten Kuss auf Hannahs Kopf. »Du machst Witze, oder? Die habe ich gerade gestern erst gekauft. Es ist nur noch eine übrig?« Sie wusste, dass die Mädchen Waffeln liebten, hätte aber nicht erwartet, dass sie so schnell verschwinden würden.

»Also, wer hat alle Waffeln gegessen?« Megan sah sich in der Küche um. Peter stand an der Theke und goss sich eine Tasse Kaffee ein. Alexis saß am Tisch und schlang das letzte

Stück Waffel herunter, während Emma ihren Kopf gesenkt und eine Hand auf Daisys Kopf hielt.

»Lasst mich raten: Daisy hat auch gefrühstückt.« Megan verschränkte die Arme und runzelte die Stirn. »Emma, Schätzchen, wir haben darüber geredet. Es ist nicht gesund für Daisy, Essen für Menschen zu fressen. Erinnerst du dich?«

Als Emma langsam nickte und noch immer den Kopf gesenkt hielt, blickte Megan hinüber zu den leeren Hundeschüsseln.

»Daisy hat weder Futter noch Wasser, Schätzchen.« Megan senkte die Stimme, während sie sich über den Tisch lehnte. Es war schwer, das Lächeln aus Stimme und Gesicht zu halten, als Emma vom Stuhl rutschte und zum Regal ging, wo das Hundefutter stand.

Während Emma Daisys Schüsseln füllte, griff Megan nach einem Umschlag, den sie an der Tafel neben dem Telefon festgetackert hatte. Als Emma fertig war, hielt Megan ihr den Umschlag hin und ließ ihre jüngste Tochter einen Sticker aussuchen. Megan zwinkerte ihr zu, als sie ein leuchtend gelbes Gänseblümchen auswählte und auf die Arbeitstafel klebte, die sie gebastelt hatten.

Emma in ihren Familienalltag zu integrieren, bedeutete auch, ihr zu erlauben, gewisse Pflichten zu übernehmen. Daisy zu füttern war eine davon. Für jede erledigte Aufgabe klebten die Mädchen einen Sticker in die Spalte, und wenn am Ende der Woche alle abgedeckt waren, erhielten sie eine besondere Belohnung. Meistens war es Eis oder etwas Kleines, das die Mädchen sich gewünscht hatten.

»Kaffee?« Peter hielt ihr eine Tasse hin. Megan nahm sie entgegen und trank einen Schluck. Peter machte den besten Kaffee. Vor Jahren hatten sie entschieden, dass Peters starker Kaffee vorzuziehen war, da Megan anscheinend immer nur einen schwachen hinbekam.

»Hey, Mom?« Alexis hob ihren Kopf vom Teller, den sie gerade sauber leckte. Ihr Mund und ihre Nasenspitze waren mit Ahornsirup beschmiert. »Könnten wir heute vielleicht zu Lauries Pool gehen? Das wird heute eine Affenhitze.« Alexis zeigte auf den kleinen Küchenfernseher, der auf einem Regal über dem eingebauten Tisch stand.

»Affenhitze, ja?« Megan zwinkerte Peter zu und nahm noch einen Schluck. Als Alexis nickte, lächelte Megan. »Eigentlich dachte ich, wir könnten heute vielleicht ein Picknick am Strand machen.«

Alexis strahlte, stürzte sich auf Megan und schlang ihre Arme um sie. Megan hielt gerade noch rechtzeitig ihren Kaffee hoch und lachte.

»Wirklich?«

Hannah schaute ungläubig drein.

Megan nickte. »Wirklich. Dein Dad kommt vielleicht sogar zum Mittagessen vorbei«, sagte sie.

»Super!« Alexis ließ Megan los und rannte zu Peter, der schon wartete. Er drückte sie fest an sich und hob sie vom Boden.

Megan lehnte sich nach vorn und starrte in Emmas Augen. Sie waren so rund wie Suppenschüsseln. »Magst du den Strand?«

Emma nickte, und ihre kleinen Locken wippten bei der Bewegung.

»Möchtest du heute hingehen? Wir könnten zusammen eine Sandburg bauen.«

Emma nickte weiter. Eine winzige Träne lief ihr die Wange hinunter und Megan wischte sie fort.

»Was ist los, Schätzchen?« Ihr Herz tat ihr weh. Emma weinte immer nur, wenn sie an Dorothy und Jack dachte.

»Opa hatte gesagt, dass er mich diesen Sommer mit zum Strand nimmt«, flüsterte Emma.

»Nun.« Peter hockte sich neben sie und griff nach Megans und nach Emmas Hand. »Du kannst ihm ja ein Bild davon malen. Wir sorgen dafür, dass er es bekommt, ja?«

Bei diesem Vorschlag grub Megan ihre Fingernägel in Peters Hand. Sie hoffte, er würde sehen, wie sie ihn mit ihrem Blick durchbohrte. Als Erwiderung schüttelte er den Kopf in ihre Richtung.

Emmas Augen wurden groß, und ein winziges Lächeln umspielte ihre Mundwinkel. »Heute?« Emmas Finger spreizten sich über Peters Wangen, als er in ihre Augen sah. Als er den Kopf schüttelte, vergrub sie ihr Gesicht an seiner Brust. Peter hielt Emma, als er aufstand, und streichelte ihr über den Rücken.

Widersprüchliche Gefühle wüteten in Megan. Ein Teil von ihr liebte es, Emma so in Peters Armen zu sehen, um bei ihm Schutz zu suchen. So sollte es zwischen Vater und Tochter sein. Aber der andere Teil von ihr wollte Peter anschreien, weil er ihr wissentlich falsche Hoffnungen machte.

Megan war klar, dass es falsch war, Jack aus Emmas Leben heraushalten zu wollen. Sie wusste, dass ein gradueller Rückzug besser für Emma gewesen wäre als die plötzliche Trennung, auf der sie bestanden hatte. Aber sie wusste auch, dass sie, bis sie endlich ihre Wut gegen den Mann und die Frau, die ihr Emma genommen hatten, loslassen können würde, sie niemals gestatten könnte, dass Jack ein Teil von Emmas Leben war. Niemals.

Megan zuckte zusammen, als Peter ihren Arm berührte. Er hatte Emma auf dem Boden abgesetzt, und sie sah die Blätter durch, die auf der Anrichte aufgestapelt lagen.

»Ich kann das Bild nicht finden, das ich für Opa gemalt habe«, sagte sie.

Megan versuchte sich zu erinnern, von welchem Bild Emma sprach. Es gab schon so viele.

»Es muss hier irgendwo sein.« Megan stellte ihren Kaffee auf dem Tisch ab und begann, die Blätter zu durchsuchen. Da lagen Rechnungen, die sie bezahlen musste, Briefe, die sie lesen musste, und eine Sammlung von Aufgabenlisten, aber kein Bild von Emma.

»Wir suchen nach dem Frühstück danach, okay, Schätzchen? Wir finden es.« Aber was dann, fragte sie sich selbst.

Emma schüttelte den Kopf. »Nein, ich brauche es.«

»Schon gut, Schätzchen«, sagte Peter. »Wir können es morgen erledigen, okay?«

Megan drehte ihren Kopf ruckartig und sah Peter an. »Was morgen erledigen?«

Peter zuckte mit den Achseln, und sein Blick wanderte durchs Zimmer. »Es schicken.«

Megan legte die Papiere zurück und starrte ihre jüngste Tochter an. »Ich hab dir doch gesagt, ich schicke es, Schätzchen. Darum muss sich nicht dein Daddy kümmern.« Sie hoffte, dass sie aufrichtig klang.

So skeptisch, wie Emma sie ansah, schien es ihr nicht gelungen zu sein. »Es ist schon lange her, dass mir Opa geschrieben hat, Mami. Ich glaube, du kennst die Adresse nicht richtig. Aber Daddy weiß, wie er es ihm bringen kann.«

Alexis hinter ihr schnaubte über den Kommentar, während Megan bei dem Tadel in Emmas Stimme einen Schritt zurücktrat. Emma hatte sie noch nie beschuldigt, etwas getan zu haben, seit sie nach Hause gekommen war. Ihre anderen Töchter schon. Besonders Alexis. Sie beschuldigte sie ständig, sie und Hannah nicht genauso sehr zu lieben wie Emma, ihnen nicht genug Zeit zu widmen, nicht genug Aufmerksamkeit zu geben. Aber Emma hatte ihre Enttäuschung nie auf diese Art gezeigt. Es tat weh. Sehr weh. Auch wenn es stimmte.

»Ich habe doch gesagt, dass ich mich darum kümmere.« Peters Stimme hatte eine Schärfe, die sie vorher nicht wahrgenommen hatte.

Megan öffnete den Mund, um etwas zu sagen, aber es kamen keine Worte heraus. Es tat ihr weh, dass Emma ihr so sehr misstraute – oder interpretierte sie zu viel in die Sache hinein? Der Gedanke hinterließ einen bitteren Geschmack in ihrem Mund.

»Ist es das?« Hannah kam mit einem Blatt in die Küche.

Emma rannte zu Hannah hinüber und musterte das Bild. Als ihr Kinn auf und ab wippte, stieß Megan die Luft aus, die sie angehalten hatte.

»Wo hast du es gefunden?« Sie war sicher, dass sie es gestern auf der Anrichte liegen lassen hatte.

Hannah zuckte mit den Schultern. »Es lag unter dem Tisch im Flur.«

»Sehr merkwürdig«, meldete sich Alexis zu Wort.

Megan zuckte mit den Achseln. »Ich habe es wohl auf den Tisch gelegt, damit ich mir merke, es zu schicken.« Sie spürte Peter hinter sich.

»Immerhin haben wir es gefunden. Warum steckst du es nicht in meine Aktentasche?«, sagte Peter. Megan neigte ihren Kopf, um ihn anzusehen, und sah, wie er Emma zuzwinkerte.

Als Emma das Zimmer verließ, lehnte sich Peter zu ihr und flüsterte ihr ins Ohr: »Du hattest niemals vor, es zu schicken, oder?«

KAPITEL VIERZEHN

Jack bugsierte seinen alten Ford in die Parklücke und sah sich um. Es war noch früh. Spät genug, um dem Morgenverkehr der Leute auf dem Weg zur Arbeit zu entgehen, aber früh genug, um die Mütter zu meiden, die mit ihren lauten Kindern im Schlepptau aus dem Haus gingen. Jack versuchte, sich möglichst fern von kleinen Kindern zu halten. Er wollte allem aus dem Weg gehen, was ihn an Emmie erinnerte. An ihr Lachen und Kichern.

Eine Handvoll Fahrzeuge stand auf dem Parkplatz verstreut, auch der Pick-up der Jungs war dabei. Jack seufzte. Heute waren sie tatsächlich vor ihm da. Normalerweise war er der Erste. Er hoffte, sie hatten ihm seinen Platz freigehalten. Er bevorzugte den Eckplatz, sodass er einen guten Blick über die Tische und die Vordertür hatte und auch sehen konnte, wer in das Drive-in fuhr. Er wusste, dass es keine Hoffnung gab, aber vielleicht, nur vielleicht würde er Emmie ja doch sehen.

»Hab mich schon gefragt, wann Sie kommen; die Jungs werden langsam ungeduldig«, sagte die Kellnerin hinter der Theke, als Jack den Laden betrat. Die Glöckchen über der Tür klingelten, als sie sich hinter ihm schloss.

»Ist doch nicht meine Schuld, wenn sie so früh dran sind.« Jack sah zu, wie sie ihm eine Tasse schwarzen Kaffee einschenkte.

Jack blickte zur Nische in der Ecke. Die beiden Jungs, Doug und Kenny, hingen über ihrem Kaffee und starrten ihn an. Seine besten Freunde. Bevor Dottie starb, war Jack einmal in der Woche in die Stadt gefahren, um einfach nur einen Kaffee mit ihnen zu trinken. Jetzt trafen sie sich täglich.

»Ich werde auch noch einen Donut mit Honig nehmen. Kann die Jungs ja nicht allein essen lassen.«

Jack schlurfte zum Tisch. »Wo warst du denn? Du bist spät dran. Dougie und ich haben hier gesessen wie zwei alte Kühe, die ihr Futter wiederkäuen«, sagte Kenny, als Jack seinen Kaffee und den Teller auf dem Tisch abstellte. Sie hatten ihm seinen Stuhl freigelassen.

»Verschlafen«, murmelte Jack. Er kniff die Augen zusammen und wartete, ob sie es wagten, etwas zu sagen. Er nahm einen Schluck Kaffee und schielte über den Rand. Doug sah so aus, wie Jack sich fühlte. Mit seinem verstrubbelten Salz-und-Pfeffer-Haar sah er alt aus.

»Du verschläfst doch nie.«

Jack schüttelte den Kopf. Typisch Doug, er konnte es einfach nicht auf sich beruhen lassen. »Heute schon.«

»Warum?« Doug lehnte sich in seinem Stuhl zurück und senkte den Kopf, um Jack über den Rand seiner Brille anzusehen.

Jack zuckte mit den Achseln und nahm noch einen Schluck Kaffee. »Spielt das eine Rolle?« Langsam wurde er genervt. Ein Fahrzeug fuhr vorbei, aber nur eine Person saß drin. Ein Mann.

»Natürlich tut es das.« Kenny meldete sich mit einem Stirnrunzeln zu Wort.

Jack schüttelte den Kopf und machte ein finsteres Gesicht, bevor er Doug anstarrte. Er war weder Invalide noch ein Kind. Und er würde nichts an seiner Wohnsituation ändern.

Er biss in seinen Donut, sagte aber nichts, während die Kellnerin mit einer vollen Kanne Kaffee hinüberkam.

»Ihr Jungs seht aus, als könntet ihr noch eine Tasse gebrauchen. Es geht heute Morgen sehr ruhig zu und ich hab zu viele Kannen gekocht.« Sie füllte Kennys Tasse auf und goss bei Doug und Jack nach; dann zwinkerte sie ihnen zu und ging wieder.

Jack blickte ihr nach und grinste Kenny an. »Ich glaub, sie steht auf dich.«

Kennys Gesicht wurde rot, und er ließ seine Schultern hängen. »Sie ist zu jung.«

Doug lachte und knuffte Kenny in die Schulter. »Im Vergleich zu dir ist jeder zu jung. Vielleicht sucht sie ja nach einem alten Knacker, der sie aushält.«

Kenny blickte finster, und die Linien auf seinem Gesicht vertieften sich. »Dann soll sie lieber woanders suchen.«

Die drei saßen schweigend da, während sie alle an ihrem Kaffee nippten. Jack brach die Stille schließlich.

»Ihr habt also vor, in meinem Haus zu sterben?« Er räusperte sich, während Kennys Augen groß wurden, bevor er den Blick wieder senkte.

»Ich bin müde, Jack. Die Ruhe an deinem Zuhause ist, was ich jetzt brauche.« Er zuckte mit den Achseln. »Und wenn ich im Schlaf sterbe, während ich auf deiner Veranda sitze und auf die Blumen blicke, die du gepflanzt hast, dann soll es so sein. Das ist besser, als im Bett zu sterben, während meine Krankenpflegerin über mich gebeugt ist.« Er hatte seine Stimme zu einem Flüstern gesenkt, aber Jack hörte jedes Wort. Und er verstand.

»Du wartest darauf, dass Emmie zurückkommt, nicht wahr?« Doug hustete, als er das Thema anschnitt, das die beiden nicht mit ihm diskutieren durften. Aber Jack ließ es diesmal durchgehen.

»Wohl eher Wunschdenken.« Jack wischte eine Träne weg, die ihm über die Wange lief.

Doug lehnte sich nach vorn. »Nur, weil sie ein paar Tage nicht gekommen ist, heißt das nicht, dass sie es nie wieder tun wird.«

»Ich weiß.« Seine Brust schmerzte, und er war nicht sicher, ob es davon kam, dass er die Tränen zurückhielt, oder ob sein Herz einfach nicht mehr mit dem Schmerz umgehen konnte. Er rieb sich die Brust und stöhnte.

»Wo sind deine Tabletten?«

Kenny beobachtete ihn wie ein Luchs. Ihre Sorge, dass Jack zu Hause einen Herzinfarkt haben könnte, war nicht unbegründet. Er erwartete es jeden Tag und war immer überrascht, wenn er am Morgen erwachte.

Jack schüttelte den Kopf, stand auf und streckte sich. »Mir geht's gut.« Er starrte auf die Jungs hinunter und fragte: »Heute Bingo?«

Die Jungs spielten fast täglich Bingo in der Residenz – dem Seniorenheim, in dem Doug und Kenny lebten. Es war eine Einrichtung für die selbstständige Lebensführung von Senioren, die keine ärztliche Betreuung benötigten. Allerdings war im Gespräch, dass die Ärzte Kenny in einen anderen Flügel verlegen wollten, wo es mehr Unterstützung als im aktuellen gab.

Doug schüttelte den Kopf. »Nee. Die haben stattdessen einen Ausflug geplant. Irgendetwas mit einem Picknick am Strand.«

Jack zog die Idee in Betracht. Es war lange her, dass er am Strand gewesen war. Er hatte Emmie versprochen, sie dorthin mitzunehmen. Ein weiteres Versprechen, das er nicht würde halten können.

»Heute Abend ist das Pferderennen in Hanton. Wir könnten früher hinfahren und uns an den Spielautomaten die Zeit vertreiben.« Dieser Gedanke gefiel ihm. Es war etwas anderes als das normale Bingospiel.

Doug und Jack nickten beide.

»Dann holt euch euren Schönheitsschlaf, Jungs, und wir treffen uns in ein paar Stunden am Farmhaus.«

Das würde das erste Mal sein, dass Jack nach Hanton fuhr, seitdem er Emmie und Dottie zum Jahrmarkt dorthin gebracht hatte. Aber er war ein großer Junge, und es wurde Zeit, sein Leben weiterzuleben. Er musste akzeptieren, dass Emmie niemals zurückkam.

KAPITEL FÜNFZEHN

Also, denk dran, Schätzchen: Wir können nicht lange bleiben. Ich habe heute Morgen noch ein Meeting.«

Peter hielt Emmas Hand fest, als sie aus dem Auto auf den Gehweg sprang. Sie hatte sich heute hübsch gemacht und trug ein leuchtend gelbes Kleid mit einem weiß-gelben Haarband.

»Aber Opa ist da.« Sie schmollte, während sie auf Jacks Pick-up zeigte.

Peter zuckte mit den Achseln. »Tut mir leid, Em, wir haben heute nicht viel Zeit.«

Emma senkte den Kopf und trat mit den Füßen gegen den Kies.

»Aber du kannst ihm Hallo sagen und ihm dein Bild geben.« Peter schüttelte den Kopf, als sie zu ihm aufsah und ihm ein strahlendes Lächeln schenkte.

Emma hüpfte vorwärts und zog Peter hinter sich her in Richtung der Vordertür. Peter sah Jacks Blick durch das Fenster und winkte ihm kurz zu. Sein Magen verkrampfte sich. Er fühlte sich etwas unsicher dabei, Emma heute vorbeizubringen, und war nicht sicher, ob er sich schuldig fühlte oder ob es etwas anderes war. Er hatte in letzter Zeit zu viele Geheimnisse vor Megan. Wenn er nicht vorsichtig war, könnte das für ihn nach hinten losgehen.

Sobald sie im Laden waren, riss sich Emma von Peter los und rannte zu Jack. Das Scharren eines Stuhls und die aufgeregten Rufe eines Mädchens, das seinen Opa vermisste, erfüllten das Restaurant. Peter musste ein paarmal mit den Augen zwinkern, als er zusah, wie sich Emmas Arme um Jacks Hals schlangen, während dieser sie hochhob und festhielt.

So schlecht er sich deswegen auch fühlte, Peter wusste, dass es die richtige Entscheidung war, das hier vor Megan geheim zu halten. Zumindest für den Moment. Sie würde niemals zulassen, dass Emma sich so an Jack klammerte. Sie würde alles tun, um sie von dem alten Mann fortzureißen. Sie hatte ihren Zorn noch immer nicht loslassen können. Wenn sie vielleicht irgendwann Jack für seinen Anteil an dem, was geschehen war, vergeben konnte, wäre sie offener dafür, aber bis dahin ...

»Zwei große Kaffee, einmal schwarz, einmal Moccacino, aber kann ich den Moccacino mitnehmen, wenn ich gehe?« Peter stand an der Theke und gab bei der Frau vor ihm seine Bestellung auf. Es dauerte einen Augenblick, bis er bemerkte, dass sie Emma und Jack anstarrte.

Peter blickte über seine Schulter und sah Emma auf Jacks Schoß sitzen und mit ihren Händen sein Gesicht streicheln, während sie plauderte. Auf Jacks Gesicht lag ein entrückter Blick, ein weiches Lächeln, während er ihr seine volle Aufmerksamkeit schenkte. Peter blickte zurück zur Kellnerin vor ihm.

»Äh«, er sah auf das Namensschildchen, das sie trug, »Claire, Sie können auch noch einen Donut mit Streuseln dazutun. Wir werden wohl länger hier sein, als ich geplant hatte.«

Megan saß mit dem Telefonhörer am Ohr am Küchentisch, vor sich ein Notizbuch, und strich die Namen durch, die sie notiert hatte.

»Mom, mindestens zehn Kinder aus ihrer Klasse kommen. Du kannst mir beim Minigolf helfen, während Dad und Peter das Gokartfahren überwachen.« Sie sprach leise, damit Alexis sie nicht hörte, auch wenn die oben war und sich für den Strand fertigmachte.

»Warum sagst du uns das erst jetzt? Wir hätten schließlich auch schon eigene Pläne haben können.«

Der Tadel in der Stimme ihrer Mutter war nicht zu überhören, und Megan musste sich zusammenreißen, um das falsche Lächeln in ihrer Stimme aufrechtzuerhalten.

»Ich weiß, tut mir leid. Aber ich ...«

»Du hast ihn vergessen, nicht wahr? Oh Megan, wie konntest du nur?« Es war nicht schwer, sich vorzustellen, wie ihre Mutter den Kopf schüttelte und dabei die Stirn runzelte.

»Ich hab ihn nicht vergessen. Mir war nur nicht klar, dass er so bald ist. Außerdem wusstet ihr, dass der Geburtstag ansteht, warum hättet ihr also Pläne machen sollen?« Warum musste sie sich überhaupt rechtfertigen? Glaubten sie, dass ihr nicht klar war, wie schlimm es war, dass eine Mutter den Geburtstag ihrer eigenen Tochter vergessen hatte?

Einen Moment war es still am anderen Ende der Leitung. »Du kannst auf uns zählen; das weißt du, oder?«

Das wusste Megan nicht immer. Ihre Beziehung war ... kompliziert, um es milde auszudrücken. Megan hatte immer das Gefühl, sie müsste die Erwartungen ihrer Mutter erfüllen, auch wenn sie nicht wusste, was diese Erwartungen beinhalteten.

Als Emma verschwand, hatte Sheila von ihr erwartet, stark zu sein, die Hoffnung nicht aufzugeben und darauf zu vertrauen, dass Gott Emma beschützen und sie sicher nach

Hause bringen würde. Als Megan zusammenbrach, hatte Sheila ihre Verachtung nicht verbergen können.

»Megan?«

Sie schüttelte den Kopf und zwang sich, sich zu konzentrieren. »Danke. Ich glaube, das wird lustig.«

»Was machst du mit dem Kuchen?« Sheila war bekannt für ihr Talent bei der Kuchendekoration. Sie war für viele Kirchen in der Stadt auf Abruf, um für deren Veranstaltungen zu backen.

»Hannah bettelt schon die ganze Zeit, dass sie den Familienkuchen backen darf.« Genau wie ihre Mutter liebte Hannah es zu backen, und wollte oft neue Rezepte ausprobieren, die sie in den vielen Koch- und Backbüchern aus Megans Schrank fand.

»Das hat doch keinen Sinn. Lass mich Alexis' Kuchen machen. Hat Peter diese Golfschläger für sie bestellt? Wie wär's, wenn ich den Kuchen in Form eines Übungsgrüns gestalte?«

Megan lächelte. Das würde Alexis gefallen. Sie dankte ihrer Mom und hängte dann auf.

Sie stützte sich mit den Ellbogen auf den Küchentisch. In der kurzen Zeit hatte sie schon viel erreicht. Sie hatte Freunde aus Alexis' Klasse angerufen und ihnen die Idee mit der Überraschungsparty erklärt, die Rennbahn gebucht, und dank der Geschäftsführerin sogar eine zusätzliche Überraschung eingeplant. Das würde ein Geburtstag werden, den Alexis niemals vergaß, und das, obwohl er nur ein paar Tage vor dem tatsächlichen Ereignis organisiert worden war.

Megan schaute auf die Uhr. Warum brauchte Peter so lange? Er hatte heute Morgen ein Meeting mit jemandem, der Land kurz vor Kinrich kaufen wollte, und hatte gesagt, dass er nicht lange weg sein würde. Er hatte angeboten, Kaffee zu holen und vorgeschlagen, Emma mitzunehmen. Wenn sie nur durch den Drive-in fuhren, hätte er schon vor mindestens zwanzig Minuten zurück sein sollen. Außer, Emma hatte ihn überredet, hineinzugehen, um einen Donut zu kaufen, was gut vorstellbar war. In letzter Zeit schien ihr kleines Mädchen Peter um den kleinen Finger gewickelt zu haben.

Fußtritte donnerten durch die Decke über ihr und eine Sekunde später auf der Treppe. Sie beeilte sich, die Listen zusammenzusammeln und konnte gerade noch alles umdrehen, bevor Alexis in die Küche trat.

»Ich finde meinen Badeanzug nicht.« Ihre Tochter hatte die Hände auf die Hüften gestützt und trug ein leuchtend gelbes Bibo-Shirt sowie grüne knielange Shorts.

Megan seufzte. Sie hatte also nur fünfzehn Minuten gebraucht, um festzustellen, dass ihr Badeanzug nicht oben war.

»Wo hast du ihn zuletzt hingelegt?«

Alexis hob die Augenbrauen. »Wenn ich das wüsste, würde ich ihn tragen, meinst du nicht?«

Megan schnaubte. »Wenn du der Meinung bist, dass es in Ordnung ist, so mit mir zu reden, können wir den Strandtag auch auf morgen verschieben.«

Alexis verzog den Mund, sagte aber nichts.

»Wo hast du ihn zuletzt gehabt?« Megan hielt ihren Tonfall ruhig. Das war kein Kampf, den sie ausfechten wollte. Nicht heute.

Alexis blickte sich im Zimmer um und ging zur Verandatür.

»Wir haben gestern alle unsere Badeanzüge zum Trocknen draußen gelassen. Warum ist meiner der einzige, der noch da draußen ist?«

Megan stand auf und sammelte die Blätter zusammen. »Vielleicht, weil ich dich gestern Abend gebeten habe, ihn reinzuholen.« Sie öffnete den Küchenschrank und stopfte die

Notizen hinein. Sie würde die Planung für Alexis' Party später fortsetzen.

»Aber jetzt sind Insekten drin!« In einem plötzlichen Wutanfall lief Alexis rot im Gesicht an, verschränkte die Arme über der Brust und funkelte sie wütend an.

Megan zuckte mit den Schultern. »Dann hättest du wohl gestern Abend auf mich hören sollen.«

»Das ist nicht fair.« Alexis stampfte mit dem Fuß auf, riss dann die Schiebetür auf und lief nach draußen.

Megan sah ihr zu, wie sie ihren Badeanzug mit den Fingerspitzen anhob und hin und her schwang. Alexis hasste Insekten. Megan blickte erneut auf die Uhr, bevor sie ihre Aufmerksamkeit wieder auf das Spektakel draußen richtete. Das Kind war zumindest gründlich, so wie sie dieses winzige Kleidungsstück schüttelte.

»Wenn du mich wirklich lieben würdest, hättest du meinen auch reingeholt, anstatt ihn draußen zu lassen«, murmelte Alexis, als sie wieder hereinkam.

Megan neigte den Kopf zur Seite. »Wie bitte?«

Ihre Tochter stand stoisch mit verschränkten Armen und schmalen Lippen da.

»Ich liebe dich, Alexis. Deshalb habe ich dir gestern Abend gesagt, du solltest deinen Badeanzug reinholen. Es ist nicht meine Schuld, wenn du es nicht getan hast.« Alles in Megan schrie. Was sollte sie tun? Ihr wurde vorgeworfen, ein Kind zu sehr zu verhätscheln und zu streng mit einem anderen zu sein. Was sie auch tat, sie konnte nicht gewinnen. Es war, als würde Alexis erwarten ...

»Ich wette, du hast Emmas reingeholt.« Trotzig schaute sie Megan an.

Da war es wieder. Es lief immer auf Emma hinaus. Sie hatte bemerkt, wie Alexis die Treppe nach oben gestürmt war, als Peter Emma gesagt hatte, sie könne mit ihm Kaffee holen.

»Warum hätte ich das tun sollen?«

Alexis blähte ihre Nasenflügel. »Du interessierst dich doch nur für Emma. Niemand anderen.«

Megan hob ihre Hände in Verzweiflung. »Machst du Witze?« Ihre Stimme stieg eine Oktave, und sie starrte ihre Tochter an. Wie konnte sie das nur denken?

Kathy hatte sie gewarnt, dass Alexis so um sich schlagen könnte. Megan hatte geglaubt, sie wäre darauf vorbereitet, aber an manchen Tagen wusste sie nicht, wie sie damit umgehen sollte – eine Mutter von drei verschiedenen Kindern zu sein, und all deren Bedürfnisse zu erfüllen. Sie hatte das Gefühl, alle im Stich zu lassen.

»Weißt du, Alexis, ich scheine dir nichts recht machen zu können. Was erwartest du von mir?«

»Dass du mich so liebst, wie du sie liebst.«

Megan blieb der Mund offen stehen. Hatte sie bei ihrer Tochter so versagt, dass sie glaubte, sie würde nicht geliebt werden?

»Ich liebe dich doch«, flüsterte Megan.

Alexis schnaubte. »Taten sprechen lauter als Worte, Mom. Sagst du uns das nicht immer?«

»Ich ... Alexis ...« Megan war nicht sicher, wie sie darauf antworten sollte. »Was kann ich tun, um dir zu zeigen, dass ich dich liebe?« Es schmerzte mehr, als sie gedacht hatte, zu wissen, dass sie Alexis' Bedürfnisse nicht erfüllte. Sie hatte es so sehr versucht, und seit der Nachricht von Alexis' Lehrer vor Emmas Rückkehr sich noch mehr bemüht. Was konnte sie noch tun?

»Es sind die kleinen Dinge, Mom. Wie meinen Badeanzug reinholen.« Trotzig behauptete sich Alexis. Sie erinnerte Megan so sehr an sich selbst.

»Sowohl Emma als auch Hannah haben ihre Badeanzüge gestern Abend reingeholt, als ich sie darum gebeten habe.

Nur du hast versprochen, dass du es tun wirst, wenn deine Sendung vorbei ist«, erinnerte Megan sie.

»Oh.« Alexis ließ ihre Schultern sinken.

Megan ging durch das Zimmer und schlang ihre Arme um den steifen Körper ihrer Tochter. »Ich liebe dich, Alexis. Nicht mehr und nicht weniger als deine Schwestern.« Sie drückte ihre Lippen gegen das Haar ihrer Tochter und wartete auf eine Antwort, aber Alexis gab nicht nach. Seufzend ließ Megan sie los und trat zurück. »Geh nach oben und mach dich fertig. Dann kannst du mir helfen, die Sachen für ein Picknick zu packen, wenn du möchtest.« Sanft schob sie Alexis in Richtung Flur. »Und wo bleibt nur dein Vater?«, murmelte Megan vor sich hin.

»Genau hier.«

Megan drehte sich um und sah Peter und Emma in der Eingangstür stehen. Emmas Mund war mit Schokolade verschmiert und sie hielt eine Schachtel Donuts in den Händen.

Megan nahm den Kaffee, den Peter ihr hinhielt, und wartete, bis Emma das Zimmer verlassen hatte. »Wie lang steht ihr schon da?«

»Lang genug.«

»Und du bist nicht eingeschritten, um mir zu helfen?« Sie drehte ihm den Rücken zu, stellte den Kaffee auf die Anrichte und beugte sich nach vorn. Eine überwältigende Erschöpfung überkam sie. Wenn sie könnte, würde sie sich ins Bett legen und stundenlang schlafen.

»Was hätte ich denn deiner Meinung nach tun sollen, Meg?« Peter trat hinter sie.

Sie drehte sich zu ihm um. »Oh, ich weiß nicht. Mich unterstützen vielleicht? Sie ist so wütend auf mich, und ich weiß nicht mehr, wie ich zu ihr durchdringen kann.«

»Hast du versucht zuzuhören?«

Megan riss die Augen auf und starrte ihn betroffen an. Nicht er auch noch?

»Ja, ich habe ihr zugehört. Natürlich hätte ich gestern Abend ihren Badeanzug hereinholen können, aber um ehrlich zu sein, habe ich nicht daran gedacht, nachzuprüfen, ob sie ihr Versprechen gehalten hat. Und nun? Wie sagt das aus, dass ich sie nicht liebe?«

Peter zuckte mit den Achseln. »Warum nimmst du sie nicht mal mit zu einem Mutter-Tochter-Ausflug, wie ihr es früher gemacht habt? Seit Emma zurück ist, hast du das mit keinem der Mädchen mehr gemacht.«

Megan schloss die Augen und seufzte lang und tief. Dann fiel ihr etwas auf.

»Der Alarm ist nicht losgegangen, als ihr reingekommen seid.«

»Ich dachte, du hättest das System ausgeschaltet, als ich gegangen bin.« Peter ging zu der Box an der Wand neben der Vordertür und drückte ein paar Knöpfe.

»Nein. Er war an.« Megan stand hinter ihm und blickte ihm über die Schulter.

Peter sah auf seine Uhr. »Bist du sicher?« Er drehte sich halb und beugte sich vor, um Megan auf die Wange zu küssen, aber sie wich zurück.

»Was hat vorhin so lange gedauert?«

Für den Bruchteil einer Sekunde weiteten sich Peters Augen, bevor er ein Lächeln aufsetzte, aber es reichte aus, um Megan aufzufallen.

»Es ist manchmal schwer, Nein zu sagen.« Er sah verlegen drein.

»Ich dachte, du hättest ein Meeting, das du nicht verpassen darfst?«

Peter scharrte mit den Füßen. »Das hab ich. Ich hätte nicht gedacht, dass das Kaffeeholen so lange dauern würde.«

Megan trat zurück, bis sie vor der Treppe stand. Sie setzte sich, zog die Beine an und legte ihre Arme darauf ab. Die Art, wie Peters Blick durchs Zimmer wanderte, machte sie nervös.

»Die Fahrt hin und zurück dauert fünf Minuten. Sie hat doch bestimmt nicht zwanzig Minuten gebraucht, um einen Donut zu essen?« Sie dachte an all die SMS, die er erhalten hatte, von denen er ihr aber nicht erzählte, und an seine distanzierte Art in letzter Zeit. »Hast du dort jemanden getroffen?«

»Was?« Peter versteifte sich, und seine Hände ballten sich zu Fäusten. »Nein, sie wollte nur ihren Donut essen. Mach nicht mehr aus der Sache, als dran ist.« Seine Stimme hatte jetzt eine gewisse Schärfe.

Megan nickte. »Okay.« Es war Zeit, das Thema fallenzulassen. »Warum kommst du nicht zum Mittagessen zu uns an den Strand, wenn du nach deinem Meeting Zeit hast?«

Peters Haltung wurde lockerer, und er zog seine Schlüssel aus der Tasche.

»Klingt nach einer guten Idee. 12 Uhr?«

Megan nickte.

Peter trat vor und hauchte einen Kuss auf Megans Lippen. »Ich liebe dich, weißt du?«

»Ich weiß«, flüsterte sie.

Sie sah zu, wie er durch die Vordertür ging, und wartete, bis das Geräusch des Autos verklungen war, bevor sie aufstand. Immer, wenn sie dachte, zwischen ihnen würde es wieder gut werden, passierte etwas, und statt sich der Sache zu stellen, machte Megan einen Rückzieher. Warum? Was war aus der Frau geworden, die sich den Dingen gestellt hatte, was auch kommen mochte? Warum hatte sie jetzt einen Rückzieher gemacht? Was erhoffte sie sich?

Nein. Sie erhoffte sich gar nichts. Sie hatte Angst. Angst, Peter könnte erkennen, dass ihre Ehe es nicht wert war, dafür zu kämpfen. Er war einst bereit gewesen zu gehen, was, wenn er es wieder tat?

Peter lehnte sich in seinem Bürostuhl zurück, lockerte die Krawatte und seufzte. Er war fast versucht, seine Füße auf den Schreibtisch zu legen und ein Schläfchen zu halten. Er bewegte seinen Hals, stöhnte, als die Gelenke knackten, und nahm sich fest vor, einen Termin beim Chiropraktiker zu vereinbaren.

»Bist du beschäftigt?«

Peter blinzelte und sah Sam in seiner Tür stehen.

»Absolut überladen«, sagte Peter. Er zwang sich zu einem Lächeln. Das Letzte, was er jetzt wollte, war ein Gespräch mit Sam, aber er winkte sie mit einem Fingerzeig herein. »Du siehst furchtbar aus.« Er hatte sie noch nie vorher so gesehen. Fort war die starke Frau, der die Männer normalerweise nachgeiferten, mit ihren hautengen Tops und kurzen Röcken. Sie hatte dunkle Augenringe, trug kaum Make-up und war entweder gerade aus dem Bett gestiegen oder kurz davor, ins Fitnesscenter zu gehen. Außer – er blickte auf seine Uhr – dass es zu spät dafür war.

»Danke, dass dir das aufgefallen ist.« Sarkasmus klang in ihrer Stimme mit, aber Peter ignorierte es. Er war zu müde, um sich über Sams kürzliche emotionale Achterbahn zu sorgen. Er hatte zu Hause genug zu tun.

»Hast du es ihr gesagt?« Sam ließ sich in einen der gepolsterten Stühle vor Peters Schreibtisch fallen. Sie lehnte sich zurück und überkreuzte die Beine.

Peter schüttelte den Kopf.

»Gott, bist du stur.« Sam bündelte ihr Haar in den Händen und band es schnell zu einem Pferdeschwanz zusammen.

»Und du bist zu aufdringlich. Schieb ab«, knurrte er.

Natürlich würde er es Megan sagen, aber zu seinen Bedingungen. Nicht Samanthas.

Sams Lippen wurden schmaler, bis sie nur noch eine gerade Linie waren.

»Mir gefällt das nicht. Sie hasst mich sowieso schon und glaubt, dass zwischen uns etwas läuft. Ich würde gern im Guten gehen, wenn das möglich ist.«

Peter schnaubte. »Interessiert es dich ehrlich, was meine Frau über uns denkt?« Er grinste, denn er wusste die Antwort schon, bevor der schelmische Blick auf Sams Gesicht erschien. Die Einzige, für die sich Sam interessierte, war Sam selbst. Bisher hatte ihn das nie wirklich gestört. Sie hatten ein gutes Arbeitsverhältnis. Sie verstanden die Stärken und Schwächen des jeweils anderen. Während Peter es bevorzugte, mit seinen hauskaufenden Kunden zu arbeiten und Beziehungen aufzubauen, war Sam die Geschäftemacherin, die hinter den größeren Deals und Geschäften mit dem Gemeinderat her war.

Sie zuckte mit den Achseln. »Nicht wirklich. Aber ich interessiere mich für dich, und ich sehe, wie dir das zusetzt. Du kannst nicht ewig Geheimnisse vor ihr bewahren. Sie verdient es, das zu wissen.«

Peter atmete tief durch und stand auf. Er ging an seinem Schreibtisch vorbei und setzte sich in den Stuhl gegenüber von Sam.

»Sie wird es erfahren. Sobald alles abgeschlossen ist. Du hast mir Bedingungen gestellt und die sind noch nicht ... alle erfüllt.«

Sam lehnte sich nach vorn und legte ihre Hand auf Peters Knie. »Ich habe diese Bedingungen nur gestellt, um zu sehen, ob du es ernst meinst.« Ein trauriges Lächeln zog über ihr Gesicht.

Peter legte seine Hand über ihre und drückte sie. »Das tue ich.«

Das war es, was er schon lange gewollt hatte, und sie hatte es ihm auf einem silbernen Tablett serviert. Er räusperte sich und hob die Hand, dann massierte er sein Genick, während er im Büro auf und ab lief.

Wenn sie das tat – wenn sie einlenkte und zustimmte – wäre das die Antwort auf so viele Probleme, die Peter gerade hatte. Probleme in seiner Ehe, Probleme mit einigen Kunden und definitiv Probleme um seinen Ruf. Er schätzte Samantha aus genau den Gründen, aus denen andere sie verachteten: Sie war gut in ihrem Job, und es spielte für sie nicht immer eine Rolle, wer ihr dabei in den Weg geriet.

Er fühlte eine sanfte Berührung auf seiner Schulter. Peter drehte sich um und sah Samantha hinter sich stehen.

»Ist das wirklich das, was du willst?«

Peter nickte.

Sam richtete sich gerade auf und neigte den Kopf, ihr Blick jetzt eisern.

»Ich mache die Papiere diese Woche fertig. Ich bring sogar den Champagner mit, wenn du es Megan erzählst.«

Peter schüttelte den Kopf. »Kümmere dich nicht darum. Aber danke. Ich weiß, ich habe dich um viel gebeten ...«

Sam hob die Augenbrauen. »Du hast um alles gebeten. Keine Kompromisse. Ich war eine gute Lehrerin.« Sie lehnte sich nach vorn und küsste sanft seine Wange.

Peter trat zurück und verschränkte die Hände hinter dem Rücken. Er sah zu, als Sam sein Büro verließ und mit einem sanften Lächeln in der Tür stehen blieb.

»Es gibt nichts zu bedauern, Peter. Wir hatten eine schöne Zeit ...«

KAPITEL SECHZEHN

Emma hielt sich die Hände auf die Ohren. Der Strand war bevölkerter, als Megan erwartet hatte, erfüllt vom Klang der rauschenden Wellen, dem Lärm aus dem Kinderpark und dem Krächzen der Möwen, die heruntergefallene Pommes vom Parkplatz stibitzten.

Megan griff auf den Rücksitz ihres Jeeps und holte mehrere Strandtaschen voll mit Strandspielzeug, Handtüchern, Wasserflaschen, Sonnencreme, Hüten, zusätzlicher Kleidung und allem anderen, was sie vielleicht gebrauchen könnten, heraus. Sie blickte über die Menge am Strand und im Wasser und suchte nach einem Ort, an dem sie sich niederlassen konnten.

Es waren so viele Menschen da. Sie hatte gewusst, dass das wahrscheinlich war, aber die Menge wirklich zu sehen, verunsicherte sie. Sie war nicht sicher, ob sie das schaffen würde, und sie machte sich Sorgen um Emma, die sich die Ohren zuhielt. Vielleicht war es zu viel, zu früh. Sie hätten ins Freibad gehen können, wo weniger Leute waren. Das wäre vielleicht besser gewesen.

Ein großer weißer Van mit dem Wappen des örtlichen Seniorenheims parkte ein. Megan erkannte den Busfahrer und winkte.

»Toll! Der Bus verkauft Eis. Können wir eins haben?« Alexis stand neben ihr und griff nach einer Tasche im Kofferraum.

Megan sah zu dem alten roten Doppeldeckerbus und lächelte. Er war bekannt in der Stadt, und sie hoffte, er würde den Strand niemals verlassen. Sie hatte schon als Teenager dort Pommes und Softeis gekauft. Er sah ein bisschen abgenutzt aus und das Doppeldecker-Pommes-Schild brauchte einen frischen Anstrich, aber der Geruch, der durch die Luft drang, war noch immer derselbe. Sie fragte sich, ob dort immer noch die fettigen, aber köstlichen Corn Dogs verkauft wurden; sie hatte schon seit Ewigkeiten keinen mehr gehabt.

»Klar. Ich würde sagen, wir sichern uns erst mal einen Platz am Strand und holen uns dann Eis.« Sie klatschte Alex ab, deren Grinsen von Ohr zu Ohr reichte.

Megan blickte wieder zu Emma. Hannah stand neben ihr und hielt ihre Hand, während sie auf verschiedene Sehenswürdigkeiten am Strand zeigte. In den letzten Wochen hatte sie Hannahs beschützendes Verhalten gegenüber Emma wahrgenommen. Statt draußen mit ihren Freundinnen zu spielen, fand Megan Hannah im selben Zimmer wie Emma vor, und sie spielten mit Ponys oder malten Bilder. Es war, als wollte sie Emma nicht aus den Augen lassen, ein Gefühl, das Megan nur allzu vertraut war. Sie hatte vor zwei Jahren Emma nur einmal kurz den Rücken zugedreht, und diese kleine Unaufmerksamkeit würde sie auf ewig bereuen.

Sie hatte diesen Teil von Station Beach gewählt, weil sie gehofft hatte, er würde mehr Unterhaltung für ihre Kinder bieten. Der Park Tiny Tots lag direkt vor dem Strandbereich, und Kinder rannten herum und spielten zwischen den Rutschen, Schaukeln und Wippen. In der Ferne stand der alte Leuchtturm, in dem angeblich ein ehemaliger Wärter spukte und bei Sonnenuntergang Dudelsack spielte.

Sie lief mit den Mädchen zum Kiesstrand hinunter, und sie fanden ein kleines Stückchen Gras, auf dem sie ihre Taschen und Handtücher ablegen konnten. Sie wies die

Mädchen an, ihre Handtücher auszubreiten und den Sonnenschirm aufzustellen. Danach führte sie sie zurück zum Bus, wo sie sich anstellten, um ihr Eis zu kaufen.

Megan hielt Emmas Hand, während Hannah auf ihrer anderen Seite stand. Emmas Augen leuchteten auf. Traurigkeit überzog Megan, als sie an all das dachte, was ihre jüngste Tochter verpasst hatte. In diesem Alter hatten die anderen beiden Mädchen praktisch mit Megan am Strand gelebt, und sich nichts bei den vielen spielenden Kindern um sie herum gedacht. Ihre Mädchen hätten ganz im Gegenteil jetzt schon längst einige ihrer Freunde aus dem Kindergarten oder der Nachbarschaft gesehen und darum gebettelt, mit ihnen spielen zu dürfen. Nicht so Emma. Sie war auf der Farm so behütet gewesen; Jack und Dottie hatten sie nur selten irgendwohin mitgenommen. Es machte Megan wütend, dass ihre Tochter so viel verpasst hatte, aber gleichzeitig musste sie Gott danken – denn es hätte noch viel schlimmer sein können. Zumindest war Emma am Leben.

Nachdem sie ihre Eiswaffeln hatten, ging Megan mit den Mädchen zurück zu ihren Handtüchern. Sie hätte gedacht, sie wäre entspannter, doch dem war nicht so. Einst war der Strand ihr zweites Zuhause gewesen. Peter hatte damals, bevor sie Kinder hatten, vorgeschlagen, einen Pool im Garten aufzustellen, aber Megan hatte das abgelehnt. Sie liebte den Strand: das Gefühl von Sand zwischen ihren Zehen, die Sonne, die ihre Haut küsste. Sie liebte es, im Liegen die Augen zu schließen und dem Rauschen der Wellen zu lauschen, die auf den Strand trafen. Sie wollte das niemals aufgeben. Aber statt die Geräusche entspannend zu finden, war Megan heute nervös und angespannt. War es sicher? Konnten ihre Kinder hier spielen, ohne zu verschwinden?

Sie war unvernünftig. Sie erlaubte ihren Ängsten, ihr den Tag zu verderben. Anstatt also der Angst nachzugeben und ihre Kinder nach Hause zu bringen, zwang sich Megan zu einem Lächeln, während ihre Sonnenbrille die Nervosität in ihrem Blick verbarg. Aber als sie Hannahs Blick bemerkte, wusste sie, dass sie ihre Ängste schlecht überspielt hatte.

»Möchtest du mit mir eine Sandburg bauen?« Hannah setzte sich neben Emma, der Schokoladeneis zwischen ihren Fingern hinabtropfte. Emmas Augen leuchteten bei dem Vorschlag auf, und Megan holte die Sandeimer und kleinen Schaufeln hervor.

»Alexis, wie wär's mit einem Wettbewerb? Wir arbeiten in Teams.« Megan reichte den Mädchen die Eimer. Alexis runzelte die Stirn und suchte das Strandgebiet ab.

»Hailey und Taylor sind da. Ich würde lieber zu ihnen gehen.« Alexis winkte ihren Freundinnen zu und die winkten zurück. Die Mädchen standen knietief im Wasser direkt vor ihnen.

»Du lässt deine Familie für deine Freundinnen im Stich?« Megan tat, als wäre sie verletzt, aber zwinkerte, bevor Alexis widersprechen konnte. Sie brauchte heute nicht noch einen Streit.

Hannah stand auf. »Ist schon gut, Mom. Warum entspannst du dich nicht? Emma und ich bauen unsere Burg einfach zusammen. Da ist ein freier Platz.« Sie zeigte direkt rechts neben ihre Handtücher. »Du kannst uns die ganze Zeit zuschauen.«

Alexis ließ ihre Tasche fallen und rannte den Strand hinunter. Megan wollte rufen und sie aufhalten, aber als sie erkannte, zu wem Alexis gerannt war, entspannte sie wieder. Hailey und ein paar andere Kinder aus der Schule hatten sich am Wasserrand versammelt. Sie war froh, dass Alexis hier Freunde hatte, mit denen sie spielen konnte. Megan erblickte Barb, Haileys Mom, die ihr von weiter unten am Strand zuwinkte. Megan winkte und lächelte zurück. Es war eine Weile her, dass sie mit Barb gesprochen hatte. Als Alexis und Haily noch jünger waren, hatten sie regelmäßig Spielenachmittage zusammen gehabt.

Megan setzte sich auf ihr Handtuch und sah zu, wie Hannah Emma zu einem Fleck am Strand führte, wo sie ihre Sandburgen bauen konnten. Es fühlte sich komisch an, nur dazusitzen und nicht mitzumachen, aber sie würde Hannah für ein paar Minuten die Führung überlassen. Sie wusste, sie sollte Hannah ermutigen, mit ihren eigenen Freundinnen zu spielen, anstatt auf Emma aufzupassen; die zwei älteren Mädchen mussten sich ihr Freiheitsgefühl erhalten, und Emma musste es erlernen. Aber seit sie nach Hause gekommen war, hatte Megan Emma immer nah bei sich gehabt. Sie bemerkte, wie Emmas Blick immer wieder in ihre Richtung wanderte, als wollte sie sicherstellen, dass Megan noch da war. Ich werde immer hier sein, Emma. Ich werde dich nie wieder verlassen.

Sie griff in eine Tasche und holte ein Buch heraus, das sie schon seit einer Weile lesen wollte. Es war die Geschichte von zwei Babys, die bei ihrer Geburt vertauscht wurden. Peter hatte ihr das Buch zum Geburtstag geschenkt, da er wusste, dass es von ihrer Lieblingsautorin war, aber jetzt hatte sie zum ersten Mal die Gelegenheit, das Buch überhaupt zu öffnen. Sie war versucht gewesen, ihren E-Book-Reader mit zum Strand zu nehmen, aber sie liebte das Gefühl eines echten Buchs in ihren Händen.

Das Geräusch von lachenden Kindern, krächzenden Möwen über ihr und den Wellen, die gegen den Strand rollten, verschmolz miteinander. Alle paar Minuten hob sie den Blick und zwinkerte gegen die Sonne, während sich ihre Augen fokussierten, winkte Emma und Hannah zu und suchte dann im Wasser nach Alex. Nach und nach erlaubte sie sich, zu entspannen. Sie erinnerte sich, wie es für sie als Kind am

Strand gewesen war. Sorgenfrei. Sicher. Sie wollte, dass sich ihre Mädchen ebenso fühlten. Wenn sie die ganze Zeit über ihnen lauerte, wie sie es am liebsten tun würde, konnten sie das nicht. Und es gab auch keinen Grund dafür. Sie sah ein paar Polizisten auf Fahrrädern, die die Wege patrouillierten, und Rettungsschwimmer, die auf ihren hohen Plattformen saßen. Alles war gut. Langsam vertiefte sich Megan in ihre Geschichte.

Als sie dann eine Weile später wieder von ihrem Buch aufschaute und weder Hannah noch Emma an dem Ort sah, an dem ihre Sandburg stand und weiter gewachsen war, geriet sie nicht sofort in Panik. Sie hielt sich die Hand über die Augen und sah sich um, sicher, dass sie in der Nähe waren. Dem war allerdings nicht so. Sie suchte nach Alexis und fand sie bei ihren Freunden, die sich alle vergnügt gegenseitig mit Wasser vollspritzten. Megan stand auf, drehte sich um und suchte im Park hinter ihr. Viele kleine Kinder tummelten sich im Parkgebiet, liefen das Klettergerüst hoch, schwangen und schaukelten auf den Wippen. Zu viele Kinder, als dass Megan Hannah oder Emma hätte sehen können. Außerdem hätte sie es gewusst, wenn die beiden an ihr vorbei in diese Richtung gelaufen wären. Hannah hätte etwas gesagt.

»Emma«, rief Megan und umkreiste das kleine Gebiet in der Hoffnung, dass ihre Mädchen in der Nähe waren und sie sie nur nicht gesehen hatte. Aber sie konnte sie nirgendwo erblicken. Ihre Burg stand allein da, die Schaufeln lagen im Sand, als warteten sie darauf, dass die Mädchen zurückkamen.

Megan griff nach ihrem Handy, rannte über den Sand und blieb bei der Sandburg stehen. »Hannah!« Ihre Kehle verengte sich, als sie gegen die Panik ankämpfte, die sie zu überwältigen drohte. Ihre Mädchen mussten hier sein. Sie mussten. Sie wären nicht weit gegangen. Ihre Hände zitterten, als sie Peters Nummer wählte. »Emma!« Diesmal hob sie ihre Stimme, und es war ihr egal, dass sie wie eine hysterische Mutter klang. Sie würde ihr Kind nicht wieder verlieren. Sie hielt sich das Handy ans Ohr. »Heb ab, Peter. Komm schon, heb den verdammten Hörer ab.«

Ihr gesamter Körper war angespannt, und ein schweres Gewicht drückte ihr auf die Brust, während sie darum kämpfte, zu atmen. Ein. Aus. Ein. Aus. Sie blickte sich weiter suchend um und hielt Ausschau nach Emmas niedlichem rosa Badeanzug mit der Schleife am Rücken und Hannahs orangefarbenem. Vielleicht waren sie beim Wasser, um dort ihre Eimer zu füllen. Sie suchte, konnte sie aber nicht sehen. Gar nicht. Sie waren nirgendwo.

»Emma!« Megan schrie so laut sie konnte nach ihrer Tochter, ihre Kehle war rau.

Eine Hand landete auf ihrem Rücken, und sie wirbelte herum und ließ das Handy fallen.

»Megan, was ist los? Warum schreist du? Wo sind die Mädchen?« Peter stand mit aufgerissenen Augen da und wartete auf ihre Antwort.

Sie war so dankbar, dass sie diesmal nicht allein war, nicht wie damals vor zwei Jahren, als Emma aus der Vordertür und ihrem Leben verschwunden war.

»Ich kann Emma nicht finden, Peter. Ich kann sie nicht finden. Sie ist weg.« Megan hob ihre Hände an den Mund, als die Realität auf sie einstürzte. »Ich habe sie wieder verloren.«

KAPITEL SIEBZEHN

Megan umklammerte Peters Arm. Hysterie stieg in ihr auf, während Peter ruhig und fest wie ein Fels in der Brandung blieb.

Ein Teil von ihr erwartete, dass er ihr die Schuld gab, sie fragte, warum sie ihre Tochter nicht im Auge behalten hatte.

»Sie war genau dort. Ich schwöre es. Sie war genau dort.«

»Vielleicht hat sie ein paar Freunde gesehen und ist Hallo sagen gegangen?« Peter überflog das Gebiet, während er ihre Arme mit seinen Daumen rieb. »Es ist okay, Megan. Wir finden sie.«

»Welche Freunde? Emma kennt niemanden. und Hannah würde nicht einfach weggehen.« Sie suchte nach einem der patrouillierenden Beamten, die sie vorher gesehen hatte. »Ich kann nicht glauben, dass ich sie wieder verloren habe. Oh mein Gott, Peter, was ist, wenn …«

»Hör auf! Du hast sie nicht verloren. Es ist nicht deine Schuld. Sie müssen hier irgendwo sein, Meg. Denk nach. Was haben sie zuletzt getan, als du sie gesehen hast?« Er drehte sie zu sich, sodass sie ihn direkt ansah, und hob ihren Kopf, bis sie ihm in die Augen blickte. In dem Augenblick, in dem sie das tat, spürte sie, wie die schwere Last auf ihrem Herzen leichter wurde, und ihre Atmung wurde wieder normal. Sein ruhiger Blick beruhigte sie. Nichts in seinen Augen zeigte, dass er ihr dafür die Schuld gab. Nichts.

»Sie haben eine Sandburg gebaut.« Sie zeigte zur Burg zu ihren Füßen.

Sie bemerkte, wie Peter die weggelegten Schaufeln und fehlenden Eimer registrierte. Sie blickte zum Uferrand und hoffte verzweifelt, sie dort zu sehen. Es war, als wären sie verschwunden.

Bis sie plötzlich eine Stimme vernahm, die nach ihr rief.

»Mom. Mom!«

Beim Klang von Hannahs Stimme setzte Megans Herz einen Moment aus. Sie kam mit Emma und einem anderen kleinen Mädchen im Schlepptau in ihre Richtung gelaufen. Hinter ihnen ging eine Erwachsene, hoffentlich die Mutter des anderen kleinen Mädchens.

»Weißt du, wer das bei den Mädchen ist?« Peter griff nach ihrer Hand und drückte sie. Sie hielt ihn fest und ließ nicht los. Sie wollte zu Hannah und Emma rennen und sie in die Arme nehmen, aber sie konnte nicht. Der Blick auf Emmas Gesicht schockierte Megan. Sie lächelte ihr breitestes Lächeln, und ihre Augen funkelten vor Freude. Sie und das kleine Mädchen neben ihr hielten sich an den Händen, während sie zusammen über den Strand hüpften.

»Ich habe keine Ahnung.« Megan schüttelte den Kopf. Sie hatte das kleine Mädchen nie zuvor gesehen. Und auch nicht die Frau, die jetzt vor ihr stand.

»Es tut mir leid! Ich habe gehört, wie Sie nach Emma gerufen haben, und mir ist klar geworden, dass die Mädchen Ihnen nicht gesagt haben, wo sie sind.« Die Frau trug einen hellroten Bikini und hatte ihr Haar zu einem Pferdeschwanz gebunden. Sie stand mit einem entschuldigenden Blick vor ihr und rang die Hände. »Es tut mir leid«, wiederholte sie. »Ich kann mir gar nicht vorstellen, was Sie gefühlt haben müssen, als Sie bemerkt haben, dass die Mädchen nicht mehr da waren.«

Megan ging in die Hocke und blickte Emma in die Augen, verzaubert von dem Leuchten darin. Sie hatte diesen Blick nur einmal bei ihr gesehen, seit sie nach Hause gekommen war – an dem Tag, an dem sie sie von der Farm geholt hatten, als Emma sie das erste Mal dort stehen und auf sie warten sah.

»Warum seid ihr gegangen, ohne etwas zu sagen?«, fragte Megan Hannah, die ihr Kinn senkte, bis es fast die Brust berührte.

»Oh, das ist unsere Schuld«, unterbrach die Frau. »Marie hat Emmie gesehen und ihren Namen gerufen. Die Mädchen sind aufeinander zugerannt und ...«

»Emma. Ihr Name ist Emma«, korrigierte Megan die Frau mit angespannter Stimme. Ein Frösteln fuhr durch ihren Körper und setzte sich tief in ihrem Herzen fest.

»Wie bitte?«

Megan stand auf und verschränkte ihre Arme vor der Brust.

»Ihr Name ist Emma. Sie haben sie Emmie genannt.«

Die Frau schüttelte den Kopf, dann weiteten sich ihre Augen und schockiert hielt sie sich eine Hand über den Mund. »Es tut mir so leid. Daran habe ich gar nicht gedacht. Wir kannten sie nur als Emmie.«

Megans kaltes Herz taute auf.

»Woher kennen Sie unsere Tochter?« Peters Stimme war kontrolliert, aber Megan hörte das Zögern heraus. Sie wussten beide, dass ihr Leben kurz davorstand, sich auf eine Weise zu ändern, von der sie nicht wusste, ob sie damit umgehen konnte. Das war das erste Mal, dass sie Kontakt mit jemandem hatten, der Emma kannte, während sie mit dem anderen Paar gelebt hatte.

Die Frau sah auf die Mädchen hinunter. »Jack ist unser Nachbar. Bevor« – sie senkte ihre Stimme – »Dottie krank wurde, ist Em...Emma vorbeigekommen hat mit Marie und den anderen Kindern gespielt.«

Megan runzelte die Stirn.

»Andere Kinder?«

Die Frau nickte. »Ja. Ich bin Tagesmutter. Tut mir leid; ich heiße Sherri, und das ist meine Tochter Marie. Sie und Emma waren ... sind Freunde.«

Das überraschte Megan. Freunde. Sie hatte gedacht, Emma wäre isoliert gewesen, allein mit der Frau, nur mit Daisy als Spielgefährtin. Aber sie hatte Freunde gehabt. Andere Kinder, mit denen sie spielen und interagieren konnte. Ihr Leben leben konnte. Warum hatte Emma Marie oder die anderen Kinder niemals erwähnt?

Sie wandte ihre Aufmerksamkeit Emma zu, die das kleine Mädchen ansah. Marie. Die Augen des Mädchens waren direkt auf Emmas Gesicht gerichtet, auf ihren Mund, während sie sprach. Megan bemerkte, dass Emma langsamer und genauer zu ihr sprach, und sie viel berührte. Sie hielten sich an den Händen, berührten ihre Arme und die Haare der anderen.

»Marie ist halb taub. Aber das hat Emma nie gestört. Sie waren sofort Freundinnen.« Sherri stellte sich hinter ihre Tochter und legte ihr die Hand auf den Kopf. Als Marie aufblickte, sagte Sherri ihr, sie solle Hallo sagen. Marie lächelte nur schüchtern.

»Das ist meine Freundin, Mami.« Emma umarmte Marie, während sie sie vorstellte.

Peter drückte Megans Hand, und sie sah zu ihm auf. Offensichtlich fiel auch ihm der Unterschied in Emmas Verhalten auf.

Megan streckte ihre Hand aus. »Schön, dich kennenzulernen, Marie.« Sie lächelte ihr zu und wartete, dass das kleine Mädchen ihre Hand schüttelte.

»Ich vermisse Emmie.« Marie ergriff ihre Hand und schüttelte sie fest. Megan brachte es nicht übers Herz, sie zu korrigieren.

Peter räusperte sich. »Na gut, so kann das ja nicht weitergehen, oder?« Er beugte sich vor und zwinkerte Emma zu. Megan stockte der Atem, als ihr klar wurde, was er vorhatte. »Wir müssen dafür sorgen, dass ihr öfter miteinander spielen könnt. Freundschaften sind wichtig.«

Marie nickte zustimmend. Emma strahlte, schlang ihre Arme um Peter und hielt ihn fest. Megan sah auf und bemerkte das Lächeln, das Sherri ihr zuwarf.

»Es geht ihr wirklich gut, nicht wahr? Ich hatte mir solche Sorgen gemacht.«

Etwas klickte in Megans Gedanken. Etwas, das Kommissar Riley ein paarmal gesagt hatte. Wenn die Nachbarin nicht gewesen wäre ...

»Sie waren es, die der Polizei von Emma erzählt hat, nicht wahr?«

Sherri nickte. Sie neigte den Kopf zur Seite und trat von den Mädchen weg. Megan bemerkte, wie Hannah sich so hinstellte, dass sie zwischen Emma und Megan stand, fast als würde sie ebenfalls versuchen, ihre Schwester davor zu schützen, das Gespräch mitanzuhören.

»Dottie hatte gerade ihren Schlaganfall gehabt, und Jack musste ins Krankenhaus. Ich bot an, dass sie über Nacht bei uns bleiben könnte. Marie bemerkte Emmas Bild auf dem Flyer, der an diesem Tag in der Zeitung war. Als der Beamte zum Haus kam und nach Jack fragte, wusste ich, dass ich etwas sagen musste. Die Ähnlichkeit war zu stark, als dass ich es hätte ignorieren können. Es tut mir so leid, dass es mir nicht sofort aufgefallen ist. Ich hätte es bemerken müssen. Jetzt, wo ich zurückblicke, waren die Zeichen alle da. Matt, mein Mann, sagt natürlich die ganze

Zeit, dass es keinen Grund für mich gegeben hatte, etwas zu vermuten.«

»Zeichen? Was meinen Sie?«

Sherri schüttelte den Kopf.

»Nichts Großes, nur Kleinigkeiten. Dorothy war überängstlich, wenn es um Emma ging. Es bedurfte all meiner Überzeugungskraft, damit Emma vorbeikommen und mit den Kindern spielen durfte, um die ich mich kümmere. Emma war sehr behütet.« Sherri zuckte mit den Schultern. »Sie kannte einige der Kindersendungen im Fernsehen nicht, also wusste ich, dass sie nicht viel fernsah. Ich wusste allerdings nicht, ob ein paar der Probleme an Dorothys Demenz lagen oder ob sie nur eine überfürsorgliche Großmutter war.«

Megan biss sich auf die Lippe.

»Sie war nicht Emmas Großmutter.«

Sherri nickte.

»Ich weiß. Tut mir leid.«

Eine Frage brannte Megan noch auf der Seele und endlich konnte sie darauf eine Antwort erhalten.

»War sie denn glücklich? Ich meine ...«

Sherri streckte ihre Hand aus und berührte Megans Arm. Ein sanftes Lächeln überzog ihre Lippen. »Ja. Sie war still und schien gern allein zu spielen, aber ja, sie war immer ein fröhliches Mädchen. Und sie hat Daisy geliebt. Haben Sie sie noch?«

Megan nickte und dachte an den Hund, den Emma in den ersten Wochen zu Hause nicht einen Augenblick aus den Augen gelassen hatte.

Sherri seufzte. »Oh, gut. Ich glaube, dieser Hund war ihr Rettungsanker. Sie hat oft darüber geredet, wie sehr sie Sie vermisst, wissen Sie? Sie sprach über Sie, als ob Sie im Himmel wären, besonders gegen Ende, kurz bevor Sie kamen und sie abholten.«

Megan erbleichte. »Sie hat gedacht, ich sei tot?« Natürlich hatte sie das gedacht. Megan wusste das. Oder dachte, sie wusste es. Aber es bestätigt zu bekommen ... tat weh. Sehr weh. Welch emotionales Trauma ihre Tochter erlebt haben musste. Wie konnte sich ein so kleines Kind davon erholen, dass es geglaubt hatte, seine Mutter wäre tot?

»Sie hat die ganze Zeit Bilder für Sie gemalt. Macht sie das noch immer?«

Peter legte seinen Arm um Megan. Es war schon erstaunlich, wie der Körper auf schockierende Nachrichten reagierte. Die Sonne brannte auf sie nieder, und sie würde heute Abend garantiert krebsrot sein, da sie vergessen hatte sich einzucremen, dennoch liefen ihr Schauer über den Rücken, als ob ein kalter Nordwind wehen würde.

»Das zumindest hat sich nicht geändert. Emma malt immer noch außerordentlich gern«, antwortete Peter an ihrer statt.

Megan hatte so viele Fragen. Sie fühlte sich, als hätte man ihr ebenfalls einen Rettungsanker zugeworfen. Einen Einblick in das Leben ihrer Tochter auf der Farm. All diese Fragen, die Megan nachts quälten – Wo hatte Emma geschlafen? Hatte sie sich in den Schlaf geweint? Wie hatte die andere Frau sie bestraft? – Jetzt könnten zumindest ein paar davon beantwortet werden.

»Sie haben bestimmt eine Menge Fragen. Wie wäre es, wenn wir uns zu einem Spielenachmittag für die Mädchen verabreden, und ich versuche, so viele Fragen wie möglich zu beantworten.«

Megan nickte und begann zu lächeln, als sie in Sherris Augen sah und erkannte, dass diese Frau sie verstand. »Das wäre sehr schön.«

»Ms Sherri?« Emma hatte sich umgedreht und zupfte an Sherris Arm. Megan konnte die Fragen in Emmas Augen sehen, und für den Bruchteil einer Sekunde wünschte sie sich, sie könnte die Zeit anhalten. Sie war nicht sicher, was Emma sagen würde. »Ms Sherri? Wusstest du, dass meine Oma im Himmel ist?«

Megan lauschte auf das leise Gemurmel aus dem Wohnzimmer, während sie die Küchenoberflächen abwischte. Peter war draußen und säuberte den Grill, den sie fürs Abendessen angeworfen hatten, und Megan wartete nur noch auf den Kaffee, um sich dann zu ihm nach draußen zu gesellen.

Sie wischte in kreisförmiger Bewegung mit dem Lappen über die Anrichte und ließ ihre Gedanken zurück zu diesem Nachmittag wandern. Sherri zu treffen war ein Gottesgeschenk gewesen. Sherri war es gelungen, Emmas Fragen zu umschiffen, und sie hatten sich für den nächsten Tag verabredet. Aufregung stieg in Megan auf.

Der Rest ihres Strandtags war entspannt verlaufen. Peter blieb länger, als er geplant hatte, und es war schön. Er hatte seine Schuhe ausgezogen, seine Hosen hochgerollt und mit den Mädchen im Sand gegraben und an der Sandburg weitergebaut. Megan legte sich aufs Handtuch und genoss die Sonne, ließ die warmen Strahlen bis tief in ihre Knochen dringen. Sie döste sogar ein wenig, bis Peter sie anstupste, weil er zurück ins Büro musste. Sie waren so lange wie möglich am Strand geblieben, bis es Zeit wurde nach Hause zurückzufahren und das Abendessen vorzubereiten.

Emma war vom Strand begeistert gewesen. Auf dem gesamten Weg nach Hause hatte sie gefragt, wann sie wieder hingehen könnten. Megan konnte das Lächeln nicht von ihrem Gesicht wischen. In den Augen ihrer Tochter sah sie ein Funkeln, das vorher nicht da gewesen war. Sie wollte glauben, dass es nur an ihrer Zeit am Strand lag, aber innerlich wusste Megan, dass es auch daran lag, dass sie Sherri und ihre Tochter wiedergesehen hatte.

Kaffeearoma erfüllte die Luft. Megan atmete tief ein, sie liebte diesen Duft. Zur gleichen Zeit öffnete Peter die Tür und steckte seinen Kopf herein.

»Ist der Kaffee fertig?«

Als sie gerade ihre Tassen füllte, ertönte ein lautes Krachen aus dem Wohnzimmer, gefolgt von lautem Geheul von Emma. Megan stellte die Kaffeekanne ab und rannte, um nachzusehen.

Alexis stand mit den Händen in die Hüften gestemmt in der Mitte des Zimmers. Sie funkelte Emma böse an, die zusammengekauert an der Couch lehnte, Knie fest gegen die Brust gedrückt, während sie vor und zurück schaukelte. Sie hob ihr Gesicht, und Megan sah Tränen in ihren Augen. Emma drückte sich vom Boden ab, stürzte sich auf Megan und schlang ihre Arme fest um Megans Beine, wo sie ihren Kopf vergrub und schluchzte.

Bestürzt rieb Megan automatisch Emmas Rücken und starrte ihre zweitälteste Tochter an. »Was ist hier los?«

Alexis schüttelte den Kopf, als wäre sie angewidert von dem, was sie gerade erlebt hatte.

Auf dem Boden zu ihren Füßen lag Spielzeug verstreut. Kleine Ponyteile und Puppenmöbel lagen unordentlich herum.

»Alexis, ich habe dich was gefragt.« Megan senkte ihre Stimme, fuhr aber fort, Emma über den Rücken zu streicheln. Die Schluchzer ihrer jüngsten Tochter hatten nachgelassen, aber sie klammerte sich noch immer an ihr fest.

»Nichts.« Alexis senkte den Kopf.

Megan schnaubte. »Wirklich? Und warum weint deine Schwester dann?«

Alexis warf ihre Arme in die Luft. »Weil sie das immer tut, wenn es nicht nach ihrem Kopf geht. Sie flippt aus.«

Megan hob die Augenbrauen. Seit wann drehte Emma so durch?

»Ich wusste, du würdest mir nicht glauben.« Alexis ließ sich auf die Knie fallen und begann, das verstreute Spielzeug einzusammeln und in einen Eimer zu werfen, den sie aus Emmas Zimmer heruntergeholt hatten.

»Ich hab nicht gesagt, dass ich dir nicht glaube. Aber was ist passiert?« Megan griff nach Emmas Händen und zog sie von sich weg. Sanft berührte sie Emmas Kinn und hob ihr Gesicht.

»Emma?« Man musste kein Genie sein, um das herauszufinden.

Emma schüttelte nur den Kopf. Megan strich mit den Fingerspitzen über Emmas Wangen.

»Sie wollte ein anderes Spiel spielen, und als ich nicht wollte, hat sie einen Anfall bekommen und das Haus zerstört, das ich gebaut hatte. Sie ist so ein Baby.« Alexis starrte ihre jüngere Schwester böse an, nahm den jetzt gefüllten Spielzeugeimer und stellte ihn auf den Kaffeetisch.

»Das ist nicht wahr.« Emma funkelte ihre ältere Schwester an.

»Nennst du mich eine Lügnerin?« Der Schock auf Alexis' Gesicht wirkte fast echt.

Wenn es eins gab, was sie über ihre Töchter wusste, dann, dass Alexis sehr reizbar war und eher zu solchen Ausbrüchen neigte als Emma.

»Niemand nennt irgendjemanden in diesem Zimmer einen Lügner.« Megan küsste erst Emma auf die Stirn, dann Alexis. »Können wir einfach versuchen, zusammen zu spielen? Bitte? Ohne zu kämpfen oder zu streiten?« Sie wartete auf das kurze Nicken von Alexis. Dann erst bemerkte sie

Peter mit den Kaffeetassen in der Hand in der Tür stehen. Er hielt ihr eine hin.

»Katastrophe abgewendet?«, fragte er, als sie an ihm vorbeiging. Megan zuckte mit den Schultern, nippte an ihrem Kaffee und ging zu den Schiebetüren.

»Kommst du raus?«, rief sie über ihre Schulter. Peter stand noch in der Tür, mit dem Rücken zu ihr, und beobachtete die Mädchen. Emma lief mit dem Spielzeugeimer aus dem Zimmer, Alexis ließ sich auf die Couch fallen und griff nach der Fernbedienung.

»Wo ist Hannah?« Peter blickte über die Schulter zu ihr. Wenn sie nicht bei Emma war, war sie wahrscheinlich in ihrem Zimmer, Musik hören oder ein Buch lesen. Das sagte sie auch ihrem Mann, dann trat sie auf die Veranda und setzte sich auf die Schaukel.

Die sanfte Brise fühlte sich erfrischend auf ihrer Haut an. Oberkörper und Schultern hatte sie wahrscheinlich verbrannt, da sie sich nicht eingecremt hatte. Nein, lachte sie über sich selbst, es war ihr einfach egal gewesen.

Peter trat zu ihr hinaus. Er setzte sich neben sie, den Kaffee in beiden Händen. Sie erblickte seinen Ehering und dachte über ihre Ehe nach. Die Chancen hatten schlecht für sie gestanden. Familien, die durch eine Entführung auseinandergerissen wurden, blieben nur selten zusammen. Sie war sehr dankbar, dass sie es so weit geschafft hatten. Ihr Leben war nicht perfekt und ihre Ehe stand noch immer auf wackligen Füßen, aber es gab Hoffnung für sie.

»Hast du sie gefunden?«, fragte Megan.

Peter nickte. »Sie telefoniert mit einer ihrer Freundinnen. Sie wird wahrscheinlich bald runterkommen und fragen, ob sie morgen bei ihr spielen kann.«

Megan neigte den Kopf. »Welche?« Es war schön, dass Hannah wieder Kontakt zu ihren Freundinnen aufnahm.

Peter zuckte mit den Schultern. »Ich weiß nicht genau. Du solltest sie aber lassen.« Er nahm einen Schluck Kaffee.

Megan rieb sich das Genick. »Ich wollte dir noch danken, dass du nicht sauer geworden bist, als ich heute ausgeflippt bin.« Es bedeutete ihr viel, dass er ihr nicht die Schuld gab, Emma aus den Augen gelassen zu haben. Mehr, als sie gedacht hätte.

»Warum hätte ich sauer sein sollen?«

»Weil ich nicht so auf die Mädchen aufgepasst habe, wie ich es hätte tun sollen.« Megan hob ihre Tasse an die Lippen.

Peter schnaubte und griff nach ihrer Hand. »Du kannst sie nicht in jeder Sekunde des Tages im Auge behalten. Ich weiß, du hast das Gefühl, als müsstest du das. Du sorgst dich, sie könnte wieder verschwinden. Ich mache mir auch Sorgen. Aber irgendwann müssen wir sie einfach ... Kind sein lassen.«

Megan drückte seine Hand. »Ich weiß nicht, ob ich das kann. Ich habe mich nur umgedreht, und wir haben zwei Jahre lang die Hölle durchlebt und nicht gewusst, was mit ihr geschehen ist. Ich weiß nicht, ob ich aufhören kann, sie zu überwachen. Ich muss sichergehen, dass sie immer hier und in Sicherheit ist.«

»Ich vertraue dir, Megan.«

Bei seinen Worten verspürte Megan einen Kloß im Hals. Ein Teil von ihr fühlte sich seines Vertrauens nicht würdig. Sie vertraute sich selbst nicht.

»Was ist in letzter Zeit mit dir und Alexis los?«

Megan kämpfte darum, seinen Gedankensprüngen zu folgen. Wo kam dieser Themenwechsel plötzlich her?

»Ich weiß es nicht. Vielleicht solltest du sie fragen.«

»Das habe ich. Aber ich frage dich.« Peter löste seine Finger aus ihren und schlang sie um seine Kaffeetasse.

»Ich weiß es nicht, Peter. Glaubst du nicht, ich würde alles dafür tun, um es zu beheben, wenn ich den Grund wüsste?«

Warum hatte sie das Gefühl, dass dieses Gespräch nicht gut laufen würde?

Eine unangenehme Stille entstand zwischen ihnen. Peter lehnte sich vor und stützte seine Ellbogen auf seine Knie. Er ließ den Kopf hängen, dann sah er auf und musterte sie.

»Ich glaube tatsächlich nicht, dass du alles tun würdest.«

Megan war von seinen Worten wie vor den Kopf gestoßen. Meinte er das ernst? Wie konnte er das sagen?

»Ich glaube, es ist leichter für dich, zu ignorieren, was direkt vor deinen Augen geschieht. Das ist es, was du in den letzten beiden Jahren getan hast. Du konzentrierst dich so auf eine Sache, dass du alles andere aus den Augen verlierst.«

Megan riss überrascht den Mund auf. »Wie passend, dass das von dir kommt. Du bist kaum zu Hause, woher willst du das also wissen?« Zorn kochte in ihr hoch. Wie konnte er es wagen, ihr das an den Kopf zu werfen?

Peter setzte sich zurück und seufzte. »Du hast recht. Und ich habe vor, das zu ändern. Aber Alexis redet mit mir, also weiß ich es.«

»Was weißt du? Dass ich eine furchtbare Mutter bin? Dass ich sie ignoriere und all meine Aufmerksamkeit Emma schenke? Dass ich lieber ein Pflaster auf den Riss kleben würde, der zwischen uns wächst, als mich hinzusetzen und das auszufechten?« Sie lehnte sich zurück und schloss die Augen.

Die Schaukel, auf der sie saßen, bewegte sich, und Peters Knie stießen gegen ihre. Sie blickte ihn unter ihren Wimpern heraus an, und erwartete einen bösen Blick, fand aber nur Mitgefühl in seinen Augen.

»Nein, Meg, du bist die beste Mutter, die ich kenne. Wir haben nur eine sehr sensible Tochter, die sich vernachlässigt fühlt. Und daran sind wir beide schuld. Ich glaube, wir haben beide gedacht, unsere Familie würde durch Emmas Rückkehr komplett geheilt. Aber das ist bisher noch nicht geschehen.«

Nein, die Heilung war nicht so verlaufen wie geplant. Das wusste Megan. Vielleicht lag es daran, dass sie geglaubt hatte, die Sache würde sich von selbst ergeben, und sich zu sehr darauf konzentriert hatte, Emma zu helfen. Das alles war ihre Schuld. Ihre Familie war nicht ihre höchste Priorität, und damit hatte sie als Mutter versagt.

»Hast du manchmal das Gefühl, egal, wie sehr du es auch versuchst, wie sehr du dich änderst, dass es niemals genug sein wird?« Sie räusperte sich und wischte die Tränen weg, die ihr übers Gesicht liefen.

Peter schlang einen Arm um sie und zog sie an sich.

»Die ganze Zeit.« Er lehnte seinen Kopf gegen ihren. »Vielleicht liegt es daran, dass wir es jeder für sich versuchen, anstatt es zusammen anzugehen.«

Das war das Problem. Sie hielten in der Sache nicht zusammen. Statt neben ihr zu stehen und mit dem Verhalten umzugehen, das ihr von Alexis entgegengebracht wurde, stand er nur da und sah zu, und warf ihr dann vor, dass es ihr nicht wichtig genug war, sich den Problemen zu stellen. Sie war nicht blind. Sie sah, wie wütend ihre Tochter war, wie verletzt sie sich fühlte. Sie wusste nur nicht mehr, wie sie damit umgehen sollte. Nichts, was sie tat, war gut genug.

Aber anstatt Peter das zu sagen, schwieg Megan. Ein weiterer Kampf, dem sie sich nicht stellen konnte. Ein weiterer Kampf, den zu verlieren sie nicht bereit war.

Vielleicht, wenn sie einfach stillhielt und der ganzen Sache mehr Zeit gab, würde sich das Problem zwischen ihnen von selbst erledigen. Das war Wunschdenken, aber im Moment hatte sie keine Kraft für mehr als das.

KAPITEL ACHTZEHN

Megan eilte durchs Haus, putzte eine bereits makellose Küche, den Flur und das Wohnzimmer. Als Sherri kam, setzten sie sich nach draußen auf die Veranda und ließen die Kinder spielen.

Eine unangenehme Stille hing zwischen ihnen, als sich die beiden Frauen an den Gartentisch setzten. Hannah und Alexis waren bei Freundinnen, und die Blicke der Frauen waren auf Emma und Marie gerichtet, die mit Daisy im Gras spielten. Das Gelächter der beiden Mädchen füllte den Garten. Megan wünschte, sie könnte diesen Klang auf ewig in einer Flasche aufbewahren.

Sie bemerkte die Blicke, die Sherri ihr zuwarf, aber noch war sie nicht bereit, das Gespräch zu beginnen. Megan schlug die Beine übereinander und rieb sich die Finger. Sie war dankbar, dass die Frau darauf wartete, bis sie bereit war. Megan war nur nicht sicher, ob das jemals der Fall sein würde.

»Ihre Tochter ist wirklich hübsch«, durchbrach Megan schließlich die Stille.

Sherri nickte. »Danke. Sie ist ein richtiger Schatz.«

Megan goss frischen Eistee in ihre Gläser. Ihre Hände zitterten. Hier war der eine Mensch, der all ihre Fragen beantworten konnte. Warum also fiel ihr plötzlich keine mehr ein?

»Ich bin mir sicher, Sie haben so viele Fragen und wissen nicht, wo Sie anfangen sollen.« Sherri hob ihr Glas und nahm einen Schluck.

Das Mitgefühl in ihren Augen war fast zu viel für Megan. Sie blickte zu den Mädchen und sah ihnen beim Spielen zu.

Megan räusperte sich ein ein paarmal und rieb sich dann den Hals. Sie stellte die eine Frage, die ihr mehr als die Welt bedeutete. »Sie haben am Strand erwähnt, dass Emma still war ...«

Sherris Schultern entspannten sich, und ein Lächeln überzog ihr Gesicht. »Sehr, aber immer, wenn ich sie sah, hatte sie ein Lächeln im Gesicht.«

Megan neigte ihren Kopf zur Seite. »Aber inwiefern still? Hat sie nicht viel gesprochen oder war sie nur schüchtern?«

Als Sherri ihre Lippen schürzte, zog sich Megans Herz schmerzhaft zusammen. Da war es. Das waren die schlechten Nachrichten, die sie befürchtet hatte. Das war der Albtraum, den sie nicht hören wollte, aber musste – dass es Emma in den zwei Jahren ihrer Entführung nicht gut gegangen war.

»Sie war einsam. Ich versuche immer, die Stimmung der Kinder zu erkennen. Emma hatte immer ein Lächeln auf den Lippen und ein Leuchten in ihren Augen, aber man konnte trotzdem erkennen, dass sie traurig war. Ich dachte, es läge daran, dass sie zu wenig Freunde hatte, daher fragte ich Dorothy oft, ob Emma zum Spielen vorbeikommen könnte. Aber jetzt ... jetzt, wenn ich zurückblicke, weiß ich, dass sie Sie vermisst hat. Ich wünschte – wir sind erst letzten Sommer dort hingezogen – aber ich wünschte, mir wäre früher aufgefallen, was passiert ist.« Sherri legte ihre Hand über Megans. »Es tut mir so leid.«

Megan schüttelte den Kopf. »Entschuldigen Sie sich nicht. Bitte. Sie waren es, die es möglich gemacht hat, dass Emma wieder zu uns nach Hause kam. Und dank Ihnen hatte sie eine Freundin. Bitte entschuldigen Sie sich niemals.« Tränen sammelten sich in ihren Augen, als sie Sherris Hand drückte. Sie schuldete dieser Frau alles.

»Die Mädchen verstehen sich wirklich gut«, sagte Sherri. »Man merkt nicht, dass sie sich eine ganze Weile nicht mehr gesehen haben.«

Megan lehnte sich in ihrem Stuhl zurück. »Haben Sie viel Zeit mit der Familie verbracht, die Emma entführt hat?« Sie war nicht sicher, ob sie wirklich wissen wollte, ob sie die Monster aus ihren Gedanken waren.

Sherri schob ihren Stuhl zurück und schlug die Beine übereinander. »Nicht wirklich. Ich habe sie einmal zu selbst gemachtem Eistee zu mir eingeladen, aber ich glaube, es war nicht einer von Dorothys guten Tagen, und bei all den Kindern, die in meinem Haus herumrannten, war der Besuch letztendlich nur kurz.«

»Sie haben sie also nicht oft gesehen?«

»Oh doch, ich habe sie oft gesehen.« Sherri band ihr Haar zu einem Pferdeschwanz zusammen und nahm dann noch einen Schluck. »Dorothy war immer draußen in ihrem Gemüsebeet, und Jack fand man meistens im Garten beschäftigt. Emma war immer draußen, besonders, nachdem Daisy da war. Ich glaube nicht, dass sie viel ferngesehen hat.« Sie runzelte die Stirn. »Im Gegensatz zu meiner Tochter.« Megan war überrascht von Sherris durchdringendem Blick.

»Megan«, fuhr sie fort, »sie haben sie geliebt. Das konnte man sehen. Ich hab sie fast niemals weinen sehen, und ich habe nie gehört, dass sie streng mit ihr gesprochen haben, oder gesehen, wie sie sie bestraft haben. Ich weiß, Jack ...«

Megans Blick ließ Sherri verstummen. Sie wollte das nicht vertiefen. Sie wollte mit Sherri nicht über diese Leute reden. Ihr war nur Emma wichtig, und ob es ihr gut gegangen war.

Sie atmete tief durch und entspannte ihre Schultern. Das Gelächter der Mädchen drang zu ihnen, und Megan erkannte, dass sie die zwei Jahre hinter sich lassen und in die Zukunft blicken musste. Sie musste aufhören, an dem Schmerz festzuhalten, den sie tief in ihrem Herzen genährt hatte.

»Danke.« Megan lächelte Sherri an. »Sie haben mir meine Tochter zurückgebracht, und Sie ...« Megan atmete tief ein und langsam wieder aus, »Sie haben mir das Herz leichter gemacht. Meine größte Sorge war immer gewesen, dass sie unglücklich war oder schlecht behandelt wurde. Ich kann diesen Leuten vielleicht niemals das verzeihen, was sie getan haben, aber ich kann dankbar dafür sein, dass sie sie auf ihre Art geliebt haben.«

Sherri lächelte nur zurück, lehnte sich dann nach vorn und stützte die Ellbogen auf den Knien ab. »Ich frage mich, was die zwei zu flüstern haben.«

Megan wandte ihre Aufmerksamkeit wieder den Mädchen zu. Sie saßen dicht beieinander. Maries Augen waren groß, und sie strahlte übers ganze Gesicht, dann umarmte sie Emma. Die Mädchen wiegten sich kurze Zeit vor und zurück, bis Daisy sich einbrachte und zwischen sie sprang.

Ein Gefühl von Frieden breitete sich in Megans Herz aus. Zu sehen, wie ihre Tochter sich wie ein normales kleines Mädchen benahm, bewies, dass es ihr trotz allem wirklich gut ging. Jemanden aus einer Vergangenheit einzuladen, von der Megan nichts wusste, war in Ordnung. Es tat nicht weh und versetzte ihre Tochter nicht zurück in eine Zeit, von der sie wünschte, sie könnte sie vergessen. Stattdessen war die Stimme ihrer Tochter fröhlich und ihre Augen lebendig.

Falls das dazu führte, dass sie Geheimnisse mit ihrer kleinen Freundin teilte, dann ja, war das völlig in Ordnung.

KAPITEL NEUNZEHN

An manchen Tagen wünschte Megan, Laurie würde näher bei ihnen wohnen. An heißen Tagen wie heute wäre es schön, einfach nur über den Zaun zu springen und in ihren Pool zu tauchen, anstatt alles Mögliche einzupacken und alle mit dem Auto hinzufahren. Vor ein paar Wochen hatte Laurie vorgeschlagen, sie könnte Handtücher, Sonnencreme und Poolspielzeug in ihrem Poolhaus unterbringen. Das war sinnvoll, da Megan und die Kinder in den Sommertagen praktisch dort lebten.

Hannah saß vorn neben Megan, in der Hand ein Tablett mit Eiskaffees und Smoothies. Die Straße, in der Laurie lebte, war voller Schlaglöcher, sodass sich Megan vorsichtig ihren Weg bahnen musste. Laurie lebte im älteren Teil von Kinrich, wo die viktorianischen Häuser entweder im Verfall begriffen waren oder gerade renoviert wurden. Ihre Straße sollte im Herbst neu gepflastert werden, aber das half Megan im Augenblick auch nicht.

»Hat Laurie heute Besuch?«, fragte Hannah.

»Ich hoffe, jemanden mit Kindern.« Alexis lehnte sich nach vorn und zog an Megans Sitz.

Megan parkte und sah einen zweitürigen Wagen in Lauries Auffahrt, den sie nicht kannte. Sie folgte den Mädchen die Einfahrt hoch und zur Seite des Hauses; dann öffnete sie das Schloss am Holztor und ließ die Mädchen an ihr vorbei zum Pool gehen.

Lauries Garten war fantastisch. Wenn jemand einen grünen Daumen hatte, dann ihre beste Freundin. Verglichen mit ihrem eigenen Haus, wo das Chaos regierte, war Lauries historisches Vorzeigehaus mit seinem preisgekrönten englischen Garten eine friedliche Oase. Laurie arbeitete halbtags von zu Hause aus als Buchhalterin und konnte sich ihre Stunden selbst einteilen. Megan liebte es, als Mutter zu Hause sein zu können und sich um das Sichere-Wege-Programm zu kümmern, aber es gab Zeiten, da vermisste sie es, Peters Buchführung zu erledigen und neben ihm zu arbeiten, während sie sein Immobiliengeschäft aufbauten.

»Können wir reingehen, Mom?« Alexis war schon dabei, ihre Flipflops zur Seite zu stoßen und stand am Poolrand, bereit einzutauchen.

»Zuerst muss ich Laurie Bescheid geben, dass wir hier sind. Ihr kennt das doch, Mädchen.« Megan hob Emmas Shirt und zog es ihr über den Kopf. Emma warf es auf einen der weißen Korbstühle am Pool und tauchte ihre Zehen ins Wasser. Hannah wühlte in einem Korb neben dem Pool und zog Wasserspielzeug und Emmas Schwimmflügel heraus.

Megan zog ihre Flipflops aus und schob die Schiebetür zu Lauries makelloser Küche auf. Sie blickte kurz über die Schulter, um sicherzugehen, dass noch keins der Mädchen im Wasser war, und ging dann ins Haus.

Als sie um die Ecke von der Küche in den Flur trat, verging ihr das Lächeln, und ihr Mund blieb offen stehen. Wären Lauries Augen geöffnet gewesen, hätte sie Megan dort schockiert stehen sehen, aber das waren sie nicht. Ihre Augen waren geschlossen und ihre Lippen auf den Mann gepresst, der Megan beigestanden hatte, als Emma vermisst wurde.

Megans Herz schien für eine kleine Ewigkeit stillzustehen, als sie zusehen musste, wie ihre beste Freundin mit den

Fingern durch die dunklen Locken von Riley Thompsons Haar fuhr.

Bilder einer ähnlichen Szene blitzten in Megans Gedanken auf. Nur, dass sie an Lauries Stelle war und ihre eigenen Finger durch Rileys Haar fuhren, während seine Lippen auf ihren waren ...

Sie sollte etwas zu Laurie und Riley sagen und sie wissen lassen, dass sie hier war. Sie sollte ein Geräusch machen, sich räuspern, oder etwas anderes tun. Irgendetwas. Irgendetwas, das die Szene unterbrechen würde, die sie nicht ignorieren konnte.

»Laurie«, brachte Megan schließlich flüsternd heraus, während sie die Tasche in ihrer Hand fest umklammert hielt. Sie wusste, dass ihre Wangen flammend rot waren und biss sich in der Erwartung des peinlichen Moments, der ihr nun bevorstand, auf die Lippen.

Die Zeit stand still, als Laurie ihre Finger von Rileys Kopf löste und sich von ihm wegschob. Sie zwinkerte ein paarmal, bevor sie aufsah.

Megan war nicht sicher, wer von ihnen peinlicher berührt war.

»Meg ...«

»Äh, ich wollte nur Bescheid geben« – Megan zeigte hinter sich – »dass wir hier sind, aber, äh ...« Sie schluckte und trat einen Schritt zurück. »Ich glaube, wir sollten lieber gehen.«

Die Stille im Zimmer war überwältigend. Riley räusperte sich und trat einen Schritt in Richtung Megan, die daraufhin einen weiteren Schritt zurücktrat. Sie kämpfte mit dem Griff der Schiebetür.

»Megan, geh nicht ...«, rief Laurie hinter ihr her.

»Mädchen, der Plan hat sich geändert. Lasst uns Eis holen gehen.« Sie zog ihre Flipflops wieder an und schnappte sich die Tasche, die sie auf dem Gartentisch abgelegt hatte. Megan ignorierte die Getränke, die sie vorher dort abgestellt hatte, schlang die Tasche über die Schulter und umklammerte den Riemen.

»Aber …« Alexis stützte ihre Hände in die Hüften und wollte zu diskutieren anfangen, hielt dann aber inne. Megan war nicht sicher warum, aber sie war dankbar für was immer es auch war, was die Mädchen sofort zu ihren Sachen greifen und ihr ohne Fragen zum Fahrzeug folgen ließ. Sie schaffte es geradeso, zu atmen und zu verhindern, dass die Emotionen sie überwältigten.

»Megan, bleib hier. Bitte!«, rief Laurie von der vorderen Veranda und wrang die Hände, während Megan zu verarbeiten versuchte, was gerade geschehen war.

»Geht es dir gut?« Hannah ergriff Megans Hand, als sie sich dem Jeep näherten.

Megan biss sich auf die Lippe und nickte. Sie öffnete die Türen und wartete, bis die Mädchen eingestiegen waren, bevor sie sich zur Fahrerseite begab. Sie hielt die Augen gesenkt und weigerte sich, zum Haus zurückzuschauen. Sie wollte nicht den Blick in Lauries Augen sehen, wollte keine Entschuldigungen hören. Und sie wollte keinesfalls wissen, ob Riley neben ihr stand.

Sie wünschte, die letzten fünf Minuten ihres Lebens wären niemals passiert.

Als sich die Schlafzimmertür mit einem Klicken hinter ihr schloss, sank Megan zu Boden. Sie zog ihre Knie an die Brust, vergrub ihren Kopf in den Armen und gab sich dem Schluchzen hin, das sie in den letzten fünfundvierzig Minuten unterdrückt hatte.

Die Erinnerung an ihre beste Freundin, die ihre Arme um einen Mann schlang, den Megan einst begehrt hatte, zerriss sie innerlich. Eine Schwere überkam sie, als die Erinnerungen an ihre eigene Untreue wiederkehrten. Was die anderen auch sagten, sie hatte ihren Mann mit diesem einen Kuss betrogen. Sie wusste es. Riley wusste es, und selbst Peter wusste es.

Sie würde niemals vergessen, was an diesem Tag passiert war. Es war direkt nach dem Jahrestag von Emmas Verschwinden gewesen. Sie hatte gerade einen neuen Flyer mit einem anderen Bild von Emma zum Druck im Fotoladen abgegeben. Sie hielt bei der Bibliothek und holte ein paar Bücher ab, die sie für Hannah und Alexis vorbestellt hatte, und entschied sich dann, in einem Park in der Nähe zu warten, bis die Flyer gedruckt waren. Sie setzte sich auf eine Parkbank und blätterte eine Wohndeko-Zeitschrift durch, die sie gekauft hatte, als sie plötzlich das Gelächter von Kindern in der Nähe vernahm. Zwei kleine Mädchen spielten im Brunnen, der mitten im Park stand, und bespritzten einander, während ihre Mütter danebenstanden. Megan lächelte und wollte ihre Aufmerksamkeit gerade wieder ihrer Zeitschrift zuwenden, als ihr etwas ins Auge stach. Ein weiteres kleines Mädchen mit blond gelockten Haaren.

Megan erinnerte sich noch daran, wie sie ihre Fingernägel in ihre Handfläche gepresst und sich gezwungen hatte, bis zehn zu zählen, wie Kathy ihr geraten hatte. Sie musste sämtliche Kraft aufbringen, um nicht sofort hinüberzurennen und zu sehen, ob es Emma war. Sie hatte das zu oft getan, und es hatte niemals gut geendet. Aber als das kleine Mädchen in ihre Richtung sah und breit lächelte, hätte nichts Megan davon abhalten können, zu ihr zu laufen. Sie hätte schwören können, dass das kleine Mädchen ihre Tochter war ... bis sie näherkam und erkannte, dass die blonden Locken das einzige waren, das Emma und dieses kleine Mädchen gemeinsam hatten. Aber zu diesem Zeitpunkt war das Lächeln bereits vom Gesicht des Mädchens gewichen und stattdessen hatte es Megan erschreckt angeschaut.

Megan würde diesen Blick niemals vergessen. Niemals.

Sie eilte davon und fuhr direkt in Peters Büro, nur um zu erfahren, dass er den ganzen Nachmittag mit ihr unterwegs war. Als sie zu Hause ankam, wartete Riley in der Auffahrt auf sie. Es bedurfte nur eines Blicks; sobald sie im Haus waren, fing sie an, wie ein Baby in seinen Armen zu schluchzen, anstatt sich ihrem Ehemann anzuvertrauen.

Vielleicht war es die Art, wie er ihr übers Haar strich oder ihren Rücken rieb. Vielleicht war es die Tatsache, dass er sie nicht dafür verdammte, zu denken, dass das kleine Mädchen Emma war, oder sie dafür zu schelten, das kleine Mädchen erschreckt zu haben.

Oder vielleicht war es nur die Tatsache, dass er da war, als Peter es nicht war, und Megan nur jemanden brauchte, an den sie sich anlehnen konnte.

Wie auch immer, in einer Sekunde weinte Megan an Rileys Brust, und in der nächsten waren seine Lippen auf ihren, und sie war in dem Augenblick verloren.

Es war nur ein Kuss, aber die Auswirkungen waren riesig. Für sie beide.

Peter war kurz darauf reingekommen, als sie noch dastanden und einander anstarrten, während sie zu verstehen versuchten, was gerade geschehen war. Es wurde kein Wort gesprochen, aber alle fühlten die unterschwellige Spannung. Bis zum heutigen Tag hatte Peter sie niemals damit konfrontiert.

Megans Schultern hoben sich, als sie das ganze Ausmaß der Emotionen spürte, die sie durchströmten. Vielleicht war das ihr Problem. Die vielen Dinge, die Peter und sie einander nicht gesagt hatten, nagten an ihnen und rissen sie auseinander. Und wie sehr sie auch daran arbeiteten, ihre Ehe wiederaufzubauen, einige Dinge konnten nicht unter den Teppich gekehrt werden. Sie schämte sich dafür, erlaubt zu haben, dass die Stille zwischen ihnen wuchs, zu denken, dass durch Ignorieren alles verschwinden würde. Wie alles andere in ihrem Leben.

Sie war auch wütend auf sich selbst, dass sie sich so betrogen fühlte – und auf Laurie, weil sie sie betrogen hatte. Es ergab keinen Sinn, dass sie sich so fühlte. Und doch tat sie es. Sie mochte nicht mit Riley geschlafen haben, aber es hatte eine emotionale Verbindung zwischen ihnen gegeben, und manchmal konnte das stärker als eine physische Verbindung sein.

Megan lehnte sich mit dem Kopf nach hinten an die Tür. Sie liebte Peter. Aus vollem Herzen. Aber er war nicht da gewesen, als sie ihn am meisten gebraucht hatte, und dieser Schmerz, diese Erinnerung, sich so ... allein zu fühlen, schien niemals zu verschwinden. Und sie konnte nicht vergessen, wie es sich anfühlte, jemanden auf ihrer Seite zu haben, jemanden, der an sie glaubte. Jemanden, der sie ermutigte, niemals aufzugeben, anstatt vorzuschlagen, dass sie einen Gedenkdienst abhalten.

Megans Kiefer verkrampfte sich. Peter hatte aufgegeben. Megan sog die Luft tief in ihre Lungen. Alle anderen hatten aufgegeben, sie aber niemals.

Mit der Wand als Stütze richtete sich Megan wieder auf. Sie musste all das hinter sich lassen. Ihre Psychologin hatte ihr geraten, vergeben zu lernen. Und das hatte sie, zumindest hatte sie es geglaubt. Aber es gab einen Unterschied zwischen Vergeben und Vergessen. Vergeben war etwas, das sie lernen konnte, aber Vergessen? Das würde niemals geschehen.

Sie setzte sich in den Ecksessel in ihrem Zimmer und griff nach der Häkeldecke. Kälte drang durch ihren Körper, und sobald sie die Decke über sich gezogen hatte, kuschelte sie sich trotz des warmen Winds, der durch das Fenster kam, unter die schwere Decke.

War es falsch, dass sie sich von Laurie betrogen fühlte? Natürlich war es das; es musste falsch sein. Aber warum hatte Laurie ihr es nicht erzählt? Warum hatte sie ihr an diesem Abend in der Bäckerei nicht reinen Wein eingeschenkt, anstatt nichts zu sagen und zu tun, als wäre da nichts?

Megan ließ die Schultern sinken. Laurie hatte es ihr nicht gesagt, weil sie wusste, wie Megan reagieren würde. Konnte sie ihr das vorwerfen? Nein. Der Blick in Lauries Augen, als diese gesehen hatte, dass Megan dort stand, verfolgte sie.

Aber Laurie hätte es ihr erzählen sollen.

Das war es, was am stärksten schmerzte. Nicht, dass sie und Riley etwas miteinander hatten, aber dass Laurie es vor ihr geheim gehalten hatte. Wenn Laurie es ihr rechtzeitig erzählt und ihr Zeit gegeben hätte, zu verarbeiten, was das für Megan und ihre Freundschaft bedeutete, hätte es vielleicht keine so starken Auswirkungen auf sie gehabt, die beiden in solch einer zärtlichen Umarmung zu sehen.

Oder vielleicht doch. Aber es wäre schön gewesen, es zu wissen. Sie war nicht sicher, was sie jetzt tun sollte. Laurie zu konfrontieren ergab keinen Sinn. Sie würde nur etwas zugeben, was nicht wahr war: dass sie eifersüchtig war, obwohl sie es doch gar nicht war. Sie hatte kein Recht dazu. Und es Peter zu erzählen wäre unangenehm. Er würde nicht nur die Worte hören; er würde nach einer versteckten Bedeutung oder Emotion suchen, um herauszufinden, ob sie noch Gefühle für Riley hatte. Natürlich wäre es nicht schlau, ihn vor Peter zu erwähnen.

Megan atmete tief ein und wieder aus. Sie sollte sich für ihre beste Freundin freuen. Es war schon zu lange her, dass Laurie eine Beziehung hatte. Das war ein Schritt in die richtige Richtung.

Aber als Megan die Decke zusammenlegte und über der Stuhllehne drapierte, konnte sie nicht anders, als sich zu wünschen, dass Laurie erkennen würde, wie seltsam ein Fortbestehen dieser Beziehung wäre.

Als ihr klar wurde, wie das klang, zuckte sie zusammen.

KAPITEL ZWANZIG

Peter wand sich in seinem Sitz – es war ihm unangenehm, am Ecktisch im Donutladen zu sitzen, wo ihn jeder, der durch den Drive-in kam, sehen konnte.

»Machen Sie sich Sorgen, dass Ihre Frau vorbeifährt?«

Peter ließ beinahe seine Kaffeetasse fallen, die er an die Lippen gehoben hatte. Stattdessen spritzte die dunkle Flüssigkeit über den Rand. Er wischte sie auf und sah dabei Jack nicht an, der ihm gegenübersaß, während er überlegte, wie er antworten sollte, ohne zu viel zu verraten.

»Versuchen Sie nicht, es abzustreiten. Kein Mann parkt in der hintersten Ecke, wenn es ihm wirklich egal ist, ob er gesehen wird.«

Jack kicherte, nahm dann einen grünen Stift und zog den Umriss eines Baums in dem neuen Malbuch nach, das er Emma gekauft hatte.

Peter wusste, dass er rot geworden war.

»Sie haben es ihr noch nicht gesagt.«

Peter blickte noch rechtzeitig auf, um das kleine Kopfschütteln von Jack zu sehen. Er zuckte mit den Achseln. Jack kannte Megan nicht; er verstand nicht, was für Kämpfe ihm bevorstanden, wenn sie von diesen kleinen Treffen erfuhr. Eigentlich war er überrascht, dass sie es noch nicht getan hatte. Er war sich ziemlich sicher gewesen, dass sie herausfinden würde, dass etwas vor sich ging, und ihn zur Rede stellen würde.

»Nehmen Sie einen Rat von jemandem an, der sich auskennt: Geheimnisse vor der eigenen Frau zu haben, geht immer nach hinten los. Irgendwie findet sie es heraus. Es könnte ein Blick von Ihnen sein, oder etwas, das Em sagt, aber glauben Sie mir, wenn sie es herausfindet, ist die Hölle los.«

»Opa!« Emma runzelte die Stirn. Sie drohte ihm mit ihrem Stift und Peter musste sich zurückhalten, um nicht zu lächeln. Anscheinend ging es Jack ebenso.

»Schon gut, Prinzessin, tut mir leid.« Er strich ihr über den Kopf und zwinkerte Peter zu. Doch dann wurde sein Gesicht bleich.

»Geht es Ihnen gut?« Peter lehnte sich nach vorn. Der Blick auf Jacks Gesicht kam ihm vage vertraut vor. Peters eigener Vater war durch einen Herzinfarkt gestorben, daher erkannte er die Anzeichen. Winzige Schweißperlen erschienen auf Jacks Kopf und Stirn, während sein Gesicht immer bleicher wurde.

Peter schob seinen Stuhl zurück, aber Jack hielt ablehnend die Hand hoch. Seine Nasenflügel bebten, aber bald kam wieder Farbe in sein Gesicht.

»Daddy?« Emma setzte sich zurück, den Stift fest in ihrer Hand, während ihr Blick zwischen Jack und Peter hin und her wanderte.

»Ist schon gut, Schätzchen. Du musst dir keine Sorgen machen.« Jacks raue Stimme schien Emma zu beruhigen. Sie erhob sich auf die Knie und legte ihre Hand auf seine Brust.

»Ist es wieder dein Herz, Opa?« Sie sah ihn an und runzelte die Stirn. »Oma hat gesagt, du sollst vorsichtig sein. Vielleicht solltest du nicht mit mir malen.« Sie lehnte sich nach vorn und küsste ihn auf die Wange, dann legte sie ihren Kopf auf seine Brust.

Peter setzte sich wieder, während Jack Emma übers Haar strich. Er musste gerade so viel verarbeiten: Dass Jack krank war, und dass Emma es nicht nur wusste, sondern auch ruhig akzeptierte. Das war anscheinend nicht das erste Mal, dass so etwas geschah. »Wie schlimm ist es?«

Jack zog die Schultern hoch. »Der Arzt will noch mehr Tests machen.«

Und? Peter formte die Worte mit dem Mund, nicht sicher, ob Emma das hören sollte.

Jack zuckte nur mit den Achseln.

Peter schluckte und erstickte fast daran. Es musste schlimm sein. Er konnte sich nicht vorstellen, wie der alte Mann bei etwas so Ernstem so ruhig bleiben konnte.

»Was sagt Ihr Arzt?«

Jack hob seine Kaffeetasse und nahm einen Schluck. »Was wissen die schon? Ich habe hier ein kleines Mädchen, das ich aufwachsen sehen muss. Ich gehe, wenn ich bereit bin zu gehen.«

»Und du bist nicht bereit«, mischte sich Emma ein. Sie drückte sich von Jacks Brust ab, setzte sich zurück auf ihren Stuhl und war kurz darauf wieder in ihre Malarbeit vertieft.

Peter konnte immer noch nicht fassen, wie ruhig Emma bei dieser Sache blieb. Er hätte erwartet, dass sie besorgter auf Jacks Krankheit reagieren würde, aber sie blieb so unbeeindruckt, als wäre das ein alltägliches Ereignis. Vielleicht war es das gewesen. Bei dem Gedanken zuckte Peter zusammen. Er hasste den Gedanken, dass sein kleines Mädchen in so kurzer Zeit so viel Trauer erleben musste.

»Na bitte; die Chefin hat das letzte Wort«, sagte Peter. Jacks Hand zitterte leicht und Peter verzog die Lippen. Vielleicht sollte er darauf bestehen, dass Jack ins Krankenhaus ging.

»Tun Sie mir einen Gefallen?«

Peter blickte hinunter auf die Hand, die auf seiner eigenen lag. Sie war runzlig und von Altersflecken übersät. Jacks Fingerspitzen waren rau, als sie über seine Fingerknöchel strichen. Er blickte auf und sah Sorge im Blick des anderen Mannes.

»Sagen Sie es ihr. Selbst wenn das bedeutet, dass ich Em wieder eine Weile nicht mehr sehe. Ihre Frau muss es erfahren. Geheimnisse zu bewahren, besonders so eines, ist nicht gut für eine Ehe. Es wird Sie beide zerstören, und nichts ist das wert. Nicht einmal das hier.« Tränen sammelten sich in Jacks Augen, bevor er sie wegblinzelte.

Peter zuckte zusammen. Er hatte recht. Er musste es Megan sagen. Aber er würde nicht zulassen, dass sie Emma Jack wegnahm. Nicht wieder. Nicht jetzt.

»Unter einer Bedingung«, sagte Peter.

Ein stählerner Blick begegnete ihm, aber Peter wich nicht zurück.

»Und die wäre?«

»Sie denken daran, dass Sie nicht mehr allein sind. Sie haben jetzt eine Enkelin, für die Sie leben müssen.«

Jack wandte seine Aufmerksamkeit von Peter nach unten zu dem kleinen Mädchen neben ihm.

Peter wusste, welchen Effekt seine Worte haben würden. Er wusste, es würde Konsequenzen geben, aber das war es wert. Er musste Megan klarmachen, dass diese Treffen nötig waren. Dass nicht nur Emmas Wohlergehen auf dem Spiel stand. Und wenn sie nicht zustimmte? Er wusste, er musste bei seiner Entscheidung standhaft bleiben.

Er hatte Jack soeben seine Familie zurückgegeben.

KAPITEL EINUNDZWANZIG

Megans Mom und Dad waren unter dem Vorwand vorbeigekommen, Alexis für einen Ausflug ins Eiscafé mitzunehmen, was sie mit jedem der Mädchen an ihrem Geburtstag taten. Daniel hatte die neuesten Baseball-Ergebnisse im Fernsehen anschauen wollen und sich mit Peter ins Wohnzimmer gesetzt, während Sheila in der Küche eine Tasse Kaffee mit Megan trank. Sie hatten eine Stunde, bevor sie alle in dem kleinen Vergnügungspark sein mussten, in dem Megan für Alexis' Geburtstagsfeier reserviert hatte.

Emma saß zusammengerollt in einem Plüschsessel in der Ecke des Wohnzimmers und spielte mit einigen ihrer Ponys. Sie war erst mit Meg und Sheila in der Küche gewesen, dann aber langsam ins Wohnzimmer gewandert.

»Emma, warum kommst du denn nicht her und setzt dich zu deinem alten Opa?« Daniel klopfte während einer Werbepause neben sich aufs Sofa. Peter erkannte den panischen Blick in Emmas Gesicht, als sie den Kopf hob und Daniel anstarrte.

»Komm schon, Schätzchen. Ich beiße nicht.« Dans Lächeln schwand, als er den Blick in ihren Augen sah.

Emma blieb wie angewurzelt in ihrem Sessel sitzen.

»Noch nicht, ja? Nun ... dann gehe ich mal nachschauen, was deine Oma so treibt.« Dan ließ die Schultern hängen und erhob sich dann von der Couch.

Peter lächelte ihm entschuldigend zu, dann stand er ebenfalls auf und hockte sich vor Emma.

»Was ist los?« Er senkte seine Stimme und legte eine Hand auf ihre. Auch wenn sie seit ihrer Heimkehr immer etwas zurückhaltend gewesen war, wenn Megans Eltern vorbeikamen, war sie doch sonst freundlicher als heute.

Emmas Lippen zitterten. »Er ist nicht mein Opa«, flüsterte sie.

Peter setzte sich zurück auf die Hacken. Er hätte das erwarten sollen, hätte erkennen sollen, warum sich Emma immer zurückgezogen hatte, wenn Dan und Sheila versucht hatten, eine Bindung zu ihr aufzubauen. Warum sie damit kämpfte, ihnen näherzukommen.

Warum hatten sie nicht daran gedacht? Emma erinnerte sich nicht einmal an sie, sie also in eine Beziehung mit ihnen zu werfen, von ihr zu erwarten, ihnen zu vertrauen ... wie oft mussten sie ihre jüngste Tochter noch verletzen, bevor sie es erkannten?

»Erinnerst du dich noch an unser Gespräch letztens über Spitznamen für Leute?« Er beobachtete Emma, während sie auf der Lippe kaute und dann nickte.

»Wie wäre es also, wenn wir Mamis Daddy anders nennen? Zum Beispiel Großpapa oder Opa Dan? Ich habe meinen Opa immer Pops genannt.«

Die Spannung in Emmas Körper löste sich, und sie nahm eins ihrer Ponys in die Hand. »Können alle einen besonderen Spitznamen bekommen?«

Peter nickte. Er hatte das Gefühl zu wissen, was sie damit bezweckte.

»Mami wird nicht böse sein?«

Peter entspannte seine Schultern, während er über Emma hinweg einen Blick in die Küche warf. Dan stand neben Sheila am Küchentisch, aber sein Blick war auf Emma gerichtet.

»Nein, Schätzchen, sie wird nicht böse sein.«

Emma sah nach unten und spielte mit dem Pony in ihrer Hand. Peter stand auf, beugte sich nach unten und küsste sie kurz auf den Kopf; dann hielt er ihr die Hand hin.

Dan beobachtete sie weiter. Peter verstand, was sein Schwiegervater fühlen musste, denn ihm war es ebenso ergangen. Er hatte ein Problem vor sich gehabt, das er nicht lösen konnte.

Er führte Emma in die Küche und ließ ihre Hand los. Daniel hockte sich neben sie. Megan und Sheila hielten in ihrem Gespräch am Küchentisch inne.

»Ist irgendetwas los, Herzchen?«, fragte Dan.

Emma starrte Dan an und reckte die Schultern.

»Kann ich dich Großpapa nennen?«

Peter beobachtete Dan genau und bemerkte seine angespannten Schultern und das Schnaufen in seiner Brust. Er hörte das leichte Keuchen von Sheila und sah, wie Megans Hand über den Tisch nach Sheilas Hand griff. Der Blick in Megans Augen zeigte ihm, dass sie Emmas Frage verstand, selbst wenn Sheila und Dan es nicht taten.

»Natürlich kannst du das, Schätzchen. Das bin ich doch, dein Opa.« Dan hob die Arme und streckte sie aus, aber Emma ließ die Schultern sinken und starrte auf ihre Hände.

»Nein. Nicht Opa. Großpapa.« Vorsichtig hob sie den Blick, als wäre sie besorgt, welche Reaktion sie bekommen würde.

Dan ließ die Arme sinken.

Sheila wand sich auf dem Stuhl, doch bevor sie etwas sagen konnte, räusperte sich Peter. »Schon gut, Emma. Denk dran, wir haben über Spitznamen geredet. Großpapa ist in Ordnung.«

Peter fing Megans scharfen Blick auf, aber ignorierte ihn. Das war kein Gespräch, das er jetzt führen wollte.

Emma nickte ernsthaft und lächelte, dann trat sie zu Dan und berührte seine Hände.

»Lass uns Baseball schauen, Großpapa Dan.« Sie zog an seinem Arm und führte ihn ins Wohnzimmer.

»Nun«, murmelte Sheila, »wie soll ich den Mann jetzt von diesem kleinen Engel losreißen, um Alexis zu ihrem Eis auszuführen?«

Peter sah auf die Uhr an seinem Handgelenk. »Gib ihnen zehn Minuten, und dann geht. Dann habt ihr noch immer genug Zeit, eure Eiswaffel zu genießen, während wir losfahren und alles vorbereiten.«

Sheila schüttelte den Kopf.

»Glaubst du wirklich, zehn Minuten werden ihm reichen? Er hatte sich zwei Monate gedulden müssen, bis sie sich für ihn erwärmt hat. Nein, er wird jetzt nicht von ihrer Seite weichen wollen.«

Peter drehte sich um, um ins Wohnzimmer zurückzugehen und das Spiel zu Ende zu schauen, aber er hörte noch die geflüsterten Worte seiner Frau.

»Genau so fühle ich mich jeden Tag.«

Lautes Gelächter sowie das Dröhnen der Gokart-Motoren begrüßte Megan, als sie die Jeeptür öffnete. Freudige Erregung stieg in ihr auf, als sie sich vorstellte, wie Alexis bei ihrer Ankunft reagieren würde. Über dem Eingang hing ein großes Schild, auf dem »Herzlichen Glückwunsch zum Geburtstag, Alexis« stand. Perfekt. Absolut perfekt.

»Sie wird dich dafür hassen.« Peter griff sich einen großen Plastikbehälter und schloss den Kofferraum.

»Ich weiß.« Megan konnte sich das Lächeln nicht verkneifen.

An der Vordertür wartete eine ältere Frau auf sie. Sie hatte kurze graue Haare und trug ein hellgelbes Oberteil mit dem Firmenlogo darauf. Ihre Wangen waren rosig, und sie winkte ihnen wie wild zu.

»Da sind Sie ja; ich habe schon auf Sie gewartet. Ich bin Wilma, wir haben am Telefon miteinander gesprochen. Bob, mein Mann, ist draußen bei den Gokarts und wird bereit für Ihre Gruppe sein, wenn sie alle kommen.« Wilma führte sie in einen großen Raum, in dem mehrere Tische standen, voll mit Ballons, Luftschlangen und Tabletts mit Gebäck. »Ich hoffe, Sie haben nichts gegen das Schild und die kleinen Extras, die wir hier aufgebaut haben. Wir haben die Geschichte Ihrer Familie in den Nachrichten verfolgt, und, na ja, wir wollten, dass diese Geburtstagsparty etwas ganz Besonderes wird.« Wilma redete weiter, während Peter den Behälter abstellte und sich überrascht umsah.

»Ihnen ist aber schon klar, dass dieser Geburtstag nicht für unsere jüngste Tochter ist?« Die Überraschung in Peters Stimme war nicht zu überhören. Megan konnte einfach nicht glauben, wie viel Arbeit sich die Frau mit diesem Raum gemacht hatte.

Wilma winkte ab. »Oh, natürlich weiß ich das. Aber das kleine Mädchen hat so viele Dinge mit ihrer Familie verpasst, dass Bob und ich das Ganze hier zu etwas Besonderem machen wollten.«

Megan schnappte sich einen Keks vom Tablett und erkannte an seinem Aussehen sofort, wer ihn gebacken hatte. »Jan hat geholfen, nicht wahr?« Sie reichte den Keks an Peter weiter und umarmte die Frau. »Vielen Dank«, flüsterte sie ihr ins Ohr. Sie war Wilma vorher noch nicht persönlich begegnet; sie hatte sie auf ein paar Wohltätigkeitsveranstaltungen und solchen Dingen in der Stadt gesehen, aber sie wusste, dass sie heute eine neue Freundin gefunden hatte.

»So, dann lassen Sie mich diesen Kuchen dort zu den Cupcakes stellen.« Wilma streckte die Hände nach dem Kuchen aus, den Peter aus dem Behälter hob. »Oh, hat den Sheila gemacht?«

Megan lächelte. »Sieht er nicht beeindruckend aus? Meine Mom hat sich diesmal selbst übertroffen.« Sheila hatte einen Übungsgrün-Kuchen kreiert, komplett mit Fairway und einem Mädchen, das einen Golfschläger schwang. Er sah fantastisch aus. Sheila liebte es, Themenkuchen zu kreieren, aber etwas so Detailgetreues hatte Megan nicht erwartet.

»Sieht aus, als wären Sie hier drin auf eine ganze Schulklasse vorbereitet!« Megan konnte die Menge an Keksen, Schokoriegeln, Cupcakes, Dosen mit Twizzler, Lutschern und Kaugummi kaum fassen.

Wilma lächelte breit. »Als ich erst einmal angefangen hatte, konnte ich nicht mehr aufhören! Ich sah eine Seite in einer Zeitschrift, auf der ein Tisch voller Backwaren und Dosen voller Bonbons abgebildet war, und wollte es ausprobieren.«

»Es sieht fantastisch aus.« Peter legte seinen Arm um Megans Schultern, während er sich im Raum umsah. »Wie viele Kinder kommen denn?«

Megan zog eine Liste aus ihrer Tasche und zeigte sie ihm. »Zehn haben zugesagt, und von vier habe ich nichts mehr gehört.«

Wilma nickte, während sie sich selbst einen Keks nahm. »Auch wenn alle kommen, haben wir genug. Ich habe auch noch zusätzlich kleine Geschenktüten vorbereitet, nur zur Sicherheit. Es gibt nichts Schlimmeres, als unvorbereitet zu sein.«

Als sie Wilma angerufen hatte, um die Vorbereitungen zu treffen, hatte die Frau ihr einen sorgenfreien Tag versprochen, und dass sie sich um alle Details kümmern würde – Geschenktüten, Auf- und Abbau inklusive.

»Was ist mit der besonderen Überraschung?« Megan sah auf die Uhr. Die Kinder müssten bald kommen. Sheila hatte gesagt, sie würden etwas später ankommen, damit alle bereits da wären.

»Alles vorbereitet«, bestätigte Wilma.

Peter neigte den Kopf. »Überraschung?«

Megans Gesicht wurde heiß. Das war nicht nur eine Überraschung für Alexis, sondern auch für Peter. »Wilma hat erwähnt, dass ihr Sohn Profi ist, und …«

»Unser Sohn Stevie spielt schon sein ganzes Leben lang Golf. Er hat sich gerade für die Q-School für die PGA Tour qualifiziert und fängt im November an. Er ist im Moment für ein paar Monate auf Besuch daheim«, erklärte Wilma. »Als Ihre Frau erwähnte, dass Ihre Tochter Golf liebt, dachte ich, es wäre vielleicht nett, wenn Stevie vorbeikommt und ihr ein oder zwei Stunden gibt.« Wilma zuckte mit den Achseln, aber sie konnte den Stolz in ihren Augen nicht verbergen.

Megan beobachtete Peter genau. Seine Brauen hoben sich, während er seine Aufmerksamkeit von Megan auf Wilma konzentrierte.

»Sie meinen doch nicht etwa Stephen Brown, oder?«, fragte er.

Wilmas Kopf wippte auf und ab. »Das tue ich.« Peter fiel die Kinnlade herunter. »Wir haben es so eingerichtet, dass Sie zuletzt Minigolf spielen, und er wird dort Alexis treffen.«

Der Blick, den Peter Megan zuwarf, ließ ihr Herz schneller schlagen. Es war eine Weile her, dass sie etwas für ihn getan hatte. Sie hoffte nur, er verstand, dass das ihre Art war, ihm zu zeigen, dass er ihr noch immer wichtig war. Manchmal war es schwieriger, die Worte auszusprechen.

»Danke«, sagte Peter, lehnte sich zu ihr und küsste sie kurz auf die Lippen. Sie zuckte mit den Schultern, wie um zu zeigen, dass es nichts war, aber sie wussten beide, dass es etwas war. Peter hatte Stephen in den Nachrichten verfolgt. Er hatte ihn das erste Mal in einer Sendung für Golfer auf dem Weg zum Erfolg gesehen. Peter hatte die Sendungen aufgenommen und mehrfach angeschaut, während Megan neben ihm saß und ein Buch las. Sie war nicht so wie er an Golf interessiert, aber sie wusste, was ihm das bedeutete.

»In Ordnung, Sie zwei Turteltauben, Ihre Gäste müssten bald kommen. Wie wär's, wenn wir sie an der Vordertür begrüßen und alle auf der Treppe auf Ihre Tochter warten?«

Megan ließ sich zurückfallen und sah hinüber zum Parkplatz.

»Wo ist deine Freundin?« Peter griff nach ihrer Hand und zog sie vorwärts.

»Laurie? Ich weiß es nicht.« Sie schürzte die Lippen. »Vielleicht ist etwas dazwischengekommen«, murmelte sie.

Peter schnaubte. »Wohl kaum. Du weißt doch, dass Alexis ihr Liebling ist. Hast du versucht, sie anzurufen? Vielleicht ist sie auf der Suche nach dem perfekten Geschenk und hat darüber die Zeit vergessen.« Er folgte Wilma und zog Megan mit sich.

Sie griff in ihre Tasche, während sie eine Stufe hochstolperte, und zog ihr Handy heraus, um zu sehen, ob Laurie auf eine ihrer Nachrichten reagiert hatte. Sie wusste, sie würden sich dem stellen müssen, was vorgefallen war, aber sie waren immer Freundinnen gewesen. Laurie würde doch sicher keinen Mann zwischen sie kommen lassen.

Oder doch? Und falls es so war, konnte Megan das akzeptieren?

KAPITEL ZWEIUNDZWANZIG

»Das. War. Der. Beste. Geburtstag. Aller. Zeiten!« Alexis schlang ihre Arme um Megans Hüfte und drückte sie fest. Megan drückte zurück. Von dem Augenblick an, als Dan und Sheila auf den Parkplatz gefahren waren und Alexis sich schreiend aus dem Fenster gelehnt hatte, hatte sie Megan und Peter immer wieder umarmt.

Nach der Party waren sie in eine Pizzeria gefahren. Sie hatten alle zu viel Pizza gegessen, und die Mädchen hatten zu viel Limo getrunken. Megan war erschöpft, und mit Ausnahme von Alexis, die noch immer von der Aufregung des Tages aufgeputscht war, schien es allen anderen ebenso zu gehen.

»In Ordnung, Zwerg.« Peter ließ ihre neue Golftasche, die Schläger und den Behälter, den er getragen hatte, zu Boden sinken. »Wie wär's, wenn du das wegstellst?«

Alexis ließ Megan los und klatschte Peter ab, dann hob sie ihre neue Tasche über ihre Schulter und lief in die Garage.

Hannah folgte ihr mit Emma an der Hand. Die Mädchen hatten alle eine tolle Zeit gehabt und mehr Zucker zu sich genommen, als ihr Körper verkraften konnte. Megan warf einen Blick auf Emma und war sich sicher, dass ihre Jüngste gleich wegnicken würde. Ihre Augen waren trüb, ihre Schultern gesenkt und ihre Schritte langsam. Hannah hatte sich den ganzen Tag wie eine Glucke benommen und auf

Emma aufgepasst, selbst nachdem Megan sie zu überreden versucht hatte, mit den anderen Kindern zu spielen.

Heute hatte Alexis im Mittelpunkt gestanden, und es schien ihr gutgetan zu haben. Ihre zweitälteste Tochter schwebte im siebten Himmel. Sie war fassungslos gewesen, als sie Stephen begegnet war, und als er ihr drei kostenlose Golfstunden anbot, platzte sie fast vor Freude und quietschte aufgeregt. Megan war überglücklich.

»Möchtest du dich ins Bett kuscheln, Em? Ich kann dir eine Geschichte vorlesen, bis du einschläfst.« Hannahs sanfte Stimme erregte Megans Aufmerksamkeit. Sie drehte sich um und sah Emma auf der untersten Stufe sitzen, während Hannah über ihr stand, ihr übers Haar strich und den Arm rieb.

Megan kniete sich hin.

»Was ist los, Schätzchen?«

Emma schüttelte den Kopf und sah nicht auf. Stattdessen senkte sie ihren Kopf in die Arme, die auf ihren Knien ruhten, und seufzte.

Megan befühlte ihre Stirn. Emma war den ganzen Tag draußen in der Sonne gewesen, und auch wenn sie einen Hut getragen und immer mit Getränken versorgt gewesen war, wäre es nicht allzu überraschend, wenn sie einen kleinen Sonnenstich abbekommen hätte.

»Ich wette, ein schönes kühles Bad würde sich jetzt gut anfühlen«, sagte Peter.

Megan nickte. An Tagen wie diesen wäre ein Pool im Garten wirklich nützlich. Ein kurzes Eintauchen am Abend, um sich vor dem Schlafengehen abzukühlen – was könnte besser sein?

»Na komm, Emma. Ich helfe dabei, das Wasser einzulassen. Ist das in Ordnung, Mom?« Hannah streckte die Hände aus, um Emma aufzuhelfen.

Megan schlang einen Arm um Hannahs Schultern. »Natürlich, mein Schatz. Ich hole euch noch ein schönes kaltes Wasser und komme dann nach oben, um das Wasser zu prüfen.«

Hannah zog sich von ihr fort. »Ich mach das schon.«

Megan musterte ihre älteste Tochter. In ihrer Stimme lag ein autoritärer Klang, der ihr nicht behagte. Megan fiel auf, wie die älteren Mädchen mit Emma umgingen. Hannah war beschützend, Alexis abweisend. Sie hatte gedacht, das würde sich geben und sie würden eine geschlossene Gruppe werden, zumindest so geschlossen, wie drei Schwestern es sein konnten. Lag sie damit falsch?

»Weißt du was, Hannah? Überlass Emma mir, okay? Warum entspannst du dich nicht und schaust dir die aufgenommene Folge ›Heartland‹ an?« Megan stellte einen Fuß auf die unterste Stufe und drehte ihr Knie zwischen ihre beiden Töchter.

Hannah schüttelte den Kopf. »Nein, ich kann mich um sie kümmern.« In ihren Augen war eine Entschlossenheit, die Megan beunruhigte. Sie schlang ihre Arme um Hannah und hielt sie an sich gedrückt.

»Ich weiß, dass du das kannst, mein Schatz. Das tust du immer.«

Sie sah, wie sich der Protest in Hannahs Augen aufbaute, zog sich von ihr zurück und hielt den Finger hoch, um die Worte zu stoppen, die Hannah sagen wollte. »Hör mal, du warst mir eine riesige Hilfe, seit Emma nach Hause gekommen ist, aber es ist Sommer, und du solltest tagsüber draußen mit deinen Freundinnen spielen, anstatt die ganze Zeit Emma zu bespaßen.«

»Aber, Mom ...«

Megan schüttelte den Kopf. »Nein, mein Schatz. Das ist alles meine Schuld. Seit Emma nach Hause gekommen ist, warst du die ganze Zeit an ihrer Seite, und ich habe es zugelassen.«

Hannahs Lippen zitterten. »Ich versuche nur zu helfen. Dafür zu sorgen, dass sie sicher ist.«

Megans Herz sank. »Weil du das Gefühl hast, es war deine Schuld, dass sie beim ersten Mal nicht sicher war?«

Hannah nickte.

»Oh, Schätzchen.« Megans Brust zog sich beim Gedanken an den tiefen Schmerz ihrer Tochter zusammen. »Das war nicht deine Schuld. Nichts, was an diesem Tag passiert ist, war deine Schuld.« Megan hob ihre Hand und berührte die Wange ihrer Tochter.

»Du musst mir glauben. Dass wir Emma verloren haben, war überhaupt nicht deine Schuld. Und Emma jetzt zu beschützen, ist nicht deine Aufgabe; es ist meine. Meine und die von deinem Dad.« Sie war nicht sicher, was sie sagen konnte, damit ihre älteste Tochter ihr glaubte.

»Es tut mir so leid, dass ich dich mit der Schuld habe leben lassen, Emma verloren zu haben, Hannah. Es war niemals deine Schuld.« Tränen stiegen in Megans Augen, als sie beobachtete, wie ihre Tochter ihre Worte verarbeitete. Glaubte sie ihr? War es zu spät?

»Ich muss bei ihr sein, Mom.« Hannahs Stimme zitterte, als sie auf Emma hinabsah.

»Ich weiß«, sagte Megan. Sie rieb Hannahs Arm noch ein paar Augenblicke, dann ließ sie los.

Hannah beugte sich nach unten und küsste Emma auf den Kopf, dann trat sie einen Schritt zurück. Es brach Megan das Herz, ihre Töchter so zu sehen und zu wissen, dass es zum Teil ihre Schuld war. Nein, wenn sie ehrlich war, musste sie zugeben, dass das alles ihre Schuld war. Hannah war noch nicht alt genug, um eine Fünfjährige zu bemuttern, und doch tat sie genau das.

Megan bückte sich und nahm Emma auf den Arm. Sie wollte weinen, als Emma den Kopf gegen ihre Schulter lehnte, aber ihre Augen geschlossen hielt. Sie hätte besser auf ihre jüngste Tochter aufpassen sollen.

»Du vertraust mir nur nicht«, flüsterte Hannah, bevor sie fortging.

Megan hörte sie, aber anstatt sich umzudrehen und ihre älteste Tochter darauf anzusprechen, wie sie es hätte tun sollen, tat sie so, als hätte sie nichts gehört. Es war schwer, aber sie musste sich im Moment auf Emma konzentrieren. Sie würde mit Hannah später beim Gutenachtsagen über die ganze Vertrauenssache sprechen.

Es war nicht Hannah, der sie nicht vertraute. Sondern sich selbst.

Jack sah sein Haus an, die weiße Veranda und die schmutzigen Fenster. Er musste dafür sorgen, dass es wieder sein Haus wurde. Jack stellte sich gerade hin und streckte den Rücken. Jetzt, wo Emmie wieder in seinem Leben war, hatte er einen Grund, weiterzuleben.

Er würde sie nicht wieder aufgeben. Diesmal nicht.

Das alte Haus knarrte, als Jack umherlief und Dinge aufsammelte, die er längst vergessen hatte. Er hatte die Hausarbeit vernachlässigt und wenn er genau darüber nachdachte, wusste er, dass er auf all die Veränderungen in seinem Leben immer nur reagierte, anstatt zu handeln.

Die Einsamkeit begann ihm zuzusetzen. Das Gespräch mit Dottie heute hatte ihn daran erinnert. Und wenn er nicht bald zur Vernunft kam, würde er es bedauern. Er hatte viel, wofür es sich zu leben lohnte, selbst wenn sein altes Herz das nicht akzeptieren wollte. Ihm war egal, was der Arzt bei seinem letzten Termin gesagt hatte. Er würde noch die Hundert erreichen, wenn es nach ihm ging. Was wussten seine Ärzte schon? Nichts. Jedenfalls nichts von den wichtigen Dingen.

Er tippte zweimal mit der Handfläche gegen sein Herz. »Du lebst jetzt für Emmie, hast du gehört?«

Das war alles, was noch zählte. Nur sein kleines Mädchen.

Er stand unten in der Küche an der Treppe und sah nach oben. Vielleicht könnte er ein paar ihrer Lieblingsbücher einpacken, die sie zurückgelassen hatte, oder vielleicht eins der Stofftiere, und es mitnehmen, wenn er sie das nächste Mal sah. Das könnte ihr gefallen. Jack kämpfte sich die Treppen hoch, die Hand fest am Geländer.

In seinem Schrank standen weit oben im Regal ein paar alte Koffer. In einen davon könnte er Emmies Sachen packen. Ein paar davon könnte er auch für Dotties Sachen nutzen. Ihm gingen langsam die Kisten aus, und er brauchte das zusätzliche Gepäck nicht mehr.

Als er sein Zimmer betrat, erschreckte ihn die Menge an Gerümpel. Er war zögerlich gewesen, irgendetwas wegzuwerfen, das ihn an Dottie erinnerte. Alles in ihrem Zimmer hatte einen Erinnerungswert. Das durchgelegene Bett, das sie so viele Jahre lang geteilt hatten, stand in der Mitte des Zimmers zwischen zwei Fenstern. Auf beiden Seiten standen kleine Tische, die er vor Jahren gebaut hatte. Die abgeblätterte Farbe und die Dellen waren Zeichen der Liebe, das hatte Dottie immer gesagt. Dann hatten sie beide jeweils ihre eigene Kommode an gegenüberliegenden Wänden, und einen Hauptschrank. Dotties Kommode war voll von selten genutzten Parfümflaschen, einer Kerze, einem Kamm und einem Stift, in seiner hingegen lagen nur ein Rasierset und ein paar Quittungen. Dottie liebte ihren begehbaren Kleiderschrank, auch wenn immer nur eine Person darin stehen konnte. Neben dem Schrank stand ein kleines Bücherregal, ein weiteres Projekt, an dem er ein Jahr lang als Geburtstagsgeschenk für seine Liebste geschreinert hatte. Dotties Lieblingsbücher und die meisten ihrer Tagebücher standen darin aufgereiht.

Er würde nach und nach damit anfangen, Dotties Sachen einzupacken. Er wusste, sie würde es wollen, dass er ihre Kleidung spendete, aber von einigen Dingen würde er sich nicht trennen können. Dazu gehörten auch ihre Tagebücher. Ihre Kleider ebenso.

So wie die cremefarbene Strickjacke, die er ihr einmal zu Weihnachten gekauft hatte. Er nahm sie von Dotties Kissen und strich mit den Fingern darüber. In manchen Nächten wollte er sich einfach nicht ganz so allein fühlen.

Im Kleiderschrank sah Jack die Dinge durch, die Dottie auf dem Boden gestapelt hatte. Tüten voller Wolle, Schuhkartons und ihre schicken Schuhe, die sie gern zum Kirchgang getragen hatte. Das oberste Regal war vollgestopft mit Handtaschen. Jacks Augen wurden groß, als er zählte, wie viele es waren.

In dem Sammelsurium aus schwarzen und braunen Taschen erblickte er etwas Rosafarbenes. Er konnte sich absolut nicht daran erinnern, dass Dottie jemals eine rosa Handtasche gehabt hatte. Er nahm eine Handvoll Taschen beim Griff und ließ sie zu seinen Füßen zu Boden fallen. Nur ein weiteres Chaos, das er später aufräumen musste.

Als er genug weggeräumt hatte, konnte Jack sehen, dass das keine versteckte rosa Tasche war, sondern so etwas wie eine Decke, die aus einem Schuhkarton ragte, auf dem der Deckel nur halb auflag.

Er griff nach oben, wobei sein Arm ein paar weitere Handtaschen vom Regal fegte, und fasste nach dem Stoff. Warum seine Frau das so weit nach hinten gestopft hatte, war ihm schleierhaft. Als er den Rand der Decke zwischen seinen Fingerspitzen zu fassen bekam, zog Jack, in der Erwartung, sie leicht herausziehen zu können, und war etwas überrascht, als er auf Widerstand traf. Er zog stärker, bis der Karton weit genug nach vorn gerutscht war, dass er ihn mit beiden Händen ergreifen konnte.

»Was hat sich diese Frau nur dabei gedacht? Einen Karton zu füllen mit ...« Jack hielt inne, als er den Deckel abnahm und eine Notiz an die Decke gepinnt sah.

Er rieb sich die Augen, sicher, dass er die Notiz falsch gelesen hatte.

Liebe Mary,

diese Decke ist für meine Enkelin. Ich hoffe, du lässt sie mich eines Tages sehen.

In Liebe,

Mom

Megan drückte ihren Rücken durch und stöhnte, während sie erneut mit einem kühlen Lappen über Emmas Stirn wischte. Peter legte seine Hand gegen ihre Schulterblätter und drückte fest zu. Er war soeben mit einer sauberen Schüssel für Emma zurückgekehrt. Die gesamte letzte Stunde hatte sie sich übergeben, und sie waren jetzt an einem Punkt angelangt, an dem selbst das kleinste bisschen Wasser, das Megan ihr verabreichen konnte, wieder herauskam.

Ihr armes kleines Mädchen litt vermutlich an einem Sonnenstich, und es belastete Megan, dass sie nichts tun konnte. Sie hatte Emma kühl gebadet, sie Flüssigkeit zu sich nehmen lassen und wusste, dass sie nur schlafen musste. Aber wenn sie sich weiterhin so erbrach, würden sie mit ihr in die Notaufnahme fahren müssen.

»Es wird ihr bald wieder gut gehen«, flüsterte Peter neben ihr.

Megan hob ihre Hand und legte sie über seine. »Ich weiß. Ich fühle mich nur ... so hilflos.«

Emma wimmerte, und Megans erste Reaktion war, nach der Schüssel zu ihren Füßen zu greifen.

»Ich will Opa«, stöhnte Emma, während sie sich unter der Bettdecke unruhig hin und her bewegte. Megan zog die Bettdecke nach unten und befreite Emmas Hände.

»Pssst, alles ist gut, Schätzchen. Versuch jetzt zu schlafen, okay?«, flüsterte Megan, während sie Emma übers Haar strich.

Das war das erste Mal seit Emmas Heimkehr, dass sie krank war. Es brach ihr zwar das Herz zu wissen, dass es Emma gutgehen könnte, wenn sie etwas mehr aufgepasst hätte, aber es gab auch keinen Ort, an dem Megan jetzt lieber wäre als hier, das Haar ihrer Tochter streichelnd.

»Ich will Opa, bitte.«, flehte Emma mit schwacher Stimme.

Es tat weh zu wissen, dass ihre Tochter in einem Moment, in dem sie nur ihre Mami wollen sollte, nach jemand anderem rief. Erneut entflammte der Zorn in ihr auf den Mann, der ihr so viel genommen hatte.

»Daddy?« Emma öffnete die Augen.

Peter setzte sich aufs Bett hinter Megan und griff nach Emmas freier Hand.

»Ich bin hier, Em. Ich bin hier. Schlaf einfach, okay, Baby?« Peters Stimme brach.

Megan lehnte sich gegen ihn und entspannte sich. Sie war nicht allein. Sie wusste nicht, was sie tun würde, wenn Peter tatsächlich gegangen wäre, bevor sie Emma gefunden hatten.

»Können wir ihn bitte besuchen? Morgen? Bitte, Daddy?« Emmas Stimme wurde lauter, während sie Peter weiterhin um etwas anflehte, von dem sie beide wussten, dass es nicht geschehen würde.

»Pssst, geh einfach schlafen, Em. Wir reden morgen darüber, okay?« Peter ließ ihre Hand los und wollte aufstehen, aber Emma griff nach seinem Arm.

»Versprich es mir, Daddy. Versprich, dass wir morgen Opa treffen. Versprich es.« Megan setzte sich zurück, alarmiert über die Beharrlichkeit ihrer Tochter. Peter blickte zu Megan und dann durchs Zimmer. Er begann, hin und her zu laufen, und seine Nervosität war spürbar, als wäre er unsicher, wie er antworten sollte.

Megan wartete darauf, dass Peter Emma korrigierte, aber das tat er nicht. Die Spannung im Zimmer wurde unerträglich.

»Wenn du dich morgen besser fühlst, kannst du natürlich wieder mit Daddy gehen, Schätzchen.«

Bei Megans Worten wurde das Lächeln auf Emmas Gesicht größer, und sie entspannte sich. Megan überhörte jedoch nicht das leise Stöhnen von Peter, bevor er das Zimmer verließ.

»Peter«, rief sie ihm nach. Er hielt oben an der Treppe, direkt vor Emmas Zimmer, und sein Rücken war steif, während eine Hand am Geländer ruhte. »Peter«, rief sie erneut und wartete darauf, dass er sich umdrehte und sie ansah. Aber das tat er nicht. Er verschwand aus ihrem Blickfeld.

Auf Megans Oberschenkeln wurde es feucht, als der nasse Lappen, den sie fallen lassen hatte, ihre Shorts durchweichte. Sie nahm ihn in die Hand und beugte sich über Emmas Körper. Während sie mit dem Lappen sanft über die Stirn ihrer Tochter strich, wartete sie, ob Emma ihre Augen wieder öffnen würde. Sie wollte sie zu den Tagen befragen, an denen sie mit Peter unterwegs gewesen war. Keiner von beiden hatte ihr etwas Genaues davon erzählt, und sie hatte niemals daran gedacht, nachzufragen, wie es ablief. Vielleicht hätte sie das tun sollen.

Aber Emmas Augen blieben geschlossen, und ihr Atem ging jetzt regelmäßiger. Sie war endlich eingeschlafen. Als ob das Versprechen, das Megan gegeben hatte, alles war, was Emma gebraucht hatte.

Sie sollte dankbar sein, dass Emma schlief. Warum tat ihr also der Magen weh? Warum hatte sie plötzlich das Gefühl, dass etwas hinter ihrem Rücken vor sich ging, etwas, das ihr Leben auf eine Weise ändern würde, die ihr nicht gefiel?

KAPITEL DREIUNDZWANZIG

Das Knirschen der Schaukel mischte sich unter den Chor der Geräusche um Jack herum, als er mit seinem Fuß etwas Druck ausübte, um die Schaukel weiter schwingen zu lassen.

Es gab doch nichts Besseres, als an einem warmen Sommertag auf seiner vorderen Veranda zu entspannen. Jetzt bräuchte er nur noch ein schönes Glas Eistee, dann wäre das Leben perfekt. Nun ja, fast perfekt. Jack vermied es, den Karton neben ihm anzusehen.

Er hatte die letzten Stunden damit zugebracht, sich um den Vorgarten zu kümmern, irgendetwas zu tun, um sich zu beschäftigen. Das Gras war gemäht, die Büsche getrimmt und die Blumenbeete sahen besser aus als je zuvor. Dotties kleiner Baum mitten im Garten gedieh trotz der Hitze. Alles in seiner Welt war gut.

Endlich.

Mit zurückgelehntem Kopf und geschlossenen Augen griff Jack nach dem Handtuch, das er auf das Kissen neben sich gelegt hatte, und wischte sich den Schweiß von der Stirn. Ein leises Surren neben ihm brachte ihn dazu, die Augen zu öffnen, und er sah die größte Hummel, die er je gesehen hatte, über dem Karton schweben, den er nach draußen mitgenommen, aber zu vergessen versucht hatte.

»Husch, husch. Da ist nichts für dich drin.« Jack wedelte die Hummel fort.

Er beäugte den Karton mit einem unguten Gefühl. Pandoras Box, dank Dottie. Wenn er ihn öffnete, würde seine Welt auf eine Weise geändert werden, für die er eventuell nicht bereit war. Er hatte fast schon Lust, den Karton zurück in Dotties Schrank zu stellen und sich an einem anderen Tag darum zu kümmern. Aber das würde er nicht tun. Er war noch nie in seinem Leben vor einem Kampf davongelaufen, und würde es auch jetzt nicht tun.

»Oh, Dottie, was hast du nur getan?«

Jack rutschte umher, bis er gerade saß, dann nahm er den Karton auf den Schoß. Er bemerkte, dass seine Hände zitterten, als er den Deckel abhob, und er fluchte. Es war nichts darin, womit er nicht umgehen konnte. Nichts, das ihn umbringen würde. Ihn vielleicht verletzen, ja, aber umbringen? Nein. Nicht jetzt.

Er zog die Decke heraus, die ihn bis in seine Träume verfolgte. Er blickte die Notiz nicht an und faltete die Decke so, bis die Notiz verborgen war. Es war möglich, dass Dottie diese Decke für ein künftiges Enkelkind gestrickt hatte, von dem sie gehofft hatte, dass Mary es haben würde.

Möglich.

Aber nicht wahrscheinlich. Er kannte Dottie besser. An der Wolle war nichts Außergewöhnliches. Tatsächlich hatte er mehr als ein Dutzend Babymützen und -socken in Kartons verpackt, die seine Frau in derselben Farbe gestrickt hatte.

Nachdem die Decke aus dem Karton heraus war, lag nicht viel anderes drin – ein geöffneter Brief und ein rosa Tagebuch. Jack nahm beides heraus und legte es auf seinen Schoß. Zuerst öffnete er das Tagebuch und versuchte sich zu erinnern, ob er Dottie jemals darin hatte schreiben sehen. Erst, als er es geöffnet und die leeren Seiten durchgeblättert hatte, wurde ihm klar, dass er es nie gesehen hatte. Nur auf der ersten Seite stand etwas geschrieben.

An meine Enkelin,

Ja, ich weiß, du bist noch nicht einmal geboren und du könntest auch ein Junge werden, aber ich glaube nicht, dass das passiert. In unserer Familie waren die Erstgeborenen immer Töchter, und es gibt keinen Grund, warum es bei deiner Mutter anders sein sollte.

Dieses Tagebuch ist mein Geschenk an dich. Ich bin älter, als mir gefällt, und ich weiß, dass ich vielleicht nicht immer da sein kann, um dir Geschichten zu erzählen und Weisheiten mitzugeben. Eines Tages, wenn du vielleicht etwas älter bist, wird deine Mutter dir dieses Tagebuch geben und dir erklären, warum dies mein Andenken für dich ist. Ich hoffe, deine Mutter wird es zuerst lesen und erkennen, wie sehr ich sie liebe.

Du wirst in eine Welt geboren werden, die sich sehr von der meinen unterscheidet, aber wir Frauen müssen zusammenhalten.

In dem Augenblick, in dem mir deine Mutter erzählte, dass sie schwanger ist, wusste ich, dass du ein Geschenk Gottes bist. Eine zweite Chance für diese alte Frau, die Dinge ein wenig anders anzugehen. Diesmal vielleicht sogar alles richtig zu machen.

Höre immer auf deine Mutter, meine Kleine. Du verstehst ihre Entscheidungen vielleicht nicht immer und stimmst nicht mit ihnen überein, aber glaub mir: Sie liebt dich mehr als ihr Leben. Das ist ein Geschenk, das alle Mütter weitergeben können – Liebe.

In ewiger Liebe
deine Großmutter

Jacks Augen brannten, als er das Buch zurück auf seinen Schoß legte. Es hatte also ein Enkelkind gegeben. Dottie hatte keinen Fehler gemacht. Ein kleiner Same der Hoffnung spross in Jacks Herz. War es möglich, dass Emmie doch seine Enkelin war?

Er nahm den Brief in die Hand und sah sich den Absender an. Mary. Auf Anhieb fielen ihm nur drei Briefe ein, die seine Tochter geschickt hatte, nachdem sie weggelaufen war, und die waren alle an ihn adressiert gewesen.

Er zog den Brief hervor, und ein Schraubstock legte sich um sein Herz. Er vermisste seine Tochter mehr, als er es für möglich gehalten hätte. In der Vergangenheit hatte er immer in der Hoffnung gelebt, dass sie nach Hause kommen würde, dass sie das heilen konnten, was sie als Familie auseinandergerissen hatte. Er hatte geglaubt, ihr Schweigen in den letzten zwei Jahren war ihrer Sturheit zu verdanken. Niemals hätte er gedacht, dass sie tot war. Nicht einmal. Sicher zu wissen, dass sie tot war, dass er sie niemals wiedersehen würde, niemals mehr ihre Stimme hören würde ... darin lag eine Endgültigkeit, die er nicht verarbeiten konnte. Er hätte die Möglichkeit bekommen sollen, sie richtig zu betrauern, zusammen mit Dottie. Stattdessen musste er gleichzeitig um Frau und Tochter trauern, und das konnte er nicht verkraften. Jedenfalls nicht richtig. Kein Wunder, dass es seinem Herz nicht gut ging. Der Kummer, die Trauer, sie fraßen Tag und Nacht an ihm. Der einzige Lichtblick in seinen Tagen war jetzt Emmie.

Seine Sicht verschwamm, als er den Brief von Mary an Dottie las. Er wollte aufhören, wollte die Worte nicht auf sich wirken lassen, aber er konnte nicht anders. Wie hatte Dottie ihm das verschweigen können? Wie hatte Mary das vor ihm geheim halten können? Wie konnte es sein, dass er es nicht gewusst hatte? Es hätte doch sicher Zeichen gegeben? Irgendwelche Hinweise? Er überprüfte das Datum und versuchte sich zu erinnern, ob er Mary zu jener Zeit besucht hatte. Aber er konnte sich nicht erinnern. Wie konnte er sich nicht erinnern?

Liebe Mom,

es tut mir leid. Ich weiß, du siehst diese Decke, und ich kann mir nur vorstellen, welche Gedanken dir gerade durch den Kopf gehen.

Es gibt nur einen Weg, das zu sagen. Du warst diejenige, die mir beigebracht hat, die Dinge auszusprechen. Ich habe ein wunderschönes Mädchen zur Welt gebracht, aber sie kam zu früh. Sie haben gesagt, es war eine Frühgeburt. Was sie nicht gesagt haben, war, dass es meine Schuld war.

Kannst du diese Decke behalten und sie für mich weglegen? Eines Tages werde ich sie brauchen, selbst wenn es nur dafür ist, um mich an sie zu erinnern.

Ich habe sie Emily genannt.

Bevor du etwas sagst, ich weiß, dass es meine Schuld war. Ich habe es versucht. Wirklich versucht. Aber ich bin nicht so stark wie du. Ich dachte nicht, dass die Drogen so etwas anrichten würden. Oder vielleicht dachte ich es doch. Vielleicht wollte ich sie nicht genug, um damit aufzuhören. Ich weiß es nicht. Was ich weiß, ist, dass ich nachgegeben habe und sie den Preis zahlen musste.

Sie war winzig. Die Krankenschwestern haben mir erlaubt, sie zu halten. Sie hätte in Dads Hand gepasst. Sie hatte all ihre Finger und Zehen und eine winzige kleine Nase. Sie war perfekt. Und zum ersten Mal verstand ich ein wenig von dem, was du mir erzählt hast, von dieser Liebe. Es ist eine Weile her, dass ich es gesagt habe, aber ich liebe dich, Mom.

Bitte sei nicht von mir enttäuscht. Ich bin selbst genug von mir enttäuscht. Und bitte, bitte erzähl es nicht Dad. Ich weiß, du hast versprochen, ihm nicht zu erzählen, dass ich schwanger bin, bis ich bereit bin. Jetzt will ich, dass er es niemals erfährt.

Mary

Jack las den Brief seiner Tochter an seine Frau wieder und immer wieder. Er hatte nicht geglaubt, dass sein Herz noch einmal brechen konnte, aber er hatte sich geirrt.

Vor Brewster's Bakery hatte sich eine Schlange gebildet, die bis um die Ecke reichte. So war es jede Woche. Alle wollten Jans hausgemachte Zimtschnecken mitnehmen, und sie machte einmal pro Woche zusätzliche Portionen. Aber sobald die ausverkauft waren, war Schluss. Es gab immer zwei Schlangen an diesen Tagen. Eine, nur um Zimtschnecken zu bestellen, und eine, um drinnen zu essen. Megan wählte die Schlange, um drinnen zu essen und hielt kurz inne, als der Geruch aus der offenen Tür sie traf. Sie atmete das süße Aroma frisch gebackener Zimtschnecken ein, als sie in den Laden trat.

»Hallo, Süße«, rief Jan, während Megan sich ihren Weg zwischen den bevölkerten Tischen bahnte und sich zum letzten leeren Barhocker in der hintersten Ecke durchquetschte. Sie nahm den gerade eingeschenkten Kaffee, den Jan vor ihr abstellte, vergrub ihre Nase in der Tasse und atmete tief ein.

»Was ist das?«

Ein Grinsen erstrahlte auf Jans Gesicht.

»Karamel-Pekanusskuchen. Eine neue Lieferung mit einer Auswahl aromatisierter Kaffees ist eingetroffen. Das ist mein kleines Stück vom Himmel.«

Megan blickte über ihre Schulter. »Ich glaube, deren kleines Stück vom Himmel sind deine Zimtschnecken.« Sie schüttelte den Kopf über die lange Schlange.

»Wie war die Party gestern?«

»Der beste Tag in Alexis' Leben, zumindest ihren Worten nach. Emma hat allerdings einen Sonnenstich abbekommen; sie ist im Moment mit Peter zu Hause.« Megan wusste, dass ihre Stirn von Sorgenfalten überzogen war. Es war Peters Idee gewesen, dass sie heute Morgen für einen Kaffee ausging. Sie hatte die halbe Nacht an Emmas Seite gewacht. Als sie ging, war das Fieber gesunken, und ihre Tochter hatte tief geschlafen. Sie schaute zurück zur Schlange. »Hast du mal darüber nachgedacht, diese Zimtschnecken in Supermärkten zu verkaufen?«

Jan zuckte mit den Achseln. »Nein. Aber ich habe darüber nachgedacht, im Herbst einen weiteren Laden in Hanton zu eröffnen.«

Megans Augen wurden groß, und sie verschluckte sich an dem Kaffee, an dem sie gerade genippt hatte. Sie hatte Jan schon ewig zu überzeugen versucht, einen weiteren Laden zu eröffnen.

»Ich dachte, du kannst mir vielleicht helfen?«

Megan dachte einen Moment darüber nach, schüttelte dann aber den Kopf. »Ich bin mir nicht sicher, dass ich es schaffen würde, jeden Tag nach Hanton zu fahren.« Es war zu weit weg von den Mädchen.

»Nicht dort. Hier. Du könntest mir helfen, den Laden hier zu managen.«

Megan war nicht sicher, was sie sagen sollte. Sobald die Kinder im Herbst wieder in die Schule gingen, wusste sie nicht, was sie mit ihrer Zeit anfangen sollte, und es wäre schön, ihre Fähigkeiten wieder nutzen zu können. Sie hatte einen Abschluss in Wirtschaft und früher mit Peter im Büro gearbeitet und sich um die alltäglichen Aufgaben gekümmert. Aber das hier war eine große Veränderung. Mehr als nur Peter mit den Büchern zu helfen oder ein paar mehr Kunden anzunehmen und von zu Hause aus zu arbeiten.

»Denk darüber nach; mehr verlange ich nicht.«

Megan nickte. Sie würde darüber nachdenken. Als Jan wegging, sah sich Megan in der Bäckerei um und dachte darüber nach, wie es wäre, hier zu arbeiten. Es würde lange Tage mit müden Füßen geben, aber sie wusste, dass sie auch ein Gefühl der Erfüllung erfahren würde, das sie in letzter Zeit nicht hatte. Natürlich, wenn das Sichere-Wege-Programm wieder anlief, würde Megan sich wieder gebraucht fühlen, aber das lief jetzt schon problemlos … so problemlos, dass sie eigentlich nicht mehr gebraucht wurde.

Sie trank ihren Kaffee aus und lächelte, als Jan eine Schachtel mit Zimtschnecken und einen Kaffee zum Mitnehmen vor ihr abstellte.

»Denk dran, du hättest als Erste Zugriff auf alle Backwaren …« Jans Augen funkelten, als sie Megans Geld mit einer Handbewegung ablehnte.

»Mit Bestechung kommst du bei mir nicht weit.«

In gespielter Überraschung riss Jan die Augen auf. »Wer hat gesagt, dass ich dich besteche? Die sind für Peter.«

Megan kicherte, während sie sich nach vorn beugte und ihre Freundin über die Theke hinweg umarmte. Sie bahnte sich einen Weg durch die vollen Tische und erblickte Shelly Belle, als sie plötzlich gegen jemanden stieß. Megan hielt die Kaffeetasse hoch, als der Kaffee durch das kleine Loch spritzte.

»Tut mir leid«, sagte sie, dann blickte sie auf und erkannte, dass Riley direkt vor ihr stand. Röte überzog ihren Hals, als er sie an den Oberarmen festhielt, um sie zu stabilisieren.

»Hey, äh … ich hab dir gerade eine Nachricht auf dem Handy hinterlassen.« Riley trat ihr aus dem Weg und lief neben ihr her.

»Hast du?« Megan runzelte die Stirn. Ihr Telefon hatte nicht geläutet. Sie griff in die Tasche nach ihrem Handy und stellte fest, dass sie es zum Aufladen zu Hause gelassen hatte.

»Wenn es um dich und Laurie geht …« Sie wollte nicht darüber reden. Nicht hier. Nicht jetzt, und vor allem nicht mit ihm.

Riley schaute verlegen drein und schüttelte den Kopf. »Nein, aber, äh ...«

Megan hielt eine Hand hoch. »Nein. Schon okay. Alles gut. Es hat mich nur überrascht. Ich hatte keine Ahnung von dir und ihr.« Was am meisten wehtat. Von allen verfügbaren Frauen in der kleinen Stadt hatte er ausgerechnet ihre beste Freundin auswählen müssen. Was ihr nur ihr schlechtes Urteilsvermögen unter die Nase rieb. Wenn das, was zwischen ihm und Laurie war, ernster wurde, wie lange würde es wohl dauern, bevor die Erinnerung ihres Kusses verblasste?

Riley seufzte. »Sie wollte mit dir reden. Wird mit dir reden. Sie, äh …« Er blickte sich hilflos um, während er darum kämpfte, seinen Satz zu beenden.

Megan schluckte ihren Kaffee hinunter und beschloss, sich seiner zu erbarmen. Sie streckte die Hand aus und berührte kurz seinen Ellbogen.

»Es ist okay.«

Erleichterung zeigte sich auf seinem Gesicht. »Gut. Gut. Hör zu.« Er lächelte sie an. »Ich wollte dir nur Bescheid geben, dass die einstweilige Verfügung gegen Jack aufgehoben wurde.«

Megan trat einen Schritt zurück. Was? Was meinte er mit »sie wurde aufgehoben«? Das war das Zugeständnis, das sie gemacht hatte, anstatt ihn anklagen zu lassen. Dieser Mann sollte keinen Kontakt zu Emma haben. Sie hatte seine ersten Briefe durchgehen lassen, weil Emma ihm Bilder schicken wollte, aber er durfte sie nicht anrufen, sehen oder irgendetwas anderes.

Riley musste die Verwirrung auf ihrem Gesicht bemerkt haben.

»Ich habe Peter versprochen, ich würde ihm Bescheid sagen, sobald die Sache erledigt ist.«

Megan stockte der Atem, und sie konnte kaum noch atmen, bis sie winzige dunkle Kreise vor ihren Augen aufblitzen sah. *Oh mein Gott …*

Peter. Peter hatte das getan. Warum? Jetzt ergab Emmas Flehen an Peter von letzter Nacht Sinn.

»Meg, geht es dir gut?« Rileys Berührung brachte Megan zurück in die Realität und zwang sie dazu, die Luft aus ihrer Kehle zu lassen. Sie zählte bis fünf, atmete tief ein und aus, genau wie Kathy es ihr geraten hatte.

Sie zwang sich zu einem kleinen Lächeln.

»Danke fürs Bescheidgeben. Ich werde … werde es Peter sagen.« Sie hielt die Schachtel mit den Zimtschnecken hoch. »Ich bringe die mal lieber nach Hause, solange sie noch warm sind. Danke.«

Sie schob sich an Riley vorbei und ignorierte, dass er ihren Namen rief, während sie sich durch die überfüllte Vordertür drängelte. Sie hielt ihren Blick auf den Boden gerichtet und zwang sich, aufrecht zu gehen, bis sie es zu ihrem Wagen geschafft hatte.

Selbst da gab sie sich noch nicht ihrer Wut hin. Erst musste sie mit Peter sprechen. Ihn erklären lassen, warum er etwas tun würde, wogegen sie so unbedingt war. Ihn erklären lassen, warum er glaubte, es wäre in Ordnung, den kleinen Schutz wegzunehmen, den ihre Tochter hatte, ohne vorher mit ihr zu reden.

Und wenn ihr seine Antworten nicht gefielen, würde ihm ihre Reaktion nicht gefallen.

KAPITEL VIERUNDZWANZIG

28. Februar

Geheimnisse. Sie können eine Ehe vernichten oder sie stärker machen. Das habe ich immer geglaubt.

Die schlimmsten Geheimnisse sind die, die dich von innen auffressen, wenn du weißt, du musst ehrlich sein und dich den Konsequenzen stellen, aber du zu viel Angst hast. Dann gibt es noch die anderen. Die Geheimnisse, die du bewahrst, um bei Verstand zu bleiben.

Jack hat seine eigenen Geheimnisse, von denen er glaubt, dass ich sie nicht kenne. Die, die er bewahrt, weil er glaubt, mich damit zu schützen.

Ich habe nicht viele Geheimnisse vor ihm. An den meisten Tagen erinnere ich mich nicht einmal an sie; an anderen Tagen lasten sie auf mir, bis ich das Gefühl habe, so tief begraben zu sein, dass ich nicht mehr atmen kann.

Heute war einer dieser Tage.

Mein Mann schläft wie ein Toter neben mir – abgesehen von seinem Schnarchen – während ich mich im Bett herumwälze und keine Ruhe finde. Mein Geheimnis wiegt zu schwer auf mir. Aber es gibt keine Erlösung, keinen Weg hinaus. Jedenfalls keinen, den ich sehen könnte.

Mit einem Tablett Kaffee und den Zimtschnecken in ihren Händen tippte Megan mit dem Zeh gegen die leicht geöffnete Tür zu Peters Bürozimmer, dann stieß sie sie mit dem Fuß auf. Eine lodernde Flamme des Zorns brannte in ihr, aber anstatt Peter direkt mit ihren Vorwürfen zu überhäufen, hatte sie sich erst einmal beruhigen wollen, und daher Kaffee gemacht und Laurie angerufen. Allerdings war die nicht ans Telefon gegangen. Wieder mal.

»Hey.« Peter blickte kaum zu ihr auf, sondern saß zusammengesunken vor seinem Computer. Ein kleines Piepen ertönte, das Megan als Chatbenachrichtigung erkannte.

»Sprichst du mit einem Kunden?« Sie stellte Peters Kaffee vor ihm ab und setzte sich dann auf einen der Stühle im Zimmer.

Er riss den Kopf hoch und verschüttete den Kaffee, den er gerade erst in die Hand genommen hatte. »Was? Nein.«

Megan hob die Augenbrauen, nahm einen Schluck Kaffee und starrte ihren Mann an.

Der Benachrichtigungston erklang erneut.

»Ich sehe ja, dass du heute Morgen von zu Hause aus arbeitest, aber könntest du das Geräusch ein paar Minuten abstellen?«

Peter drückte mit dem Zeigefinger einen Knopf auf seiner Tastatur, schob sich von seinem Schreibtisch und stand auf. Megan sah zu, wie er sich streckte und die müden Muskeln lockerte.

»Wenn es kein Kunde war, wer war es dann?« Megan wartete, bis er sich im Stuhl ihr gegenüber hingesetzt hatte, bevor sie erneut nachfragte. Sie hatte schon eine Ahnung, wer es war, aber es wäre schön, wenn er es ihr selbst sagen würde.

Peter hielt die Tasse in seinen Händen und starrte hinein. Die Stille im Zimmer dehnte sich aus, bis sie sich wie eine erstickende Decke um Megan wickelte.

»Gibt es ein Problem?« So sehr sie es auch versuchte, sie konnte den Zorn in ihrer Stimme nicht verstecken. Peter hörte es, hob den Kopf und sah sie aus seinen müden Augen an.

»Nein«, Peter schüttelte den Kopf. »Es war Sam. Aber es ist nicht, was du denkst … weshalb ich … du neigst immer dazu, überzureagieren, wenn sie es ist …«

»Das ist keine Entschuldigung«, unterbrach Megan ihn.

Peter lehnte sich vor. »Ich weiß.«

Das war alles, was er sagte. *Ich weiß*. Als würde das einen Unterschied machen.

Sie ließ die Stille zwischen ihnen zu. Sie wollte, dass er ihr das von sich aus erzählte, ohne dass sie es ihm aus der Nase ziehen musste. Sie wollte endlich einmal die Wahrheit. In letzter Zeit schien das immer zu viel verlangt zu sein.

»Ich dachte, du hättest gern eine von Jans Zimtschnecken.« Sie zeigte auf den Teller auf dem Tablett.

Sie sah zu, wie er ein paar Bissen nahm und das Gebäck genoss, doch er vermied es, sie anzublicken.

»Du wirst nicht glauben, wem ich in der Bäckerei begegnet bin.«

Peter nahm einen weiteren Bissen von der Zimtschnecke und sah sie fragend an.

»Kommissar Riley.« Sie sah, wie er darum kämpfte zu schlucken. »Er wollte sicherstellen, dass du seine Nachricht erhältst.«

Man hätte eine Stecknadel auf Peters Schreibtisch fallen hören können. Megan wollte den schockierten Blick mit ihrer Zimtschnecke vom Gesicht ihres Mannes wischen, aber sie mochte Jans Gebäck zu sehr, um es auf diese Weise zu verschwenden.

Während sie einen Bissen von ihrer eigenen Zimtschnecke nahm, versuchte sich Peter zu räuspern.

»Hör zu, ich wollte …« Peters Kampf war offensichtlich. »Ich wusste nicht …«

Megan hatte kein Mitleid mit ihm, während er darum kämpfte, sich ihr zu erklären. Sie konnte gerade noch so ihren Zorn zurückhalten. Selbst Kathy wäre stolz darauf, wie sie sich gerade hielt.

»Erzähl mir einfach die Wahrheit, Peter. Um mehr bitte ich dich nicht.«

Peter atmete tief aus. »Die Wahrheit?«

»Das verdiene ich doch wohl zumindest, oder?« Sie beugte sich in seine Richtung vor und wartete. Verschiedene Emotionen überzogen Peters Gesicht, während der suchend in ihr Gesicht blickte. Was erwartete er zu finden? Akzeptanz?

»Er ist ein alter Mann, Megan.« Peter lehnte sich nach vorn. »Er hat alles verloren und ich … glaube einfach nicht, dass er eine Bedrohung für Emma darstellt. Also habe ich Kommissar Riley gebeten, die einstweilige Verfügung zu kippen. Sie war nicht nötig.«

Megan lehnte sich in seinem Stuhl zurück. »Du hast nicht daran gedacht, das erst mit mir zu besprechen?«

»Nein.«

Die Wucht dieses einen Wortes traf sie hart. Er hatte es nicht vergessen, sondern absichtlich nicht zuerst mit ihr gesprochen.

»Warum nicht?«

Peter verschränkte die Hände und starrte in die Ferne. »Weil du nicht gewillt bist, deine Wut loszulassen. Du konzentrierst dich nur darauf, Emma vor allem und jedem zu schützen, was ihr schaden könnte.«

Megans Brust verengte sich, als sie Peter anstarrte und versuchte, seine Worte zu verarbeiten.

»Das ist nicht fair«, flüsterte sie. »Ich versuche es, Peter. Ich versuche es wirklich.«

Peter stieß die Luft aus. »Ich weiß. Und du hast recht, ich hätte es dir sagen sollen. Du musst mir bei dieser Sache vertrauen. Er wird ihr nicht wehtun, nicht auf die Art, vor der du Angst hast. Siehst du nicht, wie sehr sie ihn vermisst?«

Megan nickte. »Ich sehe es. Und ich hasse es. Ich hasse es, dass er die Gelegenheit hatte, ihr so viel zu bedeuten. Es ist nicht fair.«

»Es tut mir leid.«

Megan wischte die Tränen weg und schaute überrascht auf.

»Was denn?«

»Dass ich dir nicht genug vertraut habe. Ich hätte es dir sagen sollen.«

Megan neigte den Kopf. Jetzt hatte er das eigentliche Problem angesprochen. »Ja, das hättest du. Aber das hast du nicht. Warum? Was verheimlichst du vor mir? Du hast ihn gesehen, richtig? Und Emma auch. Das habt ihr vor mir verborgen, nicht wahr? Deshalb wollte sie unbedingt, dass du sie mitnimmst, und deshalb hast du die einstweilige Verfügung aufgehoben. Oh mein Gott …« Megan schlug sich die Hand vor den Mund. »Und dir war egal, wie ich mich dabei fühle?«

»Stopp!« Peter kniff die Augen zusammen und sah grimmig drein. »Genau deshalb habe ich dir nichts gesagt.« Er rieb sich das Gesicht. Der Blick auf seinem Gesicht, als er seine Hände wegnahm, alarmierte Megan. Seine Lippen waren schmal, der Kiefer zusammengepresst.

»Ich verstehe nicht.«

Peter zuckte mit den Achseln. »Was gibt's da nicht zu verstehen? Emma ist zu Hause, sie ist sicher, sie ist glücklich, und dennoch scheinst du das nicht akzeptieren zu können. Es ist, als würdest du darauf warten, dass wieder etwas Schlimmes passiert. Du bist im Panikmodus, Meg. Die. Ganze. Zeit.

Und das ist anstrengend. Du bist ausgelaugt – wir sind ausgelaugt.«

Bei seinen Worten verflog Megans Zorn. Er hatte recht. Natürlich hatte er recht. Sie rieb sich die Stirn und ließ seine Worte auf sich wirken.

»Megan, ich liebe dich.« Er beugte sich vor, legte eine Hand auf ihr Knie und drückte es. »Du musst mir bitte vertrauen.«

Megan hob die Hände, um ihn abzuhalten, das zu sagen, was immer er noch sagen wollte. Er verlangte viel von ihr. Vielleicht zu viel. Ihr Körper war angespannt, als sie versuchte, alles in sich aufzunehmen. Er vertraute ihr nicht. Das traf sie hart. Er hatte die Tatsache, dass Emma diesen Mann traf, einfach umgangen und ihr das alles so an den Kopf geworfen, als wäre es ihre Schuld. Langsam senkte sie die Hände und ballte sie an den Seiten. Sie konnte ihn nicht ansehen, noch nicht, also starrte sie stattdessen einfach nur mit leerem Blick aus dem Fenster.

»Es ist nicht fair, dass du mir die ganze Schuld gibst«, flüsterte sie. »Es ist nicht fair, von dir zu wollen, dass ich dir vertraue, wenn du mir ganz offensichtlich nicht vertraust.« Eine Schwere legte sich auf ihr Herz. Da war sie. Das war die Belastungsgrenze ihrer Beziehung. Sie hatte in seinen Augen als Mutter versagt und wahrscheinlich auch als Ehefrau. Sie drehte sich zu ihm um und wünschte, sie hätte es nicht getan.

Peter sah sie mit ernstem Blick an, dann stand er auf. Sie war nicht sicher, ob sie wissen wollte, was dieser Blick bedeutete, aber anscheinend hatte sie in der Angelegenheit keine Wahl. Er nahm einen Ordner in die Hand, und Megans erster Gedanke war, dass das der Moment war, vor dem sie sich das ganze letzte Jahr gefürchtet hatte: In diesem Ordner waren die Scheidungspapiere. Er konnte es nicht mehr ertragen.

Er konnte sie nicht mehr ertragen – ihre Unsicherheit, ihre Sturheit, ihre Unfähigkeit, mehr als nur ihre jüngste Tochter zu sehen. Megans sämtliche Ängste traten mit Wucht hervor, und sie war nicht darauf vorbereitet.

Megans Hände zitterten, als sie nach dem Ordner griff, den er ihr hinhielt. Ihre Brust war schwer und das bedrohliche Gewicht der Angst umklammerte ihre Schultern. Sie biss sich auf die Lippe, während sie den einfachen braunen Umschlag anblickte.

»Es ist nicht das, was du denkst«, sagte Peter und setzte sich wieder.

Megan befeuchtete ihre Lippen, legte den Umschlag auf ihren Schoß und öffnete ihn langsam. Als sie erkannte, was sich darin befand, blieb die Zeit stehen. Ihre Nasenflügel blähten sich, und sie riss überrascht die Augen auf.

»Ich verstehe nicht.« Das ergab keinen Sinn. Es war nicht möglich.

Peter fuhr sich mit den Fingern durchs Haar und stützte sich dann mit seinen Ellbogen auf den Knien ab. Er hatte sein Haar so durchwühlt, dass es jetzt in alle Richtungen abstand. Megan wollte ihre Hand ausstrecken und es zurückstreichen, aber sie widerstand der Versuchung.

»Ich habe angeboten, Sam aus der Firma herauszukaufen. Sie hat eingewilligt.« Er spielte mit seinen Daumen, während sie wieder auf die Papiere im Umschlag starrte.

»Du hast was?« Megan fiel es schwer, das Ganze gedanklich zu erfassen. In der einen Minute sprachen sie über die einstweilige Verfügung und ihr Versagen als Mutter, und in der nächsten diskutierten sie einen Geschäftsabschluss?

»Wie können wir es uns leisten, sie herauszukaufen? Sie ist reingekommen, weil wir kämpfen mussten.« Nichts davon ergab Sinn. Sie hatten kein Geld, allein durchzukommen, ganz zu schweigen davon, Samanthas Anteile zu kaufen.

»Aber das tun wir nicht mehr, Meg. Ich habe im vergangenen Jahr ein paar wirklich gute Abschlüsse gemacht. Es geht uns gut.«

Megan schloss den Ordner und lehnte sich zurück. Sie nahm ihren Kaffee in die Hand und versuchte, sich das zurückliegende Jahr ins Gedächtnis zu rufen. Also all diese langen Nächte, Meetings, der leere Platz neben ihr im Bett, wenn sie mitten in der Nacht aufwachte – das war nicht deshalb gewesen, weil Peter nicht bei ihr sein wollte?

»Sam bedeutet mir nichts, Meg. Sie war nur eine Geschäftspartnerin.«

»Aber sie ...«, begann Megan.

»Ist zwischen uns gekommen«, beendete Peter für sie. Er stand auf und nahm ihre Hände in seine. »Ich weiß, dass noch nicht alles perfekt ist und dass wir noch einen langen Weg vor uns haben, aber dich zu verlieren, unsere Ehe, die Kinder ... das ist es nicht wert. Nicht für mich. Also haben wir ein Geschäft gemacht. Sie zieht weg und wird ihr eigenes Unternehmen gründen.« Er zog sie an sich und schlang die Arme um sie.

Megan zögerte, ihr Körper war angespannt. Das alles war zu viel, zu früh. Zu schnell. Sie schob sich von Peter und sank zurück auf den Stuhl.

»Die ganze Zeit hab ich gedacht, du würdest dich darauf vorbereiten, mich zu verlassen. Die SMS-Nachrichten, die späten Arbeitszeiten ... ich habe die ganze Zeit nur darauf gewartet, dass du mir sagst, du hättest genug.«

»Niemals.« Peter kniete vor ihr und nahm ihre Hand.

Megan starrte auf ihre Hände. »Vertrauen muss auf Gegenseitigkeit beruhen, Peter. Wenn du willst, dass ich dir vertraue, dann musst du dasselbe tun. Vertrau mir, wenn ich dir sage, dass es noch nicht an der Zeit ist, Jack in Emmas Leben zu lassen. Noch nicht. Vielleicht irgendwann, wenn sie älter ist, wenn ich weiß ...« Sie stoppte, als ihr klar wurde, was sie beinahe zugegeben hätte. Wenn Megan bereit war, damit umzugehen, dass Jack zu Emmas Leben gehörte. Es lief immer wieder auf sie hinaus, nicht wahr? Peter hatte recht.

»Sie ist bereit. Sie ist bereit seit dem Tag, an dem wir sie nach Hause gebracht haben. Sie braucht ihn, Meg.« Peters Stimme war emotionsgeladen, und er klang sehr sicher.

Ihre Lippen zitterten, als sie sich vorbeugte und dabei den Blick auf ihre Hände gerichtet hielt.

»Aber was, wenn ich es nicht bin?«

KAPITEL FÜNFUNDZWANZIG

Nach der Aufregung gestern plante Megan einen schönen ruhigen Tag, an dem sich die Mädchen entspannen und Emma erholen konnten. Sie schlug nach einer Biene, die um ihre Hand herumsummte, und wässerte ihre Blumen mit der Gießkanne. Sie machte das üblicherweise am Vormittag, bevor es zu heiß wurde.

»Klopf, klopf.«

Megan drehte sich um und sah Laurie am Garteneingang stehen und eine kleine weiße Flagge schwenken.

»Ein bisschen übertrieben, findest du nicht?« Megan stellte die Gießkanne aufs Gras und wischte sich die Hände an ihren Shorts ab.

Laurie zuckte mit den Achseln. »Nur zur Sicherheit.«

Auf dem Tisch neben Laurie standen zwei Tassen Kaffee und eine Tüte. Megan erkannte, dass die Tüte aus Brewster's Bakery stammte. »Friedensangebote?«

Sie fing den unsicheren Blick ihrer Freundin auf und das Zögern, als Laurie ihre Arme ausstreckte. Alexis' Geburtstag war zwei Tage her, und bis darauf, dass Laurie Alexis an jenem Abend zu einer Spätvorstellung ins Kino mitgenommen hatte, war sie auf Abstand geblieben.

Megan trat einen Schritt vor und umarmte ihre Freundin, weil sie wusste, dass diese das brauchte, auch wenn Megans Herz nicht ganz bei der Sache war. Es wäre gelogen, zu behaupten, dass Lauries Schweigen sie nicht noch immer verletzte. Nach einem Augenblick setzten sie sich hin, und jede nahm ihren Kaffee in die Hand, keine willens, die Stille zwischen ihnen zu durchbrechen.

Laurie zappelte nervös auf ihrem Stuhl herum, schlug erst die Beine übereinander, dann wieder zurück.

»Tut mir leid, dass ich nicht zu Alexis' Party gekommen bin. Ich war zu feige und wollte dir nicht gleich unter die Augen treten, aber das ist keine Entschuldigung.«

Megan schob die Flipflops von ihren Füßen und verschränkte diese unter ihren Beinen. »Ich hatte mir schon gedacht, dass du deshalb nicht aufgetaucht bist. Aber« – sie zuckte mit den Achseln – »ein Anruf wäre trotzdem nett gewesen.«

Laurie wurde rot. »Ich weiß. Ich habe versucht, das mit dem Kino wieder gutzumachen.«

Megan pustete sich eine Haarsträhne aus dem Gesicht, die ihr an der Wange kitzelte. »Ja, ich weiß. Alexis hat allerdings auch erwähnt, dass das nur ein Teil ihres Geschenks war. Du verwöhnst das Mädchen zu sehr.« Sie behielt einen lockeren Tonfall bei, in dem Versuch, das Unbehagen zwischen ihnen etwas zu zerstreuen.

Laurie schluckte sichtbar und sah dann zum Haus hinüber. »Ich tu das gern. Sie ist wie eine Miniausgabe von mir. Ich hatte gedacht, ich könnte sie heute zu einem Mädelstag mitnehmen. Vielleicht Hannah auch? Ich würde mit ihnen ins Einkaufszentrum fahren, damit wir uns ein paar Schulklamotten ansehen können, und dann mit ihnen etwas essen, nichts Übertriebenes.«

Megan lächelte. »Das würde den beiden gefallen. Alexis hat heute Morgen schon erwähnt, dass sie eigentlich eine völlig neue Garderobe braucht.«

Laurie fuhr sich mit den Händen durchs Haar. »Ja, das tut mir leid. Ich habe irgendwie fallenlassen, dass mich meine

Mom vor Schulanfang immer zum Shoppen mitgenommen hat, und ich danach meist eine völlig neue Garderobe hatte.«

Megan lächelte. »Der Sommer ist ja noch nicht vorbei. Aber danke, dass du mir einen Vorsprung gibst.«

»Nun, ich hoffe, das wird helfen.« Laurie räusperte sich und blickte hinaus in den Garten. »Wie geht es Emma? Peter hat erwähnt, dass sie sich bei der Party etwas überanstrengt hat.«

Megan sah in Richtung Haus. »Es geht ihr besser. Die Arme hatte einen Sonnenstich. Sie hat gestern praktisch den gesamten Tag verschlafen.«

»Lexi hat gesagt, das war der beste Geburtstag aller Zeiten. Und sie liebt ihre Golfschläger.«

Alexis hatte ihr dasselbe gesagt, aber zu wissen, dass sie damit vor Laurie geprahlt hatte, fühlte sich gut an. Peter hatte versprochen, sie dieses Wochenende zum Golfen mitzunehmen, und Alexis konnte es kaum erwarten.

Megan nahm noch einen Schluck von ihrem Moccacino und genoss den samtigen Schokoladengeschmack, der ihre Kehle hinunterglitt. Eine sanfte Brise spielte mit ihrem Haar, während Laurie weiter auf ihrem Sitz herumzappelte.

Zwischen ihnen stand eine Wand, aber anscheinend wollte keine von ihnen zugeben, sie zu sehen. Megan hatte gehofft, Laurie würde das Thema ansprechen, aber so wie ihre Freundin es vermied, sie anzusehen, hatte sie wahrscheinlich genau solche Probleme, einen Anfang zu finden, wie Megan.

»Na gut, wir müssen darüber reden«, platzte es schließlich aus Megan heraus.

»Oh, Gott sei Dank! Ich war mir nicht sicher ...« Laurie spielte mit der Tasse in ihrer Hand und sah dann auf.

»Wie du mir sagen sollst, dass du Riley datest?«

Laurie nickte, schüttelte aber gleich darauf den Kopf. »Wir daten nicht. Nicht wirklich.«

Megan warf ihr einen Blick zu, der sagte *Du machst wohl Witze*.

»Ich verstehe nur einfach nicht, warum du es mir nicht sagen wolltest. Euch einander küssen zu sehen, war nicht unbedingt ... Na ja, sagen wir einfach, ich war nicht wirklich darauf vorbereitet.« Megan versuchte, einen neutralen Tonfall beizubehalten, der fragend und nicht anklagend war.

Laurie schloss die Augen und seufzte. Sie lehnte sich in ihrem Stuhl zurück, stellte die Tasse auf dem Tisch ab und faltete die Hände.

»Ich wusste nicht, wie ich es dir sagen soll«, wich Laurie aus.

Megan lehnte sich nach vorn. »Wir haben keine Geheimnisse voreinander. Selbst, wenn das bedeutet, den anderen zu verletzen. Erinnerst du dich noch?«

Lauries Blick fiel auf ihre Hände. »Meg, es ... es tut mir leid. Wenn es irgendjemand anderes als er gewesen wäre ...«

Megan lehnte sich zurück. »Was soll das heißen?«

»Ich weiß, dass du Gefühle für ihn hast.« Laurie hob den Kopf.

Megan schüttelte den Kopf. »Hatte. Hatte, Laurie. Ich war verletzlich, unglücklich und nahm den leichten Ausweg, anstatt mich an Peter zu wenden. Du warst diejenige, die mir das klargemacht hat, weißt du nicht mehr?« Nie würde sie den Tag vergessen, an dem Laurie sie wegen ihrer wachsenden Gefühle für Riley konfrontiert hatte. Es war Laurie, die Megan gezwungen hatte, nachzudenken, was sie da tat, zu erkennen, dass sie ihre Ehe zerstören würde, wenn sie nicht aufhörte, bei Riley Trost zu suchen. Zu jenem Zeitpunkt war auch ihr Motto »die Wahrheit, auch wenn es wehtut« entstanden.

»Trotzdem.« Laurie zuckte mit den Achseln.

Megan stellte sich hin. »Kein *trotzdem*. Du kannst mich nicht als Ausrede anführen, es mir nicht erzählt zu haben.« Sie lehnte sich gegen das Geländer und starrte ihre Freundin an. Sie sah, wie verschiedenste Emotionen über ihr Gesicht zogen, von Enttäuschung über Zorn bis hin zu Verstehen. Wahrscheinlich waren dieselben Emotionen auf ihrem eigenen Gesicht zu lesen. Das war ein weiteres perfektes Beispiel für sie, ihre eigenen Bedürfnisse zu erkennen und nicht bei anderen zu suchen. Sie sollte sich für ihre Freundin freuen. Megan wusste, dass Laurie seit Kris' Tod einsam war. Und um ehrlich zu sein, hätte sie niemand Besseren als Riley finden können. Sie würden gut zusammenpassen.

Megan lehnte den Kopf nach hinten und starrte in den blauen Himmel. »Ich hätte dir wahrscheinlich sagen sollen, dass wir vorbeikommen, anstatt einfach so hereinzuschneien.«

»Ja, das wäre nett gewesen.«

Megan hörte das Lächeln in Lauries Stimme.

»Ich mag ihn, Meg.«

Megan ließ die Worte auf sich wirken und war überrascht, dass sie ihr nichts ausmachten.

»Datet ihr nun also oder nicht?«

Ein törichtes Grinsen wuchs auf Lauries Gesicht, und sie neigte ihren Kopf zur Seite. »Es ist schon lange her. Ich weiß nicht mehr so richtig, wie dieses ganze Dating abläuft.«

Megan lehnte sich vor und berührte Laurie leicht an der Schulter. Sie konnte sich nicht einmal ansatzweise vorstellen, was Laurie wohl alles fühlen musste. Es wäre wahrscheinlich weniger unangenehm gewesen, wenn sie jemand anderen als Riley gefunden hätte, aber es war, wie es war. Es gab kein Zurück. Gäbe es das, hätte Megan viele Dinge anders gemacht, sich vor allem nicht bei jemandem ausgeweint, der nicht ihr Mann war. Aber Fehler passieren, und dies war ihre beste Freundin, ihre Familie. Sie waren durch dick und dünn füreinander gegangen, hatten jeweils den Brautstrauß der anderen gehalten, während diese *Ja* sagte. Megan hatte nach Kris' Tod Lauries Hände gehalten, und Laurie hatte Megan beigestanden, als diese sich weigerte, die Suche nach Emma aufzugeben. Damals, als sie noch Teenager waren, hatten sie sich geschworen, dass niemals ein Mann zwischen ihre Freundschaft kommen würde.

»Ehrlich, das würde mir genauso gehen.« Bei dem Gedanken lächelte Megan. »Du wusstest aber schon immer, wie man mit den Jungs umgeht, selbst zu Schulzeiten. Kris hatte keine Chance; der arme Kerl war verloren in dem Augenblick, in dem er dich sah. Ich bin mir sicher, du kommst zurecht.« Sie drückte Lauries Schulter.

»Kris wäre damit einverstanden, oder?« Lauries Stimme brach.

Megan sank auf die Knie und griff nach Lauries Händen.

»Aber natürlich. Er wollte nie, dass du allein bist; das weißt du. Und Riley hat solch ein großes Herz ... Kris würde ihn mögen.« Sie kicherte leise. »Wären sie sich je begegnet, wären sie garantiert die besten Freunde geworden. Das ist genau das, was er für dich wollen würde. Das Leben zu leben. Glücklich zu sein.«

Megan dachte über ihre eigene Ehe nach und über das Opfer, das Peter für sie gebracht hatte. Es konnte nicht leicht für ihn gewesen sein, Sam zu bitten, ihre Anteile zu verkaufen.

»Kann ich dich nur um einen kleinen Gefallen bitten?« Megan lehnte sich zurück und stützte ihre Hände auf dem Geländer hinter ihr ab. »Häng eine Socke an die Tür, wenn er das nächste Mal da ist, ja?« Sie zwinkerte.

Lauries Augen wurden größer, und ihre Kinnlade klappte herunter. »Wie wär's, wenn du mir einfach eine SMS schickst, wenn du vorbeikommst?«

Megan lachte. »Ich schätze, das kann ich machen.« Sie schnappte sich die vergessene Tasche mit Leckereien, spähte hinein und fuhr sich mit der Zunge über die Lippen. Sie zog ein Schokocroissant heraus, atmete sein süßes Aroma tief ein und warf ihrer Freundin eine Kusshand zu.

»Wenn das deine Vorstellung von einem Friedensangebot ist, müssen wir uns öfter streiten.« Megan nahm das zweite Croissant heraus und reichte es Laurie. »Wirst du mir nun endlich erzählen, was passiert ist, oder muss ich bei Jan nachfragen? Du weißt, sie brannte darauf, es mir zu erzählen, als wir das letzte Mal dort waren.«

»Oh, ich weiß. Glaub mir.« Laurie stöhnte. »Wir waren zufällig gemeinsam auf dem Schießstand, und haben danach miteinander geredet. Wir sprachen ein wenig über Emma und wie es ihr ging und dann« – sie zuckte mit den Achseln – »ging das Gespräch von ganz allein weiter, und wir merkten schnell, dass wir viel gemeinsam haben.«

Megan nickte. Es passte gut, dass Laurie jemanden auf dem Schießstand kennenlernte. Dort hatte sie auch ihr erstes Date mit Kris gehabt.

»Und weiter?«, hörte sich Megan selbst fragen. »Eins führte zum anderen und ...«

Laurie nickte. »Ja, genau so ist es passiert. Wir haben uns ein anderes Mal auf einen Kaffee getroffen und miteinander geredet, aber mehr war nicht. Nichts weiter. Es war zu seltsam. Zu ... persönlich. Ich meine, er war solch ein wichtiger Mensch in deinem ... unserem Leben, als Emma verschwand, und es schien einfach zu ... merkwürdig. Aber es gab eine Verbindung zwischen uns, und wir wussten es beide. Ich hatte solche Angst, dir davon zu erzählen. Ich wollte erst sehen, ob etwas geschehen würde.«

Megan atmete tief ein. Sie konnte die Sorge in Lauries Stimme hören. Es störte sie, dass Laurie sich solche Sorgen gemacht hatte, wo sie sich nicht hätte sorgen sollen. Und es tat weh zu wissen, dass Lauries Sorge berechtigt gewesen war.

»Ach, Schätzchen. Kein Mann kommt zwischen uns, weißt du nicht mehr?«

Megan schluckte schwer und lachte dann, als sie sah, dass Laurie dasselbe tat. Megan stand auf und umarmte Laurie. Sie lächelte Hannah zu, die in der Tür stand.

»Mom?«

Hannahs Tonfall wischte ihr das Lächeln aus dem Gesicht.

»Was ist los, Hannah?« Megan löste sich aus der Umarmung mit Laurie.

»Wo ist Emma?«

Bei den Worten ihrer Tochter fuhr Megan ein Schauer über den Rücken.

»Sie müsste oben in ihrem Zimmer sein, mein Schatz. Als ich das letzte Mal nachsah, hat sie mit ihren Ponys gespielt.«

Megan Herz setzte aus, als Hannah leicht den Kopf schüttelte. Laurie legte ihre Hand auf Megans Arm. »Was meinst du damit, Hannah?«, fragte sie.

»Ich wollte gerade nach ihr sehen, aber sie ist nicht da. Ich habe schon überall gesucht.«

Megan schob sich an Laurie vorbei und rannte ins Haus. »Emma?«, rief sie, während sie die Zimmer unten eins nach dem anderen durchsuchte.

»Hast du die Vordertür hinter dir abgeschlossen?«, rief Megan über ihre Schulter zu Laurie, und sah dann schon selbst die Antwort. Die Vordertür war nur angelehnt.

Laurie nickte. »Natürlich habe ich das.«

»Und warum ist sie dann offen?« Außer Fassung warf Megan die Hände in die Luft und klammerte sich dann am Treppengeländer fest. »Und warum ist der Alarm nicht losgegangen? Hannah, hast du die Vordertür geöffnet?«

Hannah war dicht hinter ihr. »Nein, Mom. Ich verspreche es. Sie war schon so, bevor ich nach oben gegangen bin. Mom, wo ist sie?«

Megan rannte die Treppe hoch, und ihr Herz pochte laut mit jedem Schritt, den sie machte. Emmas Zimmer war leer, ihre Decken auf dem Bett zerwühlt. Das Kleid, das Megan ihr heute Morgen auf den Stuhl herausgelegt hatte, war weg.

Megan schob sich an Laurie vorbei, die im Türeingang zu Emmas Zimmer stand, und rannte in ihr Schlafzimmer zum nächsten Telefon. Sie wählte Peters Nummer.

»Peter, Emma ist nicht hier.« Sie konnte fühlen, wie die Panik sie zu überwältigen begann.

»Was meinst du damit, sie ist nicht da?«

Megan schüttelte den Kopf und drehte sich auf dem Absatz um. Sie rannte die Treppe hinunter und zur Vordertür hinaus. Es geschah schon wieder. Genau wie beim letzten Mal.

»Megan, sprich mit mir.« Peters ruhige Stimme beruhigte sie.

»Ich war mit Laurie hinten im Garten. Sie hat die Tür hinter sich abgeschlossen. Emma hat oben gespielt, als ich nach draußen ging. Aber jetzt kann Hannah sie nicht finden.« Sie wusste, dass das, was sie sagte, wenig Sinn ergab, und war nicht mal sicher, ob Peter verstehen konnte, was sie sagte.

»Wo ist sie, Peter? Wohin ist Emma gegangen?«

Am anderen Ende der Leitung herrschte Schweigen. Megan kämpfte darum zu atmen, und suchte auf der Straße in beiden Richtungen. Nichts. Nichts zu sehen. Keine Emma. *Oh Gott ...*

»Ist ihr Fahrrad da? Megan, geh und sieh in der Garage nach.«

Megan ging zur kleinen Seitentür der Garage und schrie fast auf, als sich der Knauf in ihrer Hand drehen ließ. Die Tür hätte verschlossen sein sollen. Warum war sie nicht verschlossen? *Oh mein Gott* ... Megan brach fast zusammen, als sie sich erinnerte. Sie war vorhin durch diese Tür gegangen, um die Gießkanne zu holen. Sie hatte wohl vergessen, sie danach wieder abzuschließen. Sie öffnete die Tür und betete, dass sie Emma dort finden würde, aber als Erstes bemerkte Megan nur, dass das Licht an war. Als Zweites sah sie, dass Emmas Fahrrad fehlte.

Wenn es etwas gab, das Emma gut konnte, war es Fahrrad fahren. Das Fahrrad war das Erste gewesen, das Peter ihr gekauft hatte, als sie nach Hause gekommen war, und sie war ein Naturtalent. Es war eine ihrer Lieblingsbeschäftigungen – tagsüber mit ihren Schwestern auf dem Gehweg hin und her zu fahren.

»Megan?« Peters Stimme verdunkelte sich.

»Es ist nicht hier, Peter. Ihr Fahrrad ist weg. Es ist alles meine Schuld. Schon wieder. Ich hab die Tür offen gelassen. Peter, ich hab die Tür offen gelassen.« Megan trat aus der Garage und wandte sich zum Haus. Laurie stand mit ihren Schlüsseln in der Hand da. »Sie ist mit ihrem Fahrrad unterwegs. Ich werde sie suchen gehen.«

Peters Stimme stoppte sie. »Nein. Ich weiß, wo sie ist. Ich bin näher dran. Ich gehe sie holen.«

Die Zeit stand still.

»Wo ist sie, Peter?« Sie dachte daran, wie Emma heute Morgen darauf bestanden hatte, mit Peter zu kommen. War sie etwa dorthin gefahren? War sie zum Donutladen gefahren? Warum? Warum würde ihre fünfjährige Tochter gehen, ohne etwas zu sagen?

»Peter? Wo ist unsere Tochter?«

KAPITEL SECHSUNDZWANZIG

Jack rieb sich die Augen und blickte erneut aus dem Fenster. Halluzinierte er jetzt etwa schon? Das konnte doch nicht wirklich seine kleine Emmie sein, die da allein auf ihrem Rad angefahren kam?

Er ignorierte die Jungs am Tisch, lief zur Vordertür, warf sie auf und rannte an den Autos vorbei den Gehweg hinunter. Er wollte zu ihr rennen, sie aber nicht erschrecken. Sie war jetzt nur noch ein paar Meter entfernt, und das Lächeln, das sie ihm schenkte, war ansteckend.

»Schätzchen, wo ist dein Daddy?«

Jack hielt seine Arme auf und wartete, dass sein kleines Mädchen zu ihm gelaufen kam. Sie sprang vom Fahrrad ab, schlang ihre Arme um seine Beine und begann heftig zu weinen.

Jack beugte sich nach unten und nahm sie in die Arme. Er rieb ihr mit den Händen in kreisförmigen Bewegungen über den Rücken, während sie hysterisch schluchzte.

»Pssst, Schätzchen, es ist ja gut. Ich bin ja da. Em, Kleine, hör auf zu weinen«, flehte Jack. Er wusste nicht, was los war, aber er wusste, dass er nicht damit umgehen konnte, sie so zu sehen.

»Jack?«

Er drehte den Kopf, sodass seine Wange auf ihrem Kopf ruhte und sah, wie Doug zu ihm gelaufen kam. Kenny stand mit besorgtem Blick im Eingang zum Donutladen.

»Kannst du Emmies Fahrrad hinten in meinen Pick-up legen?« Jack hob sie auf seine Arme. Er strich ihr die Haare zurück und zog ihr Kleid glatt. Langsam fing er an, sich Sorgen zu machen. Er blickte die Straße hinunter, um zu sehen, wo ihre Eltern blieben, aber er konnte sie nicht entdecken.

Sie war doch nicht etwa fortgerannt, oder?

Em kuschelte sich eng an ihn, während er zurück zum Donutladen ging, und ihr kleiner Körper zitterte von einem Schluckauf.

»Wie wär's mit einem dieser Donuts mit Erdbeerfüllung? Die hatte Oma immer am liebsten? Weißt du noch?« Er wollte nur, dass sich sein kleines Mädchen beruhigte. Er musste herausfinden, was los war und warum sie allein war.

Er setzte sie auf den Stuhl neben sich am Tisch und nickte Doug zu, der ihr einen Donut von der Theke holen ging. Er bemerkte, wie sie den Kopf hängenließ. Jack griff nach ein paar Servietten und reichte sie ihr. Ihr Schniefen brach ihm das Herz.

»Em, Schätzchen, wo ist dein Daddy?« Sanft berührte Jack ihre Wange und zwang sie, ihn anzusehen. Sein Tonfall war ruhig, aber auch autoritär, damit sie ihm antworten würde.

»In der Arbeit«, flüsterte sie durch zitternde Lippen.

»Und wo ist deine Mami?«

Em verzog die Lippen, und er sah die Dickköpfigkeit in ihren Augen. Sie verschränkte die Arme und starrte zu Boden. Er würde nicht zulassen, dass sie seinen Fragen auswich. Die Situation war zu ernst. Er musste einen schmalen Grat zwischen Verhätscheln und Ernstbleiben meistern.

»Prinzessin, du musst es mir sagen. Bitte?«

Sie sah aus dem Fenster hinter ihm und richtete ihren Blick dann wieder auf ihn.

»Sie ist zu Hause, Opa.«

Jack seufzte. »Weiß sie, wo du bist?«

Sie schüttelte den Kopf.

Jack stöhnte und setzte sich wieder. »Oh, Schätzchen, das darfst du nicht machen.« Er konnte sich kaum vorstellen, welche Angst und Panik ihre arme Mutter gerade durchmachte. Er sah auf seine Uhr und versuchte abzuschätzen, wie lange sie wohl schon vermisst wurde. Er wusste nicht genau, wo sein kleines Mädchen wohnte, aber es konnte nicht allzu weit entfernt sein, wenn ein fünfjähriges Mädchen mit dem Fahrrad herfahren konnte. Doug brachte ein Tablett mit einem gepuderten Donut und einer kleinen Schokomilch und stellte es vor Emmie ab.

»Was wirst du tun?« Doug setzte sich neben ihn. Kenny schloss sich ihnen an, blieb aber stumm.

Jack kniff die Lippen zusammen. »Es gibt nur eins, das ich tun kann. Ich muss sie nach Hause bringen.«

»Weißt du, wo sie wohnt?«, fragte Kenny.

Jack schüttelte den Kopf. Nein, aber sie sollte den Weg kennen.

»Das wird nicht gut ankommen, das ist dir doch klar.« Doug schüttelte den Kopf. Er hörte die Warnung in der Stimme seines Freundes.

»Iss deinen Donut und trink deine Schokomilch, Schätzchen. Dann springen wir in den Pick-up, und ich bringe dich nach Hause, okay?« Jack sah auf sein Mädchen hinunter und starrte dann aus dem Fenster. Es lief ihm kalt den Rücken hinunter, als er an die nächste Stunde dachte. Er würde ihrer Mutter keinen Vorwurf machen, wenn sie die Polizei rief. Er erwartete fast schon, die Autos mit Blaulicht auf den Parkplatz einbiegen zu sehen.

Stattdessen sah er Peter auf den Parkplatz direkt vor dem Platz, wo er saß, einbiegen. Sein Blick sah leicht panisch aus, als er hineinsah. Jack hob seinen Arm zum Gruß, und Peter schlug die Tür zu und kam zu ihnen gerannt. Jack schob seinen Stuhl zurück und stand auf, wobei ihn der Schmerz in seinen Knien durch die plötzliche Bewegung aufstöhnen ließ.

»Em, dein Dad ist hier, Schätzchen«, sagte Jack, als sie ihn ansah.

Ihre Augen wurden rund, und sie richtete sich auf, während sie sich langsam auf ihrem Stuhl umdrehte, um ihren Vater anzusehen.

Jack war endlos dankbar, dass Peter jetzt hier vor ihm stand und kein Polizist oder Emmies Mutter. Aber sein erster Instinkt lautete, sein kleines Mädchen vor der möglichen Strafe zu schützen, die ihr Vater ihr auferlegen würde. Sie war erst fünf Jahre alt. Sie musste nicht bestraft werden. Daher war er überrascht, die Tränen in Peters Augen zu sehen, als dieser sich neben ihren Stuhl kniete und seine Hand auf ihren Arm legte.

»Wir haben uns Sorgen um dich gemacht, Mäuschen.« In Peters Stimme lag eine Rauheit, die Jack nur allzu gut verstand.

»Es tut mir leid, Daddy«, flüsterte Em.

Peter stand auf und drückte ihr einen Kuss auf die Stirn, dann wandte er seine Aufmerksamkeit Jack zu.

»Ist sie schon lange hier?« In seiner Stimme lag eine Verzweiflung, die Jack nervös machte.

»Erst ein paar Minuten.« Er musste – nein, er wollte den Mann beruhigen. »Ihr Fahrrad ist hinten in meinem Pick-up.«

Peter schloss für den Bruchteil einer Sekunde die Augen und kniete sich dann wieder neben sie. »Schätzchen, warum hast du dich aus dem Haus geschlichen? Deine Mom ist ganz krank vor Sorge.«

In Ems Augen lag ein Blick, den Jack nur zu gut kannte. Er legte eine Hand auf ihre Schulter und drückte sie leicht.

»Du bist ohne mich gegangen, und Opa hat hier gewartet«, sagte sie und nahm ein Stück von ihrem Donut. Sie tat so, als würde sie nicht verstehen, was sie getan hatte, aber Jack wusste es besser. Er hatte die Angst und Sorge in ihren Augen gesehen, bevor sie sich in seine Arme warf.

»Ach, Schätzchen.« Jack setzte sich wieder auf seinen Stuhl und wartete, bis sie ihn ansah. »Du weißt, was du getan hast, nicht wahr?«

Der Donut fiel ihr aus der Hand, als sie nickte.

»Ich glaube, du schuldest deinem Daddy eine Entschuldigung, oder?«

Sie nickte und senkte den Blick, zuckte dann aber plötzlich zusammen, als ihr Name von der anderen Seite des Ladens gerufen wurde.

»Emma!«

In dem Augenblick, in dem sie ihre Tochter erblickte, durchströmte Megan Erleichterung. Nachdem Peter ihr gesagt hatte, wo Emma war, hatte sie das Gefühl gehabt, ihre gesamte Welt zerfiele vor ihren Augen zu Asche. Sie wollte ihm nicht glauben. Sie konnte ihm nicht glauben. All sein Gerede, ihm zu vertrauen, wurde in diesem Moment zunichte gemacht.

»Megan, warte.« Megan riss ihren Arm beinahe aus Lauries Griff, stoppte aber. Gott sei Dank war Laurie hier. Sie war mit ihr zum Donutladen gefahren, nachdem Megan organisiert hatte, dass die älteste Tochter der Nachbarn auf Hannah und Alexis aufpassen würde.

In dem kleinen Donutladen wurde alles still, als sie den Namen ihrer Tochter schrie. Sie sah sich um, nahm die kleinen Tische und die Kellnerin wahr, die hinter der

Theke stand, und bemerkte, wie alle Leute im Laden sie anstarrten.

Sie konzentrierte sich auf die Männer, die an dem Tisch standen, an dem ihre Tochter saß. Ihr Mann ... und Jack.

Sie trat ein paar vorsichtige Schritte in Richtung des Tischs und weigerte sich dabei, Peter oder irgendjemand anderen anzusehen.

»Megan.« Laurie streckte die Hand aus und zwang sie, anzuhalten. »Versuch dich erst zu beruhigen, bevor du etwas sagst oder tust, okay?«

Megan sah ihrer besten Freundin in die Augen. Alles, was sie dort sah, war Besorgnis. »Ich weiß«, flüsterte sie.

Es war nicht schwer zu erkennen, wie überwältigt Emma von dieser ganzen Situation war, als Megan den Tisch erreichte. Sie setzte sich auf den leeren Stuhl vor Emma und berührte leicht das Knie ihrer Tochter.

»Das war eine ganz schöne Reise, die du heute Morgen unternommen hast.« Megan biss sich auf die Lippe und versuchte, ihre Stimme ruhig und leise zu halten.

Emmas Lippen zitterten, als sie Megan ansah.

»Ich hab mir wirklich Sorgen gemacht, Schätzchen.« Megan küsste ihre Tochter sanft auf die Stirn. Sie fühlte sich noch immer etwas warm an, und die Fahrt hierher war sicherlich nicht hilfreich gewesen. Sie musste nach Hause, sich ausruhen, viel Flüssigkeit zu sich nehmen.

Anschuldigend sah Megan zu Peter auf. Das war seine Schuld.

»Ich wollte Opa sehen«, flüsterte Emma.

Megan strich die Haare ihrer Tochter zurück und seufzte. Sie blickte zu Jack hoch, und der Blick in seinen Augen sagte ihr, dass seine Schuld ihn noch schwerer belastete als sie ihre.

»Es tut mir leid, Ma'am. Ich hatte keine Ahnung, dass sie allein kommen würde.« Der Klang der Stimme *dieses* Manns entzündete einen Funken der Wut, den sie zu unterdrücken bekämpfte.

Megans Rücken war angespannt; ihre Schultern zurückgezogen, während ihre Atmung langsamer wurde. Es verlangte ihr alles ab, nicht auf diesen Mann loszugehen, den sie so verzweifelt hassen wollte. Aber das tat sie nicht. Stattdessen senkte sie ihre Stimme. »Nein, aber Sie wussten, dass sie mit Peter kommen würde.« Sie sah weg, nicht willens, seinen Blick zu erwidern.

Sie war im Zwiespalt mit sich, was sie jetzt tun sollte. Sie konnte darauf bestehen, dass Emma mit ihr nach Hause kam, aber wie viel Schaden würde das bei Emma wohl anrichten, wenn sie erneut gezwungen wurde, Jack zu verlassen? Oder sie könnte erlauben, dass dieser Besuch fortgesetzt wurde, mit Laurie gehen, und darauf vertrauen, dass Peter die Situation regelte – oder bleiben, und die Auswirkungen später mit Peter diskutieren.

»Megan.« Laurie stand hinter ihr. »Wie wär's, wenn wir uns einen Kaffee holen?«

Vorsichtig stand Megan auf, ihr Rücken weiterhin steif, als sie vom Stuhl wegtrat. Sie beugte sich nach unten, küsste Emma auf die Wange und flüsterte: »Ich hab dich lieb« in ihr Ohr, bevor sie wegtrat. Sie neigte ihren Körper so zur Seite, dass sie Peter nicht berührte, als sie an ihm vorbeiging. Sie war wütend auf ihn, und es bedurfte all ihrer Willenskraft, um nicht auf ihn loszugehen.

»Ich kann einfach nicht glauben, dass er das hinter meinem Rücken getan hat«, zischte Megan Laurie zu, als sie in Richtung Theke gingen.

»Wirklich nicht, Meg? Es ist ja nicht so, als hättest du ihm eine Wahl gelassen.« Der Blick auf Lauries Gesicht ließ Megans Wangen vor Scham erglühen. Laurie bestellte zwei Kaffee und zog ihre Geldbörse hervor.

»Das ist nicht fair.«

Laurie hob die Augenbrauen. »Was genau?«

»Wie bitte?« Unglauben schwang in Megans Tonfall mit.

Laurie nahm die Kaffeetassen und ging zu einem Tisch. Megan folgte ihr, als sie erkannte, dass Laurie nicht antworten würde. Sie konnte nicht glauben, dass Laurie in dieser Angelegenheit auf Peters Seite stand.

»Was hast du für ein Problem, Laurie? Wie kannst du so etwas sagen?«

Laurie blickte durch den Raum. »Ich kann das sagen, weil Emma diejenige ist, die hier verletzt wird, mehr als du und Peter zusammen.«

Megan beobachtete, wie der Blick ihrer Tochter zwischen Jack und Peter hin und her flatterte, als wäre sie unsicher, wem sie mehr Unrecht angetan hatte. Dann traf es Megan: Laurie hatte recht. Emma war zwischen den Fronten gefangen.

Megan wollte weinen. Es war ihre Schuld, dass ihre Tochter in diesem Dilemma war. Ihre Schuld, dass Emma glaubte, sie musste ihre Treffen mit Jack geheim halten, dass sie ihren Eltern nicht genug vertrauen konnte, um sicher zu wissen, dass sie fortgesetzt wurden. Deshalb hatte ihr kleines Mädchen geglaubt, sie müsste allein kommen.

»Das ist nicht fair, Laurie. Nach allem, was sie durchgemacht hat ...« Megan presste ihre Lippen aufeinander.

Laurie reichte ihr die Hand, und Megan hielt sie fest.

»Nein, das ist es nicht. Aber es wird Zeit, aufzuhören, Emma zu zwingen, die letzten zwei Jahre ihres Lebens zu vergessen, nur weil du nicht vergeben kannst.«

Laurie hatte recht. Und Peter auch. War sie denn die Einzige, die blind für das war, was Emma durchmachte? War sie die Einzige, die nicht zuhörte, was Emma die ganze Zeit sagte?

»Ich weiß nicht, ob ich das kann, Laurie. Wie kann ich ihren Kidnapper in unser Leben lassen? Das sollte ich nicht tun müssen.«

Laurie schüttelte den Kopf. »Aber das tust du nicht. Sie sitzt dort mit ihrem Opa, Meg. Das ist ein Unterschied.«

Megan spielte mit ihrer Kaffeetasse, bis sie bemerkte, dass Emma neben ihr stand.

»Hi.« Megan drehte sich auf dem Stuhl und half Emma, auf ihren Schoß zu klettern. »Möchtest du reden?« Sie hielt ihre Stimme ruhig. Alles, was sie wollte, war Emma an sich gedrückt zu halten und den Rest der Welt zu vergessen.

Emma nickte. Ihre Augen waren groß und ernst, und sie wrang ihre Hände auf dem Schoß.

»Es tut mir so leid, Mami«, flüsterte sie.

Megan schlang die Arme um ihre Tochter und hielt sie fest.

»Ich bin nur froh, dass es dir gut geht. Ich hatte Angst, Schätzchen. Ich wusste nicht, wo du warst.«

Emma drehte sich um und legte beide Hände auf Megans Gesicht. »Ich war nur hier mit Opa. Ich war sicher.«

Megan seufzte. Sie griff nach Emmas Händen und küsste ihre Handflächen. »Aber das wusste ich nicht, Schätzchen. Es ist nicht sicher, wenn du das Haus verlässt, ohne mir Bescheid zu geben, okay?«

Emma sah zu Peter und dann zu Jack hinüber. »Du bist nicht böse?«

Megan biss sich auf die Lippe. Sie hatte Angst. Angst, dass sie die falsche Entscheidung treffen würde. Peter wartete auf ein Signal von ihr, auf ein Zeichen, dass alles in Ordnung war. Das konnte sie ihm aber nicht geben. Noch nicht.

»Nicht auf dich, Schätzchen. Niemals auf dich.« Wie konnte sie auf ihre fünfjährige Tochter böse sein? Konnte sie Emma einen Vorwurf machen, dass sie ihren Opa sehen wollte? Nein. Aber sie war wütend auf Peter, dass er das zugelassen hatte.

Ein Samen des Zweifels spross in ihrem Herzen. So sehr sie es auch wollte, sie konnte auch nicht Peter die gesamte Schuld geben. Einen Teil davon schon. Er hätte zuerst mit ihr reden sollen. Er hätte es ihr erzählen sollen, selbst wenn er wusste, wie sie reagieren würde.

Sie wollte Jack hassen. Sie wollte ihn aus jedem Aspekt von Emmas Leben löschen, selbst wenn sie dadurch wie ein Monster wirkte. Aber was sie tun wollte und was sie tun würde, waren zwei unterschiedliche Dinge. Das mussten sie sein.

»Mami?« Emmas schüchterne Stimme schlang sich um Megans Herz. »Mami, darf ich mich wieder zu Opa setzen?«

Megans Herz schmerzte, als sie den Funken Hoffnung in der Stimme ihrer Tochter hörte. Sie öffnete den Mund und versuchte, eine Alternative zu finden, mit der sie Emma ablenken konnte. Aber ihr Kopf war leer.

Sie konnte nur nicken und zusehen, wie ihre Tochter von ihr wegging. Es tat weh, mehr als sie zugeben wollte. Megan sah weg. Sie zählte leise vor sich hin, versuchte, sich genug zu beruhigen, um sitzen zu bleiben und Emma mit *diesem ... diesem* ... Megan seufzte. Mit Jack. Allein seinen Namen zu sagen, tat weh.

»Megan«, flüsterte Laurie ihr zu. »Megan.« Ihre Stimme war hartnäckig und ließ Megan aufblicken. Laurie starrte über ihre Schulter hinweg. Megan drehte sich halb in ihrem Stuhl um und sah Emma hinter sich stehen, die Hände vor der Brust verschränkt.

»Was ist los, Schätzchen?«

Etwas wie ein Lächeln überzog kurz Emmas Gesicht. »Ich wollte nur sagen, dass ich dich lieb hab.« Sie warf sich auf Megan und schlang ihre kleinen Ärmchen um Megans Hals.

Das eiserne Band um Megans Herz löste sich. Solange sie das hatte, spielte nichts anderes eine Rolle. Nichts. Nicht ihre Unsicherheit, nicht ihre Ängste und nicht ihr Zorn.

Während sie die Arme um Emma schlang und sie festhielt, fing sie Peters Blick auf. Ein sanftes Lächeln umspielte seine Lippen, als er sie beobachtete.

Nach dem heutigen Tag würde ihr Leben nie mehr dasselbe sein, und Megan war nicht sicher, wie sie sich bei diesem Gedanken fühlte.

KAPITEL SIEBENUNDZWANZIG

Megan saß hinten auf der Veranda und wartete darauf, dass Peter zu ihr herauskam.

Er hatte nach Hause kommen wollen, um die Dinge zu besprechen, aber Megan brauchte Zeit zu verarbeiten, was geschehen war. Ihre Emotionen waren noch zu frisch, und sie hätte nicht ruhig mit ihm reden können.

Aber sie kochte auch nicht den ganzen Tag vor Wut.

Laurie hatte schließlich sowohl Hannah als auch Alexis mit zu ihrem Mädelstag genommen, während Megan und Emma zu Hause blieben. Es ging ruhig zu, Emma spielte hinten im Garten mit Daisy, und Megan räumte die Küche auf. Ihr Handy klingelte immer wieder, zuerst von Anrufen von Peter und dann SMS-Nachrichten, als ihm klar wurde, dass sie nicht reagieren würde.

Schließlich verstand er es und schrieb in seiner letzten SMS, dass es ihm leid tat, nicht ehrlich zu ihr gewesen zu sein, und dass er sie liebte.

Daran hatte sie auch keinen Zweifel. Er hatte in letzter Zeit nur eine merkwürdige Art, das zu zeigen.

Ihre Küche war nun makellos, der Kühlschrank sauber, die Böden geschrubbt und ihre Hände rau von dem heißen Wasser, in die sie sie getaucht hatte, während sie ihre Wut in Arbeit umgewandelt hatte. Aber sie fühlte sich jetzt besser, ruhiger und entspannter. Bereit, Emmas Wegschleichen zu Jack zu besprechen.

Allein der Gedanke daran, dass Emma so weit mit ihrem Fahrrad gefahren war, brachte Megans Hände zum Zittern und ihr Herz zum Rasen. Ja, die Straße in ihrem Viertel war relativ ruhig, aber Emma hatte zwei große Straßen überqueren müssen, um den Donutladen zu erreichen. Ihr hätte alles Mögliche passieren können. Megan schob den Gedanken fort. Sie musste ruhig bleiben.

Vor ihrem großen Reinemachen hatte sie Emma gebeten, ihr beim Zubereiten eines Obstsalats für das Mittagessen zu helfen, und versucht, mit ihr über das zu reden, was passiert war. Zuerst war ihre Tochter still und nicht bereit, viel zu erklären, sie machte sich mehr Sorgen darüber, ob Megan noch böse auf sie war. Wie sollte sie einer Fünfjährigen erklären, in welcher Gefahr sie sich befunden hatte, ohne sie zu sehr zu verschrecken? Wie konnte sie ihre Angst davor, Jack in ihrem Leben zu haben, deutlich machen, wenn er für Emma doch ihr Opa war?

Laurie hatte recht. Als Megan Emma zum Abendessen und einer Übernachtung mit ihren Schwestern vor einer Stunde zu Laurie gebracht hatte, hatte sie das auch gesagt. Es wurde Zeit, dass sich Megan ihren Ängsten stellte – und das bedeutete, die Vertrauenssache zwischen ihr und Peter anzugehen.

Der Abend war noch jung, und der warme Wind liebkoste ihre Haut. Megan lehnte ihren Kopf so weit nach hinten, wie es ging, und ihre Haare kitzelten ihren Rücken und ihre Arme, als sie in der Brise schaukelten.

Eine Tür wurde zugeschlagen und Minuten später erklang sanfte Musik durch das offene Fenster und die Tür zur Küche. Ahh, Soft Jazz, ihre Lieblingsmusik. Megan unterdrückte ein Lächeln, als sich die Tür öffnete und ein Stuhl vom Tisch zurückgezogen wurde.

Sie öffnete die Augen, und sah Peter neben ihr mit einem Strauß weißer Rosen in der Hand. Sie lächelte leicht, als sie

sie entgegennahm und ihren Duft einsog. Sie dufteten göttlich.

»Es tut mir leid«, flüsterte Peter. Er stand da und griff nach ihren Händen, um sie mit sich hochzuziehen. Er schlang seine Arme um sie und hielt sie fest.

»Das weiß ich«, sagte sie gegen seine Brust. Sie lehnte ihren Kopf an ihn und hörte seinen ruhigen Herzschlag. Dann zog sie sich von ihm fort und stellte sich ans Geländer, während sie Peter beobachtete, als er erkannte, dass sie nicht gesagt hatte, sie würde ihm vergeben.

»Du bittest mich, dir zu vertrauen, aber im nächsten Atemzug lügst du mich an. Ich hatte dich geradeheraus gefragt, ob Emma Jack gesehen hat und du hast gel-«

»Ich habe nicht gelogen.« Peter ließ den Kopf hängen.

»Du hast mir aber auch nicht die Wahrheit gesagt. Lüge durch Unterlassung. Ist das nicht dasselbe?« Eigentlich war es irrelevant. Was geschehen war, war geschehen. Es gab keinen Weg zurück, und es brachte nichts, sich zu wünschen, dass die Dinge anders wären.

Peter hob den Kopf und sein Adamsapfel hüpfte, als er schluckte. Sie las die widerstreitenden Emotionen in seinem Blick, den Wunsch, sich zu verteidigen, die Entschuldigung und die Trauer. Sie sah weg.

»Ich weiß nicht, ob ich mich dafür entschuldigen kann, die Bedürfnisse unserer Tochter an erste Stelle zu setzen. Ja, es war falsch, das vor dir geheim zu halten, und das tut mir sehr leid. Aber es tut mir nicht leid, dass ich Emma ihren Großvater habe sehen lassen.«

»Er ist nicht ihr Großvater.« In dem Augenblick, in dem sie die Worte ausgesprochen hatte, wünschte Megan sich, sie könnte sie zurücknehmen. »Ich möchte nicht, dass er ihr Großvater ist.« Sie blinzelte die Tränen weg, die sie den ganzen Tag über nicht hatte weinen wollen.

Als Peter sie in seine Arme zog, versteifte sich ihr Körper. Sie wollte nicht nachgeben. Sie wollte das nicht akzeptieren.

»Sie ist die einzige Familie, die er noch hat, Meg.« Peter lehnte sein Kinn gegen ihren Kopf und strich ihr übers Haar. Bei seinen Worten flossen die Tränen stärker, als sie gedacht hätte. Was, wenn das ihr eigener Vater wäre? Was, wenn er ganz allein wäre?

Sie hob ihr Gesicht. »Deshalb bedeutet dir das so viel, nicht wahr? Weil er ein Vater ist, der allein gelassen wurde.«

Peters Blick verdüsterte sich, und er sah von ihr weg.

»Du siehst ihn als Vater, nicht wahr?«

Ihr Mann zuckte mit den Schultern. Aber sie bemerkte, dass er es nicht abstritt. Megans Herz schmerzte. Wie konnte sie dagegen ankämpfen? Seinen Vater zu verlieren hatte Peter auf eine Art unglücklich gemacht, die sie nicht nachvollziehen konnte. Sie liebte ihren Dad, aber er war eher ein distanzierter Vater, der seine Liebe zeigte, indem er für seine Familie sorgte, anstatt auf emotionaler Ebene für sie da zu sein.

»Er stirbt, Megan. Emma hat in so kurzer Zeit so viel verloren. Sie wird ihn bald auch verlieren.« Er ließ die Arme sinken, und sie fröstelte. »Wir haben ihn ihr schon einmal weggenommen. Ich will das nicht wieder tun.« Sein Gesichtsausdruck wurde steinern, als er diese Worte sprach. Sein Blick war entschlossen. »Du musst mir vertrauen.«

Selbst wenn Megan sich ihm in dieser Sache hätte widersetzen wollen, wusste sie, dass sie es nicht tun würde. Nicht tun konnte. Sie kniete sich hin und zog eine Schachtel unter ihrem Stuhl hervor.

Sie hatte sehr lange darüber nachgedacht. Es wäre leicht gewesen, die Schachtel zu vernichten, die sie in ihrem Schrank versteckt hatte, die Briefe zwischen Jack und Emma zu schreddern und so zu tun, als hätte sie nie versucht, die beiden voneinander fernzuhalten. Aber wenn sie Emmas Bedürfnisse an erste Stelle setzen wollte, dann war es nötig, auch in dieser Angelegenheit ehrlich zu Peter zu sein. Keine Geheimnisse mehr.

»Es war falsch von mir, ihr das anzutun«, sagte sie, als sie Peter die Schachtel reichte.

Er nahm die Schachtel aus ihren Händen und öffnete langsam den Deckel. Seine Augen weiteten sich, als ihm klar wurde, was sich darin befand.

Sie trat näher zu ihm und legte ihre Hand gegen seine Wange. Sein Dreitagebart kitzelte an ihrer Haut.

»Ich vertraue dir«, flüsterte sie.

KAPITEL ACHTUNDZWANZIG

5. Mai

Lieber Jack,

ich liebe dich. Ich hoffe, wenn du irgendwann dieses Tagebuch liest, wirst du dich vor allem an diese Tatsache erinnern.

Ich habe mich niemals mit solcher Klarheit an die Dinge erinnert wie heute. Deshalb frage ich mich, ob das vielleicht mein letzter guter Tag ist. Wird es ab jetzt abwärts gehen? Werde ich vergessen, wer du bist, Jack? Werde ich Mary und unsere liebe Emmie vergessen? Ich hoffe nicht.

Aber falls doch, möchte ich, dass du weißt: Du bist und bleibst meine große Liebe.

Ich war nicht immer die perfekte Frau, aber ich war die beste, die ich sein konnte. Ich habe bei der Erziehung von Mary Fehler gemacht, aber wenn ich zurückblicke, waren es die besten Entscheidungen, die ich zu jener Zeit treffen konnte.

Wie Emmie zu uns kam – ich glaube nicht, dass mir das jemals vergeben werden kann. Ich glaube nicht, dass es eine Erinnerung an etwas anderes ist, die mich verwirrt, oder ein Albtraum, aus dem ich nicht erwachen kann. Es muss die Wahrheit sein. Ich erinnere mich nicht mehr an viel von diesem Tag, aber ich weiß, dass unsere Mary tot ist, und ich glaube nicht, dass sie eine Tochter hatte. Ich weiß nicht, wie ich unsere süße Emmie gefunden habe, aber Jack … du musst das Richtige tun. Ich kann es nicht. Ich traue mir selbst nicht mehr.

Das Lachen in deiner Stimme zu hören und die Liebe in deinen Augen zu sehen: Das werde ich für immer in meinem Herzen tragen. Unsere Emmie war ein Wunder in unserem Leben; sie hat unseren alten Knochen einen Grund zu leben gegeben.

Ich liebe dich, Jack. Das werde ich immer. Denk daran, wenn es dunkel wird.

Jack saß oben in seinem Zimmer, sein Herz schwer, als er Dotties Tagebuch in den Händen hielt.

Von allen Dingen, die er seit Dotties Tod getan hatte, war das Lesen dieses Tagebuchs das schwerste. Durch ihre Kleidung zu gehen, Platz für die Jungs zu schaffen, damit sie zu ihm ziehen konnten, selbst ihre Kleinigkeiten wegzupacken – das alles hatte nicht so geschmerzt wie dieses kleine Buch.

Er versuchte, das zu verarbeiten, was er gerade gelesen hatte. Wie hatte er nicht bemerken können, wie weit Dotties Krankheit schon fortgeschritten war? So viel Herzschmerz hätte vermieden werden können, wenn er nur die Augen geöffnet und gesehen hätte, was mit seinem Mädchen geschah.

Sie hatte um Liebe gebeten, nicht um Vergebung. Er hätte ihr beides gegeben, ohne zu fragen.

Schwere Schritte auf der Treppe erinnerten ihn daran, dass er bald Gesellschaft haben würde.

»Wenn wir nicht bald aufbrechen, kommen wir zu spät. Kenny ist schon ganz panisch.«

Doug zwängte Jacks Schlafzimmertür auf und blieb im Eingang stehen.

»Sag dem alten Mann, er soll sich nicht in die Hosen machen. Ich komme.«

Doug zeigte auf das Tagebuch in seinem Schoß. »Du hast noch eins gefunden?« Sein Blick wanderte zu dem Buchregal voll mit Dotties Tagebüchern.

Jack überlegte, wie viel er Doug erzählen sollte. Er fing die Sorge im Blick seines Freundes auf und wusste, dass die Zeit für Geheimnisse vorüber war.

»Es ist ihr letztes.«

Doug trat einen Schritt ins Zimmer und setzte sich in den Korbstuhl neben der Tür.

»Hast du es gelesen?«

Jack nickte. »Sie war stärker, als ich ihr zugetraut hätte.« Er ließ das Buch zwischen seinen Händen wandern, nicht bereit, es auch nur eine Sekunde aus den Fingern zu legen. Es war das Letzte, was sie geschrieben hatte, ihr letzter Brief an ihn.

»Spricht sie darin über Emmie?« Doug lehnte sich vor und stützte sich mit den Ellbogen auf seinen Knien ab.

Jack zuckte mit den Schultern.

»Was wirst du damit machen?« Sie hatten dieses Gespräch schon oft geführt, darüber, wie Dottie Emmie gefunden und in ihr Leben gebracht hatte. Sie hatten beide versucht zu verstehen, nachzuvollziehen, wie Dotties Geist zu dieser Zeit wohl gearbeitet hatte.

»Nichts«, sagte Jack leise. »Es wird Zeit, die Dinge ruhen zu lassen. Das Mädchen ist dort, wo sie sein sollte, bei ihrer Familie. In der Vergangenheit zu leben und sich ständig diese Fragen zu stellen, auf die es keine Antworten gibt, ist für niemanden gut.«

Er drückte sich vom Bett ab und griff nach der Schachtel, die er hinter sich abgestellt hatte. Er schob das Tagebuch unter die Garnknäuel, nahm die Schachtel und drehte sich um.

»Ich kann Kenny schon jammern hören. Gehen wir.« Er folgte Doug aus dem Zimmer und die Treppe herunter.

Kenny saß am Küchentisch, neben sich die neue Sauerstoffflasche.

»Willst du wirklich gehen? Es ist doch nur Bingo.« Der alte Mann sollte im Bett sein und nicht herumtrappeln, besonders in seinem Zustand. Aber in Kennys Blick lag ein Feuer, und Jack wusste, dass das Bett der letzte Ort war, an dem er sein wollte. Die Krankenschwester, die vorhin nach Kenny gesehen hatte, hatte zu Jack gemeint, er solle den Mann die wenige Zeit genießen lassen, die ihm noch blieb. Also würde er das auch tun.

Es war ein Ratschlag, den auch Jack zu befolgen gedachte.

Der Geruch nach gebratenem Truthahn zog durch die Küche. Megan stand an ihrer Kochinsel und schnitt Süßkartoffeln, um Peters Lieblingsgericht zuzubereiten – kandierte Süßkartoffeln. Alle Herdplatten waren in Verwendung, außerdem noch ihr Schongarer und ihr Ofen. Im Haus herrschte das Chaos, und sie liebte jede Minute.

Es war Thanksgiving, und sie hatte dieses Jahr so viel, für das sie dankbar sein musste. In den letzten Monaten war ihre Familie enger zusammengewachsen; die einst so tiefen Risse begannen zu heilen. Ihre Beziehung zu Peter war stärker als je zuvor. Sie arbeiteten als Team in ihrer Ehe und zu Hause, und sie arbeitete tagsüber sogar ein paar Stunden im Büro. Fast war es wieder wie in den ersten Jahren ihrer Ehe.

Die letzten Jahre hatte das Thanksgiving-Essen bei ihren Eltern stattgefunden, aber dieses Jahr wollte Megan ihr Haus voller Lachen, Liebe und Familie haben.

Sheila stand an der Spüle und wusch ab, während Laurie am Küchentisch saß und mit Emma und Hannah ein

Fotoalbum zusammenstellte. Daisy bellte draußen wie verrückt, während sie ein Eichhörnchen durch den Garten jagte.

»Ich kann nicht glauben, dass es noch nicht geschneit hat«, murmelte ihre Mom, während sie aus dem Küchenfenster schaute. Sie lächelte Megan über ihre Schulter an, und Megan lächelte zurück. Bisher, Daumen gedrückt, hatte es noch keinen Streit gegeben, keine Kritteleien wegen der Gerichte. Hoffentlich ging es so weiter.

»Kann ich irgendetwas tun?« Peter schlang seine Arme um ihre Taille und presste seine Lippen auf ihren Hals. Megan ließ sich gegen ihn sinken und lehnte ihren Kopf gegen seine Schulter.

»Ich schneide gerade den letzten Rest Gemüse. In einer Stunde dürften wir fertig sein.« Sie schnitt mit dem Messer durch die letzte Hälfte der Süßkartoffel und drückte nach unten. Das war zwar eine ihrer Lieblingsgemüsesorten, aber sie hasste den Aufwand, sie zu schneiden.

»Soll ich das machen?« Peter streckte die Hand nach dem Messer aus. Megan reichte es ihm und ging, um die Töpfe auf dem Herd zu prüfen.

»Megan, auf dem Bild siehst du fantastisch aus.« Laurie hielt ein Foto hoch. Megan errötete. Peter hatte es letzten Monat gemacht, als sie spazieren waren. Sie war umringt von ihren Mädchen, die die Arme um sie gelegt hatten, und der Wind wehte ihr die Haare in alle Richtungen. Ihre Augen funkelten, und ihre Wangen waren vom peitschenden Wind ganz rosig. Sie war niemals glücklicher gewesen, und das konnte man sehen.

»Du solltest das einrahmen«, sagte Peter, als er ihr über die Schulter blickte.

»Mom, wann können wir essen?« Hannah kam ins Zimmer getrampelt und stolperte fast über ihre Füße, bis Peter sie mit seinem Arm stoppte.

»Noch nicht, Schätzchen.« Peter hielt sie an den Schultern, drehte sie herum und schob sie zurück in die Richtung, aus der sie gekommen war. »Du sollst Großpapa Dan Gesellschaft leisten.« Peter lehnte sich näher an ihr Ohr. »Denk dran, wir müssen ihn von der Küche fernhalten.«

Megan zwinkerte Peter zu, als Hannah gegangen war. Ihr Vater hatte keine Ahnung vom Kochen, war aber der Ansicht, dass jeder seine Meinung hören wollte. Es war Hannahs Aufgabe, ihn fernzuhalten, und bisher hatte sie das großartig gemacht.

»Welches ist dein Lieblingsbild, Alexis?« Megan stand hinter ihrer Tochter und spielte mit ihren Haaren. Alexis saß über die Fotos gebeugt und schob sie hin und her.

»Mir gefällt das hier.« Sie zeigte auf ein Bild, das sie selbst von Emma im Garten mit Daisy gemacht hatte. Daisy saß auf ihrem Schoß, einen Knochen im Maul, während Emma auf etwas in der Ferne sah, das man auf dem Bild nicht sehen konnte. Das Gesicht ihrer Tochter war friedlich. Megan konnte verstehen, warum es Alexis so gefiel.

»Du machst tolle Fotos. Vielleicht solltest du einen Fotoapparat auf deinen Wunschzettel für Weihnachten setzen?« Megan dachte an die neue Kamera, die oben im Schrank versteckt war. Sie konnte kaum erwarten, sie ihr zu geben und die Aufregung in ihrer Stimme zu hören, wenn sie das Geschenk öffnete.

»Danke«, murmelte Alexis. Sie senkte den Kopf und versuchte, ihr Gesicht hinter ihren nach vorn schwingenden Haaren zu verstecken.

Die Atmosphäre in der Küche war energiegeladen. Daniel und Hannah schrien den Fernseher im Wohnzimmer an, während Sheila an der Anrichte vor sich hin summte. Emma sah ständig auf die Uhr am Ofen, während Laurie versuchte, sie abzulenken.

Megan goss sich ein kleines Glas Weißwein ein und füllte auch das von Laurie und ihrer Mutter nach. »Warum setzt du dich nicht ein paar Minuten hin, Mom?«

Sheila wischte sich die Hände an ihrer Schürze ab und griff nach dem Glas. Gleichzeitig klingelte es an der Tür.

»Soll ich aufmachen?«, fragte Peter.

Megan schüttelte den Kopf. »Ich geh schon.«

Die Klingel ertönte erneut, genau in dem Moment, in dem Megan den Türknauf ergriff.

Auf der anderen Seite stand Jack, in seinem besten Sonntagsstaat, soweit sie das einschätzen konnte. Er hielt eine Schachtel, mit der er in seinen Händen herumspielte, und wirkte ein wenig nervös.

»Jack.« Megan öffnete die Fliegengittertür. Schmetterlinge begannen in ihrem Magen zu flattern, während sie versuchte, weiterhin zu lächeln.

Jacks Finger wurden weiß, so fest umklammerte er die Schachtel.

»Danke für die Einladung.« Er räusperte sich, und dann fiel sein Blick auf die Schachtel.

Ein peinlicher Moment der Stille folgte. »Ist es für Kenny und Doug in Ordnung, heute allein zu Hause zu bleiben?«

Jack zuckte mit den Achseln. »Ich habe die Jungs im Seniorenheim abgeladen. Es wird Bingo gespielt, und Kenny wollte eine letzte Gelegenheit, den Jackpot zu gewinnen.«

Im letzten Monat waren Doug und Kenny bei Jack eingezogen. Peter hatte gegenüber Megan erwähnt, dass der einzige Grund, warum er das so lange hinausgezögert hatte, die morgendlichen Kaffeetreffen waren. Es war kein Genie nötig, um zu verstehen, dass Jack eine Entschuldigung gebraucht hatte, um Emma weiterhin zu sehen, und er glaubte, das wäre die einzige Möglichkeit – jeden Morgen im Donutladen zu sein. Nach etwas Ermutigung durch Peter hatte Jack seine Freunde eingeladen, bei ihm einzuziehen.

Sie wollte gerade in die offene Schachtel schauen, um zu sehen, was ihm so wichtig war, aber der Blick auf seinem Gesicht stoppte sie. »Geht es Kenny schlechter?«

Jack zuckte mit den Schultern. »Bin mir nicht sicher, ob er Weihnachten noch erlebt.« Sie sah den feuchten Glanz von Tränen in seinen Augen und wusste, dass es Zeit war, das Thema zu wechseln.

»Jack.« Sie musste das sagen, bevor jemand anderes herauskam, besonders Emma. »Ich bin froh, dass Sie unsere Einladung angenommen haben. Das ist Ems erstes Thanksgiving, seit sie zurück ist, und es war ihr wichtig ...« Das kam nicht so heraus, wie sie es geplant hatte.

Für Megan war jeder Tag ein harter Kampf, seit Emma zum Donutladen fortgerannt war. Sie wollte Jack nicht als einen Teil von Emmas Leben akzeptieren. Sie war wütend auf Peter gewesen, und es hatte vieler Sitzungen bei ihrer Psychologin bedurft, bevor sich ihr Zorn gelegt hatte.

Emma brauchte Jack in ihrem Leben. Er gab ihr Stabilität, und seine Präsenz in ihrem Leben verschaffte ihr ein Gefühl von Sicherheit. Er erdete sie. So sehr Megan das auch hasste, sie musste es akzeptieren. Es wäre besser gewesen, wenn Peter nicht über ihren Kopf entschieden und erlaubt hätte, dass die Beziehung gedieh, aber um die Mädchen zu unterstützen und ihre Ehe zu retten, schluckte Megan ihren Stolz hinunter und stellte die Interessen ihrer Töchter vorn an.

Emma und Peter setzten ihre Treffen mit Jack fort, und Megan kam auch ein paarmal mit. Auf den Rat ihrer Psychologin hin luden sie Jack auch zu Familienaktivitäten außerhalb des Donutladens ein. Es begann mit Ausflügen zum Strand und zum Eisessen; dann lud Peter Jack ein, ein

Footballspiel zu schauen; schließlich begann er, sonntags zum Mittagessen zu kommen.

Ob sie es wollte oder nicht, Jack war jetzt ein Teil ihres Lebens. Und um ehrlich zu sein, wuchs er ihr allmählich ans Herz. Sie hatte zuerst Abstand gehalten und nicht viel mehr als höfliche Konversation mit ihm betrieben. Aber es war, als würde Emma ihr Zögern fühlen, und sie hatte alles dafür getan, die beiden einander näher zu bringen.

Jack schüttelte den Kopf. »Megan, ich weiß, mich einzuladen, war nicht Ihre Idee, aber ...« Seine Stimme brach ab, und er mied ihren Blick.

Megan streckte ihren Arm aus. »Doch, war es. Ich hab es vorgeschlagen.«

Jack hob den Kopf, und sie sah die Überraschung in seinen Augen. Er hielt ihr die Schachtel hin.

»Ich, äh, na ja, ich bin das Haus durchgegangen und hab ein paar Dinge gefunden. Da ist Wolle – ich weiß nicht, ob jemand strickt, aber hier ist viel drin für Mützen und Schals und was weiß ich. Außerdem ist da noch ...«

Megan blickte hinein. Zwischen den bunten Wollknäueln lag ein Buch. Es sah fast wie ein Notizbuch oder Tagebuch aus. Sie nahm es in die Hand, öffnete es aber nicht.

»Es gibt nichts, was ich sagen kann, um zu erklären, was meinem Mädchen, was Dottie widerfahren ist. Ich wünschte, ich könnte es. Ich habe Ihnen einen Grund oder irgendetwas geben wollen, um Ihnen dabei zu helfen, die Fragen zu beantworten, von denen ich weiß, dass Sie sie haben.«

»Ist schon gut.«

Jacks Augen glänzten. »Nein. Ist es nicht. Aber ich habe Dotties Tagebuch gefunden. Sie hat akribisch jeden Tag hineingeschrieben. Jahrelang. Es gibt ein Regal voll mit ihren Tagebüchern. Aber das hier ... Sie hat nicht so viel hineingeschrieben. Es beginnt, als Em ... als sie Em in unser Haus gebracht hat, und es endet, kurz bevor ...« Er musste sich ein paarmal räuspern.

Megan drückte das Tagebuch an sich. »Sie wollen also sagen, hier steht alles drin? Alles aus diesen beiden Jahren?« Sie konnte es nicht glauben.

Jack stellte die Schachtel auf den Boden. »Ihr Gedächtnis verließ sie bereits, also hat sie nicht jeden Tag geschrieben, aber ... ich wollte ... ich dachte, es würde Ihnen helfen, meine Dottie kennenzulernen ... und warum sie dachte, dass Em unsere Enkelin ist.«

Megans Herz schwoll vor Zuneigung, als sie die Ehrlichkeit in Jacks Blick las.

»Danke«, flüsterte sie. Sie atmete tief durch und versuchte, sich zu sammeln. Das Geräusch eines zurückgeschobenen Stuhls auf dem Fliesenboden und nackter Füße, die auf sie zu gerannt kamen, zwang sie, ruhig zu bleiben. »Danke.« Sie lächelte und drückte sich das Tagebuch an die Brust.

»Opa!« Emma warf sich in Jacks ausgestreckte Arme. »Du bist da!«

Megan sah die verschiedenen Gefühle über Jacks Gesicht fliegen, als er ihre Tochter fest in seinen Armen hielt. Hätte jemand sie vor ein paar Monaten gefragt, ob sie diesen Mann so in ihr Haus lassen würde, hätte sie gelacht. Nicht in einer Million Jahre. Es hatte eines langen Gewissenskampfes bedurft, bevor sie erkannte, dass dieser Mann nicht ihr Feind war.

»Sie sind jetzt ein Teil unserer Familie.« Megan legte ihre Hand auf Jacks Arm und lächelte. Peter traf sie im Flur und schüttelte Jacks Hand zum Gruß. Dann begleitete er ihn ins Wohnzimmer, wo das Footballspiel lief.

Megan sank auf die Treppe und öffnete das Tagebuch in ihren Händen. Hinten steckte ein Lesezeichen und dort sah sie zuerst nach. Sie war neugierig, warum diese Stelle im Buch markiert war. Was sie las, würde sie für immer verändern.

Lieber Jack ...

DANKSAGUNG

Ich habe dieses Buch insbesondere für diejenigen geschrieben, die sich in Emmas Geschichte aus *Wo ist Emma?* verliebt haben. Ohne Ihre Rückmeldungen, Ihre E-Mails und Kommentare wäre *Emmas Rückkehr* niemals entstanden. Ich hoffe, Sie werden sich auch in diese Geschichte verlieben und die Charaktere noch näher kennenlernen und nach dem Lesen der letzten Seite das Buch mit einem zufriedenen Seufzen beiseitelegen.

An meinen Mann und meine Familie, danke, dass ihr mich ermutigt habt, eine Geschichte zu schreiben, die mir aus dem Herzen spricht, und für all eure Ideen, wie man eine Familie erschafft, die dieser Geschichte würdig ist. Und an meine Mädchen, danke, dass ihr so toll seid, dass ihr zu mir gestanden und an mich geglaubt habt, als ich es nicht tat. Ihr seid unglaublich! Und das ist erst der Anfang …

Ein ganz besonderer Dank noch einmal an Sherri Gall. Danke, dass du dir mein Geschwafel angehört hast, meine panischen SMS gelesen und beantwortet hast, wenn ich versuchte, ein Handlungselement einzubauen, und für all deine Ideen und Vorschläge, wie ich ein Geheimnis schaffen konnte, das nur Emma haben konnte.

An Jean Brewer und den Dachshund Group – ihr habt einen ganz besonderen Platz in dieser Geschichte bekommen. An Wendy Keel, Amy Schaubel, Lyn Campbell und

Alyssa Palmer – danke für euer scharfes Auge, eure Vorschläge und euren Glauben an mich als Schriftstellerin.

Und schließlich, an Carmen Johnson, meine fantastische Lektorin, die sich in Emmas Geschichte verliebte und auch an mich als Schriftstellerin glaubte. Eines Tages möchte ich gern mit dir zusammen Schokolade essen und unseren Erfolg feiern!

15746899R00165

Printed in Great Britain
by Amazon

10
18
12, AVENUE D'ITALIE. PARIS XIIIe

Sur l'auteur

John Maddox Roberts est né en 1947 dans l'Ohio. Il est l'auteur d'une trentaine d'ouvrages de science-fiction, de *fantasy* et de policiers historiques, dont la série SPQR, plusieurs fois en lice pour les Edgar Awards, et qui compte déja neuf tomes. John Maddox Roberts vit aujourd'hui au Nouveau-Mexique.

JOHN MADDOX ROBERTS

SACRILÈGE À ROME

Traduit de l'américain
par Alexis CHAMPON

INÉDIT

10
18

« Grands Détectives »

dirigé par Jean-Claude Zylberstein

Du même auteur
aux Éditions 10/18

Série SPQR : Au nom du Sénat
et du peuple romain

ÉCHEC AU SÉNAT, n° 3782
LA RÉPUBLIQUE EN PÉRIL, n° 3783
▶ SACRILÈGE À ROME, n° 3809

À paraître

THE TEMPLE OF THE MUSES (novembre 2006)

Titre original :
The Sacrilege

ISBN 2-264-03926-4

SACRILÈGE À ROME

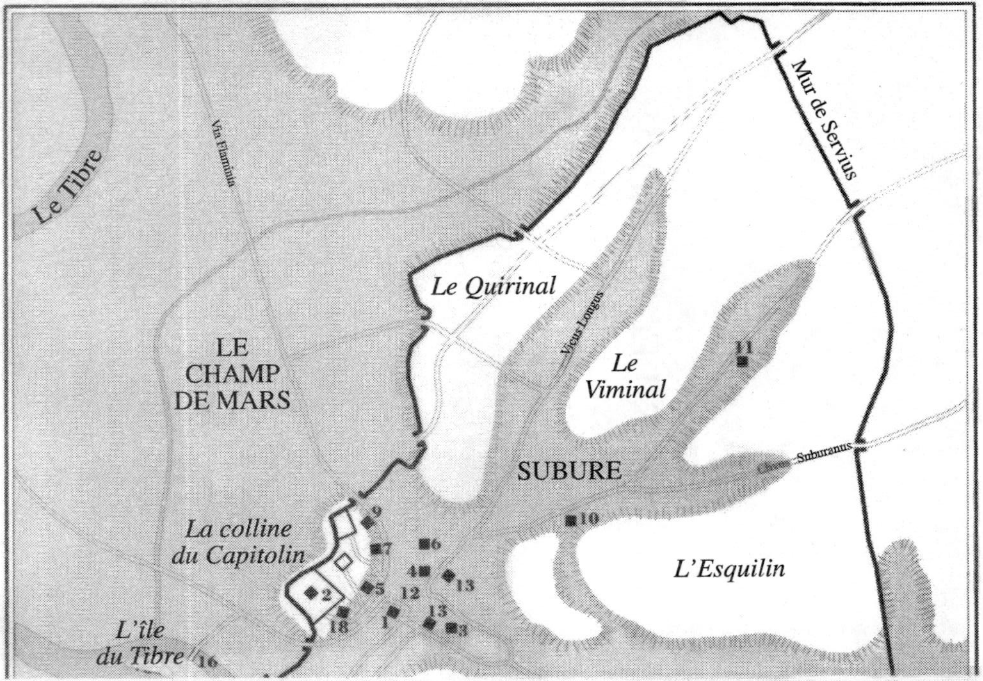

Le Tibre
Via Flaminia
Mur de Servius
Le Quirinal
Vicus Longus
Le Viminal
LE CHAMP DE MARS
SUBURE
Suburanus
L'Esquilin
La colline du Capitolin
L'île du Tibre
11
10
9
7
6
4
13
5
2
12
18
1
13
3
16

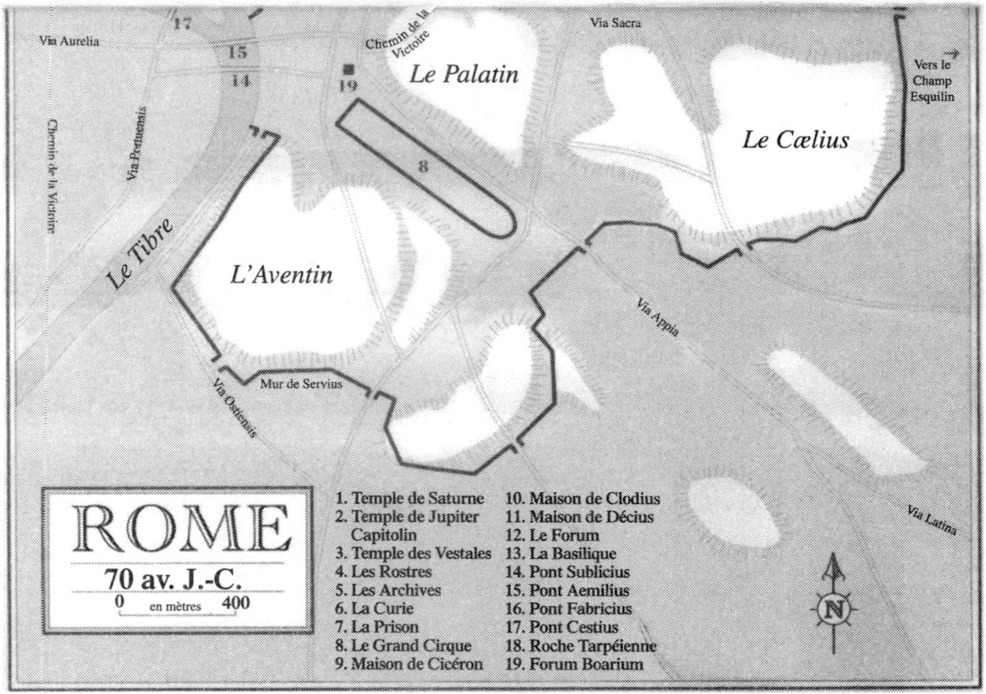
ROME
70 av. J.-C.
0 en mètres 400
1. Temple de Saturne
2. Temple de Jupiter Capitolin
3. Temple des Vestales
4. Les Rostres
5. Les Archives
6. La Curie
7. La Prison
8. Le Grand Cirque
9. Maison de Cicéron
10. Maison de Clodius
11. Maison de Décius
12. Le Forum
13. La Basilique
14. Pont Sublicius
15. Pont Aemilius
16. Pont Fabricius
17. Pont Cestius
18. Roche Tarpéienne
19. Forum Boarium
Via Aurelia
Chemin de la Victoire
Via Portuensis
Le Tibre
Chemin de la Victoire
Le Palatin
Via Sacra
Vers le Champ Esquilin
Le Cælius
L'Aventin
Mur de Servius
Via Ostiensis
Via Appia
Via Latina
N

I

Je me demande parfois si nous pouvons réellement connaître le passé. Comme les morts n'écrivent pas, l'histoire est racontée par les survivants. Parmi ces derniers, certains ont vécu les événements tandis que d'autres en ont seulement entendu parler. Celui qui raconte ou qui écrit ne relate pas à coup sûr les choses telles qu'elles se sont déroulées, mais plutôt comme elles auraient dû le faire afin de donner une bonne image de l'historien, de ses ancêtres ou de son parti politique.

Autrefois, lors d'un de mes nombreux exils, je fus relégué dans la belle mais ennuyeuse Rhodes. Il n'y a rien à faire sur cette île sinon assister aux cours d'un de ses innombrables instituts d'enseignement. J'optai pour des cours d'histoire parce qu'il n'y en avait pas d'autres cette saison-là hormis la philosophie, que je fuyais comme tout homme sensé.

Les cours d'histoire étaient délivrés par un érudit du nom d'Antigone, qui, à cette époque, jouissait d'une excellente réputation bien qu'il soit maintenant oublié depuis longtemps. Il consacra tout son cours à l'apparente versatilité des faits historiques. Il nous cita en exemple le cas des tyrannicides Harmodios et Aristogiton, qui vécurent à Athènes, il y a cinq cents ans. À cette époque, Athènes était dirigée par Hippias et Hipparque, les fils du tyran Pisistrate. Il semble que Harmodius et Aristogiton fomentèrent une rébellion contre les Pisistratides, mais ne réussirent à en tuer qu'un seul, j'ai oublié lequel. Le survivant, fort contrarié, les fit mettre à mort de manière spectaculaire. Le parti des anti-Pisistratides, fort du martyre des deux rebelles, se révolta et imposa son chef éclairé, Cléisthène, ou un autre, je ne me souviens plus. Sitôt fait, les statues des tyrannicides poussèrent comme des champignons à travers la Grèce et dans toutes ses colonies. Mon père en avait de splendides, sculptées par Axias, dans le jardin de sa résidence de campagne, qu'un de ses ancêtres avait achetées après que nous eûmes pillé Corinthe.

Toutefois, expliqua Antigone, les faits étaient quelque peu différents. Harmodius et Aristogiton n'étaient pas de jeunes démocrates idéalistes poussés par la haine des tyrans. C'étaient des amants. Le Pisistratide assassiné s'était amouraché du plus beau des deux – lequel n'avait nulle envie de quitter son compagnon pour un affreux barbon, d'où l'organisation du complot. Ce n'est qu'après la mort des deux amants que la légende des tyrannicides sera inventée par le parti des anti-Pisistratides.

Le plus étonnant, c'est que tout le monde connaissait la véritable histoire à l'époque ! Les gens ne consentirent à croire à cette fable que pour des raisons de propagande. Ainsi, la légende devint une « vérité politique », selon le néologisme forgé par Antigone. C'est une histoire typiquement grecque et seul un Grec avait pu inventer pareille expression.

Antigone poursuivit sa démonstration en soulignant que seuls ceux qui ont vécu les événements savent ce qui s'est réellement passé, et que les autres ne les perçoivent qu'à travers un épais brouillard, à l'instar des aveugles qui explorent les contours d'une statue à tâtons. Il affirmait que certains sorciers, tel Protée dans l'histoire d'Ulysse, peuvent invoquer les fantômes des morts et les faire parler, et que c'est seulement ainsi que nous pouvons arriver à une vraie connaissance des faits.

J'avais alors trouvé son explication judicieuse, mais je suis arrivé depuis à en douter. Lorsque je parvins à la profonde connaissance de la nature humaine qui est aujourd'hui la mienne, une question m'apparut : l'homme cesserait-il de mentir uniquement une fois mort, et seulement là ? Je ne crois pas. Les ambitieux s'inquiètent toujours de la façon dont on se souviendra d'eux après leur mort et, si on les questionnait sur les faits qu'ils ont accomplis de leur vivant cependant qu'ils attendent, désœuvrés, sur les rives du Styx l'arrivée du passeur, la vérité ne triompherait pas.

Point n'est besoin de remonter jusqu'à de vieux Athéniens pédérastes pour trouver une légende des tyrannicides enjolivée au plus haut point. Prenez l'assassinat de Jules César. Il y a une histoire officielle, sanctionnée par notre Premier Citoyen, qui constitue la « vérité politique » d'Antigone. Je connais une tout autre histoire, or j'étais là à l'époque, ce dont ne peut se prévaloir notre Premier Citoyen. Nul doute qu'il existe bien d'autres versions, chacune faisant la part belle au conteur ou à ses ancêtres. Si nous avions un de ces nécromanciens, qu'il invoquât devant nous le fantôme du Divin Jules, ceux de Cassius, de Brutus, de Casca et, disons, de cinq autres (neuf étant le chiffre préféré des dieux), je suis persuadé qu'ils nous conteraient neuf versions différentes des événements tragiques des ides*[1] de mars. Le brouillard du narcissisme humain est aussi dense que celui créé par le temps ou l'espace.

1. Les termes suivis d'un astérisque figurent dans le glossaire en fin d'ouvrage. (*N.d.T.*)

Mais suffit. Je raconterai la mort de César une autre fois, si l'âge, la santé et le Premier Citoyen daignent m'épargner. Je parlerai d'un âge de dix-sept ans plus ancien et d'événements moins célèbres, bien qu'on s'en souvienne encore et qu'ils nous aient semblé de grande importance à l'époque.

Vous pouvez vous fier à mon récit car j'étais là, j'ai tout vu, et j'ai vécu trop longtemps et vu trop de choses pour me soucier de ce que les vivants pensent de moi. Et je m'inquiète encore moins de l'opinion qu'on aura de moi après ma mort.

Je m'attendais à une bonne année. J'aborde toujours avec optimisme la nouvelle année, or les événements ont presque chaque fois prouvé mon manque de clairvoyance. Cette année-là ne fit pas exception. J'étais jeune, à peine vingt-neuf ans, et il en faut beaucoup pour triompher de l'insouciance naturelle de la jeunesse. Néanmoins, les armes pour terrasser mon optimisme étaient prêtes, et en grand nombre.

Tout semblait aller à merveille cependant que je chevauchais vers la ville. Une des raisons de ma gaieté se trouvait hors des murs : un gigantesque campement de soldats, de prisonniers et de butin. Le butin seul, protégé par des tentes et des auvents, couvrait des arpents entiers. Pompée revenait d'Asie, et les préparatifs de son triomphe*, allaient bon train. En attendant, il n'avait pas le droit d'entrer dans la ville, et c'était cela qui me réjouissait. La faction du Sénat* opposée à Pompée avait jusqu'à présent bloqué la permission de célébrer le triomphe. Pour ma part, j'aurais volontiers attendu que les dieux le rappellent à eux, ce qui ne risquait pas de se produire, quoi qu'il en pensât.

Je savais que l'année serait animée. Mon père avait été élu censeur*, or c'est un poste qui comprend de nombreux devoirs. Je m'attendais qu'il m'assigne au cens des citoyens, tâche fastidieuse et exigeante, ce qui lui aurait laissé la liberté de se concentrer sur la purge des sénateurs indignes de leur fonction, tâche gratifiante, et de se charger des contrats publics, tâche fort lucrative.

Je n'en avais cure. Je resterais à Rome ! J'avais passé l'année écoulée en Gaule, où le climat est détestable et où les habitants ne se lavent pas. Ils mangent mal, par ailleurs, et mille ans de civilisation romaine ne leur apprendront jamais à faire du bon vin. Les gladiateurs* étaient de piètre qualité, les seules compensations à mettre à l'actif du pays étaient ses merveilleuses courses de chars et de chevaux.

Les cirques étaient minables comparés aux nôtres, mais les courses haletantes. En outre, mes activités s'étaient limitées principalement à l'armée. J'ai toujours eu un mépris très peu romain pour la vie militaire. Il n'y avait pas de combat, ce qui était ennuyeux et peu lucratif, et mon rôle s'était borné à celui de trésorier, ce qui était humiliant. Les soldats ricanent quand ils voient un officier engoncé dans son armure de parade compter leur solde pièce par pièce avant de leur faire signer le grand registre.

Mais tout cela était terminé et mon cœur était en fête tandis que j'approchais de la porte d'Ostie. J'aurais pu prendre une barque pour remonter la rivière, mais, comme j'avais envie de faire une entrée glorieuse, j'avais emprunté un cheval à un questeur* d'Ostie, fait astiquer mon armure de parade et acheté de nouvelles plumes pour mon casque. C'était une belle journée et je fis forte impression en pénétrant dans Rome après avoir remercié les gardes de la porte pour leur salut.

Les murs de Rome se dressent aujourd'hui bien au-delà du pomerium*, et je pus traverser cette partie de la ville en grande pompe, recevant les acclamations admiratives de mes concitoyens. La popularité des militaires était grande à cette époque car les armées romaines venaient de remporter une série de victoires agrémentées de riches butins. Je descendis de cheval à la limite des anciens murs de la ville, érigés par Romulus. Quiconque franchissait le pomerium en armes signait son arrêt de mort.

Avec force gestes, je quittai et pliai ma cape militaire rouge et l'attachai à ma selle. En prenant garde de ne pas froisser mes plumes neuves, j'ôtai mon casque et le suspendis par la jugulaire à ma selle. Des passants m'aidèrent à ôter ma cuirasse, embossée de muscles à faire pâlir Hercule de jalousie et très flatteurs pour les miens. Je glissai mon épée et son étui dans la sacoche et ne gardai que ma tunique militaire ornée d'or et mes caliges* de cuir rouge, dont le port était autorisé dans la ville proprement dite, et, guidant mon cheval par les rênes, je franchis le pomerium.

À peine l'avais-je franchi, j'eus l'impression qu'on m'avait libéré d'un poids bien supérieur à celui de mon armure. J'étais de nouveau un civil ! J'aurais chanté à tue-tête si je n'avais craint de manquer de dignité. Je marchais d'un pied si léger que mes semelles cloutées résonnaient à peine.

J'avais hâte d'être chez moi, de me changer et d'aller errer dans le Forum* afin d'y recueillir les derniers ragots. J'en rêvais comme un homme affamé rêve de nourriture. Mais le devoir exigeait que je rendisse d'abord visite à mon père. En chemin, je me repus de la vue, des bruits et, oui, même des odeurs. La puanteur de Rome était pour mon sens olfactif plus douce que le parfum de villes mineures.

Je frappai à la porte et le *janitor** appela Narcisse, le majordome de mon père. Le vieil homme obèse me tapota l'épaule d'un air réjoui.

— Bienvenue à la maison, maître Décius. Je suis content de te revoir.

Il claqua des doigts, produisant un son semblable au craquement d'une grosse branche. Un jeune esclave accourut.

— Emmène le cheval avec les affaires de maître Décius chez lui, dans Subure*.

Il prononça ce nom avec une moue de dédain.

L'esclave blêmit.

— Mais on va me tuer et me manger, dans Subure !

— Annonce seulement que le cheval et les affaires appartiennent à Décius Cécilius Métellus le Jeune, lui dis-je, et personne ne te molestera.

Les habitants de Subure étaient aux petits soins pour moi depuis que j'avais rapporté la tête du Cheval d'octobre[1]. Suspicieux, le garçon s'éloigna néanmoins en tirant le cheval par ses rênes.

— Viens, dit Narcisse, le censeur est dans son jardin. Il sera enchanté de te voir, j'en suis sûr.

— Moi aussi, soupirai-je.

Nous trouvâmes mon père assis à une table qui croulait sous les rouleaux de parchemin ; le soleil d'hiver faisait luire son crâne chauve et soulignait la grande cicatrice qui partageait presque son visage en deux. C'était Décius Cécilius Métellus l'Ancien, mais tout le monde le surnommait Nez-Coupé. Il leva la tête lorsque j'entrai.

— De retour, hein ? fit-il comme si je revenais juste de ma promenade matinale.

— Par la force des choses, répondis-je. Je me réjouis de te trouver en bonne santé.

Père grimaça.

— Comment sais-tu que je vais bien ? Parce que je ne pisse pas le sang ? Il y a bien d'autres moyens plus discrets de mourir.

Sa réplique m'alarma.

— Tu es souffrant ? Je…

— Je me porte aussi bien qu'un Thrace. Assieds-toi.

1. Cf. *La République en péril*, 10/18, n° 3783. (*N.d.T.*)

Il pointa un doigt noueux sur le banc qui lui faisait face. Je m'exécutai.

— Voyons, dit-il. Il faut que je te trouve du travail. Ça t'évitera les ennuis, pour changer.

— Tu es censeur, tu as plein de travail pour moi, j'en suis sûr.

— Non. J'ai suffisamment d'assistants. La plupart de mes collègues ont des fils qui ont besoin d'acquérir l'expérience de la fonction publique. Même les tâches les plus subalternes du censorat excèdent leurs compétences.

— Je me réjouis d'apprendre que tu me juges digne d'un meilleur emploi.

— Figure-toi qu'on a déjà réclamé tes services. Céler postule pour la charge de consul* de l'année à venir, et il veut que tu l'aides à solliciter les suffrages. Je pouvais difficilement le lui refuser.

Mon cœur fit un bond. C'était bien plus excitant que de travailler pour le censorat. Quintus Cécilius Métellus Céler était un parent, et il avait été mon commandant en Gaule. Il était rentré avant moi afin de faire campagne pour le consulat, laissant à son légat* le soin d'administrer sa paisible province.

— Je serai enchanté de le servir, assurai-je. Et pour ce qui est d'éviter les ennuis, ça ne devrait pas poser de problème étant donné que Clodius n'est pas à Rome.

— Publius Clodius est toujours à Rome, rectifia mon père.

— Comment ? m'exclamai-je, atterré. Il y a plusieurs mois, on m'a certifié qu'il avait obtenu sa questure et qu'on lui avait octroyé la Sicile ! Pourquoi est-il toujours ici ?

La haine entre Pompée et Crassus ressemblait à de l'amour fraternel comparée à la relation entre Clodius et moi.

— Il a retardé son départ, dit mon père d'un air renfrogné, j'ignore pourquoi.

Il était très doué pour prendre cet air-là et ne s'en privait pas.

— Quelle qu'en soit la raison, ne te mets pas en travers de son chemin. Il a accumulé de grands pouvoirs à Rome. C'est dire la décadence dans laquelle nous sommes tombés.

Père stigmatisait toujours les pratiques scandaleuses de l'époque. Personnellement, je ne pense pas que l'époque ait jamais été décadente. Comme il ne semblait pas décidé à m'inviter à dîner, je me levai.

— Je rentre me changer, dis-je, et j'irai ensuite voir Céler. Avec ta permission, je vais prendre congé.

— Un instant ! objecta mon père. Il y a quelque chose que je voulais te donner. Qu'est-ce que c'était, déjà ? Ah, oui !

Il fit un signe, et un esclave arriva au pas de course.

— Dans le cabinet de l'atrium*, dans le tiroir, sous les masques mortuaires, tu trouveras un paquet. Rapporte-le.

L'esclave partit à toutes jambes et reparut presque aussitôt.

— Tiens, me dit mon père. C'est pour toi.

Perplexe, je pris le paquet qui était enveloppé dans du papier luxueux. Je défis l'emballage : c'était un vêtement plié en quatre. Je le secouai et découvris qu'il s'agissait d'une tunique* blanche qui aurait été austère s'il n'y avait eu cette large bande violette qui descendait du col à l'ourlet. C'était un habit comme en portait tout Romain, mais seuls les sénateurs avaient droit à la bande violette.

— C'est moi qui t'ai acheté ta première épée, expliqua mon père, j'ai donc pensé que je pouvais aussi te donner ça. Ni Hortalus ni moi n'avons trouvé de raison valable de t'écarter du Sénat, nous t'avons donc enrôlé le mois dernier.

À ma grande honte, mes yeux s'emplirent de larmes. Mon père m'avait sauvé de la disgrâce avec sa manière habituelle.

— Que ça ne te monte pas à la tête. N'importe quel imbécile peut devenir sénateur. Tu découvriras que la plupart de tes collègues sont soit des idiots, soit des coquins, soit les deux. Maintenant, sers-moi bien.

Il pointa un doigt en l'air pour souligner l'avertissement qui allait suivre.

— Tu devras t'asseoir au fond de la salle, ne pas faire de discours avant d'avoir acquis un certain mérite. Tu voteras toujours comme la famille, et tu n'élèveras la voix que pour exalter des propos tenus par un membre de notre famille ou un de nos partisans. Et surtout, surtout, ne t'attire pas d'ennuis, Clodius ou pas. Bon, maintenant tu peux disposer.

Il reporta son attention sur les parchemins.

Je sortis. Mon père avait le don d'escamoter le soleil d'une journée d'été, mais c'était bien dans son caractère. J'étais heureux avec ma nouvelle tunique. J'en avais déjà commandé plusieurs en prévision de mon admission au Sénat, mais recevoir celle-ci des mains de mon père revêtait une grande signification. Ses directives rigoureuses ne m'avaient pas surpris. Les Barbares s'imaginent que tout sénateur romain est un véritable dieu, mais nous ne sommes pas aussi naïfs. Bande violette ou pas, je n'étais encore que le fils de mon père. Je me frayai un chemin parmi la foule grouillante de midi et arrivai bientôt devant chez moi. Avant d'avoir eu le temps de frapper, la porte s'ouvrit à la volée et Caton, mon vieux serviteur, parut sur le seuil avec Cassandre, sa femme, aussi vieille que lui.

— Bienvenue, sénateur ! lança-t-il à tue-tête, obligeant les passants à se retourner.

Cassandre pleura à chaudes larmes comme si elle venait d'apprendre ma mort. Pour le sentimentalisme, personne ne dépassera jamais les esclaves domestiques. C'était la première fois qu'on s'adressait à moi avec ce nouveau titre ; cela me frappa et me plut tout à la fois.

Je serrai Cassandre dans mes bras, ce qui fit redoubler ses pleurs.

— Oh, maître, j'ai grand-honte ! Le garçon est venu avec ton cheval et tes affaires il n'y a qu'une heure à peine, et je n'ai pas eu le temps de faire le ménage. C'est impardonnable !

— Je suis sûr que tout est propre et bien rangé.

Ils tenaient toujours impeccablement la maison. Ils étaient trop vieux pour faire quoi que ce fût d'autre.

— Le cheval n'est pas à moi. Où est-il ?

— J'ai dit au garçon de le laisser à l'écurie des affranchis*, en bas de la rue.

— Parfait.

L'écurie louait des litières et des esclaves pour les porter, mais il y avait des stalles pour quelques chevaux et mules. J'irais plus tard engager un cavalier pour rapporter ma monture à Ostie.

— Le reste de mes affaires arrivera bientôt, dis-je. Par barque.

Je surpris un inconnu qui se dandinait nerveusement dans l'ombre, au fond de l'atrium.

— Qui est-ce ? m'enquis-je.

— Ton père l'a envoyé il y a quelques jours, répondit Caton. Il s'est dit que tu aurais besoin d'un jeune serviteur pour te suivre partout où tu vas, maintenant que tu es sénateur. Il appartient à la maison de ton oncle Lucius.

Je soupirai. Chez nous, on n'achetait jamais des esclaves au marché comme tout le monde. C'eût été d'une vulgarité impensable. Nous employions des esclaves nés dans la famille. Voilà qui fait terriblement aristocratique, mais cela comportait de sérieux désavantages. Au lieu de choisir un esclave ayant les talents et qualités requis, nous héritions d'un incapable dont un de nos parents cherchait à se débarrasser. Je le savais depuis longtemps avant de découvrir pourquoi mon oncle Lucius était si pressé de s'en défaire.

— Viens ici, mon garçon, qu'on voie à quoi tu ressembles.

L'esclave obéit. Âgé d'environ seize ans, de taille moyenne, il était maigre et nerveux, avec un visage mince et finaud, un long nez fin qui ne dessinait pas un espace suffisant entre les deux yeux, par ailleurs d'une nuance verte alarmante. Ses épais cheveux bouclés descendaient en pointe sur ses sourcils. L'impression générale était celle d'un garçon sournois et vil, avec un brin d'arrogance maussade. Il me plut aussitôt.

— Ton nom ?

— Hermès, maître.

J'ignore pourquoi nous donnons à nos esclaves des noms de dieux, de rois ou de héros. Comme il doit être pénible d'accomplir de grandes choses et de savoir qu'un jour son nom sera porté par des milliers d'esclaves !

— Eh bien, Hermès, je suis ton nouveau propriétaire, et tu découvriras vite que je suis juste, dans les limites du raisonnable. Je n'utilise jamais le fouet sans motif. D'un autre côté, si motif il y a, je le manie très bien. Ça te semble sensé ?

— Très sensé, maître, assura-t-il avec la plus grande sincérité.

— Parfait. Ton premier devoir sera de m'assister aux bains. Prends mes affaires de bain, une paire de sandales et une de mes plus belles toges*. Je rends visite à un homme très éminent cet après-midi.

L'esclave allait filer à toutes jambes quand je l'arrêtai.

— Réflexion faite, je préfère choisir ma toge moi-même.

Mes esclaves sur les talons, j'allai dans ma chambre inspecter ma garde-robe. Cassandre avait aéré la pièce et rempli les vases de fleurs fraîches. Son attention me toucha. À cette époque de l'année, pour trouver des fleurs en un laps de temps si court, elle avait dû soudoyer les esclaves de mon voisin, qui possédait une serre.

Je choisis ma seconde plus belle toge et pris une paire de sandales. L'hiver était doux, je n'avais donc pas besoin de bandelettes pour les pieds. Elles m'ont toujours paru manquer de dignité, et après le climat hostile de la Gaule, je n'en ressentais pas le besoin.

— Je rentrerai peut-être tard, avertis-je mes esclaves. Si on me cherche, je serai aux bains, au Forum et ensuite chez Métellus Céler. Mais comme personne ne sait que je suis rentré, je ne devrais pas recevoir de visites.

Je m'éloignai tout en parlant, et mes esclaves me tapotaient l'épaule, m'époussetaient et balayaient presque le sol devant moi.

— Tout sera réglé pour ton retour, maître, m'assura Caton.

— Ton dîner sera prêt, si jamais aucun de tes amis ne t'invite chez lui, précisa Cassandre.

Je savais qu'un tel dévouement ne durerait pas. Au bout de quelques jours, ils retrouveraient leur caractère grognon et geignard.

Je sortis dans la rue, Hermès sur mes talons chargé de la toge, des serviettes, des fioles d'huile et d'un strigile* en bronze de Campanie, cadeau d'un ami des jours heureux de ma jeunesse. Son manche était orné d'images lubriques que la petite crapule admirait tout en marchant.

— Connais-tu la ville ? lui demandai-je.

— J'y ai toujours vécu, répondit Hermès.

— Tant mieux. Je t'emploierai probablement davantage comme messager que comme serviteur.

Rome est une ville chaotique où il est difficile de trouver quoi que ce soit hormis le Capitole, les forums, les temples et les cirques principaux, à moins d'avoir une longue expérience de la cité.

— Mon oncle t'employait-il de la même manière ?

— Non, mais je me suis souvent enfui, c'est comme ça que j'ai appris à me diriger.

Je m'arrêtai pour examiner son front. Il n'avait pas de boutons ni surtout de F marqué sur la peau.

— Pourquoi n'as-tu pas la flétrissure du *fugitivus* ? m'étonnai-je.

Il eut la grâce hypocrite de paraître honteux.

— Euh, j'étais très jeune et je revenais toujours.

— Tourne-toi, ordonnai-je.

J'agrandis l'ouverture de son col afin d'examiner son dos. Pas de marque. Je le lâchai et repris ma route.

— Oncle Lucius est magnanime. Enfuis-toi une seule fois de chez moi et ton dos aura davantage de zébrures que la robe d'un augure*. Deux fois, et tu auras droit à un collier de fer. Trois, et tu auras un énorme F entre tes deux yeux de bigle. C'est bien compris ?

— Oui, maître. Mais à ce qu'il paraît, tu es un citoyen qui sort beaucoup. Si je suis à ton service, comme je parcourrai la ville dans tous les sens, je n'aurai pas besoin de m'enfuir.

— Je n'y avais pas pensé, concédai-je.

Nous allâmes aux vieux bains, près du temple de Saturne*, juste à côté du Forum. Après m'être fait raser et tonsurer par un barbier, j'entrai aux bains. À cette époque, ils étaient bien plus modestes que ceux d'aujourd'hui, mais celui-ci était un des plus vastes de Rome ; à l'intérieur, on avait l'impression que l'établissement était immense.

Je me déshabillai et confiai mes vêtements à Hermès tandis que j'entrais dans les bains proprement dits. Je pris mon courage à deux mains, serrai les dents et plongeai dans l'eau froide. Il court de nombreuses théories sur les vertus hygiéniques de l'eau froide et maints stoïciens ne se baignent que dans des bassins d'eau froide, mais c'est ridicule. La raison pour laquelle nous commençons toujours par un bain froid est que les Romains se méfient de tout ce qui apporte du plaisir, car ils trouvent cela décadent et ramollissant. Nous souffrons d'abord dans le bain froid afin de nous autoriser ensuite le luxe de l'eau chaude.

Ainsi, après avoir sacrifié à la vertu, je me hâtai en frissonnant d'aller me prélasser dans la douce chaleur du caldarium*. J'y vis de nombreuses connaissances et dus inventer moult mensonges sur mes aventures trépidantes et dangereuses en Gaule. Après les avoir suffisamment ennuyés, j'appelai Hermès afin qu'il m'enduise le corps d'huile parfumée ; puis j'allai faire des exercices dans la cour, où je me roulai dans la fosse aux lutteurs jusqu'à être couvert de sable. Hermès me frotta alors avec le strigile pour m'enlever le sable, l'huile et une bonne partie de la peau. Cet acte pénible constitue une autre des souffrances que nous nous infligeons pour nous faire pardonner les plaisirs du bain.

Je me rendis alors dans les salles de vapeur. Je vis dans le bassin glacé un groupe de stoïciens barbus essayant de converser normalement, comme s'ils ne claquaient pas des dents. Cependant, il y avait pire. Marcus Procius Caton, dans sa quête perpétuelle pour devenir l'homme le plus vertueux de Rome, se baignait toute l'année dans le Tibre parce qu'il se figurait que nos ancêtres en avaient l'habitude. Il ne lui était pas venu à l'esprit que le fleuve ne charriait pas autant d'ordures à l'époque de nos pères fondateurs.

En sortant des bains, je me sentis littéralement un homme neuf. J'avais échangé ma tunique militaire pour une toge de citoyen, et celle-ci pour une tunique de sénateur. Après les lourdes caliges, mes sandales de ville étaient si légères que j'avais l'impression de marcher pieds nus. J'envoyai Hermès à la maison avec ma tunique militaire et mes chaussures et me dirigeai vers le Forum. Rome a plusieurs forums, mais celui-ci était *le* Forum, le Forum Romanum, qui a toujours été, était à l'époque, est encore aujourd'hui et sera à jamais le cœur de la vie romaine. Il fait tellement partie de notre existence que nous ne lui accolons presque jamais l'adjectif de Romanum à moins qu'il ne soit indispensable de le distinguer du Forum Boarium ou d'un des autres. C'est juste le Forum, autant dire le centre du monde.

C'est si vrai que, pour le prouver, nous avons la Borne d'Or en plein milieu (bon, d'accord, pas tout à fait au milieu, mais presque), à partir de laquelle toutes les distances sont mesurées. Vous ne trouverez jamais cela au centre de quelque cité barbare, où ils rendent la justice, exécutent les traîtres et vendent les esclaves à côté des potagers. Ah, comme il était doux d'être de nouveau au centre du monde !

Je traversai la place aux pavés inégaux, vers le merveilleux méli-mélo de monuments, dont certains érigés en l'honneur d'hommes oubliés depuis longtemps. Parmi les étals disposés tout autour du Forum je notai avec dégoût la présence de diseuses de bonne aventure. Ces sorcières sont périodiquement expulsées de la ville par les édiles et les censeurs, mais reviennent à chaque fois. Non seulement leurs prédictions influencent la politique, mais elles font aussi commerce de poisons et pratiquent des avortements. Nul doute que mon père était trop occupé à purger le Sénat de ses ennemis favoris, mais il s'attaquerait bientôt à ces canailles.

Le Forum grouillait de citoyens et d'étrangers qui admiraient d'un air béat les temples et les splendides édifices publics qui se dressaient de tous côtés. Comme il faisait beau, les tribunaux siégeaient en plein air. Le procès est l'amusement préféré des Romains et le dernier des balayeurs se prétend fin connaisseur des points les plus obscurs de la loi. Ils acclament un avocat habile, et lancent des légumes pourris aux médiocres.

Comme aux bains, je vis plusieurs personnes de mes connaissances et accueillis d'un air suffisant leurs félicitations pour mon nouveau statut. Je reçus maintes invitations à dîner, dont j'acceptai quelques-unes, consolai un parent qui avait été élu questeur et s'était vu assigné au Trésor, et me comportai en général comme si j'avais accompli un exploit de grande importance. Ma seule contrariété était qu'aucune réunion ne se tînt au Sénat ce jour-là ; je ne pus donc assister à ma première session en tant que membre à part entière de la noble assemblée.

Lassé de ces divertissements, je me dirigeai vers la maison de Métellus Céler. C'était l'un des hommes les plus éminents de l'époque, et je m'interrogeai sur mon utilité dans sa quête de la charge de consul, que tous les membres importants de ma famille considéraient comme leur revenant de droit. La province qu'il venait d'administrer était d'ordinaire réservée aux anciens consuls, mais Métellus Céler était si illustre qu'on la lui avait attribuée lorsqu'il avait quitté son poste de préteur* ; c'était à ce moment-là qu'il m'avait emmené avec lui pour que je fuie Rome où, comme d'habitude, je m'étais fourré dans le pétrin.

Je me présentai à sa porte et on me fit entrer dans l'atrium où de nombreux visiteurs patientaient, parmi lesquels des sénateurs de haut rang et le dernier homme que je m'attendais à trouver là : Caius Julius César. Il avait occupé un poste de préteur l'année précédente et on lui avait confié le poste de gouverneur d'Hispanie ultérieure. Pourquoi était-il encore à Rome ? Les dettes extravagantes de César fascinaient le monde romain et son seul espoir de s'en tirer résidait dans le pillage de l'Espagne. Il croisa mon regard et s'avança vers moi la main tendue, exactement comme s'il faisait campagne.

— Décius Cécilius, comme je suis heureux de te revoir à Rome ! Et, je t'en prie, accepte toutes mes félicitations pour ta nomination au Sénat.

Il était suivi par une bande de flagorneurs qui m'adressèrent des sourires comme si ma promotion était aussi la leur.

— Merci, Caius Julius, dis-je. Mais je suis surpris de te trouver là. Je te croyais en Hispanie.

Il chassa la question d'un geste dédaigneux.

— Oh, certains devoirs me retiennent, la plupart de nature religieuse.

Grâce à une corruption éhontée, César s'était fait élire grand pontife* quelques années auparavant et avait la charge de tous les aspects de la religion d'État. Cela me rappela une question qui me hantait depuis quelque temps.

— Il y aura peut-être des combats en Espagne, tu ne crois pas ?

— Oui, c'est toujours une possibilité. J'ai hélas peu d'expérience du commandement militaire, mais je ne doute pas que je serai à la hauteur de la tâche.

— Moi non plus, assurai-je. Mais dis-moi, comment concilier la dure réalité des combats avec les restrictions de ton pontificat ?

Le grand pontife ne devait en effet pas voir le sang humain.

César me répondit avec grand sérieux :

— J'ai consulté avec soin les livres sacrés, et j'ai découvert que les diverses restrictions de ma charge ne s'appliquaient qu'à Rome, et n'entravaient en rien mes actes une fois hors des murs.

Comme c'est pratique ! songeai-je. Nos livres religieux étaient écrits dans une langue si archaïque qu'ils étaient quasiment incompréhensibles.

— Bien sûr, remarquai-je, le grand pontife est bien placé pour savoir ces choses. Je suis sûr que tu reviendras d'Espagne couvert de gloire.

Couvert d'or, en tout cas.

— Merci pour tes aimables vœux, dit César.

Il se pouvait qu'il fût sincère. Avec Caius Julius, on ne savait jamais. C'est le moment que choisit Céler pour faire son apparition et saluer ses visiteurs. Il commença par les plus éminents, mais vint rapidement me trouver.

— Content de te revoir, Décius. As-tu fait un agréable voyage ?

— Je n'ai rencontré aucun danger, mais ce n'était pas agréable pour autant. J'ai sacrifié à Neptune plusieurs fois par jour.

C'est ainsi que les marins d'eau douce parlent du mal de mer.

— La mer est bonne pour les Grecs, déclara Céler.

C'était un homme trapu avec une face de crapaud, mais il n'avait rien d'un pitre. Il avait une grande expérience de la vie publique et était de surcroît l'un des hommes les plus riches de Rome, bien qu'il eût acquis sa fortune honnêtement, par héritage ou pillage.

— Ta nouvelle tunique te sied à merveille, me dit-il. Attends-moi ; je m'occupe de mes invités et je reviens. Il faut que je te parle en privé.

J'attendis que les visiteurs s'en aillent, puis je suivis Céler dans le jardin. Il était assez dénudé en cette saison, mais joliment distribué et bien entretenu.

— As-tu sacrifié à Jupiter pour le remercier d'être rentré sain et sauf ? me demanda Céler pendant que nous marchions.

— Non, mais j'ai offert un vrai sacrifice à Neptune au temple, à Ostie.

— Offre un sacrifice à Jupiter, me conseilla-t-il. Tu montes dans la fonction publique, tu dois afficher ta piété. Les Romains aiment que leurs hommes d'État soient pointilleux sur les questions religieuses.

— C'est comme si c'était fait. Mon père m'a dit que tu souhaitais que je te seconde dans ta campagne pour le consulat. Je serai toujours heureux de t'aider, tu le sais bien.

— Parfait. Je m'attends à gagner, mais je me méfie des mauvaises surprises. En outre, il ne suffit pas d'être élu, encore faut-il s'entendre avec son collègue.

— Bien sûr. Sur qui as-tu porté ton choix ?

— Je ne sais pas encore. Il y a une pléiade de prétendants cette année, qui tous démarchent auprès des comices centuriates*, et dont certains tentent de me soudoyer. Il est en principe admis que je serai le prochain consul, et on s'imagine que l'homme que je soutiendrai sera mon futur collègue. Je n'en suis pas si sûr. Quand j'aurai arrêté mon choix, je veux que tu agisses en sa faveur.

— Entendu. As-tu déjà décidé comment vous vous partagerez les tâches ?

Selon notre vieux système extraordinairement compliqué, l'autorité du consulat pouvait se partager de plusieurs manières, suivant une convention ratifiée avant que les deux consuls n'entrent en fonction. Pompée et Crassus, qui se détestaient et qui ne voulaient ni l'un ni l'autre céder un pouce de terrain, avaient choisi la manière la plus archaïque et la plus biscornue : ils présidaient à tour de rôle un jour sur deux. On laissait parfois l'autorité suprême au plus âgé des deux, ou l'un s'occupait des affaires intérieures à Rome, l'autre des affaires extérieures.

— Je prendrai ma décision lorsque je saurai qui est susceptible de devenir mon collègue. Franchement, je ne vois pas quelle différence cela fera. Les consuls n'ont plus les mêmes pouvoirs qu'autrefois.

C'était exact. Au fil des siècles, les préteurs avaient usurpé tous les pouvoirs judiciaires des consuls. Quant aux affaires militaires, notre empire s'était trop développé et les hauts commandements revenaient aux hommes qui occupaient déjà les fonctions les plus élevées. De plus en plus, les armées étaient conduites par des hommes qui, comme Pompée, avaient fait carrière dans l'armée. La dernière fois que des consuls en place avaient commandé une armée, c'était contre Spartacus, et ça s'était terminé en désastre.

— Ton père t'a-t-il parlé de tes devoirs au Sénat ? demanda Céler.

— Il m'a fermement remis à ma place, lui assurai-je.

— Il te faut des années pour entrer au Sénat, et quand tu y es enfin, tu dois recommencer en bas de l'échelle. Ça a toujours été ainsi. Le pouvoir vient avec l'âge.

— Quelles affaires le Sénat traite-t-il en ce moment ? m'informai-je.

— D'abord et avant tout, du cas Pompée. Le parti aristocratique le déteste et le craint, et il bloque l'autorisation de son triomphe. Pis, il continue d'empêcher l'attribution des terres qu'on avait promises à ses légions*.

— Si tu veux bien m'excuser, je croyais que nous étions du parti aristocratique.

— Ta famille a toujours pris soin d'éviter les extrêmes. La faction aristocratique est au pouvoir depuis Sylla, et elle s'éloigne de plus en plus de la réalité politique.

J'écoutais attentivement. C'était une leçon de politique par un homme qui connaissait admirablement les arcanes du pouvoir.

— Quoi que tu penses de Pompée, reprit-il, il a mérité son triomphe. Il serait stupide et ingrat de le différer. Et si nous dénions aux légions les terres qu'on leur avait promises, l'Italie sera bientôt la proie de milliers de tueurs de métier, bien organisés, armés et assoiffés de vengeance. Je ne veux pas voir une répétition de la dernière guerre civile, quand des armées rivales se battaient dans les rues de Rome !

— Est-ce que je discerne un léger penchant pour la faction pro-Pompée ?

— Nous le soutiendrons seulement sur ces deux points. Personne ne peut dénier aux soldats romains les récompenses qu'ils ont légitimement gagnées. La famille s'est raccommodée avec Crassus, et nous ne voulons pas que Pompée devienne notre ennemi à cause de ça. César se fait le champion de Pompée au Sénat, or c'est l'homme qui monte à Rome.

— César ? m'étonnai-je. Il n'a jamais commandé d'armée.

— Cicéron non plus, et regarde où il est parvenu.

— Comme tu voudras, dis-je. Mais je me suis déjà mis Pompée à dos.

— Tu n'as jamais été assez important pour le gêner.

Comme c'était vrai !

— D'ailleurs, les hommes tels que Pompée et Crassus sont toujours prêts à pardonner si c'est politiquement rentable. Et entre nous, c'est la sagesse même.

— Le Sénat examine-t-il d'autres affaires d'importance ? m'enquis-je.

— Une affaire, qui n'est pas très importante, mais qui nous concerne. Mon beau-frère s'efforce de devenir plébéien, et nous essayons toujours de l'en empêcher.

— Ah ! fis-je. Publius Clodius ! En voilà un qui n'est pas près d'oublier ni de pardonner, quel que soit le profit politique à en tirer.

Clodius était un patricien*, or il désirait devenir tribun* du peuple, une fonction ouverte seulement aux plébéiens. Cela restait malgré tout possible s'il se faisait adopter par une famille plébéienne, mais c'était compliqué dès lors que le Sénat s'y opposait.

— L'année dernière, quand Caton était tribun, il y a mis un terme en brandissant son veto. Cette année, Cicéron a lutté bec et ongles contre l'adoption. Dangereux comme il est, Clodius sera dix fois plus nocif s'il devient tribun.

À cette époque, le tribunat était l'institution politique la plus puissante de Rome. Les tribuns avaient regagné la plupart des pouvoirs que Sylla leur avait retirés. Ils pouvaient introduire des projets de loi et opposer leur veto aux décisions du Sénat. Je tremblais à l'idée que Clodius détienne un tel pouvoir.

— Pour contrarier Clodius, dis-je à Céler, je n'ai jamais besoin d'encouragements.

— Ne te mets pas en travers de son chemin pour l'instant, conseilla-t-il. Je ne sais pas pourquoi il traîne à Rome quand ses devoirs l'appellent en Sicile, mais je ne doute pas qu'il prépare quelque perfidie.

— Avec Clodius, tu peux parier dessus.

— Très juste. Bon, puisque nous sommes sur le sujet, les aînés de la famille ont discuté de la tactique à suivre pour le jour où Clodius présentera sa candidature au tribunat, ce qu'il fera certainement s'il vit assez vieux.

— À quelle décision êtes-vous parvenus ?

— Nous te demanderons de postuler pour le tribunat la même année.

Je ressentis le même choc que le bœuf du sacrifice quand l'assistant du flamine* lui assène un coup sur la tête.

— Moi ? Mais il y a plein d'hommes plus qualifiés dans la famille.

— Balivernes ! Tu feras très bien l'affaire. Tu as pour père un homme qui vient d'être nommé censeur, et tu possèdes les qualités pour n'importe quelle charge publique. Note que ça ne change rien parce que n'importe quel citoyen peut être élu tribun, du moment qu'il n'est pas patricien. Certes, tu es un aristocrate, mais depuis ta victoire au Cheval d'octobre, le peuple est derrière toi.

Le souvenir de cet exploit le fit sourire... et m'arracha une grimace.

— Je crois que Cicéron est en train de préparer ton ami Titus Milon pour le même rôle. J'ai horreur de penser qu'un chef criminel comme Milon soit tribun, mais j'avoue que ça vaut mieux que Clodius.

— Milon sera parfait, dis-je, mais je n'ai jamais pensé au tribunat. Bien sûr, je suis flatté que tu m'en juges digne.

— Ne le sois pas trop. Ce qui nous a décidés, c'est que Clodius t'exècre au plus haut point. Il sera si bien distrait par votre rivalité qu'il ne commettra peut-être pas trop de forfaits.

— Ah, je vois.

Mon esprit bouillonnait comme une cuve de vin en fermentation.

— Si Milon et moi sommes élus tribuns la même année, nous pourrions combiner nos forces pour maîtriser Clodius.

— Ah, tu saisis vite, apprécia Céler. Tu iras peut-être loin en politique. Bon, ça n'arrivera sans doute pas avant longtemps, mais je veux que tu y réfléchisses.

— Ne crains rien, je ne penserai qu'à ça.

Il fallait que je me sorte de ce piège d'une manière ou d'une autre. Clodius me détestait déjà en tant qu'ennemi, mais si j'étais son rival politique, sa malveillance ne connaîtrait pas de limites. En théorie, la vie d'un tribun était sacrée, et en assassiner un constituait un sacrilège. L'ennui, c'est que Clodius était un spécialiste du sacrilège.

— Qu'est-ce que vous complotez, tous les deux ?

La voix provenait de la colonnade. Nous nous retournâmes comme un seul homme mais, naturellement, je savais déjà qui c'était.

Clodia était l'une des plus belles femmes de Rome, et à cette époque l'une des plus célèbres. Elle était aussi connue pour son charme, son esprit et comme protectrice des artistes et des poètes. Surtout, elle était crainte. On la soupçonnait de complicité dans plusieurs meurtres, et il se trouve que je la savais coupable de certains. Toutefois, c'était l'épouse de Céler, et un minimum de politesse était requis.

— Tu es plus belle que jamais, Clodia, lui dis-je, et tu sais très bien que ni ton mari ni moi n'avons le moindre talent pour les complots.

— Quel dommage ! déplora-t-elle en me tendant la main.

Je la pris, m'inclinai et l'effleurai avec adresse au lieu de baiser ses jolis doigts fuselés. La précaution était peut-être inutile, mais on prétendait qu'elle cachait du poison sous ses ongles dorés.

— Cela fait combien de temps, Décius ? Je ne t'ai plus revu depuis que le cher Quintus s'est mis en campagne contre Catilina. Tu as quitté Rome à ce moment-là, si je ne me trompe ?

Inutile de dire qu'elle n'avait pas accompagné son mari en Gaule, à mon grand soulagement, et sans doute aussi à celui de Céler. Ils n'allaient pas très bien ensemble, mais, bien sûr, toutes les grandes familles arrangeaient leurs mariages pour des raisons politiques. Ils avaient été fiancés quand elle n'était encore qu'une enfant et son frère, Clodius, un odieux garnement.

— Je suis resté loin de Rome, et de toi, bien trop longtemps, Clodia.

C'était vrai pour Rome, en tout cas. Clodia et moi avions un passé entremêlé et, pour moi, embarrassant. Cependant, pour elle, rien n'était gênant.

— La vie est terriblement ennuyeuse depuis quelque temps, déclara-t-elle. Maintenant que tu es de retour, ça va peut-être s'animer.

C'était très inquiétant.

— Décius le Jeune travaillera pour ma campagne électorale, ma chère, annonça Céler avec le regard peiné qu'ont les maris affligés de telles épouses.

— Quel gâchis ! s'exclama Clodia. Tu ne perdrais pas le consulat si tes concurrents lançaient des dieux et des héros contre toi ! Enfin, ça veut dire que nous verrons souvent ce cher Décius, et c'est tant mieux.

À ce moment, un esclave vint annoncer un visiteur, et Clodia prit vivement congé.

— Je suis content que tu t'entendes si bien avec Clodia, grommela Céler, même si son frère veut te trancher la gorge.

— J'ai la plus haute estime pour Clodia, assurai-je.

— À partir de demain, je veux que tu viennes rendre tes hommages matinaux ici plutôt que chez ton père.

Nous marchâmes ensemble vers la porte.

— Devrai-je amener mes clients* ?

— Seulement si je dois prononcer un discours important. Sinon, congédie-les en sortant de chez toi.

— J'observerai tes directives avec joie, certifiai-je.

Je n'aimais pas la coutume voulant qu'on soit suivi par une troupe de clients. La loyauté et le dévouement devenaient ennuyeux à la longue.

Dans l'atrium, nous trouvâmes Clodia avec le nouvel arrivant, une parente à moi surnommée Félicia. C'était Cécilia Métella, la femme de Marcus Crassus le Jeune, fils du grand Crassus.

— Qu'est-ce que tu manigances avec Clodia ? demandai-je.

J'aurais été mieux inspiré de ne pas poser la question.

— Nous allons faire quelque chose de scandaleux et d'embarrassant pour nos époux, répondit Félicia.

— Tu es pourtant une respectable matrone, observai-je. Assurément, tu dois élever un troupeau de petits Crassii.

— Ne sois pas assommant, me gourmanda Félicia. L'élevage est bon pour les esclaves et le bétail.

D'ailleurs, tu as toi-même atteint un âge avancé en restant célibataire.

— Aucune femme n'a réussi à le retenir assez longtemps, plaisanta Clodia en faisant le signe d'attacher les poucettes. Il finit toujours par contrarier quelque puissant et doit fuir Rome pour sauver sa peau.

— Mesdames, intervint Céler, si vous voulez bien nous excuser, je dois raccompagner Décius. Des devoirs pressants l'appellent.

Il me reconduisit à la porte.

— Aucun homme ne devrait être obligé d'affronter ces deux-là en même temps, bougonna-t-il.

À ma grande surprise, je trouvai Hermès devant la porte, mais, en bon aristocrate, j'ignorai sa présence cependant que je faisais mes adieux à mon éminent parent, lui promettant d'être là de bonne heure le lendemain.

Je me dirigeai vers le Forum et Hermès m'emboîta le pas.

— C'était donc le grand Métellus ? dit-il. Il ne paie pas de mine.

— C'est l'un des plus grands, assurai-je. Moi, d'un autre côté, je ne suis qu'un petit Métellus. Toutefois, je suis bien plus grand que toi, ce qui signifie que tu dois ravaler ton insolence.

— Tes désirs sont des ordres, maître.

Ce fut, pour mon retour, une journée riche en événements. Elle allait cependant compter parmi les plus calmes.

II

Le lendemain matin, je me levai bien trop tôt, et accueillis mes clients. Même si je n'en possédais pas encore beaucoup, ils constituaient, et constituent toujours, un accessoire indispensable de la vie sociale et politique. Dans ce temps-là, j'en avais une douzaine, la plupart provenant de familles longtemps associées à la mienne ou bien il s'agissait de soldats à la retraite qui avaient servi sous mes ordres à un moment ou un autre. Ils n'avaient pas grand-chose à faire sinon m'acclamer au tribunal ou me protéger en cas de danger, et j'étais tenu de les aider tant sur le plan judiciaire que financier. Maintenant que j'étais sénateur, il y avait fort à parier qu'ils me demanderaient davantage de faveurs.

Je les congédiai après les avoir remerciés et leur avoir offert des cadeaux, puis je me rendis chez Céler. Il y avait foule dans son atrium. Sa clientèle à Rome se comptait par centaines et par milliers dans l'Italie et les provinces. Naturellement, même les clients romains ne pouvaient lui rendre hommage ensemble. Je crois qu'ils avaient organisé une sorte de présence tournante.

J'errai parmi eux, retrouvant de vieux amis et en découvrant de nouveaux. On parlait surtout du futur triomphe de Pompée et du merveilleux spectacle qu'il ne manquerait pas de représenter. Il semblait acquis que l'entêtement borné des sénateurs opposés au triomphe ne pouvait s'éterniser. Parmi la foule, je vis encore César.

— Deux jours de suite, Caius Julius ? m'exclamai-je. Assurément, les Julius n'ont jamais été des clients des Métellus.

César me gratifia de son sourire éclatant.

— Non, je ne suis pas ici en client, mais en demandeur d'asile. Je suis venu supplier ton parent de m'accorder le gîte pour demain soir.

— On n'a donc pas encore fini de réparer le toit du palais du pontife ? Quand j'ai quitté Rome, les travaux commençaient déjà.

— Oh, les tuiles sont en place, mais demain soir ont lieu les rites de la Bona Dea, et je ne peux y assister.

— J'avais oublié la date, admis-je. Mais, bien sûr, je ne suis pas marié.

Le rite avait lieu chez le grand pontife sous la direction de son épouse, et toutes les femmes nobles de Rome y assistaient. La présence des hommes était strictement interdite, et les femmes n'avaient pas le droit, sous peine de mort, de raconter ce qui s'y passait.

— Le grand pontife ne peut pas y assister, lui non plus ? m'étonnai-je.

— Non. Je réglemente tous les aspects de notre pratique religieuse, mais je ne peux toucher à ce rite particulier, et mon épouse ne doit pas m'en parler.

— Eh bien, c'est…

Je m'arrêtai net quand un homme qui se tenait à côté de César se retourna pour me regarder. Il avait un visage sinistre et malveillant. J'aurais dû reconnaître cette silhouette trapue et sans cou, même de dos. Je réussis, je ne sais comment, à ne pas dégainer malgré mon instinct. Heureusement, car je n'étais pas armé.

— Tiens, Publius ! Je me réjouis de revoir ton visage.

C'était vrai. Cela me faisait toujours chaud au cœur d'admirer les cicatrices que j'avais infligées à cette face difforme.

— Ma sœur m'avait prévenu que tu étais de retour.

Il faillit s'étrangler avec les mots, mais peut-être souffrait-il de diphtérie. Je jure que je vis des veinules rouges zébrer ses globes oculaires comme des éclairs.

— Allons, allons, pas d'inconvenances, dit César avec le sourire en lui posant la main sur l'épaule. Nous sommes chez Métellus.

À son contact, à ses mots et à son sourire, Clodius se calma et acquiesça en silence. C'était une scène extraordinaire. L'idée n'eût-elle été aussi absurde, j'aurais juré que Clodius avait *peur* de César ! Bien que ne comprenant pas la signification de cet incident, j'en tirai une interprétation qui devait me hanter pendant des années. Je n'avais jamais vu César m'adresser un tel sourire.

Mon parent Métellus Créticus, qui se tenait non loin de là, s'approcha pour faire diversion.

— Pas étonnant que Décius ait oublié la date, dit-il. Personne ne la connaît vraiment. Le calendrier est de nouveau faussé. C'est ta responsabilité, Caius Julius. Quand vas-tu enfin le corriger ?

Nous avions un calendrier lunaire et, comme l'année solaire[1] ne correspondait pas complètement avec les révolutions de la lune, le calendrier se détraquait et le grand pontife devait rajouter un mois pour que tout coïncide. César ne s'était pas occupé du problème depuis son élection, probablement à cause d'une paresse congénitale.

1. Avant César, l'année comptait 355 jours ; le pontife ajoutait des jours intercalaires pour faire coïncider le calendrier avec l'année lunaire. Sous l'influence de l'Égyptien Sosigènes, César imposa une année de 365 jours, avec un jour intercalaire tous les 4 ans. (*N.d.T.*)

— Notre vieux calendrier est impossible à corriger, déclara César. Je propose de le réformer de fond en comble afin de ne plus avoir à le rajuster.

Une solution de paresseux.

— Comment comptes-tu procéder ? demandai-je.

— Je convoquerai les meilleurs astronomes et mathématiciens et leur demanderai de créer un calendrier dans lequel le nombre de mois reste toujours le même. Cela peut se faire si nous acceptons l'idée que tous les mois n'aient pas le même nombre de jours, et qu'ils ne correspondent pas avec les phases de la lune.

— Trop radical pour moi, dénonça Créticus.

Je crus à l'époque à un autre des discours grandiloquents de César mais, quelques années plus tard, il tint sa promesse et nous n'avons plus besoin depuis de corriger le calendrier. Même un homme comme Caius Julius peut réaliser quelque chose de bien de temps en temps.

Pendant cette discussion, les amis de Clodius l'avaient entraîné à l'écart, et il me vint à l'esprit que quelqu'un, peut-être Clodia, avait fait passer le mot de nous éloigner l'un de l'autre. Cela me convenait parfaitement. Pendant que j'attendais l'arrivée de Céler, je remarquai quelque chose que j'avais déjà soupçonné la veille au Forum : j'étais devenu très populaire parmi les publicains*. C'étaient souvent des *equites** qui se spécialisaient dans la construction ou la collecte des impôts fonciers. Ils étaient tous pressés de faire ma connaissance et ne manquaient jamais de s'informer de la santé de mon père. Comme les censeurs avaient la charge d'attribuer les contrats publics, j'étais manifestement une relation à cultiver. Ils me laissaient entendre que, si je les recommandais à mon père, je pouvais m'attendre à recevoir des cadeaux généreux pour les saturnales*. J'allais enfin échapper à mon indigence habituelle.

Remarquez, ce n'était pas considéré comme de la corruption, malgré l'avis de notre Premier Citoyen. Il prétend que nous étions hautement corrompus dans ce temps-là et que ses « réformes » ont tout arrangé et mis un terme à ces pratiques. Comme d'habitude, il se vante. Il s'est surtout assuré qu'un gros pourcentage des pots-de-vin lui reviendrait.

À un certain moment, tout en me faisant entreprendre par le propriétaire d'une carrière, je tentai de m'approcher d'un groupe d'hommes qui entourait Clodius. J'avais l'oreille fine, et j'adorais écouter aux portes, surtout lorsque mon assassinat était le principal sujet de discussion. Toutefois, ils ne parlaient pas de moi.

— Mais que font réellement les femmes pendant cette cérémonie ?

C'était la voix de Clodius, où perçaient des insinuations libidineuses. Je dus admettre, à ma grande honte, que je me posais exactement la même question.

— Tous les Romains bien nés se le demandent, dit un homme que les agissements de son épouse pendant la Bona Dea mettaient incontestablement mal à l'aise.

— Ça ne doit pas tirer à conséquence, dit un jeune homme que je ne reconnus pas. Après tout, ce sont des femmes.

Sa remarque de novice fut accueillie avec des murmures de mépris.

— Je parie que ça vaut le coup de voir, dit Clodius.

J'avais envie de lui briser un vase sur le crâne. Je ne pouvais supporter sa voix. Ce n'était pas seulement à cause du sujet de discussion. S'il avait été question du temps qu'il faisait, sa voix eût été tout aussi détestable.

— Ça vaut le coup de mourir pour le voir, veux-tu dire, rectifia un homme plus âgé, donc vraisemblablement plus sage.

La conversation cessa à l'arrivée de Céler. Il salua ses clients les uns après les autres, et, lorsque vint mon tour, il me posa une main sur l'épaule, geste qui signalait toujours une conversation privée. Les autres se détournèrent discrètement.

— Décius, je veux que tu ailles sonder Mamercus Capiton. Politiquement, il est nul, mais c'est le cas de neuf consuls sur dix. Plus précisément, il est agréable, ce qui signifie qu'il est malléable, et comme il est de la famille des Aemilii, il n'y a pas plus noble que lui à Rome, sauf si on compte les dieux. Il ferait un bon coéquipier et il songe à se présenter. Vois s'il est d'accord pour un *coitio**, étant bien entendu que je serai le plus haut placé des deux.

— Je vais chez lui de ce pas.

C'était comme ça que je concevais la politique. C'était d'ailleurs ainsi que la plupart des affaires de la vie publique se traitaient. Les relations personnelles avaient autant de poids que les affiliations à un parti. Les débats au Sénat n'étaient souvent que des discours creux et des fanfaronnades, les vraies décisions se prenaient dans les dîners, aux bains et même parfois sur les gradins du cirque.

Je me hâtai, espérant trouver Capiton chez lui. Les Aemilii comptaient parmi les familles les plus illustres, mais la lignée s'était tarie et il n'en restait plus que quelques-uns. Ceux de la génération actuelle ne se distinguaient que par leur nom. Capiton avait lentement gravi les échelons de la fonction publique sans distinction militaire ni politique. Il était comme ses deux cents collègues sénateurs (ou plus) : personnages insignifiants qui avaient obtenu leur poste grâce à leurs origines, qui entraient dans la fonction publique dès qu'ils en avaient l'âge et en faisaient le moins possible, profitant surtout de leur situation pour s'enrichir.

En bref, Capiton était le collègue idéal pour un homme énergique comme Céler, qui voulait avoir les coudées franches. En tant que consul le plus haut placé, il obtiendrait la province proconsulaire la plus juteuse lorsqu'il quitterait ses fonctions. À cette époque, la raison principale qui poussait les Romains à devenir consuls était de mettre la main sur une riche province proconsulaire. Celles-ci étaient en principe attribuées par tirage au sort, mais tout le monde savait que les dés étaient pipés. Un homme soutenu par un grand nombre de sénateurs se taillait la part du lion, et celui qui s'était fait des ennemis au Sénat tombait sur une province qui avait pour seule richesse l'animosité de ses indigènes.

Le Sénat trouvait parfois de bien étranges missions pour les consuls les plus singuliers. Comme la fois où il avait attribué à Pompée le commandement de toute la Méditerranée et de son littoral pour la débarrasser des pirates. Des années plus tard, César, en tant que consul, présidait un Sénat non seulement hostile mais doté aussi d'un solide sens de l'humour. Au lieu d'une province, les sénateurs lui confièrent l'entretien des routes et des sentiers d'Italie. Il leur fit regretter leur plaisanterie plus tard, naturellement.

Oui, le consulat était un poste alléchant bien que hasardeux. J'espérais devenir moi-même consul un jour, non par ambition, mais parce que c'était un dû lorsqu'on s'appelait Cécilius Métellus. Non qu'on m'ait un jour accusé d'avoir obtenu mon poste grâce à mon nom et de l'avoir occupé à ne rien faire. Aucun homme politique complaisant n'avait jamais réchappé à autant de tentatives d'assassinat. Le sérieux avec lequel un Romain remplissait ses fonctions se jugeait au nombre et aux penchants meurtriers de ses ennemis.

J'arrivai chez Capiton au moment précis où ses clients en sortaient et qu'il se rendait au sacrifice annuel donné par les Aemilii à la mémoire de quelque victoire. Je le connaissais peu, mais il m'accueillit avec hospitalité et afficha son plaisir de me revoir. Lorsque je fis allusion à une affaire politique, il m'invita à dîner chez lui le soir même.

Les choses prenaient bonne tournure, et j'avais le reste de la journée libre. Le Forum n'était qu'à quelques pas ; j'y errai, me laissai caresser par les rayons du soleil et flatter par nombre de publicains. La plupart de ces derniers étaient des entrepreneurs, mais l'un d'eux, plus intrigant, avait un article à vendre : un bouclier d'une forme nouvelle pour les légions.

— C'est bien mieux que le vieux *scutum**, m'expliqua-t-il avec enthousiasme. Aussi épais et protecteur, mais coupé droit en haut et en bas.

— Les soldats n'acceptent pas facilement les nouveautés, fis-je remarquer. Quel avantage a-t-il ?

— Nous en avons donné quelques-uns à l'essai aux *ludi** de Campanie, et les gladiateurs affirment qu'il est bien mieux dessiné que le modèle ovale. Il est plus léger et permet une meilleure vision.

— Les gladiateurs n'ont pas à se protéger des flèches ni des javelots, dis-je, dubitatif. La guerre ne se limite pas aux combats singuliers, tu sais.

— Fadaises ! Un combattant tiendra toujours son bouclier au niveau des yeux. Avec le mien, le corps du soldat est encore moins exposé.

— Mais si la base du bouclier est plate, rétorquai-je, les soldats de garde le poseront par terre, s'appuieront dessus et s'endormiront. N'importe quel officier te le dira.

Il poussa un soupir exaspéré.

— C'est pour ça que les centurions* ont des verges afin de punir leurs subordonnés. Or, la légion a besoin d'une décapitation exemplaire chaque année pour empêcher les soldats de garde de s'endormir lorsque l'ennemi est à nos portes. Voilà comme on les tient en alerte. Bon, citoyen, si tu glisses un mot à ton père, le censeur, je suis prêt à proposer à l'État un prix très raisonnable. Mon atelier peut équiper en boucliers une légion entière chaque année, avec une version moins chère pour les auxiliaires.

— Je lui parlerai, promis-je, mais ça m'étonnerait que l'affaire se conclue. Mon père pense toujours que la réforme de Marius[1] était un scandale. Combien par bouclier ?

— Cinquante-cinq *denarii** pour le modèle légionnaire, trente pour l'auxiliaire.

— Ça semble élevé.

— Holà, citoyen, ce n'est pas du matériel de piètre qualité, mais de premier choix, fait avec des plaques de tilleul et de la glu égyptienne, doublé d'excellent feutre et revêtu de cuir brut ; et par-dessus, de la peau de taureau blanchie afin que le légionnaire puisse la teindre ou la peindre de la couleur qu'il souhaite. De la quincaillerie extrêmement soignée, citoyen : ombon, rivets et poignées, sans compter la bordure tout en bronze. Alors, ça ne vaut pas cinquante-cinq *denarii* ?

— Je ne discuterai pas des détails. En quoi la version pour les auxiliaires diffère-t-elle ?

— Elle est identique, sauf que le revêtement est en peau de vache brune et la bordure en cuir brut plutôt qu'en bronze. Entre nous, il est aussi efficace, mais nous savons tous deux que les légionnaires se révolteraient si les auxiliaires recevaient le même matériel qu'eux.

— C'est juste, admis-je.

— Tiens, je vais te faire une proposition : je baisse le prix de vingt *denarii* si on me donne les vieux bou-

1. Les légionnaires sont désormais recrutés dans les couches sociales inférieures de la société (prolétarisation de l'armée) ; on promet des terres aux soldats qui ont combattu pour Rome. (*N.d.T.*)

cliers en échange. Je les vendrai aux Égyptiens. Mais je veux pouvoir refuser ceux qui sont trop abîmés.

Je lui promis de faire mon possible, et il m'assura qu'il ne serait pas seulement reconnaissant mais aussi généreux. En fin de compte, les légions essayèrent le nouveau bouclier, l'apprécièrent, mais ne l'achetèrent pas. Elles se contentèrent de couper le haut et le bas de leurs vieux modèles. Les officiers chargés du matériel étaient tout sauf des idiots.

Après cette rencontre, j'allai à un étal et achetai un plat de saucisse avec des oignons frits et des olives, assaisonné de *garum** et servi dans un pain sans levain. J'étais en train de le faire descendre avec du vin allongé d'eau lorsque je vis par-dessus le rebord de ma tasse quelque chose qui m'arrêta net.

Plusieurs étals plus loin, quelqu'un sortait de l'échoppe d'une sorcière. C'était un jeune homme, assez âgé pour se raser et porter la toge, mais tout juste. Je lui trouvai un air familier mais n'arrivai pas à le situer. Il jetait des regards honteux à droite et à gauche. Il portait les sandales rouges ornées d'un croissant d'ivoire à la cheville, privilège des patriciens. C'est cela qui m'aida à l'identifier : il faisait partie de la petite troupe qui entourait Clodius ce matin-là. En fait, c'était même lui qui avait eu la naïveté de déclarer tout haut qu'une assemblée de femmes bien nées ne pouvait rien comploter de louche. L'occasion était trop belle ; je me dirigeai vers lui en prenant soin d'arriver par-derrière.

— Bonjour ! lançai-je bien haut.

Il sursauta, puis se retourna, blanc de peur. Il jeta un regard effrayé vers l'antre de la sorcière, visiblement terrifié à l'idée que je l'aie vu en sortir. Je lui donnai une tape amicale sur l'épaule pour lui montrer que je ne soupçonnais rien.

— Je t'ai vu chez Céler ce matin, mais nous n'avons pas été présentés.

Il parut légèrement soulagé.

— Je suis Appius Claudius Néron, dit-il, et je sais qui tu es. Le sénateur Métellus.

Je serrai la main qu'il me tendit.

— Je suis toujours enchanté de rencontrer un nouveau citoyen. Tu as dû revêtir la toge pendant que j'étais en Gaule. Es-tu le fils de l'Appius Claudius qui était le légat de Lucullus en Asie ?

— Non, son cousin. Son père et mon grand-père étaient frères.

Ça faisait du petit morveux le cousin au second degré de Clodius et de Clodia. Clodius avait renoncé au patronyme de Claudius quand il avait décidé de devenir plébéien, et sa sœur l'avait imité.

— Je suis bien aise de voir que nos vieilles familles patriciennes continuent de produire de robustes jeunes gens, dis-je en lui souriant de toutes mes dents.

À mon humble avis, un Claudius de plus était comme un rat de plus, mais j'étais prêt à lui accorder le bénéfice du doute. Chaque siècle, les Claudii enfantaient un homme respectable. Appius l'Ancien était de ceux-là. Le fait que ce jeune homme fréquentât Clodius ne plaidait certes pas en sa faveur.

— Merci, dit-il. Je… euh, je ne veux pas paraître mal élevé, mais j'ai un… euh, je suis pressé, j'ai un rendez-vous.

— Je t'en prie, je ne te retiendrai pas plus longtemps. Mais passe me voir bientôt. J'aimerais qu'on fasse mieux connaissance.

Je pris sa main dans les miennes et m'aperçus qu'il tremblait. Je remarquai alors une chose étrange : il portait à son index une grosse bague à poison.

Je le suivis des yeux tandis qu'il s'éloignait. Pourquoi diantre portait-il cette bague ? Bon, je vous dois des explications. À cette époque, les bagues de poison n'étaient pas rares, mais les Barbares croient généralement que nous les utilisons pour empoisonner nos ennemis. Ils s'imaginent que les bagues ont des couvercles à ressort pour verser subrepticement le poison dans la coupe d'un de ceux-ci. En réalité, c'était un moyen de se suicider rapidement. Le dôme de la bague était adroitement travaillé pour former une capsule remplie de poison. On ne pouvait utiliser le poison sans briser la capsule. À l'époque où les querelles intestines faisaient rage et où se tromper de camp était synonyme de mort, on en voyait partout. Elles se faisaient plus rares lorsque les temps étaient paisibles. Or je parle d'une époque qui l'était relativement.

Je portais moi-même de temps en temps une bague de poison. Quand vous saviez qu'à tout moment une bande d'énergumènes risquait de s'introduire chez vous, ou que vos ennemis vous poursuivaient à travers les ruelles, il était réconfortant d'avoir une issue rapide. Il suffisait de mordre la mince couche en or, d'aspirer le poison, et cela vous évitait la torture, ou le risque d'être précipité depuis la roche Tarpéienne*, ou traîné dans le Tibre au bout d'un crochet.

Le garçon était bien trop jeune pour avoir de sérieux ennemis. Peut-être essayait-il de pimenter sa vie. C'est le propre des jeunes gens qui parviennent à l'âge adulte de faire ce genre de choses : porter une bague empoisonnée, cacher une épée sous sa tunique, ou écrire des poèmes exécrables. Toutefois, tout ce qui avait un rapport, même lointain, avec Publius Clodius était susceptible d'éveiller mes soupçons.

L'échoppe était typique : un carré de quatre perches fermé par des cloisons en gros tissu bon marché et surmonté d'un toit de même matière. Contrairement aux étals des vendeurs, il ne comportait pas de table sur laquelle étaient présentés les articles. En revanche, les côtés et le devant étaient illustrés de symboles magiques : croissants de lune, serpents, chouettes, et cætera. Je repoussai le rideau et inclinai la tête pour franchir la porte basse. L'intérieur regorgeait de paniers contenant des articles indéfinissables, qui intéressaient seulement les pratiquants de la magie. Dans un de ceux-ci, je vis un nœud de serpents noirs entortillés.

— Que puis-je pour toi, citoyen ?

Celle qui avait parlé était une paysanne d'une banalité saugrenue. Elle aurait tout aussi bien pu vendre des navets au marché.

— Je suis le sénateur Décius Cécilius Métellus le Jeune, dis-je pompeusement. Je veux savoir ce que le jeune noble qui vient de sortir faisait ici.

Elle me toisa des pieds à la tête.

— Y a-t-il une raison pour que je te parle de mes clients ?

— Ton commerce est interdit dans l'enceinte de la ville, et tu le sais.

— La bande est sur ta tunique, pas sur ta toge, souligna-t-elle.

Elle me faisait ainsi remarquer que je ne portais pas la toge prétexte bordée de pourpre et n'avais donc aucun pouvoir judiciaire.

— Certes, mais mon père est le censeur Métellus.

— Tiens donc ! Je ne suis pas la politique de près. Enfin, si c'est vrai, c'est lui qui devrait me parler comme ça. Pourquoi ne vas-tu pas le chercher, qu'on puisse discuter tous les deux ?

— Femme, tu abuses de ma patience. Tu ne sais donc pas montrer le minimum de respect dû à un sénateur ?

Elle me dévisagea avec pitié.

— Allons donc, tu n'ignores pas qu'un sénateur est juste un citoyen avec une bande pourpre sur sa tunique. Si tu savais combien d'entre eux viennent me réclamer du poison pour se débarrasser de leur femme, ou demander un avortement pour une jeune esclave, quand je ne suis qu'une pauvre diseuse de bonne aventure et une honnête herboriste. Les femmes viennent me voir, elles aussi, parce que leur noble mari est resté absent toute l'année et qu'elles vont avoir un bébé qui ressemblera trop au valet d'écurie gaulois. Les agissements de tes pairs devraient te scandaliser.

Hélas, je ne l'étais pas le moins du monde.

— Et toi, naturellement, tu ne veux rien avoir à faire avec ces demandes ?

— Manquerait plus que ça !

Elle fit plusieurs gestes contre le mauvais œil et autres infortunes surnaturelles.

— Je peux te préparer une potion pour calmer tes douleurs, mais ne me demande rien d'illégal.

Je ne m'attendais pas qu'elle avoue vendre des poisons pour d'autres buts que le suicide, car la punition d'un tel délit était une mort atroce.

— Dire la bonne aventure est illégal, remarquai-je.

— Mon jeune ami, il y a des délits pour lesquels on vous renvoie de la cité, d'autres pour lesquels on vous cloue sur la croix. C'est ces derniers que j'appelle illégaux.

— Je ne bougerai pas d'ici tant que tu ne m'auras pas dit ce que le jeune homme venait chercher. Comme ça, tu n'es pas près d'avoir des clients.

Elle fit un geste d'exaspération.

— Oh, citoyen ! Tu n'as donc jamais été jeune ? Tu n'as jamais couru chez une diseuse de bonne aventure chaque fois que ton cœur vibrait pour la fille boutonneuse d'un voisin ? Les cœurs brisés sont plus nombreux que les sénateurs embarrassés.

— Très bien, dis-je. Je passe l'éponge pour aujourd'hui, mais je reviendrai. Comment t'appelles-tu ?

— Purpuréa, citoyen. Je viens ici presque tous les jours.

Je la quittai en fulminant. J'envie parfois les Asiatiques nobles, dont les inférieurs doivent ramper dans la poussière et leur lécher les orteils. Purpuréa ! Lorsque les femmes conçoivent leurs propres noms, elles en trouvent décidément de bizarres. Par ailleurs, ses protestations d'innocence ne m'impressionnaient pas. Dans ma vie, j'ai connu plusieurs milliers de criminels, à les entendre un nouveau-né était un monstre à côté d'eux. Toutefois, une chose était sûre : le jeune Néron avait eu peur d'être surpris en train de consulter une diseuse de bonne aventure.

Si vous cherchez quelque Romain éminent à midi, il est inutile de passer chez lui. Votre meilleure chance est d'aller traîner au Forum ; vous tomberez sur lui tôt ou tard. C'est comme ça que je trouvai Milon. Il était près du temple de Castor et Pollux, entouré d'un groupe de durs à cuire, la plupart vêtus de tuniques sombres. Il était le seul à avoir pris la peine de nouer une toge. Il sourit à pleines dents lorsqu'il me vit.

Nous étions amis depuis des années, ce qui scandalisait nombre de mes pairs. C'était le chef de bande le plus puissant de Rome et il n'avait qu'un rival : Clodius. Il était très grand, encore jeune, et d'une beauté extraordinaire. Il avait été rameur dans sa jeunesse et était aussi fort qu'un gladiateur ou un lutteur professionnel. Nous échangeâmes les embrassades habituelles et il m'invita chez lui afin de parler librement loin des oreilles indiscrètes.

La forteresse miniature que Milon appelait sa maison occupait tout un pâté d'un des quartiers pauvres les moins délabrés. Elle était bourrée de voyous parmi lesquels de nombreux vétérans de la légion et des arènes. Nous nous assîmes à une table dans la vaste salle de réception de Milon, et un de ses hommes nous apporta du vin coupé d'eau. Milon ne raffolant pas particulièrement des politesses, j'allai droit au but.

— Dis-moi, Milon, pourquoi Clodius est-il encore à Rome ?

— Sa présence ne m'a pas échappé, répondit Milon. Pas plus que le fait que César montre une inhabituelle tendresse pour notre ville lorsque son devoir l'appelle ailleurs.

— Caius Julius n'est pas grand-chose.

— Pour l'instant, mais garde-le à l'œil. Et Clodius est l'homme de César.

Je me souvins de l'étrange scène du matin.

— Tu crois que ça a un rapport ?

— Je sais que depuis quelque temps Clodius ne fait rien sans la permission de César.

J'allais porter la coupe de vin à mes lèvres, mais j'arrêtai mon geste.

— Ça, c'est nouveau. A-t-on par hasard créé de nouvelles règles pendant mon absence ?

— Les règles n'ont pas changé, mais le nombre des joueurs a diminué. Il y avait autrefois de multiples bandes pour contrôler les rues de Rome. Il n'en reste plus que deux : la mienne et celle de Clodius. Il y avait de nombreux soldats et avocats qui se disputaient la maîtrise de Rome et de son empire. La plupart ont renoncé ou ont été éliminés. Lucullus, Hortalus et les autres ont abandonné la lutte pour le pouvoir.

— Hortalus est censeur avec mon père, fis-je remarquer.

— Un poste doté d'un grand prestige mais sans imperium*. Non, Décius Cécilius, les prétendants ont désormais noms Pompée, Crassus et Cicéron, et César les rejoindra bientôt. Tu verras lorsqu'il reviendra d'Espagne.

— Je me fie à ton instinct, Milon. Donc, tu prétends que Clodius est devenu l'homme de César. Et Céler m'apprend que tu t'es rapproché de Cicéron.

— Nous ne sommes pas amis, mais il a besoin de moi. Ceux qui veulent faire main basse sur l'empire doivent être la plupart du temps loin de la ville. Ils ont besoin d'un allié pour contrôler Rome en leur absence, or aucun poste constitutionnel n'est prévu pour ça.

J'avais toujours admiré cette qualité chez Milon. Il connaissait les ramifications du pouvoir aussi bien qu'un fermier celles de sa vigne. Il savait quelle branche était prometteuse et laquelle avait besoin d'être taillée. Il n'était absolument pas entravé par les traditions constitutionnelles qui façonnaient la pensée politique des Romains plus orthodoxes.

— Quelle est la position de Cicéron au Sénat et auprès du public en général ?

— Précaire pour l'instant. Il a des partisans, mais ses ennemis lui reprochent d'avoir eu la main lourde en exécutant ceux qui avaient conspiré avec Catilina sans procès. En outre, nombreux sont ceux qui n'apprécient pas ses origines médiocres. Ils n'acceptent pas qu'un homme réussisse aussi vite que lui. D'aucuns sont jaloux de sa nouvelle maison sur le Palatin. Ils prétendent qu'il a détourné des fonds publics pour la construire.

— Comment analyses-tu la situation ?

— L'affaire du complot de Catilina s'effacera avec le temps. Rien ne vieillit aussi vite que les scandales de la veille. Catilina n'a jamais bénéficié d'une base solide parmi les puissants de Rome. Avec son retour, tous les yeux seront rivés sur Pompée, or Cicéron le soutient depuis quelque temps.

— Cicéron ? m'étonnai-je. Il a toujours fait partie de la faction opposée à Pompée.

— Oui, mais il comprend l'inévitable. Il faut faire quelque chose pour apaiser les vétérans de Pompée. Sais-tu une chose : lorsque Pompée entrera dans la ville pour recevoir son triomphe, ce sera la première fois depuis des années que lui, Crassus et César seront à Rome en même temps.

— Tu y vois un rapport ?

Je savais que Milon ne parlait jamais à la légère.

— Une rumeur court. Remarque, c'est juste une rumeur, mais d'aucuns affirment que César ne peut partir à cause de ses dettes. Certains de ses créanciers sont beaucoup trop haut placés.

— Mais s'il peut aller en Espagne, il s'enrichira comme n'importe quel autre bandit. Il pourra ensuite rembourser ses dettes.

— Il peut aussi se faire tuer. Il a une réputation de téméraire. Tu te souviens des pirates ?

C'était une histoire célèbre. Lorsqu'il était questeur, César avait été capturé par des pirates qui exigeaient une rançon pour le libérer. Il s'était montré arrogant, demandant que sa rançon soit digne de son rang. Il avait réprimandé ses ravisseurs, leur avait promis de revenir avec une flottille, de les crucifier et de les forcer ainsi à écouter son discours. Cela avait beaucoup amusé les pirates qui l'avaient traité comme une sorte de mascotte pendant qu'il était leur otage. La rançon finit par arriver, et ils l'envoyèrent au port romain le plus proche. César leva aussitôt une flottille, captura les pirates et les crucifia exactement comme il l'avait promis. C'était le genre d'anecdotes qui frappait l'imagination des Romains et lui conféra une petite célébrité.

— Ses créanciers veulent donc une sorte d'assurance ? Que peut-il faire ? César dépense avec une telle libéralité qu'il possède à peine les vêtements qu'il a sur le dos. Le poste de premier pontife est prestigieux, mais je n'ai jamais entendu dire que quelqu'un ait jamais gagné un as en occupant la fonction.

— Il y a une autre rumeur, déclara Milon. On parle d'un prêt. Un prêt gigantesque pour garantir ses énormes dettes pendant son absence. Et le prêt serait l'œuvre d'un seul homme.

Je commençais à comprendre.

— Crassus ! m'exclamai-je.

— Qui d'autre a assez d'argent ?

— Crassus ne fait rien par charité. Il exigera quelque chose en retour. Que peut César pour un homme comme Marcus Licinus Crassus ?

— Je donnerais cher pour le savoir, avoua Milon.

III

La maison de Mamercus Aemilius Capiton, située dans un beau quartier de l'Aventin, bénéficiait d'une vue superbe sur le cirque Maximus. En gravissant la colline, je sentis l'encens qui émanait du temple de Cérès voisin. Portant mon regard de l'autre côté de la vallée, j'aperçus la magnifique maison neuve de Lucullus. Elle était en construction la dernière fois que j'avais gravi l'Aventin, et on disait qu'elle était de loin la demeure la plus magnifique de Rome, construite grâce au pillage du Pont et de l'Asie. Lucullus n'était pas aussi riche que Crassus, mais là où Crassus utilisait son argent pour accroître encore sa fortune, Lucullus préférait le dépenser.

Les invités se rassemblaient déjà dans le triclinium lorsque j'arrivai et pris place sur une des banquettes. Hermès m'ôta mes sandales et se posta derrière moi, prêt à me servir. Je lui avais ordonné de garder le silence et d'observer. Curieusement, il obéit.

Comme de coutume, Capiton avait invité une compagnie hétéroclite. Il y avait toutefois une proportion inhabituelle d'hôtes distingués, signe évident de ses ambitions politiques pour l'année à venir. Marcus Pupius Piso Frugi Calpurnianus, un des consuls en exercice, occupait la place d'honneur. Comme son collègue Messala Niger, c'était un haut fonctionnaire de piètre importance. À l'instar de bien des hommes de son acabit, il insistait pour utiliser son nom à rallonge au lieu d'une forme raccourcie. Les hommes assurés de leur grandeur préféraient employer un nom unique comme s'ils étaient les seuls à le posséder. Nous avons ainsi Alexandre, Marius, Sylla, Pompée, Crassus et, ne l'oublions pas, César. Méfions-nous de ceux qui n'utilisent qu'un simple nom.

À l'autre bout de la banquette de tête se trouvait le pontife Quintus Lutatius Catulus. Catulus était un des grands Romains du moment, mais son étoile déclinait, à l'image de celle d'Hortalus et de Lucullus, à mesure que les militaires ambitieux gagnaient de l'ascendance. Entre Catulus et Calpurnianus avait pris place notre hôte, Capiton.

À la table qui faisait face à la mienne se trouvait Lucius Afranius, un homme de quelque dignité et de peu d'importance, à l'instar de Capiton lui-même. Il avait servi comme préteur quelques années plus tôt. Je ne me souviens pas des deux autres qui occupaient la même table. Sur la troisième banquette, mes compagnons formaient une paire insolite. À ma droite se trouvait le poète Catulle, à ne pas confondre avec le grand Catulus, qui écrivait son nom avec un seul *l*. Le poète musardait à Rome depuis deux ans en écrivant ses vers et en écorniflant des repas à droite à gauche. Des amoureux de la littérature m'assurent que ses poèmes sont plutôt bons[1]. Nombre des poèmes qu'il écrivit à cette époque étaient dédiés à une mystérieuse femme au cœur de pierre appelée Lesbie. Bien des contemporains professaient l'opinion que Lesbie était en réalité Clodia, qui avait la même cruauté et le même amour de la poésie. Catulle avait vécu dans la

1. Caius Valerius Catullus (v. ~87-v. ~54). Le poète le plus original de son époque. Il a notamment laissé *les Noces de Thétis et de Pélée*. (*N.d.T.*)

maison de Céler, mais je doute qu'il ait jamais été l'amant de Clodia ; il n'aurait pas survécu.

Ma grande surprise fut mon voisin de gauche. C'était le jeune Appius Claudius Néron.

— Deux fois le même jour, Néron ! m'exclamai-je. Si je croyais aux sornettes orientales sur l'astrologie, je penserais que nos étoiles sont entrelacées.

— Les étoiles n'ont rien à y voir, Décius, intervint Capiton. J'avais invité Clodius, mais quand il a appris que tu serais présent, il a envoyé le jeune Néron à sa place.

Tout le monde trouva cela hilarant, et le visage de Néron devint aussi écarlate que celui de Sylla. On trouvait spirituel de s'en prendre aux plus jeunes, aux demeurés ou aux difformes, et je ressentis une pointe de pitié pour lui.

— Ne te froisse pas, Néron, dis-je. Tu n'es pas responsable de ce que sont tes parents. J'en ai pas mal de mon côté que je préférerais ne pas connaître.

— Népos, par exemple ? intervint Afranius pour m'asticoter.

Contrairement au reste de la famille, mon cousin Métellus Népos était un farouche partisan de Pompée. L'année précédente, il avait été un tribun aux discours particulièrement incendiaires. Avec l'appui de César, il avait essayé de faire revenir Pompée d'Asie pour combattre Catilina, et avait même demandé que Pompée soit élu consul *in absentia*. Cela avait provoqué une émeute et le Sénat les avait tous deux suspendus de leurs fonctions. Népos s'était enfui chez Pompée, une bande d'aristocrates sur les talons, et César, en habile politicien, s'était raccommodé avec le Sénat et avait poursuivi sa préture.

Je m'aperçus qu'il n'y avait pas d'amis de César, bien qu'il cherchât à s'en faire partout. Catulus le détestait parce que César avait tenté de lui voler l'honneur d'avoir restauré le temple de Jupiter Capitolin* et d'en attribuer le mérite à Pompée. Catulle, pour sa part, soupçonnait César d'avoir une liaison avec Clodia. Peu de femmes en vue échappaient à cet honneur singulier. Afranius, qui se rangeait dans le clan des aristocrates, s'opposait à César par principe. C'était aussi vrai de Calpurnianus. Bien que cela me semblât étrange, ce n'était qu'une simple coïncidence.

Lorsqu'on servit le premier plat, les convives abordèrent le sujet principal du jour : le triomphe de Pompée. Le Sénat devait se réunir le lendemain afin de discuter une fois de plus de l'affaire.

— Ce sera ta première réunion en tant que sénateur, n'est-ce pas, Décius ? s'enquit Capiton.

— En effet, admis-je.

— Quel sera le sujet de ton discours inaugural ? demanda le grand Catulus.

La coutume voulait que tout nouveau sénateur prononce un discours le premier jour où il siégeait dans la Curie*. Certains s'en tiraient avec éclat, mais la majorité se rendait surtout ridicule.

— On m'a fermement conseillé de ne rien dire avant d'avoir acquis quelque prestige dans ma fonction, en sous-entendant que plusieurs années s'écouleraient avant que j'y parvienne.

— Ce n'est pas un mauvais conseil, assura Capiton. J'ai prononcé mon premier discours quand Décula et Dolabella se partageaient le consulat. J'avais loué les réformes de Sylla, qui avait retiré le pouvoir aux *equites* pour le rendre aux sénateurs. Ça m'avait paru sans risque. Après tout, Sylla était dictateur. Lorsque je quittai la Curie, une foule d'*equites* me poursuivit à travers les rues jusqu'à chez moi, où je me barricadai ; ils brûlèrent ma maison. Je m'enfuis en sautant par-dessus le mur et filai à Capoue le temps que les choses se calment.

Ce devait être avant qu'il ne soit gagné par l'embonpoint, me dis-je.

— C'était une époque turbulente, soupira Catulus, nostalgique.

Suivirent les ragots classiques sur les proscriptions* et qui avait tué qui, et dans quel intérêt. Le vin coulait à flots, les langues se déliaient.

— Que va-t-on faire d'Antonius Hybrida, consul ? demanda Afranius.

Hybrida était proconsul en Macédoine où il avait essuyé des défaites retentissantes.

— J'ai l'intention d'exiger qu'il soit traduit en justice dès son retour, déclara Calpurnianus.

— Bizarre, glissa Catulus, les dociles tribuns de Pompée n'ont pas fait campagne pour qu'on lui confie le commandement d'Hybrida.

— Ça ne m'étonne pas de Pompée, intervins-je. Il a l'habitude d'achever les victoires commencées par d'autres. C'est ce qu'il a fait en Espagne, en Asie et en Afrique. Il ne va certainement pas se proposer pour sauver une situation où les Romains ont été maintes fois vaincus.

— Eh bien, moi, fit Catulle, je prétends que Pompée est un grand homme.

— Vous autres, les poètes, vous vous enthousiasmez toujours pour des aventuriers qui se prennent pour des dieux, dit Afranius. Ce ne sont que des hommes, et Pompée n'est pas plus grand que bien d'autres que je connais.

— En tout cas, dit Capiton, Mucia partage ton avis, Afranius.

Ce fut au tour de Catulle de rougir. C'était une flèche indirecte contre son engouement pour Clodia. Tout le monde savait que Pompée avait divorcé de Mucia parce qu'elle avait couché avec César. Cela ne l'empêcha pas de s'allier avec lui. La politique, c'est la politique, et le mariage c'est… euh, c'est aussi de la politique.

— Vous êtes jaloux de sa gloire, dit le poète avec une certaine acuité.

— Mérité ou pas, dit Calpurnianus, ça sera un spectacle comme Rome n'en a jamais vu. J'ai visité son camp, il a une centaine d'éléphants, avec des cornacs qui les entraînent à exécuter des figures pendant la procession. Une légion en armes garde son trésor.

Cette dernière précision retint mon attention.

— Je croyais qu'il avait dissous ses troupes en arrivant en Italie.

— Il a demandé la permission de garder ses troupes en armes jusqu'à son triomphe, expliqua Calpurnianus. Ses légionnaires s'entraînent depuis si longtemps qu'ils seront prêts à célébrer le triomphe quelques jours seulement après l'autorisation du Sénat.

— J'ai entendu dire qu'il célébrerait trois triomphes en même temps, dit le jeune Néron. La guerre contre les pirates, la guerre en Afrique et celle en Asie.

Un esclave vint glisser deux mots à l'oreille de Capiton, qui se leva de sa banquette.

— Je dois recevoir quelqu'un dans l'atrium, annonça-t-il. Continuez sans moi, je reviens dans un instant.

Il sortit pendant que ses esclaves déposaient des plateaux de friandises devant nous.

— Pontife, dit respectueusement le jeune Néron, tout le monde parle des rites de la Bona Dea qui doivent avoir lieu demain soir. J'ai un doute. Qui est exactement la Bona Dea ?

« Tout le monde » signifiait certainement Clodius. Nous nous tournâmes vers Catulus pour entendre sa réponse.

— C'est une question épineuse, admit Catulus. Les pontifes sont censés tout savoir de nos pratiques religieuses ancestrales, mais la bonne déesse est assez mystérieuse. Certains l'identifient à notre ancienne déesse Cérès, que les Grecs appelaient Déméter ; d'autres prétendent qu'elle est d'origine orientale.

— Nous avons toujours éliminé les mystérieux cultes étrangers, déclara Afranius.

— C'est bien ce qui rend la question épineuse, renchérit Catulus. Le collège des pontifes a de tout temps été hostile à cette pratique, mais comme les hommes n'ont pas le droit de poser des questions sur les rites, et que les femmes ne sont pas autorisées à en parler, nous ignorons s'il s'agit de rites étrangers ou romains.

Au milieu de ce discours savant, Hermès se pencha au-dessus de moi pour remplir ma coupe.

— Ne mange pas le gâteau, me glissa-t-il à l'oreille.

Habitué depuis longtemps aux intrigues et aux conspirations, je fis comme s'il ne m'avait rien dit.

— Où se déroulent les rites, cette année ? demanda un des hommes qui occupaient la banquette d'Afranius.

— Dans la maison de César, répondis-je. Il me l'a dit lui-même ce matin.

Cela me rappela un autre détail.

— Est-ce qu'ils ne sont pas présidés d'habitude par la femme d'un consul ou celle d'un préteur ?

— Il y a un problème, avoua Calpurnianus, parce que je suis veuf et que mon collègue Messala Niger vient juste de divorcer. César était préteur l'année dernière et, comme il est grand pontife, il a proposé sa résidence officielle. C'est assez contrariant, parce que tous les mâles sont exclus des lieux, même les esclaves et les animaux.

— Même les tableaux, les statues et les mosaïques représentant des créatures mâles doivent être recouverts, ajouta Catulus le pontife.

— Avec qui César est-il marié ? demandai-je. Si je me souviens bien, Cornélia est morte il y a quelques années.

— Avec Pompéia, dit Afranius, et le bruit court qu'il n'est pas heureux avec elle.

— Ça serait plutôt le contraire, dit Catulle.

— Pompéia ? fis-je. Est-ce la fille de Pompée ?

Nous entendîmes alors les échos d'une dispute. Il n'y avait là rien d'étonnant dans une si grande maison.

Calpurnianus secoua la tête.

— Non, c'est la fille de Quintus Pompeius Rufus, dont le père était consul avec Sylla l'année où il a fait entrer son armée dans Rome et a exilé les partisans de Marius. Sa mère... voyons voir... ah, oui, sa mère était de la gens* Cornelia, c'était la fille de Sylla.

Entre nos multiples mariages, nos divorces politiques et notre manière originale d'attribuer les noms que nous avons hérités de nos ancêtres, des êtres simples et rustiques, il est remarquable qu'on puisse retracer nos propres lignées, et même celles d'autrui. De vieux pédants comme Calpurnianus étaient fiers de connaître la généalogie sur le bout des doigts. Ils se trompaient souvent, mais n'en étaient pas moins catégoriques comme si leur mémoire était infaillible.

Un cri retentissant en provenance du devant de la maison fit sursauter les convives. Nous descendîmes tant bien que mal de nos banquettes et nous ruâmes vers l'origine du cri, sachant qu'il ne s'agissait pas d'une simple querelle domestique. Pendant que les autres sortaient précipitamment, je tirai Hermès à l'écart.

— Qu'est-ce que c'était que cette histoire de gâteau ?

— Ils étaient empoisonnés, me répondit Hermès.

— Ridicule ! Mamercus Capiton n'a aucune raison de m'assassiner.

— Ce n'était pas lui. C'était le petit patricien à côté de toi. Il a questionné le pontife sur l'affaire de la Bona Dea et, quand tu as tourné la tête vers Catulus, il a saupoudré quelque chose sur les gâteaux.

Il étendit le bras pour prendre un gâteau en face de la place que Néron avait occupée ; il le porta à ses lèvres et l'enfourna.

— Hermès !

— Oh, ne t'inquiète pas, il n'a pas empoisonné les siens ! J'ai faim à force de rester debout pendant que vous vous gobergez, tes amis et toi.

À l'aide de ma serviette de table, je pris avec précaution quelques gâteaux, les enveloppai et les fourrai sous ma tunique.

— Viens, ordonnai-je. Allons voir ce qui se passe.

Les autres convives s'étaient rassemblés dans l'atrium avec des esclaves en proie à une grande agitation. Sur le sol en mosaïque gisait une forme corpulente. C'était Mamercus Aemilius Capiton, aussi mort qu'Hector. Appius Claudius Néron, le teint terreux, fixait le corps avec de grands yeux. Les autres, pour qui la vue d'un noble assassiné était chose banale, étaient beaucoup plus sereins. Étant donné que Néron venait juste d'essayer de m'assassiner, je trouvai sa détresse fort méritoire.

— Que s'est-il passé ? demandai-je, comme si ce n'était pas évident.

— Comme tu t'en apercevras, répondit sèchement Catulus, notre hôte ne nous rejoindra pas pour la collation digestive. On dirait que son visiteur l'a supprimé.

— Avait-il des ennemis ? s'enquit un des hommes qui partageaient la banquette d'Afranius.

— Au moins un, remarqua Catulus. Allons, quel Romain de quelque importance n'a pas d'ennemis ?

— Quel ennui ! s'exclama Catulle. Dans les épopées et les tragédies, les meurtres sont toujours excitants et effroyables. Celui-ci est plutôt sordide.

— Rassemble mes esclaves, ordonna Calpurnianus au chef des esclaves de Capiton.

— Tout de suite, consul.

L'homme sortit d'un air affairé. Je cherchai autour de moi l'esclave qui avait prévenu Capiton d'une visite. L'atrium était vaste, mais je le repérai et lui fis signe d'approcher.

— Qui est venu voir ton maître ? lui demandai-je.

— Un homme dans une cape foncée. Il avait tiré un pan de la cape par-dessus sa tête de sorte que je n'ai pas vu son visage. Il parlait à voix basse.

— Ça ne t'a pas paru étrange ?

— Ce n'est pas à moi de juger les visiteurs de mon maître. Il m'a dit qu'il était attendu.

— Ton maître a-t-il reçu d'autres visites semblables dernièrement ?

— Je ne sais pas. Je travaillais dans l'atrium quand l'homme est arrivé. C'est au portier qu'il faut demander.

Les esclaves du consul entrèrent. Chacun des invités importants avait envoyé ses serviteurs à l'arrière de la maison, ne gardant qu'un valet personnel. Calpurnianus avait au moins une douzaine d'esclaves, qui s'efforçaient de ne pas laisser voir qu'ils avaient bu. Le consul appela un garçon qui portait la tunique, la ceinture et la coiffe d'un messager. Le garçon tendit une tablette et un style attachés par une fine chaîne à sa ceinture. Calpurnianus ouvrit la tablette en bois et se mit à écrire sur la cire.

— Emporte ça chez le préteur urbain Voconius Nason. Il ne sera sans doute pas chez lui, mais attends-le et assure-toi qu'il a ce message. Inutile de revenir avec sa réponse. Je lui parlerai demain à la Curie.

Le garçon fila prestement.

— J'imagine qu'il appointera un *judex** pour enquêter, dit-il à la cantonade.

Je questionnai de nouveau l'esclave.

— Étais-tu présent pendant leur discussion ? Quelqu'un d'autre peut-être ?

— Mon maître m'a congédié en m'ordonnant de les laisser seuls.

À ce moment, le messager reparut.

— Le portier est mort, annonça-t-il avant de repartir en courant.

— Et un témoin en moins ! notai-je.

— La maîtresse est dans le Picenum, déclara le chef des esclaves, où nous avons une résidence de campagne. Je ferai en sorte qu'elle soit prévenue afin d'organiser les funérailles.

De l'intérieur de la maison nous parvinrent les extravagants gémissements avec lesquels les esclaves pimentent leur vie.

— Des fils ? s'enquit Catulus.

— Non, deux filles, toutes deux mariées. Je les préviendrai aussi.

— Il n'y a rien d'autre à faire ici, constata Calpurnianus. Bonsoir tout le monde.

Les convives envoyèrent chercher leurs esclaves. Notre comportement peut sembler cavalier, mais rappelez-vous qu'à cette époque Rome n'avait pas de police ni d'enquêteurs officiels. Un *judex* pouvait enquêter, ou un jeune politicien ambitieux prendre sur lui de mener des investigations et d'apporter des preuves contre l'assassin. Mais comme les criminels étaient souvent d'une classe inférieure, personne ne devenait célèbre en les pourchassant.

Je vis Néron rassembler ses esclaves. Il en avait amené pas moins de quatre. Les Claudii étaient une famille aisée. J'étais son aîné de plusieurs années, je le dépassais en expérience et en réputation, or je ne pouvais m'offrir qu'un scélérat amoral comme Hermès. Je l'appelai et lui murmurai à l'oreille :

— Suis ce petit fumier et vois où il va ; tu me raconteras demain.

Hermès parut indigné.

— C'est tout ?

— Que veux-tu dire, « c'est tout » ?

— Je t'ai sauvé la vie. Ça mériterait quelque chose.

— C'est toi qui le dis. Pour ce que j'en sais, tu as accusé un jeune homme parfaitement innocent. S'il s'avère que tu m'as effectivement sauvé la vie, je te revaudrai ça aux prochaines saturnales.

Il prit en chasse Néron. En réalité, je savais qu'il m'avait dit la vérité. Si Néron s'était acoquiné avec Clodius, il était forcément coupable, mais il valait mieux ne pas trop flatter Hermès. Ce genre d'esclave profitera de vous si vous le laissez faire.

La mare de sang sous le cadavre s'agrandissait, surtout sur l'un des flancs. Je m'approchai du côté presque sec et m'accroupis pour mieux voir. Le meurtrier avait frappé Capiton à la gorge, mais la blessure était incroyablement petite, comme après un coup de poignard. Je remarquai alors un léger creux entre les sourcils, à l'instar d'une trace laissée par un gourdin. La plupart des tueurs se contentent d'un coup mortel, mais celui-ci avait dû penser qu'une petite garantie ne ferait pas de mal. Je me relevai et m'écartai ; j'eus l'impression que mes sandales collaient au sol. Je n'avais pas pu éviter entièrement la mare de sang.

— En tout cas, murmurai-je, en voilà un qui ne sera jamais le collègue de Céler.

— Que dis-tu ? demanda Afranius.

Les autres étaient déjà partis, mais il s'était attardé afin de réprimander son esclave, trop saoul pour garder sa torche allumée.

— Oh, je pensais à la politique. Mon parent Métellus Céler postule pour le consulat, et je devais parler à Capiton d'une alliance éventuelle.

Il n'y avait aucune raison de garder le secret sur ce genre de chose.

Les yeux d'Afranius s'illuminèrent

— Un *coitio* ? J'ai bien peur que Capiton ne soit plus dans la course, dit-il. Tu sais, je crois qu'il reste du vin dans le triclinium. Pourquoi ne pas y retourner et bavarder pendant que mon esclave dessaoule ?

Nous retournâmes donc dans la salle à manger tandis que, tout autour de nous, la maison résonnait de plaintes et de gémissements endeuillés.

IV

— Ah, Lucius Afranius, hein ? fit Céler.

Nous étions sur les marches de la Curie dans la lumière déclinante du crépuscule.

— Ce n'est pas une mauvaise idée. Avec lui, j'aurai les coudées franches, il n'entravera jamais mes initiatives. Figure-toi qu'il faisait partie de ceux que j'allais te demander de sonder éventuellement. Bon travail, Décius.

— Toujours heureux de te servir, assurai-je.

— Dommage pour Capiton. Le *janitor* aussi, m'as-tu dit ?

— Oui, tué de la même façon. Il était encore enchaîné à la porte.

— Le tueur était sans doute un ancien gladiateur, alors. Les bandes en sont pleines, et le coup à la gorge est une technique mortelle typique des arènes.

Cela m'avait aussi traversé l'esprit. J'avais rencontré beaucoup de gladiateurs, et dans cette confrérie l'honneur exige qu'on achève le vaincu avec rapidité et dignité. Lorsqu'on manie le glaive, le mieux est d'en frapper vivement la jugulaire. On prétend que c'est presque indolore, mais comme ceux qui reçurent ce coup mortel ne sont plus là pour en parler, c'est difficile à savoir. En outre, la plaie saigne abondamment, et ça plaît au public.

— Probablement un mari jaloux et un tueur stipendié, supputa Céler. C'est souvent le cas. Les différends politiques n'ont pas atteint le stade du meurtre depuis longtemps.

— Je n'en suis pas si sûr, observai-je. Et les désaccords commerciaux sont parfois tout aussi virulents.

— Capiton était un patricien. Or, ils ne sont pas censés s'engager dans les affaires. Ça ne les empêche pas d'en faire, note bien.

Pendant que nous bavardions, les sénateurs se rassemblaient. Accompagnés par leurs licteurs*, ils gravirent les marches, étouffant des bâillements, comme tout le monde. Caton[1] était là, presque pieds nus. Les partisans de Pompée formaient un petit groupe sombre et déterminé, prêt à batailler une fois de plus pour obtenir son triomphe. Le troupeau habituel des Metelli se referma sur nous. Créticus était présent, de même que Pius le pontife ; mais c'était en réalité un Scipion adopté par les Metelli. Parmi les éminents Metelli, seul Népos n'était pas avec nous. On le trouvait toujours avec la faction favorable à Pompée. Par un curieux hasard, pas un seul éminent Métellus ne gouvernait une province cette année-là.

— Je vous ai parlé à tous, déclara Céler. Vous savez maintenant comment voter.

Il y eut des murmures d'assentiment. Hormis les grands Metelli, il y en avait au moins trente comme moi : des sénateurs qui avaient occupé des postes subalternes mais ne s'étaient pas particulièrement distingués.

— Alors, à vos sièges, ordonna Céler.

Obéissants comme des légionnaires, nous entrâmes en chœur dans la Curie.

Il y faisait sombre et une odeur de laine mouillée flottait dans l'air car il avait plu toute la matinée et la

1. Il s'agit de Caton le Jeune (95-46 av. J.-C.). (*N.d.T.*)

plus belle des toges ne sent pas la rose quand elle est trempée, d'autant que les foulons utilisent de l'urine humaine dans le blanchissage des tissus.

Ainsi, ma première réunion au Sénat n'était pas aussi édifiante que je l'eusse aimé. Ce serait au moins le jour d'un vote mémorable. Seul le Sénat pouvait accorder un triomphe, un des rares privilèges qui n'étaient pas échus aux assemblées du peuple*.

Le début de la matinée fut dévolu aux arguments. Les partisans de Pompée débitèrent la litanie de ses exploits : ennemis massacrés, réduits en esclavage où contrôlés par les Romains ; territoires ajoutés à l'Empire ; richesses venues grossir le trésor de Rome.

Le parti aristocratique eut ensuite son heure ; ses membres dépréciièrent les accomplissements de l'arriviste, se plaignirent que les mers fussent toujours aussi dangereuses malgré ses campagnes contre les pirates (un mensonge éhonté, mais les aristocrates se raccrochaient au moindre fétu de paille à cette époque) et accusèrent Pompée de sacrilège.

Ensuite, le consul Niger appela au vote. Le *princeps** se leva. À cette époque, Quintus Hortensius Hortalus était le *princeps* du Sénat, et il vota pour Pompée à la suite d'un bref (pour Hortalus) mais éloquent discours. Même à son âge avancé, Hortalus avait la voix la plus belle du monde. Cicéron se leva à son tour et vota de même. Il n'y eut aucun sifflet, même de la part du parti aristocratique. Tout le monde savait que Cicéron n'aimait pas Pompée. Les aristocrates reprochaient à Cicéron les exécutions des partisans de Catilina et attendaient l'occasion de le traduire en justice pour ces crimes.

On appela ensuite Métellus Céler. Il se leva et dit simplement ceci : « Je lève mon opposition. Que Pompée ait son triomphe. Que les soldats de Rome soient honorés ! » Lorsqu'il se rassit, les sénateurs en restèrent cois. Ils avaient compris que c'était terminé.

L'attitude de Céler signifiait que le clan des Metelli tout entier voterait en faveur du triomphe.

Après ce coup de théâtre, ce ne fut qu'une simple ratification. Pompée obtint l'autorisation à une écrasante majorité. Même ses ennemis les plus acharnés votèrent en sa faveur plutôt que d'opposer une résistance vaine. Après tout, Céler leur avait fourni un prétexte : il s'agissait davantage d'honorer les soldats en général que leur commandant en particulier. Cet artifice allait avoir des conséquences qu'ils n'avaient pas prévues.

Nous quittâmes la Curie en proie à des sentiments contradictoires. Certains jubilaient, d'autres se contenaient. Tous avaient l'impression qu'un pas irrévocable venait d'être franchi et que Rome, où la tranquillité régnait depuis quelques années, était sur le point de basculer dans une autre période de troubles. Quand un chef des aristocrates était prêt à céder ne fût-ce qu'un pouce de terrain à Pompée, tout pouvait arriver.

Sur les marches de la Curie, je faillis me heurter à Licinius Lucullus, célèbre conquérant et ennemi de Pompée. Il ne semblait pas le moins du monde affligé par le vote et il me salua avec une grande tape sur l'épaule.

— Eh bien, voilà, n'est-ce pas, Décius ? Ça me déplaît de voir ce porc chevaucher la Via Sacra* en triomphe, mais c'était politiquement judicieux.

— Un homme avec une légion en armes aux portes de la ville ne peut être dédaigné indéfiniment, approuvai-je.

— Exactement ! Il ne se passera plus grand-chose d'intéressant aujourd'hui et tout ce cirque m'a donné faim. Viens donc déjeuner chez moi. Je vais essayer de voir qui se joindra à nous.

En descendant les marches, nous tombâmes sur Cicéron et Milon en grande conversation. Milon portait une splendide toge blanche, preuve indéniable qu'il songeait sérieusement à faire carrière dans la politique.

— Cicéron, dit Lucullus, viens déjeuner avec nous. Toi aussi, Titus Annius. Ah, je vois le visage triste de Caton. Caton, tu as besoin de te restaurer. Joins-toi à nous.

Milon s'illumina d'un sourire.

— J'en serai grandement honoré, Lucius Licinius.

C'était manifestement la première fois qu'il recevait une telle invitation. Une confirmation qui valait celle des censeurs. Pour leur part, Cicéron et Caton prirent des mines renfrognées.

— Lucius ! s'exclama Cicéron. Tu ne vas pas encore donner un banquet que tu qualifies de simple déjeuner, j'espère ?

Lucullus feignit d'être offensé.

— Comment ferais-je une chose pareille ? Je n'ai donné aucune instruction à mes gens. Ce sera juste la simple collation qu'ils me préparent chaque jour.

Ces invitations étaient très recherchées. Le déjeuner était une notion nouvelle chez les Romains. Nous avions l'habitude de nous priver de manger jusqu'au soir. Le dîner n'était pas seulement une importante mondanité, c'était aussi le seul vrai repas de la journée.

On avait installé un panneau sur les Rostres* annonçant le décret du Sénat, et le peuple était en joie. Les Romains adoraient les triomphes, or celui-ci était attendu depuis longtemps. On avait envoyé des messagers avertir Pompée de la décision du Sénat, mais ses lèche-bottes, montés sur des coursiers, les avaient devancés.

Avant d'atteindre l'orée du Forum, Lucullus avait invité Céler, mon père, les deux consuls, et un troupeau d'anonymes à son déjeuner impromptu.

— Attends-toi à être choqué, me dit Caton cependant que nous marchions vers le Palatin. Le goût du luxe vulgaire de notre hôte est devenu légendaire. Par ses excès, il surpasse le plus riche des affranchis.

— J'ai hâte de voir ça ! affirmai-je.

— D'un autre côté, pondéra Caton, il n'a pas dilapidé son argent n'importe comment. Il fait construire une bibliothèque sur le modèle de celle d'Alexandrie, et il a introduit des cerisiers en Italie. Il implante un verger de cerisiers près de Naples et fournira des semis et des boutures à qui le veut.

— Excellente nouvelle, fis-je. Je parle des cerisiers, bien sûr.

Nous nous vantons d'être des conquérants, mais les affaires agricoles nous procurent encore un réel plaisir. On acquiert la même réputation en apportant une nouvelle sorte de melons en Italie qu'en conquérant une province de plus.

— Et ses bassins à poissons sont extraordinaires.

Caton était obligé de s'extasier pour ces choses afin d'oublier la culpabilité qu'il ne manquerait pas de ressentir en savourant le repas. Il devrait y avoir une religion pour des gens comme lui. Le stoïcisme n'est tout simplement pas à la hauteur.

Milon nous rejoignit et Caton s'éloigna pour discuter avec Cicéron. Son âme d'aristocrate se rebellait à l'idée des aventuriers politiques de la race de Milon. Je n'ai jamais remarqué que ce dernier s'en offusquât le moins du monde.

— Raconte-moi ce qui s'est passé hier soir, me pria Milon.

L'histoire avait fait le tour du Forum avant le lever du jour. J'exposai brièvement les détails du meurtre de Capiton puis relatai la tentative d'empoisonnement.

— C'est peut-être l'imagination excessive de mon esclave, prévins-je, ou l'envie de s'insinuer dans mes bonnes grâces.

— Quand il s'agit de Clodius, mieux vaut ne pas tenter sa chance, décréta Milon. À toi de voir, pour ma part je vais essayer de me renseigner sur l'assassin de Capiton. Je ne connais personne qui utilise la technique des deux coups. Ça me rappelle la façon dont on tue les animaux sacrificiels : un coup sur la tête, ensuite on égorge.

— J'y ai aussi pensé. Mais dans ce cas, ils sont deux à agir.

— Puisque tu aimes fourrer ton nez partout, demande à un préteur de te nommer *judex pedanius*.

Le *judex pedanius* était un fonctionnaire chargé d'enquêter sur les crimes et les conflits.

— Je ne figure pas sur la liste des noms qu'on tire au sort, dis-je. Je n'aurai pas l'âge avant au moins un an.

— Dommage, mais si Clodius essaie de t'empoisonner, tu n'auras pas l'esprit libre pour t'occuper d'autre chose.

La maison de Lucullus avait la taille de nombreuses villas campagnardes, une rareté dans une cité aussi encombrée que Rome. On disait que ses esclaves et ses affranchis se comptaient par centaines. Ce n'était pas inhabituel pour une résidence rurale, mais en ville les maisons étaient plus modestes. Je restai bouche bée comme tout visiteur devant les fabuleuses statues, les bassins et les fontaines, les jardins magnifiques où poussaient des arbres qu'il avait fait venir et planter adultes.

Un triclinium est censé recevoir confortablement neuf invités, avec assez de place pour en accueillir quelques-uns de plus. Celui de Lucullus aurait pu abriter tout le Sénat. On me jura qu'il y avait plusieurs autres salles à manger et que celle-ci n'était pas la plus vaste. Nous nous prélassâmes sur des banquettes recouvertes de soie et garnies de duvet et d'herbes odorantes. Devant moi, le plat était large d'une coudée, épais comme mon pouce, et en argent massif.

Comme entrée, on nous servit, c'était l'habitude, des œufs. Mais ceux-ci avaient été enveloppés dans une feuille d'or martelée d'une incroyable finesse. Nous étions, je crois, censés manger les œufs avec leur feuille. Caton défit les siens avec un soin méticuleux. Puis vint le plat des cochons de lait. Ils avaient des rubis à la place des yeux.

— C'est ça, ton modeste déjeuner, Lucius ? demanda Cicéron.

— Oui, répondit Lucullus, quand je n'ai rien de spécial à célébrer.

À son signal, des musiciens se mirent à jouer. De superbes éphèbes grecs entrèrent et dansèrent une pyrrhique[1].

— Ne le pousse pas, prévint Hortalus, le collègue de mon père au censorat. Quand il veut épater la galerie, il apporte le service en or massif.

— Ah ! fit Céler, je me demandais où était passée l'énorme statue en or de Mithridate dont tu t'es emparé, Lucius.

— Absurde ! protesta Caton. Autrefois, il n'y avait qu'un seul service qui appartenait au Sénat et qu'on se repassait les uns aux autres quand on invitait des ambassadeurs à notre table.

Caton parlait toujours comme s'il était préférable d'être une petite cité-État pauvre. Le monde entier regorgeait d'endroits semblables, or il se gardait bien de les admirer.

— Je trouve que c'est parfait et tout ce qu'il y a de plus romain, rétorqua Lucullus. Les chefs thraces boivent le vin dans les crânes de leurs ennemis. Pourquoi ne dînerions-nous pas dans les restes de la statue d'un ennemi de Rome ?

1. Danse armée des Grecs au caractère à la fois guerrier et religieux, et qui occupait une grande place chez les Spartiates, selon lesquels elle provenait de Castor et Pollux. (*N.d.T.*)

— C'est le comble du sophisme ! soutint Caton.

La conversation aborda d'autres sujets. Caton était une cible trop facile.

Des femmes de la maison entrèrent et s'assirent à la table. Au moins, elles ne rejoignirent pas les hommes sur les banquettes. Caton aurait eu une crise d'apoplexie. L'une d'elles, une femme de mon âge qui portait une robe couleur pêche, était d'une beauté extraordinaire. Elle était blond argent comme une Germaine, mais ses traits étaient incontestablement romains, et de la classe supérieure. Milon, qui reposait à ma droite, se pencha vers moi.

— Qui est cette déesse blonde ?

Ce n'était pas un sarcasme. Il avait le regard éperdu d'un amoureux. Je me tournai vers le convive sur ma gauche, un vieux sénateur habitué du cercle de Lucullus, et lui posai la question.

— C'est Fausta, répondit-il.

— Pas de chance, Milon, dis-je. C'est Fausta, la fille de Sylla.

— Où est le problème ? s'étonna Milon. Présente-la-moi !

Ses yeux avaient un éclat que je définirais de malsain.

— D'abord, je ne la connais pas. Ensuite, c'est une Cornelia, et même les dieux ont besoin d'une permission pour frapper à la porte de cette gens.

Milon m'agrippa l'épaule et j'étouffai un cri. Il pouvait broyer les os de ses mains. Il desserra sa prise et se pencha à mon oreille.

— Présente-moi. Tu es un Métellus, et même une Cornelia écoutera un homme qui s'appelle Cécilius Métellus.

— Bon, d'accord !

À mon grand soulagement, il me lâcha l'épaule. J'observai la jeune femme. C'était une sorte d'énigme à Rome, elle était célèbre mais on la voyait rarement.

Elle avait un frère jumeau, Faustus, ce qui était déjà de mauvais augure sans avoir besoin d'être la fille d'un demi-dieu comme Sylla. À sa mort, il avait confié le soin de ses jumeaux à son ami Lucullus. Faustus avait rejoint Pompée en Asie où il s'était distingué lors des guerres. Fausta[1] était restée chez Lucullus et, pour une raison inconnue, ne s'était jamais mariée. Les jumeaux tenaient leur nom de leur père, en l'honneur de sa chance légendaire. Toutefois, il en avait payé le prix à la fin. Il était mort d'une maladie innommable après une longue et douloureuse agonie. Sa dernière année avait dû lui faire regretter d'avoir vécu les cinquante-neuf premières.

Le repas terminé, les invités se promenèrent dans les jardins où on s'attendait presque à voir une nymphe nue jaillir d'un buisson, poursuivie par un satyre ithyphallique. S'il n'y avait pas eu si peu de satyres, nul doute que Lucullus en aurait également acheté.

Nous trouvâmes Fausta en train de couper des roses d'hiver sous une tonnelle. Elle maniait les cisailles tandis qu'une petite esclave tendait sa robe pour y recueillir les fleurs. Je marchai jusqu'à elle et fis le salut cérémonieux idoine.

— Fausta, je n'ai pas eu l'honneur de t'être présenté. Je suis Décius Cécilius Métellus le Jeune, de retour à Rome après un séjour en Gaule.

Elle m'accorda un regard des plus brefs et reporta son attention sur Milon.

— Enchantée. Et qui est ton ami ?

J'étais un tantinet déconfit. Certes, Milon était immense et beau comme un dieu, mais j'étais mieux né que lui.

— Permets-moi de te présenter Titus Annius Milon Papianus, un… Qui es-tu exactement, Milon ?

1. En latin, *faustus* signifie heureux, de bon augure. Sylla se faisait lui-même appeler Lucius Cornelius Sylla Felix (*N.d.T.*)

Je ne pouvais tout de même pas dire, mon ami, Milon le filou, bien que cela fût précisément son titre.

Milon prit la main qu'elle lui tendait.

— Je suis celui qui va gouverner Rome, comme ton père, Fausta.

Elle le gratifia d'un sourire.

— Magnifique ! Les hommes aux ambitions ordinaires m'ennuient.

— Je crois que nous sommes parents, dis-je. Ta mère n'était-elle pas une Cécilia Métella ?

— Depuis combien de temps es-tu à Rome, Titus Annius ? demanda Fausta, m'ignorant superbement.

Certes, c'était une lointaine parenté. Ma famille engendre davantage de filles que de garçons.

— Un peu plus de huit ans.

Après son étalement d'arrogance, Milon semblait avoir perdu sa langue, un prodige auquel je n'aurais jamais cru assister.

— Titus Milon, dis-tu ? Oui, je crois avoir entendu ce nom-là. Est-ce que tes sectateurs ne se battent pas dans les rues avec les hommes de Clodius Pulcher ?

— Pas depuis quelque temps, répondit Milon, intimidé par l'éloge qu'il venait de recevoir.

— Passionnant ! Il faudra que tu me racontes.

— Bon, fis-je, penaud, je vous laisse faire connaissance.

Ils m'ignorèrent. J'abandonnai la partie et m'éloignai. J'avais fait mon devoir envers Éros.

Le ventre plein et le reste d'une belle journée devant moi, je décidai de rendre visite à un autre ami, cette fois dans un but purement désintéressé. Je descendis le Palatin et me dirigeai vers le fleuve afin d'aller au temple d'Esculape.

Pour la première fois, je traversai le splendide pont neuf en pierre qui relie le champ de Mars* à l'île. Il avait été construit l'année précédente par le tribun

Fabricius. Au temple, je demandai à voir le médecin Asclépiade et découvris qu'il résidait de nouveau au *ludus* de Statilius, qui avait été déplacé par la construction du nouveau théâtre de Pompée. L'école était située dans le Trans-Tiberim*. Muni de renseignements, je me rendis dans la partie la plus neuve de Rome, qui, n'étant plus limitée par ses murs, s'étalait sur de vastes terrains, délivrée de l'étroitesse étouffante de la vieille ville.

La nouvelle école était une magnifique construction, affranchie de l'aspect carcéral dont sont affligées nombre de ces institutions. La voie qui y menait était pavée et bordée des statues de champions légendaires. Un tunnel conduisait à travers le bâtiment vers un grand espace d'entraînement d'où parvenait le cliquetis des armes. Je m'arrêtai pour admirer le spectacle et évaluer, pourquoi pas, les chances de chacun pour les prochains jeux. Les jeunes recrues combattaient avec des armes au tranchant émoussé, mais les vétérans utilisaient des glaives aiguisés. Les talents de certains combattants étaient merveilleux à voir. Jamais un soldat n'atteint cette perfection dans le maniement des armes, parce qu'il s'entraîne surtout au combat en formation et plus encore à certains labeurs comme le creusement de tranchées ou la construction d'échafaudages. Les gladiateurs ne s'exercent qu'aux combats singuliers.

La plupart des hommes utilisaient le large bouclier et le *gladius** droit, ou le petit bouclier et la *sica** recourbée ; certains maniaient la lance, mais il y avait une autre catégorie, apparue pendant l'édilité de César.

César avait emprunté des sommes fabuleuses pour organiser des jeux d'une splendeur inégalée, allant jusqu'à donner des *munera** en l'honneur d'une parente décédée parce qu'il était à court d'ancêtres mâles. Il avait acheté tant de gladiateurs que ses ennemis au Sénat, affolés, crurent qu'il s'offrait une armée privée.

Ils promulguèrent prestement une loi limitant le nombre de gladiateurs qu'un citoyen a le droit d'exhiber à chaque jeu. Ne pouvant en montrer autant qu'il le désirait, César se mit à utiliser des catégories originales : des hommes se battant à dos d'éléphant, des combats de chars, de cavaliers et autres bizarreries. Les plus étranges étaient les rétiaires.

Tout le monde fut surpris la première fois qu'ils entrèrent dans l'arène. Ils ressemblaient à des pêcheurs du Styx avec leur filet et leur harpon à trois branches. Nous ne les prîmes pas pour des combattants parce qu'ils ne portaient pas d'armure. Nous crûmes que nous allions assister à une nouvelle danse. Soudain, des mirmillons parurent et se battirent contre les rétiaires. Au début, nous nous attendîmes à voir ces derniers se faire massacrer. Mais ce n'étaient pas les combats rapprochés auxquels nous étions habitués. Les rétiaires jaillissaient aux quatre coins de l'arène, lançaient leur filet, détalaient à toutes jambes s'ils manquaient leur cible et ne revenaient au combat qu'après avoir récupéré leur filet. Après moult moqueries et huées, les spectateurs se prirent au jeu et commencèrent à encourager les combattants. À la surprise générale, les rétiaires gagnaient plus souvent que les mirmillons. C'était tellement inattendu qu'on ne pouvait savoir si un gladiateur s'était bien ou mal battu, de sorte que la foule refusa la mise à mort, même si quelques combattants périrent plus tard de leurs blessures.

César n'avait prévu d'engager les rétiaires que pour une série de jeux, mais devant l'enthousiasme populaire ils devinrent une attraction permanente. Je vis que Statilius Taurus les avait enrôlés parmi ses différents combattants. Les traditionalistes comme mon père les trouvaient trop exotiques, et Caton, ainsi qu'on pouvait s'y attendre, déclara que c'était une atteinte honteuse à la tradition des combats à mort.

Un esclave me conduisit aux appartements du médecin où je trouvai mon ami Asclépiade, le plus grand spécialiste des blessures mortelles. Nous passâmes quelque temps à échanger des politesses, pour lesquelles le Grec avait un penchant affirmé. Après nous être raconté nos exploits respectifs de l'année écoulée, j'abordai le but de ma visite et résumai les événements de la veille.

— Ah, Décius, je te reconnais bien là ! s'exclama Asclépiade. À Rome depuis moins de trois jours et déjà impliqué dans un assassinat !

— L'un a réussi, dis-je, mais, heureusement, l'autre n'a pas dépassé le stade de la tentative.

Je lui tendis le paquet de pâtisseries.

— Y a-t-il un moyen de savoir ce que contiennent ces gâteaux, sinon en les donnant à manger à un esclave ?

— J'essaierai sur un animal. Il est difficile d'obliger un chien à manger des sucreries, mais peut-être qu'un cochon s'y pliera. Toutefois, je dois t'avertir, ces vérifications ne sont pas infaillibles. Certaines substances sont mortelles pour les humains, mais inoffensives pour les animaux.

— Si c'est un poison, y a-t-il un moyen de déterminer lequel ?

— Extrêmement difficile à moins d'utiliser un sujet humain capable de décrire les symptômes. Naturellement, cela m'est interdit.

— Je ne te le demanderai donc pas. Crois-tu pouvoir jeter un œil sur le cadavre de Capiton ? Hélas, je n'ai pas de mandat officiel.

— Je connais la plupart des ordonnateurs des pompes funèbres. Ça ne devrait donc pas poser de problème. D'après ta description, un examen approfondi ne sera pas nécessaire, je me contenterai d'un bref regard. Je m'en occuperai ce soir.

— Je t'en serai infiniment reconnaissant.

— Mon ami Décius, la vie est beaucoup plus intéressante lorsque tu es à Rome. N'hésite surtout pas à avoir recours à mes services.

— Je reviendrai demain.

— Tâche de vivre jusque-là, m'encouragea-t-il.

Asclépiade avait un sens de l'humour singulier, mais on doit se montrer indulgent avec les Grecs.

En traversant le fleuve pour regagner Subure, je commençai à regretter de ne pas avoir emporté d'arme. Ma première réunion au Sénat m'avait tellement enflammé que j'en avais perdu toute prudence. Certes, il est interdit de porter une arme à l'intérieur du pomerium, et doublement interdit dans l'enceinte de la Curie, mais j'étais prêt à risquer les réprimandes. Une tentative d'assassinat sur ma propre personne tempérait toujours mon respect des coutumes.

J'errai donc seul dans les rues où vadrouillaient peut-être des hommes de Clodius. En y pensant, une autre observation me frappa : le poison n'était pas son style. On pouvait dire bien des choses sur Clodius, mais il était parfaitement apte à tuer ses ennemis de ses propres mains, et en public.

Mais alors, quel autre ennemi mortel était-ce ? Je n'avais offensé personne dernièrement. Seul un fou comme Clodius nourrit sa rancune année après année, attendant l'occasion de frapper. J'avais fait la paix avec pratiquement tous mes ennemis, et les autres semblaient m'avoir oublié. C'était décidément une énigme.

Je réussis à regagner mon domicile sain et sauf et envoyai aussitôt chercher Hermès. Mon vieil esclave Caton gloussa d'un air malheureux.

— Tu n'obtiendras rien de bon de ce voyou, maître. Il finira sur la croix.

— Sans doute, acquiesçai-je, mais, d'ici là, essayons d'en tirer le maximum. Va me le chercher.

Hermès entra d'un air fanfaron, comme s'il avait une prouesse héroïque à son actif. J'aurais été étonné d'apprendre qu'il avait fait quoi que ce fût d'honnête, mais les esclaves perçoivent les choses différemment des hommes libres. Il faut parfois se plier à leurs caprices.

— Qu'as-tu à me dire ? lançai-je.

— J'ai suivi ton ami comme tu me l'avais ordonné. Il s'est arrêté deux fois en chemin pour vomir.

— Bizarre. Le dîner n'était pas si riche, et nous avions à peine commencé à boire quand le meurtre de Capiton a mis un terme aux réjouissances. C'était sans doute la première fois qu'il essayait d'assassiner quelqu'un. Ça l'a rendu nerveux.

— Ha ! Tu admets donc que je t'ai sauvé la vie ! pavoisa Hermès.

— Pas encore. Je fais examiner les gâteaux. Continue ton rapport.

— Je l'ai suivi au-delà du cirque, en haut du Palatin, jusqu'à une grande maison…

— Je le savais ! Il est allé chez Clodius le prévenir qu'il avait raté son coup. Ah, comme j'aurais aimé voir sa tête quand il a appris la nouvelle !

Je remarquai qu'Hermès avait cet air plein de suffisance qu'ont les esclaves quand ils savent quelque chose que vous ignorez.

— Il n'est pas allé chez Clodius, maître.

— Chez qui, alors ?

— Chez ton parent, Métellus Céler.

V

Je ne croyais pas réellement que Céler voulût me tuer. Nous étions en bons termes et mon père et lui étaient très proches. Cependant, je n'avais pas oublié qui était son épouse, mais cela faisait des années que Clodia n'avait pas essayé de me faire assassiner et je ne voyais pas pourquoi elle s'y risquerait maintenant. La seule explication était la crainte que je ne menace son frère, pour qui elle nourrissait un amour plus que fraternel.

Ces pensées à l'esprit, je m'apprêtai pour la journée. Cette fois, je n'oubliai pas de glisser ma dague et mon ceste* sous ma tunique. Prudence avant tout ! Accompagné par Hermès, je me dirigeai vers la maison de Céler. Je n'avais pas l'intention de lui parler des agissements de Néron. Pour commencer, je n'avais pas encore la confirmation qu'on avait tenté de m'assassiner. J'attendrais d'en être sûr.

Je m'arrêtai à l'échoppe d'un barbier pour me faire raser, puis me dirigeai vers le Palatin. En bas de la colline, je rencontrai des Romains bien vêtus en route vers le Forum, Céler à leur tête, marchant d'un air sinistre. Il ne m'accorda pas un regard, et je n'avais nulle envie d'attirer son attention. J'avais déjà vu cet air-là en Gaule, et cela signifiait habituellement que des traîtres étaient sur le point d'être exécutés. Je me joignis à la foule des clients. Je remarquai que César accompagnait la petite troupe, la mine tout aussi sinistre. Repérant mon cousin par adoption Scipion Nasica, je m'approchai de lui.

— Que s'est-il passé ? demandai-je à voix basse.

— Nous n'en savons rien, répondit-il sur le même registre.

Tout le monde avait une tête d'enterrement, comme si une chose affreuse venait d'arriver.

— Un messager s'est présenté pendant la visite matinale. Il a pris Céler et César à l'écart pour leur parler discrètement. Ils sont ressortis avec la tête qu'ils font maintenant. Céler a annoncé que le Sénat avait été convoqué en réunion extraordinaire, mais n'a rien dit de plus.

Je frémis. En principe, cela signifiait un désastre militaire. Je me demandai donc ce qui était arrivé. Antonius Hybrida avait essuyé une série de défaites en Macédoine, une énième n'aurait surpris personne. Les Germains étaient peut-être de nouveau en marche. L'idée me fit frissonner. La dernière fois, ils avaient terrorisé l'Italie et il avait fallu Gaius Marius pour les vaincre. Malgré ses fanfaronnades, Pompée n'était pas Gaius Marius.

Le Forum ressemblait à ce qu'il est toujours lorsque de mauvaises nouvelles flottent dans l'air. Au lieu des foules habituelles en perpétuel déplacement, les Romains se rassemblent par groupes, chacun alimentant les autres de rumeurs et de présages. Je surpris des propos alarmistes sur un désastre militaire, une guerre civile, une invasion, une épidémie de peste, la famine, un tremblement de terre et d'étonnantes visites de dieux olympiens, tout cela avant même d'atteindre les marches de la Curie.

Les sénateurs se bousculaient dans l'escalier, pressés de découvrir ce qui avait transpiré. Appuyés sur leurs faisceaux*, les licteurs des magistrats échangeaient de sinistres augures comme tout le monde. En haut des marches, Caius Julius quitta notre procession pour bavarder avec une matrone au visage si sombre que César et Céler paraissaient joyeux en comparaison. J'interrogeai mes compagnons, et l'un d'eux me répondit que c'était la mère de César. C'était plus qu'étrange. Les Romaines, si prestigieuses fussent-elles, n'étaient pas censées s'intéresser à la politique.

À l'intérieur, la Curie bourdonnait de murmures, les sénateurs brûlaient à la fois d'inquiétude et de curiosité. Aux premiers rangs, où siégeaient les membres les plus importants, se tenaient les consuls et les hauts magistrats, les pontifes et le *princeps*. Quelque chose me frappa : certains d'entre eux, notamment les consuls, paraissaient amusés. On sentait qu'ils se retenaient de rire mais, lorsque César les rejoignit, ils retrouvèrent leur visage grave. Les consuls s'assirent sur leur chaise curule* et nous sur les bancs. Lorsque chacun eut pris sa place, Hortalus se leva.

— Pères conscrits, commença-t-il, je dois vous faire part d'un grave problème.

Sa voix était aussi douce à l'oreille que du miel sur la langue.

— Hier soir, ici, dans la cité sacrée de Quirinus*, un sacrilège haineux a été commis !

La pause qu'il marqua pour ménager ses effets porta ses fruits. C'était la dernière nouvelle à laquelle les sénateurs s'étaient attendus. Il était rare qu'on offensât les dieux, et, lorsque cela arrivait, c'était d'habitude à la virginité des vestales qu'on s'attaquait. Toutefois, je remarquai qu'Hortalus avait utilisé le mot *sacrilegium*, un terme rare. Les relations sexuelles avec une vestale étaient qualifiées d'*incestum*.

— Hier soir, poursuivit Hortalus, pendant le rite le plus ancien et le plus solennel de la Bona Dea, un imposteur a été surpris en train d'espionner le rituel, ce qui est interdit aux hommes ! Le questeur Publius Clodius Pulcher s'est glissé furtivement chez le grand pontife, déguisé en femme !

La Curie explosa. Certains réclamaient un procès, d'autres la mort. Mais les sifflets et les huées couvraient les voix. Je n'étais pas en reste ; je sautais de joie comme un enfant et applaudissais de toutes mes forces.

— On va enfin être débarrassé de lui, dis-je à mon voisin. Maintenant, il sera condamné et subira un horrible châtiment rituel, enterré vivant ou écartelé avec des pinces chauffées à blanc, ou je ne sais quoi.

C'étaient certes des pensées réjouissantes, mais mon voisin tempéra mon enthousiasme.

— Il faudra d'abord le juger. Assieds-toi et voyons ce que les pontifes et les avocats en disent.

Je n'avais pas pensé à ça. Cicéron s'était attiré plein d'ennuis en poussant le Sénat à condamner les membres de la conjuration de Catilina sans procès, et personne ne l'avait oublié. Je me rassis. Dommage, les sénateurs allaient hésiter à le poursuivre.

Le consul Calpurnianus se leva et brandit une main pour réclamer le silence qu'il finit par obtenir.

— Pères conscrits, avant de prendre une décision, nous devons savoir de quoi nous parlons. Le distingué *princeps* Quintus Hortensius Hortalus a utilisé le mot « sacrilège ». Je demanderai à un autre distingué juriste, Marcus Tullius Cicero, de nous préciser sa signification.

Cicéron se leva à son tour.

— Jadis, le sacrilège était défini par le vol d'objets consacrés à un dieu, ou déposés dans un lieu sacré. Plus récemment, le mot s'est étendu pour couvrir tous les dommages ou insultes faits aux dieux et aux lieux sacrés. Si les pères conscrits me l'ordonnent, je serai heureux de préparer une liste des sources et des précédents qui font jurisprudence sur ce point.

— Caius Julius César, dit Calpurnianus, en tant que grand pontife, dirais-tu que ce forfait mérite le nom de sacrilège ?

César se leva et arpenta le Sénat comme s'il officiait aux funérailles de son père. Il se couvrit la tête avec un pan de sa toge, aussi solennel qu'un acteur de tragédie.

— Il le mérite, approuva-t-il, et, à ma grande honte, cet acte innommable a été commis dans la maison de César.

C'était la première fois que je l'entendais parler de lui à la troisième personne, une fâcheuse habitude qui ne nous devint par la suite que trop familière.

— Alors, fit Calpurnianus, avec le concours du Sénat, je demanderai au préteur Aulus Gabinius de se rendre chez Clodius avec ses licteurs et de le mettre en état d'arrestation.

— Un instant ! s'écria un sénateur qui répondait au nom de Fufius, larbin notoire de Clodius. Publius Clodius est un fonctionnaire romain en activité, il ne peut être arrêté ni mis en accusation pendant son mandat !

— Oh, assieds-toi et cesse de dire des âneries ! aboya Cicéron. Clodius est un simple questeur qui n'a pas plus d'imperium que de cervelle. En outre, il n'a pas encore rejoint son poste, et son délit n'a rien à voir avec sa révocation.

— Et n'oublions pas, renchérit Métellus Népos avec malice, que pendant la conjuration de Catilina, des fonctionnaires romains, parmi lesquels un préteur, furent arrêtés. Le sacrilège ne serait-il pas aussi grave que la trahison ?

Cela n'avait aucun rapport avec Clodius, bien sûr, c'était dirigé contre Cicéron qui avait ordonné les arrestations.

Je dois avouer que, durant ces disputes sur les rites et la légalité, l'humeur des sénateurs était restée à l'hilarité. L'affaire était tellement absurde qu'on aurait cru assister à une pièce d'Aristophane. Nous n'aurions pas été surpris de voir les héros mettre des masques aux larges sourires comiques.

— Citoyens, lança Hortalus, avant qu'il soit question d'arrestation et de jugement, je dois vous rappeler quelque chose ! Si nous traînons Publius Clodius en justice, il y aura des témoins. Au cours de leurs dépositions, tôt ou tard, ils devront parler des rites de la Bonne Déesse.

Sa déclaration doucha l'assemblée. Caton se leva.

— Impensable ! Ces questions sacrées ne doivent pas devenir le sujet de vulgaires ragots sur le Forum !

— Sors d'ici, Caton ! cria quelqu'un. Je parie cent sesterces qu'on ne parle déjà que de ça en ce moment !

— Comment tenir un procès quand les femmes présentes pendant le délit ne peuvent parler de ce qu'elles faisaient et qu'aucun homme ne peut l'entendre ? demanda le préteur Nason.

Cela déclencha de nouveaux appels à l'action en justice et des protestations contre celle-ci. Je commençai à désespérer qu'une quelconque initiative constructive fût prise. En ce moment, me dis-je, Clodius doit chevaucher sur un rapide coursier vers Messine, d'où il prendra un bateau pour la Sicile, où il profitera de ses fonctions pour se cacher en attendant que la colère se calme à Rome.

Vers midi eut lieu un dialogue remarquable. Tout le monde en a entendu une version ou une autre, certainement déformée au-delà du vraisemblable par ceux qui n'étaient pas là ou par ceux qui y étaient, mais eurent peur par la suite de dire la vérité. Je suis le seul encore en vie à avoir été présent ce jour-là, et je vais vous raconter ce qui s'est réellement passé, non comment l'histoire a fini dans la légende.

— Caius Julius, dit le consul Messala Niger, sans mentionner les choses défendues, connais-tu quelques-unes des femmes présentes la nuit dernière et as-tu une idée de ce que Clodius ourdissait lorsqu'il est entré chez toi déguisé en femme ?

Le silence le plus total se fit. Tout le monde avait envie d'entendre ça.

— Ma mère, Aurélia, m'a rapporté qu'on murmurait que Clodius s'était introduit furtivement chez moi afin d'entretenir une liaison avec Pompéia.

Il se redressa de tout son long et je le soupçonne d'avoir chaussé des cothurnes.

— J'ai donc décidé de divorcer de Pompéia sans attendre.

Céler se leva.

— Pas de précipitation, Caius Julius. Il n'y a rien entre ta femme et Clodius. Il voulait seulement espionner les rites. L'imbécile ne parlait que de ça depuis quelques jours.

César prononça alors une parole historique. Regardant tout autour de lui tel un aigle, il déclara :

— Elle est peut-être innocente, mais peu importe. La femme de César doit rester au-dessus de tout soupçon.

On aurait entendu une épingle tomber dans la Curie. L'apparition d'un dieu au milieu du Sénat n'aurait pas provoqué une telle stupéfaction.

Parmi les défauts qui m'empoisonnèrent la vie il y a mon rire, bruyant et haut perché, et qui a souvent été comparé au braiment d'un âne. C'était plus fort que moi. Je tentais de le retenir le plus longtemps possible, puis le laissais exploser quand la douleur devenait insupportable. Cela commença par une sorte d'éternuement et ressembla bientôt aux cris d'un troupeau d'ânes exigeant leur ration d'avoine.

Aussitôt, le Sénat croula de rire. De vieux hommes politiques acariâtres qui ne riaient jamais plus d'une fois par an se plièrent en deux. Des pontifes solennels avaient les larmes aux yeux. Juste au-dehors de la salle, un banc entier de tribuns gloussaient à s'en faire mal au ventre si bien qu'ils n'auraient jamais pu interposer leur veto si nous avions réclamé la tête de tous les plébéiens de Rome. Je jure même avoir vu Caton sourire.

Depuis que Caius Julius est dieu, les gens croient qu'il a toujours inspiré un respect craintif. Rien n'est plus éloigné de la réalité. À l'époque dont je parle, il avait quarante ans, il n'avait rien accompli sur le plan militaire ou politique et ne jouissait d'une grande considération que dans les assemblées populaires où il avait le don de s'attirer les faveurs de la foule. Par moult pots-de-vin, il s'était frayé un chemin jusqu'au pontificat et n'était connu que pour sa prodigalité et sa moralité douteuse. De Caius Julius, on s'accordait sur deux choses : il s'était endetté comme personne et avait presque certainement été sodomisé par le roi Nicomède de Bithynie.

C'est d'entendre cette déclaration moralisatrice de sa bouche qui déclencha l'hilarité du Sénat. Pendant que les Romains étaient pliés de rire, César resta figé comme une statue. Des années plus tard, je passai de nombreuses nuits blanches à me demander s'il se souvenait que j'avais été le premier à éclater de rire ce jour-là.

La réunion se termina sans qu'aucune décision ne soit prise. L'anecdote fit le tour de la ville à la vitesse de l'éclair. Par la suite et pendant des mois, les comédies et les inscriptions murales reprirent le fameux dicton de César. Chaque fois qu'une conversation faiblissait ou qu'une fête perdait de son entrain quelqu'un proclamait : « Mais la femme de César doit rester au-dessus de tout soupçon », et chacun éclatait de rire comme une hyène enragée.

Je descendis les marches de la Curie en essuyant mes larmes du coin de ma toge. On ne pouvait demander meilleur divertissement. Hermès accourut et, bien sûr, je dus tout lui raconter. Les rires de la foule étaient assourdissants. À eux deux, Clodius et César avaient concocté l'épisode le plus illustre de l'année.

Je me rendis aux bains où je fus assailli par ceux qui n'avaient pas assisté à la scène et voulaient en connaître les détails. Je dissertai quelque temps, sans oublier d'exiger l'arrestation immédiate de Publius Clodius. Tout cela était tellement agréable que je dus me rappeler que j'étais aussi impliqué dans des affaires criminelles.

— J'espère qu'il y aura un procès, déclara un sénateur. Cela fait des années que je me demande ce que ma femme fait au cours de ce rite.

Il exprimait l'opinion de bien des maris haut placés. D'aucuns craignaient trop la colère divine.

— Clodia doit être compromise, dit un banquier réputé. C'est sa sœur et tout le monde sait qu'elle est prête à tout.

J'y avais bien sûr pensé.

Après les bains, je me rendis au *ludus* de Statilius où je dus raconter de nouveau l'anecdote à Asclépiade. Comme il connaissait mal César, le comique de la situation lui échappa en grande partie. En outre, ayant comme tous les Grecs un amour des cultes mystérieux, il fut scandalisé par le sacrilège de Clodius.

— Vos dieux manquent de gardiens capables de punir de tels transgresseurs, dit-il de son air supérieur. Les dieux grecs auraient lancé les Eumémides à ses trousses.

Je pensai aux serpents ailés poursuivant Clodius à travers Rome, les yeux injectés de sang, les griffes prêtes à lui labourer les chairs.

— Dommage que nous ne personnalisions pas nos dieux comme vous, admis-je. Nous ne leur donnons pas non plus de serviteurs. Certains de nos dieux n'ont même pas d'image.

— C'est un manque de respect indigne, si tu veux mon avis. Quant à la façon dont vous élisez vos prêtres, comme s'ils étaient de simples fonctionnaires, j'aime mieux ne pas en parler. Mais le pire, c'est la façon dont vous nommez vos augures et leur donnez un livre de lois pour commenter les présages. Où est l'art de l'interprétation sans le souffle divin ?

— C'est parce que nous sommes un peuple raisonnable et digne ; nous refusons de conduire les affaires publiques en fonction des délires d'un dément. Certes, en temps de crise, je l'admets, nous consultons une sibylle, mais je n'ai jamais entendu dire que ça nous avait aidés.

— Parce que vous autres Romains, vous ne comprenez rien à la nature divine, décréta Asclépiade avec force.

— Je n'ai jamais entendu dire non plus que ça avait aidé les Grecs, insistai-je. Même quand leurs prophéties se révélaient justes, le prêtre les interprétait mal et ça finissait par un désastre.

Asclépiade me regarda de haut, un exploit quand on sait qu'il était plus petit que moi.

— Ce sont les cyniques qui prétendent ça, dit-il. Quand on les aborde avec un esprit scrupuleux, les oracles sibyllins sont d'habitude très fiables.

— Je veux bien te croire sur parole, dis-je.

— Bon, passons à des affaires plus prosaïques. Je dois te compter un cochon. Un petit, prévu à l'origine pour le repas des gladiateurs.

Mon cœur flancha.

— C'était donc bien du poison ?

— Un cochon en bonne santé meurt rarement de causes naturelles ou de la colère des dieux. Je lui ai donné à manger les gâteaux que tu m'as apportés, et il est mort dans l'heure suivante.

— Une heure ? Si longtemps que ça ? Ce devait être un poison bien faible.

— Pas forcément. Les poisons n'agissent instantanément que dans les contes. Je n'en ai jamais rencontré qui tue en moins d'une heure un homme adulte, ils sont souvent plus longs à agir, et l'agonie s'accompagne de violentes douleurs et de convulsions. On voulait ta mort, mon ami.

— Une idée précise du poison ?

— Je t'ai déjà parlé de la difficulté à le définir. En disséquant l'animal, je n'ai trouvé aucune trace d'hémorragie. Le cochon n'a pas eu de convulsions. Nous avons sans doute affaire à un extrait de champignon, mais ça pourrait aussi bien être une décoction du venin d'un cobra égyptien, réduit et concentré, puis mélangé à une substance quelconque pour se présenter sous forme de poudre.

— Du venin de cobra ? Ça donne un parfum exotique à l'affaire. Le jeune homme venait juste de visiter une herboriste du Forum. Ces paysannes trafiquent-elles ce genre de choses ?

— Oh, elles connaissent les champignons ! Ne te fie pas à leur apparence, Décius. Elles n'ont sans doute pas assisté aux cours de médecine, mais elles ont une connaissance intime des plantes et de leurs vertus. Pour ce que j'en sais, il y a peut-être une herbe ou une racine indigène qui produit un poison plus mortel que ceux répertoriés par les écoles d'Hippocrate.

— Il a aussi pu l'obtenir ailleurs, lui fis-je remarquer.

— Ton discernement en la matière m'émerveillera toujours. La plupart des hommes ont tendance à accepter la réponse la plus simple ou la plus favorable.

— C'est pour ça que j'excelle dans mon travail, convins-je. J'ai en moi la faculté de ne jamais juger sur les apparences. Si l'explication est trop facile ou trop évidente, ça me rend suspicieux. Si on veut me faire croire quelque chose, je soupçonne aussitôt une intention cachée.

— Une vertu hautement recommandable. Chez les rois, elle est si développée qu'ils voient des assassins partout et abusent des châtiments définitifs.

— C'est une vertu pratique pour quiconque sert le Sénat et le peuple de Rome. Or il arrive que les desseins meurtriers des ennemis soient bien réels, comme l'a vérifié ton infortuné cochon. Combien coûte-t-il, à propos ?

— Douze sesterces.

— Douze ? N'est-ce pas exagéré pour un petit cochon ? N'aurais-tu pas pu le donner à manger aux gladiateurs ? Assurément, le poison n'affectait que les organes vitaux, il ne pénétrait pas les chairs.

— Il vaut toujours mieux ne pas se permettre de libertés avec le régime des tueurs professionnels.

Je sortis douze pièces de ma bourse.

— Bon, voilà comment je vois les choses : le jeune homme a sans doute consulté la paysanne pour ses talents de diseuse de bonne aventure, comme elle l'affirme. Lorsque je lui ai serré la main, j'ai remarqué qu'il portait une bague à poison. Hermès, mon esclave, qui l'a suivi jusque chez lui, m'a dit qu'il avait vomi deux fois en route. Pour moi, ça évoque le conspirateur novice qui commet son premier crime. Eh bien, il regrettera de m'avoir choisi pour son coup d'essai.

— Et la diseuse de bonne aventure ? demanda Asclépiade.

— Il cherchait probablement à connaître les signes favorables du destin. Je ne crois pas qu'il ait confié à la bonne femme la nature de sa mission, mais un garçon assez nerveux pour porter une bague empoisonnée veut s'assurer que les dieux sont avec lui ou obtenir la confirmation qu'il vivra encore longtemps.

— Et cependant, tu ne le connais pas. Pour le compte de qui crois-tu qu'il agit ?

— J'ai quelques noms en tête, mais ma liste s'allongera sans doute quand j'aurai commencé mon enquête. Il y a Clodius, bien sûr, mais je pense qu'il préférerait me tuer de sa propre main.

— Même quelqu'un comme Publius Clodius est susceptible d'avoir atteint une certaine maturité, donc une certaine discrétion, avec l'âge. J'ai entendu dire qu'il avait un grand avenir dans la politique de la ville.

— Oh, ça ! Ça signifie seulement qu'il est le criminel qui réussit le mieux en ce moment.

— On m'a aussi parlé de ton ami Milon de la même façon.

— C'est parce qu'ils sont rivaux, répliquai-je. Milon est mon ami !

Parfois, je n'arrivais pas à comprendre les Grecs.

— Décius, me rappela le médecin, tu m'as demandé d'examiner le corps d'Émilius Capiton.

— Ah, c'est vrai, j'avais oublié. Être la cible d'un assassin vous fait négliger que d'autres aussi ont des problèmes semblables. Alors, qu'en as-tu tiré ?

— Très étrange, avoua Asclépiade.

— C'est-à-dire ? J'avais trouvé ça on ne peut plus banal, hormis la technique du double coup.

— Justement ! J'ai persuadé le croque-mort de me laisser examiner les blessures. À propos, la persuasion te coûtera dix autres sesterces.

— Dix sesterces juste pour manipuler un cadavre ? Les nécrophiles qui traînent autour des amphithéâtres ne paient que cinq.

— Je t'en prie ! fit Asclépiade, offensé. Je n'ai pas manipulé le cadavre, c'eût été inconvenant. Je me suis contenté de l'examiner. D'autre part, il semble normal qu'un sénateur coûte plus cher qu'un pauvre hère.

— J'espère que ça en vaut la peine, dis-je en comptant dix autres pièces.

— C'était on ne peut plus intrigant. L'entaille, ou plutôt le coup de poignard, à la gorge a été fait avec une précision de professionnel. Avec une lame à double tranchant, pas plus large qu'un pouce ; ce n'était pas une *sica* ni un *pugio**, plutôt une lame extrêmement aiguisée dotée d'une courte pointe.

Il désigna son arsenal accroché aux murs.

— Je n'ai rien de pareil dans ma collection, mais je crois que ça ressemble aux couteaux qu'on utilise pour abattre les animaux.

— Étrange, admis-je. Je ne connais personne à Rome qui tue de cette manière. C'est peut-être pour ça qu'il a d'abord assommé le pauvre Mamercus… afin de le préparer pour le coup mortel.

— Venons-en maintenant au détail le plus troublant, dit Asclépiade, qui prenait plaisir à faire traîner les choses.

— Oui, dis-je, mais vite.

— En examinant l'hématome sur le front, j'ai tout de suite identifié l'arme. C'était un maillet à tête plate d'un pouce et demi de diamètre environ. L'hématome se trouvait juste au-dessus du nez, et le creux était deux fois plus profond du côté du nez que du côté du front, vers la racine des cheveux.

— Tu parles comme si cela avait une signification particulière.

— C'est le cas. Cela veut dire que le coup de marteau n'a pas été délivré en premier afin d'assommer la victime. Sinon, le creux aurait été plus profond du côté de la racine des cheveux. Non, le meurtrier a frappé Capiton lorsqu'il gisait déjà par terre. Il se tenait derrière le corps, à une coudée du crâne, et il a porté son coup suivant un angle aigu.

— Alors qu'il était déjà évanoui ! m'écriai-je. Mais dans quel but ? Le coup de poignard avait suffi.

— En effet. Avec une carotide tranchée, on sombre dans l'inconscience en quelques secondes, et la mort survient peu après. Il est impossible de sauver la victime. Le coup de marteau obéissait à un autre motif.

Asclépiade alla à sa fenêtre regarder les gladiateurs qui s'entraînaient dans la cour en contrebas.

— Ça me dit quelque chose, dit-il, mais je n'arrive pas à me rappeler quoi. Je n'ai pas ta capacité à rassembler mes souvenirs.

J'aurais dû deviner. Il connaissait probablement quelque chose d'essentiel, mais ne parvenait pas à s'en souvenir. J'optai pour la patience. Mon empoisonnement raté m'inquiétait bien plus que le sort de l'infortuné Capiton.

— Si tu t'en souviens, dis-je, fais-le-moi savoir.

— Compte sur moi. Et s'il y a d'autres meurtres, n'hésite pas à venir me consulter.

Il me tapota l'épaule.

— Et si je te connais bien, il y en aura d'autres.

VI

Le lendemain matin, chez Céler, j'étudiai les clients de plus près. Clodius n'était pas là, Néron non plus. Ni César, mais il était peut-être trop occupé à divorcer. Je vis mon parent Créticus et allai lui présenter mes respects. Il n'était pas aussi important que les membres huppés de ma famille mais, comme il avait autrefois tenu tête à Pompée et en était sorti indemne, je le respectais pour son courage.

— Ah, Décius, comme je suis content de te voir ! Drôle d'affaire l'autre soir, hein ?

À Rome, on ne parlait que de ça.

— Que t'a dit Félicia ? demandai-je.

C'était la fille de Créticus.

— Elle fait la fière et prétend qu'elle ne peut rien dire tout en sous-entendant qu'elle sait des choses qu'on rêverait de connaître. Qu'en dit ton épouse ?

— Je ne suis pas marié, mon oncle.

Il n'était pas le frère de mon père, mais je l'avais toujours appelé mon oncle. Il était en réalité un cousin au deuxième degré, ou au troisième.

— Tu as de la chance, déclara Créticus. En tout cas, je mise sur Clodia pour le rôle d'instigatrice. Félicia et Clodia sont aussi proches qu'on peut l'être, mais je n'arrive pas à tirer un mot de ma fille. J'ai dit à son mari de mettre un terme à ses fourberies, mais le gamin est fou d'elle, il a trop peur de l'offenser.

Le gamin en question était Crassus le Jeune, et c'était vrai, tout Rome parlait de sa passion pour Félicia. Leur famille avait arrangé un mariage typiquement politique, mais certaines personnes sont réellement faites l'une pour l'autre. À la mort de Félicia, Crassus lui bâtira la tombe la plus magnifique jamais vue à Rome.

— Quand il s'agit de Clodia, dis-je, mieux vaut ne pas fouiller de trop près.

— Jupiter a parlé !

Notre conversation fut interrompue lorsque Céler me fit signe de le rejoindre. Je m'exécutai et il s'excusa auprès des magistrats et des ambassadeurs avec qui il devisait. Plutôt que de nous retrancher dans un coin de l'atrium, nous allâmes au-delà du péristyle où les esclaves ne pouvaient nous entendre.

— Décius, commença-t-il, je te relève de tes devoirs politiques. J'ai une enquête sur les bras, or tu es le plus apte à la mener. Ton père fait comme si c'était une tâche indigne, mais il est très fier de ton talent. Lorsque j'ai abordé le problème au conseil familial hier soir, il t'a recommandé pour le poste.

— Je suis flatté, assurai-je.

On ne m'avait pas informé du conseil familial, mais je ne comptais pas beaucoup dans ce temps-là.

— Voilà ta mission : tu sais que tout le monde est au courant que mon odieux beau-frère a profané les rites de la Bonne Déesse. Aujourd'hui, le collège des pontifes se réunit pour définir l'accusation de sacrilège. Ça ne veut rien dire. Tout ce que les pontifes peuvent faire, c'est d'envoyer l'affaire devant un tribunal. Un procès sera… délicat. Je préfère qu'on n'en arrive pas là. S'agissant de Clodius, ça ne me dérangerait pas le moins du monde s'il devait mourir sur la croix. Mais je ne veux pas que ma femme soit compromise. Est-ce que tu comprends ?

C'était embarrassant.

— Oui, je comprends. Mais je ne suis pas sûr de pouvoir…

Il me serra le bras, très fort.

— Décius, trouve ce qui s'est passé. Trouve le responsable, réunit les preuves, mais laisse Clodia en dehors ! C'est compris ?

— Oui, assurai-je.

On m'avait souvent demandé de dissimuler des preuves, mais c'était la première fois que la requête provenait de ma famille. Je trouvai cela bizarre, parce que Céler aurait dû savoir mieux que personne que j'en étais incapable. Non que je sois particulièrement honnête, ni que je refuse d'obéir aux ordres. Simplement, un mauvais génie en moi me pousse à découvrir la vérité et à la rendre publique. Cela fait partie de cette vertu dont j'ai parlé avec Asclépiade. Toutefois, je pouvais être sûr d'une chose. Mon père ne se faisait pas d'illusions à mon sujet. S'il m'avait recommandé pour la mission, il savait les risques qu'il prenait.

En réalité, l'affaire ne me posait aucun problème de conscience. La profanation des rites de la Bona Dea semblait plus ridicule que choquante. Je ne considérais pas le scandale comme un crime, quoi que les pontifes pouvaient en penser. En outre, la déesse ne faisait pas partie de notre panthéon officiel. Alors qu'on essayait de m'empoisonner, l'indignation de quelque noble Romaine ne me paraissait pas d'une gravité abominable.

— Quel sera mon titre officiel dans cette affaire ? demandai-je.

— Oh, tu n'auras qu'à dire que tu agis pour mon propre compte en tant que consul élu.

— Impossible ! D'accord, tu remporteras l'élection, mais si tu endosses l'habit si longtemps en avance, les

Romains parleront d'abus de pouvoir et voteront contre toi pour se venger.

— Tu ne feras pas de discours devant les comices centuriates*, s'irrita Céler. Tu interrogeras les sénateurs, discrètement bien sûr et en privé. Ils savent garder un secret.

— Par où dois-je commencer ?

— C'est toi l'enquêteur, à toi de décider.

Je respirai à fond.

— Il faudra que j'interroge Clodia.

Céler me jeta un regard courroucé.

— S'il le faut, bougonna-t-il, mais n'oublie pas mes recommandations.

— Bon, fis-je, je vais m'y mettre.

Je craignais Clodia, mais je ne pouvais laisser passer l'occasion de jouer un vilain tour à Clodius.

Toutefois, je ne commençai pas par interroger Clodia. En sortant de chez Céler, je me dirigeai vers le Forum, Hermès sur mes talons. Le vent soufflait en rafales et les tribunaux s'étaient repliés à l'intérieur. Je trouvai Cicéron dans la basilique* Porcia, notre plus ancien palais de justice. Il venait d'écouter la plaidoirie d'un de ses élèves et il me suivit dans une aile du bâtiment. Après lui avoir résumé ma mission, je m'informai de son opinion afin de m'assurer de la légalité de mon entreprise.

— Comme aucun enquêteur officiel n'a été nommé, tu peux faire ce que tu veux pour satisfaire ta curiosité de citoyen. Céler, bien sûr, n'a pas l'autorité nécessaire, et je le soupçonne d'être surtout animé par des intérêts personnels.

— En me demandant d'épargner Clodia ?

— Oh, elle ne risque pas grand-chose, se hâta-t-il d'ajouter. Si elle est impliquée dans l'affaire, les pontifes la réprimanderont, mais sans plus. Le sacrilège a été commis par Clodius qui, en tant qu'homme, n'avait pas le droit de se trouver là. Si des accusations sont portées, elles le seront contre lui seul.

— Ça me rassure, avouai-je.

— Est-ce que Céler a porté son choix sur un collègue ? me demanda Cicéron, changeant soudain de sujet.

C'était un homme politique, et le pouvoir l'intéressait davantage que des affaires de religion.

— Il m'a demandé de tâter le terrain auprès de Mamercus Capiton.

— Qui est hors du coup, maintenant.

— Exactement. Le principal postulant semble être Lucius Afranius. Quoi ? Que signifie ce grognement ?

— Je grogne parce que je ne suis pas un philosophe, répondit Cicéron. Or, seul un philosophe peut parler de Lucius Afranius sans grogner. C'est une nullité absolue !

— À mon avis, c'est ce que Céler aime chez lui.

— L'heure est grave, nos consuls ont besoin de faire preuve d'autorité. Je tremble à l'idée qu'Afranius occupe une telle position.

— Céler sera le seul à décider, fis-je remarquer. Admets qu'il a bien joué en accédant à la demande de Pompée, même si cela lui a coûté.

Cicéron hocha la tête.

— Non, sans vouloir manquer de respect à ton parent, il est toujours un chaud partisan de l'aristocratie. C'était stupide de s'opposer au triomphe, c'est évident. Mais les terres attribuées aux soldats démobilisés, c'est une tout autre affaire. Cela signifie que des hommes de peu auront le contrôle de la terre, une chose qui horrifie les aristocrates extrémistes. Pompée en retirera un pouvoir accru, or les aristocrates le détestent. Crois-moi, Décius, avant la fin de l'année Quintus Cécilius Métellus Céler s'alignera sur la faction la plus intransigeante du parti aristocratique.

Il ne m'échappa nullement que Cicéron avait employé le terme d'extrémistes. Il appartenait lui aussi au parti aristocratique, bien que nombre de ses chefs le méprisassent. Cicéron croyait à une république idéale conduite par l'élite des hommes libres, qui seraient instruits, patriotes et préoccupés uniquement par le bien-être de l'État. C'était un bel idéal, mais Platon, qui avait développé ce concept, n'avait pas réussi à convaincre les Grecs de l'adopter.

Je ne prétendrai jamais avoir ne fût-ce qu'une partie des capacités intellectuelles de Cicéron, car c'est l'homme le plus brillant que j'ai connu dans ma vie. Mais il souffrait d'un certain aveuglement, il avait une croyance presque naïve dans l'aptitude des aristocrates à gouverner.

J'étais né dans une famille d'aristocrates, mais je ne me faisais aucune illusion sur mes pairs. Les aristocrates sont des gens qui possèdent des privilèges simplement parce qu'ils ont reçu des terres en héritage. Ils préfèrent être gouvernés par les pires de leurs pairs que par les plus vertueux des roturiers. Ils détestaient Pompée, non parce que c'était un conquérant à l'image d'Alexandre, susceptible de renverser la république, mais parce qu'il ne venait pas de leurs rangs et qu'il commandait à une armée de type Marius qui n'était pas composée d'hommes de bien.

À l'époque dont je parle, ma classe s'était engagée dans une sorte de suicide collectif par bêtise politique. Certains rejetaient nos meilleurs hommes à cause de leur naissance tandis que d'autres, comme César et Clodius, cherchaient à s'attirer les faveurs des pires éléments de la société romaine. La plupart rêvaient avec nostalgie de l'ancienne république : un État vertueux où l'aristocratie des propriétaires fonciers gouvernait les paysans. Or ils vivaient dans un système où la monarchie se faisait passer pour une république « purifiée ».

Cependant, Cicéron ne se trompait pas pour Céler. En moins d'un an, il retourna sur les bancs des aristocrates les plus extrêmes qui s'opposaient à la distribution des terres aux soldats de Pompée.

— C'est normal qu'ils n'aiment pas l'idée de savoir Pompée à la tête d'une puissante armée aux portes de Rome, dis-je. Je trouve moi-même cela inquiétant.

— Je n'ai pas tes craintes, Décius. La menace asiatique effacée, il n'y a plus de campagne glorieuse à conduire. Pompée ne s'intéressera pas aux combats décousus qu'Hybrida perd les uns après les autres en Macédoine.

— C'est-à-dire ?

— C'est-à-dire que pour l'instant Pompée doit rester à Rome et se vouer à la politique. C'est une idée ridicule. Politiquement, Pompée est un cancre. Il a obtenu la plupart de ses commandements militaires sans avoir exercé aucune des fonctions exigées par la Constitution. Il a été nommé consul par la force. Il n'a aucune expérience de la fonction publique, ni de la politique du Sénat. Il n'a même jamais été questeur ! Tu seras un sénateur bien plus capable que Pompée, or tu n'as qu'une semaine d'expérience.

C'était un étrange compliment, si tant est qu'il en fût un. J'étais au moins rassuré sur un point : on ne me poursuivrait pas en justice pour avoir fourré mon nez dans les affaires des autres.

J'avais plusieurs personnes à voir. Je décidai de commencer par le lieu même de l'inconvenance. Je me rendis chez Caius Julius César, dont la femme, nous incitait-on à croire, devait être au-dessus de tout soupçon. La demeure du grand pontife était une villa de belle taille, une des quelques résidences du Forum, adjacente au palais des vestales.

Le gardien me fit entrer et me conduisit dans l'atrium où les esclaves vaquaient à leurs occupations avec les précautions qui témoignaient de l'incertitude de leur position. Nul doute qu'ils se demandaient lesquels d'entre eux accompagneraient leur maîtresse divorcée. Je remarquai que les statues étaient encore recouvertes d'un drap. Le soleil avait percé les nuages et on me conduisit dans un jardin clos où l'eau dégoulinait des toits en tintinnabulant. Dans un coin se dressait une statue de Priape, recouverte d'un linge écarlate. Sur le devant, le tissu pendait du phallus démesuré du dieu, à l'exemple d'une oriflamme grotesque.

— Que désires-tu ? Puis-je t'aider ?

En me retournant, je vis qu'une femme était entrée dans le jardin. Je ne la reconnus pas, mais ses cheveux couleur de blé, ses grands yeux gris et le son de sa voix me fascinèrent.

— Je suis Décius Cécilius Métellus le Jeune. Je voudrais parler au grand pontife.

— Il n'est pas là. Puis-je le remplacer ?

Sa grammaire et sa diction étaient parfaites. Elle se tenait avec élégance, ouverte et prête à aider sans pour autant se montrer indiscrète ou trop familière. En un mot, c'était une vraie patricienne.

— Je mène une enquête sur, euh, la déplaisante affaire des rites de la Bona Dea qui a souillé cette maison.

Elle grimaça.

— Pour une telle affaire, qui a la permission d'interroger le grand pontife ?

C'était une question embarrassante.

— Il ne s'agit pas d'un interrogatoire. J'ai été désigné par un éminent sénateur pour mener une enquête officieuse, non pour porter des accusations, simplement pour…

— Métellus Céler !

— Hein ? Euh, vois-tu, ce n'est pas tout à fait erroné, mais je…

Il n'était pas dans mes habitudes de bégayer, mais cette femme m'avait pris par surprise.

— Qui as-tu dit que tu étais ?

— Je n'ai rien dit. Je suis Julia.

Cela rétrécissait les possibilités. Elle faisait donc partie des cinquante pour cent de la gens Julia de sexe féminin.

— Je savais que Caius Julius avait une fille, dis-je, mais j'aurais cru qu'elle était… euh, j'avais l'impression qu'elle était… disons plus jeune.

Elle garda son impassibilité de patricienne, mais je soupçonnai qu'elle se moquait intérieurement de ma déconfiture.

— Caius Julius est mon oncle. Je suis Julia Minor, la seconde fille de Lucius Julius César.

— Ah ! Je me doutais bien que tu devais être une des Julia. Enfin, je veux dire… comment as-tu deviné que c'était Céler ?

— Tu es un Cécilius Métellus, et il est le mari de Clodia Pulcher.

— J'admire tes capacités de déduction, dis-je.

— Merci. J'accepte le compliment, d'autant qu'il vient d'un connaisseur. Tu es renommé pour ces mêmes capacités.

— Vraiment ? m'étonnai-je, ne sachant si je devais être flatté ou non.

— Oui. Mon oncle parle souvent de toi. Il affirme que tu es l'un des hommes les plus intéressants de Rome.

— Non ?

J'étais réellement surpris. Je connaissais à peine Caius Julius. Je ne m'étais pas douté qu'il eût jamais parlé de moi, favorablement ou non.

— Si, je t'assure. Il prétend qu'il n'y a personne comme toi pour fouiner, mettre son nez dans les affaires des autres et tirer des conclusions. Il dit que ton talent mériterait de faire partie d'une branche de la philosophie.

Je ne crois pas qu'elle me flattait ou se moquait délibérément. Elle semblait d'une totale sincérité.

Naturellement, personne n'était plus conscient que moi de mon attirance pour les jolies femmes.

— J'ai toujours évité la philosophie, dis-je, mais qui suis-je pour discuter des définitions avec un maître de la rhétorique ?

Elle finit par sourire.

— Précisément. Je suis désolée que Caius Julius ne soit pas là pour répondre à tes questions, mais je suis contente de t'avoir enfin rencontré.

Elle s'apprêta à partir. Je m'efforçai de la retenir.

— Non, reste, s'il te plaît.

— Oui ?

Elle parut légèrement déconcertée.

— Euh…

Je cherchai des arguments.

— Tu peux peut-être m'aider. Étais-tu ici, hier soir ?

— Seules les femmes mariées assistent aux rites de la Bona Dea. Je suis célibataire.

— Ah !

J'étais bizarrement content d'apprendre qu'elle n'était pas mariée.

— Merveilleux ! Euh, je veux dire, dommage que tu n'aies pas été là.

Je m'embrouillais.

— Je n'ai pas dit que je n'étais pas là, juste que je n'ai pas assisté aux rites.

— Oui, c'est vrai, c'est une grande maison.

— Tu ne t'y prends pas comme il faut, tu sais. Tu me déçois.

— Je crains de ne pas comprendre.

— Tu vas chez les gens importants et tu poses des questions directes. Ce n'est pas comme ça que tu trouveras la solution.

J'étais légèrement désappointé. Après tout, qui avait un talent reconnu pour les investigations ?

— Oui, ce n'est pas la même chose que d'enquêter sur un meurtre dans Subure. Peux-tu m'indiquer une meilleure méthode ?

— Laisse-moi t'aider.

— Tu m'as déjà gentiment proposé ton aide.

— Je veux dire, laisse-moi être ton assistante dans cette enquête. J'ai accès à des endroits où tu ne peux aller.

Je restai un instant interloqué.

— Pourquoi le ferais-tu ? demandai-je.

— Parce que je suis intelligente, instruite, bien de ma personne et que je m'ennuie à en devenir folle comme Médée. Je suis ta carrière depuis des années grâce aux ragots des femmes et aux discussions entre mon père, son frère et leurs amis. C'est tout à fait le genre d'activité qui m'attire. Je peux aller où tu ne peux pas.

En vraie patricienne, elle exigeait cela comme un droit, mais je perçus néanmoins la supplique dans sa voix.

— C'est tout à fait inattendu, dis-je.

Néanmoins, je calculai aussitôt les avantages d'un tel accord. Cela signifiait, entre autres, que je reverrais souvent Julia.

— Bon, discutons-en, proposai-je.

Elle s'assit sur un banc en pierre.

— Viens près de moi, dit-elle en tapotant la place à côté d'elle, qui n'était que légèrement humide.

Je promenai mon regard à travers le jardin.

— Nous ne sommes pas chaperonnés, remarquai-je. Tes parents trouveront-ils cela correct ?

Dans les vieilles familles, les hommes se conduisaient parfois comme des boucs, ou même pis, mais ils exigeaient que leurs femmes soient chastes ou perçues comme telles. La femme de César…

— Regarde par-dessus mon épaule, me dit Julia. Tu ne vois pas une ombre se profiler sous la colonnade ?

— Si, j'en vois une.

— C'est ma grand-mère, Aurélia. Ne t'inquiète pas, si elle voit quelque chose de fâcheux, elle s'interposera pour que je ne subisse aucun déshonneur. Elle a l'œil, l'instinct et les griffes d'un oiseau de proie.

— Parfait. Nous pouvons donc comploter librement. Jusqu'où es-tu prête à aller en tant qu'assistante ?

— Collègue, si ça ne te dérange pas.

— Entendu.

Cette concession ne me coûtait rien.

— La plupart des nobles épouses de Rome étaient là hier soir. Je leur rendrai visite et leur soutirerai des informations.

— Je croyais qu'elles n'avaient pas le droit de parler des rites aux non-initiés ?

— En effet. Mais il y avait des Romaines connues pour leur conduite scandaleuse et leurs indiscrétions. Outre Clodia, je sais qu'il y avait Fulvia et Sempronia, de même que toutes les femmes de la maison de Lucullus, son épouse, Claudia, sa pupille, Fausta, la fille de Sylla, et ta cousine Cécilia, la femme de Marcus Crassus le Jeune. Si je n'obtiens pas des renseignements de ces femmes, je me fais vestale.

— Bonne idée, admis-je. Mais si ta grand-mère apprend que tu fréquentes ces femmes, elle va s'ouvrir les veines.

— Je ruserai, assura Julia. Je peux m'arranger pour tomber sur elles dans un endroit neutre, aux bains, par exemple.

À cette époque, il y avait plusieurs bains à Rome réservés aux femmes. En pensant à Julia transpirant dans le caldarium avec ces matrones célèbres, ma tête se remplit d'images émoustillantes.

— Oui, concédai-je, ça réduit les risques. Mais méfie-toi de Clodia. Les autres sont peut-être pernicieuses, mais elle est réellement dangereuse. J'ai la permission de Céler de l'interroger moi-même. Remarque, je ne pense pas en tirer grand-chose. Comment reprendras-tu contact avec moi ?

— As-tu un esclave fiable ?

— J'ai un certain Hermès, mais c'est un fourbe.

— Dans ce cas, je t'enverrai quelqu'un lorsque j'aurai des renseignements à te transmettre.

— Dis-moi une chose. Pourquoi fais-tu cela ? À part pour tromper l'ennui.

— C'est une raison suffisante. Et, comme toute bonne Romaine, je déteste Clodia.

— Bizarre. La plupart des hommes ont le même sentiment à l'égard de son frère. Ne te compromets pas avec elle.

— Ce n'est pas difficile. J'ai peur d'elle.

— Il y a de quoi ! Personnellement, elle me terrifie. Elle est bien plus subtile que Publius.

J'hésitai à lui parler de la tentative d'empoisonnement, mais y renonçai. Je lui faisais déjà trop confiance. Je me levai.

— Je vais prendre congé, mais j'espère avoir bientôt de tes nouvelles.

Elle me raccompagna avec les politesses habituelles, dont la plupart, présumai-je, étaient destinées à l'œil vigilant de son dragon de grand-mère.

Je m'éloignai, perplexe. On peut s'étonner que je puisse imaginer faire confiance à quelqu'un de la famille de César. La raison principale est que je voulais faire confiance à Julia. Cette tendance à confondre le désir et la raison m'avait trop souvent joué des tours. Néanmoins, mon instinct, auquel je pouvais parfois me fier, me disait que Julia était sincère.

D'une certaine manière, ce n'était pas le moment de me laisser distraire, car ma seconde visite était pour un homme que je craignais. J'avais croisé plus d'une fois la route de Marcus Licinius Crassus et, bien que nos relations fussent cordiales pour l'instant, je savais que ça ne durerait pas.

Marcus Licinius Crassus Dives (le Riche) était, disait-on, l'homme le plus riche du monde, et sa demeure ne faisait rien pour démentir la rumeur. Elle n'était pas loin de chez Céler, sur un terrain qui avait autrefois appartenu à plusieurs ennemis de Sylla. Crassus avait éliminé les propriétaires pour le dictateur* et avait reçu leurs biens en récompense. Il avait démoli les anciennes bâtisses et construit son propre palais, entouré de vastes jardins dessinés par les meilleurs artistes grecs et peuplés de somptueuses statues, une collection originale à Rome, car il avait acheté la plupart de ses trésors. Il en avait acquis une infime minorité par héritage et quasiment rien ne résultait du pillage. C'était nouveau pour Rome, où le pouvoir de l'argent était associé aux riches *equites* et aux affranchis.

Crassus avait pour l'argent une passion presque maladive. Nombre de ses contemporains luttaient pour le pouvoir, croyant que la richesse viendrait ensuite inévitablement. Crassus fut le premier Romain à comprendre que la richesse *était* le pouvoir. D'aucuns bataillaient des années pour obtenir des hauts commandements militaires afin de gagner butin et gloire en terres étrangères. Crassus savait, lui, qu'il pourrait acheter une armée quand l'envie lui en prendrait.

Je me méfiais de Crassus à l'époque. Bien sûr, on ne pouvait faire autrement que de se méfier. Il avait été compromis dans tant d'intrigues, dont la plupart avaient un rapport avec l'argent, qu'il était chimérique de les dénombrer. Nous savions tous qu'il avait trafiqué avec Ptolémée XII le flûtiste (Aulète), le roi d'Égypte. Mais Ptolémée avait toujours besoin d'argent, il était donc naturel qu'il courtisât Crassus. Ce dernier complotait au Sénat pour déclarer la guerre aux Parthes. Nous n'avions aucun contentieux avec les Parthes, mais c'était le dernier pays frontalier réellement riche et Crassus voulait le piller avant Pompée, qui recherchait la gloire militaire avec la même passion que Crassus l'argent. Ils se détestaient, mais parvenaient à s'entendre à l'occasion.

Mes raisons pour lui rendre visite étaient légèrement sournoises. D'habitude, je me donnais un mal fou à l'éviter, mais j'étais curieux de son orientation politique, qui avait sans doute changé pendant mon absence. J'étais surtout inquiet de son attitude envers Clodius. Mon statut quasi officiel m'autorisait à l'interroger.

Je le trouvai dans son atrium avec un groupe de fidèles. Ils l'observèrent lorsque j'entrai afin de calquer leur attitude sur sa réaction. Il me sourit et vint à ma rencontre la main tendue. Ils se détendirent aussitôt. Crassus pouvait être aussi jovial que Lucullus quand il le voulait, mais son amabilité restait de façade. Nous échangeâmes les politesses habituelles, et il me demanda des nouvelles de la santé de mon père. Je parcourus l'atrium du regard, mais ne vis pas son fils, Marcus Crassus le Jeune.

Je lui expliquai brièvement la nature de ma mission.

— Sale affaire, dit-il. Je comprends les inquiétudes de Céler au sujet de Clodia. Elle a le don d'attirer les ennuis.

Je ne soulignai pas sa propre compromission avec Clodia. Une entente tacite entre nous voulait que ces choses soient tues jusqu'à ce que les hostilités reprennent.

— Tu comprends donc mon problème, dis-je. Je ne peux pas interroger Félicia directement…

Je ne mentionnai pas, naturellement, mon accord avec Julia.

— … Et Marcus le Jeune serait sérieusement offensé si je le questionnais, mais en tant que paterfamilias tu peux t'en charger.

Je n'attendais aucune aide de sa part. C'était une demande purement formelle.

— Ça sera avec plaisir, mentit-il gaiement.

— Que manigançait Clodius, à ton avis ?

— Oh, c'était juste une de ses farces idiotes. Quel méfait peut-on accomplir lors des rites religieux des femmes ? Sa façon de s'amuser est aussi écervelée que ses idées politiques.

Voilà qui était nouveau.

— J'ignorais qu'il avait des idées politiques. Des idées tout court, d'ailleurs.

— Crois-tu ? Ah, c'est vrai, tu étais absent de Rome cette année.

— Éclaire-moi. Je sais qu'il veut être tribun s'il arrive à se faire adopter par un plébéien, mais j'ignorais qu'il avait des idées en tête, autres que de créer des ennuis.

— Des ennuis, c'est le mot juste. Il est devenu un homme du peuple, vois-tu. Il envisage de faire de la distribution de blé un droit permanent de chaque citoyen.

— C'est une mesure révolutionnaire, dis-je en pensant aux conséquences.

L'allocation de blé était depuis les temps les plus reculés une mesure d'urgence pour soulager les pauvres. Elle avait été instituée lorsque les fermiers s'étaient réfugiés dans l'enceinte de Rome pendant un siège. Elle était souvent rétablie en cas de famine ou de pénurie, et parfois pour célébrer une occasion importante. Chaque citoyen était inscrit sur un registre. En fait, l'expression « destinataire de l'allocation » signifiait « citoyen » et était même utilisée par les plus riches d'entre nous, qui n'avaient pourtant pas besoin d'une aide quelconque de la République.

— Il y a pire, déclara Crassus. Il démarche déjà dans les assemblées tribales*, promettant de faire voter cette loi outrageante s'il est élu tribun.

J'étais abasourdi. Cela dépassait les excès les plus odieux de notre procédure électorale. D'ordinaire, on consacrait des années à la fonction publique, et on se présentait à une élection en remerciement des services rendus, sans jamais omettre de citer ses glorieux ancêtres. Personne n'avait jamais pensé à promettre des faveurs au cas où il serait élu. Même César n'avait pas imaginé une telle supercherie. J'étais tout à ces pensées lorsque Crassus les interrompit.

— Et il fait bloc avec Pompée pour la distribution des terres.

— Au moins, il est logique avec lui-même, observai-je. Si tu veux t'attirer les faveurs de la foule, tu peux aussi bien te mettre les légionnaires dans la poche.

— Exactement ce que je pense. Je me demande s'il a l'intention de réclamer à Pompée quelques-uns de ses légionnaires. Un homme aussi éminent que Clodius a besoin d'une importante escorte.

— Une armée privée ? Il a déjà une bande d'anciens gladiateurs et de bagarreurs.

— Les légionnaires de Pompée lui conféreraient une certaine légitimité, sans parler d'une démonstration de solidarité entre eux.

Cela semblait logique, mais je soupçonnai Crassus de faire preuve de malveillance. Il voulait jeter la suspicion sur son vieux rival. Comme si j'avais besoin d'encouragements pour me méfier de Pompée !

— En outre, ajouta Crassus, j'ai remarqué que Pompée lui avait prêté quelques devins étrusques. Un homme ambitieux a toujours besoin de devins dociles.

— Je ne savais pas que Pompée cultivait les observateurs d'entrailles.

À l'époque, tous nos haruspices* venaient d'Étrurie.

— Oh, si ! maintint Crassus. Tu sais parfaitement qu'ils inspirent aux gens du peuple un respect mêlé de crainte. Il y a en outre, comment dire ? des avantages politico-militaires à avoir une base en Tuscie.

Il avait employé le mot latin pour désigner l'ancienne nation étrusque. C'était juste, il y avait des avantages certains à y avoir une base, si on pense qu'il suffisait de franchir le Tibre pour être en Tuscie. Le quartier du Transtévère se trouvait d'ailleurs en territoire étrusque. La Tuscie était soumise à l'hégémonie romaine depuis longtemps mais, comme beaucoup de nos alliés, son peuple se flattait de son indépendance et nous considérait comme des parvenus.

Or les Claudii avaient du sang étrusque, même s'ils prétendaient descendre des Sabins. Récemment, il y eut une véritable passion pour l'Étrurie. Des Romains se proclamaient étrusques alors que leurs ancêtres étaient arrivés en Italie comme esclaves deux générations plut tôt. D'autres payaient des fortunes d'authentiques objets étrusques et le commerce des faux prospérait. Maintenant que les Étrusques ont quasiment disparu, une certaine idéalisation s'attache à eux qui n'existait pas lorsqu'ils étaient encore là pour nous empoisonner la vie. À l'époque, nous nous rappelions qu'ils nous avaient gouvernés et nous ne les aimions pas beaucoup. Ils avaient la réputation d'être experts en magie et en divination ; un moyen facile de gagner sa vie sans avoir à faire grand-chose.

J'avais encore quelques questions à poser à Crassus, mais nous fûmes interrompus par l'arrivée de Caius Julius César en personne, accompagné de toute son escorte.

— Il me faut prendre congé, Décius, déclara Crassus. Je dois discuter affaires avec le grand pontife.

Il baissa la voix comme pour me confier un secret.

— Je viens juste de le persuader de me laisser avoir le premier poste de plébéien vacant dans le collège des pontifes.

— Toutes mes félicitations !

Je ne doutais pas qu'il me disait la vérité, mais je ne doutais pas non plus qu'ils avaient des affaires plus sérieuses à traiter que de simples honneurs sacerdotaux. César avait des dettes, Crassus de l'argent. Pas besoin d'être Aristote pour faire le rapprochement.

En sortant de chez Crassus, je méditais sur les liens entre César et Crassus. Il me fallait, décidai-je, une bonne source impartiale de rumeurs et de calomnies. Or je savais exactement où la trouver.

VII

Il peut paraître étrange d'aller dans une ambassade afin d'obtenir des renseignements fiables sur la politique intérieure romaine, mais j'avais mes raisons. Les ambassadeurs vivent de rumeurs et de secrets d'initiés. Ils discutent librement entre eux de sujets que nous évitons. Ils entendent plein de choses et cherchent toujours à gagner les faveurs des Romains haut placés.

L'ambassadeur égyptien en poste à cette époque était un vieil obèse dégénéré répondant au nom de Lisas. Il résidait à Rome depuis des années et connaissait tout le monde. J'ai déjà parlé des liens entre Crassus et Ptolémée, ce qui faisait de Lisas une source naturelle à sonder. En outre, j'avais faim et Lisas était un hôte qui possédait une table remarquable.

L'ambassade d'Égypte était constituée d'un ensemble de bâtiments qui s'étendaient hors des murs sur les flancs du Janicule. Son architecture et son décor représentaient le méli-mélo hellénistique de grec et d'égyptien caractéristique d'Alexandrie. Hermès examinait l'endroit avec des yeux ronds tandis que nous approchions du portail.

— Tu n'es jamais venu par ici pendant tes fugues ? m'enquis-je.

— Je n'ai jamais franchi les murs de la ville, avoua-t-il.

— Tu as bien fait. Lorsque les Égyptiens attrapent un fugitif, ils le donnent à manger à leurs crocodiles.

Au même moment, nous perçûmes le vagissement d'un de ces monstres torpides provenant d'un bassin à l'intérieur des remparts qui protégeaient le groupe de bâtiments.

— Oui, il paraît, dit Hermès, pâle comme un linge. Est-ce vrai ?

— Absolument, assurai-je.

Un esclave en livrée se tenait à la porte pour accueillir les visiteurs ; en voyant mon insigne de sénateur, il s'inclina si bas que son nez toucha presque ses chevilles.

— Le sénateur Décius Cécilius Métellus le Jeune pour l'ambassadeur Lisas, déclamai-je avec grandeur.

L'esclave me conduisit dans un vaste atrium et se hâta d'aller prévenir son maître. Au centre de la pièce se dressait un sphinx en marbre qui avait le visage d'Alexandre le Grand.

Quelques minutes plus tard, Lisas entra dans un étalage de salutations. Outre son impressionnante corpulence, il était connu pour son énorme perruque noire et son usage excessif du maquillage. Comme toute la classe régnante d'Égypte, il était d'origine macédonienne, mais affectionnait tous les signes extérieurs d'un passé pharaonique. Il était célèbre pour ses nombreuses perversions, dont certaines inconnues en dehors de l'Égypte avant qu'il ne les introduise à Rome. Malgré cela, je l'aimais bien car il était réellement gentil et plein de délicatesse.

— Ah, comme je suis content de te revoir parmi nous, Décius Cécilius ! assura-t-il en louchant vers Hermès.

Je savais qu'il se contenterait de l'admirer. Il était trop bien élevé pour faire une proposition indécente à l'esclave d'un invité.

— Mais tu meurs de faim, mon pauvre. Entre, nous allons remédier à cela.

Je le suivis dans un triclinium conçu pour un petit banquet. Ce n'était pas l'heure de manger, mais Lisas gardait à toute heure dans cette pièce un buffet froid pour les visiteurs imprévus. Je me servis une assiette de poisson fumé, de langue marinée et autres gourmandises. Lisas en fit de même et nous nous assîmes pour bavarder. Comme c'était un repas sans cérémonie, nous n'eûmes pas recours aux banquettes ni aux serviteurs. J'abordai le sujet qui me tenait à cœur, et il réfléchit un instant en gobant des dattes sucrées.

— Crassus et César…

Ses petits doigts boudinés dessinaient des figures en l'air.

— On entend tellement de rumeurs.

— Quelles sortes de rumeurs ?

— Tu te souviens de l'année où César était édile* ?

— Comment l'aurais-je oubliée ? Il avait donné les jeux les plus magnifiques de toute l'histoire.

— Une rumeur circulait à l'époque, juste une rumeur, bien sûr, selon laquelle il pensait à d'autres choses qu'à de simples fonctions publiques et à des jeux. On murmurait que, associé à Crassus, il avait pris part à une conspiration pour renverser la république. Tu te souviens qu'on ne laissa pas les consuls de cette année occuper leur poste ?

— Je m'en souviens, acquiesçai-je.

L'année précédente, l'élection au consulat avait été remportée par Publius Autronius Paetus et par Publius Sylla, le neveu du dictateur. Convaincus de corruption avant d'occuper leurs fonctions, ils avaient été remplacés par les deux seconds des élections.

— Le plan, dit-on, était que César et Crassus devaient attaquer le Sénat pour la nouvelle année et tuer leurs ennemis. Crassus devait ensuite être nommé dictateur et désigner César son Grand Écuyer. Publius Sylla et Autronius auraient alors servi comme consuls.

— Non, ça ne me convient pas, dis-je. Non que je ne les en croie pas capables, mais c'est un peu tiré par les cheveux. César ni Crassus n'avaient suffisamment de fidèles pour mener à bien leur projet. Sylla, je comprendrais mieux. Il est assez écervelé pour se lancer dans une aventure pareille. Depuis la mort du vieux dictateur, tous les adultes mâles portant le nom de Cornélius Sylla ont été impliqués dans un complot ou un autre. Sylla a été jugé pour s'être entendu avec Catilina et il a fallu la plaidoirie de Cicéron pour le disculper. Son frère, accusé et condamné, a échappé à l'exécution.

— C'est l'intervention de César qui l'a sauvé, n'est-ce pas ? demanda mollement Lisas.

— Maintenant que j'y pense, oui. Servius Sylla était tellement coupable que Jupiter lui-même n'aurait pu le sauver, mais César a fait commuer sa condamnation en exil.

Je trouvais cela suspect, mais il faut dire qu'à l'époque je voyais des conspirations partout.

— Non, César et Crassus sont trop malins pour se lancer dans une entreprise aussi désespérée.

Lisas sourit d'un air entendu.

— C'est ce que tu crois, mon jeune ami, mais je n'en suis pas aussi sûr. Dans Crassus, je vois un homme à l'ambition contrariée qui rêve de pouvoir suprême et de gloire, et s'aperçoit que Pompée en hérite à sa place. César est un homme qui a vu passer ses meilleures années sans avoir accompli de faits marquants. Ils affichent peut-être une sérénité majestueuse, mais ils sont en réalité frustrés. Au cours de l'histoire, de tels hommes ont toujours comploté contre l'État pour instaurer la tyrannie.

— C'est peut-être vrai chez les Grecs et les Asiatiques, mais nous sommes des Romains.

— Et après ? Gaius Marius était-il si différent ? Et Sylla le Grand ? Et Romulus, pendant qu'on y est ? Les autres puissants étaient absents de Rome cette année-là. Eussent-ils fait preuve d'assez de hardiesse qu'ils auraient sans doute réussi leur coup.

Il fit un geste pour manifester sa gratitude envers le maître des dieux.

— Ils auraient réussi, c'est-à-dire, si cela avait été autre chose qu'une rumeur. Or, je te le rappelle, ce n'est qu'une rumeur.

— Et maintenant, César croule tellement sous les dettes qu'il a besoin d'une province pour se refaire.

— Il aura bientôt des ressources immenses, assura Lisas.

— Alors, pourquoi est-il toujours à Rome ?

Lisas eut une moue expressive.

— Encore des rumeurs. Ses créditeurs ne lui permettent pas de quitter la ville tant qu'il n'a pas fourni des garanties pour ses dettes.

— Des garanties que Crassus peut lui procurer, avançai-je.

— Je ne connais personne d'autre.

Je remerciai Lisas de son hospitalité et de ses rumeurs instructives, et pris congé. Un esclave alla chercher Hermès. Lorsqu'il me rejoignit dans l'atrium, il avait l'air bouleversé.

— On m'a emmené voir les crocodiles, expliqua-t-il.

Son haleine empestait le vin de datte égyptien.

— Il y en a un qui doit bien faire dix coudées de long.

— Tu as assisté à leur repas ?

— Non, mais j'ai vu des ossements au fond du bassin. On aurait dit des os humains.

— Ça donne à réfléchir, n'est-ce pas ?

La visite du bassin des crocodiles était un service que l'ambassade fournissait pour les esclaves de ses invités. Les « ossements » étaient en réalité en marbre. Les crocodiles, semblait-il, broyaient les os en minuscules morceaux.

Nous étions presque à la porte lorsqu'une esclave accourut me remettre un paquet.

— Le maître a dit que tu avais oublié ça. C'est pour tes esclaves.

Lors d'un dîner, bien sûr, j'aurais enveloppé des victuailles dans ma serviette afin de rapporter à manger à mes esclaves. Comme c'était un repas informel, l'idée ne m'en était pas venue. Mais, comme je l'ai dit, Lisas était extrêmement attentionné.

— Tiens, dis-je à Hermès en lui tendant le paquet, rapporte ça à Caton et à Cassandre. N'en mange pas en chemin. Caton fera le partage.

— On m'a donné à manger à l'ambassade, dit-il en haussant les épaules. Et c'était bien meilleur que chez toi.

— Lisas a les moyens. Sais-tu où habite Milon ?

— Tout le monde le sait, à Rome.

— Eh bien, tu m'y rejoindras après avoir remis le paquet à Caton. Attends-moi dans l'atrium de Milon et ne fraternise pas avec ses gens. Ils sont trop louches.

Hermès s'illumina.

— Comme tu voudras, maître !

Que je fusse un sénateur et un Cécilius Métellus ne signifiait rien pour lui. En revanche, que je fusse l'ami de Milon l'impressionnait fortement.

J'étais content d'avoir l'occasion de marcher seul. C'est souvent ainsi que les pensées me viennent, lorsque je me promène dans un état semi-conscient, laissant mes pieds me guider à leur guise. Ils m'emmenaient parfois dans un lieu déterminant pour la résolution d'un problème. Je me suis souvent interrogé là-dessus, et je suis parvenu à la conclusion que les dieux mineurs des carrefours, devant les autels desquels je passais à chaque croisement, me viennent en aide. Ce sont les divinités les plus romaines d'entre toutes et il est normal qu'elles s'intéressent à mes méditations, qui concernent souvent la protection de notre cité d'une manière ou d'une autre.

Je pensai à César, à Crassus, à Pompée et à tous les autres qui nous empoisonnent avec leur lutte pour le pouvoir. Je pensai aussi à Julia. Elle m'avait dit quelque chose qui avait soulevé une question dans mon esprit, mais sa présence m'avait tant distrait que je n'avais pas pu me concentrer et, maintenant, j'avais oublié de quoi il s'agissait. Je chassai cette pensée comme une cause perdue et revins à Crassus et à César.

Crassus était immensément riche, mais il lui manquait l'expérience militaire que nous considérons décisive pour réussir dans la politique. C'est-à-dire : une carrière qui implique abondance de butin et de gloire. Il avait certes conduit des armées sous le commandement d'un prestigieux général. Il avait commandé des légions pendant la guerre contre Spartacus et son armée d'esclaves.

Spartacus avait peut-être été l'ennemi le plus ingénieux, le plus rusé, le plus dangereux que Rome ait jamais affronté, mais c'était un esclave, de même que ses soldats, et les Romains refusent de considérer une armée d'esclaves comme un ennemi valeureux. Pis, Crassus avait conduit une guerre de manœuvres lourde et prudente, utilisant au mieux la discipline et la technique des légions. Il avait remporté une victoire écrasante avec un minimum de pertes dans ses rangs, mais sans le panache tant apprécié des Romains. Comme de juste, Pompée était rentré d'Espagne après le gros des combats, avait anéanti quelques bandes de fuyards et tiré la couverture à lui. Crassus n'avait pas oublié. Il rêvait d'une bonne guerre, mais peut-être que, vu sa mentalité, un coup d'État n'était pas à écarter.

Quant à César, il restait comme aujourd'hui une énigme. C'était un homme aux talents considérables qui n'avait cependant rien accompli. Un aristocrate d'une des plus anciennes familles patriciennes qui se faisait passer pour un homme du peuple. Un homme de Marius dans une Rome qui appartenait aux partisans de Sylla depuis vingt ans. Nous autres Metelli, nous avions été ses défenseurs, comme les Claudii, les Cornelii bien sûr, et la plupart des autres grandes familles comme les Crassii. Certains Julii aussi le soutenaient, mais Caius Julius insistait sur ses liens familiaux avec Gaius Marius, même pendant les années où il était au plus bas. César était-il plus complexe que je ne l'avais cru ? Il soutenait les Verts au cirque, c'est dire !

Ce jour-là, la divinité gardienne de la ville ne parut pas décidée à guider mes pas dans une direction fructueuse. Je fis le tour complet du Circus* Maximus, ce qui n'était pas une petite entreprise. Je contournai le bas du Palatin et grimpai vers le Forum qui se vidait rapidement. Je gravis le Capitole jusqu'au temple de Jupiter. J'entrai et observai les prêtres exécuter une cérémonie nocturne suivie par une modeste assistance. La nouvelle statue de Jupiter semblait toujours déplacée, bien que d'une majesté impressionnante. Les haruspices avaient déclaré qu'une nouvelle statue du dieu était indispensable pour protéger l'État et déjouer les complots contre la Constitution. Ils avaient sans doute vu juste car, à peine la statue avait-elle été érigée que la conspiration de Catilina avait été éventée.

J'ai toujours trouvé les services dans nos temples apaisants et propices à la méditation, tant qu'ils ne conduisaient pas à sacrifier une bête énorme, qui se débattait de surcroît. Celui-ci était un de nos plus anciens temples, dépassé seulement en âge par le temple de Vesta*. Il avait été plusieurs fois reconstruit et avait été jadis un sanctuaire sans statue, car la pratique de donner à nos dieux forme humaine était relativement récente. Lorsque les Grecs devinrent nos esclaves, ils commencèrent à réorganiser notre ville pour satisfaire à leur idée de la propriété. Je n'ai jamais compris comment nos esclaves ont pu être amenés à régir nos existences, mais il semble que ce soit une règle universelle.

L'odeur de l'encens accrochée à mes cheveux, je quittai le temple afin de me rendre chez Milon. Ce n'était pas une heure correcte pour rendre visite à quelqu'un, mais Milon n'était pas un citoyen ordinaire. On aurait dit qu'il ne dormait jamais et il s'était fait un principe politico-criminel d'être accessible à tous quelle que fût l'heure. S'agissant de disponibilité, César était un amateur comparé à Milon. Mais, bien sûr, Milon n'était pas distrait par les armées, les provinces et les généraux rivaux. Il ne cherchait pas à conquérir le monde. Il voulait juste gouverner Rome. Il s'était, dans ce but, constitué une immense clientèle dont les membres n'étaient pas tous, loin s'en fallait, des criminels. Sa bande de brutes représentait le noyau de sa force, naturellement, mais il comptait, dans ses relations, certains des plus hauts personnages de la société, comme en témoignait sa récente invitation à déjeuner chez Lucullus.

Milon s'était élevé de la position de voyou des rues à celle de candidat politique grâce à une énergie inébranlable, un charme extraordinaire et une férocité époustouflante, même à une époque où fleurissaient les hommes sans scrupules. Ses buts, j'imagine, n'étaient pas très différents de ceux de Clodius, mais les deux hommes ne se ressemblaient d'aucune manière. Clodius était né riche, dans la haute société. Il tenait de naissance son aisance dans les hautes sphères.

Milon était parti de zéro. Il avait, je ne dirais pas de l'honneur, mais plutôt le souci scrupuleux de ses devoirs et de ses engagements. Milon avait des amis, Clodius des flagorneurs.

Il faut reconnaître que j'avais des préjugés en sa faveur car je détestais prodigieusement Clodius mais, bien sûr, ce dernier était détestable. Je ne me suis jamais considéré injuste ou partial en la matière.

Milon m'accueillit avec chaleur. J'eus la chance qu'il soit seul, c'est-à-dire qu'il n'avait aucun visiteur d'importance, même si une centaine de voyous flemmardaient dans la maison. Il me conduisit dans une petite pièce où nous nous installâmes sur des banquettes.

— Tu as l'air fatigué, Décius. Bois un peu de vin.

Il remplit deux coupes et m'en tendit une. C'était un bon falerne, additionné de la quantité d'eau nécessaire pour éviter les dérives de l'impolitesse. Je le bus avec reconnaissance.

— J'ai de quoi être fatigué, dis-je. J'ai commencé la journée chez Céler, de là je suis allé au Forum, puis chez César, je me suis ensuite rendu chez Crassus et enfin à l'ambassade d'Égypte. Après avoir déjeuné avec Lisas, je suis allé au Capitole voir si Jupiter pouvait m'éclaircir les idées, une faveur qu'il m'a refusée. Maintenant, me voilà chez toi. J'aurais dû rester en Gaule. Les légions sont moins pénibles.

— Si tu veux avancer, tu dois accepter de souffrir.

Milon n'avait que peu de sympathie pour ceux dont l'énergie était moins démesurée que la sienne.

— Toujours cette histoire de sacrilège ?

— Oui, et maintenant le meurtre de Capiton a pris une nouvelle tournure.

Je lui décrivis les blessures insolites telles que les avait interprétées Asclépiade ; il m'écouta avec grande attention. L'art de la mutilation passionnait Milon.

— Le coup de maillet est intervenu après la mort du bougre ? s'étonna-t-il. Ça ressemble... euh... ça ressemble plus à un rituel qu'à un meurtre ordinaire. J'ai mené une enquête auprès des tueurs professionnels, je pensais trouver quelqu'un utilisant la technique du double coup, mais je croyais que le coup de maillet avait servi à assommer la victime avant de l'achever. Ça change tout. Si c'est un rituel, ce n'est pas un rituel romain. Il faudra sans doute chercher dans la communauté étrangère.

— Magnifique ! Rome regorge d'étrangers avec leurs religions détestables. Je ne peux tout de même pas frapper à la porte de chaque Asiatique, Gaulois ou Africain !

— Tu peux facilement en éliminer la plus grande partie, me conseilla Milon avec sa perspicacité coutumière. C'est forcément quelqu'un qui trafiquait avec Capiton. Or je le vois mal s'acoquiner avec des Nubiens ou des chameliers arabes. Trouve avec qui il avait affaire, et tu sauras probablement quel genre d'étranger est responsable de son meurtre.

— Oui, c'est logique, admis-je. Tu m'aideras ?

— Bien sûr. Service pour service ?

— Comme tu voudras, mais qu'est-ce qu'un homme politique de bas niveau comme moi peut faire pour toi ?

Je n'étais pas naïf au point de croire que Milon me rendait service par pure générosité, mais je croyais qu'il se ferait payer après que j'aurais acquis une certaine notoriété.

— Ce n'est pas ton influence politique qui m'intéresse pour l'instant, mais ton entregent mondain. Je veux que tu m'aides à courtiser Fausta.

J'aurais dû deviner.

— Tu vises haut, mon ami.

En disant cela, je me rendis compte de ma stupidité. Pourquoi un homme qui rêvait de gouverner Rome viserait-il bas ?

— Je ne crois pas que Fausta verra les choses sous cet angle, rétorqua Milon. C'est une Cornelia, mais son père descend de la branche la plus pauvre de la famille. Sylla était un patricien indigent qui a gravi tous les échelons de la société. Elle le sait. Elle sait que le temps des patriciens est compté et que l'avenir de Rome appartient aux hommes comme moi.

C'était certes brutal, mais parfaitement exact. La clairvoyance de Milon dépassait de loin celle de Cicéron, avec ses idées préconçues et ses utopies.

— Je serai ravi, naturellement, de t'aider du mieux possible. Que veux-tu que je fasse ?

— Pour l'instant, je ne suis pas assez important pour rendre visite à Lucullus de mon propre chef. Tu peux intervenir. Fausta semble jouir d'une liberté absolue dans la maison. Tu devrais aisément trouver le moyen de lui parler. Plaide ma cause et vois comment elle réagit.

— Ah, Milon, mon ami, la coutume veut qu'on s'adresse à la famille ou au tuteur pour des affaires de cœur. D'après le testament de Sylla, c'est Lucullus qui a autorité en la matière.

Milon repoussa l'objection d'un geste.

— Comme je le disais, certaines coutumes aristocratiques sont en voie de disparition. Ça ne me concerne pas et je doute que la femme en question y attache de l'importance.

— Dans ce cas, je serai heureux d'agir en ton nom.

Je quittai Milon après qu'il m'eut remercié avec effusion. Je ne m'attendais pas à cela de la part d'un homme, qui est certes toujours sincère mais d'habitude laconique. Cela démontrait à quel point son engouement pour Fausta l'avait transformé. Je ne l'avais jamais vu changer d'attitude devant le danger, mais cette femme devait le hanter.

Comme la nuit tombait vite à cette époque de l'année, Milon équipa Hermès d'une torche pour nous éclairer sur le chemin du retour. J'étais agréablement éméché et fort désorienté par les instructions de Milon. Je n'aimais pas beaucoup son idée, mais il m'avait rendu de si grands services que je ne pouvais lui refuser mon aide. En courtisant la fille de Sylla, il allait s'attirer de nombreux ennuis, mais je ne pouvais pas le lui dire car sa motivation était manifestement plus sentimentale que politique.

Certaines familles gagnaient à être évitées. Les Claudii étaient de celles-là, de même que les Antonii. La famille de Sylla aussi. Ceux qui ont un tyran dans leurs ancêtres ont tendance à avoir une vision déformée de leur propre importance.

Cela me rappela ce que m'avait dit Julia le matin et dont je n'arrivais toujours pas à me souvenir. Il y avait un lien, mais je ne voyais pas lequel. J'étais anormalement confus, je m'en rendais compte. Je pouvais en partie attribuer ce travers au vin et en partie au virage compliqué que ma vie avait pris depuis mon retour de Gaule. Et j'étais sur le point de faire l'objet d'une distraction qui allait m'ôter complètement cette préoccupation de l'esprit.

— Il fait aussi noir que dans la grotte de Pluton, pesta Hermès comme nous approchions de chez moi.

— C'est parce qu'il fait nuit, lui rappelai-je. La nuit, c'est quand il fait noir. Le jour, c'est quand il fait clair.

— Il fait noir même pour une nuit sans lune. Cette torche est aussi utile qu'une lampe à mèche.

Une seconde plus tard, il poussa un cri rauque, trébucha et la torche s'éteignit. Je plongeai machinalement les mains dans ma tunique et en sortit mon ceste et ma dague.

— Que se passe-t-il, imbécile ? questionnai-je.

— J'ai glissé ! Les pavés sont visqueux.

Il se remit debout en jurant.

— On a sans doute vidé un pot de chambre dans la rue, dis-je. Essaie de rallumer la torche.

— Ça ne sent pas la merde, insista Hermès. C'est gluant.

Il fit tournoyer la torche au-dessus de sa tête et la flamme se ranima. Je pus ainsi examiner les taches sur ses mains, ses jambes et sa tunique.

— Si tu as gâché ta tunique, tu auras droit au fouet…

— C'est du sang ! s'écria-t-il.

Nous vîmes alors une forme blanchâtre à quelques pas.

— Un cadavre ! s'exclama Hermès.

— Tu en verras d'autres lorsque tu auras passé quelque temps dans Subure, l'informai-je. Je préférerais que les bandes de voyous ne fassent pas leur sale travail devant chez moi.

Nous nous approchâmes et Hermès abaissa sa torche. Je vis les sandales rouges ornées d'un croissant d'ivoire à la cheville. Je serrai fort mes armes.

— Oh, ce n'est pas un cadavre ordinaire, après tout. Voyons qui nous avons là.

Je m'accroupis près du corps et Hermès m'éclaira.

— Tiens, quelqu'un que nous connaissons… Dommage que ça ne soit pas Clodius.

— Pollux ! s'exclama mon esclave. C'est cette crapule de patricien qui a tenté de t'empoisonner.

En effet, Appius Claudius Néron gisait par terre, une entaille dans la gorge et un creux circulaire sur le front.

VIII

Je laissai le corps, ce n'était pas celui d'un ami, et je ne voyais pas l'intérêt de réveiller le quartier pour que mes voisins viennent admirer ce rustre. J'avais encore moins envie de passer une nuit blanche à cause de lui. La journée avait été longue, j'étais épuisé. Je jetai donc simplement une poignée de terre sur le cadavre et rentrai chez moi. J'enjoignis à Hermès de faire tremper sa tunique dans un seau d'eau avant d'aller se coucher. Étant à court d'argent, comme d'habitude, je ne voulais pas avoir à lui en acheter une neuve.

Je dormis comme une souche et me réveillai en pleine forme. Caton m'apporta une bassine d'eau et mon petit déjeuner dès le lever du jour. Je m'éclaboussai la figure, avalai une bouchée de pain et de fromage tout en essayant de me remémorer les événements de la veille. La journée avait été plus chargée que de coutume. Je mis de l'ordre dans mes pensées tout en mangeant des œufs durs suivis d'un croûton trempé dans du vin sucré. Mon père me traite de dégénéré parce que je prends mon petit déjeuner au lit. Parce que je déjeune, tout simplement. Il prétend que c'est indigne d'un Romain, tout juste bon pour les décadents. Il a probablement raison, mais je n'en ai cure. Je finissais mon repas quand Caton entra.

— Maître, il y a de l'agitation dans la rue.

— Qu'est-ce que ça peut bien être ? demandai-je d'un air innocent.

J'avais décidé de ne pas parler de ma découverte de la veille.

— Où est Hermès ?

— Au lit. Il dit qu'il a mal au ventre. Ce matin, j'ai trouvé sa tunique en train de tremper dans un seau d'eau. Il a dû la salir hier soir.

— Dis à ce maudit simulateur de venir immédiatement !

— Il ne joue pas la comédie, maître, insista Caton. Il a vomi partout.

— Ce garçon trouve toujours le moyen de me contrarier !

Je me levai et allai dans sa chambre. L'odeur de vomi me sauta à la figure lorsque j'ouvris la porte. Hermès gisait sur sa paillasse, recroquevillé, les mains sur le ventre. Je m'accroupis et lui touchai le front. Pas de fièvre, je poussai un soupir de soulagement. Il n'aurait plus manqué que la peste, ç'aurait été le comble !

— Quand as-tu commencé à être malade ? demandai-je.

— Au milieu de la nuit, gémit Hermès. Je me suis réveillé avec des crampes d'estomac.

Son visage rougeaud devint livide. Il s'assit en soupirant.

— Ça va et ça vient. Pour l'instant, je n'ai pas mal, mais ça recommencera bientôt.

— Les spasmes empirent-ils ?

— Non. Ils diminuent et sont moins fréquents.

— As-tu mangé chez Milon, hier ?

— Oui. Ses hommes m'ont emmené à la cuisine et j'ai mangé bien mieux que chez toi.

— Ils ont probablement glissé un émétique dans ta nourriture. Ils ont un sens de l'humour particulier. Méfie-toi d'eux. Milon est certes mon ami, mais ses hommes sont tous des assassins et des criminels.

— Bien, maître, dit-il d'une voix faible.

Je n'étais pas dupe. Il rêvait de devenir comme eux.

— Écoute, Hermès, j'ai décidé de ne pas dire que nous avions découvert le cadavre de Néron hier soir. N'en parle à personne.

— Entendu, maître, acquiesça-t-il docilement, trop malade pour protester.

— Parfait. Je te quitte. Tu seras sans doute dérangé. Si c'est le cas, demande à Caton de t'accompagner aux cabinets publics, en bas de la rue. Inutile d'ajouter de la puanteur à celle qui règne déjà.

— Bien, maître.

J'étais soulagé. Il n'était pas contagieux et semblait se remettre rapidement. Malgré tout, j'avais une sorte de sympathie pour le garçon. Le monde est rempli d'esclaves humbles et obéissants qui vous détroussent dès que vous avez le dos tourné. En avoir un qui ne prétendait pas être autre chose qu'un coquin était réconfortant.

Dans la rue, une foule s'était rassemblée autour du cadavre. Il gisait désormais entièrement nu, les vêtements en tas à côté de lui. Apparemment, un voleur l'avait soulagé de ses objets de valeur pendant la nuit. Dans la lumière du petit matin, le corps paraissait frêle et pathétique. Il avait peut-être voulu m'empoisonner, mais c'était juste un gamin qui s'était compromis dans des affaires qui le dépassaient.

Mes voisins m'interrogèrent du regard. Après tout, j'étais le sénateur du quartier. Avisant un vigile* qui terminait sa garde, un seau à la main, je le hélai.

— Va chez le préteur urbain et dis-lui qu'un patricien a été assassiné dans Subure.

Le voleur n'avait pas emporté les sandales rouges. Même les plus stupides d'entre eux auraient eu la sagesse de ne pas essayer de les revendre.

— Que faisait-il ici ? demanda le vigile.

Je m'étais déjà posé la question. Certes, j'avais l'esprit lent depuis quelque temps, mais je savais que

Néron n'avait pas été assassiné à deux pas de ma porte par pure coïncidence. L'avait-on envoyé terminer le travail qu'il avait gâché chez Capiton deux jours plus tôt ? Dans ce cas, pourquoi l'avoir assassiné ? Cela signifiait forcément que le meurtre de Capiton et la tentative d'empoisonnement sur ma petite personne étaient liés d'une manière ou d'une autre.

— Il a été joliment égorgé, déclara quelqu'un.

Mes voisins étaient des connaisseurs.

Mes clients commencèrent à arriver et nous rentrâmes chez moi. Il y avait une chose que je ne pouvais éviter. Un de mes clients était venu accompagné d'un jeune esclave, je le lui empruntai.

— Sais-tu où se trouve la maison de Clodius ? demandai-je au garçon.

Il opina de la tête.

— Eh bien, vas-y et dis-lui qu'un de ses parents est mort ici, dans la rue.

— Moi ? Parler à Clodius ? s'écria l'esclave, les yeux exorbités de peur.

— Tu ne parleras sans doute qu'au chef de ses esclaves. Si Clodius te questionne, n'aie pas peur. Il n'est pas bête au point de molester la propriété d'un Romain. Allez, ouste !

Le garçon partit en courant et, quelques minutes plus tard, un fonctionnaire arriva accompagné d'un seul licteur. Je ne le connaissais pas.

— Je suis Lucius Flavius, dit-il, *judex* du préteur urbain. C'est toi qui as découvert le corps, sénateur ?

— Mes voisins l'ont découvert ce matin, barguignai-je. Mais on dirait qu'un voleur est passé avant.

— Tu connais le défunt ?

— C'est Appius Claudius Néron. Je l'ai rencontré chez Métellus Céler il y a quatre jours. Il était avec Publius Clodius, que je viens d'envoyer prévenir afin qu'il enlève le corps.

— Ça m'évitera de le faire, déclara Flavius. On dirait qu'il a été tué de la même manière que Mamercus Capiton.

— Il était chez lui le soir où Capiton a été assassiné. J'ignore s'il y a un lien entre les deux meurtres.

Flavius prit un air entendu.

— Les amis de Clodius finissent souvent de mort violente. Le jeune homme s'est sans doute retrouvé en mauvaise compagnie. Si tu permets, c'est un quartier dangereux. Il cherchait peut-être de viles distractions et est tombé sur un tueur par hasard. Il y a des quartiers qu'il vaut mieux éviter quand on est bien habillé.

— Hélas, fis-je.

Chez Capiton, Néron avait été accompagné par une petite troupe d'esclaves mais, s'il était venu pour me tuer, il avait préféré ne pas s'encombrer de témoins.

— Je ferais bien d'attendre que Clodius vienne chercher le corps, dit Flavius.

J'envoyai Caton acheter à manger et du vin et proposai à Flavius de se joindre à moi dans mon cabinet de travail. Il accepta avec joie. Apparemment, le meurtre de Néron ne le passionnait pas beaucoup, mais je découvris rapidement ses centres d'intérêt.

— Nous ne nous sommes pas encore rencontrés, sénateur, commença-t-il, mais il est toujours bon de se faire de nouveaux amis, même dans des circonstances aussi peu orthodoxes. Vois-tu, je me présente au tribunat et le soutien des Metelli ne me fera pas de mal.

C'était un euphémisme. Nous contrôlions une grosse majorité de votes dans les assemblées tribales.

— Je ne suis pas un membre éminent de la famille, dis-je, mais j'ai encore mon mot à dire. Quelle est ta position sur les terres à accorder aux légionnaires de Pompée ?

— J'ai l'intention de présenter une loi agraire en faveur de la distribution des terres publiques. J'en ai parlé à Cicéron qui estime la chose faisable.

— Parfait. T'opposeras-tu à la tentative de Clodius de devenir plébéien ?

— J'y opposerai mon veto. Et il sera utile car figure-toi que j'ai appris qu'il soutenait Caius Herennius pour le tribunat. D'après leur accord, Clodius l'aide à se faire élire et en échange Herennius proposera un amendement pour que Clodius devienne plébéien.

— J'ai entendu dire que Clodius utilise des tactiques invraisemblables pour s'attirer les faveurs du peuple, dis-je.

— Et avec succès. D'après les bruits qui courent dans les tavernes, on croirait que Clodius est Romulus ressuscité.

J'étais horrifié.

— Si c'est le cas, tu pourras compter sur mon soutien.

J'ignorais si je pouvais lui faire confiance, mais j'étais bien décidé à me renseigner. Nous discutâmes quelque temps de politique, puis un client vint me prévenir qu'on était venu récupérer le corps. Je sortis, mes clients sur les talons. Je n'avais pas peur d'un accrochage avec Clodius. Quel que fût son pouvoir grandissant dans les bas quartiers, le mien était strictement dévoué à Milon.

Dehors, les gens de Clodius qui avaient apporté une bière, attendaient près du corps que les *libitinarii** achèvent la toilette superficielle du défunt afin que le corps soit manipulé sans risque de contamination. Le prêtre le toucha de son maillet pour l'offrir à la déesse, puis se livra au cirque habituel avec les liquides et les poudres. Son œuvre terminée, il fit signe à Clodius, qui attendait en m'ignorant soigneusement.

Clodius accomplit ses devoirs. On porta le corps en bière, puis Clodius se pencha au-dessus de son visage, le baisant presque, mimant le geste d'attraper le dernier souffle s'échappant de sa bouche. Un peu tard pour ça, mais cela devait être fait. Clodius se redressa, frappa trois fois dans ses mains et récita la *conclamatio*[1] :

— Appius Claudius Néron ! Appius Claudius Néron ! Appius Claudius Néron !

Après le dernier appel, une foule de parentes et d'esclaves se livrèrent aux habituelles lamentations suraiguës et Clodius déposa une pièce sous la langue du défunt pour payer le passeur. Pendant qu'on soulevait la bière, il se tourna vers moi et me foudroya du regard, mais il ne dit rien avant que le cortège se soit suffisamment éloigné.

— Métellus ! Tu as assassiné mon cousin ; je te poursuivrai en justice !

Manifestement, il ne croyait pas à ce qu'il disait. Il préférait tuer ses ennemis de ses propres mains sans autre forme de procès.

— Tu déraisonnes encore plus que d'habitude, Clodius, rétorquai-je. Même si j'avais voulu le tuer, je ne l'aurais pas fait devant chez moi. N'importe qui peut voir qu'il a été assassiné par le même tueur qui a égorgé Mamercus Capiton, or j'étais chez lui lorsque la chose s'est produite, comme plusieurs hauts personnages pourront en témoigner.

Je ne mentionnai pas la tentative d'empoisonnement. On en aurait déduit que j'avais des comptes à régler avec Néron, donc un mobile pour le tuer.

— Je n'ai pas dit que tu l'avais tué de tes mains ! cria Clodius. Tu ne sais pas manier la dague. Mais tu as engagé un assassin !

Derrière lui sa bande de fripons grogna, mais mes voisins occupaient tous les toits, armés de pierres en nombre suffisant pour bâtir une petite ville.

1. Elle consiste à appeler trois fois un mort avant de l'incinérer. (*N.d.T.*)

— Tu sais comment porter plainte, lui fis-je remarquer, mais quand on est accusé de sacrilège on est mal placé pour attaquer quelqu'un devant un tribunal.

Mes partisans éclatèrent de rire tandis que Clodius rougissait de colère.

— Nous n'ennuierons donc pas les juges ! lança-t-il.

Je vis les dagues scintiller quand ses voyous dégainèrent cependant que, derrière moi, mes partisans empoignaient des gourdins, des pierres et, certainement, quelques lames. Pour ma part, je sortis mon ceste. J'étais prêt pour un combat de rue. Les derniers jours avaient été frustrants et une échauffourée est un bon moyen de soulager la tension, quoi qu'en disent les philosophes. J'ai toujours tenu l'équanimité pour malsaine.

La foule se sépara comme par magie tandis qu'un héraut s'avançait dans sa robe blanche, divisant les éventuels combattants de son bâton couronné de lierre.

— Place ! criait-il. Laisse passer le grand pontife !

Les dagues disparurent comme par enchantement. Je remisai mon ceste sous ma tunique et le silence se fit.

Caius Julius César déambula avec majesté entre les deux groupes hostiles. Il portait une magnifique toge dont il avait tiré un pan au-dessus de sa tête comme s'il était en train d'effectuer un service sacerdotal. Il pivota lentement sur lui-même et tout le monde recula devant son regard d'aigle royal courroucé. C'était la première fois que je voyais le contrôle absolu qu'exerçait César sur la foule. Je compris alors pourquoi il jouissait d'une telle influence sur les assemblées publiques. Au milieu de petits groupes, même au Sénat, devant ses pairs, César paraissait pompeux, grandiloquent. Au milieu d'une foule, il était perçu comme un dieu. Je commençais à avoir la vague idée de l'effet qu'il allait provoquer en haranguant ses troupes avant la bataille.

— Citoyens ! s'écria-t-il, avec un art consommé de la mise en scène. Cette rue a vu le meurtre d'un noble fils d'une des plus anciennes familles de Rome, un patricien de la gens Claudia. Cela ne suffit donc pas ? Allez-vous irriter les dieux et attirer leur malédiction sur la cité en versant du sang devant le grand pontife ?

Il ignora la mare de sang que Néron avait laissée sur les pavés. Le sang coagulé ne comptait peut-être pas. Les gens paraissaient penauds, même les fripons de Clodius mordirent à l'appât.

— Pontife, déclara Clodius, nous ne te manquerons jamais de respect, mais un parent à moi a été lâchement assassiné et j'accuse cet homme d'être le commanditaire du crime.

— Rome est un État de droit, proclama César. C'est aux tribunaux, aux magistrats et aux jurés de décider de ces questions, pas à une foule sanguinaire. Rentrez chez vous. Lorsque vos passions se seront calmées et que vous pourrez vous conduire en bons citoyens, l'affaire sera portée devant le tribunal. En attendant, rentrez chez vous !

Les derniers mots claquèrent comme la foudre de Jupiter, et certains des coquins les plus endurcis de Subure se hâtèrent de détaler.

Clodius enrageait tellement qu'il était, pour une fois, incapable de parler. Il devint cramoisi et son front se para de veines dilatées. Il avait les yeux rouges comme après une gueule de bois de trois jours. S'il avait tiré la langue, il aurait ressemblé aux Gorgones qui décoraient les boucliers des anciens Grecs. C'était un spectacle des plus amusants, mais cela ne pouvait durer. Sous le regard farouche de César, Clodius commença à pâlir. Lorsqu'il se fut repris, il tourna les talons et s'éloigna, suivi de sa cohorte honteuse.

— Comment est-ce arrivé, Décius Cécilius ? me demanda César.

— Entre, Caius Julius, je vais te raconter.

César entra. Je ne lui relatai pas tout, naturellement, juste comment j'avais surpris Néron chez la diseuse de bonne aventure, puis de nouveau chez Capiton. J'omis de parler de la tentative d'empoisonnement et de la découverte du cadavre la veille au soir. Comme j'étais réellement abasourdi, je n'eus pas besoin de faire semblant.

— C'est incompréhensible, décréta César.

— Je suis tout à fait d'accord.

— C'est tout de même ennuyeux. Deux meurtres, exécutés de la même façon, et les deux victimes patriciennes…

— N'oublie pas le *janitor* de Capiton, lui rappelai-je. Ce n'était pas un patricien, lui.

— Il a sans doute eu le tort d'avoir vu le visage de l'assassin. Il a été éliminé comme témoin.

— C'est aussi mon avis.

Je lui appris ensuite ce qu'Asclépiade avait dit des blessures. Pourquoi parlai-je aussi ouvertement à César ? En partie parce que je le soupçonnais d'être compromis d'une manière ou d'une autre et que j'espérais qu'il se trahirait. En partie parce que j'avais failli me battre à mort avec Clodius et que César avait éteint l'incendie. Si j'avais été moins frustré, j'aurais été plus prudent.

— C'est très étrange, en effet, déclara-t-il. Dois-je comprendre que tu as pris sur toi de te lancer dans une de tes enquêtes inimitables ?

— Ça fait passer le temps, répliquai-je.

— Décius, mon ami, dit-il en redevenant sérieux, j'ai connu des hommes qui recherchaient la mort pour la gloire. D'autres la richesse, le pouvoir ou la vengeance. Tu es le seul que je connaisse qui fasse cela comme une sorte d'exercice intellectuel.

— On trouve son plaisir où on peut, répondis-je, citant un vieux dicton que j'avais souvent vu gravé sur les tombes.

— Tu es très étonnant, Décius Cécilius. Dommage qu'il n'y ait pas davantage d'hommes comme toi à

Rome. La plupart sont ennuyeux à mourir. Ma nièce m'a parlé de ta visite, hier. Tu lui as fait forte impression.

Cette révélation me surprit, mais je répondis sans faux-fuyants.

— C'est réciproque.

— Content de l'apprendre, dit César avec plaisir. Il conviendra d'en reparler plus tard. Pour l'instant, je suis attendu ailleurs. Bonne journée, Décius.

Cependant, sa déclaration m'avait ébranlé. Suggérait-il une union ? Ou essayait-il une diversion ? Dans ce dernier cas, il n'avait pas réussi à m'ôter une question de la tête.

— Caius Julius ! le rappelai-je.

Il s'arrêta sur le seuil.

— Oui ?

— Comment as-tu fait pour arriver aussi vite ?

— Toujours tes interrogatoires, hein ? sourit-il. Figure-toi que j'étais au temple de Libitina quand le serviteur de Clodius est venu chercher les pompes funèbres.

— Ah ! Un devoir pontifical ?

— Des obsèques familiales, précisa César. La déesse symbolise les ancêtres de ma maison.

César venait juste de commencer à souligner les origines divines de la gens Julia. Il ne laissait jamais passer l'occasion de les mentionner. Il sortit.

— C'est un homme à surveiller, déclara mon vieux serviteur Burrus.

Il avait attendu avec les autres dans l'atrium pendant que je discutais avec César dans mon cabinet de travail. Burrus était un ancien centurion qui avait servi sous mes ordres en Espagne. Il avait les cheveux gris comme de l'acier et un visage pareil à la dolabre[1] d'un légionnaire.

1. Outil à deux faces, servant à la fois de hache ou de cognée, et de pioche ou de pic. (*N.d.T.*)

— Pourquoi dis-tu ça, Burrus ?

Je savais pourquoi César le mettait mal à l'aise, mais j'étais curieux de connaître le sentiment d'un homme comme Burrus.

— Je ne connais pas les tribunaux ni le Sénat comme toi, maître, mais je connais l'armée. Donne à César le commandement de deux bonnes légions et il fera des miracles.

Sa réflexion me surprit.

— Pourquoi diantre dis-tu cela ?

— Je l'ai entendu parler devant le *concilium plebis*. Tu viens de le voir dans la rue, n'est-ce pas ? Eh bien, il est toujours comme ça quand il s'adresse à la plèbe*. Quand un homme leur parle ainsi, les soldats sont envoûtés. S'il combat aussi bien qu'il parle, ils feront n'importe quoi pour lui.

J'avais cru connaître Rome comme ma poche, mais c'était nouveau pour moi. À l'époque, je n'y avais pas prêté attention. Parler était une chose, être capable d'endurer les privations d'une vie de soldat une autre. Je détestais la vie militaire. La réputation de César pour le luxe et le confort excédait de beaucoup la mienne, or j'avais du répondant en la matière. Il ne ferait jamais un bon général. C'est dire si je me trompais !

Ce qui m'intéressait davantage, c'était son propos elliptique sur Julia. Souhaitait-il une union de nos deux maisons ? Je ne voyais pas d'autre explication. Les mariages entre deux grandes familles avaient toujours une visée politique, mais il y avait des distinctions. La gens Cécilia était immense, la Julia plus modeste. Quelles que fussent les époques, elle n'avait qu'une ou deux filles à marier. La proposition était donc sérieuse, si proposition il y avait. Mais je penchais pour une manœuvre de diversion. Cela signifiait que César craignait que je ne découvre quelque secret qu'il souhaitait préserver.

Toute l'affaire, ou plutôt les affaires étaient devenues trop complexes. Il convenait de délimiter les probabilités. Afin de gagner une certaine perspective, je devais prendre mon courage à deux mains et interroger la personne que je redoutais le plus à Rome. Je décidai donc d'aller voir Clodia.

Je congédiai mes clients. Après les événements de la matinée, il eût été vain d'aller tous ensemble présenter nos hommages quotidiens à Céler. Je pris des précautions oratoires pour les renvoyer. Ces hommes m'avaient soutenu sans faillir lorsque j'avais été sur le point de me mesurer à mon ennemi mortel, même si nombre d'entre eux étaient trop vieux pour le combat de rue.

C'était accablant, mais je n'eus pas besoin de faire appel à mon courage. J'avais déjà failli m'empoigner avec son frère, j'avais affronté César, une querelle avec Clodia n'était donc pas aussi inquiétante qu'elle l'eût été autrefois.

Lorsque j'arrivai chez Céler, il était parti depuis longtemps pour la Curie où le devoir l'attendait. La vaste demeure était calme ; le personnel vaquait paisiblement à ses occupations. Je demandai au chef des esclaves d'informer Clodia que je sollicitais un entretien. Il me conduisit jusqu'à une petite pièce qui donnait dans l'atrium, où je patientai quelques instants avant qu'une esclave aux pieds nus vienne me chercher.

— Suis-moi, me dit-elle. Ma maîtresse va te recevoir.

Je la suivis. C'était une jeune fille svelte d'une grande beauté à la chevelure d'un blond gaulois. Clodia s'entourait toujours de belles choses, esclaves, affranchies, animaux et objets.

Elle me conduisit à travers une enfilade de pièces vers une autre aile de la maison, où la main de Clodia était reconnaissable partout. Peintures murales exécutées par des maîtres, surtout des paysages et des scènes mythologiques, mosaïques d'égale qualité au sol. Le moindre meuble était d'un goût exquis. Les vases et les statues d'un prix exorbitant.

— Un entretien en tête à tête, Décius ? Quel courage !

Je me détournai de la lampe en bronze de Campanie que j'étais en train d'admirer. Clodia était aussi belle que n'importe quel bibelot de la pièce et elle le savait. Elle se tenait dans l'embrasure de la porte qui ouvrait sur un jardin. C'était un manège que je ne connaissais que trop bien. Ce jour-là, elle s'était surpassée. Elle portait une robe coupée dans la fameuse, ou plutôt infâme, étoffe de Cos. Chaque nouvelle paire de censeurs l'interdisait, mais cela signifiait uniquement qu'il n'était pas recommandé de la porter en public. Sa robe avait une teinte pourpre, comme pour repousser les limites de la décence. Clodia semblait entourée d'un léger brouillard violet.

— Pourquoi cette réflexion, Clodia ? m'étonnai-je. Je suis ici en mission officielle, mandaté par ton mari. J'ai même sa permission de t'interroger.

— Comme c'est convenable ! Le devoir avant tout, comme d'habitude !

— C'est le respect du devoir qui a fait la grandeur de Rome, dis-je, citant mon deuxième dicton de la journée.

Clodia se permit un sourire.

— C'est drôle, Décius, chaque fois que je t'ai imaginé hors du coup, tu es revenu avec encore plus d'amis, d'influence et juste un minuscule rang supérieur. Pour le pouvoir, c'est autre chose.

— Lentement et sûrement. C'est le meilleur moyen d'avancer.

— Le plus prudent.

— Mieux vaut être prudent si on veut rester en vie. C'est du moins ce que j'ai toujours pensé. On vient d'essayer de me tuer, sans raison, apparemment. Tu ne serais pas à l'origine de cette tentative, par hasard ?

— Parce que j'ai déjà essayé ? demanda Clodia, sincèrement choquée. Tu étais en travers de mon chemin à l'époque. Je ne suis pas frivole, je ne tue pas par rancune. Pourquoi me soupçonnes-tu ?

— Ton cousin Néron a essayé de m'empoisonner. Et juste après, on l'a vu entrer ici. Céler et toi êtes les deux seuls personnages importants dans cette maison, ce qui réduit la liste des suspects.

— Tu es un idiot. Il n'avait aucune raison de t'empoisonner, et il n'est venu ici que parce qu'il s'était disputé avec mon frère et avait besoin d'un toit. Ils ont dû se raccommoder, je ne l'ai pas revu depuis hier matin.

— Tu n'auras plus l'occasion de le voir. On l'a assassiné juste devant chez moi la nuit dernière.

Son sourire se figea.

— Assassiné ?

Elle se maîtrisait parfaitement, mais je voyais bien qu'elle était sous le choc.

— Oui, exactement comme Capiton.

Elle se détourna pour que je ne puisse voir sa réaction.

— Pauvre Néron. Je le connaissais à peine, mais c'était un cousin et il était jeune.

— Assez vieux cependant pour tenter de m'empoisonner.

— C'est vraiment atroce, mais ce n'est pas la raison de ta visite, n'est-ce pas ?

Elle me fit de nouveau face, le regard moqueur.

— Non. Je voulais t'interroger sur l'indiscrétion de ton frère lors des rites de la Bona Dea. La ville est atterrée. Il devra en rendre compte.

— Oh, tu connais Clodius ! Il adore se moquer de nos vieux rites. Il ne grandira jamais, il aime provoquer les adultes.

C'était étonnant dans la bouche de Clodia parce que c'était la stricte vérité. Son adoration pour son frère était légendaire. Elle l'avait même imité lorsqu'il avait changé de nom. Elle était souvent en colère après lui, mais cela ne lui ressemblait pas de le dénigrer devant un ennemi. Je fus aussitôt sur mes gardes, comme toujours avec elle. Mais cette fois, j'étais en outre intrigué. Se pouvait-il qu'elle soit irritée du comportement de son frère adoré ?

On l'appela d'une autre pièce.

— Clodia ? Qui est-ce ?

— Je dérange ? m'excusai-je.

— Oui, mais ce n'est pas grave. Viens, il faut que je te présente Fulvia.

— Fulvia ? Elle est de retour ?

Je ne connaissais qu'une femme d'importance de ce nom, mais elle avait fui Rome après la débâcle de Catilina.

— Non, une parente à elle. Elle arrive juste de Baïes.

Clodia me conduisit dans une chambre à coucher, qui trahissait son goût pour l'art érotique. Les sujets représentés étaient de ceux qu'on voit dans les bordels, mais d'une qualité infiniment supérieure. Une jeune fille était assise sur un lit agrémenté de coussins en soie. Je m'inclinai poliment, m'efforçant de rester impassible, car une fois de plus Clodia essayait de me troubler.

La jeune fille était d'une beauté exquise, cheveux d'un blond germanique, svelte et aussi menue qu'une enfant, mais elle portait elle aussi une robe en étoffe de Cos dont la transparence déniait cette illusion. Elle avait de grands yeux, une bouche aux lèvres pleines, et, bien qu'on ne lui donnât guère plus de seize ans, son visage, malgré la pureté de ses traits, avait l'indescriptible mais indéniable cachet de la dépravation.

— Chérie, je te présente Décius Cécilius Métellus le Jeune, le fils du censeur.

— Je suis hautement honorée de rencontrer un homme aussi éminent, déclara Fulvia.

C'était pour se protéger d'une telle voix qu'Ulysse et ses hommes s'étaient bouché les oreilles avec de la cire. Mais, contrairement à Ulysse, je n'étais pas attaché au mât, et je dus faire appel à toute ma volonté pour me retenir d'aller la rejoindre sur le lit.

— Tout Rome se réjouit d'avoir une visiteuse aussi jolie, dis-je. Es-tu juste de passage ou pouvons-nous espérer que tu resteras parmi nous ?

— Fulvia est fiancée à Clodius, m'apprit Clodia.

Je lui jetai un regard ironique.

— Et tu n'es pas jalouse ?

Je n'avais pas pu m'empêcher de lui poser la question. Elle ne broncha pas.

— Les gens comme nous ont une souplesse d'esprit que tu ne peux pas imaginer, Décius.

Elle sous-estimait mon imagination, mais je m'abstins de polémiquer.

— La jeune Fulvia était-elle chez César le soir désormais infamant des rites ? demandai-je pour la ramener au sujet de ma visite.

— Les rites sont réservés aux femmes mariées, Décius. Fulvia m'avait accompagnée, mais elle n'a pas été autorisée à y assister.

— Comment se fait-il, alors, que Clodius ait pu entrer ? De l'imaginer essayant de se faire passer pour une femme, c'est absolument sidérant ! Avec qui a-t-il prétendu être marié ?

— Je ne suis pas sûre, répondit Clodia. Il ne m'avait pas prévenue qu'il viendrait.

— Ah ! Et comment a-t-il été démasqué ?

— Oh, ça s'est passé pendant…

Elle hésita.

— Non, je n'ai pas le droit de te le dire.

— Ne sois pas stupide. Depuis quand te soucies-tu des lois et des règles, celles des hommes comme celles des dieux ? Le manteau de la piété ne te sied pas, Clodia.

— Qui parle de piété ? C'est une affaire de loi. Ne jure-t-on pas de respecter les lois du Sénat et du peuple de Rome ?

— C'est un point à débattre, rétorquai-je.

Pris d'une inspiration soudaine, je brodai sur une conversation récente.

— En fait, j'étais présent lors d'un débat entre les plus hautes figures du gouvernement, où la question était de savoir si le culte de la Bona Dea était d'origine romaine. Il se pourrait qu'il soit légal de demander des informations au sujet des rites.

J'avais promu notre petite conversation autour d'un repas au rang de débat sénatorial, mais Clodia n'était pas censée le savoir. Une expression qui ressemblait fort à de la peur assombrit son beau visage.

— Si c'est le cas, dit Fulvia, on ne pourra pas accuser Clodius d'un grave sacrilège.

Je m'adressai à elle.

— Tu es aussi perspicace que jolie.

Espèce de petite garce, songeai-je, tu ne peux pas t'occuper de tes propres affaires ? Cependant, en louchant vers Clodia, je m'aperçus qu'elle paraissait encore soucieuse. Elle se reprit rapidement.

— Cette chère Fulvia a raison, dit-elle. Les censeurs n'aiment peut-être pas les offenses contre les dieux étrangers, mais le tribunal ne pourra exiger une forte condamnation. Pour les dieux romains, la peine eût été plus lourde. Il faudra que je consulte Cicéron.

— J'ignorais que Cicéron avait de bonnes dispositions envers Clodius, remarquai-je.

— Oh, mais Cicéron et moi sommes devenus de grands amis, rétorqua Clodia avec un large sourire.

Je n'étais pas disposé à la croire, puis je me rappelai l'insistance avec laquelle Cicéron avait affirmé que Clodia ne pouvait pas être compromise dans le scandale. Pourquoi avait-il dit cela, sinon parce qu'il était, lui aussi, tombé dans son piège ? Cela me décevait de sa part, mais je n'étais pas en position de juger. J'avais autrefois largement succombé au charme de Clodia.

— Peux-tu au moins me dire qui a démasqué ton frère ?

— Une esclave de la maison de Lucullus. Je peux le révéler sans m'attirer les foudres de la déesse.

— Les esclaves assistent aux rites ?

C'était nouveau.

— Les musiciens. C'est une harpiste qui l'a trahi.

Le choix du verbe me sembla curieux.

— Dommage que je ne l'aie pas vu, regretta Fulvia.

Elle ramena ses jambes sous la couverture en soie et s'allongea sur le ventre. L'étoffe de Cos dévoila ses formes, aussi bien dessinées derrière que devant.

— Achille a été surpris déguisé en femme, et Hercule a dû revêtir des vêtements féminins quand il a été vendu à Omphale. Elle portait sa peau de lion et sa massue. J'ai toujours trouvé ça excitant.

— Tu es bien jeune pour avoir des goûts aussi obscurs, observai-je.

— Certains sont plus précoces que d'autres, rétorqua-t-elle.

Comme c'était vrai ! Sa voix troublait ma virilité. Clodia s'assit à côté d'elle et lui prit la main.

— Ce sera tout, Décius ? Fulvia et moi avons des choses à nous dire.

— Je ne songe même pas à vous en empêcher. Je vais donc prendre congé et vous laisser retourner à… ce que vous faisiez. Mes condoléances, Clodia, pour ton deuil familial.

— Merci, Décius. Pauvre Néron. Tant de jeunes meurent avant l'âge.

Sur cette déclaration sibylline mais menaçante, je m'en allai.

En sortant de chez Céler, je croisai une femme voilée dont la silhouette m'était familière. J'évitai de la regarder mais, après qu'elle m'eut dépassé, je me retournai à temps pour la voir entrer chez Céler.

Un peu plus loin se trouvait un marchand de vin dont l'échoppe ouvrait sur la rue. Le vendeur plongea une coupe dans une énorme jarre sous le comptoir et me servit. J'allai m'asseoir à une table d'où j'avais une vue dégagée sur la maison de Céler.

Il vaut mieux éviter de tirer des conclusions hâtives quand on a affaire à Clodia, mais j'étais sûr d'avoir appris certaines choses : elle ignorait que Néron était mort, elle n'avait donc pas pu commanditer son assassinat. Elle avait été manifestement ébranlée lorsque j'avais suggéré qu'on pouvait légalement exiger des témoignages sur les agissements de Clodius lors des rites. Fulvia avait saboté mon plan en faisant remarquer qu'il ne pouvait être accusé d'un grave sacrilège. Cela m'avait ennuyé, mais la petite idiote en chaleur m'avait fourni matière à réflexion car Clodia avait continué de paraître apeurée en croyant qu'elle-même, ou quelqu'un d'autre, serait peut-être forcée de témoigner. Ce n'était donc pas l'accusation de sacrilège qu'elle redoutait pour son frère. Que manigançait-il exactement ce soir-là ? Un badinage avec la femme de César, qui devait rester en dehors de tout soupçon ? C'était risible ! Parmi les délits que Rome connaissait à l'époque, l'adultère se rangeait aux côtés d'un manquement à l'étiquette vestimentaire pendant les jeux.

Cela ouvrait de toutes nouvelles perspectives aptes à égayer mon esprit vindicatif. Quoi de plus réjouissant que de poursuivre Clodius pour des charges réellement sérieuses ? Jusqu'alors, j'avais mené des investigations plutôt stériles, dont le but principal avait été de ménager l'épouse de Céler. Désormais, l'enquête prenait corps. J'avais en outre raison à propos de la femme qui venait d'entrer chez Clodia, le sacrilège, les meurtres et la tentative d'empoisonnement étaient liés.

Elle ressortit au moment où je finissais mon vin, une coïncidence que je jugeai favorable. Cependant qu'elle se dirigeait vers l'échoppe, je me cachai, puis lui emboîtai le pas. Dans la journée, il n'est pas bien difficile de filer quelqu'un dans Rome. Les rues sont étroites et la foule ralentit la course. Elles permettent également de s'approcher sans se faire remarquer.

Non loin du Forum Boarium, elle pénétra dans un charmant petit jardin public. S'y dressait la statue habituelle de Priape et l'une de ces petites tombes pittoresques que nous érigeons à l'endroit où la foudre a frappé. Elle s'assit sur un banc qui portait une plaque au nom du riche donateur qui avait fait cadeau du jardin à la cité et d'un autre qui avait pris en charge son entretien. Je suis passé devant ce même jardin dernièrement. La plaque a disparu, remplacée par une autre qui porte le nom et la lignée de notre Premier Citoyen. Il prétendrait avoir fondé Rome s'il croyait pouvoir le faire sans contestation.

La femme sursauta lorsque je m'assis à côté d'elle.

— Purpuréa, quelle surprise !

Elle se ressaisit bien vite.

— Je parie que ce n'est pas un hasard, dit-elle.

— Non, je me demandais ce que tu faisais chez Métellus Céler, où habite aussi son épouse adorée, Clodia Pulcher.

— Tu me suivais ! s'indigna-t-elle.

— Exactement. Bon, dis-moi ce que tu faisais avec Clodia ou tu vas avoir de sérieux ennuis.

— Je ne suis qu'une pauvre herboriste. Tu n'as pas le droit de me harceler !

Elle déplaça le panier qu'elle avait posé sur ses genoux. Quelque chose remua à l'intérieur.

— Je me moque de ton honnêteté ou de ta malhonnêteté, mais on se fait assassiner partout dans Rome et j'ai failli faire partie des victimes. Je te soupçonne d'être compromise dans les meurtres. Ta meilleure défense est de compromettre quelqu'un d'autre, alors parle.

— Des meurtres ! Je n'ai rien à voir là-dedans. Clodia m'a fait venir pour que je lui fournisse certaines plantes et que je lui dise la bonne aventure. À elle et à sa jeune amie Fulvia. Une sacrée belle plante, celle-là !

— Tu l'as dit, et je ne doute pas qu'elle fera souffrir Rome dans les années à venir, mais revenons à Clodia. Ce qui remue dans ton panier a-t-il un rapport avec ton commerce de diseuse de bonne aventure ?

— Bien sûr.

Elle plongea la main dans son panier et en ressortit un gros serpent noir apathique d'au moins deux coudées.

— Ce Dis est le meilleur serpent devin de Rome. Il n'est pas très gaillard à cette saison, le pauvre.

— Et les plantes ? questionnai-je.

— Comme d'habitude.

— C'est-à-dire ?

— Tu sais, des aphrodisiaques. Tu devrais me laisser t'en préparer. Ça te donnera une queue raide comme celle de Priape que tu vois là-bas.

— Je ne souffre pas de déficience, rétorquai-je, agacé.

— Ils disent tous ça, sauf ceux qui sont assez vieux pour parler avec franchise. Je crois que le mari de Clodia a besoin de quelques encouragements de temps en temps.

— Es-tu sûre de ne lui avoir fourni que ça ? Pas de poisons, par hasard ?

— Holà, citoyen, me chapitra-t-elle, tu m'as déjà fait le coup. Tu crois vraiment que je vais avouer un délit majeur ?

— Non, je comprends, dis-je en me levant.

Je décochai alors une flèche au hasard. J'ignore pourquoi je lui posai la question, sauf que son art était ancestral et qu'il nécessitait de nombreux rites obscurs.

— On assassine des citoyens, Purpuréa. On les égorge, et après leur mort on leur assène un coup de marteau sur le front. Que sais-tu de cette technique singulière ?

À mon grand étonnement, Purpuréa blêmit et sa mâchoire tomba.

— Tu veux dire qu'ils sont à Rome ?

Ce fut à mon tour de sursauter.

— Qui ? De qui parles-tu ?

Elle se leva d'un bond et empoigna son panier.

— De ceux avec qui je ne veux rien avoir à faire. Suis mon conseil, ne te les mets pas à dos, toi non plus. Bonne journée, citoyen.

Elle me repoussa et s'en alla.

— Arrête ! hurlai-je. Je veux juste…

Elle était déjà loin, cependant. Je me mis à sa poursuite, mais j'abandonnai bien vite. La toge n'est pas conçue pour la course à pied et je n'osai pas l'ôter. On me l'aurait dérobée, c'était certain.

Je me rassurai en me disant que je la retrouverais facilement. Puis je rentrai chez moi où m'attendaient deux notes.

L'une était de mon père, m'informant que, le lendemain matin, le Sénat irait au camp de Pompée lui accorder l'autorisation officielle pour son triomphe. Je devais m'habiller en conséquence.

L'autre était de Julia. La voici : « J'ai d'importantes informations. Je serai demain soir au coucher du soleil sous le portique du temple de Castor. »

IX

Par une belle journée, nous nous rassemblâmes sur le Forum, vêtus de nos plus belles toges. Ce n'était pas un jour férié, mais la fête était dans l'air, comme chaque fois que la routine est rompue. Hortalus monta sur les Rostres d'où il proclama notre mission sous les acclamations de la foule qui loua la sagesse du Sénat.

Naturellement, Pompée connaissait la décision depuis plusieurs jours, mais ses flatteurs avaient insisté pour que nous rétablissions l'ancienne coutume voulant que le Sénat tout entier se rende en cérémonie au camp du général vainqueur afin de lui apprendre la bonne nouvelle. Comme il y avait des précédents pour appuyer leur demande, on dut se soumettre.

En descendant la Via Sacra, nous affichions des visages impassibles de sénateurs, mais ce n'étaient que grognements dans les rangs. Je pris moi-même part aux critiques.

— Il y a intérêt à ce que ça soit le triomphe des triomphes, ronchonna quelqu'un près de moi, avec cette comédie ridicule qu'il nous impose.

— C'est du Pompée tout craché, renchérit un autre. Le triomphe ne lui suffit pas, il faut aussi que le Sénat vienne lui baiser son glorieux derrière.

Tant mieux ! me dis-je. À cette époque, le Sénat était une assemblée de pairs, il avait encore sa fierté.

Nous n'aimions pas qu'on se monte du col et qu'on se donne des airs. Un *triomphator* était traité comme un demi-dieu l'espace d'une journée, et on considérait que c'était largement suffisant.

Les suppôts de Pompée avaient supplié le Sénat de lui accorder le droit de porter ses insignes de triomphateur dans toutes les fonctions publiques, une exigence de flagorneurs qui horrifiait tout bon Romain. Hélas, les bons Romains se faisaient de plus en plus rares.

Le camp de Pompée était aménagé comme n'importe quel camp de légionnaires, mais sans les fortifications habituelles. C'eût été une provocation intolérable. Ses soldats étaient encore en armes, mais ils étalaient la discipline laxiste que Pompée permettait entre deux campagnes. Quelques-uns seulement se donnaient la peine de porter une armure ou un bouclier, et ceux qui montaient la garde devant le trésor arboraient un glaive à la ceinture et s'appuyaient avec désinvolture sur leur lance, tandis que la plupart passaient le temps en jouant aux dés ou aux osselets. Cela continuait de pester dans les rangs cependant que nous nous dirigions vers son prétoire*. Nombre d'entre nous se sentaient insultés que Pompée n'ait pas cru bon d'organiser une revue de troupes pour honorer la visite du Sénat.

Au prétoire, nous trouvâmes Pompée trônant sur une estrade. Nous descendîmes la *via praetoria* entre les rangs de ses gardes d'honneur. Ceux-ci avaient revêtu leurs uniformes de parade, cotte de mailles récurée et graissée, casques si bien polis que le soleil se reflétait sur le bronze. Ils portaient une cape et une crête en crin de cheval neuves. Trop tard, néanmoins, les dégâts avaient été faits lorsque les sénateurs avaient vu les rustres débraillés qui montaient la garde. Je me souvins que Cicéron avait dit de Pompée qu'il était un cancre en politique. Un homme qui omettait de flatter l'assemblée officielle la plus vénérable du monde n'avait pas d'avenir politique à Rome.

— C'est comme de rendre visite au Roi des Rois, n'est-ce pas ?

Je me retournai. C'était Crassus.

— Regarde-le, me dit-il. Cette estrade doit bien faire huit coudées de haut et la chaise curule est en ivoire, si j'en crois mes yeux.

Certes, Pompée ressemblait davantage à un roi qu'à un soldat, avec son armure plaquée d'or et sa cape écarlate. Sa chaise curule était recouverte de peaux de léopards et ses pieds reposaient sur un tabouret adroitement forgé avec les couronnes des monarques qu'il avait soumis.

— C'est vrai, renchéris-je, il n'a pas peur d'en rajouter.

Se tenaient derrière lui les légionnaires qui portaient les aigles, la tête et les épaules drapées de peaux de lions par-dessus leur traditionnelle chemise en écailles métalliques, et à côté de lui de drôles de bonshommes, revêtus de manteaux bruns, dont les longues barbes en pointe rappelaient la forme de leurs hautes coiffes. J'interrogeai Crassus.

— Ce sont les devins étrusques dont je t'ai parlé, me répondit-il. Il prétend qu'ils lui portent chance.

Ils avaient le visage fermé des fanatiques. Mais, bien sûr, des hommes qui passaient leur temps à éventrer des animaux sacrificiels et à lire des présages dans leurs entrailles n'avaient pas choisi le métier le plus agréable.

Nous nous arrêtâmes devant l'estrade et nous nous efforçâmes de rester dignes pendant que Pompée essayait de paraître royal. Hortalus fit un pas en avant.

— Cnaeus Pompeius Magnus, déclama-t-il d'une voix forte, nous, Sénat de Rome, comme notre droit ancestral nous y autorise, nous t'accordons l'honneur d'un triomphe !

Sa grandiloquence fut quelque peu gâchée par le barrissement d'un éléphant.

Pompée se leva.

— Honorables pères conscrits… commença-t-il.

Plusieurs éléphants se mirent à barrir à leur tour. Il attendit qu'ils se calment avant de poursuivre :

— J'accepte cet honneur, à la gloire des dieux de Rome et des ancêtres de ma maison.

— Quels ancêtres ? railla quelqu'un. Le joueur de flûte, il y a quatre générations ?

L'intervention déclencha des éclats de rire. Comme beaucoup d'autres, Pompée descendait d'une famille qui avait été anoblie par Sylla. Auparavant, c'étaient des moins que rien.

— *Io triumphe !* entonnèrent les gardes d'honneur, noyant sous leurs cris les railleries dont Pompée faisait les frais.

J'entendis Crassus dire à voix basse :

— Quelle occasion en or !

Quelque chose dans son ton me mit mal à l'aise.

— Que veux-tu dire ? demandai-je.

— Eh bien, nous sommes là, tout le Sénat, entourés de troupes armées. Il pourrait nous faire massacrer sur place ; nous sommes des proies faciles.

— Ce serait en effet le couronnement d'une carrière extraordinaire, admis-je.

Je m'étais efforcé de paraître désinvolte, mais je n'en menais pas large. Non, m'encourageai-je, même Pompée n'osera pas. Mais je ne me sentirai pas en sécurité avant d'être de retour derrière les murailles de Rome. Je tirai un autre enseignement de l'affaire : Crassus sauterait certainement sur l'occasion si elle se présentait. Je décidai donc que, s'il devait camper devant la ville en attendant qu'on lui accorde son triomphe, et que le Sénat fût convoqué pour lui apporter la bonne nouvelle, je me ferais porter pâle.

— Les augures, reprit Hortalus lorsque les soldats se turent, détermineront le jour du triomphe selon la volonté des dieux.

— Inutile, déclara Pompée en désignant ses Étrusques. Mes haruspices ont déjà pratiqué leur art ; ils ont prédit que le troisième jour à partir d'aujourd'hui sera le plus agréable aux dieux.

Hortalus était furieux, mais c'était un homme d'expérience, il savait qu'il serait ridicule s'il essayait de chicaner sur les détails d'un rituel alors que Pompée avait tout organisé pour asseoir sa propre majesté. Il n'y avait pas d'argument digne à opposer à un tel autoritarisme.

— Soit, acquiesça-t-il. Qu'il en soit proclamé ainsi au Forum.

Pompée se leva.

— Vous êtes libres de circuler dans mon camp, et je vous invite à partager des rafraîchissements avec moi.

Nous nous retrouvâmes donc en train de déjeuner avec Pompée. Il avait fait dresser des tables sous une immense tente qui abritait aussi les objets les plus fragiles destinés à embellir son triomphe : peintures et autres œuvres d'art, mobilier de luxe, tissus, brocarts, et même des maquettes des villes et des forts assiégés, sculptées dans de l'ivoire et des coquillages.

La nourriture était à la hauteur. Je me grisai agréablement, ne voyant pas de raisons de me restreindre. Repu et content, je me levai et errai parmi les trésors, admirant une fois de plus notre remarquable talent pour acquérir les biens d'autrui. Sous une des tentes se trouvaient les princes et les nobles ennemis, entravés avec goût par des chaînes en or. Une autre tente abritait quelques-unes des plus belles femmes qu'il m'eût été donné de voir.

— Scandaleux ! s'étouffa un sénateur.

C'était Caton, naturellement.

— Un triomphe ne doit pas aboutir à un bordel.

— Oh, fis-je, c'est un bien beau cheptel. Qui veut être servi par de laides esclaves ?

— Ridicule ! s'entêta Caton. Avant dix ans, la moitié d'entre elles seront émancipées, vivront dans des taudis, et engendreront des tas d'enfants qui constitueront une charge supplémentaire pour l'État.

Il y avait de la logique dans son imprécation. Je sortis de la tente à contrecœur. Plusieurs sénateurs se bousculaient déjà devant l'entrée.

— Viens, dis-je à Caton, allons voir les éléphants.

Il m'accompagna en grommelant. Caton m'était fortement antipathique, mais je trouvais amusant d'être avec lui dans des occasions pareilles. Il n'avait aucun sens de l'humour, ce qui permettait de se moquer de lui à son insu.

Dans un champ proche, nous trouvâmes des dizaines et des dizaines de ces immenses mammifères, avec leur cornac qui les faisait parader. Certains avaient été dressés pour porter divers trophées, d'autres avaient des plates-formes sur leur dos soutenant des statues de dieux. D'autres encore véhiculaient des fortins ; ils étaient conduits par des esclaves revêtus des habits des ennemis que Pompée avait vaincus.

Il y avait un autre enclos, fortement gardé, où étaient rassemblés les prisonniers, de farouches guerriers trop dangereux pour les laisser chez eux ou servir d'esclaves. La plupart étaient destinés à l'arène où quelques-uns gagneraient peut-être leur liberté en fonction des caprices de la foule. Aux légionnaires s'ajoutaient des tours en bois dressées à intervalles réguliers, équipées d'archers crétois prêts à tirer.

— Ah ! s'exclama Caton, enfin des soldats que Pompée ne laisse pas paresser, même si ce sont des Crétois.

— Il n'avait pas le choix, rétorquai-je. Les Romains manient le glaive ou la lance, jamais l'arc.

— As-tu remarqué ces rustres désœuvrés à notre arrivée ? J'ai peine à croire que ce sont des soldats romains. On m'avait prévenu que ses légions étaient indisciplinées, mais jamais je n'aurais imaginé que c'était à ce point-là.

— Raison de plus pour l'empêcher d'obtenir un autre commandement.

— Tu as raison, observa Caton. À l'avenir, j'enrayerai ses tentatives.

Il parut plongé dans une intense réflexion.

— Et ces devins étrangers ! C'est un affront aux dieux de nos ancêtres ! Évidemment, il fallait s'y attendre de la part d'un homme dont le père a été fauché par la foudre.

Je m'abstins de le contredire.

En retournant vers l'entrée du camp, je passai devant le prétoire où des hommes discutaient dans une langue étrangère. J'avais probablement déjà entendu parler étrusque, sans doute sous forme de prières ou de chants. La langue s'éteignait, mais on l'utilisait encore dans des coins reculés de la Tuscie. Un des hommes me remarqua, dit quelque chose aux autres et la conversation cessa brusquement.

Pourquoi diantre croyaient-ils que j'écoutais aux portes alors que personne sur terre ne comprenait leur charabia, sinon les Étrusques eux-mêmes ? Si Pompée s'acoquinait avec ces étranges devins, qu'il se débrouille !

Je regagnai la ville avec quelques sénateurs et, comme aucun n'était un partisan de Pompée, je n'eus pas à surveiller mon langage. Tous s'accordèrent pour trouver intolérable son arrogance grandissante. Toutefois, personne n'avait de propositions pour y remédier. Après avoir écouté un nombre de suggestions futiles, je décidai que notre meilleure chance avait été mise en avant par Cicéron : laissons le temps, l'absence de guerre prometteuse et l'inaptitude politique de Pompée le terrasser.

J'avais néanmoins une appréhension. Je craignais que la chute de Pompée ne soit suivie de l'accession au pouvoir d'hommes encore moins scrupuleux.

L'après-midi était déjà bien entamé lorsque j'atteignis le Forum. Le coucher du soleil, heure de mon rendez-vous avec Julia, était encore loin. Je me demandais ce qu'elle avait découvert, mais j'avais d'autres choses en tête. Trop de femmes s'immisçaient dans ma vie depuis quelque temps : Clodia, Fulvia, et même Purpuréa. À côté de ces femmes aussi mystérieuses que dangereuses, Julia faisait figure de parangon de vertu, même si elle était la nièce de César.

Le Forum est un bon endroit pour traîner, j'y traînai donc. Je discutai avec des amis et des relations, et me fis aborder par davantage de publicains que je ne croyais qu'il y en eût. La plupart recherchaient des contrats publics dans nos provinces, car tous les entrepreneurs de Rome allaient sans doute être engagés pour les deux prochaines années dans la construction du théâtre de Pompée. Non seulement le théâtre lui-même devait être immense, mais il devait être la pièce maîtresse d'un véritable forum miniature sur le champ de Mars. Il y aurait des galeries et des jardins, de nouveaux bureaux de vote pour les assemblées populaires et un Sénat. Il y avait une rivalité entre Pompée et Lucullus dont profitait Rome. Lucullus, néanmoins, donnait de bien meilleurs banquets.

Comme je flânais à la périphérie du Forum, je tombai sur un des attroupements qui se forment chaque fois qu'un événement dramatique survient. Le cœur battant, je m'approchai. Je voyais déjà que la foule s'était rassemblée devant une baraque décorée de symboles de diseuse de bonne aventure. Je me frayai un chemin parmi les badauds et entrai dans la baraque. Un homme à la toge bordée de pourpre dictait son rapport à deux secrétaires qui écoutaient, le style et la tablette de cire à la main.

Tous trois contemplaient le cadavre de Purpuréa, enrichi des blessures maintenant familières à la gorge et au front. Son visage était figé dans une expression de terreur théâtrale. Contrairement aux autres victimes, elle avait vu venir le coup.

— Bonjour, sénateur, me dit l'homme en toge prétexte.

Il avait une quarantaine d'années, un visage sérieux et des cheveux tirant sur le roux.

— Je suis Lucius Dominitius Ahenobarbus, édile curule. Cette femme a été assassinée dans la matinée. La connais-tu ou es-tu venu par simple curiosité ?

Je lui dis le nom de la victime et débitai une partie de ma lignée afin qu'il sache qui j'étais.

— Je l'ai interrogée récemment à propos d'une enquête que je mène.

— Sous les auspices de qui ? demanda l'édile d'un ton sec.

— De Métellus Céler.

— Il n'a pas l'autorité voulue, mais nous savons tous deux qu'il sera le prochain consul ; je n'occuperai plus ma fonction, je ne contesterai donc pas son droit de te nommer enquêteur.

— Qui a découvert le corps ? interrogeai-je.

— Plusieurs clients sont entrés ce matin mais sont repartis en croyant qu'elle était absente. L'homme qui vend des saucisses, juste à côté, est venu voir si elle avait de l'ail à lui céder, et il a vu son pied dépasser d'une pile de paniers. Celui qui l'a tuée avait caché son corps.

— Que sait-on sur elle ?

— Rien, sinon son nom et son occupation, déclara Domitius.

— Bien sûr, elle n'avait pas d'autorisation pour exercer son métier ?

— Impossible, c'est illégal !

Domitius surprit mon regard désapprobateur.

— Je sais, fit-il, il est de notre devoir de les expulser du Forum et des marchés, mais la fonction d'édile a été définie lorsque Rome faisait le dixième de sa taille actuelle. Nous devons vérifier les poids et les mesures, empêcher l'usure et la contrefaçon, organiser les jeux, surveiller les travaux publics, le nettoyage et le pavage des rues.

Il eut un geste d'impuissance.

— Je pourrais passer une année entière à inspecter les débits de boissons et les bordels, une autre de nos missions, et ne jamais en venir à bout.

— Les charges de la fonction publique sont insupportables, acquiesçai-je. Sais-tu si c'était une femme libre ? Si c'était une affranchie, son ancien maître voudra peut-être réclamer le corps pour les funérailles.

— J'avais l'intention de m'en occuper. Un de mes secrétaires ira vérifier aux archives.

— Quand tu auras la réponse, daigneras-tu me faire parvenir un mot ? Je n'avais pas fini son interrogatoire, et il y a beaucoup de choses que j'aimerais savoir. Je prendrais cela comme une immense faveur.

Les lourdeurs de sa tâche l'accablaient, mais ma demande le réjouit. Cela signifiait qu'il pourrait me réclamer une faveur un jour ou l'autre, ce qui n'était pas une mince affaire quand les deux parties avaient pour nom Domitius et Métellus.

— J'en serais ravi, sénateur.

— Merci. J'habite Subure. Ton messager n'aura qu'à demander à n'importe quel voisin où me trouver.

Je pris congé et sortis. Je m'assurai que mon ceste était aisément accessible et que ma dague glissait bien dans son étui. Vu la tournure des événements, l'homme au couteau et au maillet ne tarderait pas à s'intéresser à moi.

Le temple de Castor est l'un des plus beaux de Rome. Il avait été construit quatre cents ans plus tôt, en remerciement pour notre victoire au lac Regillus. Son véritable nom était le temple de Castor et Pollux, mais Pollux, comme Remus, est le jumeau que l'histoire a oublié.

Je trouvai Julia en haut des marches, entre deux hautes et fines colonnes. Elle portait une robe safran claire, serrée à la taille par une ceinture, et un châle d'un jaune plus foncé. Ses seuls bijoux étaient une chaîne en or et des perles d'ambre. Elle était l'exact opposé de Clodia, c'est le meilleur compliment que je puisse lui faire. Elle me sourit lorsque je gravis les marches à sa rencontre. Elle avait une dentition parfaite.

— Tu es en avance, constata-t-elle. Le soleil n'est pas encore couché.

— J'avais hâte de te revoir.

Je promenai mon regard autour du portique, qui semblait désert.

— Il n'y a pas de grand-mère qui se cache dans l'ombre ? demandai-je.

— Non, nous sommes seuls. Je suis censée rendre visite à une tante dans la maison des vestales.

— J'y ai aussi une tante, dis-je sottement.

— J'y suis bien allée, je ne mentirais pas là-dessus. Je ne suis simplement pas restée aussi longtemps que je l'avais laissé entendre.

— Il n'y a rien là pour irriter les dieux, assurai-je. Avant que j'oublie… quand tu as dit que Fulvia était chez César le soir des mystères, tu parlais de la jeune, celle qui est fiancée à Clodius ?

— Celle-là même. La Fulvia plus âgée a quitté la ville en disgrâce l'année dernière. J'ai rencontré la jeune ce soir-là, avant que les célibataires ne soient obligées de se retirer. C'est une très belle femme. Des rumeurs circulent à son sujet, mais je ne les crois pas.

Quand on est aussi jeune, on ne peut pas être aussi mauvaise.

— Oh, si ! Certaines personnes sont mauvaises de naissance. L'âge ne confère que de l'expérience et de la discrétion aux promesses de la jeunesse. J'ai fait sa connaissance hier, elle formera un couple parfait avec Clodius. Avec un peu de chance, ils se tueront entre eux, mais je tremblerais pour Rome si ces deux-là engendraient des enfants.

Julia rit de bon cœur.

— J'adore ta façon d'exagérer, Décius.

Chère et tendre naïve, elle croyait que j'exagérais !

— Qu'est-ce que vous faisiez ce soir-là, vous, les célibataires ? Est-ce encore un sujet tabou ?

— Oh, non ! Il y a la cérémonie préliminaire, une invocation de la déesse. Ensuite, les mystères ont commencé et nous avons dû nous retirer. Nous nous sommes réunies à l'arrière de la maison pour bavarder, échanger des ragots, et nous y serions restées toute la nuit si l'esclandre n'avait pas éclaté à cause de la présence de Clodius.

— Je vois.

— Tu ne veux pas savoir ce que j'ai découvert ? s'impatienta Julia.

— Si, bien sûr. Qu'est-ce qui te fait croire le contraire ?

— Tu te conduis exactement comme un homme !

Comme si c'était une condamnation.

— J'espère bien. Bon, qu'as-tu découvert ?

— Comment Clodius était entré !

— Magnifique ! Nous savons déjà qu'il était déguisé en femme.

— Oui, mais il n'est pas arrivé avec les autres. Plus tard, quand les mystères avaient déjà commencé, il est arrivé avec la femme qui a apporté les feuilles de laurier.

— Les feuilles de laurier ? Tu veux dire les couronnes ?

— Non, les feuilles trempées dans je ne sais quoi selon une ancienne recette. Les femmes les mâchent pendant la dernière phase des rites. La cérémonie a été… euh, abandonnée.

— Je vois ça d'ici. De respectables matrones faisant une scène comme une bande de ménades.

Je compris soudain.

— Cette femme qui est arrivée avec Clodius… tu ne connaîtrais pas son nom, par hasard ?

— C'était juste une paysanne herboriste. C'est important ?

Je m'adossai à une colonne cannelée et me frottai les yeux. Ma tête bourdonnait.

— Je pourrais t'emmener au Forum et te montrer son cadavre.

Julia écarquilla les yeux et hoqueta. Elle avait mené jusqu'à présent une existence calme et protégée.

— Elle a été assassinée ?

— Ça devient du carnage, dis-je. Quatre morts, un esclave, une paysanne et deux patriciens. Quel sera le suivant ? Un eunuque ?

— Donc, mon information ne te sert à rien ?

Elle avait l'air tellement désolée que je m'empressai de la rassurer.

— Au contraire. Ce que tu as découvert est de la plus haute importance. Les meurtres sont liés d'une manière ou d'une autre au sacrilège.

— C'était certes scandaleux, mais est-ce que ça justifiait quatre meurtres ?

— Non. La profanation des rites a fait rire tout le monde. Les Romains ne sont plus aussi pieux qu'autrefois. Clodius ourdissait autre chose ce soir-là, c'est ça qu'il ne veut pas qu'on découvre.

— Tu crois donc que Clodius est derrière tout ça ?

— Non, il est impliqué, mais je n'arrive pas à croire qu'il ait échafaudé un plan aussi tortueux. Il est pour l'action sans détour. Il faut qu'on trouve qui d'autre était présent ce soir-là.

— Qui d'autre ? Tu penses que Clodius n'était pas le seul à avoir profané les rites ?

— Sinon les rites eux-mêmes, la maison. Où mieux se rencontrer pour des raisons pernicieuses que dans une maison où les hommes sont censés être bannis pour la nuit ?

— Une conspiration ? s'exclama Julia. De mieux en mieux !

Je m'aperçus qu'elle prenait autant de plaisir que moi à démasquer les complots.

— Je soupçonne Clodius d'avoir assisté à une réunion secrète qu'il a failli compromettre parce qu'il n'a pas pu résister à l'envie d'espionner les rites. Bien fait pour les conspirateurs. Quiconque se fie à Clodius mérite d'en payer les conséquences.

Je portai mon regard vers le temple où les prêtres déposaient des feux devant les statues des Jumeaux. Au moment où le mot « jumeaux » me traversa l'esprit, la question qui m'avait obsédé s'exposa au grand jour.

— Julia, tu as dit que Fausta était présente. Cependant, elle n'est pas mariée. Est-elle restée en votre compagnie, vous les célibataires ?

Julia fit un effort de concentration.

— Non, finit-elle par dire. Elle est arrivée avec l'épouse de Lucullus. Elle portait un voile, mais il était presque transparent et je la connaissais de vue. Je n'ai pas remarqué si elle s'est retirée avec nous lorsque les rites ont débuté. Tu es sûr qu'elle n'est pas veuve ?

— Elle ne s'est jamais mariée. Que tramait-elle ? Toutes sortes de bizarreries se sont produites cette nuit-là. Quand on enquête sur les faits et gestes des gens malhonnêtes ce sont les bizarreries qui comptent le plus.

— Ça ne m'avait pas échappé, assura Julia d'un ton froid.

Voilà que j'enfonçais de nouveau des portes ouvertes. Je l'avais vexée.

— Il est temps de s'intéresser à Fausta, dis-je. On ne devrait pas avoir de problème à soutirer des informations des autres femmes – Fausta est au centre de tant de rumeurs. Essaie de voir si quelqu'un a remarqué qu'elle a fait quelque chose de suspect cette nuit-là.

— Compte sur moi, déclara Julia avec le sourire.

— Mais sois prudente, surtout. On assassine des gens sans se soucier du sexe ni du rang social. Je n'aimerais pas que tu sois la prochaine victime. Ni celle d'après, d'ailleurs.

— Je serai discrète, promit Julia. Qu'est-ce que tu feras de ton côté ?

— Des choses à la fois dangereuses et stupides. Suivre des ambitieux violents, rechercher des meurtriers qui emploient une technique singulière pour envoyer leur proie ad patres, ce genre de choses.

Je commençais à me sentir héroïque.

— Alors, prudence ! Tu es admirable, la République a besoin de gens comme toi.

Je ne pouvais qu'être d'accord avec elle, mais la modestie m'obligea à me taire. Elle prit congé et descendit les marches du temple. J'attendis dans l'ombre du portique qu'elle soit hors de vue. Je m'aperçus, trop tard, qu'il était périlleux pour elle d'être vue en ma compagnie. Je fouillai des yeux les alentours, en vain. Rome procure toutes sortes de cachettes avec ses ruelles, ses fenêtres, ses labyrinthes, ses toits à l'abri des regards.

Après le départ de Julia, je quittai le temple et me mis à marcher d'un pas vif. Je fourrai les mains sous ma tunique comme pour les réchauffer, mais surtout pour empoigner mes armes, l'esprit alerte, essayant de trouver un sens quelconque aux bizarreries que je rencontrais dans mon enquête.

Comme je l'avais dit à Julia, les bizarreries sont importantes. De même que les liens, les rapports, les associations, tout ce qui relie les faits entre eux malgré leur apparente divergence. Mon problème était que, lorsque je songeais à Clodius, j'avais du mal à penser à autre chose. Je décidai donc de me concentrer sur les autres choses, et voir si elles me conduisaient à Clodius… ou à n'importe qui.

Fausta jouait un rôle étrange. C'était la fille de feu le dictateur Sylla. Qu'était-elle à part ça ? La pupille de Lucullus, qui avait été nommé exécuteur testamentaire de Sylla. Faustus, son frère jumeau, était un homme de main de Pompée. Encore une piste qui risquait de m'égarer. Je rêvais de faire tomber Pompée autant que Clodius. Mais dans le cas de Pompée, il s'agissait d'un tyran futur et d'un roi de Rome éventuel. Avec Clodius, c'était une affaire personnelle. Donc Fausta était liée à Pompée. Elle habitait chez Lucullus, qui détestait Pompée, mais je la soupçonnais de prendre le parti de son frère adoré plutôt que de son protecteur. Le soir de la Bona Dea, elle était arrivée chez César en compagnie de la femme de Lucullus, donc de Claudia, la sœur aînée de Clodius et Clodia. Appus, l'autre membre de la gens Claudia, était quelque part dans le camp de Pompée, mais il ne m'intéressait pas. À ma connaissance, il avait trouvé la vie de légionnaire à son goût et s'était lancé dans la carrière militaire. Il se tenait à l'écart de la politique.

Tout cela risquait d'être embarrassant. J'avais déjà dit à mon ami Milon que je l'aiderais à courtiser Fausta. Il prendrait mal qu'elle soit exilée à cause de moi. Entre Céler qui insistait pour que je tienne Clodia hors du scandale et l'attirance de Milon pour Fausta j'étais pris dans un dilemme. J'avais toujours eu des ennuis avec les femmes, mais c'était cette fois une variante que je ne connaissais pas.

Qui d'autre était chez César la nuit des rites ? Et pourquoi ? Le fait qu'ils aient pris tant de risques pour garder leur réunion secrète et assassiné des innocents pour couvrir leurs activités signifiait qu'il s'agissait d'un forfait d'une extrême gravité. Et en quoi Capiton était-il concerné ?

J'atteignis mon logis sans qu'on ait attenté à ma vie.

X

Le lendemain matin, Hermès était presque rétabli. Il était pâle mais debout, se massant le ventre de temps en temps.

— Je n'arrive pas à comprendre ce que j'ai eu, dit-il.

Il avait l'air coupable et le regard furtif, mais il était toujours comme ça, je ne pouvais donc savoir si cela signifiait quelque chose.

— Un ennemi m'a jeté un sort, avança-t-il.

— Je crois plutôt que tu as fracturé mon cellier et que tu as bu une jarre ou deux de vin. Je vérifierai plus tard.

Je saluais mes clients lorsqu'un homme arriva porteur d'un message. Je reconnus un des esclaves d'Asclépiade.

« Je te prie de passer me voir dès que tu peux », disait le mot. Sous le message était apposé le sceau original que le Grec utilisait : une dague et un caducée. C'était prometteur. Asclépiade avait peut-être du nouveau.

Nous nous rendîmes tous ensemble chez Céler que je pris à part à la première occasion.

— As-tu découvert quelque chose ? me demanda-t-il.

— Juste un tas d'embrouillaminis. Mais j'ai une question à te poser. Il y a quelques jours, j'ai rencontré César chez toi. Il m'a dit qu'il t'avait demandé de l'héberger pour une nuit pendant les rites de la Bona Dea.

— En effet.

— Est-il resté toute la nuit ?

— Euh, non. Il est sorti vers minuit. Il m'a dit qu'il devait aller prendre les auspices. Il portait sa trabée et son bâton. Pourquoi ? C'est important ?

— Peut-être. L'as-tu revu ensuite ?

— Oui. Il est rentré peu après que je me suis levé. Il a dit qu'il était allé sur le Quirinal, mais que le ciel était trop nuageux pour les présages. Pourquoi ?

— Oh, fis-je, désinvolte, je cherche juste à définir l'emploi du temps de chacun pour cette nuit-là. Tout s'est passé chez lui.

— Concentre-toi sur Clodius, mon garçon. Ne joue pas avec Caius Julius.

— Je m'en souviendrai, promis-je.

Je ne lui confiai pas que je soupçonnais des personnages plus importants que Caius Julius.

Je congédiai mes clients et ordonnai à Hermès de me suivre. Nous traversâmes Subure, gravîmes le Quirinal jusqu'à l'ancienne porte de la colline. Comme toutes les portes, c'était un lieu sacré et elle avait vu de nombreuses batailles. On dit qu'Hannibal avait lancé un javelot par-dessus dans un geste de défi, que vingt et un ans plus tôt Sylla avait écrasé les partisans samnites du jeune Marius devant la porte, une bataille que les Romains avaient observée depuis les murs d'un amphithéâtre. Après les vicissitudes des années précédentes, il paraît que c'était un soulagement de voir le sang couler hors des murs.

Comme Rome n'avait ni armée ni police intramuros, la garde des portes était répartie entre divers guildes, confréries et temples. Celle de la porte de la colline incombait au collège du temple voisin de Quirinus. Ce collège comprenait les *salii** de Quirinus qui dansaient en octobre devant les autels les plus importants de la ville. Les jeunes patriciens ne montaient pas la garde eux-mêmes, bien sûr, c'étaient leurs serviteurs qui s'en chargeaient.

Au temple, j'allai dans la salle de garde où je demandai qu'on me montre la tablette de la nuit durant laquelle les rites avaient été profanés. L'esclave qui officiait fouilla parmi les tablettes pendant que j'examinais les installations. Il n'y avait personne, les portes n'étaient surveillées que la nuit.

— Voilà, dit l'esclave.

J'examinai la cire. Plusieurs chariots de marchandises avaient pénétré dans la ville cette nuit-là. Ils étaient tous repartis avant le lever du jour. On ne signalait pas l'entrée du grand pontife. J'interrogeai l'esclave à son sujet.

— La nuit, m'expliqua-t-il, les augures doivent toujours se faire reconnaître ici, au temple, avant de sortir. Le pontife Spinther est passé il y a dix jours, avec sa robe à rayures et son *lituus*[1]. Depuis, plus personne.

Je le remerciai et repartis.

— Pourquoi poses-tu toutes ces questions ? me demanda Hermès tandis que nous descendions la colline. Un rapport avec le patricien qui a tenté de t'empoisonner et s'est fait assassiner à la place ?

— Je l'ignore, mais je soupçonne que tout est lié. En quoi cela t'intéresse-t-il ?

— Si tu te fais tuer, on me revendra à quelqu'un de moins sympathique que toi.

— Je suis très touché, affirmai-je. Oui, il se passe des choses étranges. On a essayé de m'assassiner et Capiton s'est fait tuer le même soir. La nuit suivante,

1. Le bâton sacré des augures (d'origine étrusque) se terminant par une crosse spiralée. (*N.d.T.*)

les rites de la Bona Dea ont été profanés dans la maison de César. Caius Julius a dit à Céler qu'il sortait prendre les augures sur le Quirinal, mais il a menti. Le jeune patricien qui a voulu m'empoisonner a été assassiné à son tour. La femme que je soupçonne de lui avoir vendu le poison a subi le même sort. Le jeune homme habitait chez Clodius, mon pire ennemi. La paysanne assassinée accompagnait Clodius lorsqu'il s'est introduit chez César déguisé en femme. Tu ne trouves pas que tout cela est relié par le même fil ?

— Les hommes libres sont fous, décréta Hermès avec un haussement d'épaules. Les nobles sont les pires.

— Reste un esclave, lui conseillai-je. Comme ça, tes problèmes seront toujours simples.

Nous traversâmes la ville et franchîmes le pont pour rejoindre l'île et, de là, un autre pont qui nous mena au Transtévère.

— Où allons-nous, maintenant ? s'enquit Hermès.

— Au *ludus* de Statilius Taurus, voir un ami.

Il s'illumina.

— L'école des gladiateurs ? Tu dois connaître tout le monde !

Il était toujours impressionné par les couches les plus basses de Rome.

À l'école, je le laissai dans la cour admirer, bouche bée, les rétiaires qui s'entraînaient. Pour des raisons inconnues, les esclaves et les couches populaires s'étaient entichés des rétiaires ; probablement parce que la dague et le bouclier étaient les armes honorables des citoyens. Comme beaucoup de jeunes gens de son âge, il rêvait d'atteindre la gloire en devenant gladiateur. Il était trop inexpérimenté pour savoir que c'était simplement une condamnation à mort en sursis. Heureusement, il était assez âgé pour craindre le fouet et la croix.

Asclépiade m'accueillit et insista pour m'offrir le vin et les friandises qui accompagnent les politesses habituelles. Nous finîmes par nous asseoir près d'une fenêtre qui ouvrait sur la cour d'entraînement.

— Depuis la dernière fois qu'on s'est vus, me dit Asclépiade, je me suis creusé la tête pour me rappeler où j'avais vu la blessure du maillet. Hier, j'étais assis à cette même place, regardant les hommes s'entraîner, quand je vis de nouveaux arrivants. Ils devaient diriger les *munera* que Pompée donnera après son triomphe. Certains étaient d'anciens champions revenus de leur retraite pour honorer les jeux, mais il y avait des prêtres étrusques parmi eux. As-tu déjà vu des combats se dérouler dans les arènes traditionnelles de Tuscie ?

Mon cœur fit un bond.

— Non, jamais.

Son visage s'illumina.

— Eh bien, à la vue de ces Étrusques, je me suis rappelé. Voilà quelques années, j'accompagnais une troupe à des jeux funéraires près de Tarquinia. Là, je vis quelque chose qui m'était inconnu. Dans les *munera*, que se passe-t-il après que le vaincu a reçu le coup mortel, avant que les *libitinarii* n'emportent le cadavre ?

— Le Charon touche le corps de son maillet pour l'offrir à Libitina, la déesse de la mort.

— Exactement. T'es-tu jamais demandé d'où lui venaient ses attributs ? Le long nez et les oreilles pointues, les bottes et le gros maillet ? Ce ne sont pas ceux du nocher du Styx qui porte le même nom.

Je m'agitai, mal à l'aise.

— On dit qu'il est d'origine étrusque, comme les jeux eux-mêmes.

— C'est juste. En réalité, c'est le démon de la mort étrusque, Charun, qui réclame les morts pour le dieu du monde souterrain que vous appelez Pluton et nous

Hadès. Eh bien, en Tuscie, il ne touche pas seulement le corps, il assène un coup de maillet sur le front.

— Et tu dis que ces hommes venaient du camp de Pompée ?

— Oh, mais tu es tout en sueur ! observa Asclépiade.

— Du moment que tu ne vois pas de trace de maillet sur mon front, ça ira.

Je bus une longue gorgée de vin et remplis de nouveau ma coupe, puis avalai une autre longue rasade.

— Il y a autre chose, dis-je. Des meurtres rituels étrusques, juste au moment où Pompée héberge une compagnie de prêtres étrusques devant les murs de Rome. En outre, Crassus m'a assuré que Pompée en avait prêté à Clodius.

— Ah, Pompée et Clodius ! Un drôle d'attelage. Qu'est-ce que cela présage ?

Je lui résumai ce que je savais et il m'écouta en hochant la tête avec sagesse. Il avait cette manie quand il n'avait pas la moindre idée de ce qu'on lui racontait. Une faculté que j'acquis moi aussi avec le temps. Lorsque je lui racontai comment César avait dispersé la foule devant chez moi et notre discussion ultérieure dans mon cabinet de travail, il m'interrompit.

— Un instant ! César prétend que la déesse Libitina est une ancêtre de sa maison ? Chaque fois que je l'ai entendu en parler, il désignait la déesse Aphrodite comme étant son ancêtre.

— Vénus, corrigeai-je. Oui, il s'en vante souvent depuis quelque temps. C'est parce qu'il faut remonter à l'époque des dieux pour trouver un Julius illustre. Mais notre Vénus est plus subtile que votre Aphrodite. Libitina est notre déesse de la mort et des funérailles, mais elle est aussi la déesse des champs, des vignobles et des plaisirs voluptueux ; dans ce cas, elle devient la déesse duale Vénus-Libitina. Ainsi, César peut proclamer qu'il descend de l'une ou l'autre sans se contredire.

— La religion est une chose merveilleuse, déclara Asclépiade.

Je racontai la suite du mythe, non pour me vanter de mon acuité, mais pour faire part de ma perplexité. Lorsque j'eus terminé, il remplit nos verres et nous observâmes un instant de silence.

— Ainsi, finit-il par dire, ton enquête, dont le but était de prouver la culpabilité de Clodius, s'étend désormais à Pompée et à César ?

— Et à Crassus, ajoutai-je. Ne l'oublie pas. Si les deux autres sont dans le coup, lui aussi.

— Et si leur complot avait pour objet de détruire Crassus ?

— Ça voudrait dire qu'il est impliqué lui aussi.

— Juste.

Je me levai précipitamment.

— Merci. J'aperçois quelqu'un en bas avec qui j'aimerais avoir une conversation.

Asclépiade suivit mon regard et vit un jeune homme qui venait d'entrer dans la cour d'entraînement.

— Bel éphèbe ! s'exclama-t-il. Et quelle couleur de cheveux, on dirait un Germain !

— Ce genre de blond est très rare chez les Romains. On ne le trouve que dans une famille patricienne, la gens Cornelia.

— Je te pardonne de partir si vite. J'aurais moi-même autant hâte que toi d'accueillir un éphèbe d'une telle beauté.

Asclépiade était grec, après tout.

Le jeune homme leva les yeux à mon approche. Ils étaient d'un bleu lapis égyptien.

— Je ne me souviens pas qu'on se soit revus depuis notre enfance, commençai-je, mais je t'ai aperçu hier dans le camp de Pompée. Je suis Décius Cécilius

Métellus le Jeune. Et toi, Faustus Cornélius Sylla, n'est-ce pas ?

Il sourit.

— Oui. Nous avons participé aux Jeux troyens[1] quand nous étions jeunes.

— Oui, je m'en souviens. J'étais tombé de mon cheval.

Faustus était un petit homme presque délicat, mais je savais que c'était trompeur. Il s'était fait un nom comme soldat au service de Pompée, et il avait même gagné la *corona muralis*[2] après avoir franchi le premier le mur de Jérusalem quand Pompée avait conquis cette ville de rebelles.

— Es-tu ici à propos des prochains *munera* de Pompée ? demandai-je.

— Oui, et pour préparer des jeux pour moi-même. Mon père m'a imposé des *munera* dans son testament. Depuis que je suis assez grand pour les célébrer, je suis absent de Rome. C'est la première fois que j'ai l'occasion de m'acquitter de cette obligation et j'ai l'intention de le faire avant qu'on m'envoie guerroyer ailleurs.

Il faisait partie de ces hommes qui avaient choisi la carrière militaire et considéraient la fonction publique comme un devoir fastidieux. Je pensais exactement le contraire. Mon ami grec l'avait pris pour un éphèbe à cause de ses traits exquis, presque féminins, propres aux Cornelii. En réalité, il avait à peine un an de moins que moi.

— Il paraît que Pompée embellira ses *munera* d'un élément étrusque, dis-je.

1. Évolutions équestres établies par Énée et renouvelées par Auguste. (*N.d.T.*)

2. Couronne murale, accordée au soldat qui avait escaladé le premier le rempart assiégé. (*N.d.T.*)

Faustus, qui observait l'entraînement des combattants, me jeta un regard aigu.

— Que veux-tu dire ?

— Un ami a vu ses prêtres étrusques ici, hier.

— Ce ne sont que des devins, dit-il vivement. Ils n'ont rien à voir avec les combats. Ils prétendent pouvoir assurer un meilleur spectacle en récusant les gladiateurs malchanceux.

— Il faudra bien que certains soient malchanceux, sinon le spectacle n'en vaudra pas la peine, remarquai-je.

— Ce n'est pas ce qu'ils veulent dire, déclara Faustus.

Nous fûmes interrompus par Statilius Taurus en personne venu s'occuper de son distingué visiteur. Je m'éclipsai pour aller retrouver Hermès.

— Qui est-ce ? me demanda-t-il en pointant son menton vers Faustus.

— Faustus Cornélius Sylla, le seul fils du dictateur encore en vie.

Oh ! fit Hermès, déçu.

Nul doute qu'il eût préféré quelque criminel illustre. Ce n'était pas ce qui manquait. Je décidai d'ailleurs de rendre visite à l'un d'eux.

Je dus demander à plusieurs reprises, mais je finis par trouver Milon dans un grand entrepôt près du fleuve. L'homme qui montait la garde devant la porte me laissa entrer dès qu'il me reconnut. J'étais l'un des cinq ou six hommes qui pouvaient voir Milon à toute heure du jour ou de la nuit.

Dans l'entrepôt, la scène ressemblait beaucoup à celle que j'avais vue au *ludus*. Milon entraînait ses hommes à l'art du combat de rue. Il s'était débarrassé de sa toge et de sa dignité, et se tenait, vêtu de sa tunique, au milieu d'un cercle d'hommes qui l'observaient avec méfiance, armés de gourdins et de couteaux. Hermès hoqueta lorsqu'un butor fonça sur

Milon, le gourdin brandi, en visant sa tête. Milon n'esquiva pas le coup comme l'aurait fait n'importe qui. Il attrapa l'arme au vol. Elle frappa sa paume avec un bruit mat. Milon aurait pu arrêter une épée de la même manière. Ses années de rameur avaient rendu ses paumes aussi dures que le bouclier en cuivre d'Achille. Il empoigna de son autre main le devant de la tunique de son assaillant et, d'une violente torsion, le projeta sur un autre attaquant qui accourait avec son couteau. Les deux hommes roulèrent à terre. Milon ne portait jamais d'arme ; il n'en avait pas besoin.

— C'était bien, déclara-t-il. Essayons encore.

— C'est pas juste, chef ! protesta un Gaulois édenté. On ne peut pas attraper des gourdins comme ça.

— Alors, je vais vous apprendre un coup que vous pourrez utiliser, dit Milon avec un sourire. Alignez-vous en deux équipes, face à face.

Les hommes s'exécutèrent.

— Voilà : vous vous battez contre celui qui est directement en face de vous, mais gardez un œil sur l'adversaire qui attaque votre camarade de droite ou de gauche. Dès qu'il se découvre, foncez. L'occasion se présentera forcément au moment où il attaquera l'homme en face de lui. Frappez vite, il ne verra pas le coup venir, et votre adversaire sera trop surpris pour intervenir. Remettez-vous en garde aussitôt, et il ne pourra profiter de votre attaque. Bon, essayons ça.

Les deux groupes s'en donnèrent à cœur joie et Hermès applaudit chaque coup porté. C'étaient des bagarreurs invétérés, l'exercice semblait leur plaire. Depuis les Gracques, la violence des bandes faisait partie de la vie politique romaine. Avec son réalisme froid, Milon peaufinait la technique de ses hommes comme César ou Cicéron peaufinaient leurs discours. Enfin satisfait du comportement de ses sbires, il vint vers moi.

— Ils retrouvent la forme, m'annonça-t-il sans conviction.

— Ils m'ont l'air drôlement féroces.

— La férocité est banale. La bande de Clodius en a à revendre. C'est l'action concertée qui gagne les grandes batailles. Les gladiateurs ne connaissent que le combat singulier et les bagarreurs ne voient pas plus loin que le bout de leur nez. J'ai besoin d'une armée qui sache se battre dans la rue, et j'en aurai une.

— Sois prudent, Titus, recommandai-je. Quelques mots dans des oreilles ennemies, et tu te retrouves accusé d'insurrection.

— Cicéron et bien d'autres travaillent pour moi. Pour un sénateur qui veut m'abattre, deux ennemis de Clodius me voient comme le sauveur de Rome.

— Cicéron n'est pas bien placé en ce moment, le prévins-je, et quand Pompée entrera dans la ville d'ici un ou deux jours, il détiendra le pouvoir à Rome jusqu'à ce que de nouvelles alliances se forment.

— Merci de t'inquiéter pour moi, dit Milon, mais je travaille dur depuis des années pour obtenir tout le soutien nécessaire. Je suis tranquille pour l'instant.

— À ton aise. Dis-moi, Titus, j'aimerais savoir quelle sorte de fourberie Mamercus Capiton ourdissait. Je…

— Je peux te répondre tout de suite, coupa Milon. Aucune. Je me suis renseigné aussitôt que j'ai appris qu'il avait été assassiné. Il n'avait pas de contacts significatifs avec les bas-fonds, c'est-à-dire avec mes collègues. D'après ce que j'ai appris, il n'acceptait pas les pots-de-vin au-delà des limites raisonnables. Quelques partenaires discrets, surtout ses affranchis, géraient ses affaires à sa place car en tant que patricien il n'avait pas le droit de s'en charger lui-même. Ils affirment qu'il n'avait pas d'ennemis en affaires. Il a dû être assassiné pour des raisons personnelles ou politiques. Tes contacts au Sénat sauront mieux te dire que moi où allaient ses votes.

— Tu m'as épargné un temps précieux, assurai-je.

— Alors, peut-être pourras-tu m'en consacrer. As-tu déjà parlé à la femme ?

— Non, mais je vais de ce pas chez Lucullus. Avec un peu de chance, j'y serai pour le déjeuner.

— Amuse-toi bien, mais sois éloquent.

— Je ferai de mon mieux, ce qui, si je peux me permettre, est considérable. Par une étrange coïncidence, je viens juste de rencontrer son frère à l'école de Statilius. La ressemblance est frappante, et on affirme qu'ils tiennent tous deux de l'ancien dictateur. Toutefois, Faustus est l'homme de Pompée.

— Dommage ! Espérons que je ne me le mettrai pas à dos, j'ai l'intention de devenir son beau-frère.

— Le mariage est souvent une entreprise périlleuse, hasardai-je.

Sur ce, je le quittai et repartis avec Hermès, enjambant les corps des lutteurs qui s'étaient battus avec trop d'ardeur. Mon esclave était curieusement excité par le spectacle auquel il avait assisté.

— Pourquoi ne pas me vendre à lui, maître ? demanda-t-il. J'aimerais bien appartenir à Milon.

— S'il m'offense mortellement, je te donnerai à lui en cadeau, assurai-je.

J'arrivai un peu tard chez Lucullus pour la cérémonie du déjeuner, mais on me fit une place pour le dernier plat, ce qui était bien plus que je n'aurais pu avaler, même avec l'aide des dieux. Je modérai ma consommation de vin car des négociations importantes m'attendaient.

N'étant pas invité, je ne voulus pas imposer ma présence à Lucullus, mais je traînai pendant que les autres convives s'en allaient, ce qu'ils firent tous sitôt après le repas. Le déjeuner était, comme je l'ai dit, une pratique nouvelle et nous n'étions pas encore habitués à le prolonger par des bavardages. Je me retrouvai donc bientôt avec Lucullus dans le jardin pendant que ses esclaves labouraient les parterres pour les semailles de printemps.

— S'agit-il de cette enquête que Céler cherche à nous cacher ? demanda Lucullus. Si c'est le cas, je crains de ne pouvoir t'aider. Mon épouse est avant tout une Claudii, comme le reste de sa famille. Elle ne me dirait rien qui risque d'attirer des ennuis à son cher petit frère.

Un domestique arriva avec un pichet en or et nous servit du vin. Je trempai mes lèvres. C'était un cécube, d'un cru que beaucoup conserveraient pour célébrer une victoire, et à peine coupé d'eau parfumée à la rose.

— Non. Pour une fois, il s'agit d'une mission galante.

Il haussa les sourcils.

— De ta part ?

— De la part d'un ami. Titus Annius Milon.

Lucullus s'adossa sur sa chaise en se tapotant le menton.

— Milon. Un homme qui monte, un futur puissant si les dieux ne le rappellent pas à eux.

— C'est le sort qui nous attend tous, remarquai-je.

— Très juste. Pour qui bat donc le cœur de cet homme extraordinaire ?

— Ta pupille, Fausta. Il l'a rencontrée chez toi il y a quelques jours et a aussitôt été terrassé par Cupidon.

Je bus une autre gorgée de l'excellent cécube. Le métier de marieur était nouveau pour moi.

— Je m'étonne que quoi que ce soit puisse terrasser Milon. Par ailleurs, il n'est pas bien né, et ses activités sont plus que criminelles.

— C'est le fils d'un citoyen romain, et il n'y a pas de naissance plus honorable que celle-là.

— Bravo, Décius ! Si nous étions dans une assemblée populaire, je me lèverais pour t'applaudir.

— Si ses activités manquent quelque peu de noblesse, est-il plus respectable de massacrer des étrangers que de se battre dans les rues de Rome ? En outre, lorsqu'il aura gravi les échelons de la fonction publique, ses excès de jeunesse seront oubliés, comme d'habitude. Regarde Crassus. Et même Sylla. Tous deux étaient considérés comme de jeunes dépravés, mais les plus hautes personnalités de Rome leur ont vite baisé les fesses. Attend un peu. Bientôt, Rome fera la même chose avec Titus Milon.

— Il n'aurait pu envoyer meilleur messager pour faire sa demande en mariage, je l'avoue. J'ai presque envie d'épouser ce fripon moi-même.

— L'autoriseras-tu à faire la cour à Fausta ?

— Il y a un très léger écueil.

— Quoi donc ?

— Un crapaud qui coasse dans mon bassin a autant d'influence que moi sur elle. Je suis l'exécuteur des volontés de son père, mais elle pense que ça ne s'applique pas à elle, quelle que soit la loi. C'est une Cornelia, la fille de Sylla, elle n'acceptera jamais de se soumettre à un simple Licinius comme moi. Nous nous entendons assez bien, mais ça s'arrête là. Elle est plus proche de Clodia, ce qui est mauvais signe. Mais si Milon est prêt à risquer son avenir radieux avec une demi-déesse hautaine, il a ma permission.

— Puis-je lui parler, alors ?

— Je l'envoie chercher, mais je ne te promets rien. Il leva la main dans un geste si fugace qu'on aurait pu le prendre pour un tic. Ses esclaves étaient cependant assez exercés pour détecter ses moindres vœux. L'un d'eux accourut et se prosterna presque à ses pieds.

— Dis à Fausta qu'un visiteur l'attend au jardin, murmura-t-il.

L'homme parut filer à tire-d'aile.

Lucullus se leva.

— Bonne chance, Décius. Fausta est têtue, mais elle n'est pas dénuée d'intelligence. Elle trouve ceux qui me plaisent trop ennuyeux. Si un homme réussit à l'impressionner, ça sera sans doute quelqu'un comme Milon.

Il me laissa dans le jardin, avec le pichet en or. Je me servis une nouvelle coupe. Un cécube pareil ne se trouvait pas sous le pas d'un cheval. En attendant Fausta, je me calai sur ma chaise, essayant d'imaginer à quoi ressemblait une vie comme celle de Lucullus. Sans avoir à me dévisser la tête, je pouvais voir au moins cinquante esclaves jardiner. Ce n'était, bien sûr, qu'une infime partie de son personnel. La table était en porphyre et le pichet en or massif. Il pesait certainement plus lourd vide qu'un pichet ordinaire plein. Je décidai de le vider pour m'en assurer.

Je me pris à rêver : quel effet cela faisait-il, lorsqu'on voyage, de passer devant un site particulièrement ravissant, disons entre Rome et Brindisi, d'avoir envie d'y séjourner, de dire simplement à son régisseur : « Achète deux cents hectares et construis-moi une villa », de repasser un an plus tard, de voir une maison de la taille d'un village, avec un parc harmonieusement planté, enrichi du butin de la Grèce et de l'Asie, et prête à vous accueillir si l'envie vous prend de vous y reposer ? Certainement une vie des plus agréables. Mais le seul moyen d'amasser une telle fortune était d'assujettir des rois d'une richesse inouïe, comme l'avait fait Lucullus, par exemple.

Lorsque Fausta arriva enfin, j'étais dans une bulle tiède et vaporeuse. Le cécube était réellement excellent.

— Désolée de t'avoir fait attendre, Décius Cécilius.

Elle était aussi belle que la dernière fois, vêtue d'une robe safran sur laquelle elle avait jeté un pallium de laine blanche.

— Je suis venu sans m'annoncer, dis-je en me levant, et attendre dans la maison de Lucullus équivaut à vivre comme un roi. Qui songerait à s'en plaindre ?

Un esclave accourut avec un plateau, sur lequel je saisis une coupe que je remplis pour Fausta. Les règles interdisant aux femmes de boire avec les hommes s'assouplissaient rapidement. De toute façon, les règles ordinaires ne s'appliquaient jamais aux femmes comme Fausta.

Elle accepta la coupe en me remerciant, mais elle n'y toucha pas.

— On dit que tu enquêtes sur la profanation des rites. Est-ce la raison de ta visite ?

— Je suis blessé, répondis-je. Tout le monde pense que je ne fais rien d'autre que fouiner partout. En réalité, rien n'est plus éloigné de mes soucis en ce moment.

Ce n'était pas tout à fait exact.

— Je suis venu sous la forme de Cupidon, figure-toi.

— Une demande en mariage ? s'étonna-t-elle d'une voix glaciale. J'ai appris que tu n'étais pas marié.

L'idée semblait l'intéresser autant que de débusquer des crapauds sous les pierres.

— Pas du tout. Sinon, mon père aurait pris rendez-vous avec ton tuteur. Non, je viens de la part d'un ami, Titus Annius Milon Papianus. Il t'a rencontrée il y a quelques jours et il s'est épris de toi.

Fausta s'anima aussitôt.

— Milon ! Ce n'est pas un homme ordinaire, assurément. Il est même fascinant. Mais sa famille m'est inconnue. Il a un nom adoptif. Comment se fait-il ?

— Son père était Caius Papius Celsus, un propriétaire terrien du Sud. Lorsque Milon est venu vivre ici, il s'est fait adopter par son grand-père maternel afin de résider officiellement à Rome et d'être membre d'une tribu* urbaine.

C'est au moins une explication simple. Une généalogie de patricien m'aurait pris plus d'une heure.

— Les tribus rurales sont plus respectables, observa Fausta. Les meilleures familles en font partie.

— C'était dans l'ancien temps, Fausta. Le pouvoir à Rome est maintenant aux mains des bandes urbaines, que Milon a l'intention de diriger. Oublie les lignées. Milon veut se faire un nom et il est bien parti pour y parvenir. De nombreux Romains avec de beaux patronymes de patriciens vivent proches de la mendicité. Marie-toi avec un citoyen respectable et ce sera ton lot. Avec Milon, tu mèneras une existence que je qualifierais sans hésiter de passionnante.

— Évidemment, cela excite ma curiosité. J'imagine qu'il a une maison en ville d'une magnificence convenable ?

— L'une des plus grandes de Rome, servie par un personnel impressionnant.

J'aurais peut-être dû lui avouer que c'était une forteresse et que le personnel était un ramassis de brigands, de gibiers d'arène et de coupe-jarrets comme on en voit rarement, mais je ne voulais pas lui gâcher la surprise.

— J'ai tellement de prétendants ! Et ils sont tous tellement ennuyeux ! J'ai vingt-sept ans, tu sais. J'ai presque renoncé à me marier, même si je dois rester sous la tutelle de Lucullus. C'est la première proposition intéressante qu'on me fait. Va dire à Milon que je suis prête à donner suite à sa demande. Il peut venir me voir, mais il doit savoir que si accord il y a, ce sera entre lui et moi. J'ai juré de m'ouvrir les veines plutôt que de subir un mariage arrangé.

— C'est tout à fait compréhensible. Sinon, tu risques de finir unie à Caton. Je ne doute pas que Milon sera enchanté d'apprendre la nouvelle. Veux-tu encore de cet excellent cécube ?

Elle déclina l'offre. Je ne crois pas qu'elle ait bu une seule goutte de sa coupe. Je remplis de nouveau la mienne.

— Maintenant que c'est classé, tu ne voudrais pas m'éclairer sur le scandale qui fait désormais les délices de Rome, par hasard ?

— Je ne peux pas.

— Ah ! Soumise à la loi religieuse, comme tout un chacun ?

— Pas le moins du monde. Je n'étais pas chez César cette nuit-là.

Je faillis en renverser ma coupe.

— Tu n'y étais pas ? Mais on t'y a vue.

Elle ne cilla pas.

— Eh bien, on t'a menti. Seules les femmes mariées prennent part aux rites, et je n'avais pas envie de perdre mon temps à cancaner avec des filles d'aristocrates célibataires deux fois plus jeunes que moi.

— Alors, j'ai été mal informé, concédai-je. Excuse-moi.

— Pourquoi ? Tu ne m'as pas offensée. Dis à Milon que j'attends de ses nouvelles avec impatience.

Elle se leva et me tendit la main, que je serrai.

— Bonne journée, Décius Cécilius.

Je la regardai s'éloigner. C'était une agréable vision mais ça ne me disait rien sur sa sincérité. Soit elle mentait, soit c'était Julia. Je savais où allaient mes préférences.

Hermès m'attendait, assis sur un banc dans l'atrium. Il leva les yeux et parut contrarié lorsque je lui fis signe de me rejoindre.

— On dirait que tu t'es éclipsé pour aller dans une taverne, me dit-il. Est-ce qu'il va falloir que je te soutienne jusqu'à chez toi ?

— Absurde ! Un cru comme celui que je viens de boire ne saoule pas.

Nous nous dirigeâmes vers le Forum.

— J'ai déjà assisté à des banquets dans des maisons aussi somptueuses que celle-là, dit Hermès. Je n'avais pas compris que les convives vomissaient de joie.

— Tu es un coquin vulgaire, le réprimandai-je. Tu ne devrais pas parler de cette façon de tes supérieurs.

— Ah, si tu entendais ce que disent les esclaves de leurs maîtres quand ils sont entre eux !

— Tu vas t'attirer des ennuis si tu continues sur ce ton, l'avertis-je.

— Ha ! Tu ne te rappelles peut-être pas… Oh, oh !

Ses yeux s'agrandirent… je dois avouer que les miens aussi. Une bande d'hommes au regard cruel s'avançait à notre rencontre, bouchant l'étroite ruelle. Ils étaient menés par le plus affreux d'entre eux : Publius Clodius Pulcher.

— Comme tu dis, fis-je tout bas. Hermès, prépare-toi à me couvrir.

— Te couvrir ? s'exclama-t-il d'une voix tremblante. Qu'est-ce qu'on peut faire contre tous ces gars ?

— Regarde bien et fais attention, le rassurai-je.

Je repérai le terrain. Sur ma gauche, entre deux immeubles, une volée de marches menait vers une rue surélevée. Derrière nous, la ruelle était relativement dégagée, mais c'était un raidillon abrupt. Bien que n'étant saoul d'aucune manière, je regrettai de ne pas avoir modéré ma consommation de cécube.

— Métellus ! J'ai l'impression que tu m'évites ! Ça me vexe !

Les lèvres de Clodius se fendirent de son affreux sourire mielleux. Il ne portait qu'une tunique et des sandales en cuir marron ordinaires, bien qu'il eût droit aux cothurnes ornés d'un croissant d'ivoire. Sa tunique était l'*exomis* des humbles, le vêtement de travail grec qui laisse l'épaule droite et la moitié du torse nus. Clodius, l'homme du peuple !

— Tu sais combien j'apprécie ta compagnie, Publius. Tu n'as qu'à te présenter chez moi n'importe quel matin quand je reçois mes clients.

Il s'esclaffa mais son rire sonnait faux.

— Depuis quand un Clodius présente-t-il ses respects à un Métellus ?

— Attention, Publius, fis-je en le menaçant d'un doigt, ton côté patricien ressort. La plèbe va croire que tu es bien né, et tu auras perdu ton temps à traîner en basse compagnie.

— Il est ivre, déclara un des gredins.

— Quitte à mourir, autant mourir ivre, décréta Clodius. Emparez-vous de lui !

— Un instant ! dis-je en levant la main. Vous avez l'avantage. Accordez-moi un moment.

J'ôtai ma toge et la pliai avec cérémonie.

— Il veut se battre ! s'étonna Clodius. Je ne l'en aurais pas cru capable. Vas-y, Décius. Après, on t'enroulera dedans pour que tu n'aies pas l'air trop mal en point quand tes esclaves viendront récupérer ton cadavre. Tu auras meilleure mine que le pauvre Appius Néron après que tu l'as eu tué.

— Je ne l'ai pas tué, Publius. C'est toi, ou peut-être Clodia.

Je vis les veines de son front se gonfler.

— Suffit ! Tuez-le !

Comme je l'ai déjà expliqué, il est inutile de chercher à courir avec une toge. Comme la mienne ne m'encombrait plus, je bondis comme un cerf sur ma gauche et grimpai les marches quatre à quatre. Arrivé en haut, je tournai à droite et dévalai la pente. Clodius et ses hommes avaient été surpris par ma fuite soudaine. Seul un imbécile aurait imaginé que j'allais me battre contre des canailles en surnombre, mais les hommes ont une capacité illimitée pour la bêtise, Publius Clodius encore plus que quiconque.

Vertumnus[1]. Je pus enfin m'orienter. Je courus vers le temple, poursuivi par un bruit de sandales qui se rapprochait. D'autres fripouilles de Clodius avaient dû le rattraper. Je virai sur la droite et enfilai une rue étroite qui courait entre le temple et un haut immeuble d'habitations. Je dus ralentir à contrecœur et marcher avec précaution. Devant ce type de bâtiment, le pavé est souvent gluant parce que les misérables qui y logent sont trop paresseux pour emporter leur pot de chambre à l'égout le plus proche, et se contentent de le vider par la fenêtre. Des jurons et des bruits de chute derrière moi m'apprirent que j'avais eu raison de me montrer prudent.

La rue commença à s'aplanir et je repris espoir. L'énorme masse sombre qui se dressait devant moi était l'arrière de la basilique Émilia. Si j'arrivais à la dépasser, j'atteindrais le Forum où même Publius Clodius hésiterait à m'assassiner. J'avais un point de côté et les poumons prêts à exploser.

Ayant dépassé la basilique, je descendis les marches et me retrouvai sur une des estrades de justice. Et, par chance, un procès était en court. Une foule s'était assemblée et un avocat grandiloquent gesticulait pour étayer ses arguments. Je n'oublierai jamais sa grimace horrifiée lorsque je le heurtai. Nous traversâmes l'estrade comme une étoile filante, tandis que sa toge blanche tournoyait telle la voilure d'un navire emporté par la tempête.

Je me relevai à temps pour voir Clodius me foncer dessus, le visage déformé par la rage, pourpre comme la toge *picta* d'un triomphateur et brandissant une courte épée incurvée. C'était donc lui qui m'avait tou-

1. Divinité présidant aux changements de saisons et aux récoltes, qui avait la particularité de pouvoir changer de forme, et usa de cette capacité pour séduire Pomone, la déesse des fruits (et des vergers). (*N.d.T.*)

ché ! Je fus pris d'une envie impérieuse de lui rendre la pareille, en pis. Il tenta de me porter un coup que je parai avec mon ceste. Je me penchai pour le viser à la gorge, mais il plongea en avant, me bouscula d'un coup d'épaule dans le ventre et m'agrippa la taille. Je tombai en arrière, et nous roulâmes ensemble sur l'infortuné avocat. Je me débattis pour empêcher Clodius de libérer son bras armé de l'épée tandis qu'il me mordait le nez si fort que je crus qu'il allait l'arracher. Un coup de genoux dans les bourses l'obligea enfin à me lâcher le nez. Un nouveau coup au même endroit et il hurla comme un porc qu'on égorge. Je parvins à m'extraire de sa prise et rampai tout en le frappant un peu trop mollement sur la nuque. Ce fut néanmoins suffisant pour l'assommer et l'envoyer s'étaler sur le ventre. Je lui montai dessus, empoignai son épaisse tignasse huileuse et lui tirai la tête en arrière. J'appuyai ma dague sur son cou et m'apprêtais à lui trancher la gorge lorsqu'on m'attrapa les deux bras avec tant de vigueur qu'on faillit me les arracher. Des faisceaux de licteur m'entravèrent la gorge, serrés à deux mains par un fonctionnaire. J'en eus le souffle coupé. Deux autres licteurs appliquèrent le même traitement à Clodius.

Les jurés et les spectateurs accueillirent cet étrange divertissement en sifflant et en tapant du pied. Les licteurs nous traînèrent devant le préteur comme des animaux au sacrifice.

— Qui ose offenser de la sorte la majesté d'un tribunal romain ?

Assis sur sa chaise curule, il affichait une expression de colère froide. C'était le distingué préteur Caius Octave, juriste et soldat accompli, le père de notre Premier Citoyen qui était cette année-là encore au berceau.

Nous déclinâmes nos noms d'une voix rauque car les faisceaux rendaient l'articulation difficile. Je dois avouer que nous étions plutôt comiques.

— Quelle célébrité est-elle morte pour que nous ayons des jeux funéraires dans le Forum ? demanda Octave.

— Clodius et ses vauriens m'ont attaqué ! m'écriai-je. Je m'enfuyais pour rester en vie. Croyez-vous que je chercherais à me battre contre une dizaine d'hommes armés ?

— Tu vaquais seulement à tes occupations, hein ? Comme un bon citoyen, avec un ceste et un *pugio* ? Porter des armes à l'intérieur du pomerium est un autre délit.

— Ce sont au moins des armes respectables, fis-je remarquer. Il avait une *sica* !

— Ah ! fit un avocat, incapable de se retenir, c'est un argument pertinent.

La distinction entre les armes honorables et les armes déshonorantes était très stricte dans le droit romain. Le regard furieux qu'Octave lança à l'avocat augurait mal du déroulement du procès.

— Qu'as-tu à dire pour ta défense, Publius Clodius ? questionna le préteur.

— Je suis un fonctionnaire romain en service, rétorqua-t-il en exultant, on ne peut me poursuivre pour un délit criminel.

Octave pointa son bâton vers une silhouette vêtue de blanc assise à côté de lui. C'était une des vestales.

— Si l'un d'entre vous avait tué son adversaire en présence de cette femme, on aurait emporté le survivant hors des murs au terrain d'exécution et on l'aurait fouetté à mort. Il reste peu de crimes capitaux sur les tables de la loi, mais celui-ci en fait partie.

— Dans ce cas, dis-je en désignant les licteurs, j'aimerais remercier ces estimables citoyens de m'avoir empêché de tuer cet affreux reptile.

— Tu as de la chance d'avoir interrompu un procès pour extorsion, déclara Octave. Si cela avait été pour des crimes de sang, j'aurais pu te juger et te condamner sur place.

Il exagérait. En réalité, il y avait un tas de serments à faire, des mesures de sécurité à prendre, avant qu'un procès puisse commencer.

— Ce n'est pas la première fois que vous êtes accusés de trouble à l'ordre public, tous les deux. Vous représentez une menace pour la sécurité des citoyens.

— Je proteste ! m'écriai-je. Je ne faisais que m'occuper de mes…

— Silence ! aboya Octave.

Il leva la tête et fouilla le Forum des yeux.

— Où est le censeur Métellus ?

Il fit signe à un licteur.

— Là-bas, près du monument de Sylla. Va le chercher.

L'homme fila et revint quelques instants plus tard avec mon père. Je devinai à la façon dont il me foudroya du regard que le licteur lui avait exposé une version colorée des récents événements.

— Que désires-tu, noble préteur ? demanda mon père.

— Nez-Coupé, je vais inculper ton fils de troubles à l'ordre public et de port d'arme à l'intérieur du pomerium. Je vais aussi vérifier dans les livres de droit si une accusation de lèse-majesté est justifiée. J'aimerais faire de même pour Publius Clodius, mais je voudrais vérifier auparavant si son questorat lui assure l'immunité. Te portes-tu garant de Décius le Jeune si je le relâche ?

— Oui, assura mon père.

— Alors, emmène-le. J'enverrai chercher Appius, le frère aîné de Clodius, au camp de Pompée. Si on arrive à séparer ces deux énergumènes, nous n'aurons plus à craindre la destruction de Rome et nos tribunaux resteront des sanctuaires.

Il avait un véritable don pour les sarcasmes.

— Je ferai en sorte que mon fils se présente au tribunal le jour prévu. Aucun Romain n'est au-dessus des lois.

— Ces deux-là encore moins, renchérit Octave d'un ton sec.

Les licteurs me lâchèrent et je me baissai pour ramasser mes armes. L'accusation ayant été portée, il importait peu que je les récupère ou non. Nous échangeâmes, Clodius et moi, un regard haineux, et je quittai les lieux avec mon père.

— Tu t'es toujours conduit comme un imbécile, commença ce dernier tandis que nous traversions le Forum, mais cette fois tu t'es surpassé. Qu'est-ce qui t'a pris d'essayer de tuer Clodius dans une cour romaine sous le nez d'un préteur ?

— C'était l'occasion ou jamais ! rétorquai-je.

— On t'avait recommandé de l'éviter.

— J'ai fait de mon mieux, protestai-je. C'est lui qui m'a trouvé. Il a lancé une douzaine de gueux à mes trousses. J'ai dû fuir, j'ai dû me battre.

— Dois-je en déduire que le sang sur ta dague n'est ni le tien ni celui de Clodius ? J'ai préféré ne pas te poser la question devant le préteur.

Je haussai les épaules, provoquant une vive brûlure dans mon bras.

— Oh, il y a peut-être un ou deux corps par terre, quelque part. Personne de très important, juste des tueurs de Clodius.

— Fort bien. J'aurais détesté penser que j'avais élevé un imbécile doublé d'un lâche. Comment va ton épaule ?

— Trop aimable de le demander. Elle me fait mal et elle saigne. Je crois que j'ai besoin de soins. J'irai voir Asclépiade dans le Transtévère, il m'a déjà recousu plusieurs fois.

— Oui, mais puis-je te faire confiance ? Tu ne vas pas encore te créer des ennuis, j'espère ?

Naturellement, l'idée ne lui était pas venue de m'accompagner.

— Une bataille par jour suffit à mon esprit avide de gloire, père.

Nous avions quitté le Forum et des passants s'étonnaient de mon allure hirsute.

— Tu devrais quitter la ville quelque temps, me conseilla mon père.

— Je rentre à peine !

— Rome ne supporte pas ta présence trop longtemps. Ça te fera du bien de gérer la propriété de Beneventum. Les dures réalités du travail de la ferme ne peuvent que te profiter.

C'était une croyance répandue parmi nous que seule l'agriculture était respectable. Sans doute parce que c'était la vie la plus ennuyeuse imaginable. Bien sûr, il n'y a aucune vertu à travailler la terre. La vertu réside dans sa possession. Comment dresser un contremaître à diriger une bande d'esclaves ramène un homme aux dures réalités du labourage de la terre, c'était une énigme pour moi, mais dans ma famille on ne jurait que par ça.

— J'ai une enquête à mener, père. Je ne peux pas la retarder pour aller voir des esclaves répandre du fumier sous les vignes.

— Tes désirs ne comptent pas.

La disposition la plus exaspérante du droit romain est celle qui confère l'autorité au paterfamilias. Vous pouvez avoir les cheveux gris, commander à des légions, avoir conquis des provinces, si votre père est encore en vie, vous êtes toujours, juridiquement, un enfant.

— Cela concerne la sécurité de l'État, insistai-je.

Il émit une sorte de grognement, un rire sans joie.

— Encore cette histoire de rite de la déesse étrangère ?

— Ça va plus loin que ça.

— Raconte, m'enjoignit-il, marchant toujours, par habitude, du pas vif du légionnaire.

Je lui exposai une version quelque peu tronquée de mes découvertes, accompagnée de spéculations sur leur signification. Je ne parlai pas de Julia. Il en aurait conclu qu'une femme partageant mon goût pour fureter partout était forcément indigne.

— Tu soupçonnes donc Pompée d'être derrière ça ?

Il posa la question à contrecœur, mais je voyais bien que j'avais éveillé sa curiosité. Comme tous les membres du parti aristocratique, il détestait Pompée et craignait qu'il ne se couronne lui-même roi de Rome.

— Personne d'autre n'aurait eu l'audace. C'est lui qui entretient une bande de prêtres étrusques.

— Il veut aussi installer ses vétérans sur des terrains publics en Tuscie, renchérit père.

— C'est vrai ?

Je l'apprenais.

— Oui, et tu le saurais si tu t'intéressais aux affaires publiques au lieu de traîner dans les bouges.

— Je ne suis au Sénat que depuis quelques jours, plaidai-je.

— Ça ne t'excuse pas. Par ailleurs, te rends-tu compte que tes élucubrations reposent sur la foi de Romains parmi les plus dégénérés ?

— J'en tiens toujours compte, répliquai-je.

J'eus une inspiration subite.

— Dis-moi, quelle position Capiton avait-il sur la question des terres à octroyer aux vétérans de Pompée ?

Mon père s'arrêta net et me dévisagea comme s'il voyait une merveilleuse apparition envoyée par les dieux. J'essuyai mes lèvres ensanglantées avec le revers de mon ceste. Mon nez saignait à cause de la morsure de Clodius.

— Il y a peut-être du vrai dans ta sophistique insensée, après tout. Capiton était violemment opposé à la distribution des terres.

— Comme la moitié du Sénat, arguai-je. Quelle était l'objection particulière de Capiton ?

Nous approchions de chez mon père. Je dois admettre que nous présentions un étrange spectacle : le censeur, très digne, dans sa toge prétexte, et moi, qui avais l'air échappé de *munera*. Et, bien sûr, il s'agissait, comme toujours, de politique.

— Il affirmait que cela bouleverserait l'ordre public et donnerait à Pompée une base arrière près de Rome, et ainsi de suite ; il n'était pas le seul à le dire. Mais la véritable raison était que sa famille louait un vaste domaine d'*ager publicus*[1] en Tuscie, une région qui serait découpée en lots pour les vétérans de Pompée si la loi passait.

Je ricanai, ce qui dans mon état était synonyme de douleur.

— Ainsi, la famille de Capiton cultive cette terre depuis des générations, payant à l'État un loyer insignifiant, établi il y a plus d'un siècle ?

— Plus près de deux.

— Ah, les intérêts élevés et patriotiques de nos sénateurs ! m'exclamai-je.

— Tu verras pire au Sénat, si tu survis.

À ce moment-là, nous étions arrivés devant sa porte.

— Peux-tu envoyer un esclave chez moi ? demandai-je. Hermès devrait y être à présent avec ma toge. Qu'il me retrouve chez Asclépiade. Il sait où c'est, et qu'il m'apporte aussi une tunique.

Père leva un doigt et un esclave accourut prendre ses instructions. Il fila aussitôt après et nous reprîmes le sujet favori de tout Romain.

— Quelle est la position de César ? interrogeai-je.

1. L'expression signifie « le domaine public ». L'*ager publicus* est propriété de l'État. (*N.d.T.*)

— En tant qu'ami du peuple, il est pour la distribution des terres aux vétérans, mais pour le maintien de l'*ager publicus* en Campanie. C'est un peu loin de Rome, mais ce sont les meilleures fermes d'Italie.

— Leur sort n'a pas l'air d'être lié, observai-je. Qu'ont-ils comploté ensemble ? Je suis sûr que c'est le lien derrière tout ça.

— Capiton et César font tous deux valoir que leurs domaines renforceront l'État, expliqua mon père cependant que je tachais le carrelage de son atrium de mon sang. Un réservoir où puiser des soldats pour les générations futures. Ce genre de raisonnements.

Malgré ma douleur, je ne pus m'empêcher de rire.

— Quelles niaiseries ! On ne cesse de parler du bon vieux temps des pères fondateurs et des vertus de la vie paysanne, colonne vertébrale de Rome. Qui croit qu'on puisse faire revenir ce temps-là, comme je ne sais quel nécromancien rappelant les morts pour prophétiser ? Combien de temps ces vétérans robustes tiendront-ils sur leurs fermes idylliques ? Combien de temps avant qu'ils les vendent et viennent grossir le petit peuple de Rome ? Quel paysan, courageux ou pas, peut se battre contre des latifundia* aussi vastes qu'une province et exploités par des milliers d'esclaves ?

— Ils tiendront peut-être jusqu'à la mort de Pompée, répondit mon père. Assez pour ce qu'il compte faire.

— Tu as hélas raison.

— Mais, que ferais-tu, toi ? me demanda-t-il, rouge de colère. Comment changerais-tu les choses ?

— Pour commencer, je morcellerais les latifundia. J'interdirais l'importation de nouveaux esclaves, la vente d'Italiens en esclavage. Je frapperais les plantations d'un impôt jusqu'à ce que les propriétaires soient obligés de vendre.

— Imposer des citoyens romains ? explosa père. Tu as perdu la raison !

— On meurt à petit feu, insistai-je.

Je n'avais pas l'habitude de parler ainsi, mais j'étais très fatigué et j'avais perdu beaucoup de sang.

— Je paierais aux propriétaires une petite, toute petite, indemnité et je renverrais les esclaves d'Italie. Ils sont à l'origine de la plupart de nos maux. Ce qu'il y a, c'est que les Romains sont devenus trop paresseux pour travailler. On ne pense plus qu'à se battre et à piller. Nos esclaves font tout le reste.

— Tu parles comme un enragé, dit mon père. Tu es pire que Clodius et César réunis, bien pire.

Je m'esclaffai, cette fois moins bruyamment et d'une voix mal assurée.

— Je ne suis pas un révolutionnaire, père. Tu le sais très bien. Et je ne parcours pas les rues pour inciter les Romains à la révolte, ne serait-ce que parce que je sais combien cela serait vain. Réforme ou réaction, cela signifie davantage de sang dans les rues, et nous en voyons assez.

— Eh bien, surveille ton langage. De nos jours, on se fait tuer pour des discours autant que pour des actes.

— Je ne pourrais pas te convaincre de me prêter une litière et des porteurs pour m'emmener chez mon médecin, par hasard ?

— C'est si grave que ça ? Bon, très bien.

Il appela un autre esclave. Mon père s'adoucissait avec l'âge. Il fut un temps où il m'aurait fait un sermon sur la fois où il avait parcouru cent lieues équipé de son armure tout entière et affligé de blessures bien pires que les miennes. C'était peut-être vrai. Je n'ai jamais prétendu être particulièrement stoïque.

Le trajet jusqu'au *ludus* de Statilius fut plutôt brumeux. Le soleil fit place à la pénombre. Seul l'excellent cécube m'avait suffisamment fortifié pour m'empêcher de m'évanouir. En fait, les dieux m'envoyèrent des visions. Je crus d'abord voir la déesse Diane, dans sa tunique de chasse, avec son arc et son carquois, mais elle fut remplacée par Clodia qui me riait au nez. Clodia s'était déjà moquée de moi, pour de bonnes raisons. J'allais lui dire quelle sale comploteuse elle était quand je m'aperçus que ce n'était pas Clodia mais Fausta. Elle me dit quelque chose que je ne compris pas. Je voulus lui demander de répéter, mais elle se transforma en Faustus. La métamorphose avait été subtile car les deux jumeaux se ressemblaient beaucoup. Il me tendait quelque chose dans sa main baguée, mais ça semblait anormal car les soldats portent rarement autant de bagues, surtout de grosses bagues contenant du poison. Puis, Faustus se transforma à son tour en Appius Claudius Néron, et il tenait quelque chose qu'il voulait absolument que je prenne ; il essayait de parler malgré le trou béant dans sa gorge et le creux entre ses deux yeux.

Une ombre immense se dressa derrière Néron. C'était une bête à quatre pattes et elle abattit ses énormes griffes pour l'écraser avant qu'il ne puisse me donner ce qu'il voulait. Je m'aperçus que la bête était en réalité Cerbère, le chien de garde du monde souterrain. Je le reconnus parce que, contrairement aux chiens ordinaires, il était gigantesque et avait trois têtes. Toutefois, c'étaient des têtes humaines, semblables à celles des dieux hybrides égyptiens. La tête de droite était celle de Crassus, qui me dévisageait avec ses yeux d'un bleu glacial, celle de gauche de Pompée, hilare. Celle du milieu était dans l'ombre, je ne la reconnus pas, mais je savais que c'était celle du maître des deux autres, sinon pourquoi aurait-elle été au milieu ? Ensuite, quelqu'un masqua Cerbère. C'était Julia, et elle aussi me tendait la main. Elle me toucha l'épaule.

— Décius ?

Asclépiade me secouait l'épaule valide. Son visage était trouble, mais il finit par se solidifier.

— J'aurais préféré que ça soit Julia, déclarai-je.

— Quoi ?

Avec sa barbe élégamment taillée, il montrait des signes d'inquiétude.

— Je ne m'attendais pas à te revoir si tôt, Décius.

Il se retourna pour crier quelque chose par-dessus son épaule. Deux gladiateurs accoururent, me soulevèrent de la litière aussi légèrement que si j'étais un bébé et me transportèrent dans les quartiers du médecin où ses serviteurs me déshabillèrent promptement et me lavèrent pendant qu'il m'examinait.

— Tu as encore fait des tiennes, hein ? Ce sont des marques de dents que je vois sur ton nez ?

— Non, celles d'un rongeur, une espèce de fouine ou peut-être une hermine.

Sa façon de me palper et de fouiller mes plaies m'arracha comme toujours des cris de douleur. C'était la partie de son métier qu'il préférait.

— Bon, je peux te recoudre et te rapiécer pour te maintenir en vie et capable de te déplacer, dans certaines limites du moins, mais les femmes vont te fuir pendant quelques jours. À propos de femme, qui est Julia ?

Je détournai les yeux quand ses esclaves apportèrent des crins de cheval, de méchantes aiguilles incurvées et des pinces en bronze ouvragé.

— Je délirais. J'ai eu des visions en chemin, et la dernière chose que j'ai vue, c'était une amie qui se nomme Julia.

— Elle doit être exceptionnelle pour que tu préfères sa compagnie à la mienne malgré ton besoin évident de soins. Quelle sorte de visions ? Je ne suis pas particulièrement doué dans l'interprétation des rêves, mais je connais des praticiens expérimentés non loin d'ici.

— Ce n'était pas un vrai rêve, mais une sorte de vision éveillée. Je suis resté conscient de ce qui se passait autour de moi.

Je parlais surtout pour ne pas penser à ce qu'il était en train de faire. Je ne fais pas partie de ces gens qui croient que les rêves véhiculent de grandes significations et veulent les raconter à tout le monde de long en large. Je me rappelle rarement les miens, et ceux dont je me souviens sont souvent plus ennuyeux que mes expériences vécues ; les visions comme celles que venaient de m'envoyer les dieux s'imposent à moi dans des circonstances comme celles-ci : blessures, perte de sang ou coups répétés sur la tête.

Je relatai mes visions à Asclépiade ; il m'écouta, assis en face de moi, le menton dans la main, émettant de temps en temps des grognements de vieux sage. Lorsque j'eus terminé, il reprit son atroce travail.

— L'apparition de personnes que tu as récemment rencontrées n'est pas rare, même dans les rêves les plus communs. Mais celle d'un animal mythique revêt toujours la plus haute importance. Cerbère a-t-il chez vous une signification que les Grecs ne lui prêtent pas ?

— Pas à ma connaissance. C'est le chien de garde de Pluton, qui empêche les morts de quitter le monde souterrain, et les vivants d'y pénétrer.

— Alors, Pluton. En quoi diffère-t-il d'Hadès ?

— Eh bien, en plus d'être le dieu des morts, c'est aussi celui de la richesse.

— Nous avons le même et il s'appelle aussi Pluton, fils de Déméter, qui personnifie également la richesse. Mais c'est peut-être parce que le nom dérive du même mot « richesse », qui est…

Il s'interrompit lorsque je hurlai presque comme Clodius récemment. Dans sa rêverie pédante, il avait enfoncé une aiguille un peu trop fort.

— Oh, je te prie de m'excuser, dit-il.

— Ça te plaît, hein ?

— J'aime les conversations érudites, dit-il, délibérément abscons. Mais il se peut que la richesse soit derrière tout ça.

— C'est souvent le cas lorsque les hommes complotent, observai-je. Mais je crois que le plus significatif, c'est que Cerbère a trois têtes. Un corps, trois têtes ; c'est important.

— Tu as vu celle de Pompée et de Crassus, des ennemis que tu as déjà croisés dans le passé. Mais la troisième était floue, n'est-ce pas ?

— Et c'était la plus formidable des trois. Comment est-ce possible ? Qui peut être plus grand que Pompée et que Crassus ?

Cela semblait réellement impossible.

— Ça ne peut pas être Clodius, par hasard ? J'ai l'impression qu'il t'obsède.

Je faillis éclater de rire, mais je savais que ça aurait arraché mes points de suture.

— Non, pas Clodius. C'est un fourbe et un criminel, rien de plus.

— Et ce jeune Appius Claudius Néron ? Qu'essayait-il de te donner ? Et pourquoi la bête à trois têtes l'a-t-il écrasé ?

— Ah, je paierais cher pour le savoir !

XI

À peine m'étais-je réveillé que je le regrettai aussitôt. Non seulement mes blessures me faisaient un mal de chien, mais la veille j'avais voulu favoriser le sommeil en avalant une bonne cruche de vin médiocre. Je souffrais de leurs effets combinés.

— Ça t'apprendra ! trancha Hermès. M'abandonner comme ça avec ta toge pendant que tu escaladais cet escalier comme une chèvre des montagnes…

— Tu aurais dû me voir sur le plat, croassai-je. Plus rapide qu'un pur-sang. Ailes-d'Argent dans ses meilleurs jours ne m'aurait pas rattrapé.

— Ils auraient pu me tuer ! s'indigna-t-il.

Les esclaves comme Hermès prennent toujours tout au sérieux.

— Pourquoi, je me le demande ? C'est après moi qu'ils en avaient. Je suis juste content qu'aucun d'eux n'ait pensé à s'emparer de ma toge et que toi tu ne la lui aies pas vendue.

— Tu as une bien mauvaise opinion de moi ! s'exclama-t-il, vexé.

— Oui, je sais que je te juge mal, mais aujourd'hui je déteste l'humanité tout entière. J'ai presque envie d'aller renverser un pot de chambre sur la tête d'une vestale.

Après avoir grignoté quelque chose, je me sentis un peu mieux. La visite de ma clientèle se déroula dans un brouillard, et j'étais sur le point de partir chez Céler lorsqu'un homme arriva. C'était le Gaulois édenté que j'avais rencontré à l'entrepôt avec Milon.

— Le chef veut te voir aux bains, sénateur, m'annonça-t-il sans préambule.

— Aux bains ? À cette heure ?

— Il ne respecte pas les horaires de tout le monde.

En y réfléchissant, un long bain chaud était peut-être une excellente idée. J'ordonnai à Hermès de prendre mes affaires de bain et je suivis le Gaulois dans une enfilade de rues. Céler était un homme très occupé, il ne s'apercevrait sans doute pas de mon absence. Les bains où nous nous rendîmes étaient d'aspect modeste, mais le bâtiment jouxtait celui qui servait à Milon de résidence et de quartier général.

Laissant mes affaires à Hermès, je suivis le Gaulois dans une étuve où Milon était assis avec quelques-uns de ses hommes.

— C'était donc vrai ! s'écria-t-il avec flamme. Tout Rome raconte que tu t'es lancé dans une bataille rangée avec Clodius et ses hommes et que tu as atterri dans le tribunal où Octave siégeait !

Il s'esclaffa de son énorme rire contagieux. Je l'aurais bien imité, mais ça m'aurait fait trop mal aux lèvres.

— Tu reviens de l'armée sans une égratignure, reprit-il, et tu te fais tailler en lambeaux dans les rues de Rome ! Quelle ironie !

— Oh, fis-je en m'asseyant, le corps bien raide, quand on sert le Sénat et le peuple de Rome, il faut s'attendre à encaisser quelques coups.

Certes, dans cette compagnie, il était facile de jouer les modestes pour quelques malheureuses cicatrices. Certains des sicaires étaient des rescapés de l'arène, avec plus de cicatrices que de peau intacte. L'un d'eux se pencha pour m'examiner l'épaule.

— Joli travail ! Asclépiade, je parie ?

Je confirmai.

— C'est pas digne d'un homme, ce rafistolage à la grecque, dit un autre vétéran.

Il désigna un affreux bourrelet de chair plissée qui zébrait son flanc de l'épaule à la hanche.

— Un fer chauffé à blanc, c'est comme ça qu'on empêche une plaie de saigner. C'est Atlas, un Samnite gaucher, qui m'a fait ça,

— Faut toujours se méfier des gauchers, philosopha un de ses camarades.

Milon s'adressa à moi et les autres se détournèrent aussitôt. C'était une bande bien disciplinée, nous aurions aussi bien pu être seuls.

— Comment ça s'est passé avec Fausta ? me demanda-t-il de but en blanc.

— Extrêmement bien, assurai-je. J'ai bavardé un peu avec elle, et elle m'a eu l'air d'accueillir ta proposition avec sympathie. Les hommes de son milieu l'ennuient, ce qui n'est pas étonnant, et elle te trouve à la fois fascinant et intéressant. Si tu vas la voir, elle te recevra avec chaleur.

— Très bien.

— Toujours content de rendre service, déclarai-je.

— Et je te le revaudrai, promit-il. J'ai fait passer le mot que si n'importe quel butor de Clodius t'attaque, il signe son arrêt de mort. Mes gars t'auront à l'œil. Tant que tu restes bien en vue, naturellement. Si tu vas fourrer ton nez dans les coins, comme tu en as la manie, je ne garantis pas ta sécurité.

— Je peux prendre soin de moi, dis-je, légèrement vexé.

Milon me dévisagea de près.

— Ce sont des marques de dents ? Je croyais que tu te prenais pour un homme d'épée, pas pour un *bestiarius*[1].

1. Bestiaire, gladiateur qui combattait contre les bêtes féroces. (*N.d.T.*)

— C'est aimable de m'aider, Titus. Mais mon problème, pour l'instant, c'est que je ne comprends rien à ce qui se passe. À chaque nouvel indice, je crois avoir trouvé la clé qui fait tenir l'ensemble, mais ça ne marche jamais.

— Mets-moi au courant, demanda Milon.

Je lui résumai les informations que j'avais réunies. Il haussa un sourcil lorsque je mentionnai le nom de Julia, et le fronça lorsque je lui rapportai les paroles de Fausta.

— Je n'aime pas penser qu'elle puisse être impliquée, dit-il.

Cela ne manqua pas de m'inquiéter. Tenir les diverses femmes hors de l'affaire devenait de plus en plus compliqué.

— Bizarrement, je crois que Fausta et Julia disent toutes deux la vérité. Comment est-ce possible ? Je n'en sais rien pour l'instant.

— Tiens, voilà une information à méditer : le lendemain du sacrilège, Crassus s'est porté garant des dettes de César. Il peut donc quitter Rome. La seule chose qui le retient, c'est le triomphe de Pompée.

— Intéressant, sifflai-je. Mais pourquoi attendre le triomphe, sinon parce que le spectacle sera forcément splendide ? J'aurais cru que l'unique triomphe qui intéressait César était le sien, et c'est une perspective hautement risible.

— Encore une question pour te triturer la cervelle, hein ?

— Comment est-ce arrivé, Titus ? demandai-je tandis que mon dégoût longtemps retenu revenait à la surface. Ici à Rome, nous avons fondé la seule république viable de l'histoire, et elle se délite à cause de machinations secrètes ourdies par des hommes comme eux. Ça marchait si bien ! Nous avions les assemblées du peuple, les comices centuriates, le Sénat, les consuls, pas de rois. Nous héritions parfois d'un dictateur lorsque les temps l'exigeaient, mais pour une période bien définie, le pouvoir retournait au Sénat et au peuple dès que l'urgence était passée. Maintenant, tout s'écroule devant des aventuriers militaires comme Pompée, des ploutocrates comme Crassus et des démagogues comme Clodius. Pourquoi ?

Milon s'étira et croisa les mains derrière sa tête.

— Parce que les temps ont changé de manière irrévocable, Décius. Ce que tu décris comme un système était parfait pour une petite cité-État qui avait depuis peu renversé ses rois étrangers. Ça marchait encore assez bien pour une cité-État assez puissante qui dominait le plus gros de l'Italie. Mais ces jours sont révolus. Rome gouverne un empire qui s'étend des piliers d'Hercule à l'Asie. L'Espagne, une grande partie de la Gaule, la Grèce, les Îles, presque tout le pourtour méditerranéen du sud : l'Afrique, la Numidie, Carthage, la Mauritanie. Et qui gouverne tout ça ? Le Sénat !

Il éclata de nouveau de son énorme rire.

— Le plus génial corps constitué connu, dis-je avec dignité.

J'étais, après tout, un sénateur tout neuf moi-même.

— Ridicule ! dit Milon sans rancœur. Les sénateurs sont pour la plupart des moins que rien. Ils ont obtenu leur poste parce que leurs ancêtres les avaient occupés avant eux. Décius, ces hommes ont reçu en héritage un empire, et quelles sont leurs qualifications ? Leurs arrière-arrière-grands-pères étaient de riches fermiers ! Au moins, ces intrigants que tu détestes ont bataillé dur, et, c'est vrai, intrigué pour obtenir ce qu'ils veulent.

— Rome tombera-t-elle aux mains de gens comme Clodius ?

— Non, mais pas pour des raisons constitutionnelles. J'ai l'intention de le tuer avant. Mais toi, qu'est-ce qui te protège de lui ? À part mon amitié, veux-je dire ?

— Il y a encore plein de Romains qui refusent sa démagogie. Mes voisins de Subure empêcheront ses tueurs de me nuire.

— Pardonne-moi, Décius, mais ils te tiennent en haute estime autant pour tes goûts pour la bagarre que pour ta rectitude républicaine. Combien de temps te resteront-ils fidèles si Clodius réussit à se faire adopter par la plèbe et élire tribun du peuple, comme il compte le faire ? Il promet à tous les citoyens romains une distribution perpétuelle de l'indemnité de blé. C'est une puissante motivation, mon ami.

— C'est indigne d'un peuple libre, dis-je à contrecœur, conscient de reprendre les arguments de mon père.

— Il est peut-être libre en théorie, mais il est pauvre, or c'est une sorte d'esclavage. Le temps des propriétaires fonciers est révolu, Décius, et pour toujours. Le peuple forme à présent une clique et il agira politiquement comme une clique.

— Et toi, tu as l'intention de contrôler Rome en tant que chef de clique, rétorquai-je.

Ce n'était pas une question.

— Mieux vaut que ça soit moi que Clodius.

— Je suis d'accord.

Il n'y avait plus rien à dire. Je promenai mon regard à travers les bains austères, mais de bon goût.

— C'est pratique d'avoir un endroit comme ça si près de chez soi.

— Je les ai acquis, me confia Milon. Je possède tout le pâté de maisons et les immeubles d'en face.

— C'est plus que pratique, convins-je, c'est stratégiquement habile.

— J'essaie d'anticiper. Quand tu auras fini de transpirer ici, pourquoi ne pas laisser mon masseur te détendre ? Il œuvre là-bas, précisa-t-il en me montrant une salle qu'on apercevait au-delà d'une porte basse.

L'idée m'arracha une grimace.

— Je n'ai pas du tout envie qu'on me martèle le corps à coups de poing.

— Essaie-le, Décius. Sa spécialité, c'est de masser les blessés.

Comme il était difficile de refuser quelque chose à Milon, j'essayai son masseur. À mon grand étonnement, c'était exactement ce dont j'avais besoin. C'était un Crétois gigantesque et, à sa manière, il pratiquait son art avec la même intelligence qu'Asclépiade le sien. Ses puissantes mains se faisaient brutales sur les chairs intactes ou à peine meurtries, et douces sur les coupures. Lorsqu'il eut terminé, je me sentais presque rétabli. Mes muscles et mes articulations avaient retrouvé leur souplesse et seules les régions autour des blessures étaient douloureuses. J'étais presque prêt pour une autre bataille, à condition qu'elle ne soit pas trop éreintante.

Il restait une question à régler et je m'y attelai de ce pas. Le trajet depuis la citadelle de Milon jusqu'à l'Aventin me permit de faire jouer mes muscles et j'étais agréablement essoufflé en haut de la brève ascension.

Je marquai une pause sur les marches du joli temple de Cérès. Il dominait le Circus Maximus et proposait une des plus belles vues de Rome, qui sont pourtant en grand nombre. À part sa fonction religieuse, qui consiste à servir la très importante déesse du blé, le temple était l'ancien quartier général des édiles. C'était le siège des édiles plébéiens, car c'étaient eux qui s'occupaient de l'annone, mais les édiles curules, d'un rang plus élevé, y avaient aussi leurs bureaux.

Il y eut une grande agitation lorsque je gravis les marches, car les cérémonies du labourage et des semailles étaient sur le point de commencer. Il y avait surtout des Romaines bien nées, car c'était avant tout un temple de femmes. Des centaines d'enfants, vêtus de tuniques blanches immaculées, répétaient les rôles qu'ils allaient tenir dans les cérémonies. Malgré ma mission plus périlleuse, je m'arrêtai pour les regarder effectuer leurs dévotions, au rituel compliqué, à la déesse.

En dépit du jugement cynique de Milon, dont je soupçonnais qu'il était en grande partie fondé, je me sentais encore entièrement romain dans de tels lieux, à de tels moments. De voir ces matrones et leurs bambins se préparer pour les rites anciens avec une telle innocence et une parfaite générosité de cœur, il m'était difficile d'imaginer que des hommes malintentionnés puissent utiliser une institution aussi ancienne et honorable que le Sénat, et les légions, pour leur profit bassement personnel.

Dans le dédale des caves et des dépendances, je repérai les quartiers exigus des édiles curules. Au fond d'une pièce remplie de tablettes, de vieux papyrus, de sacs d'argent rongés et de lampes à l'huile rancie, je trouvai l'édile Lucius Dominitius Ahenobarbus. Lorsque j'entrai, il leva les yeux de sa pile de grands livres vermoulus, puis se leva prestement et me prit par le bras.

— Tu ne peux pas savoir à quel point je suis soulagé. Tout ce qui me distrait de ces piles d'archives est le bienvenu. J'allais envoyer quelqu'un chez toi. J'ai découvert aujourd'hui des renseignements sur la femme qui a été assassinée.

— Magnifique ! Qui était-ce ?

— Elle venait d'une propriété non loin de Rome ; elle était née esclave, mais avait été affranchie il y a six ans.

— La propriété de qui ? Qui l'a émancipée ?

— Caius Julius César.

Étrangement, cela ne me surprenait pas. On en revenait toujours à César. La maison de César, les dettes de César, les ambitions de César. Maintenant, l'affranchie de César. On pouvait même ajouter l'infortunée femme de César, qui devait rester au-dessus de tout soupçon. Ce qui n'était pas le cas de son époux. J'avais été tellement distrait par Pompée et Clodius que je n'avais pas prêté à César toute l'attention qu'il méritait. Et j'avoue que j'avais eu quelque réticence à en faire un suspect à cause de ses liens familiaux avec Julia.

Non que je me fusse entiché d'elle comme autrefois de Clodia, mais je devinais en Julia quelqu'un qui partageait mon singulier penchant. Je sentais aussi une bonté et une correction qui se faisaient rares chez les Romaines, du moins les plus intelligentes. L'apparente proposition de César m'avait distrait de mes devoirs. Il n'y avait aucune raison de dispenser quelqu'un de tout soupçon, hormis des preuves de son innocence. Il ne fallait pas que je tienne compte de mes souhaits ni de mes sentiments.

Au temps pour le serviteur idéalisé de la république, à la volonté d'acier ! Je ne pouvais me défaire de Décius Cécilius Métellus le Jeune, un homme dont la sensibilité aux charmes féminins était rien de moins que légendaire. En outre, Julia avait affirmé que son oncle portait à mes activités un intérêt bien plus que passager.

En sortant du temple de Cérès, j'avais la tête bourdonnante. Pourquoi cela devait-il être aussi compliqué ? Pis, j'avais l'impression d'être dans une impasse. J'avais interrogé tout le monde sauf Pompée, or ce n'était pas le genre d'homme que je pouvais me permettre d'importuner. Je me rappelai alors une personne que j'avais omis de questionner. Celle-là n'était pas en position de me causer du tort, ce qui m'allait comme un gant. Il ne s'agissait pas d'un défi majeur. Je me dirigeai vers la maison de Lucullus.

Le chef des esclaves vint me voir quand j'entrai dans l'atrium.

— Que puis-je pour toi, sénateur ? Le maître et la maîtresse sont absents pour l'instant.

— Peu importe. J'ai été mandaté pour enquêter sur les désagréments qui se sont produits chez le grand pontife.

— Oui, sénateur, le maître nous a prévenus et nous a ordonnés de coopérer selon tes désirs.

Trop aimable !

— Fort bien. On m'a signalé que vous comptez dans votre personnel une esclave qui joue de la harpe ; c'est, paraît-il, cette femme qui a démasqué l'intrus.

— Je vais la chercher de ce pas, sénateur.

Le chef des esclaves me désigna une petite salle contiguë au jardin où attendre et s'éloigna rapidement. Il me parut étrange qu'un personnage aussi important que le chef des esclaves d'une grande maison se dérange lui-même au lieu d'envoyer un des nombreux domestiques qui traînaient alentour, visiblement oisifs. À son retour, je compris. Il était accompagné, non pas d'une, mais de deux femmes. L'une était une jolie Grecque simplement vêtue. L'autre une femme d'âge moyen qui portait une riche robe et dont les traits ressemblaient à ceux de Lucullus.

— Je suis Licinia, dit-elle, la sœur aînée du général Lucullus. Mon frère m'a demandé de t'apporter toute l'aide nécessaire, mais je dois assister à ton interrogatoire pour m'assurer que cette fille ne révèle pas des choses interdites.

— Je comprends fort bien.

Quelle étrange manière de conduire un interrogatoire ! Je m'assis sur une des chaises et les deux femmes sur un banc en face de moi. La jeune Grecque paraissait nerveuse, comme le sont souvent les esclaves lorsqu'ils sont questionnés par un représentant de l'autorité.

— Bien, mon petit ; surtout, ne crains rien. Je souhaite seulement établir le déroulement exact des événements de la soirée. Personne ne te soupçonne d'aucun méfait. Tout d'abord, ton nom ?

— Phyllis[1], sénateur.

Elle esquissa un sourire timide.

— Et tu es musicienne ?

— Oui, sénateur, harpiste.

— Tu étais employée en tant que harpiste la nuit des rites de la Bona Dea ? Ces questions te paraissent peut-être agaçantes, mais c'est ainsi qu'on te les posera au tribunal.

— Je comprends, sénateur. Oui, j'étais là pour jouer de la harpe.

— Bien. Quand exactement as-tu découvert qu'un homme s'était introduit dans la maison ?

— C'était quand…

Elle jeta un coup d'œil vers l'autre femme qui lui fit signe de poursuivre.

— Euh, c'était quand nous ne jouions pas. En regardant dans le couloir, j'ai vu l'herboriste avec quelqu'un. Elle est restée dans le couloir, mais l'autre est entré dans l'atrium. L'herboriste a voulu l'arrêter, mais il s'est dégagé et est entré. C'est là que je l'ai reconnu.

— Je vois. On m'a dit qu'il était voilé. La lumière était-elle suffisante pour que tu t'aperçoives qu'il avait un visage d'homme ?

1. Princesse de Thrace, morte de chagrin et changée en amandier par Héra. C'est pour cela, dit-on, que les amandiers portent des fleurs – les baisers de son bien-aimé, rentré de Troie en retard à cause d'une avarie – avant la venue des feuilles. (Phyllis : feuillu, en grec.) (*N.d.T.*)

— Non, sénateur. C'était surtout sa façon de marcher. Vois-tu, j'ai souvent vu Clodius quand il rendait visite à sa sœur, ma maîtresse Clodia. J'étais sûre que c'était lui ; et puis j'ai reconnu sa bague et j'ai crié qu'un homme s'était introduit dans la maison. La mère du grand pontife s'est précipitée pour lui arracher son voile. Après ça, il y a eu des cris et de l'agitation.

— Oui, j'imagine. Et ils venaient juste d'arriver ?

— Oh, non, sénateur. Ils étaient là depuis quelque temps. Je les avais vus entrer plus tôt dans la soirée, en même temps que les autres femmes.

— Comment ? En es-tu certaine ?

— Oh, absolument, sénateur. Cela fait trois ans que je joue de la harpe pendant les rites, et j'ai reconnu l'herboriste à sa robe pourpre.

Je m'efforçai de retenir un juron. Voilà où cela menait d'accorder trop de crédit à des informations de seconde main. Quelqu'un vous donne un renseignement erroné, et comme il n'est pas contredit il devient un fait avéré. Si j'avais commencé par interroger cette esclave, je ne me serais pas fourvoyé et l'herboriste serait peut-être encore en vie. Sa robe pourpre était sa caractéristique et elle s'appelait Purpuréa[1], cela me frappa. Puis autre chose.

— Tu as reconnu l'herboriste à sa robe, pas à son visage ?

— Elle portait un voile, elle aussi.

— Tiens ! Beaucoup de gens portaient un voile ce soir-là. Clodius, ce qui se comprend, et maintenant Purpuréa. On m'a aussi dit que Fausta était voilée.

— On s'est trompé, sénateur, intervint Licinia. Fausta…

Elle renifla comme font les femmes bien nées lorsqu'elles parlent de leurs sœurs dissolues.

1. De couleur pourpre, en latin. (*N.d.T.*)

— … était ici, chez Lucullus, ce soir-là.

— Ah ! fis-je. Et toi-même, tu n'as pas assisté aux rites ?

— Je n'étais pas bien. Quant à Fausta, elle n'a aucun respect pour la religion et ne voulait pas assister à la cérémonie préliminaire, comme le devraient les femmes célibataires.

La présence de Fausta se jouait désormais à deux voix contre une. Mais c'était Julia qui avait voté pour, et j'étais encore réticent à mettre sa parole en doute. Je me levai.

— Merci. Vous m'avez beaucoup aidé dans mon enquête.

— Tant mieux, dit Licinia. Il faut qu'il y ait un procès. Que deviendra Rome si nous permettons que nos rites sacrés soient violés ? Les dieux exerceraient une terrible vengeance.

— C'est vrai, nous ne pouvons nous le permettre, acquiesçai-je.

Le sacrilège ne m'intéressait plus. Je brûlais de découvrir tout ce qui s'était passé cette fameuse nuit. J'allais partir lorsque je me ravisai.

— Phyllis ?

— Oui, sénateur ?

— Tu as dit que Clodius et l'herboriste étaient dans le couloir. Sais-tu où il mène ?

— C'est l'un de ceux qui conduisent à l'arrière de la maison, sénateur.

— Là où les célibataires se retirent avant que les rites ne commencent ?

La jeune Grecque réfléchit.

— Non, ça, c'est de l'autre côté. Le couloir où je les ai vus conduit aux appartements du grand pontife. Certaines années, on y envoie les esclaves attendre quand on n'a plus besoin d'elles.

— Mais pas cette fois ?

— Non, sénateur.

Je remerciai les deux femmes et pris congé. Je nageais toujours en pleine confusion, mais j'étais aussi très excité. J'avais le sentiment d'avoir trouvé l'élément manquant qui me permettrait de résoudre l'énigme, à condition de comprendre quelle était sa place dans l'ensemble. Il y avait trop de présences anormales, et trop de voiles.

Hermès m'attendait devant la porte. Il avait eu le temps de rapporter mes affaires de bain chez moi et de revenir. Il me suivit et, au bout de quelques instants, je remarquai qu'il m'imitait, marchant tête baissée, les mains croisées derrière le dos. Je m'arrêtai.

— Tu te moques de moi ?

— Qui, moi ? s'étonna-t-il avec de grands yeux innocents. On dit que les esclaves finissent toujours par ressembler à leur maître, citoyen. C'est peut-être ça.

— Il vaudrait mieux ! Je ne tolérerai pas le moindre manque de respect.

— Oh, non, maître ! se récria Hermès.

Nous reprîmes notre marche.

— Mais je me demandais, maître. Toutes ces questions… tous ces gens qui essaient de te tuer… de quoi s'agit-il ?

— Le découvrir, c'est justement ce qui fait ma renommée.

— Et tu l'as découvert ?

— Non, mais j'aurai bientôt tout démêlé. Il suffit de réfléchir quelque temps en paix.

— Je ne sais pas pour toi, maître, mais je réfléchis toujours mieux le ventre plein.

— Maintenant que tu en parles, c'est vrai que le petit déjeuner est loin. Allons voir ce que nous propose le quartier.

Heureusement, il ne fallait jamais aller bien loin à Rome pour trouver à se restaurer. Nous achetâmes du pain, des saucisses, du poisson macéré dans du vinaigre, des olives et une cruche de vin, et nous nous retirâmes dans un jardin public pour revigorer nos facultés mentales. Nous nous assîmes sur un banc et regardâmes passer les gens tout en dégustant nos provisions et en vidant la cruche. Il y avait plus de monde que d'habitude et de nombreux marchands ambulants s'installaient, bien que l'heure parût étrange pour cela.

— Jupiter ! m'écriai-je. Demain commence le triomphe de Pompée ! J'avais complètement oublié. Ils s'installent pour avoir de bonnes places demain matin.

— Il paraît que ce sera un spectacle grandiose, dit Hermès la bouche pleine.

— Ça peut l'être ! Il a pillé la moitié de la terre pour le financer.

— C'est à ça que servent les pays étrangers, n'est-ce pas ? À faciliter la vie des Romains ?

Il n'était pas amer, comme un esclave né hors d'Italie aurait pu l'être. À l'instar de beaucoup de ses semblables nés à Rome, il s'attendait à être affranchi un jour ou l'autre et à être fait citoyen. Nous sommes beaucoup plus tolérants avec ce genre de choses que bien des nations.

— Je ne crois pas que ç'ait été l'intention première des dieux, dis-je, mais c'est comme ça que les choses ont tourné.

— Alors, ce devrait être un fameux spectacle, maintint Hermès. Parce que, enfin, qui se soucie d'une bande de Barbares ?

— Tu parles comme un vrai Romain. Tu as tout pour faire un bon citoyen, Hermès, même si tu portes un nom grec.

Des hommes en tunique bleue descendaient la rue en courant, un pot de peinture et des pinceaux à la main ; ils rendaient public le programme des festivités, écrivant à une vitesse invraisemblable sur des murs déjà surchargés d'inscriptions. D'autres peintres étaient passés dans la matinée enduire de blanc des pans de murs pour qu'on y note les glorieuses nouvelles. J'appelai un des peintres et lui lançai une pièce.

— Quel est le programme ? lui demandai-je.

— Les jeux dureront plusieurs jours, sénateur. Pour l'instant, j'affiche celui de demain. Nous ferons de même chaque jour pour le lendemain. Les grands *munera* sont pour dans trois jours. Ce sont eux que tout le monde attend.

— Et pour demain ?

— Pour commencer, il y aura les pièces. Des pantomimes dans les deux vieux théâtres en bois, et une tragédie grecque en costume avec des masques dans le nouveau théâtre de Pompée, sur le champ de Mars. Le théâtre est encore en construction, mais il sera prêt pour recevoir les classes supérieures.

— Dommage, regrettai-je. J'aurais préféré les mimes à la tragédie grecque, mais j'imagine que le Sénat devra aller au théâtre de Pompée. Qu'est-ce qu'on y joue ?

— *Les Troyennes*, sénateur.

— De Sophocle, je crois, à moins que ce ne soit d'Eschyle ?

— Euripide, sénateur, rectifia l'homme avec une moue apitoyée.

— Je savais bien que c'était un Grec. Peut-on espérer quelque chose de plus gai dans la journée ?

— Après les pièces, il y aura les *lusiones*[1]. Tous les combattants qui participeront aux grands *munera* feront des démonstrations avec de fausses armes.

— Ah, c'est déjà mieux. Pas aussi excitant que les véritables combats à mort, mais c'est toujours agréable à regarder. Quand aura lieu la grande procession triomphale ?

— Après-demain, sénateur, et ce sera une cérémonie d'un faste inconnu à ce jour. En tête marcheront

1. Divertissements, jeux. (*N.d.T.*)

les bêtes que le général Pompée a capturées dans ses voyages ; elles participeront toutes aux combats qui précéderont ceux des gladiateurs. En dehors des lions, des ours et des taureaux habituels, il a attrapé des léopards, des tigres de l'Hyrcanie, le plus gros sanglier qu'on ait jamais vu, un ours blanc des contrées du Nord…

— Hum, alléchant, fis-je. Il n'y a qu'un triomphe pour vous échauffer les sangs et rappeler au peuple ce que Rome signifie. Et qu'est-ce qui personnifie mieux Rome aujourd'hui que Cnaeus Pompeius Magnus lui-même ?

— Tu l'as dit, sénateur ! acquiesça le peintre, hésitant.

Il retourna à son travail.

— Tu devrais faire attention à tes paroles, maître, conseilla Hermès. Surtout en public.

Il jeta des regards inquiets autour de lui.

— Pourquoi ? demandai-je. Avons-nous atteint le stade où un citoyen romain – un sénateur, pas moins – ne peut exprimer publiquement son opinion sur les parvenus comme Pompée et Crassus, et même Jules César, qui rêvent de se faire couronner rois ?

— Je ne suis qu'un esclave, la politique me dépasse, mais d'après ce que j'ai cru comprendre, nous avons justement atteint ce stade.

— C'est intolérable ! proclamai-je, comme Caton lui-même n'aurait osé le faire. J'ai essayé de décapiter Clodius devant un préteur et je devrai sans doute payer une amende pour ça. Mais que je dise quelque chose en public à propos d'un aventurier militaire de basse extraction, et il faudrait que je m'inquiète parce qu'il essaiera me tuer !

— Il l'a peut-être déjà fait, avança Hermès. Essayé, veux-je dire.

— Qu'est-ce que tu me chantes ?

— Tout de même, quelqu'un a essayé de t'empoisonner ! N'as-tu jamais eu de prises de bec avec Pompée ?

— Si.

J'ignore pourquoi, mais j'avais négligé de soupçonner Pompée de mon empoisonnement, peut-être à cause de la relative abondance d'autres suspects.

— Pour être franc, je ne me suis jamais estimé assez important pour attirer son hostilité. D'ailleurs, des hommes de poids me l'ont affirmé.

— Maître, je ne suis qu'un esclave, alors que Pompée est le plus grand conquérant depuis Alexandre, je sais pourtant qu'il n'y a pas d'ennemi trop insignifiant pour être tué.

— C'est assez pertinent, concédai-je. Tu ne seras peut-être pas le fardeau que je craignais, Hermès. Continue à réfléchir aussi bien. Après qu'il avait essayé de m'empoisonner, tu as vu Néron aller chez Céler. Je soupçonnais Clodia parce qu'elle est la sœur de Clodius et qu'elle a déjà essayé de m'assassiner, mais autrefois elle se contentait de tirer les marrons du feu pour Pompée. Cependant, il a de dangereux Étrusques dans son camp. Pourquoi ne pas avoir envoyé l'un d'eux ?

Nous méditâmes la question tout en nous passant mutuellement la cruche de vin.

— J'ai une idée, fit Hermès. Il ne voulait peut-être pas qu'on pense à un meurtre. Avec le poison, c'est toujours difficile à dire. On peut aussi bien mourir d'une nourriture avariée ou de causes inconnues.

— Exact. Je rentrais juste de Gaule. J'aurais pu y attraper une horrible maladie. Et comme il faisait déjà assassiner ce pauvre Capiton, il voulait éviter d'en faire trop.

— Ah, tu crois que c'est lui qui a fait tuer Capiton ?

Cette discussion sur les meurtres réjouissait beaucoup trop Hermès à mon goût.

— Il avait un sérieux mobile, dis-je.

Je lui racontai la position de Capiton sur les dons de terres aux légionnaires de Pompée. Hermès émit un sifflement admiratif.

— Dire que je croyais Clodius et Milon dangereux ! Les puissants de la République sont bien pires !

— Comme tu as raison ! Clodius et Milon sont des fripons de bas étage, avec des ambitions purement limitées à Rome. Les autres sont des criminels d'une tout autre stature. Veille à modérer ton admiration.

— Que proposes-tu de faire ? Clodius, tu peux toujours le combattre. Milon est ton ami et sa bande est aussi importante et aussi puissante que celle de Clodius. Tu ne peux combattre Pompée, puisque le parti aristocratique tout entier en est incapable.

Pour un esclave, Hermès apprenait vite les nuances de la politique. Soudain, la ferme familiale de Beneventum me parut un havre de tranquillité désirable.

— Tu devrais plutôt faire la paix avec lui, maître, me conseilla Hermès.

— Le problème, c'est que j'ignore en quoi j'ai pu l'offenser, si c'est vraiment lui qui a essayé de m'empoisonner. Je n'ai jamais rien pu prouver contre lui. Pourquoi s'intéresserait-il à moi aujourd'hui ?

— Tu as la réputation de résoudre les énigmes criminelles, non ? Il a peut-être fait quelque chose, ou il complote quelque chose, qu'il préférerait qu'on ne découvre pas.

— Hermès, tu me surprends. C'est très astucieux.

— Je t'avais bien dit que je réfléchissais mieux le ventre plein.

Il y a des stades dans les investigations relatives à un crime, une conspiration ou d'autres mystères qui impliquent de nombreux personnages agissant pour des motifs divers. Au début, tout est confus. Puis, à mesure qu'on amasse des preuves, les choses deviennent encore plus compliquées et confuses. Mais, finalement, arrive un moment où chaque nouvel indice s'insère parfaitement dans l'ensemble et où les choses deviennent alors plus claires. Elles prennent sens. Je commençais à entrevoir cette étape. J'avais l'impression que mon génie*, ma muse fureteuse, m'aidait à dénouer ce nœud de meurtres et d'intrigues.

À moins que ce ne fût le vin.

XII

Rome était en fête, guirlandes et dorures neuves à tous les coins de rue. On avait renouvelé les couronnes de victoire sur les statues de héros pour qu'ils participent au triomphe. L'encens brûlait devant l'autel des moindres petits dieux et les plus grands de l'État étaient exhibés à travers la ville dans des processions solennelles, sur des litières ouvragées portées par des flamines.

Ça me faisait toujours chaud au cœur de voir ma ville ainsi parée, même quand c'était pour célébrer le triomphe d'un homme que je détestais. Partout où je portais le regard, les Romains déferlaient dans les rues, entonnaient des chants triomphaux et faisaient fructifier les affaires des marchands de vin. Le travail avait cessé et les paysans arrivaient en nombre de la campagne, en même temps, semblait-il, que l'entière population de plusieurs villes voisines. Les enfants couraient dans tous les sens, libérés pour quelques précieux jours de la tyrannie de leurs maîtres d'école.

Tout n'était que gaieté, mais j'avais le moral en berne à l'idée de devoir passer la matinée au théâtre de Pompée, d'assister à quelque insipide contribution des Grecs à la culture athénienne. J'aurais de loin préféré aller voir les mimes dans les vieux théâtres en bois ou me rendre dans les cirques, où les *lusiones* et les combats contre les bêtes féroces se dérouleraient toute la journée. Mais c'était hors de question. Le Sénat, les chevaliers et les vestales devaient assister à la tragédie grecque dans le nouveau théâtre. Y faillir eût été une insulte, non seulement à Pompée, perspective que nombre d'entre nous eussent trouvée réjouissante, mais aussi aux dieux de l'État.

Nous nous rassemblâmes dans le Forum et les affranchis de l'État nous alignèrent en ordre précis, les consuls en tête, suivis des censeurs, des préteurs, des vestales, des pontifes conduits par César, des flamines, puis le Sénat au grand complet, emmené par son *princeps*, Hortalus, et suivi par le service consulaire et tout les autres par ordre d'inscription au Sénat. Résultat, j'étais tout au bout de la procession, précédé seulement d'hommes aussi peu éminents que moi-même. Le trajet était long jusqu'au champ de Mars où se dressait le nouveau théâtre.

Nous nous mîmes en marche aux cris de « *Io triumphe !* », sous les jets de pétales de fleurs. On peut s'émerveiller qu'il y eût autant de pétales disponibles à cette époque de l'année, mais Pompée n'était pas du genre à se laisser gâcher la fête par les saisons. Il avait donc amassé des quantités de pétales pour les sécher et avait pensé à se faire expédier des cargaisons d'Égypte à intervalles réguliers afin de s'assurer des fleurs fraîches pour les processions et pour fabriquer les couronnes. On en trouvait dans d'énormes paniers disposés tout au long du parcours.

— Rome va empester comme un bordel pendant des semaines, râla un jeune sénateur devant moi.

— Tu crois que ça embaumait tant que ça avant ? rétorqua un autre.

À cause du colossal projet immobilier, la moitié du champ de Mars était encombrée de matériaux de construction divers, pierres taillées, gravats, montagnes de mortier et immenses piles de bois pour les échafaudages, ainsi que de murs à demi dressés, abandonnés par les maçons pendant les fêtes.

— En laissant vieillir les choses, en ajoutant quelques bêtes sauvages, ça donnerait une excellente idée de ce à quoi ressemblerait Rome en ruine.

— Tu es d'humeur fantasque ce matin, Métellus, remarqua un sénateur qui avait été questeur la même année que moi.

— C'est dans l'air, répliquai-je. Regarde Pompée : ce théâtre, là-bas…

Je désignai l'énorme construction de marbre blanc qui avait commencé à s'élever.

— J'ai entendu dire que, lorsqu'il sera terminé, il accueillera dix mille spectateurs. Pompée se fait des idées sur l'amour des Romains pour les tragédies grecques.

— Ce n'est pas prévu pour ça, rectifia un sénateur nommé Tusculus, qu'on disait l'arrière-petit-fils d'un affranchi. J'ai parlé à son intendant. Il prétend que les jeux inauguraux comprendront le pillage d'une cité sur scène, avec cavalerie, infanterie et catapultes.

— Euripide va se retourner dans sa tombe, dis-je. Les Romains ont pour le divertissement des goûts autrement plus robustes que ceux des Grecs décadents.

Ces propos se murmuraient avec des visages impassibles, en remuant à peine les lèvres. Il ne fallait pas perdre notre *gravitas** devant la foule des citoyens. Une fois dans l'enceinte du théâtre, nous pourrions nous détendre car il n'y avait pas de siège pour les ordres mineurs, lesquels assisteraient à des spectacles plus vivants. J'aurais préféré les y accompagner.

Les hauts personnages prirent place près de l'orchestre, juste devant la scène. C'étaient les seuls sièges terminés et ils étaient en marbre blanc. Nous avions, pour notre part, des gradins provisoires en bois. La scène elle-même était également en bois, de même que l'immense proscenium qui la surplombait.

Tout serait finalement bâti en pierre, mais rien n'avait été épargné pour rendre ces installations provisoires somptueuses, nouvellement peintes et ornées de draperies multicolores. Des jets d'eau parfumée qui jaillissaient de fontaines atténuaient l'odeur de peinture fraîche et de pins nouvellement coupés.

— Si je reçois de la sève de pin sur ma toge neuve, dit un *eques** derrière moi, je me la ferai rembourser par Pompée.

La plaisanterie déclencha des rires. Maintenant que la plèbe était partie, notre naturel revenait au galop : nous étions une bande de Romains hâbleurs.

— Voilà Pompée ! cria quelqu'un.

Nous nous levâmes comme un seul homme pour applaudir comme il se devait l'illustre personnage. Il portait une couronne dorée et une volumineuse toge *picta* parsemée d'étoiles d'or.

— N'est-ce pas un peu prématuré ? demanda Tusculus. La procession n'est pas prévue avant demain.

— Non, répondis-je. Il a le droit de porter la *picta*. Mais il veut qu'on s'habitue à le voir avec. Il a l'intention d'en faire sa tenue de tous les jours.

Des huées fusèrent des rangs de la faction* anti-Pompée, accompagnées des bruits de bouche les plus grossiers qu'on puisse imaginer. Pompée ne daigna pas les remarquer.

Dans son parti, je repérai Faustus Sylla, et tout ce petit monde prit place au premier rang, avec César, Crassus, Hortalus et les autres puissants de la République.

Après de longs échanges de bienvenue et d'insultes, tout le monde se calma et un état proche de la stupéfaction tomba sur le public. Tandis que le chœur entonnait ses intolérables chants, nous fouillâmes subrepticement le contenu de nos toges. L'un des rares avantages de la toge de cérémonie est de procurer d'innombrables cachettes pour les provisions. J'avais apporté une outre de vaticanus potable. Il eût été criminel de remplir une outre de vin de qualité.

Il était bien sûr formellement interdit de boire ou de manger pendant un spectacle, mais qui se souciait de nous ? Les puissants étaient devant, faisant mine de comprendre ce qui se passait sur scène, où des hommes minaudaient, masqués et travestis en femmes.

— Dégoûtant ! grommelai-je. Au moins dans la pantomime italienne, les rôles de femmes sont tenus par des femmes.

— Et sans ces masques grotesques, renchérit un sénateur. Les perruques et le maquillage, passe encore. C'est tout juste digne des Grecs dégénérés, si vous voulez mon avis.

— Tout le monde sait que les pièces de théâtre sont amorales, dis-je. Demandez à Caton.

J'engouffrai une poignée de fruits secs dans mon gosier.

César se retourna pour nous jeter un regard incendiaire.

— Oh, oh ! fit un chevalier. César nous fait le coup du grand pontife scandalisé.

— Il a de la chance que sa femme soit au-dessus de tout soupçon, ironisa Tusculus. Pas comme la mienne !

Nous nous efforçâmes de ne pas rire trop fort.

Des acteurs se mirent à pousser d'horribles cris stridents de faussets. L'un d'eux, Hécube, je crois, ou peut-être Andromaque, se lança dans une tirade plaintive sur les dieux et la ruine qu'ils avaient apportée à Troie. Je dois admettre que l'acteur avait des gestes d'une ravissante féminité. À chaque mouvement, sa longue robe oscillait avec grâce.

Soudain, je m'absorbai dans le spectacle, insensible aux railleries de mes voisins. Non que j'eusse acquis un goût tardif pour la tragédie grecque ; j'avais plutôt l'impression d'être sur le point de découvrir quelque chose de capital. Cependant que l'acteur continuait de gémir, je parcourus des yeux les comédiens déguisés en femmes, puis le premier rang où étaient assis César, Crassus, Faustus et Pompée. Pompée dans sa robe pourpre.

Les dieux m'envoyèrent une révélation aveuglante, et j'en oubliai, dans l'exultation du moment, que ce genre d'instruction divine attirait souvent des ennuis. Comme enveloppé dans un nimbe doré, je me levai d'un bond, subitement gagné par l'esprit grec des choses.

— Eurêka ! m'écriai-je.

— Pour qui te prends-tu, Métellus, me houspilla je ne sais qui. Archimède ? Assieds-toi ou tu vas te faire arrêter !

Fasciné par mon éclair de lucidité, j'ignorai son conseil.

— Ils étaient tous là ! hurlai-je presque. Tous déguisés en femmes !

Les puissants du premier rang s'étaient retournés et me dévisageaient sans aménité. Mon père était au bord de l'apoplexie. Personne n'avait l'air enchanté. Un préteur me désigna du doigt et une troupe de licteurs se mit à remonter l'allée entre les sièges, les haches scintillantes dans leurs faisceaux. Mon enthousiasme s'évapora aussi vite qu'il m'était tombé dessus, et je m'aperçus avec horreur de ma terrible gaffe. Je me ruai dans l'allée et fonçai vers un trou dans le mur extérieur à moitié monté.

— Sans doute la courante, entendis-je dire une voix derrière moi tandis que je disparaissais de l'autre côté des gradins.

Je volai au milieu des huées aussi vite que ma toge le permettait. Dehors, je jetai un coup d'œil pardessus mon épaule pour voir si les licteurs m'avaient pris en chasse. Non. C'eût été indigne de leur rang. Je ralentis le pas. Non seulement la course était difficile habillé comme je l'étais, mais la lourde toge en laine m'avait bien vite échauffé.

Ma bonne humeur de Romain visité par les dieux me revint lorsque j'entrai dans la ville, qui semblait par ailleurs comme dans un rêve. Elle était déserte, la populace étant entassée dans les deux grands cirques et les théâtres. Les innombrables décorations triomphales, les pétales répandus par terre, renforçaient l'impression onirique. Le Forum ressemblait à une cité de dieux, peuplée de statues. Je coulai un œil vers le temple de Jupiter Capitolin. Dans la pénombre du temple, à travers les fumées d'encens, je ne discernai que la grande statue de Jupiter, celle qui est censée nous avertir des complots contre Rome. Je saluai le dieu. Si je pouvais l'en empêcher, Pompée ne sacrifierait pas dans ce temple le lendemain.

Mon esclave Caton me regarda bouche bée lorsque j'entrai chez moi.

— Sénateur ! Nous ne t'attendions pas cet après-midi ! Il y a une dame qui veut te voir, mais nous lui avons dit…

— Où est Hermès ? demandai-je en l'écartant, avant de réagir : quelle dame ?

— Une certaine Julia, une des César. Elle a insisté pour attendre ton retour. Elle est dans l'atrium.

Julia y était en effet. En me voyant, elle se leva avec un soulagement manifeste.

— Décius ! Comme je suis contente de te voir en vie ! Tu cours un terrible danger.

— Je sais. Mais comment as-tu fait pour le savoir aussi vite ?

— Aussi vite ? Je ne l'ai appris qu'hier soir.

— C'est trop embrouillé. Attends, il faut que je parle à mon esclave.

— Non, tu parleras avec moi !

Elle me prit les bras avec une force inattendue et me fit pivoter vers elle.

— Décius, Clodius est passé voir mon oncle hier soir. Il veut te tuer. Il était comme fou !

— Bien sûr, il *est* fou. Qu'est-ce que Caius Julius lui a répondu ?

— Il était en colère. Il hurlait que personne ne devait te tuer pour quelque raison que ce soit, mais Clodius ne voulait rien entendre. Mon oncle a dit : « Si j'apprends que tu as le sang de Décius Métellus sur les mains, je lancerai solennellement sur toi la malédiction de Jove Optimus Maximus devant le peuple de Rome réuni. »

C'était une sérieuse menace. Cela signifiait que plus aucun citoyen romain, où qu'il soit dans le monde, n'avait le droit de lui parler ni de l'aider. Aucun roi allié ne l'accueillerait. Il errerait, déraciné, parmi les Barbares.

— Qu'a répondu Clodius ?

— Il a éclaté de rire. Il a dit : « Jupiter n'a pas à se soucier de lui. C'est Charun qui en héritera. » J'ignore ce qu'il a voulu dire.

J'eus l'impression d'être tombé dans le bassin d'eau froide des bains.

— Il voulait dire qu'il avait lancé ses prêtres étrusques à mes trousses.

— J'aurais voulu rester pour en apprendre davantage, mais j'étais venue sur la pointe des pieds en entendant les cris, et je risquais d'être découverte d'un moment à l'autre. Je n'ai pas pu quitter la maison avant le départ de mon oncle pour le théâtre, et je n'avais aucun moyen de te prévenir plus tôt.

— Je ne sais comment te remercier, dis-je, l'esprit en ébullition. Mais il ne faut pas qu'on te voie avec moi. Tu as déjà pris de gros risques en venant ici.

J'eus un sombre pressentiment.

— Ils sont peut-être déjà dehors. Il est impossible de se cacher dans les rues désertes. Reste ici en attendant la nuit.

— Crois-tu qu'ils oseraient m'attaquer ? demanda-t-elle avec toute l'arrogance des patriciens.

— En principe, non. Clodius craint Caius Julius. Mais sa démence a atteint un stade critique, il est capable de tout. Et les Étrusques sont des fanatiques. Seul Pompée peut les retenir, et il ne le fera pas. Pas après ce qui s'est passé au théâtre ce matin.

— Que s'est-il passé ?

Elle n'était pas la seule à se poser des questions. Au même moment, je me demandais pourquoi Caius Julius était aussi résolu à ce que je reste en vie. Il était certes réconfortant de savoir que quelqu'un n'était pas avide de mon sang mais, dans le cas de César, je n'en percevais pas les raisons. Nul doute que tout s'éclaircirait en temps voulu, lorsque l'urgence serait apaisée.

— Oh, rien. J'ai fait une petite scène. J'ai eu une révélation en regardant *Les Troyennes*.

— Une visite d'Apollon ! s'écria-t-elle en battant des mains. Bien sûr ! Euripide est le plus génial des auteurs, et *Les Troyennes* sa pièce la plus aboutie. Je l'adore.

— Vraiment ?

Les femmes sont décidément difficiles à comprendre.

— Enfin, de toute façon, on m'a soudain accordé un aperçu des raisons d'un certain nombre de bizarreries. C'est la vue de ces Grecs travestis en femmes, et de Pompée dans sa robe de triomphateur, assis au premier rang comme un crapaud bouffi d'orgueil. Devine à quoi j'ai pensé ? Sans m'en rendre compte, je me suis tout de suite dit : « Milon sera content. »

— Qu'est-ce que tu racontes ? Je ne comprends rien.

— Je n'ai pas compris tout de suite, moi non plus. C'est toujours comme ça, les révélations divines. Figure-toi que mon ami Milon veut épouser Fausta. Il a été consterné d'apprendre que tu l'avais vue l'autre soir alors qu'elle n'avait pas le droit d'assister aux mystères, mais ne t'avait pas rejointe avec les célibataires. Il m'a laissé entendre qu'il serait très fâché contre moi si je devais la compromettre. Or, Milon n'est pas le genre d'homme que je veux me mettre à dos. Imagine mon soulagement quand j'ai compris qu'elle n'était pas chez César le soir des rites !

— Mais je l'ai vue ! maintint froidement Julia. Tu me prends pour une menteuse ? Ou seulement pour une imbécile ?

— Non, non, pas du tout, fis-je en riant.

Je devais avoir l'air réellement dément.

— Ce n'est pas Fausta que tu as reconnue, c'est son frère jumeau, Faustus, déguisé en femme !

Julia resta bouche bée.

— Déguisé en femme ? Comme Clodius ?

— Eh oui, comme Clodius. Pompée aussi, et ton oncle, Caius Julius. Je soupçonne également Crassus. Pompée portait la robe pourpre de la paysanne herboriste. Il aime tellement le pourpre !

— Mais mon oncle Caius ? Tu es sûr ?

— Il devait dormir chez Métellus Céler, mais il est sorti, soi-disant pour prendre les augures sur le Quirinal. J'ai vérifié au temple de Quirinus ; il n'y est pas allé ce soir-là. Je crois que lui aussi a revêtu des habits de femme et qu'il est retourné chez lui ainsi déguisé. Et si César, Pompée, Clodius et Faustus étaient là, Crassus devait y être aussi.

— Par Jupiter, souffla-t-elle d'une voix faible. Pourquoi ? Pourquoi se rencontrer déguisés ainsi ?

— C'est ce que je cherche à savoir. Viens. Allons interroger mon esclave, Hermès.

— Ton esclave ? s'étonna-t-elle en me suivant à l'arrière de la maison, Caton sur nos talons.

— Tout juste.

J'ouvris à la volée la porte de sa chambre, et Hermès se plaqua contre la cloison, le visage blême.

— Où est-il, crapule ? criai-je.

— De quoi parles-tu, maître ? Je ne comprends pas.

Il eut au moins la grâce d'avoir l'air aussi coupable que Mars dans le filet de Vulcain.

— Je parle de ce que tu as volé sur le cadavre d'Appius Claudius Néron, infâme pourceau !

Je le giflai.

— Sous mon lit ! gémit-il.

Je retournai sa paillasse, découvrant des bagues, des bracelets et des pièces entassés dans la poussière. Parmi ce butin, il y avait un cylindre en bronze long comme ma paume et gros comme mon pouce.

— Tu n'as pas pu résister, hein ? Tu es retourné ce soir-là et tu as dépouillé le pauvre garçon. C'est vil, Hermès, de dévaliser un cadavre !

— Bien sûr que c'est vil ! hurla-t-il. Je suis un esclave ! Qu'est-ce que tu crois ? Vous autres, les nobles, vous pouvez vous étriper dans les rues, et le préteur vous exile pour un an ou deux. Nous, on nous envoie sur la croix ! Je ne pouvais pas le laisser étendu par terre avec tout l'or qu'il avait. D'ailleurs, j'ai sacrifié à Mercure, le dieu des voleurs.

— J'admire ta piété. Bon, tu es peut-être quitte avec les dieux, mais pas avec moi. Tu as commis une erreur, Hermès. Tu es revenu avec ton butin et tu n'as pas pu t'empêcher de jubiler, hein ? Il faisait nuit, mais tu n'as pas résisté à l'envie de vérifier la qualité de l'or.

Je lui fourrai la bague empoisonnée sous le nez. L'empreinte de ses dents était restée sur la capsule.

— Tu ignorais qu'elle contenait du poison et tu as mordu dedans. Tu n'as pas avalé tout le poison, juste assez pour avoir mal au ventre le lendemain.

— Le pauvre Néron s'est quand même vengé, après tout, remarqua-t-il, grimaçant au rappel de sa mésaventure.

— Il mérite davantage ! grondai-je. Caton, apporte-moi le fouet.

— Tu n'en as pas, maître, déclara Caton.

— Si, un grand *flagrum* avec lanières cloutées. Mon père m'en a fait cadeau quand je me suis installé ici. Où est-il ?

— Tu l'as perdu aux dés, il y a plusieurs années, assura Caton.

Sa femme, Cassandre, parut sur le seuil.

— Allez-vous cesser ces cris ? Que vont penser les voisins ? J'essaie de préparer à dîner. Personne ne fouettera un esclave dans cette maison, maître. Caton est trop vieux, et tu as le cœur trop faible.

— Oh, retournons dans l'atrium, dis-je, dégoûté. On est trop nombreux dans ce réduit.

Je jurerais avoir vu Julia cacher un sourire. J'examinai le cylindre en bronze. Le sceau avait été brisé. Dans l'atrium, nous nous assîmes, Julia et moi, cependant qu'Hermès, en sursis, se dandinait nerveusement d'un pied sur l'autre.

— Tu as regardé ce qu'il y avait dedans, dis-je en lui montrant le cylindre.

— Je me suis dit qu'il y avait peut-être des choses de valeur à l'intérieur. Mais c'était juste un rouleau de papier.

— Bien sûr, c'est un étui à messages. L'as-tu lu ?

— Maître ! Je ne sais pas lire.

— Tu n'as pas pensé une seconde que Néron n'était peut-être pas venu pour me tuer, mais pour m'apporter un message ?

— Tu y as pensé, toi ? rétorqua-t-il avec insolence.

Je soupirai.

— Il faut vraiment que j'achète un autre *flagrum*, et un esclave robuste, stupide et sans cœur pour le manier.

— Si j'avais su que ça t'était destiné, maître, je te l'aurais apporté tout de suite, marmonna Hermès.

— Qu'est-ce qu'il dit ? s'impatienta Julia.

Je sortis le morceau de papier du cylindre et le déroulai. Le message était rédigé d'une fine écriture aristocratique, telle que nous l'enseignent à coups de fouet nos maîtres d'école dans notre prime jeunesse, mais certaines lettres avaient été formées d'une main tremblante, signe d'un profond émoi. La grammaire était impeccable, les expressions parfois étranges. On ne pouvait espérer un style élégant chez un Claudius. Je lus à haute voix :

— *Au sénateur Décimus* (une erreur commune car mon *praenomen** est très rare, ce qui n'est pas le cas de Décimus) *Cécilius Métellus le Jeune :*

« Je n'ose apposer mon nom sur ce message, mais tu sauras qui je suis. Lorsque je vins habiter à Rome, je ne cherchais que le soutien et le patronage de ma famille afin de poursuivre ma carrière. Au lieu de quoi, je fus impliqué dans des affaires qui me terrifient ; des affaires qui engendrent des meurtres, des conspirations, et, je le crains, des trahisons.

« À mon arrivée, mon parent Publius Clodius fit grand cas de moi, et encore plus de son avenir radieux ; il me persuada de m'engager à ses côtés. Flatté, j'acceptai. Il me confia des secrets très sensibles, dont certains d'une légalité douteuse. Il m'assura que les choses se passaient ainsi dans la vie politique actuelle.

« Pendant plus d'un mois, Clodius me laissa entendre qu'une importante réunion était en préparation. Il rencontra plusieurs fois Caius Julius César, Marcus Licinius Crassus Dives, et je l'accompagnai au camp de Cnaeus Pompeius Magnus où il s'entretint avec le général.

« À cette époque, Clodius affichait des signes d'exaltation et se conduisait comme s'il manipulait tous ces puissants à sa guise. "Je les contrôle", ne cessait-il de me répéter. Comment était-ce possible, j'étais bien en peine de l'imaginer.

« Après sa dernière rencontre avec Pompée, Clodius en revint en proie à une grande agitation. Lorsque je lui en demandai les raisons, il m'avoua que le général avait exigé qu'il tuât le fils du censeur Métellus, qui venait de rentrer à Rome. L'ayant plusieurs fois entendu parler avec amertume de cet homme, je l'interrogeai sur les motifs de son mécontentement. Il

me dit que c'était parce qu'il devait le tuer à la demande de Pompée et non pour son propre plaisir, et en outre parce que Pompée avait insisté pour qu'il utilisât le poison afin que la cause de la mort parût naturelle. »

— Je te l'avais bien dit ! intervint Hermès.

— Tais-toi ! ordonnai-je, et je poursuivis la lecture.

« Clodius m'envoya chez une herboriste nommée Purpuréa acheter le poison. Il m'avait déjà adressé à elle afin de lui emprunter une robe pourpre pour des raisons mystérieuses. Tu m'as rencontré au moment où je sortais de son officine avec le poison. Je rapportai dûment l'objet à Clodius. Il m'horrifia alors en m'expliquant que je devais administrer le poison moi-même ! Il avait appris que tu devais dîner chez Mamercus Capiton, et s'était débrouillé pour obtenir une invitation. Je devais y aller à sa place, prétextant qu'il n'était pas question qu'il mange à la même table que toi, son ennemi mortel.

« Comme je protestais, il se fâcha violemment. Puis, il me supplia d'accéder à sa demande. Il déclara que ses projets dépendaient de la bonne volonté de Pompée et que, si je lui rendais ce petit service, j'aurais sa gratitude éternelle, il ferait de moi son second dans l'administration de Rome. Je finis par accepter. Tu ne peux savoir à quel point je suis content d'avoir échoué !

— C'est grâce à moi, dit Hermès à Julia. Je lui ai sauvé la vie.

— Je m'en souviens, Hermès, rassure-toi. J'achèterai probablement un *flagrum* sans clous.

« Après la découverte de la mort de Capiton, pour laquelle, je le jure devant les dieux, je ne suis pour rien, j'appelai mes esclaves et quittai les lieux. Croyant t'avoir assassiné, je ne pus me résoudre à affronter Clodius et allai chez ma parente Clodia, dans la demeure de Métellus Céler.

« Le lendemain, je le passai dans les temples et au Forum, rongé par la culpabilité. Tu ne peux imaginer mon soulagement lorsque je te vis devant la Curie, bien vivant et en grande discussion avec Cicéron et Lucullus. Je décidai alors de ne plus rien avoir à faire avec Clodius et allai aussitôt le lui dire. Il fut mécontent de mon échec, mais déclara simplement qu'il faudrait recommencer. Il était bien trop préoccupé par la réunion prévue le soir même pour se soucier de toi. Je lui dis que je ne souhaitais plus poursuivre ma coopération avec lui, mais il balaya mes protestations d'un revers de main, assurant que je surmonterais mes scrupules puérils en me familiarisant avec les subtilités de la politique romaine. J'abondai finalement dans son sens, mais affirmai que je ne ferais rien d'illégal.

« Clodius s'esclaffa, jura que j'étais son ami et m'assura que ses projets pour le soir seraient une excellente plaisanterie de nature à m'apaiser. Je devais apporter la robe pourpre et un autre vêtement de femme au camp de Pompée, où, à mon grand étonnement, le général et Faustus Sylla devaient les revêtir et rentrer avec moi à Rome après le coucher du soleil. Je devais dire aux gardes de la porte que c'étaient deux femmes d'une résidence rurale venues à Rome pour les rites de la Bonne Déesse. Ma tenue de patricien garantirait la véracité de mes propos.

« Je fis comme on me l'avait demandé, bien que l'aventure me parût des plus bizarres. Dans le Forum, Clodius nous rejoignit, ainsi que deux autres hommes déguisés comme lui en femmes. Ils se mêlèrent à la foule de matrones qui entraient chez le grand pontife.

« Je traînai plusieurs heures dans le Forum jusqu'au moment où un grand tapage me parvint de l'intérieur. Clodius sortit de chez César en courant, presque nu, poursuivi par des femmes qui hurlaient comme des furies. Je le drapai de ma toge et nous

nous jetâmes dans une ruelle d'où nous regagnâmes son logis. Tout au long du chemin, Clodius riait comme un fou, le visage baigné de larmes de joie.

« Chez lui, il commanda du vin et se mit à le boire abondamment, sans même le couper. Bientôt ivre, il se glorifia et se vanta si fort que je congédiai le personnel de peur qu'il n'entende. Il déclara que ses ambitions allaient se réaliser ; je lui demandai des explications, toujours persuadé que les événements de la soirée s'apparentaient davantage à une farce d'écolier qu'à un complot politique.

« Il m'assura que les trois hommes qui devaient gouverner Rome s'étaient réunis chez César pour décider de l'avenir de l'empire, et que, lui, Clodius, était l'organisateur de toute l'intrigue. Les deux personnages les plus puissants, Pompée et Crassus, ne pourraient jamais s'entendre et leur rivalité plongerait l'empire dans la guerre civile. Clodius croyait César plus intelligent que les deux autres, et pensait qu'il l'avait incité à arranger cette réunion où leur rivalité serait aplanie au profit de tous.

« Cela me parut ahurissant ; je lui demandai de me fournir des explications. Il me répondit que lui, Clodius, avait compris que Crassus et Pompée manquaient trop d'imagination pour régler leur différend autrement que par le combat. César, en revanche, bien qu'intelligent et doté d'une autorité naturelle, était trop paresseux pour s'occuper de leur réconciliation, et tous les trois étaient trop attachés aux institutions pour imiter Sylla et renverser la Constitution.

« Chez César, déclara Clodius, le grand pontife leur fit jurer solennellement de respecter leurs engagements, et voici l'accord qu'ils approuvèrent : »

— Ah, fis-je, nous voilà au cœur de l'affaire.

— Cesse de commenter et lis ! m'adjura Julia, manifestement au comble de l'agitation.

Je me pliai à son désir.

« Pour commencer, puisque César devait rejoindre l'Espagne dans le cadre de sa propréture, et qu'il ne serait pas à Rome pour freiner les ardeurs belliqueuses des deux autres, ceux-ci devaient se conduire comme des amis pendant son absence. À son retour, la coalition se mettrait en place afin de répondre aux ambitions des trois conjurés. En témoignage de son accord, Crassus devait se porter garant des dettes de César afin qu'il puisse quitter Rome et assumer sa magistrature. Pompée exigea, apparemment en exécution d'un accord antérieur moins formel, que les deux autres assistent à son triomphe pour que les Romains se rendent compte qu'il bénéficiait de leur chaleureux soutien.

« La récompense de César devait être le consulat à son retour d'Espagne, suivi par une extraordinaire magistrature sur toute la Gaule. Tous œuvreraient pour permettre à Crassus d'entrer en guerre contre les Parthes, une clause qu'il désirait plus que tout. Pompée obtiendrait pour sa part n'importe quel poste, sauf la Gaule et le royaume des Parthes.

« Comme ces projets exigeaient que tous les trois fussent absents de Rome pendant de longues périodes, Clodius devait être leur représentant dans la cité. Ils appuieraient sa requête pour devenir plébéien, et favoriseraient son élection au tribunat. Comme tribun du peuple, il introduirait des lois en harmonie avec leurs ambitions respectives. Chef populaire, il régnerait tel un roi virtuellement couronné, et ils le protégeraient des mesures de rétorsion du Sénat. Pompée, qui s'estimait le plus grand des trois, insista pour que Faustus Sylla agisse de concert avec Clodius afin que ses intérêts soient préservés pendant son absence. Bien que réticent, Clodius accepta. Après s'être mutuellement juré fidélité, les hommes se séparèrent.

« Avant de partir, et malgré les protestations de Pompée, Clodius s'attarda pour espionner les mystères.

Lorsqu'il fut démasqué, les autres s'enfuirent en profitant du désordre et des cris.

« Clodius me raconta tout cela avec une immense gaieté, croyant apparemment que j'admirerais son habileté. Horrifié, je me récriai : "Et la Constitution ? Et le Sénat ?" Il me dit avec mépris que le Sénat était une assemblée de nullités rétrogrades et que la Constitution était ce que le plus fort voulait qu'elle fût.

« Comprenant que j'avais été impliqué dans une conspiration pour renverser la République, je m'enfuis de chez Clodius. Je trouvai à me loger dans une petite taverne et y passai la journée suivante, craignant que, une fois dégrisé, Clodius ne s'aperçoive qu'il m'en avait trop dit et qu'il ne me recherche. Ses hommes me connaissent de vue, et je n'ose agir avant la nuit. J'ai écrit cette lettre que je me propose d'aller épingler à ta porte. Je fuirai ensuite Rome pour toujours. Maintenant, il fait nuit, je vais quitter la taverne après avoir scellé ce cylindre. Fais de ce récit ce que bon te semble. Le Sénat doit agir ! Vive Rome ! Vive la République ! »

— Pauvre garçon ! soupira Julia lorsque j'eus terminé.

— En effet, approuvai-je. Ses seules fautes étaient de mal choisir ses amis et d'écrire une mauvaise prose. Néanmoins, il m'a donné exactement ce que je recherchais.

— Quel usage vas-tu faire de sa lettre ? demanda-t-elle.

— Avec ça, répondis-je en brandissant la missive, je vais tous les faire tomber. D'abord, par le ridicule, comme manifestement Clodius l'avait prévu quand il a échafaudé son plan bizarre. Tu imagines ? Le grand conquérant, l'homme le plus riche du monde et le grand pontife lui-même, tous trois se faufilant dans la ville déguisés en femmes ! Le ridicule les tuera ! Mais le plus important, c'est que Pompée était là.

— Que veux-tu dire ?

— Il est entré dans Rome, il a franchi le pomerium. En faisant ça, il a déposé son imperium et perdu le droit de célébrer son triomphe !

— Je ne comprends pas, dit Julia. Le Sénat lui a déjà accordé la permission.

— Peu importe. Il aurait pu lui donner la permission il y a un an, quand il était encore en Asie. Aucun Romain doté de l'imperium ne peut entrer dans la ville, sauf le triomphateur le jour de son triomphe. Il ne supportera pas l'humiliation.

— Je n'y crois pas ! protesta Julia en se levant d'un bond. Caius Julius n'est pas un traître, il n'aurait jamais participé à une odieuse conspiration !

— Julia ! fis-je en lui mettant le rouleau sous le nez. Crois-tu que ce naïf garçon a tout inventé ?

— Non, bien sûr, consentit-elle. Mais Clodius, oui. Nous savons tous quel ignoble individu il est. Pompée et Crassus, peut-être, mais Clodius a ajouté le nom de César pour grandir son plan.

— Julia, je sais que César n'était pas chez Céler ce soir-là, et tout Rome sait que Clodius a été surpris dans la maison du grand pontife. César était présent !

Elle se tordit les mains, cherchant un moyen de soustraire son oncle aux accusations de trahison.

— Même Clodius a déclaré que César avait recommandé aux autres de ne rien tenter pendant son absence. Peut-être voulait-il simplement s'assurer qu'ils ne commettraient pas de forfaits pendant qu'il était en Espagne.

— Tu as peut-être raison, admis-je, sachant qu'elle avait tort.

Il m'était venu à l'esprit, en lisant la lettre, que le plan dans ses moindres détails était l'œuvre de César. Oh, sans doute, l'idée de se déguiser en femme venait de Clodius, c'était digne de sa cervelle de moineau, mais le reste était de César. Inciter Pompée à franchir le pomerium avant son triomphe lui assurait, à lui, le plus puissant des trois, la mainmise sur eux. Je reconnaissais bien là sa subtilité. Pousser Crassus à se porter garant de ses énormes dettes lui permettait de faire d'une pierre deux coups, encore une de ses techniques préférées.

Le plus fort, c'était que César avait enchaîné les deux hommes les plus puissants du monde à ses ambitions, réglé ses problèmes de dettes, fait en sorte qu'ils restent tranquilles pendant son absence, s'était assuré d'obtenir le consulat à son retour et le gouvernement d'une riche province par la suite, et même le patronage de ses complices pour son larbin, Clodius. Et il avait accompli cet exploit sans rien céder lui-même. Encore une qualité de César qui m'était familière. Il avait le don de persuader n'importe qui de lui accorder n'importe quoi comme si c'était lui-même qui lui faisait une faveur. Il voulait à présent qu'on mette le monde à ses pieds, juste parce qu'il s'appelait César.

Car je n'avais aucun doute sur ce que cela signifiait. Ces trois hommes (Clodius et Faustus ne comptaient pas) conspiraient pour se partager le monde. Et à côté d'adolescents attardés, de voyous sans scrupules comme Crassus et Pompée, César l'emporterait, aussi rayonnant qu'un dieu. César était un acteur, et c'était son rôle ultime. Si le Sénat laissait faire, le Sénat mériterait le sort que César lui réservait.

— Je vais rendre la lettre publique, assurai-je. Je vais l'apporter au Sénat et au peuple de Rome, je vais les détruire tous les trois.

— Pardonne-moi, maître, intervint Hermès, mais tu comptes vraiment vivre assez longtemps ?

XIII

L'attente fut longue jusqu'au coucher du soleil. Je montai à plusieurs reprises sur le toit, rampai sur le ventre et jetai un œil par-dessus le parapet. Comme la rue était déserte, on repérait aisément les silhouettes tapies sous les porches voisins. À chaque fois, j'en vis deux : des hommes en longues robes étrusques brunes, affublés de barbes pointues.

— Toujours là, dis-je après ma dernière observation. Mais les Romains vont rentrer des festivités. Les rues seront bientôt noires de monde, il fera nuit, et je pourrai agir. Hermès, va chez Milon.

— À travers les rues désertes ? gémit-il.

— Bien sûr que non ! Quel jeune Romain irait par les rues quand les toits sont si pratiques ? Choisis ton itinéraire avec soin, tu pourras gagner la maison de Milon sans toucher le sol. Il n'y a pas plus de deux rues trop larges pour être franchies en sautant. Dis à Milon que j'ai besoin d'un garde du corps pour m'escorter dans la ville et raccompagner Julia chez elle. C'est extrêmement sérieux, des assassins sont à nos trousses. Allez, fonce !

Blême, il grimpa l'escalier. Pour un détrousseur de cadavres, c'était un esclave très prometteur.

Julia restait prostrée, image même du découragement. J'avais de la peine à la voir ainsi, mais mon devoir envers le Sénat et le peuple de Rome l'emportait sur sa fidélité à son oncle.

— Oh, Julia, ne fais pas cette tête ! Si je connais bien Caius Julius, il se tirera de là comme du reste. C'est la peau de Pompée que je veux clouer à la porte de la Curie.

— Et Crassus ? demanda-t-elle faiblement.

— Il achètera le jury. Souviens-toi, ils n'ont encore rien fait. Les lois sur la conspiration, même lorsqu'il y a trahison, sont vagues, c'est notoire. Seul Cicéron pourrait concevoir une solide accusation contre eux, et il n'osera pas ; il encourt l'exil à cause de ses quatre *Catilinaires*. Non, pour Crassus et César, le mieux que je puisse espérer est de les ridiculiser en public. La façon dont ils se sont sauvés accoutrés en femmes frappera l'imagination des Romains. Les auteurs de comédies raconteront la scène sur chaque théâtre d'Italie et il y en aura pour des années. Mais Pompée a essayé de me faire empoisonner, je le veux.

— Sans parler de son complot contre l'État, ajouta sèchement Julia.

— Il est fichu, assurai-je. Je ne sais pourquoi, il a laissé passer l'occasion de se faire élire dictateur par la force des armes quand il aurait pu facilement y réussir l'année dernière. Maintenant, il veut se lancer dans la politique, et je suis d'accord avec Cicéron, il est trop stupide et inepte pour accomplir quoi que ce soit de bon. S'il survit, ce ne sera que grâce à l'intelligence de César et à la richesse de Crassus. Sans son armée, il est même incapable de réussir le plus petit assassinat.

— Et à quoi attribues-tu ta bonne fortune ? me demanda Julia.

— Les conspirateurs aiment garder les mains propres en confiant leurs sales besognes à leurs subordonnés. Des comparses incapables peuvent gâcher n'importe quelle conspiration. Pompée me voulait hors de son chemin parce qu'il savait que j'étais le seul à Rome susceptible d'éventer ce qu'ils ourdissaient. Il a confié la mission à Clodius, mais, parmi les crimes infamants, l'empoisonnement arrive en seconde position derrière l'incendie volontaire. Clodius a donc eu recours à Néron. Ce n'était pas un travail pour un amateur, Néron l'a gâché.

« Quand Clodius a dessaoulé, après le sacrilège, il a compris que Néron essaierait de m'avertir, il a donc envoyé ses assassins étrusques surveiller ma maison. Lorsque Néron est arrivé, ils l'ont tué.

— Comment se fait-il qu'ils n'aient pas trouvé le message ?

— Encore le problème des subordonnés incompétents. Clodius, comme les autres, est un conspirateur qui a une longue pratique derrière lui. Des hommes comme lui savent que la règle d'or d'un complot est de ne jamais rien coucher par écrit. Il ne lui est pas venu à l'esprit que le petit corniaud m'apporterait une lettre au lieu de me délivrer son message en personne. Il a ordonné à ses égorgeurs de tuer le garçon, pas de le fouiller.

— Et la paysanne qui vendait des plantes ?

— Il fallait effacer les traces. Elle était au courant pour le poison ; elle savait pourquoi on lui avait emprunté sa robe. Comme une enquête était en cours, c'était trop. On l'a éliminée pour la faire taire.

Julia frissonna.

— C'est monstrueux !

— Je t'assure que ce sont des peccadilles pour ces hommes-là. D'habitude, ils ne craignent pas de dépeupler des pays entiers pour atteindre leurs buts. Je ne suis pas contre le fait de botter les fesses des Barbares quand le bien de Rome l'exige, mais c'est mal de faire la guerre uniquement par ambition personnelle.

Tout en parlant, j'avais inspecté mes armes. Mon gladius était un peu large pour être aisément camouflé, mais je ne me préoccupais plus de ces raffinements. Je vérifiai que son tranchant était assez aiguisé pour couper une paille sans effort et le glissai sous ma ceinture. Je fourrai ma dague à sa place habituelle et, cette fois, par simple précaution, je me munis de deux cestes au lieu d'un.

— Ne t'approche pas du fleuve, me conseilla Julia. Si tu tombes à l'eau, tu couleras, avec toute cette ferraille.

— Merci de t'inquiéter pour moi, dis-je, distrait par mes propres pensées.

— Je te rappelle, répliqua-t-elle, le rouge aux joues, ce qui la rendait encore plus charmante, que je suis venue chez toi, au péril de ma vie, dans le but précis de t'avertir que la tienne était en danger. Je pourrais ajouter que je fais du tort à ma réputation en me rendant, sans escorte, dans la maison d'un célibataire, et que j'y suis restée jusqu'à une heure indue, surveillée par des espions. Si jamais je rentre chez mon oncle saine et sauve, ma grand-mère m'y attendra assurément tel un dragon. Elle ordonnera à coup sûr qu'on me fouette et, crois-moi, elle sait où se trouve le *flagrum* familial. Ensuite, on m'exilera dans une île déserte de la mer Égée pour avoir exposé ma famille au déshonneur, une chose dont, apparemment, aucun homme ne peut se rendre coupable.

— Oh, je te supplie de m'excuser ; les mots me manquent pour t'exprimer toute ma gratitude mais, ne t'inquiète pas, j'arrangerai les choses avec ton père…

Julia avait le don de me faire bafouiller.

— Mon père ! s'écria-t-elle d'une voix suraiguë. Tu vas parler à mon père ? Je serais étonnée si tu respires encore avant d'atteindre le bout de la rue !

Je devinai qu'elle allait éclater en sanglots.

— Ne crains rien. Avec les hommes de Milon derrière moi, je me moque de quelques méprisables Étrusques, de leur couteau pointu et de leur maillet.

— Idiot ! hurla-t-elle, un peu comme l'aurait fait mon père. Clodius sait que Milon est ton ami. Il lancera toute sa bande à tes trousses. Il obtiendra des renforts de Pompée s'il le faut ! Tu es condamné, et moi aussi !

Elle se mit à pleurer.

— Je t'en prie, ne te mets pas dans cet état, implorai-je.

Elle tomba dans mes bras en gémissant. Je recouvrirai d'un voile de décence la suite des événements ; contentez-vous de savoir que nous n'eûmes pas le temps de pousser les choses trop loin.

— Maître ! vint m'avertir Caton. Ton ami est arrivé.

Nous trouvâmes l'atrium surpeuplé. Milon était là, immense, accompagné par vingt butors tout aussi grands et forts, mais nettement plus laids. Je fis les présentations et Milon dévisagea Julia avec sa spontanéité habituelle.

— Je n'admirais pas tes goûts quand il s'agissait des femmes, Décius, mais je suis content de constater que tu t'améliores avec l'âge.

Julia se raidit, mais Milon se fendit de son large sourire contagieux, et elle fut bien obligée de l'imiter. Personne ne lui résistait quand il déployait son charme.

— Viens avec moi, Titus, l'entraînai-je. Il faut qu'on parle.

Je l'emmenai dans mon cabinet de travail et lui résumai brièvement ce qui avait transpiré et ce que j'avais appris. Il m'écouta avec son attention coutumière et lut ensuite la lettre de Néron. Il avait l'étonnante capacité de ne pas lire à haute voix, une disposition que j'étais incapable de maîtriser. Lorsqu'il eut fini, il me rendit la lettre en souriant.

— Tu vois ! s'exclama-t-il. Je t'avais bien dit qu'elle n'était pas dans le coup.

— Je me réjouis que Fausta n'ait pas participé à cette conspiration, mais il reste la question de la trahison.

— Oh, ça ! Le Sénat peut se défendre lui-même, Décius. Cependant, c'est peut-être l'occasion de se débarrasser une bonne fois pour toutes de Clodius.

— Ce n'est pas moi qui t'en empêcherais, crois-moi. J'ai besoin d'accomplir deux choses : raccompagner Julia chez César, et exposer mes découvertes au Sénat.

— Le Sénat existe en tant que corps constitué uniquement lorsqu'il est convoqué, souligna Milon. Le reste du temps, il y a environ cinq cents sénateurs répartis dans Rome et dans l'empire. Il n'y aura pas de nouvelle réunion avant la fin du triomphe.

— C'est juste, mais demain soir, après la grande procession, un banquet sera donné dans le temple de Jupiter Capitolin, et tout le Sénat sera présent. J'en profiterai pour dévoiler mes découvertes. Je veux dépouiller Pompée de ses insignes de triomphe, et l'accuser de trahison devant la statue de Jupiter !

Milon me regarda d'un air sidéré.

— Ah, Décius, si tu peux faire ça avec tes discours et une lettre non signée rédigée par un obscur gamin, tu seras le plus grand Romain de l'histoire. Mais je te soutiendrai, quoi que tu décides.

— C'est tout ce que je te demande, assurai-je.

— Par où commençons-nous ?

— Nous raccompagnons Julia.

Rarement une patricienne fut escortée chez elle comme Julia ce soir-là. Nous allâmes elle et moi, main dans la main, par les rues d'un des quartiers les plus mal famés de Rome. La lune était pleine et lumineuse, et l'écho des festivités nous parvenait de tous côtés. Il y avait aussi d'autres bruits. Nous étions entourés d'une bande de brutes, et d'étranges cris résonnaient, des bruits de coups, des cliquetis de lames, et le bruit caractéristique de la main de fer de Milon sur la face d'un ennemi. Parfois, les pavés étaient légèrement glissants, mais nous parvînmes au Forum, puis à la demeure du grand pontife.

J'ordonnai au *janitor* d'aller quérir son maître et il s'exécuta aussitôt. Cependant, ce ne fut pas Caius Julius qui se présenta, mais sa mère. Surprise, elle dévisagea Julia d'un œil noir, puis reporta son regard sur moi, et sur les hommes qui nous entouraient. Milon et moi étions parmi les jeunes Romains les plus présentables, mais on ne pouvait en dire autant de ses sauvages acolytes.

— Mon fils, le distingué grand pontife, est au temple de Jupiter Capitolin afin de préparer les rites triomphaux. Je suis sa mère.

Je m'inclinai.

— Tout Rome connaît l'auguste patricienne Aurélia.

— Je ne te connais pas, mais tu as la figure de la gens Cécilia. Comme tu es un homme bien né et un sénateur, je t'autorise à expliquer ce que tu fais avec ma petite-fille, qui s'est absentée presque toute la journée.

— Julia m'a aidé à résoudre une affaire qui concerne la république et qui l'a malencontreusement retardée. Comme tu le vois, je lui ai procuré une escorte satisfaisante.

Les brutes sourirent et opinèrent du chef, une vision propre à effrayer les démons.

— Je te prie d'informer Caius Julius que cette affaire implique non seulement son auguste personne, mais le glorieux Pompée et le riche Crassus. Je suis sûr qu'il approuvera entièrement les agissements de sa nièce.

Aurélia hocha la tête, méditative.

— Fort bien. Je n'entreprendrai rien à l'encontre de Julia avant d'avoir parlé à mon fils. Si son honneur a été tant soit peu compromis, je prendrai les mesures nécessaires afin que les censeurs te renvoient du Sénat pour turpitude.

Elle fit un signe à Julia, qui, après m'avoir lancé un regard en coin, disparut à l'intérieur.

— Nous n'avons plus rien à nous dire, sénateur, déclara Aurélia avant de refermer la porte.

— Viens, Décius, me dit Milon. Le retour ne s'annonce pas facile. Ils auront sans doute obtenu des renforts. Viens chez moi, c'est plus près et bien mieux défendu.

Comme nous traversions le Forum, quelqu'un lança derrière nous :

— Est-ce que la nièce de César doit elle aussi être au-dessus de tout soupçon ?

Des rires accueillirent la plaisanterie, bientôt réprimés quand nous fûmes attaqués par une troupe munie de toutes sortes d'armes ; certains hommes brandissaient des torches. Un Étrusque grimaçant, la barbe en pointe, fonça sur moi avec un couteau dans une main et un maillet dans l'autre. J'eus l'immense plaisir de le découper en deux avec mon glaive. La technique du couteau pointu et du maillet n'était efficace que pour tuer des victimes par surprise. Je ramassai le maillet et le glissai sous ma tunique.

— Capiton est vengé, déclarai-je à Milon. Il m'en faut deux autres pour Néron et Purpuréa.

— Ce n'étaient pas tes amis, remarqua-t-il avec le sourire.

— C'étaient des Romains, et les étrangers ne devraient pas avoir le droit de tuer des Romains. J'en veux beaucoup à Pompée d'avoir autorisé ses Barbares à faire ça.

Nous regagnâmes la forteresse de Milon sans déplorer de lourdes pertes. Une fois la porte refermée, Milon ordonna qu'on apporte à manger et des bandages, puis envoya des sentinelles sur le toit. L'excitation du combat retombée, je commençai à souffrir par tout le corps. J'ouvris avec appréhension ma tunique afin d'examiner ma plaie. Les points de suture d'Asclépiade étaient si bien cousus qu'ils avaient tous résisté, et que seules quelques gouttelettes de sang débordaient de la plaie.

— Mange quelque chose, me conseilla Milon, bois un peu de vin et va dormir. Je ne sais pas comment tu comptes survivre jusqu'à demain soir même avec mon aide. Je peux exiger beaucoup de mes hommes, mais je ne peux pas leur demander de rater un triomphe pour sauver la peau du sénateur le plus cinglé de Rome.

C'était étrangement formulé mais, au cours d'une conversation ultérieure avec les hommes de Milon, je découvris que j'avais effectivement acquis cette réputation d'excentricité. Ils me considéraient comme une mascotte, un peu à l'instar des soldats dans un pays étranger adoptant quelque bête exotique et l'investissant des qualités fallacieuses d'un porte-bonheur. Je trouvai légèrement présomptueux qu'une racaille pareille considère un noble sénateur de cette façon, mais il est toujours adroit d'être en bons termes avec des brutes épaisses.

Je suivis les conseils de Milon. Je mangeai bien, bus juste un peu de vin et allai me coucher dans une des chambres d'amis où je dormis comme un loir. Je parierais que je dormis dix fois mieux que Pompée, César, Crassus ou Clodius.

XIV

C'était une matinée magnifique. Je me réveillai juste avant le lever du soleil et montai sur le toit pour voir les premiers rayons frapper les tuiles dorées du Capitole. Comme c'était peut-être la dernière fois que je profiterais d'un tel panorama, j'y pris un plaisir incommensurable. Mon agitation nerveuse des jours précédents s'était apaisée. Je savais exactement ce que j'avais à faire, j'étais en paix avec moi-même.

Cela ne signifie pas que je n'étais pas excité. La journée serait riche en événements, quelle qu'en fût l'issue. Je discutai avec les sentinelles qui m'apprirent que les hommes de Clodius avaient encore traîné quelques heures avant de partir. Ils me dirent aussi qu'ils avaient repéré des visages inconnus dans les rangs ennemis. Sans doute les renforts de Pompée.

À intervalles réguliers, le long du toit, on avait disposé entre les seaux d'eau des paniers remplis de pierres de la taille d'un poing. Aucune loi n'interdisait la possession de pierres, or c'était le projectile le plus efficace quand on le lançait d'un toit. Les gardes se vantèrent d'avoir brisé quelques crânes chez les assiégeants.

Milon me rejoignit, aussi alerte et actif que d'habitude. Cet homme ne dormait-il jamais ?

— Quel est le plan ? demanda-t-il. La procession triomphale va bientôt se former.

— En tant que sénateur, je dois y prendre part, allons donc d'abord au cirque Flaminius. Si tu m'y conduis sans encombre, je ferai le reste.

Milon me dévisagea d'un air incrédule.

— Tu veux vraiment suivre la marche triomphale de Pompée ?

— Je suis sénateur, c'est mon devoir, assurai-je.

Il renversa la tête en arrière et éclata de rire.

— Tu es peut-être fou, Décius, mais tu as de la classe. Eh bien, soit, allons au cirque.

Hermès m'avait apporté ma toge de cérémonie afin que je sois correctement vêtu. Bien qu'encombrant, l'habit était assez volumineux pour procurer de nombreuses caches d'armes.

— Je me demande si Pompée aura l'audace de t'attaquer pendant la procession, s'interrogea Milon cependant que nous nous dirigions vers le champ de Mars.

— Avec un peu de chance, il ne saura pas tout de suite que je suis là, répondis-je. Le Sénat et les magistrats marchent en tête, avec les dieux. Pompée ne peut même pas entrer dans la ville avant que ses soldats aient parcouru tout l'itinéraire et que les portes se soient ensuite refermées. Quant à Clodius…

Je tapotai la poignée de mon glaive pour me rassurer.

— … nous verrons s'il est aussi téméraire que ça.

Tout Rome accourait pour avoir un bon poste d'observation. La plus grande part du triomphe se déroulerait dans les deux grands cirques, mais une fenêtre ou un toit sur le parcours offriraient une meilleure vue. Le long de la Via Sacra, des Romains campaient depuis deux ou trois jours sur des toits particulièrement avantageux, et des propriétaires avaient loué les meilleures fenêtres pour des sommes rondelettes. L'appétit des Romains pour les spectacles glorieux était insatiable.

Au cirque, je dus renoncer à la présence rassurante de Milon et de ses brutes. Les officiels, habitués à administrer des foules immenses, triaient les gens. Près de la porte où les chars entraient pour les courses, on me dirigea vers l'arrière de la procession des sénateurs.

— Par Jupiter ! s'écria un jeune sénateur. C'est Décius ! Je n'aurais jamais cru que tu montrerais ta tête en public.

— Le devoir m'appelle, rétorquai-je. Comment aurais-je laissé passer l'occasion de participer à mon premier triomphe ?

— Ne nous oblige pas à rire devant tout le monde, Métellus, m'adjura un autre.

En haut de la *spina**, un mouton était sacrifié et ses entrailles examinées. Comme de bien entendu, les prêtres décrétèrent que les dieux étaient favorables au choix du jour pour la célébration du triomphe. Je ne les ai jamais surpris à s'opposer au jour désigné. Je scrutai le visage des prêtres, mais c'étaient des haruspices étrusques ordinaires, je ne reconnus pas les étranges spécialistes du maillet que Pompée avait amenés dans son armée.

Avec une sonnerie de trompettes, nous pénétrâmes dans le cirque et fîmes le tour de la *spina*. Le peuple nous applaudit avec respect, bien qu'il ne fût certainement pas venu pour voir défiler le Sénat. Il en alla de même tout au long du parcours triomphal, puis en descendant la Via Sacra jusqu'au Forum, et enfin en montant le Capitole. Je nageais en pleine euphorie, même si j'avais l'esprit ailleurs la plupart du temps.

Après avoir dûment salué la statue de Jupiter Capitolin, nous nous éparpillâmes pour rechercher chacun une position privilégiée. Je descendis vers le Forum et les Rostres, d'où on pouvait voir de haut la principale attraction. Et d'où on pouvait être vu.

Une main m'agrippa le bras ; je voulus aussitôt saisir mon épée. Je ne m'étais pas attendu à être attaqué sur le Capitole. Des intrépides étaient morts pour moins que ça.

— Dégaine et je te ferai condamner aux mines de soufre de Sicile !

— Caius Julius César ! Tu me fais un grand honneur.

Il me gratifia d'un large sourire et nous échangeâmes des politesses. Nous étions deux éminents Romains, descendant la colline par cette journée grandiose.

— Pompée veut ta mort, et par tous les dieux, je n'ai jamais vu quelqu'un coopérer avec autant de bonne volonté à son propre assassinat. Comment une famille de lourdauds comme les Metelli a-t-elle pu produire un individu dans ton genre ?

— Allons, Caius Julius, nous sommes peut-être un peu conservateurs, mais nous ne sommes…

— Tais-toi et écoute-moi ! siffla-t-il. Tu seras peut-être, je dis bien peut-être, encore en vie demain si tu me prêtes l'oreille. Pompée sera bien trop occupé les prochains jours pour s'intéresser à toi, son triomphe et ses jeux réclameront toute son attention. Clodius a soif de ton sang mais, tant que les festivités dureront, il ne pourra demander à ses hommes d'agir.

— Parfait, ce sera donc juste Clodius et moi. Ça me convient.

— Vénus, mon ancêtre, délivre-moi de ces fous ! s'écria César avec un geste théâtral dont il avait l'habitude. Pompée lui a prêté ses Étrusques, or ils se moquent des fêtes romaines.

— J'en ai tué un hier soir, dis-je avec délectation.

— C'est encore pis. Ils en feront maintenant une affaire personnelle. Décius, je resterai avec toi sur les Rostres pendant la grande procession, et ils n'oseront peut-être pas t'attaquer. Mais lorsque Pompée gravira le Capitole, je devrai aller présider le sacrifice puis le banquet. Rends service à Rome, cache-toi. Reviens dans un mois ou deux, quand Pompée aura des ennemis plus urgents à combattre.

Nous avions presque atteint les Rostres, et, pour tout le monde, nous n'étions que deux Romains plongés dans une conversation amicale.

— Je sais ce que tu manigançais, Caius Julius, déclarai-je. Toi, Pompée et Crassus. J'aurais voulu voir ça. Vous trois déguisés en femmes, ça devait valoir le coup d'œil !

J'avais cru qu'il serait embarrassé.

— L'opportunisme en politique ne cadre pas toujours avec la haute idée qu'on se fait de sa propre dignité. Mais même cette indignité particulière n'est pas méprisable. Les glorieuses conquêtes signifient souvent des mois d'attente sur des paillasses infectées de vermine, rongé par la fièvre, couvert de son propre sang et de ses émanations corporelles, et cependant elles donnent lieu à un triomphe comme celui-ci.

Nous étions désormais juchés sur les Rostres, et César me montrait les soldats portant les étendards et les trophées. Je compris alors que les hommes contre qui j'enquêtais ne connaissaient ni la honte ni les cas de conscience.

— Pourquoi cette sollicitude, Caius Julius ? Pourquoi me protéger quand tes amis veulent ma mort ?

Il me dévisagea avec un étonnement manifeste.

— Pourquoi les appelles-tu mes amis ?

— Ta cohorte, si tu préfères. Je sais ce que tu complotais, le partage du monde entre vous trois, la révocation de la Constitution et du Sénat, et j'ai bien l'intention de vous détruire !

Je n'avais jamais prononcé d'un ton aussi calme un discours aussi téméraire.

— Comment l'as-tu découvert ?

César souriait aimablement avec un intérêt non dissimulé. Je faillis lui parler de la lettre de Néron, cependant, cela m'eût donné l'air moins habile. J'avais ma dignité mais, surtout, j'avais appris qu'il valait mieux laisser planer le mystère sur ses propres capacités. César, pour sa part, savait cela depuis longtemps.

— Pour qui a l'esprit logique, sait voir avec clarté et penser avec perspicacité, les preuves sont toutes là.

J'étais assez fier de ma repartie.

— Tu es décidément un homme remarquable, Décius Cécilius. C'est pour ça que je me donne tant de mal afin de te protéger de ta sottise suicidaire. J'aurai du travail pour toi à l'avenir.

— Quoi ? fis-je, incrédule. Tu n'auras plus d'avenir après ce soir !

— Regarde ! me dit-il en pointant un doigt vers la procession. Voilà les bêtes !

Nous regardâmes donc le défilé : les chars portant les trésors, les animaux exotiques, les prisonniers enchaînés, le butin invraisemblable que Pompée avait amassé au cours de trois conquêtes différentes. Et, bien sûr, Pompée lui-même. Il se tenait droit comme une statue dans sa toge *picta*, entièrement peint en rouge. Je trouvai qu'il avait pris du ventre.

— J'adore ta robe pourpre ! lançai-je quand il passa.

Sous la peinture rouge, on ne voyait pas s'il rougissait. Mais, avec la clameur, je doute qu'il m'ait entendu.

Lorsque la foule se dispersa, je m'aperçus que César était parti. Je compris avec un frisson glacé que j'étais désormais seul. Je vis les autres sénateurs remonter le Capitole pour aller festoyer en l'honneur de Pompée. Je m'apprêtai à les suivre. Il était temps de démasquer les trois futurs tyrans devant l'assemblée du Sénat et de mettre fin à leur projet perfide. En outre, j'avais faim.

La nuit tombait rapidement. J'étais parvenu à mi-pente lorsque je vis mon premier Étrusque. Il se faufilait entre deux édifices et les derniers rayons du soleil firent scintiller son maillet de bronze et sa dague. Un seul ne représentait pas un problème. Je jetai un coup d'œil de l'autre côté de la rue. Deux autres ! J'aperçus alors un petit groupe derrière eux. C'étaient des Romains, probablement des acolytes de Clodius, abandonnant pour un temps les festivités afin d'éliminer un ennemi. Je portai mon regard vers le temple, qui me parut soudain bien trop loin. J'avais déjà eu des ennuis avec la justice romaine, et les dieux semblaient m'avoir fui. Je dégainai mon épée.

— Encore deux ! hurlai-je. Il me faut encore deux esclaves étrusques barbus pour venger le sang de deux bons Romains. Celui que j'ai embroché hier ne suffit pas !

À peine avais-je demandé que je fus exaucé. Les Étrusques chargèrent en hurlant. Même dans l'excitation du moment, je remarquai que les sbires de Clodius étaient plus hésitants. J'aurais aimé penser qu'ils étaient impressionnés par mon héroïsme, mais la vérité m'oblige à dire qu'ils estimaient indigne d'aider de méprisables étrangers à assassiner un sénateur.

Le premier fonça en brandissant son maillet. J'évitai le coup et le traversai de part en part de mon épée, puis sautai sur le suivant avant qu'il ne comprenne que j'avais pris l'offensive. Avec une superbe ironie, je le piquai à la gorge de la pointe de mon *gladius*, exactement comme mon maître d'armes me l'avait enseigné des années auparavant, dans le vieux *ludus* de Statilius. Je regrettai seulement de ne pas avoir de maillet pour le frapper entre les deux yeux.

Les autres commencèrent à m'encercler. J'avais eu mes deux têtes. Rome était vengée. Je pivotai sur les talons et dévalai la colline, fendant la foule des citoyens. Le groupe à mes trousses causa un grand émoi. Les spectateurs étant trop nombreux pour me laisser le passage, je me retournai afin d'affronter mes poursuivants. Au même moment, une masse énorme me bouscula, m'obligeant à me fondre dans la foule, puis m'entraînant dans une ruelle, en bas d'un escalier, puis sous une porte basse.

— Il faudrait une légion tout entière pour te garder en vie, déclara Titus Milon.

Les consommateurs levèrent la tête de leur table. Je leur souris et rengainai mon glaive. Ils replongèrent le nez dans leur coupe.

— Il faut que j'aille au temple, dis-je.

— Pas pour l'instant. Attendons ici que les choses se calment. Je ne crois pas qu'ils nous aient vus entrer.

— Bonne idée.

La taverne ressemblait à des centaines d'autres à travers la ville. La loi leur interdisait de rester ouvertes au public après le coucher du soleil, mais c'était jour de triomphe, et d'ailleurs, plus personne ne respectait cette loi. Nous trouvâmes une table et peu après dévorâmes à belles dents du canard rôti accompagné de fruits et de pain blanc, faisant passer le tout avec de la piquette locale. Je racontai à Milon mon étrange rencontre avec César.

— Un type bizarre, ce César, remarqua-t-il. Mais c'est comme le cheval au cirque qui revient de nulle part pour gagner la course, quand on a misé sur les pur-sang les plus rapides.

— Tu as raison, dis-je en prenant une poignée de figues. Je croyais, comme tout le monde, qu'il n'était qu'un bouffon vantard. Mais c'est lui qui était derrière tout ça.

— Derrière tout quoi ?

Je lui répétai ce que j'avais appris.

— Clodius croit qu'il manipule les autres, et assurément Pompée, comme Crassus, s'imagine le plus fort de ce… de ce triumvirat*, mais c'est César qui tient les rênes. C'est lui qui tient la corde.

La course de chars semblait la meilleure image pour décrire la place de César dans le complot.

Milon parut méditer ces jugements.

— Sa nièce a peut-être raison, finit-il par dire. Il essaie probablement de forcer les deux autres à respecter la paix pendant son absence.

— En partie, oui, j'en suis sûr. Mais, à son retour, ils s'étriperont tous les trois. Trois félons pareils ne peuvent vivre longtemps en bonne entente : un général, un financier et un… je ne sais comment dépeindre César.

— Un politicien, déclara Milon.

Je n'avais jamais entendu le terme. Je crois que c'est Milon qui forgea le néologisme.

— Sa seule qualification pour une charge publique est sa capacité de manipulateur. Comme tu l'as remarqué, il n'apporte rien que des dettes écrasantes et son inexpérience. Peu importe. Il utilise le système à son profit pour atteindre la célébrité.

— Il sous-estime le Sénat.

— Crois-tu ?

Le mépris hautain de Milon pour la sagesse et la puissance du Sénat ébranla la foi que j'avais dans l'honorable institution.

Je sortis de ma toge le cylindre de Néron.

— Quand je révélerai ceci, dis-je, les sénateurs seront forcés d'agir. Ils sont devenus lâches et corrompus mais, même comme ça, ils ne peuvent permettre à des traîtres d'exercer le pouvoir. Quant à César, Pompée et Crassus, leurs ambitions ne survivront pas à une telle ignominie.

— Espérons-le.

Nous mangeâmes quelque temps en silence.

— En parlant des sénateurs, dit Milon, si tu es assez fou pour aller les voir et dénoncer Pompée, autant le faire pendant qu'ils sont encore suffisamment sobres pour te comprendre.

— Tu as raison. Il se fait tard.

Nous sortîmes sur ces entrefaites. À ma grande surprise, les rues étaient encore encombrées. Nous nous frayâmes avec difficulté un chemin à travers le Forum et commençâmes à gravir le Capitole. Nous vîmes des lueurs de torches descendre du sommet et entendîmes des beuglements, dont certains paraissaient presque humains.

— Que se passe-t-il ? m'écriai-je. La procession s'est terminée il y a des heures.

J'eus l'horrible pressentiment qu'un changement de procédure était intervenu.

— Demandons à quelqu'un, proposa Milon avec son bon sens habituel.

Il arrêta un citoyen et lui posa la question.

— Pompée redescend, dit l'homme. Le mot a couru il y a une heure qu'il prépare quelque chose d'extraordinaire.

— Il a abandonné le banquet ! m'offusquai-je. Il devait se prolonger jusqu'à minuit !

Milon ricana.

— D'accord, mais, à ce moment-là, la plupart des citoyens seront couchés, ils ne pourront pas admirer leur idole.

— Il faut que j'y aille ! m'exclamai-je. Si je ne parviens pas au temple avant que les sénateurs se séparent, il faudra des jours avant la prochaine réunion !

— Et au train où vont les choses, tu ne vivras pas jusque-là. Voyons ce qu'on peut faire.

Ce que Milon pouvait faire était considérable. Il se fraya un chemin à coups d'épaule dans la foule compacte, et je suivis la voie ainsi tracée.

Fiévreusement, je repensai aux habituels honneurs triomphaux d'un général victorieux. D'ordinaire, la journée se terminait au Capitole par le banquet, à la fin duquel le triomphateur redescendait la colline, escorté par les sénateurs qui l'éclairaient de leurs torches. Lucullus, pour son triomphe, avait organisé le banquet dans son propre jardin, mais je n'avais pas entendu dire que Pompée ait demandé la permission de déroger à la tradition. Toutefois, Pompée adorait les surprises.

À mi-chemin du Capitole, une armée de licteurs retenait les spectateurs, les faisceaux inclinés à la façon des lances des soldats quand ils contiennent une foule.

— Je dois aller au temple ! leur criai-je.

— Tu peux passer, sénateur, dit un licteur, mais ton ami reste ici.

Personne n'est aussi tyrannique qu'un licteur à qui on a confié une parcelle d'autorité.

— À toi de jouer ! me lança gaiement Milon. Essaie de ne pas te faire tuer bêtement.

Je gravis au trot la colline qui grouillait de monde. Sous ma lourde toge, j'eus vite trop chaud, mais je n'osai m'en séparer. Mieux valait ne pas entrer en courant dans le Sénat, avec des armes visibles. Je m'arrêtai donc pour reprendre mon souffle et essuyer la sueur qui me dégoulinait sur la figure. Je vis alors ce que je craignais le plus : une double rangée de torches se dirigeant vers moi. Je repris ma course en pestant entre mes dents, si agité que je ne remarquai pas leur drôle de façon de se déplacer. En approchant, je sortis mon message et le brandis.

— Nobles sénateurs ! criai-je. Il faut que je vous parle ! Arrêtez ! Cnaeus Pompeius n'a pas le droit de…

Je stoppai net, abasourdi. Ce n'étaient pas les sénateurs qui brandissaient les torches, mais des éléphants dans leur trompe ! Il y en avait au moins cinquante.

Pompée avait rassemblé ses monstres en haut du Capitole afin de redescendre la colline avec classe. Un cornac était juché sur le cou de chaque éléphant, et derrière lui trônait un fortin en bois depuis lequel des jeunes, garçons et filles, lançaient aux spectateurs admiratifs des fleurs et des breloques dont ils avaient de pleins paniers.

Le cornac de l'éléphant de tête pointa sur moi son aiguillon et marmonna des propos inintelligibles. Fasciné par l'étrange spectacle, je restai cloué sur place, au risque de me faire piétiner.

— Métellus ! Je savais que tu viendrais !

Arraché à ma transe, je levai la tête et vis que le fortin de l'éléphant n'abritait pas une bande de jeunes Romains, mais Publius Clodius et quelques-uns de ses butors. Poussant le cri du chasseur qui a levé un lièvre, il empoigna un javelot et le lança dans ma direction. Je fis un pas de côté, et la pointe du javelot ricocha sur les pavés en soulevant une gerbe d'étincelles.

La toge au vent, je dévalai la colline. J'avais l'impression de toujours fuir Clodius depuis quelques jours, mais un éléphant donne à celui qui le monte un avantage injuste.

Un deuxième javelot vola à deux bonnes coudées de ma tête. Clodius n'avait jamais été capable d'atteindre une cible à trente pas. Naturellement, les oscillations du fortin et la lumière incertaine ne l'aidaient pas. Devant moi, des citoyens et des licteurs regardaient bouche bée et pointaient leur doigt sur moi, puis sur les éléphants. Je ne décelai pas la silhouette de Milon dans la foule.

Je fonçai dans les licteurs comme un navire dans les lignes ennemies. Ils trébuchèrent en essayant de m'éviter tandis que la foule reculait, cherchant instinctivement à fuir l'arrivée des monstres qui barrissaient en brandissant leur torche. Un autre javelot me rata, mais j'entendis un cri qui m'apprit qu'un infortuné citoyen n'avait pas eu ma chance.

Le vacarme devint assourdissant lorsque la foule se divisa en deux, les uns fuyant les éléphants, les autres s'approchant pour les voir de plus près. C'était comme les émeutes au cirque, où la panique s'empare des spectateurs et que des centaines de personnes sont piétinées. En regardant par-dessus mon épaule, je vis une énorme bête sur le dos de laquelle Clodius me visait avec un autre javelot. Derrière elle, des jeunes gens montés sur d'autres éléphants saluaient gaiement la foule et distribuaient fleurs et colifichets. Clodius me rata une fois de plus.

Je parvins ainsi au Forum. La foule et les éléphants se déversèrent sur la grande place juste derrière moi et, malgré les efforts des cornacs, les monstres perdirent toute cohésion et s'éparpillèrent. Les gens hurlaient ou riaient. Rome adorait ce genre de tumulte. Les citoyens n'auraient pourtant pas dû fuir. Bien que terrifiants, les éléphants prennent garde à l'endroit où ils posent les pattes et écrasent rarement autre chose qu'un malheureux orteil. Les éléphants qu'on utilise à la guerre doivent être dressés pour piétiner les ennemis, car ce n'est pas leur comportement habituel. Inutile de dire que la populace ignorait cette caractéristique.

Je cherchai Clodius et le vis debout sur son fortin miniature, scrutant la foule. Sa monture était sur le point de passer devant les Rostres. Je fonçai vers le monument et escaladai les marches quatre à quatre. En haut, je jetai ma toge, abandonnant l'onéreux vêtement encombrant, et allai me percher sur un des éperons de navire qui décoraient le socle en marbre.

Lorsque l'éléphant passa à ma hauteur, je sautai sur le fortin, l'épée dans une main, un ceste dans l'autre. Je profitai de la surprise pour enfoncer mon poing garni de pointes en bronze dans la mâchoire d'un butor et sabrer le visage d'un autre. Les deux hommes basculèrent en hurlant et atterrirent sur le pavé, dix coudées plus bas. Ne restait plus que Clodius.

Il me sauta dessus avant que j'aie le temps de réagir. Désarçonné par le balancement du fortin sous mes pieds, je m'efforçai de garder l'équilibre en faisant des moulinets des bras. Il en tira parti pour me saisir les poignets et tenta de me donner un coup de genou dans le bas-ventre. Je perdis du temps à essayer de me protéger. Il voulut de nouveau me mordre le nez, mais je rentrai le menton et lui assenai un puissant coup de tête.

Tandis qu'il vacillait, la plate-forme se mit à osciller violemment. En jetant un regard vers le sol, je vis des dizaines de ses hommes tenter d'escalader les flancs de l'éléphant pour secourir leur maître. Affolée, la pauvre bête barrissait et agitait sa torche dans tous les sens, brûlant plusieurs piétons au passage.

Le fortin branlant finit par faire trébucher l'animal et la sangle céda. La tour se fracassa à grand bruit sur les marches. Nous fûmes projetés en l'air, mais je réussis, je ne sais comment, à garder mes armes. Sitôt à terre, je sautai sur mes pieds ; la bande de Clodius n'était qu'à quelques pas, mais les brutes, avec des airs d'écoliers honteux, se contentèrent d'aider Clodius à se relever. En me retournant, je vis, sur le pas de sa porte, derrière moi, Aurélia, la mère de César, blême de rage.

— Qui ose apporter des armes ensanglantées dans la maison du grand pontife ? tonna-t-elle.

Je rengainai vivement mon glaive et cachai mon ceste maculé sous ma tunique.

— Pardonne-moi, noble citoyenne, mais ces hommes veulent me tuer. Puis-je entrer ?

J'aperçus Julia derrière la matrone.

— Si tu pénètres ici, je demanderai qu'on te fouette en public ! déclara la vieille peau.

— Laisse-le entrer, grand-mère ! implora Julia.

— Jamais !

Clodius s'approcha en ricanant, et j'étais sur le point de dégainer lorsque nous fûmes interrompus par des martèlements de sabots. D'une cour contiguë à la maison sortirent Caius Julius et une forte escorte, à cheval. C'était rare à Rome, surtout après la nuit tombée. D'ailleurs, c'était une drôle de nuit !

— Que se passe-t-il ? cria César.

Il portait une tunique militaire et des caliges.

— Cet homme a violé ta maison, déclara Aurélia en me montrant du doigt.

César se permit un sourire.

— Calme-toi, mère. C'est Décius Cécilius Métellus le Jeune, et les dieux le protègent. Moi, le grand pontife, j'ai parlé !

Il se tourna vers Clodius.

— Publius, rappelle tes chiens !

Mais Clodius était entré dans une rage digne des Gorgones.

— Pas cette fois, César ! Il est à moi !

— Approche, Décius, me dit César.

J'obéis, tout en gardant un œil sur Clodius. César se baissa vers moi d'un air ironique et me souffla à voix basse :

— Tiens-tu vraiment à quitter Rome sain et sauf, Décius ?

— J'aimerais mieux, admis-je.

— Ta seule issue est de nous accompagner. Je me rends en Espagne, et mes hommes sont d'anciens légionnaires de grande expérience. Clodius n'osera pas s'y frotter. Mais je veux quelque chose en échange.

— Tu en es là, Caius Julius ? demandai-je avec amertume. Tu passes des marchés comme n'importe quel publicain en quête de contrats officiels ?

— C'est ainsi de nos jours, rétorqua-t-il. Décide-toi vite.

— Que veux-tu ?

— Des tas de choses, mais pour l'instant il me faut tes preuves.

Il tendit la main.

Je lorgnai vers Clodius et son équipe d'assassins. Milon et sa bande n'étaient nulle part en vue. J'étais livré à moi-même, mon espérance de vie se comptait en secondes. Je sortis le cylindre de ma tunique et le donnai à César.

— Est-ce tout ? s'étonna-t-il.

— C'est tout.

J'en avais gros sur le cœur. Il claqua des doigts, aussitôt un homme amena un cheval et m'aida à grimper tant bien que mal sur le dos de l'animal. Son visage dur était zébré d'une longue cicatrice.

— Attaque si tu veux, Clodius ! lança César avec un glorieux mépris.

Clodius et ses hommes reculèrent vivement devant les chevaux. Je me retournai : sur le seuil, Julia me faisait un timide signe d'adieu. Je le lui rendis, content de vivre, mais accablé par ma défaite. C'était une sensation bizarre, qui me rappela les insipides tragédies grecques.

Nous traversâmes le Forum, toujours animé, grouillant de Romains et d'éléphants affolés. Cette nuit allait rester longtemps dans les souvenirs. Je ne vis pas Pompée. Cependant que nous chevauchions, César lut la lettre à la lueur d'une torche tendue par un de ses légionnaires. Lorsqu'il eut terminé, il remisa le message dans son cylindre et le fourra dans sa sacoche.

— Quel imbécile d'avoir couché des choses pareilles par écrit ! déclara-t-il. Il a bien fait de mourir. Il n'avait aucun avenir à Rome.

Nous franchîmes la porte d'Ostie qui se referma derrière nous. Après une demi-lieue, nous fîmes une halte.

— Viens avec moi en Espagne, Décius, me proposa César. Je te prendrai dans mon équipe.

— Mon père m'assure que la propriété familiale à Beneventum a un besoin urgent de mon attention.

— Comme tu voudras. Tu pourras rentrer à Rome dans un ou deux mois, tout sera oublié… provisoirement. Lorsque nous serons de nouveau à Rome tous les deux, nous ferons des choses passionnantes. Je te l'ai dit, j'aurai du travail pour toi.

— Je ne travaillerai jamais pour toi, promis-je.

— Tu changeras d'avis. Je veux aussi que tu épouses ma nièce, Julia Minor.

Je restai bouche bée, incapable de trouver quoi lui répondre.

— Adieu, Décius !

Il éperonna sa monture et partit au petit trot avec son escorte. Je les suivis des yeux jusqu'à ce que la dernière lueur s'estompe dans la brume.

— L'épouse de César doit rester au-dessus de tout soupçon ! criai-je.

Malgré ma morosité, je ne pus m'empêcher d'éclater de rire.

Ces événements se déroulèrent durant onze jours dans l'année 693 de la cité de Rome, sous le consulat de Calpurnianus et de Messala Niger.

GLOSSAIRE

(Les définitions s'appliquent
au dernier siècle de la République)

Affranchi : Esclave émancipé. L'affranchissement explicite conférait des droits pleins, sauf celui de détenir une charge publique. L'affranchissement implicite ne conférait pas le droit de vote. À la deuxième ou troisième génération, les affranchis devenaient des citoyens de plein droit.

Assemblées du peuple : Elles étaient au nombre de trois : les comices centuriates et deux assemblées tribales : les comices *tributes* et le *consilium plebis*. Les *comices tributes*, assemblée de tous les citoyens par tribus, élisaient les magistrats inférieurs – édiles curules, questeurs – et les tribuns militaires. Le *concilium plebis*, composé uniquement de plébéiens, élisait les tribuns de la plèbe et les édiles plébéiens.

Atrium : Le mot avait auparavant signifié maison mais, à l'époque de la République, c'était la cour intérieure de la maison, ouvrant sur la rue et utilisée généralement comme lieu de réception.

Augure : Prêtre chargé d'observer certains signes et d'en tirer des présages pour l'État. Il pouvait interdire les affaires et la réunion d'assemblées en cas de présages défavorables.

Basilique : Édifice civil qui servait de tribunal par mauvais temps.

Caldarium : Étuve dans les bains romains.

Calige : Chaussure militaire (soulier de simple soldat ou d'officier subalterne), lourde sandale pourvue d'une semelle cloutée.

Censeur : Magistrat élu généralement tous les cinq ans, chargé d'établir le cens (le dénombrement des citoyens romains) et d'éliminer les membres indésirables de la liste des sénateurs. Il pouvait interdire certaines pratiques religieuses ou le luxe ostentatoire contraires à la morale publique ou aux bonnes mœurs. Il y avait deux censeurs et chacun pouvait casser le jugement de l'autre. Ils portaient la toge prétexte et circulaient dans la chaise curule, mais, n'ayant aucun pouvoir exécutif, ils n'étaient pas accompagnés de licteurs. La charge ne donnait pas droit à l'imperium. Les censeurs étaient généralement élus parmi les ex-consuls, et on considérait le censorat comme le faîte d'une carrière politique.

Centurion : Commandant d'une centurie qui, en pratique, ne comportait qu'une soixantaine d'unités. Issus des rangs, les centurions constituaient la colonne vertébrale de l'armée professionnelle.

Ceste : Courroie garnie de plomb, parfois renforcée par des pointes de bronze, dont les athlètes s'entouraient les mains pour le pugilat.

Chaise curule : Chaise de camp pliante qui faisait partie des insignes des magistrats curules et des flamines de Jupiter.

Champ de Mars : Champ situé à l'extérieur des remparts de la ville, anciennement le lieu de rassemblement et d'exercice de l'armée. C'était là que les assemblées populaires se réunissaient. Vers la fin de la République, des bâtiments empiétèrent sur le champ.

Circus : Piste de course et le stade qui l'englobait. Le cirque original et le plus grand était le Circus Maximus, entre les monts Palatin et Aventin. Plus tard, le cirque de Flaminius, plus petit, fut construit sur le champ de Mars.

Client : Plébéien qui se mettait sous la protection d'un patricien appelé « patron » et qu'il devait défendre à la guerre ou devant les tribunaux. Les affranchis devenaient les clients de leurs anciens maîtres. La relation de dépendance était héréditaire.

Coitio : Alliance politique entre deux hommes qui mettent en commun leur majorité de blocage. Généralement, un arrangement entre deux hommes politiques, par ailleurs adversaires, afin de se débarrasser de rivaux mutuels.

Colonia (pl. *coloniae*) : Ville conquise par Rome, où les citoyens romains s'installaient. Plus tard, des colonies fondées par les légionnaires à la retraite. Après 89 av. J.-C., les habitants des colonies italiennes devinrent des citoyens de plein droit. Ceux des provinces avaient des droits limités de citoyenneté.

Comices centuriates : À l'origine, réunion militaire annuelle de citoyens rejoignant l'armée (les centuries). Il y avait cent quatre-vingt-trois centuries divisées en cinq classes par quotité de propriété. Elles élisaient les plus hauts magistrats : censeurs, consuls et préteurs. Vers le milieu de la République, les comices centuriates avaient perdu leur caractère militaire et n'étaient plus qu'un corps électoral.

Consul : Magistrat suprême de la République. Deux consuls étaient élus chaque année. Leurs insignes étaient la toge prétexte et la chaise curule. Chaque consul était escorté de douze licteurs ; la charge comprenait l'imperium. À l'expiration de son année de magistrature, l'ex-consul était généralement assigné à un poste de proconsul hors de Rome. En tant que proconsul, il avait droit aux mêmes insignes et au même nombre de licteurs. Il détenait le pouvoir absolu dans sa province.

Curie : Sénat de Rome, situé sur le Forum.

Denarius (pl. *denarii*) : Denier, pièce de monnaie d'argent qui, à l'origine, valait dix as.

Dictateur : Dirigeant choisi par le Sénat et les consuls dans des cas d'extrême urgence. Pour une période limitée, n'excédant jamais six mois, il était doté d'un imperium illimité pour résoudre une crise. Contrairement aux consuls, il ne pouvait pas être contredit et n'était pas redevable de ses actes une fois sa mission accomplie. Ses insignes étaient la toge prétexte et la chaise curule, et il était accompagné de vingt-quatre licteurs. La dictature était extrêmement rare ; la dernière eut lieu en 202 avant J.-C. Les dictatures de Sylla et de César étaient anticonstitutionnelles.

Dignitas : Vertu, honneur, considération. Dignité, rang, charge publique.

Édile : Magistrat élu chargé de l'entretien de la ville, de l'allocation des céréales, de la réglementation de la morale publique, de l'organisation du commerce et des jeux. Il y avait deux sortes d'édiles : les édiles plébéiens, dépourvus d'insignes, et les édiles curules, qui portaient la toge prétexte et avaient droit à la chaise curule. Les édiles curules jugeaient les affaires civiles concernant le commerce et les monnaies, alors que les édiles plébéiens avaient uniquement le pouvoir de percevoir les amendes. À part cela, leurs devoirs étaient identiques. Comme la munificence des jeux qu'organisaient les édiles déterminait souvent l'élection à un poste plus élevé, la magistrature était considérée comme un marchepied important pour une carrière politique. La charge d'édile n'impliquait pas l'imperium.

Eques (pl. *equites*) : Les chevaliers. À l'origine, des citoyens assez riches pour fournir leurs propres chevaux et servir dans la cavalerie ; ils acquirent ensuite leur statut en remplissant certaine quotité de propriété. Ils formaient l'élite aisée de la classe moyenne. Dans les comices centuriates, ils formaient dix-huit centuries et avaient autrefois le privilège de voter les premiers, mais le perdirent quand leur fonction militaire disparut. Les publicains, les financiers, les banquiers, les usuriers et les fermiers généraux provenaient de la classe équestre.

Faction : Au cirque, les partisans d'une des quatre écuries de courses : les Rouges, les Blancs, les Bleus et les Verts. La majorité des Romains était fanatiquement attachée à l'une de ces écuries.

Faisceaux : Assemblage de verges liées autour d'une hache avec des bandes rouges, et symbolisant le pouvoir de châtiment corporel ou capital du magistrat. Les faisceaux étaient portés par les licteurs devant les magistrats curules, les flamines de Jupiter, les proconsuls et les propréteurs qui gouvernaient les provinces. Quand un magistrat inférieur rencontrait un magistrat supérieur, ses licteurs abaissaient leurs faisceaux en signe de salut.

Flamine : Grand prêtre attaché au service d'une divinité. Le collège des flamines était composé de quinze membres : trois patriciens et douze plébéiens. Les trois flamines majeurs étaient les flamines de Jupiter, de Mars et de Romulus. Ils étaient chargés des sacrifices quotidiens, portaient des couvre-chefs distinctifs et étaient entourés de nombreux tabous rituels. Le flamine de Jupiter portait la toge prétexte, qui devait être tissée par sa femme, avait droit à la chaise curule, était accompagné d'un licteur et pouvait siéger au Sénat. Il devint difficile de remplir le collège des flamines car ils étaient choisis parmi les personnalités éminentes, nommés à vie, et n'avaient plus le droit de participer à la vie politique.

Forum : Place du marché où se tenaient les assemblées du peuple et où se discutaient les affaires publiques. Le premier fut le Forum Romanum, situé au pied des collines du Capitole, du Palatin et de Caelius. Il était entouré de temples et des édifices publics les plus importants. Par beau temps, les Romains y passaient la majeure partie de leur journée, et les tribunaux y siégeaient. Lorsqu'on pava le Forum et qu'on le réserva aux seules affaires publiques, le marché fut transféré au Forum Boarium, où on vendait le bétail, près du grand cirque (le Circus Maximus). Toutefois, des échoppes et de petites boutiques continuèrent d'agrémenter les pourtours méridionaux et septentrionaux du Forum Romanum.

Garum : Saumure élaborée avec le suc de poissons divers servant de sauce ou utilisée en cuisine.

Génie : Esprit qui présidait à la destinée de chacun, à une collectivité, à une organisation, à un lieu.

Gens : Groupe de famille dont les chefs descendaient d'un ancêtre commun. Le nomen d'une gens patricienne se terminait toujours par -ius. Ainsi, Caius Julius Caesar était Caius, de la famille César, de la gens Julia.

Gladiateur : Littéralement « qui combat avec le glaive ». Un esclave, un prisonnier de guerre, un criminel condamné ou volontaire libre qui combat, souvent jusqu'à la mort, dans les *munera*. Tous portaient le nom de gladiateur, même s'ils combattaient avec d'autres armes que le glaive.

Gladius : Le court et large glaive à double tranchant porté par les soldats romains. Utilisé comme poignard à l'origine. Les gladiateurs se servaient d'un glaive plus petit, au dessin plus ancien.

Gravitas : Gravité, air grave, sérieux ; tenue, dignité, pondération, noblesse, majesté.

Haruspice ou **Aruspice** : Membre d'un collège de professionnels étrusques. Il examinait les entrailles des victimes sacrificielles pour en tirer des présages.

Ides : Le 15 des mois de mars, mai, juillet et octobre. Le 13 des autres mois.

Imperium : L'ancien pouvoir des rois de lever et de conduire des armées, d'ordonner et d'interdire, d'infliger des châtiments corporels et la peine capitale. Sous la République, les consuls et les préteurs se partageaient l'imperium, dont le pouvoir était atténué par la possibilité d'appel et par l'intervention des tribuns. Les consuls et les préteurs étaient en outre redevables de leurs actes après avoir quitté leur charge. Seul un dictateur possédait l'imperium illimité.

Janitor : Concierge esclave, ainsi appelé à cause du dieu Janus, le gardien des portes.

Judex : Juge, arbitre nommé pour mener une enquête officielle civile ou criminelle.

Latifundium : Grand domaine privé où travaillaient des esclaves. L'expansion des latifundia, à la fin de la République, causa la destruction de la classe paysanne.

Légat : Commandant adjoint nommé par le Sénat pour accompagner les généraux et les gouverneurs. Également, ambassadeur appointé par le Sénat.

Légion : Unité de base de l'armée romaine. Les légions comportaient six mille hommes sur le papier ; en réalité, plus près de quatre mille. Infanterie lourde, armée de larges boucliers, de cuirasses, de casques, de glaives et de javelots, lourds et légers. Chaque légion était accompagnée d'un nombre égal d'auxiliaires non citoyens, composés de fantassins légers et lourds, de cavaliers, d'archers, de frondeurs, etc. Les auxiliaires étaient organisés en cohortes.

Libitinarii : Ordonnateurs des funérailles et maîtres des cérémonies.

Licteur : Garde, habituellement affranchi, qui marchait devant les magistrats et les flamines de Jupiter en portant les faisceaux. Il convoquait les assemblées, veillait aux services publics et exécutait les châtiments. Vingt-quatre licteurs accompagnaient un dictateur, douze un consul, six un propréteur, deux un préteur, et un seul un flamine de Jupiter.

Ludus (pl. *ludi*) : Jeu public officiel, course, théâtre, etc. Également, école d'entraînement pour gladiateurs, bien que les manifestations de gladiateurs ne fussent pas des *ludi*.

Munera : Jeux spéciaux en dehors du calendrier officiel au cours desquels combattaient les gladiateurs. Jeux funèbres à l'origine, ils étaient dédiés aux morts. Dans les *munera sine missione* (les *munera* sans merci), tous les vaincus étaient tués ; les participants combattaient parfois en séquence, ou tous ensemble jusqu'au dernier. Les *munera sine missione* étaient périodiquement interdits.

Patricien : Descendant d'un des pères fondateurs de Rome. Autrefois, seuls les patriciens détenaient les charges, les prêtrises, et siégeaient au Sénat, mais ces privilèges furent peu à peu entamés et seules certaines prêtrises étaient réservées aux patriciens. À la fin de la République, il ne restait guère plus de quatorze gens.

Plèbe : Second ordre du peuple romain (opposé à patriciat).

Pomerium : Tracé originel de l'enceinte de la ville attribué à Romulus. C'était en fait un espace consacré à l'intérieur et à l'extérieur des murs. Il était interdit de porter des armes ou d'enterrer des morts dans le pomerium.

Pontife : Membre du collège des ministres du culte. Il contrôlait les cultes privés et publics ainsi que le calendrier. À la fin de la République, il y avait quinze pontifes : sept patriciens et huit plébéiens. Leur chef était le grand pontife, titre détenu aujourd'hui par le pape.

Praenomen : Nom d'émancipation, comme Marcus, Sextus, Caius, etc. Par exemple *Caius* Julius César : *Caius* de la famille des César de la gens Julia. Les femmes prenaient le nom paternel sous sa forme féminine ; ainsi, la fille de Caius Julius César s'appellerait Julia.

Préteur : Juge et magistrat élu pour un an en même temps que les consuls. À la fin de la République, il y avait huit préteurs. Le principal était le préteur urbain qui jugeait les affaires civiles entre citoyens. Le préteur *peregrinus* traitait les affaires impliquant des étrangers. Les autres présidaient les cours criminelles. Les insignes étaient la toge prétexte et la chaise curule, et les préteurs étaient accompagnés de deux licteurs. La charge comportait l'imperium. À la fin de leur mandat, les ex-préteurs devenaient propréteurs et gouvernaient les provinces prétoriennes avec un imperium absolu.

Prétoire : Tente du général dans un camp. Résidence officielle du gouverneur dans les provinces.

Princeps : Le premier citoyen. Un sénateur particulièrement éminent choisi par les censeurs. Son nom était le premier sur le registre du Sénat et il était le premier à s'exprimer sur un sujet. Par la suite, le titre sera usurpé par Auguste. C'est l'origine du mot « prince ».

Proscription : Mise hors la loi, condamnation sans jugement des adversaires politiques. On pouvait tuer un proscrit et réclamer une récompense : souvent une partie du patrimoine du mort.

Publicain : Chacun des chevaliers romains qui prenaient à ferme le recouvrement des impôts. Les contrats étaient établis par les censeurs et valables cinq ans.

Pugio : La dague à double tranchant des soldats romains.

Questeur : Magistrat d'abord chargé d'assister les consuls en matière financière et criminelle. Les questeurs urbains chargés de la gestion des deniers publics, à Rome ; les questeurs militaires, lieutenants des consuls ou des généraux aux armées ; les questeurs provinciaux, assistants du gouverneur. Ils étaient élus annuellement par la *comitia tributa*.

Quirinus : Nom de Romulus divinisé. Patron des divinités de Rome.

Rostres (les) : Monument du Forum commémorant la bataille d'Antium (actuellement Anzio) en 338 av. J.-C. Décoré avec les éperons (les rostres) des navires pris à l'ennemi, son socle servait de tribune aux harangues.

Salii : Les danseurs. Deux collèges de prêtres dévoués à Mars et à Quirinus dont les rites avaient respectivement lieu en mars et en octobre. Chaque collège était composé de douze jeunes patriciens dont les parents étaient toujours en vie. Pour les fêtes, ils revêtaient des tuniques brodées, un casque de bronze et des plastrons, et chacun portait l'un des douze boucliers sacrés (« *ancile** ») et un bâton. Ils dansaient devant chaque autel d'importance ; le rituel était si ancien qu'au Ier siècle avant J.-C. plus personne ne comprenait leurs chants ni leurs prières.

Saturnales : Fêtes célébrées en l'honneur de Saturne entre les 17 et 23 décembre, au cours desquelles les esclaves prenaient la place de leurs maîtres et qui étaient l'occasion de diverses réjouissances endiablées et d'échanges de cadeaux.

Scutum (pl. *scuti*) : Bouclier fait de lattes de bois en demi-cylindre recouvertes de cuir avec rebord métallique.